序言

近世は、よく知られているように、版本の時代であると同時に写本の時代でした。これら書籍の流通量が爆発的に増えたことで、地方へ／からの情報の流通、下の階層への知の解放が行われていきます。ヨーロッパのルネッサンスや近代に比肩すべき、このような情報の流通や知の解放は、当然、一部の階層のものであった古典作品が、多くの階層の「古典」として立ち上がってくることにもつながります。

貴族の古典として『古今和歌集』や『伊勢物語』とともに特別の地位を占めていた『源氏物語』も例外ではありません。古活字版により『源氏物語』の版行が始まり、十七世紀には、『絵入源氏物語』、『首書源氏物語』、『湖月抄』、各種注釈書の版行により、『源氏物語』そのものを読む環境は整えられていきます。一方、ほぼ時を同じくして、『源氏物語』そのものではなく、『源氏物語』を「うつ（移／写／映／訳）した」作品である『源氏小鏡』、『十帖源氏』、『おさな源氏』などの梗概書も挿絵入りで版行され、『源氏物語』の享受層を拡げ、『源氏物語』の「古典」化がなされていきます。

そのような『源氏物語』についての知識がある程度拡がり、共有されつつあるなか、十八世紀に入り、『源氏物語』を「うつ（移／写／映／訳）した」俗語訳作品や翻案作品が多く作成・刊行され始めます。これら俗語訳作品、翻案作品は、『源氏物語』の近世における「古典」化の仕上げとも言うべき作品群であるとともに、これもまた『源氏物語』を「うつ（移／写／映／訳）した（replaceした）」『偐紫田舎源氏』という近世の『源氏物語』とも言うべき作品を準備していきます。

しかし、残念なことに、これら俗語訳作品、翻案作品の多くは翻刻もされておらず、近世において大きな展開をなしたにもかかわらず、日本文化史上において注目されているとは言い難い状況にあります。

そこで、これらの作品の豊かな世界を味わっていただくために、『源氏物語』の俗語訳のうち最初に刊行された都の錦による『風流源氏物語』（一七〇三）、およびその続編という体裁を取る梅翁の『若草源氏物語』（一七〇七）『雛鶴源氏物語』（一七〇八）『紅白源氏物語』（一七〇九）、さらに初巻に戻って作成された『俗解源氏物語』（一七一〇）の全篇を翻刻し、注と解説を附して提供することといたしました。

また、これらの俗語訳作品および翻案作品に関しては、近年、世界的に研究の必要性が指摘されつつあります。そこで、本書では、この新たな分野を考えるにあたって重要な視角を提示する四本の論考を収載いたしました。そして、この日本と欧米の知の合作とも言える本書の造本は、江戸の書物と西洋の知の出会いをイメージして、俗語訳『源氏物語』の翻刻・注解を右開きに、論考を左開きにいたしました。本書により、近世の『源氏物語』、そして俗語訳、翻案という文化史上における特筆すべき営為についてさらに光が当たることを心より望んでおります。

最後に、本書関連資料の調査・閲覧の便宜を図っていただき、翻刻・使用許可をいただきました多くの所蔵機関の皆様に厚く御礼申し上げます。このような所蔵機関の保存・研究・公開の努力がなければ、「古典」の維持・研究が成り立たないことを付言しておきたいと思います。

レベッカ・クレメンツ
新美哲彦

目次

論考篇

凡　例

底本について

都の錦『風流源氏物語』（桐壺〜箒木・1703刊）

底本：個人蔵（巻五欠、刊記に刊年記載なし）

題簽、剥がれや欠けが多いが、上部に「当世枕詞／きりつほ／女み持種」（四〜六は「はゝ木々」。表記は巻によって異なる）、その下に「風流源氏物語一（〜六）」。

挿絵は東京大学霞亭文庫蔵本（請求番号 A00：霞亭：197）を使用。着色部分が褪色し、所により劣化で破れている状態。

巻五および刊記の刊年は、東京大学霞亭文庫蔵本により翻刻。摺りの状態が悪いなどの難読箇所は、東京大学霞亭文庫蔵本および大阪府立中之島図書館蔵本（国文学研究資料館・古典籍総合目録データベース所収マイクロフィルムを使用。巻一1丁落丁。巻六7・8丁乱丁）により確認。

梅翁『源氏物語』

『若草源氏物語』（宝永四年（1707）刊　洛陽隠士容膝軒序）帚木末尾・空蝉・夕顔

底本：早稲田大学図書館九曜文庫蔵本（文庫 30 A0222）

『雛鶴源氏物語』（宝永五年（1708）刊　洛陽散人水月堂序）若紫・末摘花

底本：早稲田大学図書館九曜文庫蔵本（文庫 30 A0226（巻四まで）、文庫 30 A0219（巻五・六））

『紅白源氏物語』（宝永六年（1709）刊　紅葉賀・花の宴

底本：早稲田大学図書館九曜文庫蔵本（文庫 30 A0221（巻一（序に宝永六年とあり）・三）、文庫 30 A0220（序は享保六年と修正。刊記は宝永六年。巻二・四〜六））。

『俗解源氏物語』（宝永七年（１７１０）序）桐壺・帚木

底本：早稲田大学図書館九曜文庫蔵本（文庫30 A0223）

挿絵について

挿絵は、後印だが刷りのよい文庫30 A0219を使用。底本で読みにくい箇所については文庫30 A0219などを確認。

翻刻・校訂方針

▼基本的に、原態のまま翻刻を行った。

▼旧字は新字になおした。ただし、異体字・別体字は残した。

▼適宜改行を施した。

▼句点を句読点になおした。（「。」のみであるのを「、」「。」に判別してなおした）

例　かの。石山《いしやま》に篭居《こもりゐ》て。↓かの、石山《いしやま》に篭居《こもりゐ》て、

句点があるべき箇所にも関わらず句点がない場合のみ、新たに句点を振った。

例　同前におもふぞよいよのすけは↓同前におもふぞよ。いよのすけは

底本は基本的には行末に句点を振らないため、行末で句読点が必要な場合は、句読点を振った。

割注や傍注部分など、本来句点がない箇所でも、読みやすさを考え、文中部分には句点を振った。

句点でも読点でもよい箇所も多いが、読みやすさを考え、多めに句点を振った。

▼濁点のない箇所は適宜濁点を振った。半濁点も適宜付した。ただし、濁点がない箇所でそのままでも通じる場合はそのままとした。そのため、表記の揺れが見られる場合がある（「ひかるきみ」「ひかるぎみ」等）。また、濁点の位置が異なるものは適宜なおした。

例　いかぼと↓いかほど

▼ふりがなと送りがなが重なる場合が多く見られるが、そのまま翻刻した。

例　感《かんずる》る

▼誤字が疑われる箇所や意味不通箇所には「(ママ)」と傍記した。

▼適宜、括弧で注記を施した。

　例　(序)

▼『風流源氏物語』では格助詞の「え(江)」など小さい文字があるが、本文と同じ文字サイズで翻刻した。

▼会話・手紙、会話中の和歌の引用などには適宜「　」を施した。それ以外の和歌は、会話・手紙であってもカギ括弧を付していない。

▼和歌・手紙は二字下げ。手紙内の和歌はさらに二字下げとした。

▼丁数、挿絵番号は、左ルビとして該当箇所に示した。次の例は6丁の本文の次に挿絵が入ることを示す。挿絵の丁数はキャプションに示した。

　例　御かどへ見せまいらするに、」6(挿絵4)

▼『俗解源氏物語』など頭注がある場合は、頭注の該当本文に※を入れた。

▼本文の解釈および原本における特記すべき事柄について、簡単な注を付した。注は本文の被注箇所に［1］の形で示し、注本文は各巻の末尾に配置した。

都の錦『風流源氏物語』

【巻一】

（見返し題）

桐壺《きりつぼ》のゆふべの煙《けぶり》静《しづまりて》

風流源氏《ふうりうげむじ》

帚木《はゝきぎ》の夜《よる》の言葉《ことのは》遊《おもしろや》

（序）

むかしの恋《こひ》しり俊成《しゆんぜい》、定家《ていか》、紫《むらさき》の紐《ひぼ》を解《とき》青表紙《あをへうし》を披《ひらい》て、「源氏不《みざ》レ見哥読《らんうたよみ》は無下《むげ》の事《こと》なり」と此君達《このきみたち》の睨《しかり》をうけ適《たま》〳〵かの巻《まき》に望《のぞみ》ながら、教《おしへ》なければ誦曲《よみくせ》になづみ、只唯《ただひとり》蓬生《よもぎふ》の宿《やど》に住《すん》で一露《いちろ》の雫《しづく》に口《くち》を雪《すゝぎ》湖月《こげつ》の陰《かげ》に嘯《うそぶき》或《ある》は河海《かかい》に船《ふね》を寄《よせ》、泯江入楚《みんごうにつそ》の底《そこ》を探《さぐ》る。しかはあれど道《みち》ふみ分《わけ》ざれば難《がたく》レ知《しり》、をのづから花鳥《はなとり》の音《ね》に鳴《なき》ねいりするもの不《ず》レ少《すくなから》。

それを僕《ヤツガレ》嘆《なげ》きの余《あま》り、もとより窓《まど》の蛍《ほたる》をむつびて枝《えだ》の雪《ゆき》」1をならさゞれば、浅見寡《あさくみすくな》きける哢《あざけり》を恥《はづ》といへども、田舎生立《いなかそだち》の振袖《ふりそで》に似《に》せ紫《むらさき》の下染《したぞめ》をしらせ、藤咲門《ふじさくかど》の口《くち》をやはらげ、関雎《くわんしよ》[1]螽斯《しうし》[2]の徳《とく》を咄《はい》て、悋気深《りんきふか》い奥様《おくさま》を恋《こひ》し、かくれたるよりあらはなるが増《まし》じやとおもふ阿頼耶《こころ》[3]から、好色婬風《こうしよくいんぷう》のよこしまなる筋《すぢ》を拾《ひろい》て、密夫《まぶ》狂《ぐるひ》する助閉《すけべい》をいましめ、また日本中華《やまともろこし》を兼《かね》て物《もの》の情《じやう》をしらしむ。
誠《まこと》にみなもとふかき水《みづ》は汲《くめ》ども更《さら》に尽事《つくること》なく、金玉《きんぎよく》は磨《みがく》ほど猶光《なをひかり》をます。」2我朝《わがてう》の重宝《てうほう》此物語に過《すぎ》たるはなし。いかなる家暮《やぼ》顚運尽《てんうんつく》も、一《ひと》もとゆひのゆかりにうつり、式部《しきぶ》が味《あぢ》を舐《なめ》て見《み》ば、甘《あまひ》も酸《すい》もしらるべし。とは申せども我《われ》ながら、くらはし川《かわ》の暗《くらき》心に、天《あま》の橋立《はしだて》便《たよ》りなく、みるめも疎《うと》き摩訶《をゝ》虚《そら》の光《ひかり》を盥《たらひ》の水《みづ》に移《うつす》に等《ひとしく》、兎毛《うのけ》の先《さき》[4]で石山《いしやま》を動《うごかさ》んとはあゝ慮外千万《りよぐわいせんばん》。

未の春[5]京も
いなかも餅餮時に

都の錦（「雲休堂」印）」3

（目録）

風流源氏ものがたり一　目録

好色濡衣《こうしよくぬれぎぬ》

唐《もろこし》の賢王《けんわう》《かしこき》

女《をんな》の宿直《とのゐ》

【巻一】

（本文）

それ恋路《こひぢ》のみなもとは、久《ひさ》かたの天《あめ》にして浮橋《うきはし》のうれし言《ごと》よりはじまり、あらかねの地《つち》にしては八重垣《やえがき》の一《ひと》ふしにおこり、花《はな》に巣作《すつく》る鶯《うぐひす》、紅葉《もみぢ》ふみわけ鳴鹿《なくしか》の妻《つま》よぶ声《こゑ》を聞《きく》からは、いきとしいけるものいづれか恋《こひ》をしらざりける[6]。恋路はあまた品《しな》ありて、見る恋聞恋しのぶ恋、逢《あふ》恋待《まつ》恋わかれの恋、年はふれどもあはぬ恋、千とせをかけて契《ちぎる》恋旅寝《たびね》あだなる袖引《そでひけ》ば、なびくやさしの一夜妻《よづま》あねにいもうとかはるもあり。人たがへつゝちぎるもあり。物のけしきのかよふもあり。又露霜《つゆしも》にしほたれて、所さだめずまどひありき、親《をや》のいさめ世《よ》のそしりを、つゝむに心のいとまなく、あふさきるさに思《をもひ》みだれ二世《にせ》とちぎるはふかき中《なか》。一河《が》の流《ながれ》に身をたつる、遊女《ゆうぢよ》に実《じつ》はなけれどもつとめはつとめ恋《こひ》は恋。いかうわけある言の葉《は》の情《なさけ》つもりて命《いのち》をすて、心中《しんぢう》するも恋の山高《やまたか》きいやしきへだてなく、智《ち》あるもをろかなるもまよひやすきは此道《みち》ぞとみづからいましめておそるべくつゝしむべし。

こゝに人王《にんわう》六十代醍醐天皇《だいだいごてんわう》と申は世に延喜《えんぎ》のみかどゝ申す宇多《うだの》天皇第一の御子《みこ》にて聡明叡智《さうめいゑいち》におはしまし、もろこし二帝三王の道《みち》をかね、わが朝仁徳顕宗《てうにんとくけんそう》の跡《あと》をしたはせ給ひければ、世に賢王《けんわう》と称《しやう》じつゝ、五日の風梅《むめ》が枝《え》をいとひ、十日の雨千艸《あめちくさ》を湿《うるほ》す。」5 今もや鳳凰飛《ほうわうとび》来り左近桜《さこんのさくら》に羽《は》をやすめ、麒麟忽出現《きりんたちまちしゆつげん》し、右近《うこん》の木陰《こかげ》に昼寝《ひるね》するかとあやまたる。受禅《じゆぜん》の宮をば寛明親王《やすあきらしんわう》と申奉り右大臣《うだいじん》の御むすめ弘徽殿女御《こうきでんにようご》の御腹《はら》、後《のち》に朱雀院《すざくゐん》と申は此御子《みこ》の御事也。

されば日月明《あき》らかならんとする時は、よこ雲是がために覆《おほ》ひ、人君正《じんくんたゞ》しからんとすれば、寵妾《てうしやう》これを乱《みだ》る事、唐《から》も日本《やまと》もむかしより、そのためしすくなからず。夜《よる》となくひるとなく御傍《そば》にかしづく女御《にようご》女御《かしづくてかけ》とは后《きさき》の次《つぎ》なり。数《かず》はさだまらぬ也更《かう》衣《い》数十二人。みかどの御服《ごふく》をとりあつかふ女官なりあまたさぶらひ給ふ中に、いとやんごとなき位《くらゐ》ならねど按察大納言《あぜちなごん》のむすめ、桐壺《きりつぼ》の更衣《かうゐ》と申は、」6(挿絵1) すぐれて時めく花のかほ二八[7]の春の明ぼのや、霞《かすみ》の黛《まゆずみ》おのづから、その身に薫《たきもの》せざれども色もにほひもほのめきて、風にしなへる柳ごし膚《はだへ》さながら痩《やせ》もせず、肥《こえ》あぶらつきたをやかに驪山《りざん》[8]の雪《ゆき》のふりわけがみ、うちかたぶけるけはひには、琵琶引《びわひき》ながらとろ〳〵と、馬眠《むまねぶ》りせしもろこしの、器量自慢《きりやうじまん》も爪《つめ》を嚙《かみ》、牛《うし》の角《つの》もじ引たてゝ草刈笛《くさかりぶえ》に音を泣《なき》し、長者《ちやうじや》が姫《ひめ》も是《これ》にはと、をどろくばかり目もあやに、みかども今はよねんなく御心をうつされ、昼《ひる》は終日諸《ひめもすもろ》ともに、玉のさかづきそこはかと、褥《しとね》の上《うへ》に酔機嫌夜《えひきげんよる》の錦《にしき》のむつごとは枕《まくら》の外にしるものなし。

かゝれば御傍《おそば》」7 につきしたがふ摂家清花《せつけせいぐわ》[9]のむすめたち、いづれも一つにより合て、美女《びぢよ》は悪《あく》女の敵《かたき》どち、をのれ〳〵が身を高《たか》ぶり胸《むね》のほぶらを日に千度《ちたび》、燃《もや》して桐《きり》に焼付《たきつく》るその一念は初《はじめ》から、われこそ御側《そば》に宿直《とのゐ》して、紅《もみ》の褥《しとね》を穢《けが》すべき所にさはなくて、しなくだりたる桐壺《きりつぼ》を、めし上らるゝのみならず、余《よ》には女もないやうに、朝夕《あさゆふ》ともにくされつき、夜《よる》の御殿《おとゞ》の出入をかれ一人にまかせつゝ、生《なま》したゝるき[10]龍眼《りやうがん》に涙《なみだ》の低《たる》ほどうれしがり、清涼《せいりやう》の夏《なつ》の日は膝《ひざ》を枕にうたゝねの、奈良扇団《ならうちは》にてあふぎたて、風めにみへぬ秋《あき》の夜の長《なが》きも今はみじかくて、夢《ゆめ》ばかりなる春《はる》の宵《よ》は、日の高《たく》るまで御寝《ぎよしん》なり早朝《あさまつりごと》おこたらせたまへば、はてわけもない御事ぞと女御更《にやうごかう》衣《ゐ》をはじめ、命婦《めうぶ》朝夕御膳《ぜん》などをつかさどり給仕《きうじ》する女官也。あまた有内侍《ないし》つねにみかどの御そばに居て仰《をゝせ》を聞て人に伝る女官也にいたるまで目さむるこゝちにあきれはて、法界悋気《ほうかいりんき》の絶間《たへま》なく、

「是あのお山《やま》が所為《しよい》なり」

と、散々《さんぐ》にそねみつゝ

「ことがなあれかしみをとさん」

と、外面《げめん》は菩《ぼさつ》のわらひがほ、内証《ないしやう》修羅《しゆら》のをそろしや。

剱《つるぎ》の枝《えだ》のたわむまで、いかになりゆくこのみぞと下地内気《したぢうちき》にむまれつき、遠慮《ゑんりよ》がちなる桐《きり》つぼは人のうらみのうたてさに、身もなよ〳〵となよ竹《たけ》のふしてはゆめにものおもひ、さめてもいとゞうつゝなく、おきなやみ給ひければ、」8ある時みかどえ申上げ此ほどみづからかりそめに、

「風のこゝちのつねならずおもきなやみにさぶらへば、あはれ御いとま給はりて里《さと》え下《さが》りゆる〳〵と、心まかせに養生《ようじやう》を仕《つかまつ》りたく候」

と、うちしほれてねがひ給へば、主上《しゆしやう》みかどの御事也御心におぼしめすは此ものつね〴〵心よはく、事なき時にも人の気《き》をかね、世間《せけん》のそしりをひたすらに、堪忍《たへしのび》たる生れつきなるに、ことさら朕《ちん》が寵愛《てうあい》すれば、あまたの恨《うらみ》を身にうけて、いやましのおもひ草葉末《ぐさはずへ》の露《つゆ》の心よはく、違例《いれい》がちなるそのけしき、いはねど色にをしはかり、いとゞ

挿絵1　宮中。左近の桜に鳳凰。右近の木陰に麒麟

（6ウ・7オ）

源氏

あはれに今はなを、御衣《ぎよい》になみだのやるせなく、しばしも其方《そち》にわかれては、うき身は何とならざか[11]や。此手を握《にぎ》りそろ〳〵と、大事《だいじ》の所をなで尽《つく》しさりとてはまたそのやまふ、さのみ重《をも》しとみへもせず。
「さとへ退出《まかんで》つるとおもひ、此まゝ爰《こゝ》にとゞまりていかやうとも有たきまゝ、腹《はら》一ぱいに養生《ようじやう》せよ」
と、結構《けつかう》なる御意《い》をもつて、和気丹波《わけたんば》の両医《りやうい》[12]をめされ金《こがね》の薬鍋《やくわん》《くすりなべ》に瑠璃《るり》の茶碗《ちやわん》、朝鮮人参《てうせんにんじん》下されしだいに療治《りやうぢ》する事、身にあまりありがたき御情《なさけ》と、花青《くわせい》の池《いけ》に浴《ゆあみ》せし貴妃《きひ》がむかしもをもはれて、雲《くも》の上人《うへびと》面々《めん〳〵》に目口《めくち》をしかめきのどくがり、わが君《きみ》かやうに色におぼれ安房《あはう》を」9尽《つく》させ給ひては、日々《ひゞ》月々にまつりごと自然《しぜん》とおとろへをもはずも、天下《てんか》の乱《らん》となるべき事掌《たなごゝろ》をさすがごとし。

さればそのかみ聖武天皇《しやうむてんわう》の御時に当《あたつ》て、もろこしのみかど玄宗皇帝《げんそうくはうてい》と申せしは、倹約《けんやく》を本《もと》として衣冠《いくわん》より馬車《むまくるま》にいたるまで有るにしたがひ用《もち》ひつゝ、金銀珠玉《きん〴〵しゆぎよく》のかざりをやめ、下の奢《をご》りをいましめんため、綾《あや》や錦《にしき》を積《つみ》かさね、皆《みな》こと〴〵くやきうしなひ、姚宗《とうそう》、宋璟《そうけい》といへる二人を用て大臣《だいじん》としまつり事をとりおこなふ。是《これ》みな民《たみ》を愛《あい》し君《きみ》をうやまひ忠信《ちうしん》をつくす。さてまた勤政楼《くわんせいらう》《つとめまつりごといゑ》、務本閣《むほんかく》《つとむもといゑ》といふ宮殿《きうでん》を作《つく》る勤政楼とは政《まつりごと》をおこたらずつとむるといふ心にて公事《くじ》をさばく所也。務本閣とは仁義《じんぎ》の本《もと》をつとめんといふ心。君子務レ本本立道生《くんしはもとをつとむもとたつてみちなる》といへる論語《ろんご》のをしへを取て名付る也。又此時に至《いたつ》て大聖孔子《たいせいこうし》を諡《をくりな》して文宣王《ぶんせんわう》とあがめ、毎年春《まいねんはる》と秋と両度《りやうど》づゝ大なるまつりをおこなひ、并《ならびに》老子《らうし》を玄元皇帝《げんげんくわうてい》と号《ごう》し、太公望《たいこうぼう》をも武成王《ぶせいわう》と諡《をくりな》してこれをまつる。

かやうに上《かみ》には政道《せいたう》たゞしく、下に忠《ちう》ある諫臣《かんしん》《いさむる》あれば君の百姓《たみ》をめぐむ事父母《ふぼ》の子《こ》を愛《あい》するがごとし。かるがゆへに民《たみ》君を敬《うやまひ》其徳《とく》になつく事、親《をや》をのぞむがごとくなり。しかるによつて開元《かいげん》といふ年号《ねんごう》三十年ばかりの間は、上下やはらぎむつましく、四海浪風《しかいなみかぜ》しづまりまことにもろこしの元祖《ぐわんそ》大宗《たいそう》の治世《じせい》にもおとらぬほどの政道《せいたう》。貞観政要《でうくわんせいよう》ほんのな大宗の作也をうらやみ」10（挿絵2）玄宗《げんそう》みづから孝経《こうきやう》の序《じよ》を作《つく》り給ふ。御註《をんちう》の孝経とて今の世までも残《のこ》りける。

挿絵2　桐壺帝と桐壺の更衣か

（11オ）

さて開元《かいげん》の次《つぎ》の年号《ねんごう》をば天宝《てんぽう》といふ時に、李林甫《りりんほ》と申ものの大臣の位《くらゐ》に成《なつ》て、玄宗の御気《おき》に入り肩《かた》で風切《かぜき》る出頭《しゆつとう》、飛鳥《とぶとり》も水《みず》に落《をち》、魚木《うをき》にのぼる勢《いきほひ》つよく、唐《から》も大和《やまと》もむかしより、出頭人《しゆつとうにん》の曲《くせ》として、もとより此ものの無道《ぶたう》なれば上をあざむき下をあなどり、おのれが気《き》にくわぬものをばいかなる賢人君子《けんじんくんし》《かしこきよきひと》をもさん〴〵にいひおとし、そねみ疾《にくみ》のはなはだしく、心にかなふ野人《やじん》《いやしき》をばめつたやたらに贔屓《ひいき》して、御為者《おためじや》[13]ととりなし過分《くわぶん》の知行《ちぎやう》をあたへける。さるによつて忠臣《ちうしん》そむきはなれ、そろ〳〵[11]上下みだれたり。

その上みかど楊貴妃《ようきひ》といふ美女《びじよ》をもとめ給ひしより、すでに玄宗《げんそう》まつり事を怠《をこ》たり給ふ。これ乱世《らんせい》のもとなり。そのゆへいかにといふに、ひたすら好色《こうしよく》におぼれ楊貴妃がのぞみなれば、熱《あつ》さかまはず焼金《きせる》をあて、

「そなたかはるな朕《ちん》《われ》かはらじ」

と互《たがひ》に指《ゆび》の血《ち》をしぼり、そらおそろしき起請文横《きしやうもんよこ》に輦《てぐるま》引かけて、上陽《しやうよう》の春のあしたには、花の下にて附酒《つけざ》のみ[14]、芙蓉《ふよう》の秋のゆふべには錦《にしき》の蒲団《ふとん》に涎《よだれ》を流《なが》す。

それ楊貴妃《ようきひ》は弘農《こうのう》といふ所にて、つくりたをれの瘦百 姓《やせひやくしやう》楊玄琰《ようげんえん》がむすめなり。げにや女は氏《うぢ》なふして三枚肩《さんまいかた》[15]で歩行《ありく》とかや。楊貴妃《ようきひ》がむまれつきたぐひなき美女《びぢよ》なれば、人ごとに恋《こひ》したひのぞむといへども父《ちゝ》さらにこれをゆるさず。下心にはいかなる高家大臣《かうけだいじん》の筵敷《むしろしき》[16]にもたてまつり、親《をや》一門《もん》までらく〳〵と、栄花《ゑひぐわ》の春に逢《あは》ん事をねがふをりから、玄宗《げんそう》の弟《おとゝ》寿王《じゆわう》よりたづねありて、いつ〳〵の日はむかへとりたまふべきやくそくにて、支度銀《したくぎん》までうけとりける所に、兄《あに》玄宗かの女のぬれ物[17]のよしきゝおよび給ひて、しきりにめされけれども、最早《もはや》寿王《じゆわう》に先約《せんやく》ありとて勅諚《ちよくでう》にしたがはず。

玄宗重《かさね》てのたまはく、

「しからばたゞ二三日禁中《きんちう》にとゞめ、そのまゝ後《のち》」12にはかへすべき間《あいだ》しばらくの内かしまいらせよ」

と。再三勅命《さいさんちよくめい》そむきがたく、むすめを内裏《だいり》へ出しければ玄宗みるよりぞつとして、魂《たましゐ》たちまち貴妃《きひ》が袖《そで》に欠落《かけをち》するかとおもはれ、かゝるまれなる珍物《ちんぶつ》を人手《て》にかけんも本意《ほゐ》なしと、その夜より側《そば》に寝《ね》せまだ水揚《みづあげ》のうゐ〱しく、どふやらこふやらよい事を、しつぽりびつたりつゐすまし、それより朝《あさ》夕なれ〱て、たゞ貴妃《きひ》ばかり御用《よう》をきゝ外の女《ぢよ》中は御側《そば》えよらず。

惣《さう》じてもろこしのならひにて、本《ほん》の后《きさき》をば専《せん》《もつぱら》夜《や》の寵《てう》《かしづく》といふ。その心はたゞ一人して一夜を専《もつぱら》につとめ御そばに寵《かしづく》ゆへなり。其外の女中は一夜を一人してはつとめざるなり。すべて三千《せん》人の女中の奉行《ぶぎやう》あり。それを阿監《あかん》といふ。此阿監が三千人の女の中にて、

「こよひは尊丈某《そんでうそれ》に御参りあれ」

とはからふて、十人ばかりゐらびいだす。君《きみ》これを御らんじて

「こよひはそれをとゞめよ」

との給ひて、御心にそみたるをとゞめ給ふ。しかれどもこれらは、終夜《よもすがら》はつとめずして半夜《はんや》《よなか》にして退《しりぞ》くなり。たゞ本后《ほんきさき》ばかり宵《よひ》から夜あけまでつとめ給ふ。

しかるにようきひは本后ならねども、昼《ひる》は終日酒宴舞楽《ひめもすしゆゑんぶがく》にてくらし、夜はよもすがら千話《ちわ》まじくら〔18〕、表《をもて》うらなき紅《もみ》の夜着《よぎ》たゞふたり寝《ね》の長枕《ながまくら》、金屏《きんべう》さら〱引まわし、」13(挿絵3)しきりにあらき風の音峰《をとみね》の嵐《あらし》か木《こ》の葉《は》のしぐれ、それにはあらで息《いき》づかひ、聞《きく》に気味《きみ》よくこゝ地よく専寵愛《もつはらてうあい》かぎりなし。

これによつてようきひが兄《あに》の楊国忠《ようこくちう》といふもの、かの大臣李林甫《じんりりんほ》にかはりてまつりごとをとりおこなふ。なら

挿絵3　安禄山、宮中にて女房たちと遊ぶ

（14オ）

【巻一】

びにきひが姉《あね》三人あり。號《こう》[19]国夫人《こくふじん》、秦国《しんこく》夫人、翰《かん》[20]国夫人と名づけていづれも大国を給はる。ようごくちうはもとより愚悪《ぐあく》《をろか》ぶ道のものなれば、一旦《たん》の権《けん》にほこりてさま〴〵のひが事をなせり。しかれども玄宗《げんそう》何事をもかれにうちまかせらるゆへに、まつりごと日々《ひゞ》におとろへ天下の人みなうらみいきどほる事かぎりなし。さて玄宗はつねにあなたこなたに行幸《みゆき》有て、ようきひに舞《ぶ》楽《がく》《まひたのしみ》をさせ鼻毛《はなげ》をのばし給ふ外さらに他事《たじ》《よのこと》なし。

此時に安禄山《あんろくさん》といへる[14]大名《だいめう》有。北方《ほつぽう》のおさへとなりて大国あまた申うけ、あくまでみかどの御恩《をん》をあつくかうぶりたれども、謀反《むほん》のこゝろざしあるよしを人みな訴《うつたへ》へ、

「かやうのものをばはやく誅罰《ちうばつ》せられずんばいかゞ」

と告来《つげきた》るに、みかどいかゞはせんと思案《しあん》し給ふをりから、禄山おそろしきたくみをなし、ようきひに音信《いんしん》物[21]をさゝげ気《き》に入るやうにしかけ、内証《ないしやう》を申込《こみ》つゐに貴妃《きひ》が養子分《ようしぶん》に成《なつ》て禁中《きんちう》え出仕《しゆつし》すれば、玄宗みぢんもうたがひたまふけしきなく御こゝろをゆるし、結句《けつく》安禄山《あんろくさん》に戎《えびす》のおこるを退治《たいぢ》せよとて遠国《をんごく》え討手《うつて》にさし向《むけ》られければ、何《なん》の手もなくたゝかひまけて逃《にげ》さりぬ。惣《さう》じてもろこしの法《ほう》にて敗軍《はいぐん》《やぶれいくさ》の大将《たいしやう》をば、生害《しやうがい》《ころす》する掟《おきて》なれば、軍勢《ぐんぜい》これをよきついでとおもひ、皆こぞつて禄山《ろくさん》を申うけ、ころすべきよしねがひけれども、みかど御承引《しやういん》なくかへつて

「これは、大将の科《とが》にはあらず士卒《しそつ》のあやまり也」

とゆるし給ふ。もとこれ何ゆへぞやようきひに性根《しやうね》をぬかしうつそりとなりて、色におぼれしいはれなり。

又ある時きん中に、あまたの女こゐたかく、どつとわらひの聞へけり。

「こは何事ぞ」

とたづぬれば、

「皇子《わうじ》《みかどのこ》御誕生《たんじやう》ありしゆへか様《やう》にざゝめき申」

とて、わかき女房《にようばう》あつまり、」15天鵞絨《びらうど》の襁褓《むつき》《しめし》を手に懸《か》けて、あんろく山をはだかになし、むつきの上にのせ、

「手打《てうち》〱口鳴《あは》〱頭天《あたまてん》〱」

おもしろがり、四十余《あま》りの鬚男《ひげをとこ》が安房《あはう》をつくすおかしさに、腹《はら》を抱《かゝへ》てどよめくなり。あまり寵愛《てうあい》過てのちにはようきひとあんろく山、密通《みつつう》あるよしばつと沙汰《さた》せり。

かやうのしな〲を忠臣賢人《ちうしんけんじん》いとひにくみて、しきりにいさめけれども帝《みかど》さらに用ひたまはず。さて安禄山が下心には内々楊国忠《やうこくちう》その身いやしき土民《どみん》なれども、いもうとの寵愛《てうあい》によつて、にはかに大臣にへあがり権柄《けんぺい》をふるまふ事、悪《にく》し〱とおもへども、さながら色にはあらはさず時節《じせつ》をうかゞひ居たりけり。かゝる所に吐蕃《とばん》《いなか》の戎《えびす》起《をこつ》て王位《わうゐ》をかたぶけんとするよし告《つげ》来れば、すなはち楊国忠を大将として討手《うつて》にさしむけらる。

およそ大将《しやう》といふは士卒《しそつ》とこゝろざしを同じくし、一盃《はい》の酒をすゝめて諸《しよ》人にこと〲く飲《のま》するに、不足時《たらざる》は其酒《さけ》を川へうち入れ流《なが》してのましむ。冬も暖着《あつぎ》をする事なく、夏《なつ》も扇《あふぎ》をつかはず雨《あめ》ふれども笠《かさ》をかぶらず。これみな軍兵《ぐんぺう》と大将とたのしびをひとしくうれひをともにする。かやうのふるまひをまことの良将《りやうしやう》《よきさぶらひ》といひ、戦場《せんじやう》におゐてもその功《こう》《しるし》あるべし。

しかるに楊国忠《やうこくちう》は、よるひる酒宴遊興《しゆえんゆうけう》」16(挿絵4)に長《ちやう》じ、傾城《けいせい》をつかみよせて観楽《くわんらく》を専《もつぱ》らにす。さるによつて大将の風《ふう》にならひ、士卒《しそつ》ともに軍《いくさ》に怠《をこた》りければ、かたきの勢《せい》は二十万騎《まんぎ》、みかたは五十万騎なれども一戦《せん》にもおよばず。さん〲に追《をひ》ちらされ皆逃《にげ》てかへる時、ようこくちうおもふやう、このまゝにてかへりなば手もちぶさたのはぢを

挿絵4　皇帝となって足拍子を踏む安禄山

（17オ）

うけ、みかどの御前《まへ》がめいわくさに、みかたの勢《せい》の中に馬《むま》にも得《ゑ》のらず、甲斐《かい》ぐ〳〵しからぬへろ〳〵武者《むしや》一万人の首《くび》を切り、これぞかたきのゑびすが首とて、内裏《だいり》の庭《には》にならべをき上覧《しやうらん》にそなへたてまつれば、玄宗こゝち能《よ》気《げ》にわらひ給ひ、国忠にかず〳〵の褒美《はうび》を下され、

「ゆるりと休息《きうそく》いたすべし」

と」17空気《うつけ》たる御意《ぎよい》をうけ、よろこんで家《いゑ》にかへる。

しかるにかの一万人の罪《つみ》なふして殺《ころ》されたる、親子《をやこ》兄弟《きやうだい》伯父《をぢ》従弟《いとこ》、幾《いく》千万といふかずをしらず有けるが、

「此いきどほりを散《さん》ぜん」

との〻しる所に、あんろく山これぞよきさいはいと軍兵《ぐんべう》をもよふし国忠《こくちう》をうちほろぼし、扨王位《さてわうゐ》をかたぶけんとおもひ、そのよしを披露《ひろう》するに、右の一万人の親類《しんるい》、疫病《やくべう》の神《かみ》でかたきをとる[22]心地して皆〳〵よろこび、ろくざんにこゝろをあはせ都《みやこ》えおしよせ所々《しよく》の合戦《かせん》にうちかち、あんろく山つゐに天下をうばひ取て、すなはち大燕皇帝《だいゑんくわうてい》と我れと王号《わうがう》をつき、一夜検校《やけんぎやう》[23]の心ちして御座《ざ》えあがり、ひだり扇《あふぎ》をつかひながら小哥《こうた》をうたひ、足拍子《あしびやうし》をつよくふみければ、みかどのましますの玉《たま》の床《とこ》震《しん》《ふるひ》動《どう》《うごく》してくづる〻よし、明皇雑録《めいくわうざつろく》[24]にくわしくしるしまゐらせ候。」18

注

［1］夫婦仲のよいこと。

［2］子孫が繁栄すること。

【巻一】

〔3〕仏教用語。一切の万有をその中に蔵し、支え保って失わない心。
〔4〕きわめて微細なもの。
〔5〕刊年である元禄十六年は癸未。
〔6〕このあたり、『古今和歌集』仮名序のパロディ。以下、さまざまな古典のパロディが続き、作者の学識を誇示する。
〔7〕十六歳。
〔8〕唐の玄宗皇帝が、楊貴妃のために華清宮を建てた場所。この後も、桐壺更衣と桐壺帝を、楊貴妃と玄宗皇帝に重ね、長恨歌や長恨歌伝を引用しつつ、延々と書く。
〔9〕清華家。摂家につぐ名門。
〔10〕「舌怠《したた》し」は、愛情の表現が度を過ぎていること。
〔11〕南都奈良坂とかける。全編、このような地口やしゃれに満ちている。
〔12〕典薬頭が、平安時代後期以降、和気氏と丹波氏による世襲となったことから。
〔13〕もっぱら主君の利益になるようつとめる者。
〔14〕自分の飲みさしの杯を、そのまま相手に与えることで、親愛の情を示す。このあたり遊里の風習を重ね合わせる。
〔15〕一挺の駕籠を三人でかつぐこと。
〔16〕後妻、妾の意。
〔17〕男心をそそる美人のこと。
〔18〕痴話を交えて。
〔19〕正しくは「虢」。
〔20〕正しくは「韓」
〔21〕進物。
〔22〕疫病神が敵の命をとってくれること。自分から手を下さなくても目的を達するたとえ。
〔23〕にわか成金のこと。
〔24〕中国、唐代の逸事集。

【巻二】

（目録）

風流げんじ物語二　目録

桐《きり》つぼ

此名《な》一のまきにくはし。此巻《まき》の中にも又
七丁目にその説《せつ》あり。引合み給へ

羽《う》衣《ゐ》の舞曲《ぶきよく》　ようきひ殺《ころ》さるゝ事　二丁
白楽天《はくらくてん》長恨《ちやうごん》哥の事　三丁

光《ひかる》源氏《げんじ》誕生《たんじやう》　七夜《しちや》の御いはひの事　五丁
内裏《だいり》にて大酒《をゝさけ》の事　六丁

御産《うぶ》やしなひ　犬《いぬ》はり子《こ》の事　六丁
源氏御はかま着《き》の事　八丁

里《さと》の名残《なごり》

御とぶらひの文《ふみ》の事　十一丁
更衣《かうゐ》の里《さと》え御使《つかひ》の事　廿三丁」1

（本文）

かくてあんろく山むほんのをりから、玄宗《げんそう》は花清宮《くわせいきう》へ御幸《みゆき》ありて、ようきひに霓裳《げいしやう》羽衣《うゐ》の曲《きよく》といふ、当世《とうせい》のはやり哥《うた》をうたはせ、

「そこらでしめろ」

「あふさて合点者《がてんじや》」

と間《ま》ぬけおどりをはじめて見物《けんぶつ》し給ふ最中《さいちう》に、軍勢《ぐんぜい》鯨波《ときのこゑ》を作《つくり》かけさん〲にうちやぶりければ、音耳《ねみみ》に水の入るごとく取物もとりあへず、此所にとゞまり防《ふせぐ》べきちからなければ、玄宗ようきひもろとも破《やぶ》れ車《くるま》にとり乗《のつ》て蜀《しよく》の国《くに》え夜ぬけにし給ふ。

路《みち》すがら馬嵬《ばくわい》といふ所にて御供《とも》の人々車をとゞめていはく、

「そも〲此乱《らん》のはじめはそれなるようきひを愛《あい》し給ふよりことおこり、それにつき楊国忠《ようこくちう》がわがまゝをふるまふによつて、諸《しよ》人うらみをふくみいきどほりて、かゝるうき目をみたまふにあらずや。たゞ此両人をころさずんば天下おさまりがたし」

とてにがり切て奏聞《そうもん》しそのまゝ国忠をつかまへ、両方より引張蛸鱠《ひつぱりたこなます》のごとくにさいなみけり。さてようきひをば玄宗なごりをゝしみ給ふといへども供奉《ぐぶ》の人〲達《たつ》ていさめ申、つゐに車より引ずりおろしくきやかに[1]しろ〲と、雪のはだへに氷《こほり》の刀《かたな》をもつて情《なさけ》なく突《つき》ころす。

みかどは夢のこゝちにてなく〳〵蜀《しよく》の国え落《をち》たまへば、御子粛宗《しゆくそう》道より取て帰し官軍《くわんぐん》をもよふしあんろく山をうちほろぼし、そのゝち」2玄宗還幸《くわんこう》《みやこへかへる》成《なつ》て御代を粛宗にゆづり、御身は内裏《だいり》の西に当《あたつ》てかすかなる庵《いほり》をむすび、頭《あたま》は削《すら》ねど心ばかりは出家《しゆつけ》にして上皇《しやうくわう》と名をかへ隠居《いんきよ》し給ふといへども、明くれ貴妃を恋こがれ馬嵬《ばくわい》の露《つゆ》のしほれ草、いかんぞ不二涙《なんだ》垂《をちざらん》一。時うつり事さり、たのしびつきかなしび来る。そのうらみ長くやむことなき所をおもひつゞけて、世智賢白楽天《せちがしこきはくらくてん》三盃機嫌《ばいきげん》に筆をとり長恨哥《ちやうごん》《ながくうらみのうた》あらはし、唐《とう》の帝《みかど》の安房《あほう》をしらせ好色《こうしよく》のいましめとせり。

げにあぢきなや。日の本の今のみかども中〳〵に、此桐つぼにほだされて世の中のそしりをも、えはゞからせたまはねば、

「するゐの世にかたり伝《つた》へ長恨哥《ごんか》のためしにもなりぬべきほどのもてなしぞ」

と、公卿殿上《くげうてんじやう》人をしなべて」3(挿絵5)愛《あい》なきこゝちにきのどくがる。

さてきりつぼの更衣《かうゐ》は父《ちゝ》按察《あぜち》大納言《なごん》におくれ、老母《らうぼ》一人《ひとり》のかしづきにてたれうしろみする人もなく、よろづ心ぼそくおはしけれど、わけてみかどの御てうあひかたじけなき御心ばへの無二《たぐひ》なきをたのみにてみやづかへし給へば、くわつと時めく大臣《じん》のむすめ、親兄弟《をやきやうだい》をならべつゝ威勢《いせい》をふるふかたぐ〳〵に少《ちつと》もおとるけしきなし。とはいひながらおもてむき晴《はれ》なる事のある時は、談合《だんこう》すべき相手《あいて》なく、をりにふれてはきのどくの、山〳〵。高き君《きみ》とわれいかなる事をちぎりけん、夜食《やしよく》」4のかたまり[2]いつとなく御股蔵《みまたくら》より出給ふ。

とりあげみれば世の中に、またたぐひなくかゞやける玉のやうなる男子《わかぎみ》なり。未七夜《いまだしちや》も立ざるに血忌《ちいみ》をいとふこゝろもなく、みかどいそぎ産《うぶ》やに入らせ給ひ御ふところにいだきとり、余念《よねん》もなくうれしがり

「目口《めくち》のしほらしさは母更衣《はゝかうゐ》にそのまゝ、大きく打開《うちひらい》て鼻筋《はなすぢ》の通りたるは、よくも〳〵朕《ちん》に似《に》たり」

とわらはせ給ひぬ。

すでに七夜の御祝儀《しうぎ》とて御一門《もん》の宮《みや》がたをはじめ、摂家《せつけ》大臣《じん》、大中納言《ちうなごん》、参議《さんぎ》少将《しやう》〱四位《しゐ》五位にいたるまで、殿上《てんじやう》にめしあつめ二三の膳《ぜん》の御料理《りやう》。君がちとせを鶴《つる》の汁《しる》。常盤《ときは》の松茸妻《まつだけつま》にして、あら目出鯛《たひ》の御鱠《なます》。二見《ふたみ》の浦《うら》の貝焼《かいやき》に恋を鯣《するめ》のとりさかな。花橘《はなたちばな》の薫《かほ》りある上諸白《もろはく》は呑《のみ》しだい。造酒正《みきのかみ》たちいでゝ

「かゝるめでたきをりなればいづれも御免《めん》さふらふぞ、けふばかりは器量《きりやう》を出したらふく酔《よふ》てやすみたまへ」

と、勅《ちよく》のおもむきうけ給はり下地《したぢ》は好《すき》なり御意《ぎよい》はよし。面々《めん〱》得手《ゑて》に帆《ほ》をあげて、このうら舟《ふね》の一ふしに、老《をひ》のなみだの泣上戸《なきじやうご》。月もろともに寝上戸《ねるじやうご》。遠《とを》くなるをの起《をき》上戸。引かけ〱のむほどに、

「あゝめんどうじや」

と冠《かぶり》をぬぎ烏帽子《ゑぼうし》はづして大わらは。笏《しやく》をたゝいておもはずも上《じやう》るり説経《せつきやう》物まね小哥《こうた》。をの〱持料《もちりやう》の秘曲《ひきよく》をつくし、まづはつ春《はる》は梅《むめ》の酒とよ。三千年《みちとせ》に、なるてふ[5]桃《もゝ》の酒《さけ》くめばそのよしあしをあやめの酒。夏《なつ》はすゞしき鴻《こう》の池《いけ》。清水江《しみづゑ》川のあはもりのんで、焼酒《しやうちう》過なば伊丹《いたみ》となら酒。桑《くわ》酒くわへて美淋酒《みりんしゆ》下戸《げこ》のためにきく酒。そのまゝ色にもみぢ酒。さめてはかほの白《しろ》酒。人の心は濁《にご》り酒。かの楽天《らくてん》が林澗《りんかん》にあたゝめ酒をのみながら冬はふる〱みぞれ酒。あられ木のはのさかづきに、下戸も上戸もおしなべて、天窓《あたま》へ上る新酒《しんさけ》。杉《すぎ》の林《はやし》の立ならび内裏《だいり》に商《あきなひ》なけれども、紫宸殿《ししんでん》の広庭《ひろには》に、八百屋《やを》見世《みせ》[3]出《だ》す公家《くげ》もあり。

すでに御祝儀相《あい》すみ、わが君《きみ》の御名《な》を光源氏《ひかるげんじ》と名づけ給ひ、父《ちち》みかどより七夜の御 接《うぶやしなひ》ありて うぶやへかずく〱のをくり物ある事也 先御子《みこ》の御前へそなへ物には榎《ひ》の木の小台盤銀《こだいばんぎん》の笥《くしげ》 笥《はこ》の事也 馬頭盤《ばとうばん》 はしをすゆる物 うちき 小袖なり 絹綿布《きぬわたぬの》、碁手銭《ごてのぜに》五十貫あるひは三十貫 仙家《せんか》をまねび碁《ご》をうつ也 ならびにいぬはりこ 犬《いぬ》のかたちをしたる筥《はこ》なり。産屋《うぶ》にもちゆる道具《どうぐ》なり。うぶぎを先此犬にきせはじめてそのゝち子に着《き》する。箱の中へは守札《まもりふだ》又はうぶやにて用る白粉畳紙《をしろいたゝみがみ》まゆはきなどを入るなり。此犬はりこはならの法花寺《ほつけじ》といふあまでらの内より天下へ出すなり。俗《ぞく》に子どもを愛《あい》して犬子《いぬのこ》〱といひ又は子どもの夜る道をゆくにひたいに犬の字《じ》をかくもかゝる縁《えん》によりてする事にや などおくり給ふ。その外付〲の女中に小

挿絵5　楊貴妃が殺される場面

（3ウ・4オ）

【卷二】

袖一かさねづゝ下され、乳母《めのと》へはうぶぎぬ一かさね、襁褓《むつき》をそへてをくり給ふ。此義式蔵人《しきくらんど》所より頭弁宣旨《とうのべんせんじ》を承《うけたまは》りてあておこなひ侍る。

一の宮《みや》寛明《やすあきら》親王《しんわう》[4]も弘徽殿《こうきでん》の御はら此御子《みこ》源氏の事也むまれ給ふてのちは、陰《かげ》なきやう[5]にありけるにぞ、わるうしたらば御位《くらゐ》を、源氏の君にやゆづり給ふべきかと、右大臣《うだいじん》をはじめ」6弘徽殿《こうきでん》の女御《にようご》はうたがひ給へり。みかどにも御寵愛《てうあい》のあまり、下心には源氏を世つぎにたてばやと叡慮《えいりよ》《をんこゝろ》をめぐらされけれども、こうきでんの物妬《ねたみ》をぞなをわづらはしく、こゝろくるしうおもひ聞え給ふ。

かくてきりつぼの更衣若君《かういわかぎみ》たんじやうのゝちは、ひたすらこゝろづよくすへのたのみをおもひながら、いとゞ外《と》ざまのりんきつよく中〳〵なるものおもひをぞし給ふ。しかるに更衣のすみたまふ桐《きり》つぼの御つぼねは、夜《よる》の御殿《をとゞ》より北の方にあたりて、あまたならびしつぼねの奥《をく》なり。あるひはかのつぼねの名《な》を淑景舎《しげいしや》《きりつぼ》ともいへり。庭《には》に桐《きり》の木《き》を植《うゑ》られしゆへに桐つぼと名づく按察《あぜち》大納言のむすめに此所をつぼねに給りしゆへすなはち所の名をよんできりつほ更衣と云。

さればにや桐つぼの更衣、朝夕《あさゆふ》の行かよひにほうばいの上廊《じやうらう》たち、にくみそねみのあまり、かのつぼねへゆきかよふ、廊下《らうか》つゞきの切れたる所に、内階《うちはし》とて板《いた》をわたしてかよひける、その板を引はづして更衣の通《とを》り道をふさぎ、あるひはこゝかしこのかよひ道《ぢ》に、魚《いを》の腸《わた》剰水《せゝなぎ》[6]の泥《どろ》などをまきちらして、更衣をはじめ御供《とも》のかぶろまで、上衣下着《うはぎしたぎ》の裾《すそ》を穢《よご》させ、尾籠《びらう》なる事どもあり。またある時はわかき女中をの〳〵いひ合て、わき道のならぬ所の戸を跡《あと》さきよりさしこめ、通《とを》さゞるやうにして桐つぼをめいわくがらせければ、よろづにつけてかずしれ」7（挿絵6）ず、くるしきことのみ多《を》けれど、みぢんもその事色《いろ》にも出さず、心の内につゝみしを、みかどあはれとおぼしめし、後涼殿《こうらうでん》と申て、御座の間ちかきつぼねに、今まですみし更衣を追出《をひだ》し、そのつぼねを桐つぼに下されければ、

【巻二】

挿絵6　光源氏誕生の宴

（8オ）

はじめより此所にすみなれし更衣、もつての外に腹《はら》をたち、無理な事ぞとおもへども勅命《ちよくめい》なればちからなく、うらみながらも月日をおくる。

さても光源氏《ひかるげんじ》三歳《さい》にならせたまふ時、御袴着《はかまぎ》あるべしとて義式《ぎしき》いといみじく、御納戸《なんど》の御服《ごふく》御蔵《くら》の金銀《こがね》山のごとくにつみかさね、上《かみ》は大臣大将《しやう》より下は六位《ゐ》にいたるまで、それ〴〵の引出物《ひきで》御祝儀のよそほひ、その結講《けつこう》[8]は中〳〵に一の宮《みや》の袴着《はかまぎ》も、此君ほどにはあらざりき。それにつけても世のそしり人のうらみも多《をゝ》かりけり。

その年の夏《なつ》のころ、桐つぼ更衣うか〳〵と、はかなき心ちにわづらひて、日々におもやせ給ひければ、老母《らうぼ》の きりつぼのはゝなり 方より奏聞《そうもん》して、

「里《さと》え引とり養生《ようじやう》仕たき」

とのねがひもだしがたく、さすが名残《なごり》のおしければすてゝもやられず、とめれば病《やもふ》おもくなる。せんかたなみだにくれながら、更衣のつぼねに入らせ給ひ、あるかなきかに消入《きへ》りて、何とぞして桐つぼのやまひをすくひ得《ゑ》させたやと、千々《ちゞ》に叡慮《ゑいりよ》をなやましてさま〴〵おぼしめしまどひ、きりつぼの手をにぎり、

「かならず〳〵物ごとを、苦労《くらう》にせずしてゆる〳〵と、こゝろながく養生《ようじやう》せよ」

と、なく〳〵ちぎりの給ひければ、目の上などもおもくみへ、いとたゆげになよ〳〵と、うつゝなきけしきにて

更衣
かぎりとてわかるゝ ＼きみにはなれたてまつる事の心ぼそければ みちのかなしきに
いかまほしきは ＼生のびたきとねがひたるなり いのちなりけり

ときこへけるに、みかどはあまりに御心のやるせなくおぼしまよはせ給ひければ、御返哥《へんか》もあらず。さてしもあるべき事ならねば御いとまをたまはり、御ゆるしなればとて輦《てぐるま》に乗《のつ》て 牛にかけずに手にてもつ輿《こし》を手ぐるまといふ 里《さと》え下《さが》り給ふ。

【巻二】

其夜より内裏《だいり》[9]には、六十人の貴僧をめして大般若経《だいはんにやきやう》をよましめ給ひけるに、僧ども黒《くろ》けぶりをたてゝしるしあらはさんと祈《いの》り、その上稲荷《いなり》祇園《ぎをん》加茂《かも》下上《げしやう》、吉田松尾《よしだまつのを》[7]え奉幣使《ほうへいし》をもつて、桐つぼ病気《べうき》ほんぶくのねがひをたてらる。さて更衣の里へは、御みまひの使ゆきかふ事櫛《くし》の歯《は》を引がごとし。やうすをきこしめさるゝに、

「今朝《けさ》ほどは割《わり》の粥《かゆ》[8]弐匁五分。四つ時に重湯《をもゆ》盃《さかづき》に一つ。昼《ひる》の内気《き》をうしなふ事六たび。御典薬《てんやく》いづれも杓子《さじ》をすてゝ迯《にげ》られ候。今は独参湯《どくじんたう》をのみ便《たよ》りにいたし、脈《みやく》はすつきり御留守《をるす》になり、はやすふ〳〵とかた息《いき》ばかり。たゞ念仏《ねんぶつ》をすゝめ申、あなた参《まい》りにをち付《つい》たり」

と奏聞《そうもん》すれば、御むねのみつとふたがりて、つゆまどろまれずあかしかねさせたまふ所え、夜なかうち過るほどに又御使《つかひ》あはたゝしくかへり来りて、はや事切れさぶらふよし泣《なき》さはげば、みかど聞しめす御心まどひ、何事もおぼしめしわかず引こもりおはします。源氏の君はまだいとけなき子なれば、物のあやめもわきまへず、人々の泣まどひ、なみだひまなくながるゝを、おかしさうににこ〳〵わらひ給ふを、みるにつけてもいとゞしく、ましてあはれにいふかひなし。

さて桐つぼの死骸《しがい》を愛宕《をたぎ》といふところにおくりければ、老母《らうぼ》はゆめのこゝちして、

「をなじけぶりにも消《きへ》のぼりなん」[10](挿絵7)

となきこがれ給ふて、

「むなしき人の面《をも》かげをみる〳〵、なを世におはするものとおもふがいとかひなければ、灰《はい》になりなんをみて、今は此世になき人ぞとひたすら思ひきり、なげきをとゞむべし」

と、よそめにはかい〴〵しくみへ給へど心の内はぐつたりと、露《つゆ》にしほれし老《をひ》の身の実断《げにことは》りと聞えけり。

挿絵7　高僧たちによる加持祈祷

（11オ）

かゝる所えみかどより亡者《もうじや》え三位《さんみ》のくらゐをおくり給よし、勅使《ちよくし》中納言来りて宣命《せめう》をひらき宣命とは勅のおもむきを書しるしたる文也。それを死人にむかひいきたる人のごとくにみかどのおゝせをよみきかする事なりよみ聞する其文《ふみ》にいはく

みかどの御ことば。まへに更衣のよみ給ひし哥の心をとりてちんかぎりとてわかるゝ道の一ふしに朕がこゝろのみだれがみ。ながき闇路《やみぢ》やうば玉の、よるのにしきのおきふし」11に、ゆめさへつらき世の中を、これやかぎりとしらまゆみ。引返《かへ》したるむかしの袖、君と寝《ね》るには枕《まくら》もいらぬ。たがひちがひのその手《た》枕に、かたりつくすとおもふも今の、わかれになればのこることのは。そもや〳〵[9]そもじの命《いのち》あるうちに、女御《にようご》とさへいはせずして、むなしく過し本意《ほゐ》なさよ。せめてあなたの土産《みやげ》にしやと、ふそくながら三《みつ》のくらゐをおくりまいらせ候。此世はかりの宿《やど》なればわれもほどなくみまかりて、をなじはちすのうてなの上に、半座《はんざ》をわけてしつぽりと、弘誓《ぐせい》の舟[10]に付びたし、こゝろ一ぱい濡《ぬれ》てみん。かまひて〳〵むつ言《ごと》を朕《ちん》も無《む》にせじ。そもじもまたわすれをきたまふなと、をつるはなみだしぼるは袖。なをくどふは一七日《ひとなぬか》の御げんとひかへまいらせ候。かしく。

勅《ちよく》のおもむきよみきかせ給ふにぞ、かなしさまさりて覚《おぼ》へ侍る。

これにつけてもうき世の中。戸《と》のたてられぬ人の口。口〳〵にいふやうは「あの桐つぼには何《どこ》やらにかくれし玉のありけるか、または吸附蛸《すいつくたこ》のいぼ足《あし》のはたらき上手《じやうず》なるか、上から陰法《かげぼ》師《し》うつる時、はたをる虫《むし》の音《ね》を出《だ》すか。いかさまとり得《ゑ》のあればこそ、生《いき》てのちぎりふかき事。阿波《は》の鳴戸《なると》に塩《しほ》の涸《ひ》るまでとかため、死《し》ゝてもまた焼場《やきば》え勅使《ちよくし》をたてられ、迷塗《めいど》へのぬれ文。さりとはしたるき[11]御ふるまひ。弓削《ゆげ》」12の道鏡《どうきやう》にみせたらば、安房《あほう》のゆるしをうけさせ給はん。物怪《もつけ》な事[12]じや」[13]とにくみ申す。

中にも粋《すい》なる米《よね》[14]たちは

「きりつぼのさまかたち、広《ひろ》い都にたぐひなく、心ばせのしほらしく、衣通姫《そとほりひめ》のなさけをくみ、伊勢《いせ》の大輔《たゆふ》が色見へて、うつらふものは世の中の、人の心の花のかほ。小町《まち》が哥のすがたにて、つよからずよは〱と、柳《やなぎ》の眉《まゆ》のたをやかに、梅のにほひをふくみたまへば、露《つゆ》にくむべき人ならず。たゞわが君のさまあしき、御んもてなしゆへにこそ、すげなふそねみをうけ給ふ。これはその身の不仕合《ぶしあはせ》。孔子《こうし》のやうな人がらさへ、列子荘子《れつしさうじ》は藁《わら》をたく[15]。衆《しゆ》のにくむ所をも是を察《さつ》して「ある時は、ありのすさみにくかりき、なくてぞ人は恋しかりけり」と、よめるはかゝる折にや」

とおもひ合され、物おもひしり給ふ局《つぼね》たちは、桐つぼの身の上を愛《いと》しがり給ひぬ。

はかなく日数《かず》たちて七々日の御とぶらひなどこまやかにとりをこなひ、ほどふるまゝにせんかたなう、夜の御殿《とゞ》も露《つゆ》けくて、をりから秋の物かなしく、御衣《ぎよい》の袖のみひぢまさり、ながき夜すがらほの〲と、あかしかねさせ給ふを、かたはらにて見たてまつる人さへ、もらひなきしてあはれなるに、弘徽殿《こうきでん》の御方にはきりつぼのみまかりしを、大によろこび人しれず、内証《ないしやう》にて御神酒《をみき》を上げていはふもうるさし。

みかどは一の宮をみ給ふにつけて、源氏の御恋しさのみおぼし出つゝ、せめてはかたみの玉の男子《をのこ》、いかになりゆくこの身ぞと、したしき女房《ばう》御乳母《めのと》などを里《さと》」13（挿絵8）えつかはし、もてあそびの芥子人形《けしにんぎやう》を伽羅香合《きやらかうばこ》に入れさせ給ひ、木《こ》の葉《は》のあられ落雁《らくがん》、東山《ひがしやま》の軽焼《かるやき》なんどとりしたしめ、源氏の方へをくらせたまふ。かやうに御気《き》をくばらるゝ事たび〲の事なりし。

ある時野分《のわけ》だちて秋のころふく風を野分といへりかさね着《ぎ》するほど肌《はだ》さむく、紅葉《もみぢ》を焼《たい》て酒《さけ》の間《かん》。うさをわするゝわが友と、御

挿絵8　桐壺更衣の母を弔問する靫負の命婦

（14オ）

そばちかき老女《らうぢよ》《としより》を相手《あいて》に二つ三つ汲《くみ》かわし、ありしむかしの雲《くも》の上、みし玉だれの内股《また》え、手を入れながらぐつ〳〵と分酒《つけざ》[16]のみたるその人の、今は此世になきのみか、そこらで請《うけ》よとひとり言《ごと》。酒を手向《たむけ》のつく〴〵と入相《いりあひ》の鐘《かね》こゝろぼそく、つねよりもおぼしいづる事おほくて、鞁負《ゆげい》」14の命婦《みやうぶ》といふ女官《にょくわん》を御使《つかひ》として、源氏のよはひ延《ゑん》命酒《めいしゆ》一樽《たる》、千《ち》とせも老木《おひき》の松茸《まつだけ》十本《ほん》、めぐみのふかき水菜《みづな》をそへ、忌中《きちう》《いみのうち》の御見まいに里へつかはす。夕附夜《ゆふづくよ》のおもしろきころ出したてさせたまひて、あゝまゝならば御みづからおなじくともなひいでたまひたき、御けしきあらはに見えて、命婦《めう》がゆくかたをしのび〳〵にみをくりたまひぬ。

すてし世ならばかやうにものさびしきをり〳〵は、とばり帳《ちやう》をすだれのやうなる物にて女の居《い》るあたりにかけてをくもの也たれこめてさしおろして也脇息《けうそく》《よりかゝり》によりかゝり、本よりきりつぼ音楽《おんがく》は上手《じやうず》にて、心琴《こと》なる爪音《つまをと》は、清原《きよはら》の俊蔭《としかげ》がせた風の秘曲《ひきよく》に、御殿《ごてん》のかはらをくだき水無月《みなづき》に雪《ゆき》をふらしけるも、これほどにはとけをさるゝ[17]ほど絶《たへ》にして、搔手《かくて》のしらべそよ〳〵と、峯《みね》の松風かよふらし[18]。糸《いと》すぢわたる三つ指《ゆび》は、そらに鳴音《なくね》の鷽鳥《うそどり》[19]が梢《こずへ》をあゆむごとくにて、そのおもしろさ感《かん》にたへ、おぼろのふり袖引切《ひつきつ》て、六尺屛風《べうぶ》もたちまちおどり越《こゆ》べき心ちして、今やうらうゑい[20]とり〳〵に、うたふもまふも法《のり》の声《こゑ》。今は此世になき陰《かげ》の夢《ゆめ》のうつり香《か》のこり寝《ね》のやみのうつゝに猶《なを》おとりけりと、かれこれおぼし出さるゝにも、先《さき》だつ物は」15御なみだぞや。

さてしも命婦《めう》は老母《らうぼ》の里に引入れて、車《くるま》の下すだれをあげて、内のてい をうかゞひみるに、やもめ住《すみ》なれど桐つぼの御はんじやうによつて、家居美《いゑゐうるは》しく作《つくり》たてめやすきほどにてくらしたまひつるが、此ごろのうれひにふししづみ給へるほどに、庭《には》の掃除《さうぢ》もおろそかに、草《くさ》は顔子《がんし》[21]のちまたより高く、いとゞ野分《のわけ》にすさみたるこゝちして、月かげばかりは八重葎《やへむぐら》にもつたかづらなどのいくへもおひしげりたるなりさはらずさし入たる、みなみをもてに車《くるま》をおろして。」16

【巻二】

注

［1］くっきりとあざやかなこと。

［2］子供のこと。「夜食」は男女の交合のこと。

［3］反吐のこと。

［4］史実の朱雀帝と重ねる。

［5］見る影もない様子。

［6］どぶ、下水のこと。

［7］松尾大社のこと。

［8］ひき割った米で作った粥。

［9］いったいぜんたい。下の「そもじ（あなた）」と韻を踏む。

［10］彼岸に至らせる仏菩薩の救いを、船が人を渡すのにたとえた表現。

［11］甘ったるい。

［12］けしからぬこと。

［13］複数人による会話だが、切れ目が不明瞭なため、一つのカギ括弧で括った。

［14］女性、遊女。

［15］悪く言う。

［16］付差しと同じ。自分が口を付けたものを相手に差し出すこと。親愛の情を表す。

［17］気圧される。

［18］本文「かよふらじ」だが、意味不通により、濁点を省いた。

［19］本文「鸞写《うそどり》」のように見える。

［20］今様、朗詠。

［21］孔子の弟子の顔回のこと。陋巷に住んだ。

【巻三】

（目録）

風流源氏物語三　目録

きりつぼ
あるひは壺前栽《つぼせんざい》ともいふ
此巻の九丁目にみへたり

源氏文初《ふみはじめ》

高麗人《かうらいじん》うらなひの事　廿七丁

藤《ふぢ》つぼの女御《にようご》の事　廿八丁」1

（本文）

南《みなみ》おもての簾半《みすなかば》まきあげたるよりたづね入りければ、母君命婦《はゝぎみめう》に目を見合《あはせ》そのまゝ物もの給はず。やゝ有てなみだを押《をさ》へ、

「おもひきや君がこゝろにそれぞとて、よもぎがもとをきつゝみんとは」[1]。今までのこりとゞまり侍る老《をひ》の身のうとましきを、かゝる御使《つかひ》のよもぎふの露《つゆ》わけ入り給ふにつけてもいと恥《はづ》かしく、かりそめの旅《たび》の名残《なごり》さへ家《いゑ》をたちいづればかなしきならひなるを、いはんやたゞひとり月花とたのみおきし人を、ゆめにもみぬくらきやみ路《ぢ》におくりむかひ、ながき世のわかれとなり、かなしびのなみだまなこにさへぎりおもひのけぶりむねにみつ。きのふまでは人の上と、聞こしものを死手《しで》の山けふはわが子の道《みち》にまよひて、千草《ちくさ》の花にふりまがふほどなみだは袖にあらそひ、むなしき床《とこ》をうちはらひみるにおもひのますかゞみ。なれにしかげの寝《ね》てはゆめさめてはうつゝたれとても、とまりはつべき身ならねど、先《さき》だつ人ぞかなしき」

とたへがたくなきたまへば、命婦はともにたもとをしぼり、あるはなくなきはかずそふ世の中に、いとゞあはれのしのばれて、過にしころにや内侍《ないし》の典侍《すけ》女房の名也御とぶらひにまいりし時、御なげきのやるかたなさをみうけまいらせ、かへりては心きもゝつぶるゝやうに奏《さう》し給ひしを、げに道理《だうり》やとをしはかりさぶらひしに、聞《きく》とみるとはいやましに、忍《しの》ぶることのよはり」2はて、声《こゑ》をふるふてなくなみだに仕立《したて》をろしの緋《ひ》のはかま。きてみるからに

色かはり露ぞこぼるゝおみなへし。そめてくやしき黄《き》うこんのたもとをかほにおほひつゝ、しばしはいらへもなかりしが、延紙《のべかみ》あてゝ目を拭《のご》ひや、ためらひてみかどより、勅《ちよく》のおもむき申出す。

「会者定離《ゑしやでうり》とはいひながらあらぬつらさもあふ事の、さなきは人のわすれがたく、いかなる宿世《すくせ》のえにしにや。みとのまぐはひ夫婦和合《ふうわごう》の事なりめづらしく、かたらふほどにふけゆく鐘《かね》。あけゆく鳥のこゑきけば、何物かはとむつ言《ごと》もまだつきなくにあかつきの、月もろともにかくれにし。そのなきかげにこゝちまどひ、しばしはゆめかとのみたどら」3(挿絵9)れしを、よう〳〵おもひしづまるにつけて、さむべきかたなくたへがたきは、いかにはらすべきことにかとも、身《み》ひとりの思案《しあん》におちず。そばちかくめしつかふ女子《をなご》どもは、皆《みな》桐つぼにうらみあればよろづ遠慮《ゑんりよ》がちに、その事かの事とひあはすべき人さへなし。あはれ老母《らうぼ》に人しらずしのびて内裏《こち》え来り給へ、源氏の上も心もとなく、かく草《くさ》ふかき所に養《やしな》ひ給ふもきのどくなれば、とくつれまして参内《さんだい》したまへ」と、御口上《こうじやう》もはか〴〵しからず、一口二口《ひとくち》の給ひてはそのまゝ御涙《なみだ》にむせかへらせ給ふを、さりとは御心よはき御事ぞと、人目のつもりも笑止《しやうし》さに、皆まで御意《い》をうけ給はりもはてずに、」4これまでまいり候」

とて、みかどよりの御文をまいらすれば、老母《らうぼ》三度《ど》おしいたゞき、つねさへいとゞ老《をひ》の身の目も直《ろく》にみへわかぬに、ましてか様《やう》のうれひにあひ、夜昼《よるひる》となきなげきにや、霞《かすみ》かゝりてはつきりと、人の面《をもて》もおぼろ〳〵として是《ぜ》非《ひ》をわかぬけしきなれども、いともかしこき御位《くらゐ》さま[2]のひかりをたよりにとてひらきみ給ふ。

御文のことば

こひしき人にわかれてのち、ほどへばすこしうちまぎるゝこともやと、まち過す月日にそへて、なをしのびがたくわすれやらぬは、さりともきもじ[3]に思ひまいらせ候。いとけなきものは何のあやめもしらで、きげんよくたはぶれあそびけるにや。をりから秋風身にしみて、夜寒《よさむ》に雁《かり》の鳴渡《なきわた》るにつけ、もしや風にても引けるか。

それかあらぬかどふかこふかとそばにめなれぬおぼつかなさ。朕《ちん》がこゝろをおしはかり給はるべし。今はさりともなげきてもかへらぬむかし、花をみれば風にちり、月をながむれば雲《くも》にかくさるゝ老少不定《らうしやうふでう》のさかひなれば、親《おや》にさきだち子にをくれ、妻《つま》にもわかれ君にもはなるゝ人多《をゝ》し。仏さへ此道をまぬかれ給はず、ましていはんや人の命のあだなる事朝《あした》の露《つゆ》のごとく宵《よひ》のいなづまのごとし。おくれさきだつほどこそあれ、つゐにはたれかのこるべき。いまはなを更衣《かうゐ》のかたみになぞらへて、」5おさなきものをそだて物し給へ

と書せたまひて

宮ぎのゝ露ふきむすぶ風の音《をと》に
＼禁中《きんちう》をさしていふ＼なみだをそへていへり
こはぎがもとをおもひこそやれ
＼子をそへていふ。源氏の事也

かやうにかゝせ給へどもそのあはれさのかずそひて、「かしく」のとめまでみもはてず、老《をひ》のなみだのよりくるや、

「この下かげのおちばかく、なるまでいのちながらへて[4]、松《まつ》のおもはん事さへはづかしうおもひ侍る。かく御ねんもじ[5]の御つたへなれど、百敷《もゝしき》にきん中の事なりゆきかよひさぶらはん事、いとはゞかりをゝく候へば、かたじけなき勅命《ちよくめい》をたび〳〵うけたまはり候へども、あゝくわんたい[6]ながらみづからは、得《ゑ》こそ仰《おゝせ》にしたがふまじく候。いとけなき宮《みや》は源氏の事也何の恋しさにか、朝《あさ》夕「大内《をゝ》〳〵」とねだり言《こと》ばか仰《おしや》つて[7]お少泣《むつかり》ましますも、きん中のにぎ〳〵しき所であそびなれ給ふゆへにや。ことはりにかなしふみたてまつり侍るよし、御かへり候て内《ない》証《しやう》にて申上させ給へ。かくいま〳〵しき身に侍れば久しふ里《さと》におはしますも、いかうきのどくにさぶらふ」

と、遠慮《ゑんりよ》がちなることのはを聞て、其時命婦さらばちよとわか宮の御わらひがほをみまいらせ、かへりて父《ちゝ》みか

挿絵9　桐壺更衣の母を弔問する靫負の命婦

（3ウ・4オ）

【巻三】

どへ御うはさ申上んとおもへど、源氏おほとのごもりければ、寝《ね》入給ふ事をいふ也御目さむるをまちうけては夜更《よふけ》侍るべし。みかどはさだめてわらはが帰るを待《まち》わびさせたまふらんとて、いそぎかへらんとするを老母しばしとゞめ、夜さむにも候へば酒《さゝ》一つ盛《もり》たてまつらんとて、」6（挿絵10）君よりをくりたまはりし松茸《まつだけ》を吸《すい》物にして色つくほどすゝめ、「まことに御身ははじめより人おゝき中にも、桐つぼとはわけて念比《ねんごろ》にかたりあひたまひ、むすめはんじやうのをりからも宿下《やどをり》のつゐでには立よらせたまひしものを、今は日比《ひごろ》に引かへていまはしき御せうそこにてせうそこは文をもいふ。こゝはゆきかよふっかひの事也御げん[8]に入りまいらする事、かへす〴〵つれなきいのちながらへ侍るゆへにや」

とかたりて、つきせず。なく〳〵

「夜いたうふけぬれば、こよひの内に御返事申し上ん」

と、いとまごひしてたち出る。」7

月は入がたの空《そら》きよくすみわたれるに、風いとすゞしく吹《ふい》て葎《むぐら》にすだくむしの音《ね》はあはれをそふるよすがとなり、かりそめにたづね来てみるさへこゝろぼそき浅茅《あさぢ》が露蓬《つゆよもぎ》が宿《やど》のうきすまひ、いかにしのびてすみはてぬらん

とおもひつゞけて

命婦　すゞむし＼今の松むし也。いつの比にや松むしとすゞむしととりちがへたるとぞのこゑのかぎりのつくしても
　　ながき夜あかずふる＼すゞといふえんをとりてなみだかな

老母門《かど》までみをくりて、
老母返し　いとゞしくむしの音しげきあさぢふ＼草のはへしげりたるをいふ也に
　　露をきそふる＼なみだをかけていふ雲＼命婦の事をさしていふ也＼きん中をくもの上といひみかどにつかうまつる人を雲の上人と云の上人

挿絵10　桐壺更衣の姿絵を拝む桐壺帝

（7オ）

さてきりつぼの御かたみにとて、着なれ給ひしうへのきぬ一くだりならびに御櫛上《みくしあげ》の調度《てうど》女の手道具《てだうぐ》なり。今のくし箱《ばこ》などのたぐひ也をそへて命婦におくり給ふ。此調度をばみかどへたてまつりたきとの下心にや、直《ぢき》にさしつけてはおそれあればなるべし。とやかくする内にはや九つの鐘《かね》がなる。いつまで居《い》ても名残《なごり》はつきせじといとま申て帰る。かくてゐんぎのみかど[9]は夜《よる》の御殿《おとゞ》に引こもり、桐つぼのすがたをかけ絵《ゑ》[10]にうつし、花をたて香《かう》をもり此香のけぶりとも、いつかまた消《きゆ》べきとうき世の中をうちうらみ、妻子珍宝及王位《さいしちんぼうきうわうゐ》、臨命終時不随者《りんめうじうじふずいしや》、唯戒布施不放逸《ゆいかいふせふほういつ》、今世後世為伴侶《こんぜごせいはんりよ》と大集経《しうきやう》の文《もん》なり。此心はさいしをはじめもろ〳〵のたからみかどの御くらゐにいたるまで命のおはりにのぞむときは身にしたがはずたゞ戒《かい》と布施《ふせ》とのみ今世後世の友なりとときたまへる也」[8]となへさせ給ひて鐘《かね》うちならし夜もすがら、なく〳〵御ゐかうなされける。

これやむかしの面《おも》かげを、甘泉宮《かんせんきう》にうつし画《ゑ》の、九花帳《きうくわちやう》のあやにしきにてかざりたる几《き》帳をいふなり内にして反魂香《はんごんこう》を薫《たき》給ふ、そのかなしびを詩《し》に作《つく》り

「是邪非邪姍々　是　来遅《これかあらぬかゆきながらそのきたることをそ》かりし」

と調子《てうし》にあはせうたひたる、武帝《ぶてい》のもろこしのみかどなりおもひにまさりてみゆ[11]。

時しも秋の草づくし。御前《まへ》の壺前栽《つぼせんざい》のきん中の御庭《には》也。此ことばによつて桐つぼのまきをつぼせんざいとも申すいとおもしろきさかりなるに御目をうつさせ給ひ、しのびやかに真体《しんびやう》なる年長《としま》の女房四五人御伽《とぎ》にめしよせられ、こしかたゆくすゑの事、よろづうつりかはるありさまなど、しつぽりと御ものがたりせさせ給ふ。此ごろ明くれ、長恨哥《てうごんか》の御絵を御らんずるにつけて、楊貴妃《やうきひ》のわかれなどおぼしめし出さる。此長恨哥の御絵は帝《みかど》の御父亭子院《ちゝていずのいん》の宇多《うだの》天皇御いんきよの名也みづからかゝせ給ひ、伊《い》勢《せ》の大輔《をゝすけ》、大和守継蔭《やまとのかみつぐかげ》がむすめなり紀貫之《きのつらゆき》に紀望行《もちゆき》の子也哥をよませてそへたまへる。そのことのはのあはれさに此書《しよ》をのみもてあそばせ給ふ。

時に御使《つかひ》の命婦かへり参りて、里のありさまこまぐ〳〵申あげ、老母の御返事たてまつる。御らんずれば いともかしこき御つたへはおきどころなきほど身にあまりかたじけなふおぼしたてまつり候。かゝる仰《をゝせ》につけても御返事《へんじ》かきくらす、みだれごゝろ、ものぐるをしくて」9

老母哥

あらき風／きりつぼにたとへていふ。子にあたる風をふせぎしとなり ふせぎしかげのかれしより／きりつぼのうせにし事をいふ也
こはぎがうへ／源氏をさしていふ ぞしづごゝろなき／しづかなる心なくそだてけると也

もとより老《をひ》のこしをれうた、そこはかとなき筆《ふで》のすさみ、わけのほどは御らんじゆるさせ給へ。かしく。

御返事をまきかへし御らんずるにつけて、よろづ過にしかたをおぼしつゞけられ、さればきりつぼ存生《ぞんじやう》の時一夜とまりの藪入《やぶいり》におくり、少《つか》の間もはなるゝさへうとましくおもひしに、今またながきわかれして能《よく》も月日は過にけりと、御身ながらもふしぎにおぼしめさる。

さてかの命婦へのかたみの内、御櫛上《みくしあげ》の調度《でうど》をとり出し御目にかくれば、なき人の手なれし物ぞと今さらあはれにやるかたなきは、かのもろこしの玄宗帝《げんさうてい》御殿《てん》の燈挑《ともしびかき》たてゝ、寝酒呑《ねざけのん》でも眠《ねぶ》られず長き夜すがら泣《なき》あかし、あかつきの明星《めうじやう》の西え陰《かげ》さし東より、しらみわたりてほのぐ〳〵と軒《のき》の瓦《かはら》に霜落《しもをち》て、翡翠《ひすい》の衾寒《ふすまさはやか》に、たれとゝもにか、悠々《ゆうく》たる魂魄《こんぱく》かつて夢にもみへず。こゝに通幽《つうゆう》といへる仙術《せんじゆつ》のもの、天地陰陽《てんちいんよう》の気《き》に駅《のつ》て、自由自在《じゆうじざい》に空《そら》をかけるよし聞しめされ、玄宗めし出して貴妃《きひ》の行衛《ゆくへ》をたづねもとむ。通幽《つうゆう》こゝろやすくうけ負《をひ》、霞《かすみ》をわけてこくうをたづね、下は龍宮城《りうぐうじやう》に入て探《さぐ》りもとむといへども魂《たま》の有所《ありか》をしらず。

こゝに海上《かいしやう》に」10[12]一つの嶋《しま》あり。蓬《よもぎ》が嶋と名付《なづく》。此所へいたりてみればたちまち一つの宮殿《くうでん》あり。おもてに玉《ぎよく》妃太真院《ひたいしんいん》といふ額《がく》をかけたり。うたがひもなくこゝこそ貴妃《きひ》のまします所ならんと門《もん》を扣《たゝい》[13]て案内《あんない》すれば、内よ

り洞《ほら》の扉《とぼそ》をひらき禿《かぶろ》たち出

「どなたで御ざんす。」

「是は唐《たう》のみかどの御使《つかひ》なり。玄宗ようきひの事を恋したはせ給ふにより、御ゆくゑたづね申せとの勅《ちよく》をうけ通幽といふ方士《はうじ》仙術《せんじゆつ》をおこなふものを方士といふなりこれまでまいりてさぶらふ。此よし申させ給へ」

といふ。かぶろ咲《ゑめ》るかほばせにて、

「はるぐの所をよふこそおたづね候。先これへ入らせたまひ御休息《きうそく》ましませ。そのよし申あげませう」

と内へ入りぬ。

やゝ有て衣被香《ゑびかう》《たきもの》のにほひ紛々《ふんく》として玉のすだれをまきあげようきひの夢魂《ばうこん》あらはれ出、むかしに替《かは》らぬ雪のはだへ、うちかたぶけるなみだの露、梨花《りくわ》《なしのはな》一枝《いつし》《えだ》雨《あめ》をふくめるごとくにて、方士にむかひ玄宗のありさまをたづね、世にありし時の事などかたりいだし、

「其方古郷《こきやう》にかへりつゝ、われにあふたるしるしにはこれをみかどへたてまつるべし」

と、亀甲《べつこう》のさし櫛金《ぐしこがね》の釵《かんざし》今のかうがいなりを取てあたへ給へば、方士かしこまりて

「此二色は女中《ぢよちう》がたのつねに用るものなれば、もちかへりてもわが君え慥成《たしかな》しるしと申がたし。たゞ人しれず何にてもきみとちかひしことのは」11（挿絵11）をうけたまはらん」

と申時、

「げにもつともと夕《ゆふ》ぐれの、天宝《てんぽう》十年輦《てぐるま》に乗《のつ》て帝《みかど》とともに驪山宮《りさんきう》にいたり、秋七月《ふみつき》七日牽牛織女《ひこほしをりひめ》《たなばた》御げん[14]の夜、すゞしの蚊帳《かちやう》の中にして、ひそかに指《ゆび》の血《ち》をしぼりとりかわしたる誓紙《せいし》あり。これぐこれをとり戻《もど》り、君のう

【巻三】

挿絵11　亡くなった楊貴妃に会う方士

（12オ）

たがひはらすべし」

と、又類《たぐひ》なきしるしを給はりいとま申てたちかへる。

　そのもろこしの運尽《うんつく》[15]は方士といへる粋《すい》をたのみ、魂《たま》のありかをたづねしゆへ、せめてはなぐさむかたあれど朕《ちん》は何ともならざかや。此手道具《てだうぐ》を見るばかり直《ぢき》のことばをきかざれば、玄宗にはおとれりとくひ〴〵[16]くやませ給ひて

」12
　　帝《みかど》　たづねゆくまぼろし（もろこしの方士の事をいふ）もがなつてにても
　　　玉のありか（玉しゐのあり所をいふ也）をそことしるべく（そこぞとたしかにしらるべきと也）

　かの長恨哥《ちやうごんか》の御絵《ゑ》を御らんずるにつけて、ようきひのかたちは上手《じやうず》の絵師《えし》といへども、筆《ふで》かぎりありければいとにほひすくなし。太掖《たいゑき》の芙蓉《ふよう》《はちす》は面《かほ》のごとく（もろこし太液《えき》といふ池の芙蓉のうす紫《むらさき》に咲《さき》たるはようきひのかほの色のごとしと也）未央《びよう》の柳《やなぎ》は眉《まゆ》に似《に》たり（未央は玄宗の御殿の名なり。青柳のみどりにしてうちなびきたるはようきひのまゆのごとしとたとへていへり）かれこれおもひくらぶるに桐つぼのうつくしさは、花鳥の色にも音《ね》にもたとふべきかたぞなき。朝夕のむつごとに
「天にあらば比翼《ひよく》の鳥と作《な》り、地《ち》に有ては連理《れんり》の枝《えだ》とならん」
とちぎりおかせ給ふし（ママ）に、かぎりある命のほどぞいまはうらめしかりき。
　風の音《をと》虫のねにつけても物かなしふおぼさるゝに、弘徽殿《こうきでん》の女御は此ごろうちたへて、みかどの御そばへもまいりたまはず。上のうれひもはゞからで月すみわたるおもしろさに、夜ふくるまで哥《うた》をうたひ琴三味線《ことしやみせん》の音高く、おどり拍子《ひやうし》のかしましさ。みかどをはじめ御そばに、お伽《とぎ》申せし女房たち、まゆをひそめて
「さりとては、遠慮《ゑんりよ》なき御仕方《しかた》かたはらいたし」

と聞ゐたるに、月もほどなく入りぬ。

雲《みかど》の上（大内をそへていへり）もなみだにくるゝ秋の月

いかですむらんあさぢふのやど（まへにあり。きりつぼの里の事を思ひやらるゝと也）

かの老母《らうぼ》の宿《やど》をおぼしめしやられ、ともし火《び》をかきたておきおはしますありさま玄宗《げんそう》にいきうつしなれば、式《しき》部《ぶ》が書《かき》し此まきをば日本《やまと》長恨哥《ちやうごんか》と名付ても悪《にく》ふはあるまい。」13 すでにうしみつ過る比なれば夜る八っ過なり人めをおぼしめし夜のおとゞに入らせ給ひて、鈍子《どんす》の夜着《よぎ》を引かづき給ひながら猶《なを》まどろませ給ふ事かたく、霧《きり》をはらふて起給《おひん》《をきたまふ》なれ[17]どもあさまつりごとはおこたらせ給ひぬ。御物おもひのつもりにや御むねもふたがり朝餉《あさがれい》をも聞しめさず朝がれいとはみかどのあさ御膳《ぜん》の事。御膳《ぜん》をすへたてまつる御給仕《きうじ》の女中など御けしきをみまいらせ、こゝろぐるしふおもひなげく。

さればきりつぼの更衣《かうゐ》とは先の世にいかなる事をかちぎりをき給ひけん、うせ給ひてのちまでそのことのみわすれたまはず。世の中のそしりうらみをもはゞからせ給ふ事なく、桐つぼの御身にかゝりたる事をば理《り》を非《ひ》にまげて聞こしめし入れ横《よこ》に車《くるま》の御扱《さばき》、さりとはきのどく千万と心ある殿上《てんじやう》人など打より、玄宗のためしまで引出しつゝなげきあへり。

月日へて母の御忌《いみ》も明ければ源氏の君大内え入らせ給ふ。みかど久しぶりにて御らんずるにつけて、きりつぼのおもかげによふ似《に》させ給ひて、御年のほどよりはおとなしやかに、愛《あい》らしくみへさせ給ふ。すでに年くれあら玉の春《はる》の節会《せちゑ》の御つゐでに、弘徽殿《こうきでん》の御はら一の宮寛明親王《やすあきらしんわう》春宮《たうぐう》にたゝせ給ふみかどの御世つぎにさだまり。給ふ御子を春宮といふと也」14 かねぐ〱みかどの御心には、源氏の君を御世つぎにさだめまほしくおぼしめせども、摂家《せつけ》大臣《じん》などの承引《しやういん》せまじく、ことに源氏方にはたしかなる後見《うしろみ》もなければ、とてもおぼしめすとをりにはなるべからずと粋《すい》し給ひ、その事色にもいださせ給はず。弘徽殿の女御は此時はじめて御心おちつき、よろこびの眉《まゆ》をひらき給ひぬ。

こゝに源氏の御おば祖母《ばゞ》の事をいふ也。桐つぼのためには母也かりそめに風のこゝちとの給ひしが、日比《ひごろ》物おもひのつもりにやありけん、典薬鉗子《てんやくさじ》をくだけどもそのしるしみへず。しだひによはる老《をひ》の波血死期《なみちしご》[18]につれて失《うせ》給ぬれば、みかど又是をかなしび御なげきのかずいとゞやるせなかりき。その時は源氏六才《むつ》になり給ふ年なれば、物ごゝろつかせ給ひ御おばの事おもひしりてひたもの[19]恋したひたまふ。

それより里えおはします事もなく、つねに内裏《だいり》にのみさぶらひ帝《みかど》の御傍《そば》にて養立《そだち》給ひき。七つになり給へば手《て》習物《ならひ》よみなどし給ふに、よの児《ちご》にすぐれてさとうかしこくおはすれば、

「一を聞て十をしる顔子《がんし》の生れがはり」

と、みかどをはじめ公家《くげ》大臣《じん》をの〳〵舌《した》をふるひけり。をり〳〵は弘徽殿《こうきでん》の御かたへもまいり給ふに、日ごろは母きりつぼを仇敵《あたかたき》のごとくにくみ給ひしが、今は此世になき人なれば胸《むね》の炎《ほのを》もしづまり、ことに源氏の愛《あい》らしき生れつきをみて、」15（挿絵12）いとしがりたまひやがて御簾《みす》の中に入れ愛《あい》し給へり。こうきでんの御むすめ子たち二人おはしましけるが、何れも源氏に相生《あいをひ》の御年ごろなれば、常《つね》にあそび伽《とぎ》[20]になりてまゝ事などし給ひけり。

さても源氏の君手かき文よむ事にかぎらず、和哥糸竹《わかいとたけ》の道[21]に長じ、簾承武《れんしやうぶ》がもろこしにて琵琶《びわ》の上手秘曲《ひきよく》をつたへ残楽《のこりがく》の琴《こと》の大事しらべには峯《みね》の松風かよふらし[22]。いづれ劣《をと》れる所作《しよさ》もなし。その比高麗《かうらい》よりかしこき相人《さうにん》きたれるよし相人とはうらなひをするものなりみかど聞しめして、幸《さいわひ》源氏の御身の上をうらなはせたまひたき御ねがひなれど、もろこしの人を直《ぢき》に内裏《だいり》えめされん」16事は、御父宇多帝《ちゝうだのみかど》より御いましめなれば、今さらその掟《おきて》をそむかせ給ふ事もならず。さるに

挿絵12　高麗の相人に会う源氏

（16オ）

よつて源氏をひそかにしのばせて高麗人《かうらい》の旅宿《りよしゆく》へつかはし、御うしろみにそへ給ふ右大弁《うだいべん》の子のやうにおもはせて出たゝせ給へり。

相人みるよりおどろきかしこまりて、ひた物首《くび》をかたぶけ、

「初八《しよはち》を越《こゆ》るにおよばずして、当年《とうねん》七歳戌《さいいぬ》の年大海《かい》の水性《みづしやう》なれば、離坤兌乾《りこんだけん》を八卦《け》のかず也かぞへたて三元男《げんなん》をくりはじめ、まん〳〵たる腎水《じんすい》たつぷりと、かの事にかゝはりては犬《いぬ》の物するごとくはなれがたき生れつきなり。さて仕合《しあはせ》は天子《てんし》の位《くらゐ》にものぼるべき人なり。さもなければ摂政《せつしやう》大臣《じん》となりて天下の政道《せいたう》をとりおこなふ相《さう》たがふべからず」

といへり。

御うしろみに参りたる右大弁《うだいべん》も発明《はつめい》なる人にて、相人と詩文《しぶん》などつくりかはし、源氏も即席《そくせき》におもしろき句《く》を作《つく》り給へば、相人大に膽《きも》をつぶし

「後生畏《こうせいをそ》るべし〳〵」

とかぎりなくかんじたてまつりて、めづらしき唐本《たうほん》あまた唐織《からをり》の帙《じつ》に入れて若《わか》君にまいらする。源氏の方よりは銀子《ぎんす》百枚樽肴《まいたるさかな》をそへておくり給はり、そのゝち相人もろこしえ帰る。みかどもうらかたの様子《やうす》とくと考《かんが》えさせ給ひて、すゑたのもしくおぼしめしつゝ、いよ〳〵おこたらずよるひる学文《がくもん》をおしへさせたまふ。

年月うつりゆくにつけてきりつぼの御事をおぼしわするゝ時なし。御近習《きんじゆ》につとめ給ふ上達部《かんだちべ》」17公家《くげ》衆也など心をつけまいらせ、せめて御物おもひのなぐさむかたもやと、十五より廿才《はたち》までの風流《ふうりう》なる米《よね》を取よせ、御宿直《とのゐ》にたてまつりけれど、みかど御心にかなふ事なく、御ことばをもかけられねば、御そばの公家《くげ》たちきのどくがり、あなたこなたを聞つくろひ、きりつぼのおもかげに似《に》たる女もあれかしとみたてけるこそ恋草《こひくさ》のつきせぬ色こそおか

しけれ。

こゝにみかどの御めのと内侍《ないし》のすけのきもいりにて、宮《みや》方の御娘《むすめ》藤壺《ふぢつぼ》と申せしは、形《なり》からふりからそのまゝに、源氏の母にいきうつしなればみかど是におもひつき御てうあい浅《あさ》からず。此ふぢつぼと申は宮がたのおとし種《だね》。ことさら御兄兵部卿親王《あにひやうぶきやうしんわう》をはじめ、其外歴々《れきく》の御一門《もん》立ならんで御うしろみをし給へば、弘徽殿《こうきでん》の女御などもそしり給ふ事ならず。

此時に源氏十二才までいとけなくましませば、帝《みかど》と藤つぼと、千話《ちわ》むつごとの座敷《ざしき》えも御ゑんりよなしに出たまふ。御母きりつぼには三才《みつ》の時はなれ給へば、おもかげさへおぼえたまはぬを、

「此藤つぼの御すがたとりもなをさず母君に、そのまゝ似《に》させたまへる」

と、めのとの内侍《ないし》が物がたりを小耳《こみゝ》に聞てなつかしく、つねに御そばをはなれ給はず。又藤つぼもわか君」[18]のかはゆらしきにほだされて実子《じつし》のごとくもてなし、あらい風にもあてまい様《さま》に

「遣《やろ》か〱」

と甘物《うまいもの》、すゝめまいらせ給ふにぞ、はかなきおさなごゝちにも、花紅葉《はなもみぢ》月雪《ゆき》の、朝《あさ》な夕なにまことをつくし、ふぢつぼの御心にしたがひ給へば、みかどにもことに御よろこびのけしき、たゞならぬ事とぞ。」[19]

注

［1］『宝物集』（一六八（新編国歌大観歌番号）・覚盛法師）の和歌。二句「君がすみかを」。和歌の歌句を用いた表

現が『風流源氏物語』には多いが、歌を全部引くことは少ないので、特に注を付した。
[2] 帝。
[3]「き」ではじまる語を略し、「文字」を添えたもの。この場合、「気の毒」など。
[4] このあたり謡曲「高砂」の詞章を用いる。
[5]「ごねん」に「文字」を添えた女性語。ご親切なこと。
[6]「感戴」か。ありがたくおしいただくこと。
[7] このあたり口語を交ぜる。
[8] 御見。お目にかかること。
[9] 桐壺帝のこと。桐壺帝・朱雀帝を、史上の醍醐帝・朱雀帝と重ねる。
[10] 絵の掛け物。
[11] このあたり、武帝と李夫人に関する『漢書』(外戚伝上) の記述を利用。
[12] 10丁裏、9丁裏と同様かつ逆向きで傷が入り、少々読みにくい。霞亭文庫本、中之島図書館蔵本ともに見られることから、摺りではなく、版木の問題で、表裏に彫った版木にひびが入っているかと思われる。
[13] ふりがな「たゝ」の下に字が見えるが読めず。「い」としておく。
[14] 御見。お目にかかること。
[15] 知恵のない人。阿呆。玄宗を指す。
[16] くよくよ。
[17]「おひんなる」は「お昼成る」。おめざめになるの意。
[18] 近世の俗信で、人が死ぬとされる時刻。
[19] ひたすら。
[20] 遊び相手。
[21] 和歌と音楽の道。
[22] 本文「らじ」。

【巻四】

（序）

風流源氏物かたり四　目録

箒木《はゝきぎ》　哥《うた》のことばをもつて名とす。源氏の君中河《なかかは》のやどえおはしましたるに空蝉《うつせみ》つれなくて逢《あひ》たてまつらざりしかば「帚木《はゝき》の心もしらで」の哥あり六の巻にみへたり。たゞし其本哥は坂上《さかのへ》の是則《これのり》が哥に「そのはらやふせやに生るはゝきゞのありとは見えてあはぬ君かな」とよめり。さて帚木とは美濃《みの》しなのゝ両国のさかひにそのはら伏《ふせ》やといふ所にある木なり。とをくてみれば帚をたてたるやうにてちかくてみればそれに似《に》たる木もなし。しかればありとはみへてあはぬ心にたとへ侍り。

此一巻の名なれども此物がたり五十四帖《でう》の惣体《さうたい》の心也。其子細《しさい》は先此物語は作り事にてなき事かとおもへばまたむかしありし事をおもかげにしてかけり。さては五十四帖みなこと〴〵くある物かとみればなくなき物かとすればあり。しかれば有にあらず無《なき》にあらず中にもあらず是一にあらず一心三観一念三千一諦《たい》三諦万法至極《ばうしごく》の妙理《めうり》を談《だん》ずる物語なれば安居院《あぐゐ》の法印《ほういん》と聞へし人も言語《ごんご》をたへて「是天台《てんだい》の四観《しくわん》明静《みやうじやう》より書あらはしたる不思議不可得《ふしぎふかとく》の道をこめし物語。愚僧《ぐそう》が領解《りやうげ》にあたはず」と礼拝《らいはい》ありしよりこのものがたり世に名たかしといひつたへ侍る。

さればかの式部水月《しきぶすいげつ》[1]の道場《だうじやう》に座をしめ実相須磨《じつさうすま》のうら風に無明《むめう》の眠《ねぶり》をさますとみしは夢のうきはしわたり過して忘想《もうざう》の浪《なみ》とみへしも本《もと》の法水濁《ほつすいにご》るは随縁《ずいえん》の湖《うみ》に硯《すゞり》石山にたなびく雲《くも》はむらさきの名にしおふ女は

救世《くせ》の化身《けしん》か。又その筆をかみやわらげて当世の枕詞《まくらことば》にうつす都の錦《にしき》は女三の宮に愛《かはゆ》がられし猫《ねこ》の生れ替《かはり》と笑《わらひ》ながら鼠《ねづみ》の髭《ひげ》をそへぬ。

浪花の散人書

（目録）

（本文）

源氏の君十二才の冬《ふゆ》御元服《げんぷく》あるべしとてひたいをそり髪《かみ》を切りはじめてかんぶりをめさせ給ふ事を元服といふなり。いせものがたりにうゐかうふりといへるに同じ。今俗《ぞく》の元服とは相違《さうい》也その義式《ぎしき》美々《びゞ》しくよろづ結講《けつこう》にいとなみ給ふ。一とせ一の宮の御元服の時のぎしきも是ほどにはなかりき。内蔵寮《くらつかさ》金銀ごふくなどをおさむる所也穀倉《こくざう》院《ゐ》米をおさむる所よりいろ〳〵のたから物をとり出し人々え引出ものに下さるべきため也さて清涼殿《せいりやうでん》の東《ひんがし》むきに椅子《いす》立て人の居《すは》る台《だい》也源氏の御座とさだめ、かたはらに引入の大臣《おとゞ》御座是はげんぶく親也。かんぶりを取てきせまいらする人なり。俗にゑぼしをやといふにおなじをかまへ、ひる七つ時に源氏の君出て椅子になをり給ふ。

玉の膚《はだへ》のつや〳〵と蘭蕙《らんけい》[1]の気香《いきかうば》しく蓮《はちす》の眸《まなじり》あざやかに、丹菓《たんくわ》[2]の唇《くちびる》いつくしく、歯《は》は水精《すいしやう》のごとくにて周《しう》のみかどの腰《こし》を抜《ぬい》たる玆童《じどう》[3]がむかしも物かはに、生《いき》た如来と名をつけしもろこしの薛調《せつてう》[4]、宋《さう》の希逸《きいつ》[5]が若衆自慢《じまん》も此君にはおよばしと、秋の月を塗砥《ぬりと》にかけみがき入れたるかほつき、ひかりかゝれるわらは髪《かみ》、柳《やなぎ》の糸《いと》の娜《たをやか》に紅《くれなひ》のはかまふみしだき、枢姿《かいどりすがた》[6]のしほらしく、女かとみればわか衆。なり平の初冠《うゐかうぶり》をおもひ合され、かくやんごとなき御かたちに疵《きず》を付るはおしげなり。扨御髪《ぐし》をば大内蔵卿《をゝくらのきやう》削《そぎ》たてまつる長きかみをはさみ。みぢかくするなり。みかどは御簾《みす》の内にてこれを御らんじ、母きりつぼながらへて此ありさまをみるならば、さぞやうれしくおもふらんにまゝならぬ世のはかなさと、そゞろに御なみだもよふしけれど、人めをはゞ」3おぼしめして心づよくねんじかへさせ給ふ。時に源氏冠《かんぶり》を着《き》そめやがてみかどの御前《まへ》にまいり給ふに、かぶりなをしの御よそほひなをうつくしくみへたまへば、みかど御よろこびかぎりなし。

しかるにその折から引入の大臣の左大臣なり御むすめ葵上《あふひのうへ》と申は、今年十六才になり給ひ御器量《きりやう》なみ〳〵ならねば、春宮《とうぐう》より一の宮なり御たづねありて御添臥《そひふし》になされたきよし、たび〳〵御たのみありけれども、葵の父《ちゝ》左大臣承引《しやういん》せずしてうち過けるは、この源氏の君に奉らんと内々下心ありけるゆへなり。みかどにもその下心をおしはかり給ひ、さいはい源氏に御うしろみする物なければ、さらば此つゐでに葵上を源氏にいひ名付けて、左大臣は」4(挿絵13)ゑぼしおやなればするゑ〳〵のうしろだてにもせばやと、たのもしくおぼしめし、さて元服《げんぶく》の御いはひにのめやうたへやよろこべと、汲《くめ》どもつきぬ菊水《きくすい》[7]を、ふくめばかんろもかくやらんと、心もはれやかにとびたつばかりあり明《あけ》の

挿絵13　光源氏元服

（4ウ・5オ）

【巻四】

夜るひるつゞいて大酒《さけ》、さすかた手には天窓《あたま》をたゝき、おさゆる手には肴《さかな》をはさみ、献々《こんく\》の盃《さかづき》を千秋楽《せんしうらく》といはひおさめければ、みかどより内侍宣旨《ないしせんじ》をうけ給はり、左大臣を御まへちかくめし出され広蓋《ひろぶた》に載《のせ》て、白絁《しろむく》一かさね上着《うはぎ》一つそへて、御さかづきを下されしついでに

みかど
　いときなきはつもとゆひにながき世を　／いとけなき也　／げんぶくの事をいふ　／いく久しくといはひたる心
　ちぎるこゝろはむすびこめつや　／下心に葵上を源氏にめあはせよと也　／つるやといふてには也」5

下心にあふひの上の事をふくみてよませ給へば左大臣畏《かしこまり》て

　むすびつるこゝろもふかきもとゆひに　／源氏とあふひとゑんをむすび申と也　／かみをゆふもの也。げんじの事をたとへていへり
　こきむらさきの色しあせずは　／もとゆひをばこくといふゆへにそへていへり。げんぶくの時のもとゆひはむらさきに染るゆへかくいへり　／色さへかはらずはといふ心也

と御返哥《へんか》を申てよろこびのあまり、清涼殿《せいりやうでん》より紫宸殿《ししんでん》え通《とを》る長階《ながはし》よりらうかなり下《を》りて扇《あふぎ》をひらき舞《まひ》給ひぬ。

みかども御感《かん》のあまり、左馬寮《さまりやう》の御馬《むま》、蔵人所《くらんど》の鷹《たか》一居《もと》左大臣に給はり、その外の衆中《しゆちう》へもそれぐ\に引出物下さる。その日御前え出たる蒸籠《せいらう》の饅頭《まんぢう》、竹包《たけつゝみ》の羊巻《ようかん》、箱入《はこ》の求肥《ぎうひ》、高麗煎餅《かうらいせんべい》もろこし餅《もち》、柿煎《かきいり》千鳥浪《ちどりなみ》の花、折《をり》に入れたる赤飯《せきはん》など山のごとくにつみかさね、さしもにひろき千畳敷《せんでうじき》所せきまでとりちらしたるを鍋取公家《なべとりくげ》[8]ども拝領《はいりやう》してをのく\宿へ土産《みやげ》にする。

かくてその夜左大臣のやかたへ源氏の君入らせ給ふ。御祝言《しうげん》の作法《ほう》によにめづらしくおもひ聞えり。葵上《あふひのうへ》は年をへて二八の春の花ざかり色ごのみの最中《さいちう》。源氏の君はおぼこにてまだ里《さと》なれぬうぐひすの、音《ね》もあいらしうみへ給へば、似合《にあは》しからぬ新枕《にゐまくら》。あね上郎ははづかしう、抱力《だきぢから》なき床《とこ》の上。恋《こひ》のいろはぞおかしけれ。さればあふひの御母はみかどのためにはゆかりある宮方にておはしませば、世間《せけん》の聞えもめでたくよろづにつけておもく\

【巻四】

しきに、今又源氏と御縁《ゑん》をむすばせ給へばいとゞ御家はんじやうして、東宮《とうぐう》の御父右大臣のいきほひも、此威勢《いせい》にはけをされ給へり。

」6 あふひの上の御兄《あに》をば頭中将《とうのちうじやう》と申て、右大臣の御むすめこうきでんの御いもうと也四の君《きみ》と申を妻にさだめたまへども、此中将色ごのみにてましませば、四の君の不器量《ふきりやう》ゆへ中〳〵こゝろにそまず。夫婦《ふう》の間もむつましからでさりとてはうとましけれど、何のいひたてもなきに椀皿《ごきさら》あらふごとく[9]、三行半《みくだりはん》もさすがにて世のおもはくをかんがへ、うらみながらも月日を送《をく》る。さても因果《いんぐわ》な縁《ゑん》じやとおもふ。

されば恋路《こひぢ》の手ならひは師匠《しやう》いらずに上るとかや。たゞかりそめに筆《ふで》をそめ、色の一字《じ》をひねるにぞ、一夜の中に発明《はつめい》してつゐ粋方《すい》となり給ふ。源氏は前《まへ》に替《かは》りなく未《まだ》物心は得《ゑ》しらじと、帝《みかど》の御心《しん》に疑《うたが》ひ給はず、つねに御そばへめされつゝ、おはなし伽《とぎ》にならざかや。此手近くにたちよりて、ふりよし形《なり》よし木つきよき松になりたや。彼藤《かのふぢ》つぼにまかれて寝たきおもひのみ、夢の中にもそのおもかげの、あゝまゝならばこの君に命をとられてみたい物じやと、小心ながら生《いき》もの[10]に、由断《ゆだん》のならぬ世の中の、およばぬ恋に身をやつし、あふひの上の御方ははや秋風のそよ〳〵と、ほに出てまねく花薄《すゝき》、いはねど色にみへけるが、いつとなくみかどにも御遠慮《ゑんりよ》がちになりて、今ははや御簾《みす》の中にも入れ給はず。

せんかたなみだのおり〳〵は、琴笛《ことふえ》の音《ね》をしるべにて藤つぼの爪音《つまおと》をほのかに聞て物おもひ、たゞ大内のゆかしさに、」7（挿絵14）三十日を廿日《はつか》ほどは殿上《でんじやう》にとゞまり、あふひの上の御かたへはたへ〴〵におとづれ給へば、舅《しうと》の大臣きのどくがり、いかなる人の中言《ごと》[11]か色ます花のうつり気か、それかあらぬかどふかこうかと、源氏の心のはなれ駒《ごま》つなぎとむべきためにとて、新敷《あたらしく》御殿《てん》を作《つく》り六条の院と云筑《つき》山泉水《せんすい》おもしろく、千草万木植《ちくさばんぼくうへ》ならべ、新《あらた》に開《ひら》く草芙蓉《くさふよう》

挿絵14　光源氏と添い臥しする葵上（8オ）

濁《にご》りにしまぬこゝろながら、かゝる所にわがおもふ雲《くも》の上なるかの人と、しつぽとあそんでみたい物じやと、明ても暮てもゆかりある、そのむらさきのふぢつぼを恋しく〵となくばかりなり是までは本書きりつぼの巻なり。此す。へよりすなはちはゝ木ゞとするべし

かすみたち木《こ》のめも春の明ぼのや、光《ひかる》源氏今ははや十六才」8になり給ふ。しだいに智恵《ちゑ》のますかゞみ、色事にのみこゝろをよせ、人目の関路《せきぢ》しのぶ山、おもひ入るにもさはりある、戸《と》のたてられぬ悪口《わるくち》に性悪様《しやうわるさま》と名のたつを、きのどくたんと世をはゞかり、上面《うはべ》に実《じつ》をたてながら、下に染出《そめだ》す色小袖《こそで》。当世《とうせい》はやる吉岡《よしおか》[12]に大紋《だいもん》付て浅黄《あさぎ》うら、繻子《しゆす》の返《かへ》しの二重帯《ふたへをび》。鬢付《びんつけ》とろりとはけ長《なが》に、こきもとゆひの茶筅髪《ちやせんか》み、しやんとしたるき[13]目もとには、亡者《もうじや》の衣服《ふく》をはぎとりし、迷途《めいど》の姥《うば》も腰《こし》をぬかし、「哀《かなしん》でやぶらず」と毛詩《もうし》にほめたる上廊《らう》[14]も此君に出合《であふ》ては、涎《よだれ》をながさせ給はんかと、うたがふ程の女ころし。いにしへの色自慢《いろじまん》かたのゝ少将《しやうく》とても、此君にはおよぶまじと聞につけてもおぼつかなく、あふひの上の御方には、少《すこ》しりんきのさしいでゝ、しのぶもぢずりたれゆへに、みだれ心のうたがひもげにことはりときこへけり。されば源氏の生れつき好色《こうしよく》の方において、うちつけにべつたりと向方《あち》から仕懸《しかけ》の恋風に、糸《いと》よりかゝる青柳《あをやぎ》のなびきやすきはきらひにて、たゞなりそふでならざかや、此手《て》をくだき気《き》をつくし、日《ひ》をへて物にする事をよろこび給ふ御くせなり。

げにや色事おもひやる常盤《ときは》の山のほとゝぎす、から紅《くれなゐ》のふりいでゝ、はれ間もみへぬ五月雨《さみだれ》にけふもくれぬと入相《いりあひ》のかねつく〴〵とものおもふをりから、内裏《だいり》にはうちつづき、みかどの」9御ゆめみあしきとて、御物忌《ものいみ》の中なれば、静観僧正《じやうくわんそうじやう》[15]をめされ、南殿《なでん》の御階《みはし》において、一七日仁王経《にんわうきやう》をおこなはる。源氏の君も此間は昼夜《ちうや》御殿《てん》に直宿《とのゐ》し給ふ。かゝる所え御舅《しうと》左大臣殿より、此ほどの御つとめさぞ御退屈《たいくつ》にあるべしとて御心をつけられ、提《さげ》重《じう》一組《くみ》めづらしく取《とり》あはせ、御子頭《とうの》中将を御使《つかひ》として、源氏の御休所《やすみじよ》え御みまひにつかはされける。本より此

中将は源氏の為には小舅《こじうと》にて内外《うちそと》心やすく、和哥糸竹《わかいとたけ》の道〳〵をも一所にまなび給へり。

つれ〴〵とふりくらして、しめやかなる宵《よひ》の雨《あめ》に、御とのゐ所もつねよりはさびしき心ちするに、源氏の君ともし火《び》をちかくよせて、文選《もんぜん》のあはれなる巻《まき》〳〵をくりひろげ給ふつゐでに、かたはらなる簞子《たんす》の中より、色よくそめなしたるうすやうに、ちらしかきたる千話文《ちはぶみ》をとり出し、その事かの事おもひ出したゞひとりおかしがり給ふ所へ、頭《とうの》中将せきばらひして、しさいらしくみへ来れば、あはてゝかの文をふところの中へとりかくし給ふ。

中将粋《すい》して

「もし是よい手がみゝまする。今のはなんで御ざります。ちとみせ給へ」

とゆかしがれば、源氏めいわくながら

「さあらば大事ない文計《ばか》みせん。さはりある艶書《ゑんじよ》《ちはぶみ》はひらく事ならぬ」

とゆるし給はねば、中将むつとげ[16]なかほつきして

「ちか比《ごろ》それは聞えませぬ。日ごろ御まへとは心やすく、一口《くち》の物をも喰合《くひあふ》ほどにいたしますに、いかほど大事の文なればとてかくし給ふべきかは。さて〳〵曲《きよく》もない御こゝろ入。われらも随分悪性《ずいぶんあくしやう》をつくし、ぬれ[17]の意気《いき》地《ぢ》におゐては、酢《すい》も甘《あまい》もよくなめて見ましたによつて、かりそめに書ちらしたる文はみてもおかしふおもひませぬ。そのうちとけてさはりある、起情《きしやう》[18]まがひの艶書《ゑんじよ》こそ見所ありてゆかしけれ。おしなべて大体《てい》の文は数《かず》ならぬそれがしも、時おりふしに書かはし侍るに、たゞ色事はおのがまゝ心のそこをうちふるひ、うらみも恋ものこりつゝ、おもふうたがひはれちらし、君まちがほに夕ぐれの空《そら》になく音《ね》はみなうそながら、うすくもこくも長《なが》〳〵と、書ながしたる水茎《みづくき》《ぬれぶみ》こそ見所あらめ」

といひければ

源氏「何が扨そちにかくすべき事あらん。さらばのこらずさらへて見せん」

と箪司《たんす》を開《ひら》き上《うへ》の引出《ひきだ》しに入置《をき》たる、あまたの文をみせ給へば、中将かさねて

「いかにも大切《せつ》なる文をば、かほと[19]大ごみ[20]なる箱《はこ》におさめ、取ちらしをき給ふべくもあらず、さだめて秘蔵《ひさう》の文をばふかくかくし給ひぬべし。次《つぎ》の引出しこそ心にくけれ」

とて、なをうたがひながらかたはしづゝひらきみるに、相手《あいて》かはれど主《ぬし》かはらず。此ほどは打たへて、その音《をと》づれもなぎさこぐ、海士《あま》のおぶねと書そめて、かしくの末《すへ》に源《げん》さままいる《まゐる》[21]、下にはよりより身と計《ばか》あり。

中将粋《すい》の骨長《こつちやう》にて」11（挿絵15）手の筋《すぢ》[22]をみしりごし、当推量《あてずいりやう》に女の名《な》を、それかかれかと指《さす》中に、天然《てんねん》といひ当るもあり。又突気《とつけ》もない人をおもひよせて、たしかに是ぞとうたがふを、源氏おかしくおぼしめせどあらそふべくもあらず。言葉《ことば》すくなにとやかくまぎらはしつゝ、文どもとりおさめ給ひ、そのゝち中将持参《ぢさん》の提重《さげぢう》をひらき、杉楊《すぎよう》枝《じ》にて笹粽《さゝちまき》。時の物とて茄子餅《なすびもち》。心をつけてこまやかに、小串《こぐし》の肴《さかな》はさみあひ、三つ二つ四つ酒《さけ》をのみ、酔《ゑ》ふた機嫌《きげん》に

光君《ひかるきみ》「なふいかに中将殿、わが文ばかり探《さが》さずとそなたの文をもとり出し、もようのかはりをみせ給へ。しからばこちにも懇難《こんたん》[23]な、秘蔵《ひさう》の文を出して」12みせん」

とさいそくし給へば、中将卑下《ひげ》して、

「われらにおくる文などは中く＼いやしきしづのめの、文字《もじ》さへ直《ろく》にみへわかず。ましてことばのつたなさを君の御げんに入ん事、はづかしく候へば、そこらは御めんあるべし」

挿絵15　書を読む光源氏

（12オ）

と、いふもかたるも若《わかい》どち、足《あし》もたせつゝ文枕《まくら》、たばこのけぶり吹《ふき》ながらむだ口たゝいてよもすがら、是でなければ夜があけぬと、色のしな〱かぞへたてはなしけるこそおかしけれ。

　時に中将寝《ね》ころび居《ゐ》、扇《あふぎ》ひらいて蚊《か》を追《をい》ながら、

「それ天地に妊《はらま》[24]れ人として色このまざらんはいとさう〱しく、玉のさかづきに酒なき心ちぞする。さあれば男《をとこ》も女もやめまじきは色の道。恋がなければうき世もあらじ。娘《むすめ》のいたづらは親《をや》の見ぬふり、息子《むすこ》の悪性《あくしやう》は親仁《おやぢ》が気《き》を通《とを》すが当風《とうふう》のこゝろ持《もち》なり。されば女の生れつきに、是はしたりとよびあがり、命を質《しち》に遣《や》るほどに、どこもかしこもうちそろひ、金《かね》になりよき米《よね》たちは沢山《たくさん》にはありがたし。げに世をわたるさゝがにの、何《なん》のくもなきふるまひと、かねてしりつゝ恋侘《わび》し、そとをり姫《ひめ》の色ざかりぬればや人〱袖引《そでひい》て、雪《ゆき》のふる夜にがた〱と、車《くるま》の陰《かげ》に丸寝《まろね》せし、かの少将《しやう〱》のおもひ人、小町《こまち》がすがたもみねばしらず。たゞまのあたり目にふれし、今の米衆《よねしゆ》をかぞふるに、難《なん》のつかぬはまれに候《そろ》。」13

　此人は恋しりめ情《なさけ》しりじやとおもふほど、たゞうはべにて実《じつ》ごかし、文にて人をころすもあり。さてをりふしのすてことば[25]、かたじけなさになみだをこぼし、どふもいはれぬうまひ所あれど、とり入てみれば水くさい事おゝく、たゞ一分《ぶん》をたてたがりておのれが器量《きりやう》を高ぶり、外には女もない物かなんぞのやうに、性《しやう》のわるい女房《にようぼう》多《をゝ》し。

　親《をや》にかゝりて居《い》るむすめなどは、卒時《そつじ》に人にもみせじと奥《をく》ふかくおしかくし、月見花見のありきさへ、乗物《のりもの》にてのゆきかよひなれば、外より目利《めきゝ》のならぬ事なり。たま〱人づてにて尊丈《そんでう》[26]それのむすめ子《ご》は、品《しな》かたちをばいふにおよばず、絵《ゑ》かき文かき花むすび[27]よろづにつけてくらからずと、たゞかたはしをよそにのみ、みずしてこゝろをうごかすを聞《きく》恋とは申なり。

こゝにある宮がたの御むすめ、末摘花《すへつむ》と聞えしは、かたちはさのみすぐれねどたんとなさけのそこふかく、男おもひのしやれものぞと、仲人《なかうど》姥《かゝ》がとりなしも、あはねばしれぬ世の中の、女ごゝろやたのみなく、わづかの芸《げい》を鼻《はな》にかけ、悪《わる》ひ事をばおしかくし、人聞《ぎゝ》のよいやうに、つくろひいだすことなれば、そらにはいかゞさだむべき。惣じて女の身の上を、実《じつ》あるかとみもてゆくに、つゐにはみおとりせられて、藁《わら》の出ぬ[28]といふ事なし」

と、おかしげにかたりけるを、源氏の御心にも」14(挿絵16)おもひあはする事ありてうちわらはせ給ひ、

「さてその中にも又まれに、うちそろふてきりやうよく、心ばせの誠《まこと》ある女もあらんか」

とたづね給へば

中将「げにや疵《きず》なき出来《でき》物に、千枚道具《せんまいだうぐ》[29]の折紙《をりかみ》[30]あり。中〳〵それは切《き》れ物にてたちまち男の命をとる。さればつく〴〵かんがふるに、いたりて上作《さく》の女と、寸度《ずんど》[31]下作《げさく》の女はまれに、たゞ中の上下の上の生れおゝく候。先は位《くらゐ》たかき人のむすめは、うば腰元《こしもと》にかしづかれよい事ばかりみならひ、少《すこし》づゝのわるひ事はかくるゝ事もおゝく、とりなしがよければをのづからふるまひもよろしく聞え侍る。

たゞ中より下のむまれにこそ、女の心〳〵をのがまゝ」15しなしのよしあし、さま〴〵にわかるべき事なり。又下〳〵の生れになりては、さのみとりあげていふにおよばず。はじめからいやしきはづじやと人ごとに了簡《りやうけん》すれば、目にもれ耳《みゝ》にたつ事も、そのとをりにてすまし候」

と、色事のさばきにおゐて、くもりなきやうにみへけるもおくゆかしくて

源氏「さて上中下三段《だん》にむまれ出たる女のしな、わけはさま〴〵ありはらの、われなり平《ひら》にあらねども、色にはあかでたちなげく、けふのこよひにいにしへの、しづのおだまきくりかへし、むかしを今《いま》の物語、さあ〳〵たづ

挿絵16　雨夜の品定め

（15オ）

ね申べし。元《もと》より位やんごとなく、品たかく生れながらいやしき人の妻《つま》になり、手鍋提《てなべさげ》つゝ朝夕《あさゆふ》に噇水喰《ざうすいくふ》もあまたあり。又はつたなき海士《あま》衣裓《ごろもすそ》をむすびし人々も、俄《にはか》に品よくなりあがり、大きな顔《かほ》してほのめかす。その違《けぢ》目《め》をばいかゞ分《わく》べき」

ととひ給ふ所へ、左馬頭《さまのかみ》、藤式部《とうしきぶ》の丞《じやう》といへる好色《こうしよく》の友達《ともだち》二人御みまひに来る。源氏よろこび給ひて、

「よい所えまいられたり。先酒のんで咄《はな》しやれ」

と、聞に気味《きみ》よき色ごろも、とりかさねつゝかたるもおかし。

此末のまきより雨夜《あまよ》の品《しな》さだめ十八問答《もんどう》なり。源氏一部《ぶ》の大意《い》なれば心をつけてみ給へ。文《ぶん》のつたなきは今の作者《さくしや》の科《とが》とおもひて。」[16]

注

［1］ともに香草。賢人君子にたとえる。

［2］赤い果物。通常は、「丹花」（赤い花）で、美人の唇をたとえる。

［3］正しくは「慈童」。中国の仙童。

［4］晩唐の進士。容貌が美しく、性格も穏やかであったという。

［5］南宋の学者、林希逸のことか。

［6］裾が地に引かないように引き上げた姿。

［7］ここでは酒の別称。中国河南省にある白河の支流の崖上にある菊の露を飲んだ者は長生きしたという。その水で作った酒。

【巻四】

〔8〕下級の公家、貧乏な公家などをあざけっていう語。
〔9〕皿を洗うようにそう簡単にはできないということ。
〔10〕陰茎の異称として使用しているか。
〔11〕中傷。
〔12〕染模様の名。
〔13〕なまめかしい。
〔14〕「詩経」周南・関雎に載る、奥ゆかしい、君子の配偶者。「哀《かなしん》でやぶらず」は論語より。
〔15〕平安前期の天台僧。増命。
〔16〕本文「むつどけ」
〔17〕恋愛。
〔18〕起請文。男女の愛情のかわらないことを誓った文。
〔19〕表面に。
〔20〕たくさん入っている。
〔21〕合字にふりがな。
〔22〕手相。相手の身の上。
〔23〕懇嘆。ここでは真心のこもったぐらいの意か。
〔24〕本文は「娚」。
〔25〕無責任なことば、約束。
〔26〕具体的な名をあげず、不確定に指示するときに用いる語。
〔27〕紐を種々の花形に結ぶ女子の遊び。女子の諸芸の一つ。
〔28〕「藁が出る」は、ぼろが出る意。
〔29〕金千枚の価値がある道具。価値の高いもの。
〔30〕鑑定書。
〔31〕きわだって。

【巻五】

（目録）

風流源氏もの語五　目録

（本文）

是より十八問答のはじめ
第一段左馬頭のことば也

「いやしきしづの女氏《めうぢ》なふしてにはかにのぼる玉の輿《こし》、むらさき蒲団《ぶとん》を敷寝《しきね》にし伽羅《きやら》のけぶりでふすべても、かくれあらざる立まはり、いやといはれぬ物ごしにどふでも藁《わら》の出《で》る[1]ものぞ。さてやんごとなきすぢなれど、時にあはねばせんかたなく、貧《ひん》な男につれあひて破《やぶ》れ布子《ぬのこ》の取形《とりなり》[2]にも、どこやら小判《こばん》のはしがみへ、そのふ[3]にうへてかくれなき、げに紅《くれない》の顔《かん》ばせにやさしき所おほくある。

今の軒端《のきば》の萩《はぎ》などは女の名なりけしうはげびぬ生れ也あらぬ中位《ちうくらゐ》。さてよ[4]中にも上下あり。明石《あかし》の上《うへ》のはりまの国あかし入道のむすめ也生れつき、田舎《いなか》にそだちたまへどもいやしからぬふうぞくにて、たちふるまひのやさしきは、いとさつぱりと家の内、ゆたかにくらし給ふゆへ、都そだちの上郎にみぢんもはぢぬけはひあり。又みやづかへに出たちておもひかけぬ仕合《しあはせ》にて、裾《しとね》のはしを穢《けが》し夜食《やしよく》のかたまり[5]など出来《でき》ては一家《け》一門うかみあがり、世のおぼへはなやかなる女もおゝし。これらをや中の上とさだむべき」

といへば

二段源氏「さて〳〵おもしろき事かな」

とあたまをたゝいてわらひたまへば、頭《とうの》中将かほをしかめ

「さても笑止《しやうし》やこゝろへず他人《たにん》のやうに仰《おしや》ります。そのみやづかへに出たつと馬の頭がものがたりせしは、」2御母きりつぼの御身の上では御ざらぬか。それが何んのおかしひ事ぞ」

と気をつけられてげにもつとも。

三段馬頭「女三の宮などは時世のおぼへうちそろひ何にふ足《そく》もましまさねど少《すこ》し御器量《きりやう》おとりてみゆ。薄雲《うすぐも》の女《によう》院《いん》はすぐれて時めきたまへども、さのみとり得《え》てほめがたし。これらは上の中ならん。其外さま〴〵宮がたに名《な》の聞えしはありながらわれらが口《くち》でうへ〳〵のみぬ玉だれにはさたにおよばず。いでさらば此上はいたりぜんさく[6]さらりとやめ、中から下をはなしましよ。

さて世をすてゝ引こもり人に名をさへ」3(挿絵17)しられずあばらやにたゞひとりすみわびし女もあり此女は夕がほの上の事也。又親仁《をやぢ》はかたくなに爪《つめ》の先《さき》にて火をとぼし、兄《あに》はもとより家暮《やぼ》てんにて〈是は藤式部がいもうとの事そのいもうとはたゞひとり恋しりの盛《さかり》なるに縁《えん》にもつけず。いたづらにおしこめをきたるなどあはれにおぼえ、大かたはかゝる人こそ痨痎《らうがい》などをやむものなり。をしやあつたらきりやうぞ」

と藤式部《とうしきぶ》が方をみやれば、四段式部はわがいもうとゞものよきむまれつきなるを聞いだして、かくはそびやかすにやと下心にはおかしくおもひながらあいさつもせず、きかぬふりしてねぶり居《い》たりけるに、」4源氏はしろき直衣《なふし》しやうぞくの事也をしどけなく着《き》なし、引しごき帯《をび》一重《ゑ》にて寝《ね》ころび給へる御よそほひ、燈火《ともしび》のかげにうつりて、光《ひか》る君の御かたちをそのまゝ女にして見たらば、公家大臣《くげだいじん》のその中に心中《しんぢう》する物おゝからん。此君の相手《あい》には宮がたの女郎《らう》を撰《ゑ》りに撰《ゑ》りても不足《ふそく》なるべし。

五段馬頭「およそ世間《せけん》をうかゞふに人づてにきゝ、たゞかりそめに些《ちく》とみて是はとおどろくばかりの女も、わが手に入てなれしたしび、所帯《しよたい》などをうちまかせてからは、はじめ見聞と大にちがひかしこきといひしもおろかに、かたちのよきもみ悪《にく》くよろづにつけて飽目《あくめ》のみゆるものなり。すべて女に限《かぎ》らず男にもまた公《おゝやけ》《みかど》につかうまつり世のまつり事をもかしこくとりさばき、人のたすけにもなるべききりやうは希《まれ》なる物に候。しかれども上《かみ》にたちて政道《せいたう》をおこなふ人はたとひ気《き》のつかぬ事ありても、下からそれ〴〵に心をつけ、下は上になびき上は下にたすけられて、よろづとゞこほる事なし。さるによつてことひろしといへども何のくろうもなくらちあき侍る。たゞせばき家のうちの、留主居《るすゐ》にさだむべき人をいかにとおもひめぐらすに少もたらはぬ事ありてはふ埒《らち》なる事どもおゝく出来」5さぶらふ。

つら〳〵あんじ候に夫婦《ふうふ》の中よきは女のこゝろなるべし。もとよりそれもおつとの心によるべきことなれば一がひにはさだめがたし。されどもおつとはいかにわが女とおもひいやしめ、あるひはありたきまゝの不義《ふぎ》をおこなひ、又はさかへおとろふるの二つにしたがふといへどもうらみはらたつことなく、おつとの心にそむかじとしたがひ、さてそのうらめしき事をば、をりにふれて千話《ちわ》むつ言《ごと》のつゐでに、

「いつ〳〵はかうしたことを仰《おしや》りましたがそれは此わけじやによつて、こなたのが無理《むり》で御ざんす、わしがこゝろにはこうおもひます、なんとそうでは御ざんせぬか」

とにこやかにいひきかせなば、いかほどとんよく[7]いたづらなるおのこもよだれをながさすといふ事あらじ。

／伊勢《いせ》みやす所の事
かたちさつぱりと伊達《だて》な仕出《しだ》しにて、よろづきれいにもてなし、たゞかりそめのことのはにちりもつかじと身を高《たか》ぶり、文をかけども大やうに、さら〳〵とうちなぐり、そこには物のあるやうに、皆人ごとに気をもたせ、あふてこま〴〵ものいふに、十《とを》に一つのかへり事口の中にてつぶやけば、それぞとわけも白糸《しらいと》のなびきやすき女とみれ（木がらしの女也）ば、あまりなさけに引おとされて、こゝろよはきは父《てて》なし子《ご》とやら、とりじまりなきものどく。」6是ぞ女の第一の疵《きず》なるべし。

／指《ゆび》くひの女の事
又かたちはおとりながら心だてすなほに、わが家の仏《ほとけ》とふとしとかやにて男ひとりの手をまぶり[8]、よそめに

挿絵17　雨夜の品定めの冒頭に例として挙げられる女君たちか（3ウ・4オ）

【巻五】

は気違《きちがひ》とみへてもかまはぬ気になりて、髪をもろく〳〵とりあげず、眉《まゆ》の跡青《あとあを》〳〵と燕脂《べに》黒歯《おはぐろ》は元朝《ぐわんてう》につけそめたるばかりにて、白粉箱《おしろいばこ》には蜘《くも》の井《ゐ》を張《は》るといへども、さら〳〵それにはかまはず、たゞ所帯《しよたい》方の事にのみ心をくばり、夫《をつと》の出入につけてかりそめにも世話《せわ》をやき、世の人のうわさなどとりあつめてかたり出し、事にさし出はらあしく、わが物がほに家の内とりさがすもめんどうにおぼゆ。

只《たゞ》女は＼むらさきの上の事心入やさしくよろづ遠慮《ゑんりよ》がちにおぼこめきたる人こそおもしろからん。ものごと人まかせなればことたらぬ所をば、引つくろひていひおしへおしなをす事もこゝろまゝなり。＼花ちるさとの事つねはすこし大やうにて物にかまはぬ女の、おりふしにつけて出ば＼さし出る事也へするに、よろしき事もおゝくありける。今はたゞ品《しな》かたちにもよるべからず。心さへなさけふかくよろづ夫《をつと》にしたがひ身もちやさしくさゞれ石《いし》の岩《いは》ほとなりてこけのむすまでさかへひさしく、ふたばの松のするゑ〴〵まで貞節《ていせつ》《まこと》の道をまもり候はんこそよき女とは申べけれ。

さればなり平朝臣《ひらあそん》さる女とちぎりかはし」7（挿絵18）二心もあらですみなし侍りしに、此女のむまれつきうはべにはうつくしく人がらをたしなみ、うらみいふべき事をもおしかくし、心の中にはおもひあまり、折《をり》ふしにつけてむねのほぶらをもやす事のみおほく侍りしに、あるとき女少の事をこらへかねて、なり平の家をうしとおもひうたをよみおきてつゐにはしり出けり。

出ていなば＼なり平の家をこゝろかろしといひやせん
世の＼二人の中にうらみある事をば人はしるまじき也ありさまを人はしらねば[9]

此男なり平也かきをきのうたをみてさま〴〵思案《しあん》すれど、我心におぼえぬ事なるを、何によりてか家出《いゑで》しぬらんと」8こゝろもとなく、あそこゝたづねもとむといへども行衛《ゆくゑ》さだかにしれず。ある時人づてにきけば、頭《かしら》おろして

挿絵18　尼になろうとする女

（8オ）

尼《あま》になりぬるよしさたするも、かなしくをもひなげきければ、めしつかひ《(なりひらの)》の女などかのあまの所へたづね入りてたいめんし、「旦那様《だんなさま》（なりひら也）の心は如在《ぢよさい》なくましますにそこほどもかへりみたまはず、いかにとしてかあたら御身をいたづらに、かくはさまかへたまふらん」といふに、その時こそ過し世の恋しくなりて、みづからあたまをかきさぐりて、くやしき事おゝく、短気《たんき》は損《そん》気と思ひしり足ずりをしてなけどもかいなし。

されば一たび尼《あま》になり、仏《ほとけ》の道にも入にしものゝ、又ぞやむかしを恋したひ、煩悩《ぼんのう》のきづなはなれにくきありさま、仏も中〳〵こゝろきたなしとみ給ふらん。にごりにしまぬ心をもつて、露《つゆ》ばかりのうらみをいひつのり、わが気にまかせかろ〴〵しく、一たん家出してのちこゝろのしづまるにつけて、さりし夫《をつと》の事ゆかしけれど、今は後悔《こうくわい》先にたゝず。きのどくの山〳〵ものおもひする女もおゝく侍る。〱すべて《むらさきの上にあたる》よろづの事なだらかに、うらむべき事をば何となくほのめかし、又うらむまじき事をもにくからずとりなさば、それにつけていとしさもまさり、をのづから」9男の心もおさまりぬべし。あまりはしたなくうちもたれこゝろやすだてにみゆるは、よそめにはうらやましきやうなれど、立かへりみればうるさくて、つながぬ舟《ふね》の浪《なみ》にうきたるごとく、とりじまりなきものに侍る。何んとさうはあるまいか」

といへば六段中将うなづく。

七段頭中将「さしあたりておもしろくもあはれにもみゆる人の、とり入てたのもしげなきこそほいなかるべけれ。さは云《いゝ》ながら男のこゝろながくみゆるし[10]なばその家もおさまり夫婦の間ふしぐ〳〵[11]もあらじ。とにもかくにも世の中に二つながらそろひたる事なければ、大かたのふそくをば大やうに扱《さばい》てこそすむべかりけり。わがいもうとはあふひの上なり此定《さだ》めにかなひ侍るか」

といへば、源氏の君狸《たぬき》寝入《ね》して聞入給はぬを、左馬《さま》の頭《かみ》は品定《しなさだめ》の頭取《どうとり》[12]になりて、好色一道《だう》の事は何んでもあぢよくとりさばかんと思ふきしよくにて、打ぬきの扇《あふぎ》ひらめかし居《い》たり。中将は

「はじめからそのことはりを聞はてん」

と起《をき》なをりてさいそくする。

八段馬頭「さらば女の品をたとへを引てかたり聞せん。先木《まづこ》の道のたくみの職人大工《しよくにんだいく》の事也よろづの細工《さいく》を心にまかせてこしらへ、外の智恵《ちゑ》におよばぬ七堂伽藍《どうがらん》、五重《ぢう》の塔《たう》などを何の苦《く》もなくつくりいだす。その外人々のこのみに任《まか》せいかやうなうつはもの、彫《ほり》物すかしのたぐひ何がならぬと云《いふ》事なし。其中にも上下ありてなをものゝ上手《じやうず》は手《て》際各別《ぎはかくべつ》[10]にみへわかれ侍る。

又絵《ゑ》かきの上手おゝけれど、彩色絵《さいしきゑ》にいたりてはまぎるゝ事有てかりそめにまさりおとりはみへわかれず。たゞ墨絵《すみゑ》におよんでその違目《けぢめ》はつきりとあらはれ侍る。されども誰《たれ》もみた事のないしゆみせんの図《づ》、龍宮《りうぐう》のけしき、天ぢくの金翅鳥《こんじてう》もろこしのけだもの、目にみへぬ鬼《をに》のかほなどをおそろしきさまに書なし、人の目をおどろかす、これは実《じつ》らしき事にあらねば、そのよしあしを強《しゐ》てあらそふものなし。とにかくつねにみなれし山のすがた水のながれ、人の家居《いゑい》などをさら〳〵と書きなして難《なん》なきをこそ上手とはいはめ。すべて墨絵のかすり筆は下《へ》手《た》のおよばぬ事なり。

又手を書にもふかき習《ならひ》はなくて、筆勢《ひつせい》などあらはに、何の点《てん》かのてんとてちんぷんかんの似《に》せをつかひ、ぴん

しやんとはねちらしたるは、一風《ふう》めづらしくみへたれど、それよりはなを律儀《りちぎ》に筆拍子《ふでべうし》なく、つゞまやかに書出したるこそまことの能書《のうじよ》とおもはる。

　さればはかなき芸能《げいのう》さへ、おもてをかざりつくろひたるは、みざめする[13]こゝちなるに、まして人の心の花染《そめ》にうつろひやすきあだ情《なさけ》、[11]（挿絵19）うはべの色はおもしろけれど千とせの松のすへかけて、ふかきちぎりはむすびがたく、よろづにつけてたのみすくなくこそ侍れ。さらばそろ〳〵はじめのたとへをとりてかたりきかせ申さん」

と、源氏のそばへちかく居《ゐ》よれば、君は右のはなしの内より、とろ〳〵うちねぶりたまふを、小縒《こより》を捻《ひね》りて御かほをなでまわしければ、びつくりと御目をさましあくびしながら、

「さあ〳〵聞ふ」

と起直《をきなを》りたまへば、頭中将妨杖《ほうづへ》つき、藤《とう》式部膝《ひざ》をたてゝむかひ居たり。

　時に馬の頭

九段「それがしまへに下官《げくわん》にてまかりし時しのびあひたる女あり。さのみ形《かたち》[12]はすぐれねども頭《あたま》に血《ち》のあるさかりなれば、松の木のふし穴《あな》もつんざくほどのいきほひにて、与風《ふと》かの女にのぼりつめ、ちよろりと夫婦《ふう》のやくそくして、内へよび入れ所帯《しよたい》をさするに、のち〳〵は秋風たちて、事がなあれかし笛吹《ふえふか》ん[14]と調子《てうし》をみあわせ侍りしに、此女りんきつよくわれらたま〳〵夜ばなしなどに出て、すこしをそくかへれば、密女《こそ》[15]ぐるひもするやうに廻《まわ》り根性《こんじやう》を出し、さま〴〵うたがひけるにぞ、いとゞうるさくおもひながら、この女つねに所帯《しよたい》を大事《だいじ》にかけ、味噌塩《みそしほ》の切れ目にもわれらに世話《せわ》をやかせず、かれが智恵《ちゑ》にて才学《さいかく》し糸《いと》くり綿《わた》つむ価《あたい》にて小遣《こづかひ》にまかなひ、大かた半分《はんぶん》は女房《かゝ》が影《かげ》でやしなはれければ、さながら暇《ひま》も遣《や》り悪《にく》く、さりとて又相《あひ》ずみする事しだいにいやらしく、

【巻五】

挿絵19　木の道の匠

（12オ）

とやせんかくやとおもひめぐらすに、女そのけしきをみてとり、にはかにしなかたちをつくり、朝むく起《おき》から[16]小麦《こむぎ》のからにてすりみがき、串柿《くしがき》[17]に粉《こ》をふりたるごとく、べつたりと彩色《さいしき》して、日には百度《もゝたび》も腰《こし》の皺《しは》をのばし、むりに気に入るやうにもたせ懸《かけ》るほどに猶うとましくをもはれ、どふがなして[18]かれに飽《あか》れんと思案《しあん》をめぐらし、ひたもの夜歩行《ありき》して先《さき》〳〵にとまりてもどり」13ければ、女房《かゝ》例《れい》のりんきをおこし、鍋釜《なべかま》のめげる程わめき出し、

「なふそこなうんつくどの、内には水が付[19]かなんぞのやうに三界《がい》をめぐりありき、女とさへいへば茶臼《ちやうす》に目鼻《はな》が付てもびろ〳〵と引てみたがり、さもしやつまみ喰《ぐひ》ばかりしてそれで所帯《しよたい》がさばけるものか。ちとたしなまんせ。性悪《しやうわる》〳〵」

と、かさ高《だか》にのゝしる程に、あたりほとりの外聞《ぐわいぶん》つかみたてるやうにきのどくなれば、それがし炎魔顔《ゑんまがほ》して、

「やいそこな鬼瓦《おにがわら》。人目があるぞ。先《まづ》だまれ。そもや男のかたじけなさは、おれ一人にかぎらず皆人ごとに心まゝ、したい事してあそぶ筈《はづ》じや。わが身貧《ひん》なればこそおもふやうにもならね。世にある人は女房《ばう》のある上に、妾《てかけ》足《あし》かけ莚《ござ》なをし[20]、腰元茶間中居《こしもとちやのまなかゐ》などゝて花のやうなる色ぐるひ。ありたいまゝにふるまへども本妻《ほんさい》さらにりんきせず。しかるにわれらたまさかに、友なひかたらふ夜あそびを、事がましくせいたう[21]して、りんきだてするおかしさよ。そのふくれ顔《づら》見度《みたう》もない。けふまではとやかくと不便《ふびん》をくわへきゝのがし、むねをさすつてこらへたり。かさねてかゝるふるまひせばわが家にはかなふまじ。かまへて已後《いご》をたしなめ」

と、あらけなくいひおどし侍りしに、女房いよ〳〵たけりかゝり」14（挿絵20）

「なんぼ大きな顔《かほ》しても、そなたの恩《をん》はみぢんもうけず。此年月のうきすまひ、手なべ提《さげ》たるかた手間《てま》に、すゝぎせんたくさつぱりと、はぢなきやうにこしらへたて、此身は色紙《しきし》たんざくの裓《すそ》をむすんでかたにかけ、麻《を》うみ

挿絵20　指喰いの女とのけんか

（15オ）

糸《いと》くりわたつみて、賤《しづ》が手業《わざ》の銭《ぜに》もふけ。わが喰分《くひぶん》は有あまり、一年の日を百日は大かたこちから養《やしな》ひしも、貧《ひん》な男のかはゆさに、めんどうみたてまいらする寺《てら》から里《さと》えのこゝろざしを、うれしきともおもはずして出《で》るまかせなる安房口《あほうぐち》。さりとはむごひ仕《し》かたぞや。男畜生《ちくしやう》性悪《しやうわる》め。あゝ口をしやうか〳〵と、けふまでたらされつき」[15]そひて、あつたらむだ骨犬《ぼねいぬ》もくわぬ」

と、うろ〳〵なみだでとびかゝり、われらが小指《こゆび》を引よせてたゞ一口《ひとくち》に喰切《くひきり》是よりかの女を指くひの女といふ夫婦《ふう》の縁《ゑん》も是までと跡《あと》をもみずしてかけ出るをそれがしたもとをひかへ

馬頭 ＼ゆびをくはれし事をそへて　＼此年月あひなれし事を
手をおりてあひみしことをかぞふれば
＼りんきせしことの一つばかりは女の疵じやとうとましくおもふと也
これひとつやは君がうきふし

女返し ＼君がうきふしといふをうけて
うきふしをこゝろひとつにかぞへきて
＼これや也　＼今此時ゑんつきておとこの手をはなるべき時節《じせつ》ぞと也
こや君が手をわかるべきおり

とよみかはして家出《いゑで》しにけり。

つく〴〵おもひめぐらすにさすが年月あひなれたる事なれば、をりふしごとにおもひいだしふびんにもありければ、かのりんもじ[22]さへやみなばよびもどして、二たびそはばやと思ふ心もありながら、日数《かず》ふるまでおとづれもせざりしに、ある夜みぞれふりてさびしきころ、内裏《だいり》よりかへるさに、指《ゆび》くひの女が事をおもひつけて、いかにしてくらしけるにや、さだめてはや他人《よの》にそひより侍らん物をとおしはかりながら、様子《ようす》見がてら雪《ゆき》をうちはらひつゝ、かの女の家路《いゑぢ》にたどりつき垣《かき》の間《ひま》よりのぞきみれば、ともし火《び》壁《かべ》にそむけてわが女房《ぼう》にはあらで、みなれぬ女どもうちより穴鏈《こたつ》に足《あし》さし入れて鼻哥《はなうた》などうたひ居《ゐ》けり。」[16]

ひそかに内の女をまねき出して、かの指くひの様子をくわしくたづぬれば、いまだ縁《ゑん》にもつかず、われらがことのみおもひつゞけて、過し世をのみくやみけるよしなるが、

「こよひは親《をや》の家《いゑ》みまひに参《まい》りて、われ〳〵をるすにたのみおかれ侍る」

とこたふにぞ、扨《さて》はかの女のこゝろもしづまりけるにや、むかしのかたみをわすれざりけるこそしほらしけれと、思ひやりてかへりける道すがら、相《あひ》なれし年月をかぞへ、つねにかの女がなさけつよくわがことのみ大切《たいせつ》におもひをきける心づくし、女ながらもかしこくたのもしきことおゝけれど、たゞりんきばかりが疵《きず》じやとおもふに、それもあまり男をかはゆさゆへにこそと、かさねて慕《しとふ》こひごろも、絹《きぬ》をたちぬふてわざの又たぐひなく、龍田姫《たつたひめ》といはんもはづかしからず。織姫《をりひめ》《たなばた》の手にもおとるまじきと一つ〳〵いひ出すに、よろづのこりおゝきことばかり今おもひあたり候よ」

と、なみだぐみてかたる。」17

注
［1］ぼろが出る。
［2］人のなりふり。
［3］園生。庭。
［4］ところで。
［5］子ども。

〔6〕至穿鑿。うるさく知ろうとすること。
〔7〕貪欲。
〔8〕守る。
〔9〕『伊勢物語』二一段。雨夜の品定めとの類似の指摘が『伊勢物語闕疑抄』に載る。
〔10〕見てとがめないでおく。
〔11〕仲がしっくりしないこと。
〔12〕しめくくる人。元締。
〔13〕見ているうちに興のさめること。
〔14〕事が起こったら笛を吹こうという意で、この場合、機会があったら浮気をしようということ。
〔15〕かくし女郎。私娼。
〔16〕むっくり起きるとそのまま。
〔17〕干し柿。
〔18〕なんとかして。
〔19〕精気が尽きる。
〔20〕妾の異称。
〔21〕制統か制当か。人の行動を制限すること。
〔22〕悋気のこと。

【巻六】

（目録）

風流源氏物語六　目録

」1

（本文）

十段 中将聞て

「さて〳〵本意《ほい》なき事かな。貴様《きさま》の若気《わかげ》故《ゆへ》にあつたら女房《にようぼう》にわかれ給ふ。すべて打そろひたる女は、金《かね》の草鞋履《わらぢはい》て[1]女護嶋《によごしま》を尋《たづね》ても、たやすくもとめがたきものなれば、大かたの疵《きず》は不足《ふそく》してをの〳〵やわれらはたゞ所帯《しよたい》がたを大切《たいせつ》にする女房が徳《とく》じや」

とわらひながら、

「其外おかしき事はなきか」

といへば

十一段馬頭「さてかの指喰《ゆびくひ》を去《さつ》てのちに、又外の色にうつり人の家にしのびてかよひ侍りしが、此たびの女ははるかにきりやうすぐれ、親《をや》もれき〳〵なればそだちいやしからず。名《な》を木枯《こがらし》と申けるがこゝろばせやさしく、仕出《しだ》しぼつとりとしておむく[2]にみへ哥《うた》よみ物かき琴三味《ことしやみ》にいたるまで、一通《とを》りづゝならひおぼえ男《をとこ》の方より手をおく[3]ほどに見え侍る。

まへの指《ゆび》くひの女にむかひてのあいさつとはかくべつちがひてむつかしく、卒爾《そつじ》に文盲《もんもう》な事などはいひ出し悪《にく》く、諸事《しよじ》心おかれてちぎりかわしけるに、此女おもてむきうちとけたるやうにみへて、下心にはたのもしげなき所あらはれ、もしや密夫《まぶ》狂《ぐる》ひ[4]などするものかとわる粋《ずい》[5]をまわし、心をつけてねらひ侍りしに、神無《かみな》月のころ月いとさへわたりたる夜内裡《だいり》より退出《まかんで》《まかりいで》かへるつゐでに、木枯《こがらし》が家に立よりければ、若《わか》き殿上《てんじやう》人[2]狩衣《かりぎぬ》にゐぼし引かけて内え入りぬ。

さればこそ隠《かく》し男の有けるはとあれたる壁《かべ》のくづれよりさしのぞき居《い》たるに、かのしのび男縁《ゑん》に腰《こし》うちかけて木《こ》の間漏月《まもる》をながめ、菊《きく》の花いとおもしろくうつろひてもみぢの乱《みだ》れなんどあはれげに見えたり。その男ふところより横笛《よこぶえ》をとり出てふきならしければ、簾《みす》の中より木《こ》がらしの女爪音《つまをと》高く和琴《わごん》《やまとこと》をしらべ和琴はつねの琴《こと》に似《に》て糸《いと》六すじ有。柱《ちう》《コトヂ》は皮付《かわつき》の楓《かへで》の木の二またなる小枝をすぐに用て上を矢《や》はづのやうにして糸《いと》をかけつねの琴の柱をならぶるやうにしてびわの撥《ばち》のやうなる木のへらにてかきならす也物やはらかにかきならし、簾《みす》の追《をい》風ほのめくこゑもやさしく聞なして、をとこそゞろにうかれ出庭《には》の菊《きく》を一茎《もと》折て簾《みす》の中えなげ入れ」3（挿絵21）

殿上人

ことの音もきく＼菊をそへていえり〔6〕もえならぬ宿ながら
つれなき人をひき＼ことのゐんを取てやとめける

女いたうこゝろつくろひて

こがらしにふきあはすめるふえの音を
ひきとゞむべきこと＼琴をかけてのはぞなき

となましたゝるきあひさつするに、わが見入たるをもしらで女みすの内より出て男の手をとり奥《をく》え引入れければ、すはや事こそおこれと心悪《にく》ふなるほどに、しきりに息《いき》づかひあらくしくなれば手に汗《あせ》を握《にぎ》り、身をもだへ」4つゝうかゞひみれど、かな聾《つんぼ》の立聞《たちぎゝ》にて内と外《そと》との事なるに、耳垢《みゝあか》を劚出《こすりだ》し壁《かべ》に小鬢《こびん》をおしつけ足《あし》を翹《つまだ》て聞居《ゐ》れば、えならぬ泣声《なきごへ》ひゞきわたり、温茶《あついちゃ》五六服《ふく》のむほど間ありて、ばたくさと身づくろひするやうに聞え、男外《そと》えいでゝ手水《てうず》つかふもおかしかりし。是《これ》をみてより浅《あさ》ましくなり、それよりかの女に中絶《なかたへ》侍る。

されば前《まへ》の指《ゆび》くひの女と此木枯《こがら》が事を思ひ合するにわかき時の色ごのみにはさまぐおかしく、あはれに恥《はづ》かしく心悪《にくき》事などかずくさぶらへど、とにもかくにも女の下心ほどおそろしくたのみすくなき物はあらじ。源

挿絵21　木枯らしの女、笛を吹く男をのぞく左馬の頭（3ウ・4オ）

氏の君もわかき御心まかせに、おらばおちぬべき萩《はぎ》の露《つゆ》ひろはゞきへなんとする玉篠《たまざゝ》のあられなんどのやうに、こぼれかゝる恋草をのみ好《この》もしくおぼしめさるべきが、あたまからぬれかゝる女はまことすくなく、一たびは男をすつぽりとぬくものにて候。今はおぼしめしわけも有まじ。御年も長《たけ》て三十《みそぢ》にもなり給はゞその焼手《やきで》[7]をばかならずおもひあたり給ふべし。かまへて〳〵女には心をおかせ給へ。ふか入してはめられ給ふな」

といましめければ十二段源氏にこ〳〵わらひおはす。

十三段頭《とうの》中将もみ手して

「さらばわが身の上におもひあたる事を、あら〳〵[5]はなして聞せませう。それがしやもめずみにて侍りしころしのびてみそめたりし女あり。何とぞして手に入れたやと千々《ちゞ》のいろ〳〵気《き》をくだき、ほに出てまねく花すゝきなびきよりたるうれしさに、人目の関《せき》をもりそめてかよひなれにし年月のうつるにそへてかはゆさは、寝《ね》てもさめてもわすれかね、心一ぱい実《まこと》をたてかはるまいとの起請文《きしやうもん》。二世のちぎりをむすびをきたへて音信《をとづれ》なきとても露うらめしきけしきもなく、その身ははかなき芝《しば》の戸の軒《のき》に雨もるあばらやにひとり住《ずみ》して、よろづにつけ事たらぬがちなれど、みぢんもそれをいとひもせず。

つゐに鼻紙《はながみ》一枚《まい》も無心《むしん》いはずにくらす事、さりとは見事な心底《てい》ぞと末《すへ》たのもしくおもひ寝《ね》の、夜ごとにかよふしるしにや、娘《むすめ》をひとりもふけつゝ、ふたりが中の寵愛《てうあい》は月にも花にも是ばかり、むぐらの宿《やど》にそだてをき、終《つゐ》のたのみとおもひしに、父母《ちゝはゝ》の了簡《りやうけん》にてそれがし合点《がてん》もせぬうちに、右大臣の四《し》の君に縁組《ゑんぐみ》をいひ合せ、往生《わうじやう》ずくめに祝言《しうげん》させ、心にそまぬ新枕《にゐまくら》うたて物うくおもへども、さながら親《をや》の命《めい》なれば力《ちから》およばずうか〳〵と、なげきながらも月日を送《をく》る。

挿絵22　常夏の女と頭中将

（8オ）

されどもかの女わが縁組《えんぐみ》を恨《うら》みも」6せず。ありしまゝなる心中《しんぢう》は哀而不傷《かなしんでやぶらず》と毛詩《もうし》にほめし上廊《じやうらう》におとらぬほどのふるまひぞと、いとゞあはれにみ過しがたく侍りしが、ある時久しく音信《をとづれ》ざりしに、女の方より文《ふみ》にそへてなでしこの花を折《をり》ておこせたりしを、今もわすれずかなしきぞ」

とてうちなみだぐみて居たるを

源氏「さてその文のことば」

ととひたまへば

中将「わけてことなる事はなくて

女
山がつのかき（＼へだてたる心也　／かきは物をへだつるものなればよそへていへり）ほあるともをり〳〵に

あはれはかけよなでしこ（／むすめの事也。おさなき子をばなでさするものなればなでし子とそへて云）の露

おもひいでゝあはれにおぼえその夜女の方へみまひたりしかば、いと物おもひがほにてあれたる家の露しげきを打ながめ、むしの音《ね》に心をうつしてうちかたぶけるけしきしほらしくて

頭中将
さきまじるいろ（／母とむすめとおもひくらべて）はいづれとわかねども

なをとこなつ（＼なでしこの事をいへり。母よりはむすめの事をわけてあはれに思ふと也）にしく物ぞなき

女（＼露といはんとて）
うちはらふ袖も露（＼なみだをそへていへり）けきとこなつに

あらし吹そふ秋（＼少はうらみたる心。中将の心に秋のきて外の色にうつり給へばむすめの事も心もとなしと也）も来にけり

と心ぼそくいひなして実《じつ》からうらめしきさまもみへず。うろ〳〵なみだをおとしていとはづかしげに、なげきの色をわれにみせじとをしかくしまぎらはしけるこそ心よはくみへ」7（挿絵22）侍りしが、いつとなく風のこゝちと聞えてつゐ

にはかなくなりけるにぞ、それのみ今とてもわすれかね候」
とてやがて袖《そで》をしぼりぬ。
十四段 やゝ有て源氏藤式部《とうしきぶ》にむかひて
「そちが身の上にこそあたらしき物語多《を》からん。少《すこ》しかたはしを咄《はな》せ。聞ん」
と仰《をゝせ》ければ
十五段 式部承り
「かずならぬわれらごとき何のおかしき事かさぶらはん。申ても下つかたの品〴〵御耳《みゝ》にとまる事有まじくこそ」
とて辞退《じたい》すれば、頭中将《とうのちうじやう》さし出て
「いかなる下輩《げび》た事にてもくるしからず。御なぐさみの為《ため》なれば遠慮《ゑんりよ》なしにはなされよ。さあ〳〵おそし」
とせめ給へば、式部」8思案《しきぶしあん》がほにて
「さらば何事をか申上ん」
と声《こは》づくりして
十六段 「それがし四五年已前《いぜん》に、すぐれてかしこき女になれそめ侍り。かの馬頭《むまのかみ》のはなし給へる木がらしの女のやうに、諸芸《しよげい》うちそろふて器用《きよう》に、なま〳〵の博士《はかせ》《ものよみ》も爪《つめ》をくわへる程才智《さいち》ありける。
かれが父《ちゝ》もとより和漢《わかん》の文《ふみ》に達《たつ》し侍りしかば、それがしをり〳〵行かよひ物よみならひ講釈《こうしやく》なんどうけ給はりしつゐでに、かの父われらをねんごろにおもひ入れて、何となくむすめと盃《さかづき》事させさかなに小哥《こうた》などうたはせなどしてもてなしけるにぞ、何んでも仕《し》て取《とつ》た物じやと下心にうれしくおもひながら親《をや》の心をはゞかりてさすがになれ〳〵しくも物いひかはす事なく、古文真宝《こぶんしんぽう》にかまへて[8]、ひた物詩文《しぶん》などをまなび侍りしに、そのむすめ詩作《しをつく》る事上手《じやうず》にて、その道をくはしくわれらにをしへけるまゝ、のちはこゝろやすくうちとけて手をしめ[9]ながら平仄《へうそく》を合せ、千話《ちわ》のかず〴〵いひかたらひければど、かの女身を高ぶり芸《げい》に自慢《じまん》の色みへて、われらを下目《したの》にみこなし[10]けるにぞ、あらめんどうやとおもひ切てそのゝちいひよる事もなく打過侍る。

とかく女の才智《さいち》すぐれて芸《げい》に達《たつ》せしもの⌟9は男を尻《しり》に敷《しく》やうにおもはれ心にくき物に候。君もよく〳〵聞しめされ、あまり発明《はつめい》なる女には御心をゆるさせ給ふな」

といへば、其時

源氏「そればかりではすまぬ。今のはなしの跡《あと》があらふ。是非《ぜひ》〳〵残《のこ》りをはなせ〳〵」

とせめられ、藤《とう》の式部鼻《はな》のあたりおごめきて、

「さてかの家え久しくまいらざりしがある時ものゝ便《たよ》りにおとづれけるに、をりから水無《みな》月の夕つかた、あつさしのぎがたく扇《あふぎ》つかふて汗《あせ》を入れ葛水《くづみづ》など呑《のん》で、かの女今《いま》もや出るかとまち居たるにさはなくて、下女《げぢよ》を出していんぎんにもてなし、へだてたるやうなあいさつ。

われをふすぶる[11]かとおこがましくおもひなして、なを様子《ようす》をうかゞひみるに、下女がいふやうは

「むすめ事此間霍乱気《くわくらんけ》にさぶらひ、土用《どよう》の入りなればとてけさほどようじやうのために、草薬《さうやく》をにんにくの事也。今も土用の入ににんにくをのむ事あり。むかしよりのならはしかのみていと臭《くさき》にほひのいたし候へば、直《ぢき》に御げんに入りまいらする事きのどくに候ゆへひかへ侍る」

といふに、あいさつのすべきやうなく、たゞ

「御尤《もつとも》」

とばかりいふて立出ければ、あまりさうぐ〵しくやおぼへけん。かの女障子《しやうじ》越《ごし》に高《たか》ぐ〵と、

「このにほひこよひの内にはうせ侍らん。あすの昼《ひる》ほど来らせ給へ。たいめんいたすべき」

といふもうるさくて」10（挿絵23）

藤式部

／くもの事也。「くものふるまひかねてしるし」もとよめる古哥をとりて
さゝがにのふるまひしるき夕ぐれに
ひるほど来れといふをうけて　／わけもなき心也
ひるますぐせといふがあやなき

女

／にんにくをばひるといへばそへていふ也　／やすめ字　／くるしかるまじと也
あふことのよをしへだてぬ中ならば
ひるまもなにかまばゆからまし

まことに口かしこき女もきのどくにおぼえ、さて又いかに薬《くすり》なればとてかゝることやうなる物を女のもちゆべき物かはと浅《あさ》ましくおもひければ、それより中絶《たへ》侍る」

としとやかにかたれば

十七段　源氏興《けう》がるかほにて

「その物語は中〱方便《うそ》にこそあらん」

とうちわらひ、

「たとひ誠《まこと》にもせよかしあからさまに女のはぢをばいはぬ物ぞ。今」11すこしよろしからん事を申せ」

とせめ給へば

式部「これより外にめづらしきことはさぶらはず」

とていひやみぬ。

挿絵23　蒜の女と藤式部

（11オ）

十八段「すべて男も女もその身のあやまりをのこりなくとりさがしいひたてんこそきのどくならめ。又女の三史《さんし》史記《しき》前漢《ぜんかん》書《じよ》後《ご》漢書五経《きやう》書経《しよけう》詩《し》経易《えき》経礼《らい》記春秋《しゆんじう》をいふ也のみち〳〵をあきらかにまなびさとり、口かしこきとてふくみきらふべきにあらず。されどもなま物じり川えはまる[12]とかやいへば、その道〳〵を心におさめおきて、みだりに口にいふべからず。なまじゐにわれこそ真名《まな》《しんじ》しりだてにかな文《ふみ》の中えよめにくき難字《なんじ》などを書入て先《さき》をこまらする事は、よき人のせぬ事也。うたよむとおもへる人の一風《ひとふう》[13]やり過してえならぬことのはをねぢけがましくいひ出るも、つきなくすさまじくこそみへ侍る。すべて心によくおぼえし事もおもてえあらはさずしてしらずかほにもてなし、十《とを》ほどいはんとおもふ事をば二つ三つのこしてことばすくなにあらんこそ上廊《じやうらう》のよき品《しな》ぞ」といふにつけても、源氏は藤《ふぢ》つぼの御ありさまを心の内におもひつゞけ給ふ。此藤つぼは出《で》ずいらずいはずかたらぬ御むまれつき、女の上においては此外はあらじとほめぬものこそなかりけり。かくてをの〳〵どさくさと色《いろ》⌊12のはなしに鳥《とり》がなく、なみだの雨《あめ》も晴《はれ》ければ、三人のかた〴〵いとま申てかへりけり。

すでに翌日《よくじつ》《あくるひ》みかどの御ものいみも明ぬれば源氏の君此間久しく里え下《さが》り給はず。ことには夕部《よんべ》の例《れい》ながら御舅《しうと》左大臣の方え入らせ給へば、いづれもたち出御たいめんあり。此ほど大内にての御心づくし、さぞ御退屈《たいくつ》にあるべしとて、さま〴〵御なぐさみなどもよふし給ふ。

その日雨《あま》あがりにてことの外むせかへり、あつさしのぎがたきに、紀伊守《きのかみ》とて伊予《いよ》の助が子也源氏にしたしくつかうまつる人の中川《なかがは》といふ所に住居《すまゐ》けるが、かれが家居《いゑゐ》うちはれ此ごろ池《いけ》に水せき入れて涼《すゞ》しさかぎりなきよし聞および給ひ、さらば暑気《しよき》《あつさ》をはらさん為《ため》とて、源氏その家にいたり給へば、紀伊守《きのかみ》にはかごとにてあはてふためき座《ざ》敷《しき》の掃除《さうじ》もそこはかとなくとりしたゝめける。池水《いけみづ》の心ばへなどおもしろく、田舎《いなか》めきたる芝垣《しばがき》して前栽《せんざい》など心を付て植《うへ》たり。風すゞしく吹《ふき》みだれ、むしのこゑ〴〵賑《にぎ》〳〵しくほたるしげくとびまがひてけしきいと見所をゝし。あるじとりあへず盃《さかづき》を出してよも山の物がたりのつゐでに、夕部《よんべ》雨夜《あまよ》の品定《しなさだめ》に馬頭《むまのかみ》が取いでゝ中《なか》の品にさだめをきたる女は、此紀伊守がまゝ母《はゝ》の」13空蝉《うつせみ》いよの助がのちぞひの女房なりにやと心にくゝおもひ、透間《すきま》あらばみまほしと心をつけてかなたこなためぐり給ふに、西面《にしおもて》にわかき女のこゑほのかに、しのびてわらひなどするけしきゆかしければ、一間の障子《しやうじ》を細目《ほそめ》にあけたりけるに、きの守さし出《で》て又さしふさぎければ、ともし火《び》のすきかげにしやうじの紙《かみ》にうつりて女のすがたみへたるが、それかあらぬかと心ときめきすれども、人目しげゝればうかがふひまなく、源氏の君しばし物音《をと》を聞ゐたるに、ひそ〳〵とさゝやく事何事ぞとおもへば、源氏の御身の上をかたるなりけり。

「いまだ源さま御年もゆかせ給はで悪性《あくしやう》におはしまし、あなたこなたを色ごのみしてありかせ給ふ事君には似合《にあは》ぬ御仕《し》かたぞ」

といふをきけば、もし藤《ふぢ》つぼにこゝろをかけし事などを人のいひもらしけるにやと、先むねつぶれけれどさのみその噂《うはさ》ともおぼえねば、聞さして引こもり給ふ。

きのかみ出て御夜食《やしよく》などすゝめ申す。こよひはこゝに御滞留《とうりう》あるべきよしにて御供《とも》の人を帰され蚊帳《かてう》の内に入らせ給ふ。こゝに小君《こぎみ》とてうつせみの弟なり十二三ばかりなるわらは源氏の御給仕《きうじ》に行かよひ侍りしが、北《きた》の障子《しやうじ》のあなたに女の声《こへ》するをもしやうつせみのふしたる所ならんかと心もとなく起《をき》てたち」14(挿絵24)聞し給へば、うたがひもなくその女とおぼしく小君《こぎみ》をよびて、

「源氏の君はいづくにおはしますぞ。もはややすみ給ひぬるか。いかに」

ととひけるに、

挿絵24　空蝉のもとに忍ぶ源氏と、それを知らずに部屋に入ろうとする伊予の介【14】

（15オ）

小君「さん候。君は南《みなみ》のひさしにて御寝《ぎよしん》なり侍る」

とこたふ。

うつせみ「ひるならばのぞきて見たてまつりたや」

とねぶたげにいひて、蚊帳《かちやう》に引籠《こも》りたるようすなり。

　源氏は心にくゝおぼして一間へだてたる戸の懸金《かけがね》を心みに引はづし給ひければ、内からはさゝざりけり。仕《し》すましたりとうれしくて、そろ〳〵さぐり足《あし》にて内へ入り几帳《きちやう》の外《そと》より火《ほ》のぐらきにのぞきみ給へば、空蟬《うつせみ》たゞひとりすや〳〵と寝《ね》入るていなり。」15源氏おづ〳〵そばへより上にかけたる袷《あはせ》かたびらをそつとをしやるまで、うつせみの心にはわが夫《つま》いよのすけぞと思ひ、

「よふ御ざんした」

といふに
源氏「いかにも」

と仰《をゝせ》らるゝ御声《こへ》のつねならねば、うつせみいかにともおもひわかず物におそはるゝこゝちして、

「ヤア」

とおびゆれど顔《かほ》にかたびらのかゝりておとにもたてず。

　時に源氏女の手をとり、

「くるしからぬものぞ。おどろき給ふな。うちつけにはしたなき心のほどゝみ給ふらんもはづかしけれど、日ごろおもひのやるせなくこがれ〳〵てあまを舟《ぶね》。とまりさだめて今《こ》よひしも、風にほのめくあはじ嶌《しま》あはの鳴戸《なると》に

身は沈《しづ》むとも君ゆへならばとおもひ入るそこの心をくみわけて、あさくはあらじと思ひわけ給へ」

と、いとやはらかなる物ごしにはいかなる鬼神《をにかみ》もたちまち腰《こし》をぬかしそふに思はる。うつせみ思ひの外なればさしあたりていらへもなく、やゝ有て
「人たがへにこそ侍らめ。かずならぬ身に何んのそうした事が」

とかすかにこたふ。

源氏「いかにとしてか色ごろもきて見るからにうすからぬ、情《なさけ》によれる恋のつな、君に引かれてしのびよるせいもんくされ[15]実《じつ》から」

と、おもはずじつとしめよする[16]時、かのうつせみのおもひ人いよの介勝手《すけかつて》の方より忍《しの》び来り、

「いかに〳〵」

といふほどこそあれ、源氏しつぽと汗《あせ》を」[16]かき几帳《きちやう》のかげにすくみ居給ふ。いよのすけばたくさといふ音《をと》をあやしくおもひ、ともし火《び》かきたてゝみれば南無三宝《なむさんぼう》源氏の君、帯《をび》ときひろげてふつゝかにさしうつぶひておはします。

　いよのすけにがわらひして
「是は先はしたなく、どうした事の人たがひ、あれに伏《ふ》したる腰本《こしもと》がお望《のぞみ》ならば、とくより内証《ないしやう》おしやりませいで大事《だいじ》ない事じやに性悪《しやうわる》〳〵」

といひまぎらかすも面目《めんぼく》なく、そのまゝ障子《しやうじ》をあけて逃《にげ》出給ひぬ。いよのすけも恋しりにて情《なさけ》ふかく、女の科《とが》にもおもひきはめず、かへつて源氏の御物おもひをいとしがり、気《き》を通《とを》して[17]そのまゝおのが寝《ね》やに立かへる。

　その音《をと》を聞てまへにもこりず光君《ひかるきみ》いかにもしても本意《ほい》なしと、又かの床《とこ》にしのび入り、ないつくどいつ[18]なよ

竹《たけ》のふしくれ立《だち》し下口《したくち》に、揚《あが》り膳《ぜん》[19]をすゝめたやと、千々《ちゞ》に身をもがき給ふ内に、はや明なんと鳥《とり》がなき御むかひの人々

「御車《くるま》を引入よ」

なんどいへば、宝《たから》の山に入ながら手もちぶさたに立帰るとて、

源

つれなさを[20]うらみもはてぬ《＼うらみをいひつくさぬ内に夜のあけしと也》しのゝめに

とりあへ《＼鳥をそへていへり》ぬまでおどろかすらん

身《うつせみ＼ぬしある身なれば》のうさをなげくにあかで明る夜は

とりかさね《＼いよの介の心と源氏の思ひとをとりかさねてなげくと也／鳥をそへていふ也》てぞ音もなかれける

すでに四方《よも》赤《あか》くなれば、源氏は御装束《しやうぞく》なんど着替《きかへ》給ひて」17立出るに、たゞうしろ神の引やうにあとに心のとまりて、いひかけたることのはの医者坊《いしやぼん》[21]なる事をのこりをゝくおぼしめし、かの人のおもかげ身にしむばかり、月はあり明《あけ》にてひかりおさまりながらかげさやかにみへて、中〳〵おもしろき明ぼのなり。

それより源氏は御舅《しうと》左大臣の方にとゞまり、さてかの紀伊守《きのかみ》が方にてみなれ給ふ小君《こぎみ》をめして御使《つかひ》として、うつせみの方へ文をおくらせ給へり。女人目もきのどくながらひそかにひらきみれば

源／過し夜の事也

みしゆめをあふ夜《／いひかけしことのはのかなふ事もありやとなげく内に也》ありやとなげくまに

めさへあはでぞころ《／日ごろ也》もへにける

うつせみの心にいよの介の手前《てまへ》をはゞかり給ふにより、そのまゝ御返《かへ》し申事もなかりしかば明《あけ》の日に小君をもつて御返事《へんじ》をさいそくし給へども、つや〳〵御請《おうけ》[22]を申さねば源氏少《すこ》しせかせ給ひて、さらば直《じき》にたいめんして

心のをくをたづねんと夕ぐれのすゞしきころ、物詣《ものもふで》のかへるさに紀伊守《きのかみ》が家に入らせ給へば、あるじよろこびさまぐ〳〵もてなし奉る。

うつせみは君の御入りをきのどくがり、例《れい》の所にやすらひなば又ぞやはづかしき目をみる事もやとおもひ、その夜は寝間《ねま》をかへて伏《ふ》し給ひぬ。夜更《よふけ》て源氏小君を御使《つかひ》にて御文をつかはされけるに、つねの寝所《ねどこ》にみへ給はねばあそこ爰《こゝ》よともとめけれど居所《ゐどころ》／まへにくはしくしるし侍る」18しれず。やう〳〵にしてらうか伝《づた》ひに行あひ御文奉る。

源／うつせみによそへていへり
はゝ木々／まへにあり の心をしらでそのうらの[23]
みちにあやなく／わけなく也 まどひぬるかな

女もさすがに捨《すて》てもおかれず墨《すみ》うすく打なぐりて

かずならぬ／うつせみ ふせや／まへにあり。四のまきのはじめにてかんがふべし におふるなのうさに
あるにもあらずきゆる／はかなき心也 はゝ木々

ときこへてその夜もつれなくあひたてまつらず。源氏はおもひのむねをこがしすご〳〵と帰り給ふとぞ。

【巻六】

空蟬《うつせみ》二巻夕顔《ゆふがほ》二巻若紫《わかむらさき》二巻　跡より板行

元禄十六癸未年孟春吉日

都の錦『風流源氏物語』

書房

洛陽五条通
河勝五郎右衛門

東武日本橋南壱町目
舛屋五郎右衛門

板」19

注

［1］すり減らない草鞋で、根気よくさがすこと。

［2］御無垢。初々しい娘。

［3］一目置く。

［4］情夫に夢中になること。

［5］悪推量。邪推。

［6］河内本「菊」、定家本・別本「月」。

［7］うれしがらせておいて、だますこと。

［8］「古文真宝」は、学ぶためによく用いられた漢詩文集。転じて、まじめくさっていることの意。ここでは両方を掛ける。

［9］握りしめる。

［10］見下げる。

［11］不満を持つ。

［12］中途半端な知識があるとしくじるというたとえ。

［13］ちょっと異なった趣・様子。

［14］『源氏物語』本文では伊予の介は登場しない。

［15］誓文をかわす際に言う自誓の語。

【巻六】

〔16〕抱き寄せる。
〔17〕気を利かせる。
〔18〕泣きつ口説きつ。
〔19〕他人の妻。
〔20〕『源氏物語』では「つれなきを」。
〔21〕望みどおりにならないこと。元禄頃の上方での流行語。
〔22〕返答。
〔23〕『源氏物語』では「そのはらの」。

都の錦『風流源氏物語』解説

レベッカ・クレメンツ

『風流源氏物語』（六巻六冊）は元禄十六年（一七〇三）に刊行された作品で、『源氏物語』の桐壺巻〜箒木巻（雨夜の品定めまで）を俗語に書き換えている。作者都の錦の本名は宍戸《ししど》光風《こうふう》と言い、他にも、雪休堂、八田宮内小輔光風、鉄舟など、数多くの戯名・別号を名乗っていた[1]。元禄十五年より翌年にかけて、都の錦は『風流源氏物語』を含め、七作を刊行しているが、十七年の夏に江戸に下り、無宿人として捕らえられ、薩摩国（現在鹿児島県）の金山の労役に送られた結果、『源氏物語』の書き換えは『風流源氏物語』のみで終わった。赦免後、大坂に帰り、二、三の数少ない作を発表したが、晩年の消息は明らかでない。作風は、学識を誇示して和漢の学を吹聴し、教訓的言辞も交っている一方で、際物《きわもの》性を重視し、好色味も生かしている傾向が見られる。西沢一風に指導を受け、一風の開いた古典の利用、伝奇化を推し進めた。この二つの特徴は『風流源氏物語』にも見られる。

『風流源氏物語』の内容は、見返し題に「桐壺《きりつぼ》のゆふべの煙《けぶり》 静《しづまりて》 帚木《はゝきぎ》の夜《よる》の言葉《ことのは》 遊《おもしろや》」と書かれるように、桐壺巻と箒木巻までだが、箒木巻は「雨夜品定」の終わりまでしか取り扱っていない。都の錦の『元禄曾我物語』（元禄十五年（一七〇二）刊）の終わりに、『風流源氏物語』の予告があり、全訳の意思を述べる[2]。

先《まづ》きりつぼはゝきの両巻《ふたまき》を五冊《さつ》にきりつほ二巻 はゝ木ゝ三巻述《のべ》まいらせたきこゝろざし止事《やむ》を得ずして、そろ〳〵寒空《さむぞら》にむ

かひ、冬毛《ふゆげ》の筆《ふで》をふるひ申さん。此二巻終《をは》りて跡《あと》からうつせみ夕がほ、是また五冊に綴《つゞ》り、日を積月《つみ》を重《かさね》て五十四帖《よでう》に及《をよぼ》し[3]

『風流源氏物語』作成の意図がよく書かれているので、参考資料として末尾に当該部分の翻刻を載せた。『風流源氏物語』序とあわせてご覧いただきたい。

その後にも「先《まづ》はきりつぼはゝ木々両巻板行《ふたまきはんかう》のゝち、首尾《しゆび》よく当《あた》り申候はゞ、次《つぎ》の巻段々年《まきだん〱ねん》〱に板行《はんかう》いたし」と書くことから、商業的に成功した場合には、続編刊行の意思があったようだが、前述したように、都の錦は『風流源氏物語』が出版された元禄十七年から宝永六年の大赦まで薩摩国で労働させられていたため、続きは書けなかった。そして、赦免された時には、すでに宝永四年から七年にかけての梅翁源氏が刊行され始めていた。

『風流源氏物語』は原文から離れている箇所が多く、冒頭から「いづれの御時にか」ではなく、恋路についての論述から始まっている。桐壺更衣の話が始まるのは六丁の途中からである。

されば日月明《あき》らかならんとする時は、よこ雲是がために覆《おほ》ひ、人君正《じんくんたゞ》しからんとすれば、寵妾《てうしやう》これを乱《みだ》る事、唐《から》も日本《やまと》もむかしより、そのためしすくなからず。夜《よる》となくひるとなく御傍《そば》にかしづく女御《にようご》女御とは后《きさき》の次《つぎ》なり。数《かず》はさだまらぬ也更衣《かうい》数十二人。みかどの御服《ごふく》をとりあつかふ女官なりあまたさぶらひ給ふ中に、いとやんごとなき位《くらゐ》ならねど按察《あぜち》大納言《なごん》のむすめ、桐壺《きりつぼ》の更衣《かうゐ》と申は、すぐれて時めく花のかほ二八の春の明ぼのや、霞《かすみ》の黛《まゆずみ》おのづから、その身に薫《たきもの》せざれども色もにほひもほのめきて、風にしなへる柳ごし膚《はだへ》さながら痩《やせ》もせず、肥《こえ》あぶらつきたをやかに驪山《りざん》の雪《ゆき》のふりわけがみ…

このように想像力に富んだ物語外の要素を入れていることが分かる。この「原作ばなれ」について、野口武彦は『風流源氏物語』が失敗のみに終わっていると論じている。

『風流源氏物語』は、自己目的としてのパロディの部類に属する。ということはつまり、作者はたんなる俗語訳者であることにあきたらず、原作を俗解した部分に新境地を拓こうとしているのであるが、そうした原作ばなれの志向は充分むくわれずに、けっきょく光源氏の倒立したカリカチュアという以上に自立していないのである。（二一七頁）[4]

別稿でも述べたが、ここでの「パロディ」という言葉にはやや抵抗感を覚える[5]。名作の特徴を生かしたまま、違った内容を表現して滑稽的な効果を出すという意味を持つ「パロディ」は厳密に言えば『風流源氏物語』に当てはまらないように思われるからである。確かに都の錦は『風流源氏物語』における俗性と原作における雅性との相対によっておかしさを出しているが、紫式部の文体を真似しているわけでもないし、からかっているわけでもない。むしろ、『源氏物語』に関する知識を自慢している都の錦の著述には、原作に対する尊敬の念が窺える。

周知のとおり、都の錦は学識を誇り、彼の作品における学問的な部分はおそらくそのセールスポイントの一つでもあった[6]。『風流源氏物語』の序文において都の錦は従来の注釈書を批判して、代わりに教育レベルの低い読者に彼の『風流源氏物語』を勧めている。

むかしの恋《こひ》しり俊成《しゅんぜい》、定家《ていか》、紫《むらさき》の紐《ひぼ》を解青表紙《ときあをへうし》を披《ひらい》て、「源氏不レ見《みざ》哥読《らんうたよみ》は無下《むげ》の事《こと》なり」と此君達《このきみたち》の眖《しかり》をうけ適《たまく》かの巻《まき》に望《のぞみ》ながら、教《おしへ》なければ誦曲《よみくせ》になづみ、只唯《ただひとり》蓬生《よもぎふ》の宿《やど》に住《すん》で一露《いちろ》の雫《しづく》に口《くち》を雪湖月《すゝぎこげつ》の陰《かげ》に嘯《うそぶき》或《ある》は河海《かかい》に船《ふね》を寄《よせ》、泯江入楚《みんごうにつそ》の底《そこ》を探《さぐ》る。しかはあれど道《みち》ふみ分《わけ》ざれば難レ知《がたくしり》、をのづから花鳥《はなとり》の音《ね》に鳴《なき》ねいりするもの不レ少《ずすくなから》。それを僕《ヤツガレ》嘆《なげ》きの余《あま》り、もとより窓《まど》の蛍《ほたる》をむつびて枝《えだ》の雪《ゆき》をならさゞれば、浅見《あさくみ》寡《すくなく》きける呀《あざけり》を恥《はづ》といへども、田舎生立《いなかそだち》の振袖《ふりそで》に似《に》せ紫《むらさき》の下染《したぞめ》をしらせ、藤咲門《ふじさくかど》の口《くち》をやはらげ、……

これは単なる口先だけのことではないらしい。『風流源氏物語』は俗性に富んだ滑稽的な場面、または隠語による猥褻の駄洒落を含む一方、『源氏物語』の基礎知識を得るために原文を分かりやすく訳しており、注釈や説明も加えている。たとえば、前述の桐壺更衣の登場部分において「女御」と「更衣」の意味を割注によって説いており、その部分の後に原作の『長恨歌』言及を詳しく説明している。

『風流源氏物語』の原文と対応しない部分について、川元ひとみと長谷川強による先行研究がある。川元は長谷川の指摘を踏まえつつ、『風流源氏物語』を元禄年間の「長編化」の試みと捉える。

『風流源氏物語』には、方法の一つとして、長編化の趣向が懲らされていると私は考える。というのは、処女作『元禄曾我物語』が、のちの武家物長編化の端緒を開いた作品であり、同一趣向を用うる要素が「源氏」にあるからである…『元禄曾我』で「長編化」を試み、ある程度の成功をみた都の錦とすれば、『源氏物語』は長編化の手法を使うにまさに格好の題材だったに違いない[7]。

物語外の要素を多く含む部分には特に写実的な描写が著しく、都の錦は、原作にみられない小物や衣類などの描写を訳文に挿入しながら、井原西鶴を代表とする近世作者たちのように、より長くより写実的な作品を目指していたのであろう。なお、指導者の西沢一風の古典利用からの影響も見られる。長谷川強が指摘したとおり、一風は演劇界の「やつし」という方法をかりて典拠となる古典、或いは古典的な世界を扱う作品を好色化と当世化することにより、新しい作品を書いていた[8]。彼は、その方法によって書かれた作品の題名に「風流」を冠した。「風流」という言葉は中国から入り、日本における意味は元来、風雅・上品なさまを指していたが、時代が経るにつれて、正流から離れた異様のニュアンスが働くようになり、それに好色的な意味が加えられていた[9]。一風の指導を受けた都の錦の『風流源氏物語』はその系譜を引いており、古典の俗語訳、部分的な当世化・好色化によって長編を試みているといえよう。

注

（1）光風の別名と生涯については中嶋隆「解題」（『都の錦集』叢書江戸文庫　六）に詳しい。
（2）川元ひとみ「近世小説と『源氏物語』――『風流源氏物語』を中心に」（伊井春樹編『江戸時代の源氏物語』おうふう、二〇〇七年）一二七～一二八頁。
（3）国立国会図書館所蔵『元禄曾我物語』（江戸・京洛、舛屋五郎右衛門・河勝五郎右衛門）一七〇二年（元禄十五）（請求記号：寄別5-3-3-7）五二丁オ～五二丁ゥ。
（4）野口武彦『源氏物語を江戸から読む』（講談社、一九九五年）二一七頁。
（5）レベッカ・クレメンツ「もう一つの注釈書？――江戸時代における『源氏物語』の初期俗語訳の意義」（陣野英則・緑川真知子編『平安文学の古注釈と受容』3、武蔵野書院、二〇一一年）三九～五五頁。

（6）藤原英城「獄前の都の錦――書肆川勝五郎右衛門をめぐって」（『近世文芸』第七六号、二〇〇二年七月）五六頁。
（7）川元ひとみ「近世小説と『源氏物語』――『風流源氏物語』を中心に」（伊井春樹編『江戸時代の源氏物語』おうふう、二〇〇七年）一三〇～一三一頁。
（8）長谷川強『浮世草子の研究――八文字屋本を中心とする』（桜楓社、一九六九年）七五～七八頁、長谷川強「浮世草子と「やつし」」（『浮世草子新考』汲古書院、一九九一年）八六～一〇一頁。都の錦と一風との関係については井上和人「西沢一風と都の錦――『元禄曾我物語』への一風の関与について」（『国文学研究』第一一八号、一九九六年）三三～四四頁に詳しい。
（9）岡崎義恵『風流の思想』上下（岩波書店、一九四七年～一九四八年）、長谷川強『浮世草子の研究――八文字屋本を中心とする』（桜楓社、一九六九年）七五～七七頁。

なお本作の翻刻、影印として、以下の書物が刊行されている。
『近世文藝叢書　第5　小説・下巻』（国書刊行会、一九一一年）
倉員正江、佐伯孝弘編・解説『浮世草子研究資料叢書　第3巻（影印編3）　古典やつし物』（クレス出版、二〇〇八年）

【参考資料】『元禄曾我物語』末尾・『風流源氏物語』予告（国立国会図書館蔵（寄別5-3-3-7））

いらざる事ながら申てみましよ
光源氏《ひかるげんじ》物がたりは、詞《ことば》の花開《はなひら》けがたく、言《こと》の葉艸《はぐさ》むすぼふれがましければ、湖月《こげつ》の海《うみ》にのぞみ、万水《ばんすい》のながれを汲《くむ》といへども、其道の粋《すい》に聞かざれば済《すま》ぬ事多し。都《みやこ》は哥人《かじん》の会所《くわいしよ》にして、これを悟《さと》るにあかず。片田舎《かたいなか》には、指南《しなん》する人まれなる故に、たまく彼《か》の巻々を披《ひらく》といへども、猫《ねこ》に小判《こばん》にて、をのづから泣寝入《なきねいり》になる者少《ものすく》なからず。よつてひそかに是をなげき、いにしへのちんふんかんを、当世の平直詞《ひらたいことば》に仕替《しかへ》、風流《ふうりう》源氏物語と題号《だいごう》して、先《まづ》きりつぼはゝきの両巻《ふたまき》を五冊《さつ》にきりつほ二巻はゝ木ゝ三巻述《のべ》まいらせたきこゝろざし止事《やむ》を得ずして、そろく寒空《さむぞら》にむかひ、冬毛《ふゆげ》の筆《ふで》をふるひ申さん。此二巻終《をは》りて跡《あと》からうつせみ夕がほ、是また五冊に綴《つゞ》り、日を積《つみ》月を重《かさね》て五十四《よ》帖《でう》に及《をよぼ》し、上《かみ》は緞子《どんす》の夜着《よぎ》の中《うち》、下《しも》は賤《しづ》がふせ屋、夕皃《ゆふがほ》の棚《たな》の下《した》まで、光《ひかる》源氏の意気地《いきぢ》を知らせ、まぼろしの世に好色の御法《みのり》を説《とい》て、人の心を浮《うき》舟にする事、これみな恋の手習《てならひ》。寸切《ずんぎり》の後家《ごけ》白歯《は》のむすめ、密夫《まぶ》女郎にいたるまで此巻《まき》〳〵に身をつくし、よもぎふの宿《やど》に居《い》てまきはしらにもたれ、須磨《すま》や明石《あかし》の月を目の前に詠る事は、夢のうき橋《はし》渡りくらべねばならぬぞかし。かうやうに申せば、石《いし》山観世音《くわんぜをん》の御罰《ばつ》もおそろしく、又は式部《しきぶ》が幽霊《ゆうれい》、上品蓮台《じやうぼんれんだい》に座《ざ》して、法界悋気《ほうかいりんき》もうとましけれど、大和小学《やまとせうがく》をはじめとして、通俗三国志《つうぞくさんごくし》なきにしもあらず。先《まづ》はきりつぼはゝ木々両巻板行《ふたまきはんかう》のゝち、首尾《しゆび》よく当《あた》り申候はゞ、次《つぎ》の巻段々年《まきだん〳〵ねん》〳〵に板行《はんかう》いたし、四方《よも》の国中《くになか》へ御げんに入れまいらせ候べく候。

返〳〵風流神代巻《ふうりうじんだいのまき》日本ことはじめ三巻近日板行右《みぎ》源氏物語の例にをなじ。

梅翁『若草源氏物語』

【巻一】

（序）

わか草《くさ》、源氏物語《げんじものがたり》はいかなるにや。其《その》よる所《ところ》をしらず。かの、石山《いしやま》に篭居《こもりゐ》て、湖水《こすい》の月《つき》に、須磨明石《すまあかし》の俤《おもかげ》を心《こゝろ》に浮《うかべ》て、六十帖《ろくじうじやう》をかゝれたる昔《むかし》のよねの筆《ふで》の跡《あと》を、今《いま》の世《よ》の、紫帽子《むらさきぼうし》[1]の、色《いろ》を含める言葉《ことば》に写《うつ》して、根《ね》に通《かよ》ひける野辺《のべ》の若草《わかくさ》といふ心《こゝろ》にや。尤《もつとも》翫《もてあそぶ》べきものなり。于時《ときに》、宝永四《ほうえいよつ》の年《とし》初春《はつはる》

書林《しよりん》の求《もとめ》に応《をふ》じて筆《ふで》を取侍《とりはべ》りぬ

洛陽隠士　容膝軒（印）

（自序）

霖雨《ながあめ》はれまなき比《ころ》、炉《ろ》にせんじちやをしかけ、釜《かま》のたぎるを聞《きゝ》ねいりにする折《おり》ふし、ちいさき娘《むすめ》の侍《はんべ》るが、同《おな》じころなるともどち、其《その》つぎ〲の女子《おなご》まじりに、次《つぎ》の間《ま》に集《あつま》りて、心《こゝ》ちよきゆめ見るじやまなして、草帋《さうし》などよみ侍《はべ》りし中《なか》に、風流源氏物《ふうりうげんじもの》がたりといふものあり。「いかなることをかきたるものぞ」と、よませてきゝ侍りしに、源氏物語《げんじものがたり》を、当世《いまのよ》の俗語《ぞくご》に写《うつ》して、桐壺《きりつぼ》はゝ木ゞの二《ふた》まきをかけり。尤《もつとも》、きりつぼの巻《まき》は、あらまし本文《ほんもん》によるといへども、はゝ木ゞにいたりては、肝要《かんよう》の所々《ところ〲》を畧《りやく》し、あるひはあまりに興《けう》あらんとにや、おもひかけぬさまにとりなしたることゞも、あまた見え侍る。

抑《そも〱》げむし物がたりは、実《まこと》に吾朝《わがてう》の至宝《しほう》。好色艶言《こうしよくえんげん》をもつて仁義五常《じんぎごじやう》の道《みち》をおしへ、兼《かね》て老壮《らうさう》のむねをとき、因果《いんぐわ》の理《ことはり》を示《しめ》し、中道実相《ちうだうじつさう》をさとらしめて、つゐには仏道《ぶつどう》に引入《ひきいれ》」1たるものなり。善《ぜん》をすゝめ悪《あく》をこらし、貴賤《きせん》の

人情《にんじやう》に通《つう》じ、別《べつし》て女子《によし》に道《みち》をおしゆるの術《てだて》、四書《ししよ》五経《ごきやう》といへ共、この書《しよ》におよばず。誠《まこと》に、源《みなもと》ふかき水《みづ》は、くめどもつくることなく、金玉《きんぎよく》はみがくに弥《いよく》ひかりをます。此書《このしよ》を見るたびに感《かんずる》ることおほし。

予《よ》○おなごどもに問《とふ》。

「ふうりう源氏《げんじ》ものがたりは、義理《ぎり》よくきこゆるや。」

答《こたへ》て云《いはく》、

「なるほどよくきこえます。」

僕《やつがれ》○こゝによつておもふに、此書もと好色艶言《こうしよくゑんげん》をもつて、人〴〵このむところより道《みち》に引入《ひきいれ》たる。むらさき式部《しきぶ》のほんゐにまかせ、いまの世のはやりことばにうつし下がしもの品《しな》くだれる、賤山《しづやま》がつのむすめにいたるまで、いろはのもじをおぼゆれば、これをよむにかたからず。猶又《なをまた》、所々《ところ〴〵》にあらぬたはぶれ事《ごと》をくはへたるは、よむ者《もの》の倦《うま》んことをおそれて、わらひをもよほし、ねぶりをさまさんがためなり。しかりといへども、全《まつた》く私《わたくし》に書加《かきくは》へたるにもあらず。おろかながら本文《ほんもん》の心をさつして書侍《はんべ》る、よし、しる人はしるぞかし。扨又少《さてまたすこし》もこゝろざしあらん人は、本書《ほんしよ》にひき合《あはせ》て、この草帋《さうし》を見給はゞ、諸抄《しよせう》を集《あつむる》に不及《およばず》。本文《ほんもん》の義理《ぎり》よく聞ゆべし。

誠《まこと》に式部《しきぶ》は、石山《いしやま》の観世音《くはんぜをん》の化身《けしん》とかや。おろかなる筆のすさびにて、彼《かの》物がたりの妙理《めうり》を書あらはさんとにはあらず。只此草帋《さうし》をみん人、なにとなきたはぶれごとにひかれて、志《こゝろざし》を起《おこ》し源氏《げんじ》物がたりを見給はんたよりともなれかしとて人のあざけり、身のつみをもかへりみず、帚木《はゝきゞ》の末《すへ》ざまより、夕顔《ゆふがほ》の巻にいたり、全六冊《ぜんろくさつ》にかきて、先《まづ》、彼女子《かのによし》どもに見せ侍りしに、

「つね〴〵「はゝ木々の巻《まき》は、源氏《げんじ》一部《ぶ》の序《じよ》、ことに雨夜《あまよ》の品定《しなさだめ》をよくのみこめば、末々《すゑ〴〵》まですむことじや」と、

おしやりました程《ほど》に、迚《とても》のことに品定《しなさだめ》から書《かき》て、下されませい」
といふもおかしく、
「まづこれを見て鳴《なき》を止《やめ》よ」
とて少《ちいさき》娘子《むすめご》にとらせ侍る。

于時宝永三初秋 芋《いも》の葉《は》の露《つゆ》を硯《すゞり》にためて梶《かぢ》のはに歌書《うたかく》[2]序《つゐで》に」2

梅翁書（「堅」印）

襖障子《ふすましやうじ》は恋路《こひぢ》の関《せき》

かけがねがはづれて貞女《ていじよ》がうき名《な》

女《おんな》の閨《ねや》には心《こゝろ》を付べき事」3（挿絵1）

【巻一】

（本文）

光君《ひかるきみ》、彼中川《かのなかがわ》の、紀伊守《きのかみ》がもとに方違《かたたがへ》とて、一夜宿《ひとよやど》らせ給ひしおりふしは、夏《なつ》のよのあつさしのがんそのために、局《つぼね》も腰《こし》もとも台所《だいどころ》へ下《すべ》りて、見る人もなし。

「さあ〳〵是《これ》からは、われ〳〵がたのしみ」

帯《おび》もひもゝときすて、湯《ゆ》もじひとつになつて、奈良団扇《ならうちわ》をかた手《て》にもちながら膳棚《ぜんだな》をさがし、宵《よひ》の御客様《おきやくさま》へもてなしののこり、東寺《とうじ》のはつ茄子《なす》、駒のわたりの白瓜漬《しろふりづけ》[3]もあるは、

挿絵1　雨夜の品めの光源氏と頭中将

（3ウ・4オ）

「おつぼねはひやめしはまいりませぬか。目細《めぼそ》はあれど口細《くちぼそ》はなひ[4]といひます。」

「そこな玉《たま》だれの小瓶《こがめ》に、冷茶《ひやちや》があらふ」

とさすがお公家方《くげかた》をつとむるほどありて、こと葉《ば》はやさかたなり。行水《ぎやうずい》するやら、お湯殿《ゆどの》のくれ縁《えん》、南風《みなみかぜ》のすゞしきかたになみ居《ゐ》て、お半女《はした》まじりに、水木辰之介《みづきたつのすけ》[5]がきやうげんばなし。

「このぼんのやどおり[6]には、山下半《やましたはん》ざへもん[7]が座《ざ》をみませう」

などゝ、わけなきはなしによもふけ行《ゆけ》ば、」4光君《ひかるきみ》はひとりねのものさびしく、蚊《か》のなくこゑもうるさくて、寝《ね》られぬまゝにおきて立聞《たちきゝ》したまへば、只《たゞ》この一間《ひとま》あなたによねのうつくしきこゑして、

「中将《ちうじやう》のつぼねはいづくにぞ、人もなくて物おそろしき心ちするに」

といふ。

日本一《につぽんいち》の、こひのすいくち、わが身もいまは中将《ちうじやう》なりと、あぢな所《ところ》におもひつき、ふすま障子《しやうじ》のかけがねを、こゝろみにひきあけ給へば、あなたよりはさゝざりけり。うれしさどふもたまられず。小袖簞笥長持《こそでだんすながもち》などの中《なか》は、うそぐらくて、何《なに》とやらおちつかぬ心《こゝ》ちはすれど、そろ〳〵はひよりみ給へば、きえをあらそふとぼしびもかすかになりて空蟬《うつせみ》は、蚊帳《かちやう》のうちにたゞひとり、ものわびしげなるねすがたを、見るより心もぞつとして、おもはずそばへよりそひてうへなるきぬをおしのけさせ給ふまで中将《ちうじやう》といふつぼねぞと、おもひしに
「中《光君》将とめされつれば、ひとしらぬわが恋《こひ》の、ふかきおもひの通《つう》じたるかと、うれしくてまいりたり」

との給ふこゑのそれならねば、ふとおどろきてなに事もおもひわかれず。物《もの》におそはるゝこゝちにて、やゝとおびゆれど、顔《かほ》にこよる[8]の引かゝりて、おとにも立《たて》ず。

君《きみ》しとやかにうつせみの手《て》をとらへさせ給ひ、

「打《うち》つけにあさはかなる心ぞとおもひ給はんことはりなれど、このとし月のおもひ草《ぐさ》、はづかしながらてくだにて、けふ方違《かたたがへ》にこと寄《よせ》て、おりよくはおもふ心のふかさをも、せめてはきかせまいらせんと、よひのほどよりうかゞひしに、おもふやう成首尾《なるしゆび》ありて、ふとしも御げんなす[9]ことは、あさからざりしちぎりぞと、おもひなし給へや」

と、いとやはらかに鬼神《おにかみ》もあらだつまじき御しなし。この君ならでほかにまたまがふところもあらざれば、女もさすが粋方《すいはう》にて、「こゝにしらぬ[5]人さまの」とものゝしらず《こえたかにも》。

「これはいかなる人たがへぞや」

と、ふるへこゑにてきこゆれば、

「こは情《なさけ》なきおほせかな。たがふべくもあらぬこゝろのしるべを、うたがひ給ふはことはりなり。さりながらゆるさせ給はぬしたひもの、せきくる心づよくとも、せいもんくされ[10]おしたちて御心をばやぶるまじ。ちときかせますことあり」

と、ちいさやかなれば、かる〴〵とかきいだきて、障子《しやうじ》ぐちに出《いで》給ふときに、かの中将《うつせみのたづねつる》のつぼね来合《きあひ》たり。とぼし火《び》もきえてくらきに、

「こちへ〳〵」

と、の給こゑのあやしくて、さぐりよりたれば、ゐもいはぬかほりのみち〳〵て、かほにもくゆりかゝり、鼻《はな》ももげるこゝちすれば、さてはこの光君《ひかるきみ》なりけりと、思ひあたりぬ。あきれていふべきやうもなく、あゝしんきや

とおもへども、さすがおつぼねを、してくふほどのとをりものにて、なみ〳〵の人ならばこそ「こはらうぜき」とあらゝかに、引《ひき》とめん、よしなみ〳〵の人にもせよ、うつせみの御かたへしのびおとこのありけりと、口《くち》さがなきこしもとゞものあまたしらんはあしかるべしと、おもひまはせばぜひもなく、御あとにつきて障子口《しやうじぐち》までしたひゆけど、わるぶとく、どうてんもなき御かほにて、夜鷹《よたか》のぎう[11]のあしらひに

「暁《あかつき》むかひにまいれよ」

とて、障子《しやうじ》をひきたてゝ、わが御かやのうちにいだき入給ふ。

うつせみはこのつぼねが、思ふところもわりなきに、ながるゝまであせになり、なやましげに見ゆればいとおしけれど、たゞかへすべきわけならねば、例《れい》のどこからとりいだし給ふやら、いやといはれぬことのはにて、さま〴〵くどかせ給へども、

「数《かず》ならぬ身と、あなどらせ給ふ御心のほどこそ、かへつてあさくおもはるれ。おつとある身の二道《ふたみち》に、またこと人に性悪《しやうわる》な。まみゆることは」6なきものを、これはあまりな御しかた」

と、おとなしやかにうらみたる気色《けしき》もはつかしければ、

「其二道《そのふたみち》といふ事もしらぬほどなる初心《しよしん》もの。世《よ》の人なみの好色《かうしよく》と、見《み》たてたまふもめいわくなり。おのづからよのとりざたに聞給《きゝたま》ふこともあらん。かうしたほどの悪性《あくしやう》は、いまだならはぬ身なるぞや。そもじのおほせもくみわけて、道理《だうり》はしごくさりながら、思案《しあん》のほかの色《いろ》の道。さしおきがたきおもひぞや。そのこゝろねを身ながらも、あやしきまでにおもふぞ」

と、いかほどかたきよねなりとも、いなにはあらじいなむしろ、なびくばかりにのたまへども空蟬《うつせみ》は、光君《ひかるきみ》の、

御ありさまよにたぐひなき御きりやうのかわゆらしきにほだされて、うちとけ御げんなしまいらせ、御こゝろにまかせんは、道《みち》ならぬわざぞかし。」7（挿絵2）なさけしらずとおもはれんは、ぜひなしとおもひさだめて心づよくつれなくのみもてなしけり。人がらのやはらかなるに、つよき心をしゐてくはへたれば、只《たゞ》なよ竹《たけ》の心ちして、おるにもさすが、たをられず。光君《ひかるきみ》はおもひきりかさねてはともかくも今宵《こよひ》ばかりはぜひともと、しつかりといだきしめすでにあやうく見えければ、

「こはわるじやれな。あゝつんと」

ゝなみだをながしなくありさまも、いとおしければ、さすがむりにもなりがたく、

「いかなればこれほどに、うとましくはおもひ給ふぞ。おもはずにふとあひそむるこそ、ちぎりありとはおもひ給はめ。いろかもしらぬ野夫《やぼ》らしや」

と、うらみ給へばうつせみは、

「いまださだめし夫《おつと》もなく、ありしながらの身なりせば、かくあさからぬ御心をいかでかむにはしませうぞ。たとへうはきのさたにして末《すゑ》のまつ山波《やまなみ》こゆる、ちぎりなりともすつとんと、君《きみ》にこの身はまかすべし。数《かず》ならぬともいまははや、いよのすけといふおとこあり。よし〳〵とてもならぬわけ見きとなかけそ。人もしりさふらふに」

と、めいわくしたりしありさま、げにことはりなり。

なをこりずまにとやかくとしつこくくどかせ給ふほどに、夏《なつ》のよのみじかさは、ひとへおび[12]もときあへず。

鳥《とり》もなき人《ひと》〴〵もおきさはぎて、

「ねぶたかりつる夜《よ》かな。御車《くるま》ひきいでよ」

挿絵2　蚊帳の中に空蝉と源氏。室外に女房

（7ウ）

なんどゝいへば、あるじもおきて、女などの
「[13]御方違《かたたがへ》にこそ。夜《よ》ふかくは出《いで》させ給はめ。しづかになん」
といふ。光君《ひかるきみ》はまたかうしたしゆびはあるまじきを、わりなくおぼすに、中将《ちうじやう》のつぼねも障子口《しやうじぐち》にきて、
「これはまあ、どうしたことでござんすぞや、みな人〴〵もおきさはぎ侍《はんべ》るに」[8]
となくばかりにせめかくれば、ぜひなくゆるし給ひても、又引《ひき》とゞめいかにして、文をもつかはすべきぞ。世にたぐひなきつれなさめづらしきためしかなとて、うろ〳〵なみだの御ありさま、いとなまめきたり。こひしらぬちやぼがしきりになきさはげば、心あはたゞしくて

つれなきをうらみもはてぬしのゝめに《〽うつせみのつれなきをいまだうらみもつくさぬにと也》
とりあへぬまでおどろかすらむ《〽下心にとりをうらむる心もあり〽いかにといふことばを入てみる也》

女は、身のほどをおもふにつきなく、まばゆき心ちして光君《ひかるきみ》のうつくしく、きゐた風《ふう》なるとのぶりも、心にもいらず。つねにはふつゝかににやはしからずと、あなづりし伊与《いよ》の介《すけ》が、いよへくだりし留守《るす》なれば、伊与《いよ》のかたのみ思《(ヒカ)》るやられて、もしや氏神《うぢがみ》のゆめまくらにたゝせられ、「その方《ほう》が留すのまに、かうした事がありつるぞ」とつげさせ給ふ事もやと空《そら》おそろし。

身のうさをなげく《〽わが身の不幸をなげくと也》にあかであくる夜は《〽なげきても〳〵也》
とりかさねてぞ音はなかれける《〽鳥をそへて〽またひかる君のことをとりかさねてなげかしきと也》

障子口《しやうじぐち》まで、おくり給ふ。内《うち》も外《そと》も、人めしげゝれば、引立《ひきたて》てわかれ給ふほど、へだつる関《せき》と見えたり。御装束《しやうぞく》なんどあらためさせ給ひて、南《みなみ》の高欄《かうらん》に寄《より》かゝりて、しばし庭《には》などながめ給ふ。西表《にしおもて》の格子《かうし》そゞめき

[14]あけて、こしもとゞものぞく。ゐんがわの中ほどに、たちたる障子《しやうじ》のうへよりほのかに見えし御すがた、身にしむほどにうつくしく、腰《こし》をぬかせしこしもとゞもおほかり。月はありあけにてひかりおさまれるものから、かげさやかにみえて、なか〳〵おかしきあけぼのなり。なに心なきそらのけしきも、見る人からにやさしくもあはれにも」9見ゆるなりけり。君は人しれぬ御心のうちに、なんとも今宵はしてやつたと、おもひ給ひし甲斐《かひ》もなく、むなしくかへる口をしさ。文をやろにもことづてしよにも、こゝは大事の密夫《まおとこ》なれば、たれをたのまんよすがもなく、かへりみがちにて出させ給ふ。

あふひの上の御かたへ、かへらせ給ひてうちやすませ給へども、ねられもせず彼人のおもふらん心のうちいかならんとおもひやり給。すぐれて見事なるものにはあらざれども、どこやらしなしのしほらしく、これぞかの頭《とう》中将《ちうじやう》、馬のかみ、藤式部《とうしきぶ》、三人の物語に、中の品とさだめしたぐひならん。あらゆる色をみつくせし、粋《すい》どものいふことはげにもとおもひあはせ給ふ。此ほどはあふひの上の御方につけびたしの御遊興《ゆうけう》にも、なをかのうつせみのことのみ、心にかゝりて口おしく、いろ〳〵思案をしすまして、紀伊守《きのかみ》をめしたり。

「その方がまゝ母、うつせみのおとうとの小君をわれにゐさせんや。生れつきもきれいにて、おとなしければ、近所にてめしつかはん」

との給へば、

「ありがたきおほせにて候。あねなる人に申て見候はん」

といふも、我心がけ給ふ人のことなれば、むねもどき〴〵おどりて、

「そのあね君は、子やもちたる」

と問《とひ》給へば、

「いまだ子ももち候はず。此二とせばかり伊与《いよ》の介にそひて候へども、父の中納言《うつせみのちゝなり》は大内《うつせみを》へも奉りみやつかへにも出さんと、おもはれしを、中納言《ちうなごん》身まかりて後は、うしろみすべき人もなくて、いかなるえにしにや、いよのすけがかたへまいりて候へども、親のおきてにたがひたりと、おもひなげきて夫婦のあひもむつましからぬさまに候」

と申せば、

「あはれなる」10ことなり。うつくしと聞へし人ぞかし。まことによしや」

との給へば、

「見ぐるしくは候はぬにや。世の中のたとへにてまゝしき中にて候へば、わざとうと〳〵しくもてなしてちかより侍らず」

と申てまかり立ぬ。

さて五日六日ありて、かの小君をつれて参れり。御前にめしよせてなつかしうつかひならし給ふ。十二三ばかりにて、としのほどよりは、おとなしうはづかしければ、あね君とのわけもいひにくし。されどもあぢよくまぎらかし、どうやらかうやらきのつくやうにの給へば、さてはわけ有御あいさつと[15]ほの心得るも、おもひのほかのことなれば、あねさまのいたづらとも、光君のあくしやう[16]とも、おさなければさすがにおもひめぐらさず。

御文こま〴〵とかきしたゝめ、小君が懐中《くはいちう》にいれさせられ、

「人のみぬまに姉君へみせよ」

とて小君をかへし給ふ。

あたりに人もあらざれば御文をとりいだして、あねさまにまいらすれば、うつせみはあきれてかほもうちあかみ、なみだぐみて、此子のおもふらんもはづかしくさすがにおもかくしに御ふみをひろげたり

見し夢をあふよありやとなげくまに

╲うつせみにあひ給ひしは、ゆめのやうに、ほのかなりしを、またゆめにも、みることもやと、おもへども、なげきのせつなるゆへに、めさへあはでゆめにもみずして、ひごろをへたるとなり

めさへあはでぞころもへにける

「ぬるよなければ」とうたがら言葉《ことば》へかきかけて、なが文のぬれぶみ[17]は、ゐてにほの字[18]のうつくしさ、見るにこゝろもあくがれて、いかなるよねもなびきぬべきさまなれ共、うつせみは目もきりふたがり、なみだにくれ、心にいれても見給はず。うき身のほどをおもひつゞくるに、父は中納言にて、右衛門督《ゐもんのかみ》をかねたる公卿ぞや。父なくなり給[11]ひて後《のち》、世《よ》にしたがへばちからなく、いよのすけにそふ事さへおもひよらざることなるに、またかく、光君《ひかるきみ》にさへあひましたりし一夜《よ》のこともけしからず。いづれにつけても宿縁《しゆくゐん》の、あやしかりけるわが身かなと、つく〴〵おもひつゞけられて、そのよはふし給ひぬ。

またの日《ひ》、小君《こきみ》をめしたればまいるとて、

「御返事《かへりごと》を」

といへば、

「「かやうなるわけある色《いろ》の御文は、み[19]る人も候はず。所違《ところたがへ》にて候はん」と申せよ」

とのたまへば、小君《こきみ》うちえみて、

「まがふところもなく「人のみぬまにあねさまへ、まいらせよ」とおほせられしを、いかで所違《ところたがへ》とは申《もう》さん」

といふにぞ、さてはありしよのことのこりなく、この子《こ》にもいわんしたよと、おもふにうらめしく、つらきことのみかぎりなし。とかくいふべきやうもなくて、

「こしやくなことはいはぬものぞ。御返事《かへりごと》」12（挿絵3）なくてまいられずは、まいるなよ」

としかられて、

「めすにはいかでか」

とてまいりぬ。紀伊守《きいのかみ》も色好《このみ》、このまゝはゝの有さまを、としのよられたおやぢには、あたら物におもひつゝ、いかにもして、御意にいりたきおりふしなれば此子のこともとりもちて、光君《ひかるきみ》へもまいらせける。

扨《さて》小君《こきみ》参《まいり》たれば人なきかたへよばせられ、

「きのふもまちくらしつるを、いかにおそかりしぞ。さて文の返事は」

と、の給へば、しか〳〵と申にぞ、思ひの外にいふかひなきことやとて、また御すゞりめして、御ふみこま〳〵とかきしたゝめ、小君にわたさせ給ひて、

「我身はしりやるまい。あねぎみとは、あのいよのすけよりも、とつと[20]まへからわけある中。されども、いよの介が色あさぐろく、ひげがちにて、鼻《はな》の高きにおもひつき、くびすじほそ〳〵いろじろにどこやらがよは〳〵とたのもしげなきおとこぞとて、我をばとんとすてられた。文をやれどもあなづりて、かへりごとさへし給はず。されどもそちはかはゆくて、我子同前におもふぞよ。いよのすけはとしふけて、ゆくさきみじかくたのみなし。あねぎみはつれなくとも、その方はするながくわれをたのみにせよ」

挿絵3　明け方の源氏と空蝉

（12ウ）

と、まことしやかにの給へば、さもやありけんと、おさな心におもへるけしきもおかしく、まことにおやめきて、さまぐ〵の心つけ、呉服所《ごふくしょ》におほせつけられて、装束《しやうぞく》など物ずきに、したてさせ、大裡《だいり》へ参内のおりからも、御供にめしつれられ、いとおしみ給ふも下心は、姉《あね》ぎみをおぼしめすなるべし。

御文のかずはかさなれ共此子もいまだおさなくて、心よりほかにちりもせばうはきな名をさへとりそへん、身のうさをおもひめぐらせば、うちと[13]けたる御返事もせず。いは木ならねばなべてよの人なみなみならぬ御かたち、かはゆらしき御しなしを、忘るゝひまはなけれども、よすがさだめし身のほどを、いとしがられまいらせても、いまはかひなく、なにゝかはせんと、おもひかへすなりけり。

光君はありしよのことわすられず。さすがにはしたなくもてなさず、またしたがはんは道ならずと、おもひみだれしくろかみの、むすぼゝれたりしありさまのかはゆらしさ、いかにもしていま一たび、逢事《あふこと》もがな。わがおもふ、心のたけをきかせばやと、あけくれ心にかけ給へど、人めのせきのひまなきに、かるぐ〵しき名やたゝんと、われひとのためつゝましく、むなしき日数《ひかず》をおくり給ふ。

例《れい》の大内に日かずへておはしますころ、二条の院へもあふひの上の御方ゑも、ふたがりたる日をかんがへて、大内よりまかでたまふふりにて、道よりすぐに中川の、紀伊守方へいらせたまへば、主《あるじ》はわけもしらなみの、水せき入しすゞしさに、また御こしをかけらるゝは、ひとへにやり水の面目《めいぼく》、世のきこえかたじけなしと夕昏《ゆふぐれ》の、庭の燈籠《とうろう》の火にきをつけ、ほたるにつゆをそゝぎかけ、心をつくして御ちそう、さまぐ〵なり。小君には昼のほどに

「今宵また、かたゝがへのしゆかうにて、紀伊守へたちよらん、そのほうはしらずがほにて、まちてゐよ」

とおほせあはせられしかば、まちうけたてまつりて、御いでとひとしく、御前へまかりいでたり。

うつせみへも、かやうにおもひより給ふよし、御しやうそこありければ、かほどまで御心をつくさせられ、さま〴〵てれんをし給ふも、あさくはあらぬ御心と、おもひしらぬにはあらざれども、人げなき[14]ありさまを、うちとけまみえまいらせんも、あぢきなく、ゆめのやうにてなげかしき、ひとよのことに、またやなげきをくはゑんと、おもひみだれてまちうけたてまつらんも、はづかしければ、小君《こぎみ》が御前へまいりたりしまに、腰元《こしもと》どもにいひ合《あは》せ、

「いかにしてもこのねやは、御客様《きやくさま》へ近《ちか》ければ、なにとやらきづまりなり。今宵《こよひ》はことになやましく、頭痛《づつう》などうたせん[21]に、すこしほど遠《とを》からん所《ところ》に」

とて、長廊下《ながらうか》の中将《ちやうじやう》（ママ）といふがつぼねにかくれゐたり。

君はまだよひのほどよりねぶたげにもてなし給へば、あるじ気をつけて、

「このほどは大内《おほうち》にのみ、おはしまし、御たいくつもあそばしつらん。先《まづ》しばし御休息《きうそく》あそばして」

と、御床《とこ》とりまかなひ、御しんならせ給へば、人〳〵もはやしづまりぬ。じぶん[22]はよしと、小君《こぎみ》して、御消息《せうそこ》あるに、つねのねまに見えざれば、こゝかしこたづねまはりて、漸《やうく》たづねあひたり。

「今宵《こよひ》さへむなしくかへし給はゞ、いかにかひなくおもひ給はん」

と、小君《こぎみ》なみだぐみいへば、うつせみもきのどくさ、さりながら、心よはくてかなはじと、まがほになりて、

「かくけしからぬ心はつくものか。おさなき人のかやうなること、取持《とりもつ》はいむなるものを。もつたひなや。なかうどかゝ[23]が、世《よ》わたりを、さまたげらるゝはらだちや。「たちどころにとりころし給へ」とて、神《かみ》や仏《ほとけ》に祈《いの》る

ぞよ」

と、いとすさまじくいひおどして、

「さてあなたへまいりては、「今宵《こよひ》にはかに心ちあしく、かしらおさえさせあしうたせ、はりのあんまのと、人しげく候へばおもひもよらず」ともうしあげよ。こしもとゞものあやしとおもはんに、いかにおほせらるゝとも、御せうそこもこなたへは、いひきかすな」

と、いしよりかたくいひはなちて」15心のうちにさま〴〵、おもひみだれたり。いまだよすがもさだまらず、ありしながらのおやざとにて、たま〳〵にも光君《ひかるきみ》を、まちつけまいらせば、いかばかりうれしくも、おもしろくもおもはまし。あさからぬ御心ざしのほどを、しゐておもひしらぬがほなるも、身のほどしらずと思ひ給はん。心ながらもむねいたく、さすがにおもひみだれたり。とてもかくても、いまはかひなきことぞかし。くよ〳〵思ふはぐちのさた、一度《ひとたび》いよのすけに逢《あひ》見初《そめ》しがくされゑん、いかほど[24]よきめにあふとても、ほかへ心はうつすまじ。なさけしらずの女《おんな》めと、おもはれますもかくごぞとすでにあやうきこひの海《うみ》、千尋《ちひろ》の底《そこ》のそのそこへ、とんとおちんとせしところを、歯《は》ぎしみをしてむりやりに、立こたゆるが道《みち》ぞかしと、やう〳〵おもひさだめたり。」16(挿絵4)

光君《ひかるきみ》は小君《こきみ》が左右《さう》[25]のおそければ、心もとなく、いかやうにしなすらんと、まちわび給ふところへ、小君かへりて、いしやぼん[26]なるよしもうせば[27]、興《けう》もあすもさめはてゝ、このほどのふづくり[28]も、いまはかへつておこがましく、はづかしくて物もいはれ給はず。むつとげなる御かほつきにて

は ゝ木々の心もしらでそのはらの
＼よそよりみればありとみへて立よればなしと也　＼しなのゝくにのめいしよ也
○このうたをもつてまきのなとせり

みちにあやなくまどひぬるかな
＼むやくなり

挿絵4　源氏に手紙を届ける小君

（16ウ）

「いはんやうもなしや」

との給へば、小君《こきみ》まゐりてかくと申たり。

うつせみもさすが、まどろまれざりけり。

かずならぬ《＼かずならぬなのうさに》ふせやにおふる名のうさに
あるにも《＼あるかひもなきまゝにきゆると也》あらずきゆるはゝ木々

皆人《みなひと》〴〵は、よくねたるにきみひとりめもあはで、世《よ》にめづらしき女かな。かゝる心中《しんぢう》もの[29]なればこそ、わが心にもとまるらし。さりとてはまたなさけしらずと、はらもたつ。いつそさらりとやりばなし[30]、まゝにしやうかとおもへども、あとよりこひのせめくれば、せんかたなみだもこぼれつゝ、

「そのかくれ家《が》へ道引《みちびき》せよ」

と、小君《こきみ》をせめさせ給へども、

「穢所《むさき》をさしこめて、人〴〵あまたさぶらへば、もつたいなし[31]」

と申にぞ、ぜひにおよばぬひとりねの、むねのほむらもいやましに、あつさ、たへうきころなれば、いよ〴〵《＼これよりうつせみのまき也》ねられ給はず、小君《こきみ》を御傍《そば》にふせ給ひて、

「われはかく恋《こひ》といふ字《じ》をしり初《そめ》て、よねにふられたためしなし。今宵《こよひ》はじめて世《よ》の中《なか》を、うきものとおもひしりぬれば、はづかしうて、ながらへんこゝちもせず。あひ手《て》があらば心中《しんぢう》して、しなふとこそおもへ」

と、の給へば、この子こゝろにもかたじけなくこれほどふかき心中《しんぢう》のうつくしき君《きみ》をすてまいらせ、としよりおとこのいよの」17介を、いとしがらしやることじやからと、あねさまのこゝろもうらめしく、うろ〴〵なみだをなが

して、御そばにふしたり。きみもいとらうたしとおぼしめし、手さぐりの、ほそくちいさきほど、髪《かみ》のながゝらざりしさま、はらからとはいひながら、ようもにたるかなと、さすがにこれもすてられず、手味曾《てみそ》[32]も心もとなし。さてうつせみにかゝりあひ、かくれいたらん所《ところ》へ、たづね行《ゆき》たりとも、これほどつれなき心底《しんてい》にて、よも心よくあひはせじ。物にもならぬものゆへに、かへつてひとめわろからんと、返《かへ》す〴〵もうらめしくて、まだあけはてぬにかへらせ給へば、小君《こきみ》も手持《てもち》ぶさたにて御供《とも》してぞ帰《かへり》ける。

うつせみも心の内には、いとやんごとなき御身《み》にて、かずならぬ身をわりなくも、心にかけさせ給へばこそ、手《て》くだをつくさせ給ひしに、つれなくかへしまいらせしは、おこがましく、かたはらいたきことゝ、おもひゐたるに、御せうそこもたへてなし。此《この》ほどのつれなさに、思ひこりさせたまふかや。このまゝにてやみ給はんも、すげなくしひて、またかわゆがられまいらせんも、きのどくなり。よひほどにて[33]御文《ふみ》のかよひもとゞめんとはおもひながらも、どこやらがたゞなるよりは、もの侘《わび》しくながめがちにて、ためいきのみ、つかれけるとぞ。」18

注

［1］歌舞伎の女形が前髪の部分につけた紫縮緬の布。
［2］七夕の際、梶の葉に詩歌を書き、願いを祈る風習があった。
［3］催馬楽に「山城の狛のわたりの瓜つくり」と歌われる。
［4］見たくない人はいても、食べたくない人はいない。
［5］水木辰之助（一六七三〜一七四五）。元禄期を代表する女方の歌舞伎役者。

【巻一】


［6］お盆に奉公人が暇をもらうこと。

［7］山下半ざへもん（一六五二（一説一六五〇）～一七一七）。元禄期を代表する歌舞伎俳優で、坂田藤十郎と双璧をなす。

［8］小さな夜着。

［9］お目にかかる。

［10］誓文をかわす際に述べる語。誓文にそむけばこの身が腐ってもかまわないの意。

［11］夜鷹などにつき、客引きなどをする男。

［12］裏地をつけず、夏のみに用いる帯。

［13］この本文、「あるじ」の言として「女などの御方違《かたたがへ》にこそ、夜《よ》ふかくは出《いで》させ給はめ。しづかになん」と解釈しているか。

［14］さざめく。ざわざわする。

［15］「さてはわけ有御あいさつと」字体が変わり、字も詰まっている。埋木による修正か。

［16］悪い性質。

［17］恋文。

［18］「得手に帆」に「ほの字」を掛ける。

［19］底本および他本「ミ」の左に線がある。彫り損ないか。

［20］ずっと。はるかに。

［21］頭痛がするということ。

［22］時分。

［23］結婚のなかだちを仕事にする女性。

［24］底本「いかぼと」。

［25］しらせ、なりゆき。

［26］「医者坊」。望みどおりにならないこと。

［27］申せば。

［28］文作。人をだますこと。たくらみ。

［29］変わらない愛情を誓いあった人。また、誠心誠意の人間。

［30］遺放。中途でやめて、後始末をしないこと。

［31］底本および他の早稲田大学蔵本（文庫30 A0219）、版木の傷により判読不能につき、東京大学総合図書館霞亭文庫蔵本（霞亭：229）により翻刻。

［32］空蟬に対するたくらみ。

［33］良きほどにて。

【巻二】

もぬけの衣《きぬ》は恋慕《れんぼ》の種《たね》

焼《たき》しめた香《か》ほりは女《おんな》のたしなみ
ねまきにも気《き》を付べき事」1（挿絵5）

（本文）

光君《ひかるきみ》は、うつせみのつれなかりし心のほどを、あさましき迄《まで》おぼしながら、例《れい》の性悪《しやうわる》、かくてはえやめられじと、御心《こゝろ》にかゝりて、小君《こきみ》をめして、

「あねぎみがつれなきに、世には女もないものか。なんのそのとはおもへども、どうしたことのえんじややら、わすれんとすれど、すれどわすられず、身ながら心にもしたがはぬを、しかるべきおりあらば、今一度《いまいちど》ものごしに、ちよつとなりともあはせよ」

との給へば、小君《こきみ》めいわくながらも、念比《ねんごろ》に仰《おほ》(ママ)らるゝはうれしくて、おさな心にかけまくも、かしこくおもひよりて、紀伊守《きのかみ》が国《くに》へくだりて、女どちしめやかなる夕やみの道《みち》、たど〱しげなるまぎれに、我車《わがくるま》のしりにのせまいらせ、人のめだてぬ風俗《ふうぞく》にて、門《かど》さゝぬうちにと、いそぎおはしたり。此子《このこ》もおさなきに、首尾《しゆび》いかならんと、心もとなく、さりとておもひとまるべきならねば、人もみぬかたより車引《くるまひき》」2いれて、おろし奉《たてまつ》る。小君《こきみ》はいまだおさなければ、門番《もんばん》などもさのみ見いれず、心やすし。東《ひがし》の妻戸《つまど》のきはに、光君《ひかるきみ》をおきまいらせて、わが身は

挿絵5　空蝉と軒端の荻の碁を垣間見る源氏と小君

（1ウ・2オ）

南《みなみ》の角《すみ》の間《ま》より、格子《かうし》をたゝきて、

「こゝあげよ」

とて入ぬ。こしもとゞも、

「その格子《こうし》あげさせたまふな。あまりあらはに候」

といへば、
小君《こきみ》「これほどあつきに、いかなればこのかうしはさゝれたるぞ」

と問《とい(ママ)》ふ。

「昼《ひる》より西《にし》の御方《かた》《いよの介がむすめの軒ばの荻の事なり》のわたらせ給ひて碁《ご》を、うたせ給ふ」

と云。

光君《ひかるきみ》はつまどのもとに立《たち》かくれて居《ゐ》たまひしが、碁《ご》うつらん所《ところ》を、かひま見せばやとおぼしめし、やがて妻戸《つまど》のもとより、あゆみいで、すだれのはざまにかくれゐたまふ。小君が入たりし、格子《かうし》もまださゝねば、すきまの見ゆるにたちよりて、西《にし》のかたをのぞき給へば、あつさにや屛風《びやうぶ》几帳《きちやう》もかたづけて、よく見とおされたり。火《ひ》ちかうとぼして中柱《なかばしら》によりそひ、すこし居《ゐ》かくれたるなり。わが心がくる人ならんとまづめとゞめ給ふ。紫《むらさき》の綾《あや》のひとへに、なにやらの上着《うはぎ》かしらつきほそく、ちよつぽりとしたゐすがた、もの〱しくもみえず。かほはさしうつむきて、相手《あひて》にもわざと見えじともてなし手《て》などもほそくやせ〱として、袖口《そでぐち》にひきいれかくしたり。あいては、東向《ひがしむき》にゐたれば、のこる所《ところ》なく見ゆ。しろきうす衣《ぎぬ》に、ふたあひのうわぎ、のけざまにきて、緋縮綿《ひぢりめん》のしごきおび、引ゆへるきわまでむねをひろげ、端手《はで》なるしだしなり。いろじろにいだけだかく、髪《かみ》つきひたいつきものあざやかに眉口《まゆくち》つき、しほらしくはなやかなるかたちにて、かみうすからずなが〻らねど、びんつきくびすじきれいに、すべて見にくき所もなし。扨《さて》こそ伊与《いよ》の介《すけ》がむすめじまんはするらめとおもはる〻。どこやらがそ〻かはしく[1]少《すこし》しづかなるけを添《そへ》ばやと見ゆ。

碁《ご》うちはて〻だめ[2]さす手《て》つき、めをそこ〻に賦《くばり》てかしこげなり。おくの人はしめやかにもしなして

「まち給へや。そこは持《ぢ》にこそあらめ。先此《まづこの》こうを」[3]

などいへど、聞いれもせず。

「やれやれ、くちおしや、このたびはまけにけり」

と、指《ゆび》をかゞめて

「十二十三十四十《とをはたみそよそ》」

などゝかぞゆるさま、いよの湯《ゆ》のゆげたのかずもかぞへとりぬべし。なにのつみもむくひもなしと見ゆ。うつせみはくちおほいしてさやかにも見せねど、めをおしつけてよく〱のぞき見《み》給へば、めのうへすこしはれたるやうにて、はなすじもしやんとはとをらず、あざやかなる所もなく、にほはしきところも見えず。いひたつれば、よからぬかたちを、よくもてなして、まさりたるとみゆるむすめよりは、しつぽりと心有《あり》げにみゆ。

むすめはにぎやかに、かはゆらしきかほつきにて、ざれこと云《いひ》、高《たか》わらひなどすれば、うはきらしくとりしめのなき[3]こ〻ちすれど、例《れい》の性悪《しやうはる》、これもおもひすてがたく、大内《おほうち》はいふに及《およば》ず」[4](挿絵6)見給ふほどのよね衆《しう》は、五重《いつへ》の衣《きぬ》にひのはかま、木帳《きてう》やみすにゐかくれて、こしらへたてたるうはべばかりを、見ためから、かうしたほどにうちとけたる、ありさまはなにを見たよりめづらしく、立《たち》のかん心ちもし給はねど、小きみがいでくるさまなれば、

是非《ぜひ》なくすだれのはざまより、出《いで》てつま戸《ど》のわきに居給へり。小きみたちより見たてまつれば、御《おん》かほもさしうつむき、うづくまりてゐたまへり。こはもつたいなや、たまのうてなにしきのとこ、伽羅《きやら》のかほりにうづもれて、朝《あさ》ゆふならはせ給ふ身の、恋《こひ》なればこそといとおしくて、

「けさからいよの介《すけ》がむすめ、こなたへまいりて、碁《ご》をうちて侍れば、人しげくてあねさま《さま》[4]のそばへもえより侍らず」

と申せば

「さてこよひもやむなしくかへるべき。いとあさましうからきめを見ること」

ゝの給へば、

「いかでかさやうには侍らん。むすめあなたへかへりて候はゞ、ずいぶん手くだをいださん」

と、いかさまにもいひなびかしつべきさまなり。わらはなれどもおとなしく、恋《こひ》のいきぢ[5]もほのしりたれば、たのもしく碁《ご》うちしまひつるにや、こしもとども、どさくさと、おのれ〳〵がねやへいりて、蚊《か》やつり、ねござなどしくおともきこえて、かぶろのこゐにて、

「小君はいづくにおはしますぞ。この格子《こうし》はおろさん」

といふ。

きみは小君が耳《みゝ》にさしよりて、

「もはや人ずくなからんに入て、こしらへよ」

との給。この子もあねさまの心たゆみなく、うけつけ給はねば、いひあはせんやうもなくて、人ずくな、ならん

挿絵6　寝る空蝉と軒端の荻、小君に連れられる源氏

（4ウ）

時に、あない[6]なしに姉さま《あねさま》のね間《ま》へひきいれ奉らんとおもふ也けり。光君《ひかるきみ》はなにくはぬ御かほにて、

「むすめもこなたにいるか、のぞかせよ」

と、けもなひ[7]ふりにての給へば、まへにかひまみし給ふとはゆめにもしらず、

「格子《こうし》には几帳《きちやう》をそへて候へば、のぞきても見え候はず」

とぬからぬかほにていふもおかし。小君このたびはつま戸《ど》をたゝきあけさせて、わざとこゑだかに、

「われは此《この》しやうじ口《ぐち》にねん。あつきにかぜも吹《ふき》とをせ」

と、ひとりごといひて、屏風《びやうぶ》もおしたゝみてふしたり。東《ひがし》のひさしの間《ま》にこしもとあまたねたるなるべし。妻戸《つまど》あけたりしかぶろも、そなたに入《いり》てふしぬ。ほどもなく、鼾《いびき》の音《をと》きこえて、よくねいりたるさまなれば、灯《ともしび》のあるかたにびやうぶをひろげてかげくらきに、やがて入《いれ》たてまつる。心もとなき心ちすれど、小きみがみちびくまゝに、木帳《きちやう》のかたびらひき揚《あげ》て、そろ〳〵はひよりたまへども、御小袖《こそで》のすそのたゝみに、さはりてみな人《ひと》しづまりたるよるのおとはしるかりけり。

うつせみは、此ほどうちたへて御消息《せうそこ》もなきを、わすれ給ひけるにやと、うれしがなしくゆめのやうなりし、ひとよのことを心《こゝろ》にわするゝおりなく、心とけてもねられず、ひるはうか〳〵おもひくらし、夜はねざめがちに、ものさびしく小よる[8]おだいて[9]ねゝ[10]しても、どこやらものゝたらはねば、おもひのはるゝよすがもなく、はるならぬこのめも、いとまなくなげかしきに、碁《ご》うちつるむすめ、こよひはこなたにと、いまめかしう物がたりなどして、ひとつかやにねにけり。まだわかければなに心もなく、まどろみたり。人のはひよるけしきにて、えもいはぬかほりのすれば、あやしくて、かほもたげたるに、くらけれどはひよるさまのしるければ、あさましく、

ともかくもおもひわかれず、そろりとおきて、すゞしのひとへひとつにて、蚊《か》やより外《そと》へぬけにけり。

光君《ひかるきみ》かくとはゆめにもしり給はず、むねのおどるを片手《かたて》にておさへ、すゞしのかやを、まくりあげて見給へば、たゞひとりふしたるにぞ、心やすく次《つぎ》の間《ま》にこしもとにやあらん、ふたりばかりよく」6（挿絵7）ねたるさまなれば、たゞとるやうにおもはれて、やはらかなる御手《て》にて、そろ〳〵さぐり見給ふに、かのうつせみよりたけたかく、こえあぶらづきどこやらが、大《おほ》ちがひなる心《こゝ》ちすれば、これはならぬぞ正《しやう》てつ坊《ぼう》[11]、立《たち》のかんとし給ひしが、もしめをさまし「たぞやたぞ、たがしのびつまそれぞとも、いざしら波《なみ》[12]のたちくるか」とこゑだかに、とがめられてはきのどくの、やまぢにまよふ心ちして、あとへもさきへもうごかれず。よしかの人をたづぬるとも、かほどつれなき心なれば、いかなるくまにか陰《かくれ》ゐて、あきじめくら[13]のなりふりに、かゝぐり廻《まは》り[14]、ありさまを、うそくり[15]わらひにせられんも、くちおしく、其上宵《そのうへよひ》にかひま見し、碁相手《ごあいて》ならばこれはまた、天《てん》のあたへをうけざれば、かへつて陰陽《いんやう》の神《かみ》の、とがめもおそろしや。かたじけなしといふしで[16]の、かけてくどひて手《て》にいれんと、おもふ心に」7おちつくも例《れい》の悪性《あくしやう》ぞかし。

むねのおどりもすこしおちつく心ちすれば、やがてそひねの手をのべて、ほぞのあたりやまだそのした、大事《だいじ》の所《とこ》へ手《て》のゆくとき、やう〳〵目《め》さめて、おもはずに、あきれたるさまもいとおしけれど、物《もの》もいはせず、とつてしめ、ひともみもめばあつきよの、たがひにあせを押《をし》ぬぐひ、そのまゝ直《すぐ》にかへらんとし給ひしが、いやまてしばしこのまゝに、立《たち》かへりなばのち〳〵に、人《ひと》たがひぞとおもはんもわがためはなにならず、つれなき人のあながちに、世をつゝむもまゝとおもへど、さすがにいとおしければ、ぬからぬかほにもてなして、「たび〳〵の方違《かたたがへ》に、ことよせしも、そもじをわりなくおもふゆへぞかし。こよひ小君をかたらひて、身をやつししのびしこと、かた〴〵あさからぬ心のほどを、たゞをしはかり給へや」

と、まことしやかにの給へば、いかなる粋《すい》もはまらんに、ましてや是はむすめ子の、まだ物《もの》なれぬことなれば、碁《ご》のもくさんのかしこきとは、またかくべつの色《いろ》の道《みち》すつぽりとはめられて、たゞ

「あひ〳〵」

といふばかりなり。にくしとはなけれども、又《また》御心《こゝろ》のとまるべきゆへもなくして、なをうき人のこゝろをまことにつらしとおもひ給ふ。いづくのほどにかくれゐて、悪性《あくしやう》ものとつもるらん、これほどに心づよきは、よねの中《なか》にはめづらしきぞと、あやにくにわすられず、おもひいで給ふ。

此人のなに心なく、わかやかなるもすてられず、

「人もしらずにかうしたちぎりはあはれもまさると、いにしへのわけしりたちも、いひおきたるを、おもひかはし給へよ。つゝむことなき身ならねば、心のまゝに御げんもなしがたし。又いよのすけもきのかみも、かくとしらねば、ゆるしても、かよはせじ。きのどくの山《やま》はへだつとも、わすれたまふなわすれじ」

との給へば、むすめもいまはうちとけて、内々君《なひ〳〵きみ》[8]の御事《こと》は、天《あめ》が下《した》の色《いろ》おとこ、すゑの世にかゝる人もむまれ給ふものかなと、みな人ごとにゆふまぐれ、物のさびしきおりおりは、せめてはひとめよそながら、見まいらすることもがなと、まだみぬこひにあくがれて、おもひみだるゝおりふしに、ぞんじもよらぬ御げんなし、ことさらこれはあさからぬ、御ことのはのかず〳〵に、御そでのにほひまで、身《み》にしみかへる心《こゝ》ちして、どふもいはれぬうれしさの、身にあまりてや湿《いだ》すらん。まだ人なれぬうゐごとの、新枕《にゐまくら》ともおもわれず、さま〴〵のむつごとに夏《なつ》の夜《よ》なればほどもなく、あけゆくこゝ地すれば、おきわかれんと身づくろひ、娘《むすめ》はなごりおしそうに、

「ひとのおもはんこともはづかしう候へば、御ふみ給はるとも、御返事《かへりごと》はえいたし候はじ」

と[17]、うらもなくいへば、

「あまたの人にしらせばこそ、つゝましきこともあらん。この小きみばかりには、文のかよひもくるしからず。」9（挿絵8）ほかの人にはけしきもなく、もてなし給へ」

といろ〳〵、ちぎりおかせ給ふ。さてかのつれなき人の床《とこ》のうへに、ぬぎおきたりしうす衣《ぎぬ》を、とりて出《いだ》させ給ふ。小きみちかくにふしたるを、おどろかしたまへば、あねさまの心とけざりしを、心もとなくいかに、しなさせ給ふらんと、おもひつゝまどろみくれば、ふとおきぬ。つま戸をおしあけて出たるに、うしろのかたより、おひたる女房《にようぼう》の声《こゑ》にて、

「あれはたそ」

とこと〴〵くとがむれば、南無三宝《なむさんぼう》とおもひて、

「小きみなり」

とこたふ。

「夜中《よなか》にこは、なにおして歩《あるき》給ふぞ」

といひながら、おなじ戸《と》ぐちへいでつれば、せんかたもなく

「小便《しし》しにゆくぞ」

とて、光君《ひかるきみ》をさきへおしいだしたてまつる。

あかつきちかき月《つき》くまなくさし入《いり》て、ふと人げの見えければ、かの老女《らうじよ》見つけて、

挿絵7　老い御達に遭遇する源氏と小君

（7オ）

「いまひとりおはすはたそ。民部《みんぶ》のおつぼねか。よきたけ立《だち》のおつぼねかな」

といふは、うつせみのつぼねに民部《みんぶ》とて、せいたかき女房《にようぼう》の、つねに人にわらはるゝが事なりけり。小君《こきみ》はいまだおさなければ、らうかづたひのくらくして、物おそろしさに、かのみんぶをつれて、小便《しし》にゆくぞと悪倅《わるずい》[18]して、

「いまたゞいまのほどに、民部《みんぶ》どのゝたけほどになり給はん」

と、いふ〳〵あとにつきて、戸口《とぐち》より出《いで》くれば、ぜひなくて、光君《ひかるきみ》らうかの口《くち》にたちそひて、かほをかくしてゐたまへば、かのらうによ[19]さしよりて、

「民部《みんぶ》どのは、こよひは御そばにねさせ給ふか。わしはおとゝひより、腹《はら》をなやみて下屋《しもや》におりて候を、人ずくなりとてめしつれば、夜部《よべ》まいりて候へども、なをはらあしく候」

とて返事《へんじ》もきかずに、

「あいた〳〵」

とはらをかゝへてかけゆく。そのひまにおに一口《ひとくち》をまぬかれたる心ちして、出《いで》給ふ。

かゝるしのびありきは、かる〴〵しく、あやうかりけりとおぼしこりぬべし。＼この所を心をつけて見よ 小君《きみ》も御車《くるま》のしりに└10乗《のり》て二条《にじやう》院《いん》へかへらせ給ふ。夜部《よべ》あね君のかくれたりしわけなどかたり給ひて、いかに若輩《じやくはい》なればとて、あねぎみにきもとほさず、あんないなしに引入《ひきいれ》て、ことさらむすめもひとつかやにふしたるを、

「あやうかりし事とも、行当《ゆきあたり》てめいわくしたりしぞや」

と、にくからずしからせられ、さてあねぎみのつれなきを、まことにつらしとおもひ給へるさまなれば、この子、

心にいとおしうて、ものもえいはず、かほうちあかめてかしこまりいたり。

「あまりなるまできらはるゝは、いよのすけにおとりたる男《おとこ》ぶりにてぞあるらんと、おもへば身ながら身をうきものとおもひはてぬ。などか物《もの》ごしになり共、情《なさけ》らしきひとことの、いわれぬことのあるべきぞ。あまりだうよく[20]なるぞや」

とうらめしがほにの給ひても、さすがにとりてかへらせ給ひし、ひとへの衣《きぬ》は、ねまきのうちへひき入て、やすませ給ふ。

小君をも御そばにねせて、いろ〱と恨《うらみ》、かつはまた重《かさね》てのもくさん、

「どうしたしゆびがあらふぞ」

と、かたらひ給ふ。

「その方はかわゆけれど、つらき人《ひと》のゆかりなれば、すゑ〲はにくゝならんもしれぬぞかし」

との給へば、まことににくまれまいらせてはと、迷惑《めいはく》そうなるやうだひも、おさなく御心のうちにはおかしくて、暫《しば》しやすませ給へども、ねられねば、御すゞりめして、さしつけたる、御文にはあらで、御ふところの帋《のべがみ》に

うつせみの身をかへてける木のもとに〈せみのもぬけのやうに小袖ばかりをきてそのみはぬけ出しゆへ
なを人がらのなつかしきかな

と、かき給へるを、小君ふところにいれてかへりぬ。かのむすめのなごりおしげなりしも、けふはいかに夢《ゆめ》のやうにやおもふらんと、ゆかしけれど、さらでもつらきうつせみに、かなたこなたへうつり気《ぎ》の、とつと[21]、うはきな性悪《しやうわる》と、見かぎられてはと、おもひかへして、御」11（挿絵9）せうそこもなし。かのうす衣《ぎぬ》は、なつかしき人香《か》に、し

挿絵８　空蝉の薄衣を前にする源氏と小君

（９ウ）

挿絵9　空蝉のところに赴く小君

（12オ）

みたるを、身もはなたず、つれなき人に、はだにそひねの心ちしてゐたまへり。

　小きみかしこにゆきたれば、あねぎみまちうけて、

「よふも〳〵大胆《だいたん》な。われにはけしきもしらせずして、あなひなしに寝間《ねま》まで君《きみ》をみちびきまいらせしを、いろ〳〵まぎらかしつれども、こしもとなどがおもはんこと、いひわけもなきしあはせぞや。いかほどおほせらるゝ共、まだわらはべのこざかしく、あく性《しやう》ものと、かへつておもひ給はんぞ」

と、さま〴〵にはぢしめられ、この子もいまは、両《りやう》の手《て》にかなたこなたのうらみをうけ、きのどくながらありし御てならひをとりいだせば、うつせみもさすがにとりてみ給。ぬぎおきたりしうす衣《ぎぬ》は、おりからのねまきにて、あかづき、あせにぬれ〳〵ず〔22〕、いせをのあまのしほなれつらんと、はづかしきもたゞならず、どふやらおもひみだれたり。

　むすめはよべ」12おもはずも、光君《ひかるきみ》の御げんにいりし、うれしさを、人しらぬことながら、心のおにのはづかしくて、まだあさのまにわがねやにかへりても、たれにかたらんやうもなく、心のうちにくよ〳〵とおもひしみたるおりふしに、小きみがこゑのきこゆれば、御ふみもやとうれしさに、むねはとき〳〵おどれども、御せうそこもなし。さすがよなれぬわかたけの、後朝《こうてう》の御文のあらざるをも、あさましくうきことゝも、おもひよらず、たゞひたすらに御ありさまのゆかしさを、心ひとつにおもひしみゐたり。うつせみも道《みち》ならぬわけをおもゑばこそ、あやうきところをむりやりに、心づよくてすぎしかど、あさくはあらぬ御心ざしのほどを、見るにつけありしながらのなげしまだ〔23〕、まだふりそでのおりならばと、とりもどされぬ身のうへを、しのびがたくおもひあまりて、この御うたかゝせ給へるかみのはしに

うつせみのはにおくつゆの木がくれて《わが身のかくれしことをいふ也》
しのび〳〵にぬるゝ《なみだに》そでかな
人しれず心のうちにはさまぐ〳とおもひみだるゝこと共ありて袖をぬらすとなり」13

注

［1］そそっかしい。
［2］駄目。無駄な目。
［3］しまりやまとまりがないこと。
［4］「さま」は合字。
［5］意気地。
［6］案内。
［7］気もない。その気もない。
［8］小さい夜着。
［9］「よるおだいて」のみ大きく刷りも濃いので、埋木か。
［10］寝ること。
［11］当時の歌舞伎などの台詞か。
［12］盗人の意の「白波」に「知らず」を掛ける。
［13］あきめくらのこと。
［14］手探りで探し回る。
［15］「うそくる」は狡猾な。ずるい。
［16］「言ふ」と「木綿四手《ゆふしで》」を掛ける。木綿四手は神に関係して詠まれる。
［17］版木欠け。

〔18〕悪推量。邪推。
〔19〕老女。
〔20〕胴欲。無慈悲なこと。
〔21〕まったく。
〔22〕濡れても濡れなくても。
〔23〕女性の髪型の一つ。このあたり言葉遊びでつなげる。

【巻三】

しろき扇《あふぎ》は色《いろ》の下染《したぞめ》

かぶろがまねきし

夕がほの宿《やど》り」1（挿絵10）

（本文）

光君《ひかるきみ》、六条《でう》わたりの、後家《ごけ》なびかして、しのびあるきし給ふころ、大内《おほうち》よりの中やどりに、いとけなきころ乳《ちゝ》のませ給ひしうばがおもくわづらひて、あまになりたるをとぶらはんとて、五条《でう》なる家《いゑ》たづねておはしましたり。車引《くるまひき》入べき門《かど》はさして、大戸《おほと》のかぎをおきまどはして、そこの簞笥《たんす》、こゝの戸《と》だなと、手間《てま》どるほどに、御くるまをとゞめて、つくりこめたるまちやのさまを見わたし給ふに、この家《いえ》のとなりに、いゑはふるけれども、二《に》階作《かいづく》りあたらしく雪吹《しぶき》どめをして、格子《かうし》もなく、上《うへ》のかたはじとみ四五軒《しごけん》あげわたし、あしのすだれもあたらしう、涼《すゞ》しげなるに、よねどものすきかげあまた見えて、にかいからのぞくは、せいたかじま[1]のこゝちして、おかしくいかなるものゝつどへるならんと、御車《くるま》もやつして「はい〳〵」とさき供《ども》[2]のおともなければ、誰《たれ》ともしらじとうちとけて、車《くるま》の下すだれよりかしらさしいだして」2のぞきをくれ給へば、門口《かどぐち》はつり戸《ど》にて、見いれのせばく、ものはかなげなるすまゐあはれに、「よの中《なか》は、いづこかさしてわがならん」とおもひなせば、玉《たま》のうてなもかゝるすまゐも、おなじことなり。あばらなる垣《かき》ねに、青《あを》やかなるかづらの、心ちよげにはひかゝりて、白《しろ》き花《はな》ぞ、おのれひとりゑみのまゆひらきたる。

「遠方《おちかた》人にもの申」

と、ひとりごとにのたまへば、御侍《さぶらい》さし心へて、御車《くるま》のまへにかしこまり、

「このしろく咲《さけ》るを、夕《ゆふ》がほと申侍る。花《はな》のなは人がましく、あれたる垣《かき》ねこもつるせる、雪隠《せつちん》などにさき侍る」

と申せば、まことに小家《こいゑ》がちなるあたりの、こなたかなたによろぼひたる、のしぶき[3]の軒《のき》のつまなんどにはひかくれるを御覧《らん》じて、

「おなじ草木《くさき》ながらくちおしの花《はな》のちぎりや。一《ひと》ふさおりてまいれ」

との給へば、此つり戸《ど》の内《うち》に入ておる。奥《をく》のかたより黄《き》なるすゞしのひとへきたるうつくしきかぶろが出て、かのさぶらひまねき、伽羅《きやら》の香《か》のこがるゝほど、とまりたる、白《しろ》きあふぎをさしいだして、

「此《この》あふぎにのせてまいらせ給へ。枝《えだ》もなさけなく、毛《け》のはへておそろしげなる、はなを」

とてとらせたれば、これにのせて惟光《これみつ》が、御むかひに出《いで》たるにわたして、御車《くるま》に奉《たてまつ》る。

惟光《これみつ》はうばが子《こ》にて、いとけなきよりなれまいらせ、ことに色道《しきどう》の粋《すひ》なれば、べつして御心やすく、しこなして、

「さこそまち遠《とを》におぼしめしつらん。大戸《おほと》の鎰《かぎ》をおきまどはして、見付《つけ》侍るほど、見しりまいらせたる人もすまぬあたりなれど、西国巡礼《さいごくじゅんれい》青菜《あをな》うり、小便《しやうべん》かいなんどのかけまはる大道《だいだう》に、もつたいなくも御《み》くるまを、たてまして」

と申て、引入て、おろし奉《たてまつ》る。惟光《これみつ》が、兄《あに》のあじやり、むこ、娘なんど入《いり》つどひて、念仏《ねんぶつ》すゝむるさま、光君《ひかるきみ》の御出《いで》を尼君《あまきみ》かぎりなくよろこび、おもきまくらを」3あげ、たすけおこされて、

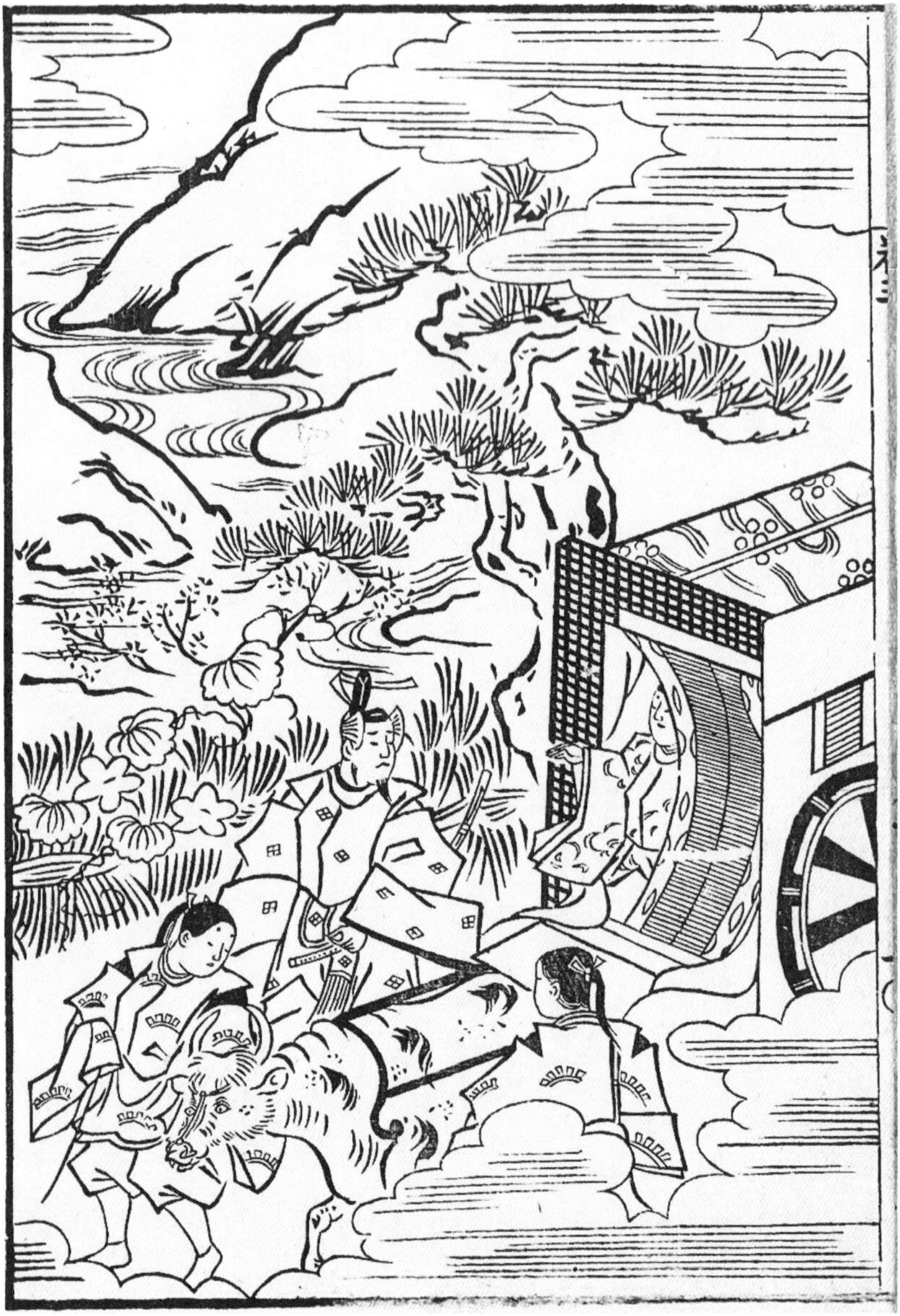

挿絵10　扇の上の夕顔の花を受け取る惟光。牛車には源氏　（1ウ・2オ）

「よはひのほどもおしからぬ身に候へども、捨《すて》がたくおもひまいらせしは、朝夕《あさゆふ》御前《まへ》にさぶらひて、なれつかうまつらぬが口おしくおもひまいらせしなり。されども尼《あま》になり戒《かい》さづかりたるしるしにや、よみがへりてかくとはせ給ひたるを、見まいらせ、いまこそ心にかゝることもなく、あみだ仏《ぶつ》の御来迎《らいくはう》も、またれ侍るべき」

と、心よはげになく。

君《きみ》もなみだぐませ給ひて、

「日比《ひごろ》気色《きしよく》あしきときゝしより、大《おほ》かたならず心もとなくおもひしに、「いまはたのみすくなき」と人もいへば、いとくちおしく、命《いのち》ながらへて、くらゐたかくなりゆくをも見給へ。さてこそ九品蓮台《くほんれんだい》の上品《じやうぼん》にもむまれ給はめ。この世《よ》に少《すこ》しなりとも、恨《うらみ》をのこすはまよひの種《たね》になることぞと、念仏寺《ねんぶつでら》の和尚《おしやう》もいはるゝぞ」

とて、なみだぐみ給ふ。よからぬかたちをだに、おちやめのと[4]ゝいふものは、いとおしかなしとするならひなるを、ましてやこの君の御器量《きれう》、世《よ》にたぐひなく、「4（挿絵11）高麗《かうらい》の毛《け》唐人《たうじん》さへ、「光《ひかる》やうなる」とほめましたりし、うつくしさ、和漢《わかん》の才《さい》にかしこく、管絃《くはんげん》の道《みち》に達《たつ》し、父《ちゝ》御門《みかど》の御うつくしみ、世《よ》の人のもちゐ、おもだゝしく、どこひとつかけたる所もなければ、かゝるきみをいとけなくおはせしより、「あたまてん〳〵よかぶりしほのめ[5]」と、あけくれほゝ[6]に入まいらせ、もりそだてまいらせし、わが身のすくせまでおもひやられて、あまぎみはそゞろになみだがちなれば、子《こ》どもはいとみぐるしう、尼になり戒《かい》さづかりなんどして、すてがたきやうに心きたなく、なみだがちなるありさまを、御めにかけさせらるゝことよとて、つきしろひめくはせして、にくむ。君はいとあはれにおぼしめして、

「いとけなかりしころより、いとおしかなしとおもふ人〳〵の、なくなりたるなごり、はごくむ人あまたあるや

挿絵11　乳母を見舞う源氏、惟光

（4ウ）

うなりしを、諸事《しよじ》こまがねのたりあまり[7]までかたりあはせしは、ほかにまたなくなんおもひし。成人《せいじん》してかぎりあれば、朝ゆふに見る事もなくその事かのことにうちまぎれ、心のまゝにつけとゞけもせず、久《ひさ》しうたいめんせぬおりには、どうやら心ぼそくおぼゆるを、かの在原《ありはら》のなりひらが、よみしやうに、さらぬわかれはなくもがなとおもへ」

なんど、こま〴〵となぐさめ給ひて、なみだおしぬぐひ給ふ御袖《そで》のにほひ、所せくかほりみち〳〵たるに、子《こ》共も心をつけかへて、げによくおもへば、おしなべたる人にはあらざりけりと、あま君《きみ》をもどきしものども、みなうちしほたれけり。諸寺諸山《しよじしよざん》にぐはんをたて、祈禱《きとう》などはじむべきよしおほせられ人参座《にんじんざ》[8]のはんかゞみ[9]なにやかやと」5御心をつけさせられ尼君《あまきみ》にも

「心《こゝろ》つよく養生《やうじやう》し給へ。又ちかゝらんうちに」

とて出給ふ。

おもてざしきへ出させられ、惟光《これみつ》に手燭《てしよく》めして、ありつるあふぎ見給へば、もちならしたるうつり香《が》、しみふかうなつかしうて、おかしきさまにかきたり。

心あてにそれかとぞ見るしら露の（〳おしあてに其人と見ると也）
ひかりそへたるゆふがほのはな（〳露のひかりそへたる夕のかほとほめたる也）

そこはかとなく事まぎらはしたるも、あてやかに、小家《こいゑ》がちなるわたりには、めづらしくおもひのほかにて、

「此夕皃《ゆふがほ》のさきたりし家《いへ》には、いかなる人のすむぞ」

と惟光《これみつ》に問《とひ》給へば、れゐのうるさき性悪《しやうはる》さまとはおもへども、さは申さず、

「この五日六日《いつかむいか》こゝもとにまかり在《あり》候へども、尼君のあつかひに心をいれ候へば、隣《となり》のことはえきゝ候はず」

と、はしたなく申せば、

「にくしとこそおもふらめ。さりながら此《この》あふぎの訳《わけ》らしさ[10]捨《すて》ては中〳〵おかれぬを、このあたりの案内《あない》しりたるものをよびてとへ」

とおほせらるれば、このやもりがもとにゆきてとふ。

「陽名《やうめい》（「三かの大事の一也）の介《すけ》なる人の家《いえ》にて候。男《おとこ》はいなかへくだりて、わかきよねどもの、ことこのみたるがいもうとなんど宮《みや》づかへいたすにやおり〳〵まいり候。くはしき事《こと》は、下人《しもびと》のえしり候はぬにや」

と申せば、わけしりがほにもなれ〳〵しく、しかけたる哉《かな》、二《に》どびつくり[11]もやとおもへども、あなたからしかけし心入《いれ》のにくからずそのまゝにてうちすてがたくおぼしめすぞ、例《れい》のこの道にはおもからぬ御こゝろなりけり。

御ふところなるのべ紙《かみ》に手《て》の風《ふう》それと、みしらぬやう[12]かきかへて

　よりてこそそれかとも見めたそがれに（＼ちかくよりてこそそれぞとしかとも見ゆべけれと也）」6

　ほの〴〵（＼ほのかに）見え《（ママ）》し花のゆふがほ（＼かほといふ心をそへ）

かのはなおりし御侍《さぶらひ》に、もたせてつかはす。

つゐに見ましたこともなひ人ざまなれど、御くるまよりさしのぞかせ給ひし御かほの、うつくしさ、光君《ひかるきみ》ならで今の世《よ》に、またとあるまひ御すがた、幸《さいわい》門《かど》に御車《くるま》の立しぞふかきゐにしなれ、たゞにすぎんは口《くち》おしく、こしおれうたをこなたよりまいらせしに、御返事《かへりごと》もあらざれば、なまじゐなる心ちせしに、

「かく御返《かへ》しあるうへに、また返《へん》哥とはもたれがましからんか」

と、いひあはせてひまどるうちに、御さぶらひはかへりにけり。御車《くるま》のさきにとぼす火ほのかにて、このやどのまへをとをらせ給ふ。ありつるしとみは皆《みな》おろしてひま〳〵より見ゆる火《ひ》の、ひかり、蛍《ほたる》よりけにほのかにて、

「さてもやさしの」と、三谷《さんや》の、やへ梅《むめ》[13]」7（挿絵12）うたはまほしき気色《けしき》なり。

こよひは、六条《ろくじやう》の宮《みや》す所への御心ざしなれば、おはしましたるに、またほかとはかくべつにて、庭の木立前載《こだちせんざゐ》の草花《さうくわ》まで、心にくゝ住《すみ》[14]なし給へり。うちとけぬ御有様《ありさま》にてうらめしそうにしりめに見をこせ、

「いつも〳〵またさんす[15]。夏《なつ》のよなれど人まつは、久しき心ちして」

とうちわびたりし御ふぜい、ありつる夕がほのかきね、おもひいだし給ふらんともおもはれず。さま〴〵の御むつごとにねすごし給ひて、いで給ふ朝《あさ》けの御すがたげにせかいのよねどもの、こしをなやすもことはりなり。けふもかのしとみのまへを通《とを》らせ給。いつとても六条《ろくじやう》への御かよひ道なれども、たゞかの夕がほの一ふしに、御心とまりていかなるものゝ住家《すみか》ならんと、ゆきゝに御めとまりけり。

日ごろへて、惟光《これみつ》まいれり。

「尼君のなをよはげに侍《はんべ》れば、とかく見はなしがたく御きげんうかゞひにも、まいらず」

と申て忍《しの》びやかに御そばへより、こごゑへなりて

「おほせ付《つけ》られしのち、となりのことしりて侍るものにとはせ候が、はか〴〵しくも申さず。ことの外しのびて五月のころよりすみ給ふ人ありげなれど、その人とはさらに家《いへ》のうちのめしつかひにもしらせず候。時々《ときぐ》中がきよりかいまみし候に、主《しう》とおぼしくてかしづく人あり。きのふ夕日のさし入て侍りしに、すだれのうちにすきかげ[16]のよく見え候ひしに、文かきてゐたりし人こそ、うつくしくさぶらひし。ものおもひがほにて、よねどもあ

挿絵12　夕顔の家についての惟光の報告を聞く源氏

（7ウ）

またうちよりて、しのびやかになくふぜいなど見え侍りし」

と申せば、ひかる君うちゑみ給ひて、なを〱くはしくきゝたきことかなと思召たる御けしきなり。

父《ちゝ》みかどの御いとおしみ、よの人のもてなし奉《たてまつ》る位光《いくはう》のほどこそおもくおはしませ、御としはやう〱二八[17]にならせ給へば、野郎《やらう》にしては、舞台《ぶたい》」8のふみ初《ぞめ》ぐらひなり。その御きりやうのうつくしさ、せかいのよねどものなびきたるさま、すきたまはざらんは、まことにさう〲しく、玉《たま》のさかづきの、そこのぬけたる心ちやせん。色《しき》道《だう》のならひ、かたこびんはげたおとこ[18]も、五十嵐《いがらし》[19]が黒《くろ》ねりのあぶらにて、しゆすびん[20]をこしらへ、色のくろきみつちやづら[21]も、みがきすなにて歯《は》をみがき、からこ[22]にてくびすじをあらふてとりなりをつくる。このはなさくやひめのみことおはしますに、かづらきの神《かみ》すがたも、神代《かみよ》よりあることぞかし。ほかから見てはおかしきも、その身さうあふのいろあればなり。ましてや此君の、好《すき》たまはんはことはりぞかしとおもへば、いとおしくて、

「去比《さりしころ》かの家《いへ》のめしつかひをかたらひて文《ふみ》をつかはしたりしに、書《かき》なれたる手にて返事なんどし侍りし。口おしからぬよねどもにて候」

と申せば、光君《ひかるきみ》心ちよげにうちゑみ給ひて、

「いよ〱いひよれ。くはしうたづねしらではおくまじき物ぞ」

との給。かの粋《すい》どもが下《しも》が下とおもひすてしたぐひの住《すま》ゐなれ共、もし其中《そのなか》におもひのほかにうつくしき物を、ほりだしたらむはめづらしと思ひ給ふ也けり。

扨《さて》、かのうつせみのつれなきには、光君もあきれはて、ありつる方違《かたたがへ》のよ、しゆびよくねやへしのび入、さま〲とくどきし時、

「うはきなことをさんすなよ。これはどうした御事ぞや」

といふうちに、どうやらかうやらまげなりに、事《こと》をすましてのうへならば、ぬしある女をいたづらな、こひをしかけてかたこびん、そられてはぶんのたゝざる仕合《しあはせ》ぞと、其よのことを思ひ出にしてやむべきに、終《つゐ》に手をだににぎらせず、ひとへの衣《きぬ》を身にまとひ、肌《はだ》がよひやらわるひやら、だきしめながらあくるよの、鳥もなく〳〵」9たちわかれ宝《たから》の山に入ながら、むなしく出てかへりしが、なにとぞ物にしてみんと、いろ〳〵手《て》くだをつくせども、とつとつれなき心中に、まけてやまんは口おしく、あけくれ心にかけさせ給ふ。

かやうになみなみなる、くま〴〵まではおもひより給はざりしをものは大事《だいじ》の事ぞかし、ありし雨夜《あまよ》のしなさだめに、頭中将《とうちうじやう》、藤式部《とうしきぶ》、馬のかみなんどが、祇園《ぎをん》八坂《やさか》の、茶《ちや》や女《おんな》、上京《かみぎやう》のそこ〳〵にて、小道具《こどうぐ》見世にすだれをかけ、道具《どうぐ》見による人がらを見たて、つかひそうなるおとこには、十六七のふり袖《そで》の、どうもいはれぬうつくしきに、すだれの内にて挨拶《あいさつ》させ、これはとすだれのうちをうかゞへば、ほかには人のけもなくして、うはきな男をつりあぐる、二階《にかい》ざしきのあることまで、かたりきかせまいらせしより、悪性《あくしやう》の出来心《できごゝろ》なりけり。

かのうつせみにとりちがへ、おもひもよらぬ義理になり、一夜ちぎりを川嶋《かわしま》や、水のながれも中川のいよの介がむすめ、軒端《のきば》の荻《おぎ》は、

「よきしゆびあらば遠《とを》からぬ、うちに御げん」

」10（挿絵13）と[23]の給ひおきしを、わすられず、命にかけて待かほなるもにくからねど、かのうつせみが其夜《そのよ》しも、はひかくれゐて、軒《のき》ばの荻《をぎ》とわけもなひ、其むつごとをきゝつらんもはづかしく、まづうつせみの心を見はてゝとおぼしめすほどに、伊与《いよ》の介国《くに》よりのぼりたり。旅装束《たびしやうぞく》もとりあへず、先光君へ御きげんうかゞひにまいりたり。土《ど》

挿絵13　手紙を見る軒端の荻とうつむく空蝉、外に源氏・惟光、それに挨拶する伊予の介か　（10ウ）

産《さん》さまぐ〵献上《けんじやう》して、御目見《めみへ》。たびやつれにや、色はすこしくろみたれど、人がらもいやしからず、としこそ四《し》十《じう》あまりなれ、色をふくみて、にくからぬ男ぶり。国《くに》のことなんど御ものがたり申上る。

「ゆげたはいくつ」と、とはまほしけれど、かのるすのまのかたがひ、うつせみのねやへしのびし事、軒《のき》ばの荻《おぎ》はことさらに、器量《きりやう》じまんのむすめなるを、すとんとおるすにしてやつた、心の鬼《おに》のおそろしく、また実体《じつてい》なおとなぶり[24]もうしろめたく、げにこれこそは馬《むま》のかみがいさめし、極悪性《ごくあくしやう》といふものぞと、おもひあたり給ひて、うつせみのつれなき心はうとましけれど、不義《ぎ》のきこへはたがためもよからぬことゝ、千話文《ちはぶみ》[25]のかよひも、まどをになりにけり。

いよの助《すけ》このたびは、むすめにはにあはしきむこをとり、女房はつれて国へくだるよし、きかせられ、ひとかたならずふたりまで、あたらいろをうしなひては、俄《にわか》に心せきたつれば、小君をめしていまいちどは、どふぞしてなるまじき事かはと、せめ給へど、女の心いたづらにて、間夫《まぶ》をしつけたすいなりとも、つゐあらはるゝならひなるを、ましてやうつせみは、元来《ぐはんらい》かたき生付《むまれつき》、ゆるさぬものはしたひも[26]の、せきの戸さしてものごしに、今更《いまさら》ちつとあいますも、うはきなさたの見ぐるしやと、つよくおもひははなるれど、さすがにたえてこのままに、わすれはてさせ給はんは、うかるべき事におもひ、おりぐ〵の御返事、なつかしうきこえて、なげの情《なさけ》の筆《ふで》にいはすることのはは、あやしきほどにかはゆらしく、めとまるべきふしをくはへなんどして、すてはてられぬよねのさまなれば、光君もつれなくねたき」11物のさすがにわすれがたく、おもひ給ふ也けり。軒《のき》ばの荻《おぎ》はさだまりし夫《おつと》のりんきつよくとも、かはらずうちとけぬべきさまなれば、いつなりともと心もせかれず。

秋になりては、いよ〳〵人やりならず、心づくしに思ひみだるゝ事どもありて、あふひの上の御かたへも、たえまがちにし給へば、独《ひとり》ねのものさびしく、うらめしとおぼしたり。六条の、みやす所もうちとけがたき御心を、さま〴〵のてれんにて、手に入させ給ひてのち、まだ見ぬこひにあこがれ給ひしやうに、御心ざしのなきは、いかさま内証《ないしやう》に風味《ふうみ》のわるいところのあればこそと、おしはかりておもはるゝ。宮す所は元来《ぐはんらい》が、りんきふかきむまれ付、したぐ〴〵にしては鍋《なべ》も茶釜《ちやがま》もよこづち[27]くはせて、男のつらにつかみつき、しぬをもしらぬほどなれども、さすが上﨟《ろう》の心に物をおもひしめ、光君とは御としのほどもにやはしからず、世の人のもりきかんに、いとゞかゝるつらき、御よがれの、ねざめ〴〵に、思ひしほれさせ給ふ事、さま〴〵なり。

光君このほどの、とだへをうらみられんもきのどくにておはしましたるに、秋霧《あきぎり》のふかく立渡《たちわたり》て、よのあけゆくもしれざりしを、御供の人々おきさはぎ、よははやあけすぎぬるかと、そゝのかされてねぶたげなるかほして、うちなげきつゝいで給。御息所《みやすどころ》のおこしもと、中将といふが、見おくらせ給へとおぼしくて御木帳《きちやう》引のけたれば、みやす所御ぐしをもたげて見おくり給。光君は、前載《せんざい》の草花《さうくわ》色〴〵咲《さき》みだれたるを見給ひて過がてにやすらひ給ふさま、げにたぐひなき御器量《きりやう》なり。

らうかづたひにとおらせ給ふに中将御おくりにまいる。しおん色のおりに逢《あひ》たる上着《うはぎ》引ゆひたる腰帯《しごきをび》たをやかになまめきたり。君見かへりて、みやす所の御方へは見えぬ、角《すみ》のまのかうらんのもとにしばし引すへ給へり。うちとけぬもてなしなげしまだ[28]のびんのさがり、めのさむるほどうつくしければ」12（挿絵14）

〈みやすどころをさしおきて中将に心のうつるといふなはつゝめどもとなり
さく花にうつるてふ名はつゝめども
〈中将をあさがほのはなにたとへてうつくしければ「かほとひとつに用て
おらですぎうきけさのあさがほ

「いかゞすべき」

挿絵14　六条御息所邸から帰る源氏、中将の君の手をとる

（13オ）

とて手をしつかりとにぎり給へば中将《ちうじやう》はないきはあらくさすが物なれて

＼いまだきりたちこめてくらきほどにいで給へば
あさ霧のはれまもまたぬけしきにて

＼みやす所へ心をとめぬやうに見ゆるとなり
はなに心をとめぬとぞ見る

とわが身のことはさしおきて、

「みやす所へ御心ざしの、あさきやうに見えまする。性悪《しやうわる》さま」

とまぎらかしたるもにくからず。うつくしき、かぶろのなりよきが、露にぬれて、花《はな》の中に交《まじ》つゝ、あさがほおりてまいるなど、絵《ゑ》にかきたきさまなり。

光きみを見たてまつる人ごとに、心がけぬはなし。物のなさけしらぬ山がつも花のかげには、なをやすらはまほしきにや、娘《むすめ》の子《こ》もちたるは、よきもあしきも、この君へみやづかへにまいらせばやと」13ねがひ、もしはいもうとの見ぐるしからぬを持たる人は、いやしきも、なをこのあたりに、宮仕《みやづかへ》させばやと、おもひよらぬはなかりけり。ましておことばなどかゝり、なつかしき御けしきを見奉るよねども、いかにおろかにはおもひたてまつらん。性悪《しやうわる》さまにて、ひとつ所に、あしをとめさせ給はねば、あけくれうちとけ見奉らぬを、心もとなきことにおもへり。」14

注

［1］背の高い人たちが住むという島。

［2］前駆のこと。

［3］屋根の葺き方。

［4］御乳や乳母。

【巻三】


［5］赤ちゃんをあやす言葉。

［6］ふところ。

［7］細かい金の過不足。

［8］薬用人参専売の座。

［9］判鑑。役所などに届け出ておく判の見本。この場合は、薬用人参の購入の手配をしておくぐらいの意か。

［10］子細があるらしい様子。色めいた様子。

［11］改めて驚くこと。

［12］底本、「かきかへて」を二字下げにし、そこから手紙の文言のようにする。

［13］地唄、長唄。

［14］ルビの「す」欠け。

［15］お待たせなさいます。六条御息所の言葉。

［16］底本「がけ」

［17］十六歳。

［18］中世には密通の際に、江戸時代は郭の制裁として、男の片方の鬢の先をそり落とすことがあった。

［19］両国広小路にあった髪油店「五十嵐兵庫」の略。

［20］繻子鬢。

［21］あばたづら。

［22］殻粉。ふすまのこと。洗い粉として用いる。

［23］底本錯簡。ここに十三丁目が入る。

［24］子どもが大人を馬鹿にすること。

［25］恋文。

［26］下紐。

［27］横槌。丸木に柄をつけた槌。

［28］投島田。女性の髪型の一つ。

【巻四】

板間《いたま》を洩《もる》も名月《めいげつ》の影

糸竹《いとたけ》の音《ね》に
　かへてきくからうすのおと

」1（挿絵15）

（本文）

まことや惟光《これみつ》があづかりの、ゆふがほのかひま見は、おほせつけられしのち、案内《あんない》をよく見おきて申やう、「その人と慥《たしか》に名はしれ候はねども、人にかくれしのぶけしきにて、さびしきおりは、南《みなみ》の方《かた》にしとみのある二《に》階《かい》へのぼりて車《くるま》の通《とをる》おとすれば、わかきよねどものぞきて見侍るに、主《しう》とおぼしきよねものぞくおり侍る。かたちなどかはゆらしくとりなりのよきよねにて候。一日《ひとひ》「はい〳〵」とこと〴〵しく、先供《さきども》つれたる車《くるま》の通《とを》り侍りしに、中にかひよりかぶろが見つけ、「右近《うこん》のつぼねはやくのぼりて見給へ、中将殿《ちうじやうどの》の通《とを》らせたまふ」といへば、右近《うこん》とおぼしきが出《いで》て、「かしまし〳〵」とせいして、

「中将《ちうじやう》殿とはなにをしるべにいふぞ。さらば見ん」

とて、あはて〻のぼるとて、小袖《こそで》のすそを、はこはしごの釘《くぎ》のかしらに引かけて、まつさかさまにころびおち、
かほの色《いろ》を変《へん》じはらだちて、」2

「このかづらきの神《かみ》よ、さかしうしをきたれ。釘《くぎ》のかしらもろくろくにうちこまひで」

と、物見るけうもさめたるけしき、おかしく侍りし。車《くるま》にのれる人は、なをしすがたにて、さぶらひどももあまたつれられたるを、

「あれはたれ、かれはそれ」

と、よね共《ども》のかぞへたて〻申せしは、頭中将《とうちうじやう》殿の、こ小性《こしやう》をしるしに申侍りし」

と、申せばさて〳〵おかしかりしことかな、其車《くるま》はたしかに頭中将《とうちうじやう》と見たりしや、もしかの雨夜《あまよ》の物語《ものがたり》にいまもあはれに、わすれがたきよねにやあらんと、おもひよりたまへば、なをくはしう、やうすき〻たきものかなと、わりなくおぼしめしたるさまなれば、惟光《これみつ》もいまはうちあけて、

「よく〳〵あなひしらんために、私《わたくし》のこひにしなしてこしもと位《ぐらゐ》の見ぐるしからぬを、見たて〻文など、たび〳〵つかはして、かよひそめ、いまははや心やすく、味噌塩《みそしほ》のおき所《どころ》までうちの案内《あんない》は見おきて候。主《しう》とおぼしきよねをば、いかなるゆへにや、ふかく人にかくして、ちいさきかぶろの候が、わすれては主《しう》あひしらひにことばをつかひ候へば、まぎらかし、とかくに主《しう》もなく、われどうほうはい[1]のやうにしなし候。すいもあまひものみこんで、しらぬかほにて、かの腰もとにふかくなづんださまに見せて、かよひ候」

と申て、わらふ。

挿絵15　源氏が、惟光に引かれた馬に乗り、夕顔を訪れる　（1ウ・2オ）

【巻四】

君は大《おほき》によろこばせ給ひ、
「さて〳〵粋《すい》の骨長《こつちやう》め。どふもいはれぬしなしぞや。ちかきほどに尼君《あまきみ》の、きしよく見まひにゆかん。そのおりかならず見せよ。たゞかりそめのやどりながらこ家がちなるすまゐのほどを、おもひやるに、下《しも》がしもとは是ならん。其中《その》におもひのほかにおもしろき、こともあらばとゆかしきぞ」
とおほせらるれば、惟光《これみつ》は、君の御心に、いさゝかのこともたがはじとおもへば、いろ〳〵とてくだをつくしてかの主《しう》と[3]おぼしきよねに、光君《ひかるきみ》を、かよはせそめまいらせけり。このほどのてれん、あまりなれば、例《れい》のかきもらしつ。

よねをもさしてその人と、とはせたまはねば、光きみも名をなのり給はず。只《たゞ》わりなくすがたをやつし、かちはだしにてあくがれあるき給へば、大かたならず御心《こゝろ》にかなひたる、よねなるべしとすいりやうして、惟光《これみつ》が馬《むま》にひかる君《きみ》をのせたてまつり、わが身はかちにして、しりからげ御ともにかけはしるありさまをわたくしのおもはくに見つけられなば、内々《ないく》は内大臣《ないだいじん》のかほをして、これはいかなるはまりぞやと、見すてられんことのめんぼくなさ、をおもへど、君の人めをふかくしのばせ給へば、ぜひなくて、かの夕がほおりたりし御侍《さぶらひ》、さては人の見しるまじき、いま参《まひ》りのこぞうり取《とり》[2]、惟光《これみつ》ばかりを御供《とも》にて、もしおもひよることもやと、となりの尼君《あまきみ》へも、立《たち》よらせ給はねば、おんながたにもあやしう心えぬこゝちして、御供に人をつけ、暁《あかつき》の御かへりに御宿《やど》を見せんとうかゞはせけれども、そこはかとなくまぎらかして、しらせ給はず。

されどもこのまゝにて、おもひたえんとはおもはれず、このよねのことのみ心にかゝりて、かる〴〵しきしのびありき、人がらにあはぬことゝ、おもひかへし給へども、日暮《ひぐれ》になればぞく〳〵と、つかみたつるほどこひしくて、これはならぬとかけ出《いだ》し給ふ。

色《いろ》の道《みち》には孔子くさひおやぢも、まよひやすく、孫子《まごこ》のなげきもかへり見ず、四十年《ねん》もつれ相《あひ》の女房《にようばう》をにはかにかほが見たくなひとて、離別《りべつ》して、ぐわいぶんをうしなひ、高座《かうざ》にあがりて説法《せつぽう》せし和尚《おしやう》もみだれがみになつて、のちはなでつけ[3]もむつかしく、いとびん[4]にて、きざみたばこ。夫婦かけむかひのこ世帯《ぜたい》[5]、だんなのまへをば、かほをよこにしてよをわたるも、あまたあるならひなるに、このきみはしめやかに人のめだつるほどのことはし給はざりしを、いつのしのゝめからやら、この夕がほの露にみだれそめ、」4 けさのほど、昼《ひる》まのへだてもおぼつかなく、うちやうてんになつて、心もこゝろならねば、これほどになづむべき、よねのさまにはあらず、只《たゞ》人がらのやはらかに、とりじめもなく心ありげに、おも〳〵しきかたはすつきと、おるすにて未練《おぼこ》めき、さすがまた床《とこ》のうちのはたらきは、かうのゆきたる所あつて、だきしめてみればなにゝもせよ、いとやんごとなき人のむすめとは見えず、どこに心のとまるぞと、わがみながらもあやしうおぼしめす。

御装束《しやうぞく》もあらぬさまにしかへ、はをりかづひてかほかくし、ほのかにも見せ給はず、よふけ人しづまりて出《いで》入《いり》し給へば、夕がほのうへもあやしう、むかし物がたりに人のいふへんげ物か、さては三輪《みわ》の明神《めうじん》の、をんなのもとにかよひ給ひし、」5（挿絵16）たぐひかと、おそろしき心ちはすれど、御人がらのなつかしう、世にたぐひなき御きりやう、たとひおにゝもせよにくからぬ御しなし、手さぐりにも下《げ》すとは見えず。

夕がほの御めのと、そのほか右近《うこん》といふこしもとなども、あやしや、このかよひ給ふは、いかなる御方《かた》ぞや、隣《となり》の惟光《これみつ》どののがこなたのおこしもとのかたへ、かよふてびきにかよはせそめまいらせつらんと、うたがひけれども惟光《これみつ》は、わざとけもなひかほをして、とかくこしもとに、よがれもなくかよひて、見ぐるしきまでたがひに、

挿絵16　夕顔の家の源氏

（5ウ）

おもひ入たるさま、中〳〵ほかの色《いろ》の口入《くちいれ》などはぞんじもよらぬかほつきなれば、惟光《これみつ》がしはざとも、たしかなるせうこもなく、がてんのゆかぬこと〻、あさゆふおもひゐたり。

光きみもいつまでかく人めをしのばんもくるしく夕がほの上の心中《しんぢう》も、いやとは見えず、ふかくなずんださまなれども、もしやかなはぬさはりありて、よがれしたりしそのひまに、この家《いゑ》もかりそめのすみかと見ゆれば、いづかたへもうつりゆかんとき、いつとしらねば心もとなし。

只《たゞ》とうぶんのなぐさみに、おもはましかば、よひほどにして、しらずがほにてもあらんを、いまはなか〳〵一夜のへだてもおぼつかなく、さはりあるよのそのくるしさ、身もよもたまらぬほどなれば、たれとも人にはしらせずして、二条院《にでうのゐん》へひきとりて、茶《ちや》びんにたぎる煮《に》ばなのちやをたてさせて、心やすくのむならば、どうもいへぬたのしみぞや。われながら、心えぬほどかはゆきは、いかなるえにしにや。たとへこのこともれきこえ、父《ちゝ》御門《みかど》の御かんどう、身はひやめしになるとても、ぜひなきこと〻おもひさだめて、

「このちかき所に、心やすき下屋《しも》しきへ、つれだちま[6]いらせん。あさゆふのへだてもなく、ひとつところに住《すむ》ならば、いかばかりうれしからん」

と、の給へば、夕がほの上《うへ》は

「あやしやかくはのたまへども、いまだその人となをだに名のりたまはず。たれともしらぬ人さまに、つれだちまいらせんは、何とやらおそろしきこ〻ちがしまする」

と、わかわかしくしどけなくいへば、ひかるきみもうちわらはせたまひて、

「どちらがきつねやらたゞばかされたまへ」

と、にくからずのたまへば、夕がほの上もうちとけて、

「どうなりとも、おのさま[6]にまかせます。いづくまでもつれてゆかんせ」

となげかけたりしこうぜう[7]に、君がいよ〳〵あしこしをなやしたる心ちし給ふ。

たとへいやしき海士《あま》の子《こ》のいそくさきも、わが気にいり、女もわれになびきたらんは、あはれに、すてがたからんを、ましてやこれは頭中将《とうちうじやう》の物がたりに、とこなつの哥《うた》、よみかはせしおんなに、みぢんたがはず。人めをふかくしのぶさまも、大かたならずそれぞとはすいりやうして、わが身のうへをつゝみ給へば、せめてもとひ給はず。たえまあらば、頭中将《とうちうじやう》をしたりしやうに、ほかへにげかくれもせめ、われはひと夜《よ》のへだてさへおぼつかなく、女もいまはなびきゝて、たがひちがひの手まくらの、はなれがたなき中《なか》なれば、よもやさたなしに、ほかへはうつるまじきぞとおぼすなりけり。

中秋《ちうしう》三五の夜《よ》は、都鄙遠境《とひゑんきやう》の山がつまで芋団子《いもだんご》を月にそなへ、にごりざけをくみかはしてたのしむよなれば、大内《おほうち》はいふにおよばず、あふひの上のおんかたにも、詩哥管絃《しいかくはんげん》の御遊《ゆふ》さま〴〵の御なぐさみなれども光君《ひかる》は夕がほの、宿のことのみ心にかゝりて、おはしたるに、名月《めいげつ》のくまなきひかり、あばらなるいたやの」7ひま〳〵よりもりて、見ならひ給はぬすまひ、めづらしく、あかつきちかくなるにやあらん、相借屋《あひしやくや》のものども、めをさましてあくびうちして、

「やれ〳〵ことしは秋からさむく、諸国《しよこく》のさくもよからぬ」

といへば、

「田舎への、あきなひも、思ひよらず心ぼそし。米未曾真木《こめみそまき》の高直《かうじき》さ、二百十日のあれがしたらば、なを高からふ」

といへば、

「世わたりのしにくき事かな。かく[8]も世帯《せたい》にしや。北どのはなんとおもはしやる」

などいふもきこゆ。子《こ》どもがなくやら、まだあけやらぬうちから物さはがしきを、女ははづかしくおもひたり。少《すこし》あぢをやるよねなどは[9]、消入《きえいり》ぬべきすみかなれども、夕がほはつらきこともうきことも、かたはらいたき事も、みしらぬほどに、おほやうにて、相《あひ》しやくやのさはがしく、よるのうちからやかましく、いやしきことゞものきこゆるをもいかなることゝも、きゝしらぬさまなれば、かほをあかめてはぢまはらんよりは、かへつてつみもむくひもなくいとおし。

むかひがわのおもてだなは、つき米《ごめ》やにて、

「おびしてしんぜましよ」

といふたれば、

「あんなお[10]なかにならんした」

といふはやりうたを、大《おほ》ぜいしてうたふて、ごろ〳〵と、なるかみよりもこと〴〵しく、ふみとゞろかしたるからうすのおとも、たゞこのまくらもとのやうにきこえて、これにぞかしましく、なにのおとゝは、光君もしらせ給はねば、あやしうめざましき音《おと》かなときゝ給ふ。

白妙《しろたへ》のころもうつつちのおと、かすかにこなたかなたに、きこえ空とぶ雁《かり》のこゑ、とりあつめたる秋のあはれも、しのびがたきことゞも、おほくはしづかなるねまなれば、戸《と》をおしあけて、もろともに、見いだし給ふ。せばき庭《には》に、呉竹《くれたけ》の一もとしげりたるも、」8（挿絵17）やさしく、しらつゆはひろき庭《にわ》もおなじことにきらめき、むしのこゑ

挿絵17　夕顔の家で月を眺める源氏

（9オ）

〴〵みだりがはしく、かべのもとのきり〴〵すだに、まどおにきかせ給ひしを、御みゝのはたにさしあてたるやうに、なきみだるゝも、さまかはりておかしく、たゞ御心ざしひとつのあさからぬに、よろづのつみもなく、所からいやしきわざどものうるさきも、おもしろくおもひなし給ふなり（ママ）けり。

白きあはせの下着《したぎ》、うすむらさきのこそでをかさねきて、はなやかならぬすがたのしほらしく、よは〳〵としたるやうにて、どこひとつとりたてゝ、すぐれたることもなけれど、たをやかなるこしつき、かはゆらしきものごし、心ふかきけを、くはへたらば、のこるところもなきよねならんと見給ふ。

「いざこよひこのちかくに、心やすき所あり。つれだちまいらせん。下屋しきへ、うつり給はんにも、まづかの所[9]にて二三日心しづかに、そのことかの事《こと》とりしたゝめ給へ。いつかきりもなく、しのび〳〵なるも、くるしきに」

との給へば、

「あまりにはかなるやうにやあらん」

と、大やうなるあいさつの、かはゆらしき、これはならぬといだきしめ、このよのみかはいつまでも、うまれむまるゝ世々《よゝ》かけて、かはりたまふなかはらじと、うちとけたりし心ばへ、いのちをしちにやるとても、かたときもはなれがたく、人のおもわくもかへり見ず、右近《うこん》をめして、御侍をおこさせ給ひ、御車引《くるまひき》よせにつかはさる。

夕がほのうへの御めのとなども、其人とたしかにはしらねども、御心ざしのあさからぬさま、御人がらもたゞ人と見えさせ給はねば、もしやいかなるすくせにて、世《よ》に出《いで》給ふこともや、氏《うぢ》なくてさへ玉のこし、ましてこなたもいにしへは、れき〳〵なればと、ゆくすゑのたのみをかけて、しらぬかほにていたるなるべし。あけがたちかくなりて、八こゑのとりもなけれぱ、うらだなの山《やま》ぶしも、おきておきなさびたるこゑにて、うちしはぶき、たちゐもくるしげに行《おこな》ふ。いとあはれに、あしたの露《つゆ》にことならぬ世《よ》をよいとしをして、いつまでながらへんと、なにをむさぼる身《み》のいのるにかと聞給《きゝ》へば△みたけ精進《しやうじ》にや

「南無当来導師弥勒仏《なむとうらいだうしみろくぶつ》」

とて拝《おがむ》なる。

「かれ聞給《きゝ》へ。この山ぶしもこのよのみとはいのらざりけり」

とて

うばそくがおこなふみちをしるべにて《／とうらいみろくぶつといのるをしるべにしてなり》こんよも《＼らいせもなり》ふかきちぎりたがふな[11]

「その文月の七日の夜玄宗貴妃が、かたにもたれて、星合《ほしあひ》の空《そら》をながめ、よふけてかたはらに、人もなく只《たゞ》ふたりねてむつごとに、なにとおもひやる、人間《にんげん》にむまれては、さま〴〵のさまたげあり。これほどおもふ中《なか》にても、そもじが雪隠《せつちん》へゆきやるに、つゐてもゆかれず、人のおもわくもむつかし。たがひにこの身おはるなら、かさねての世《よ》には、天にあらば比翼《ひよく》の鳥《とり》、地にあらば連理《れんり》の枝《えだ》となりて、たばこのむまも身を離《はなれ》じ」[10]、と契《ちぎり》たまひしは、長生殿《ちやうせいでん》の野夫《やぼ》な、むかしのいま〳〵しきためし、おほきにふるし。そもじとわれは引かへて、あたらしう弥《み》勒《ろく》の世までかはらじ」

と、ちぎり給ふぞ通欲《どうよく》なる。

さきの世のちぎりしらるゝ身のうさに《＼さきのよのゐんぐわつたなきゆへこのよもおもふやうならね》
ゆくするかけてたのみがたさよ《＼らいせのちぎりはたのみがたきと也》

夕がほの上ははかなきことのはにも、どこやら心ぼそくのみ宣《のたま》ふうまれ付ぞかし。ましてゆくさきもしれぬ所へ、

いざよふ月《つき》にあくがれゆかんも、心もとなく、いそぎいでたちもしたまはず。光君も、夕がほのきげんを、見はからひ給ふほどに、秋《あき》のよのながきも、はやあけぐれになりて、今《いま》すこしひまとらば、あけはてんと見ゆれば、

「さあ〱とてもゆくならば、人の見ぬうちに」

とて、御車《くるま》引よせて、いだきのせ給へば、右近《うこん》ぞ御ともにのりたる。

近《ちか》きほどなれば、何がしの院《いん》とかや、におはしましつきて、家守《やもり》をおこさせ給ふ。」11（挿絵18）あれたる門の、木だち物ふりて、軒《のき》のしのぶも茂《しげ》りあひ、見あぐればうそぐらく、ものおそろしきに、霧《きり》もふかくたちこめて露《つゆ》けくすだれをさへあげてのり給へば、御袖《そで》もいたううぬれたり。かく露霜《つゆしも》にしほたれて、所さだめず迷《まよひ》ありきたることは、ならはぬ心づくしなる事（ママ）とかなとて

　いにしへもかくやは人のまどひけむ
　わがまだしらぬしのゝめ（ママ）のそら

「そもじはならひ給へりや」

とのたまへば、夕がほの上《うへ》はづかしさうにかほもうちあかみて

　夕皃山のはのこゝろもしらでゆくつきは
　　うはのそらにてかげやたえなん

「たゞなにごともおもはず。心ぼそくすごきに」

とて、物おそろしとおもひたるさまなれば、かの夕がほのやどのせばき所にあまたつどひゐたる心ならひに、人めもまれに、しづかなる所なれば、おそろしくおもふならんと、おかしく御車引《くるまひき》入て西《にし》の台《だい》に御とことりなど

挿絵18　某の院に出かける夕顔と右近〔12〕

（11ウ）

するうち、高欄《かうらん》に御くるま引かけて、またせ給へば、右近《うこん》はえんなる心ちして、いにしへ頭中将殿《とうちうじやうどの》夕がほのうへ〻かよはせ給ひし時《とき》のことなど人しれずおもひいだす。家守《やもり》のおやぢこしをかゞめてかけ廻《まは》り御格子《かうし》あげ屛風《びやうぶ》ひきまはしなどするとて、御車《くるま》のうちを見いれたるにじよちうこそで[13]のほの見ゆれば、さし心えても見むらさきのみつぶとん[14]、こよる[15]やよぎにいたるまで、あたらしきをしつらひたり。

ほの〴〵と物《もの》の色《いろ》あひみゆるほどに、御くるまよりおりさせ給ふ。この家守《やもり》はひかる君《きみ》へも、御心やすきものなれば、ちかうまいりよりて

「御供《とも》に人もなくかりそめながら御不自由《じゆう》に候はん。さるべき人めしにつかはすべきや」

と申せば、

「さら〳〵人にしらすまじきためにこそ、こゝへはきたれ。心よりほかにもらすな」

と、口堅《くちかため》したまふ。御粥《かゆ》[12]などいそぎしたゝめて、まいらせたれどもなにとやらうちつかず[16]。しらぬたびねのこゝちして、そこ〳〵にきこしめして、御とこにいらせられ、日たくるほどにおきさせたまひて、人もなければ、格子手《かうして》づからあげたまふ。

あれたる庭《には》の木《こ》だちものふり、うとましきまでしげりあひて花段《くわだん》の草花《さうくわ》一もとずゝき[17]もおのがまゝなる秋《あき》の野原《のら》になり、池《いけ》は見草《みくさ》にうづもれて、けうとげなるさまなり。家《や》もりなどはひがしの方《かた》にすめば、このおもやにはとし久しくすむ人もなくあれはてたり。

「よし〳〵鬼神《おにかみ》なども、われをば見ゆるしなん」

との給ふ。御かほもけふまでは、たしかに見たまはず。かく手《て》にいれしそのうへに、かほを見せぬもあまりなる、

心のへだてうらめしやと、夕皃《ゆふがほ》のうへのおもひ給はんところもあれば、やつし給へる、御装束《しやうぞく》もとりすてゝ、ひむく[18]の下着《したぎ》うつくしく、うちとけ給へるひとへおび、どうもいはれぬ殿《との》ぶりにて

夕露《ゆふつゆ》にひもとく花《はな》は玉《たま》ぼこ（道なり）の
たよりに見えしえにこそ有《あり》けれ

「露のひかりやいかに。見おとりもし給ふや」

と、少《すこし》はおとこじまんにてのたまへば、夕がほのうへいまゝでは、光君の御形《かたち》をろく〳〵には見給はず。夜ふけていらせられ、灯《ともしび》のあるかたへは、扇《あふぎ》をさしかざしはをかづきなどして、とかくまぎらかし給ひしを、けふはじめて、あらはし給ひし御かたち、女《おんな》にもこれほどうつくしきはなきものをと、さすがにしりめに見おこせて

（五条のやどにて夕ぐれに見まいらせしはと也／かほといふに用て）
ひかりありと見しゆふがほのうはつゆは
（下の句ほのかに見しよりなをうつくしきといふ心なり）
たそがれどきのそらめなりけり
」13（挿絵19）

とかわゆらしき口《くち》のうちにてほのかにのたまふ、もおかしとおぼして

「そもじのへだて給ゆへわれもあらはさじとおもひしかど、けふはぜひなくあらはれしぞ。いまだに名のりし給へ」

との給ふ（ママ）へば、

「海士《あま》の子《こ》なれば」

と、どこやらがおもはせぶりなるあいさつを、恨《うらみ》つだいつしめよせつ[19]、さま〴〵に秘曲《ひきよく》をつくし、たれみる人のゑんりよもなくかたらひつくし給ふ。

惟光《これみつ》たづねまいりてもちぐわし[20]の檜重《ひのきぢう》なら酒《ざけ》いたみ[21]橘《たちばな》[22]のたるをかほらせ持参《ぢさん》したり。右近《うこん》がなひ〳〵

挿絵19　某の院で月を眺める源氏と夕顔

（14オ）

光君《ひかるきみ》を、かよはせそめまいらせしは、この惟光《これみつ》がしはざぞと、うたがひしをけもなひかほにもてなして、けふ爰《こゝ》にて見付《みつけ》られなば、さてこそといはれんもきのどくにて、御そばちかくはえまいらず御次《つぎ》のまにひかえて、御さかづき、御酒《しゆ》のかん、御すいものなどそこ〳〵に気をつけゐたり。光君の御機嫌《きげん》たゞ事《こと》ならぬはおもひの外《ほか》に」14よき所があればこそと、おしはかりておもへば、ぢたひ[23]このゆふがほのうへは、わがものにせんとおもひしを、光君《ひかるきみ》とやかくとおほせられしかば、ぜひなくあなたへあげまいらせしこと、わが身《み》ながら色《いろ》の道《みち》には、むねのひろきしかたぞと、心《こゝろ》じまんの気色《けしき》なり。」15

注

[1] 同胞輩、もしくは同傍輩。
[2] 小草履取。
[3] 堅物の髪型。
[4] 粋な髪型。
[5] 少人数の世帯。
[6] あなたさま。
[7] 口上。
[8] 「かゝ」か。
[9] 本文「とば」。
[10] 「お」版木の欠け。
[11] △以下ここまで三行、字も行間も狭い。この丁のみ一四行となるので、埋木訂正をしているか。

【巻四】

〔12〕女性の向きから出かける際と判断したが、家守のような人物も見える。
〔13〕女中小袖。
〔14〕三枚重ねの敷き布団。最高位の遊女が用いた。こよる。
〔15〕小夜。小さい夜着。
〔16〕落ち着かない。
〔17〕一本薄。
〔18〕緋無垢。
〔19〕恨みつ抱きつ締め寄せつ。
〔20〕餅菓子。
〔21〕伊丹。酒の名産地。
〔22〕近世、京都の坂田屋で作られた酒「花橘」のことか、あるいは橘酒か。
〔23〕地体。もともと。

【巻五】

夢《ゆめ》に見《み》えしは心《こゝろ》の鬼《おに》

うつゝに
のこりしは
一念《いちねん》の
女《おんな》の
かたち
」1（挿絵20）

（本文）

夕昏《ゆふぐれ》の空の気色しづかなるに、おくのかたはうそぐらく、女ごゝろに何《なに》とやら、物《もの》おそろしきやうにおもはるれば、はしちかくいでさせ給ひ、すだれをあげてそひふし給へり。夕ばへの御かたちを、たがひに見かはして、夕がほのうへは思ひのほかなる所《ところ》へさそはれきて、あやしきこゝちはすれど、光君《ひかるきみ》の御なさけ、いとおしらしき御しなしに、つみもむくひもわすれはて、そろ〳〵うちとけ行《ゆく》けしきに、君はいよ〳〵ほだされて、うごきのとれぬ御ありさまなり。

大《おゝ》きなる御殿《てん》の、人もすまずにすておきたる、庭《には》の木立《こだち》などおひしげりて、右近《うこん》よりほかには人げもなく、どこやらが物《もの》（ママ）おおそろしく、御そばにつとそひて、少《すこし》のまもはなれがたくおもひたれば、御格子《かうし》もとくおろしてまだくれはてぬに、御とこいりたがひちがひので（ママ）手まくらの、あくとしもなき御たはぶれに、」2 二三日大内へも参内《さんだい》あらざれば、御たづねもあらんをいかにしなすらんと、さま〴〵おもひつゞけて、身ながらもあやしう、六条《ろくじやう》のみやす所《どころ》も、いかばかりおもひみだれ給ふらん、うらみられんはき[1]のどくながらことはりぞかし。またこの人とたゞふたりゐんりよもなしにうちとけて、心やすきもすてられず。

みやす所《どころ》のあまりに心ふかく、うちとけぬやうだいの、五重《いつえ》の衣《きぬ》にひのはかま、どこやらがきづまりなり。おも〳〵しきありさまを、ちととりすてばやとおもひくらべて、建仁寺《けんにんじ》のだらりがね[2]もつきしまひ、宵《よひ》すぐるほどにすこしまどろみ給へば、いとおかしげなる女の、いろあをざめたるが、まくらがみにゐて、

「わしがたんといとをしがるをばうちすてゝ、えしれぬ女にくさりつき[3]、なましたゝるきめもとにて、たがひにあられぬなりふりの、見るも中〳〵はらだちや」

と、御そばにねたまひし、夕がほの上《うへ》をかきおこさんとすると見給ひて、ものにおそはるゝ心ちしておどろき給へば、灯《ともしび》もきえにけり。是はとまくらもとなる太刀《たち》を引《ひき》ぬき、右近《うこん》をおこし給へば、これもおそろしとおもひたるけしきにて、ふるへ〳〵まいりたり。

「ろうかなるとのゐ人をおこして、「手燭《しよく》ともしてまいれ」といへ」

と、のたまへば、くらければおそろしくて、

「あのおらうかまでいかにして、まいるべきぞ」

と申《もう》せば、

「わか〳〵しや」

とうちわらひて、御手《て》をうたせ給へば、山彦《やまびこ》のこたふるこゑのうとましく、人〳〵もほどとほきかたにねたれば、きゝつけてもまいらず。夕がほの上《うへ》はわなゝきまどひてあせもしとゞにぬれて、我《われ》かのけしきなり。」3

挿絵20　物の怪におそわれる夕顔たち

（1ウ・2オ）

「日《ひ》ごろわりなく物《もの》おぢをし給へば、いかにおそろしと思しめすらん」

と、右近《うこん》もいへば光君《ひかるきみ》も、まことに昼《ひる》のうちさへ、物おそろしとおもひたりしを、いかにおもふらんとおもひあはせ給ふ。

「我《われ》はらうかへ人をおこしにゆかん。手《て》をうてば山《やま》びこのこたふるこゑうるさし。しばしこゝに、ちかくおれ」

とて、右近《うこん》を引よせ給ふ。西のつまどによりて戸《と》をおしあけ給へば、らうかの火《ひ》もきえにけり。かぜすこし吹《ふき》て人ずくなゝるに、あるかぎりみなよくねたり。此屋守が子さてはかの小ざうり取《とり》ひとり、例のさぶらひばかりなり。

「これ〱」

とよび給ふに

「あい」

とこたへていづれもおきたれば、

「手燭《てしよく》ともしてまいれ。侍《さぶらひ》は弓《ゆみ》の弦《つる》うちして、たえずせきばらひをせよ。人はなれなる所にて心とけてねるものか。惟光《これみつ》がよひに見えたりしは」

ととい給へば、」4（挿絵21）

「参《まい》りて候へども、御用《よう》もなし。暁《あかつき》御むかひにまいらんとて罷《まかり》かへり候」

と申ながら、家内《やもり》がかたへひとりにゆく。此人は滝口《たき》／たきぐちは大内にてよるめぐりて火のやうじんなど申奉るやくなり なりければ、弓弦《ゆづる》ちやう〱と打《うち》ならし

「火《ひ》のようじん〱」

とくちなれていふにぞ大うちの事もおもひ出られ名だいめん 大うちにとのゐしたる公家衆名をなのる事なり。亥の刻也 は過ぬらん。滝口のとのゐ申 ／滝口の武士のなのるをとのゐ申といふなり。いづれもよるの事なり のころならんとお

挿絵21　某の院から馬で戻る源氏

（4ウ）

もはるゝはまだよもふけぬなるべし。

御とこのうちにかへりいりてさぐり給へば、ゆふがほの上《うへ》は有しながらにふして、右近はうつぶしになりてゐたり。

「これはいかなるものおぢぞや。あれたる所には、きつねやうのものゝ、人をおびやかさんとて、おそろしきやうにおもはすることもあるを、我がおれば、さやうのものにはおどされじ」

とて、先《まづ》右近《うこん》を引おこし給へば、

「こゝちのなやましくてふして侍《はんべ》る。女君こそわりなくをそろしとおぼしめすらめ」

といへば、

「などこのやうには、物をぢをし給ふぞ」

とて、さぐり給ふに、いきもせず。引うごかし給へど、なよ〳〵として、われにもあらぬさまなればまだわか〳〵しき人に物《もの》に気《け》とられぬらんとせんかたなき心ちし給ふ。

滝口手燭《たきぐちてしよく》ともしてまいれり。右近《うこん》もうごくべきさまならねば、几帳《きちやう》を引《ひき》よせて

「ちかくゑ」

との給へど、つねにおそばちかうまいらねば、なげしへもあがらずかしこまりてゐたり。

「こゝもとへもてこよ。所にしたがひおりによりてこそ、さやうにはするものなれ。取次《とりつぐ》べき人もなきに」

とて、手《て》しよくとりて見給へば、たゞこのまくらがみに、ゆめに見えつる女の、おもかげにみえてきえうせぬ。

むかし物がたりにこそ、かゝることはきけどめづらかにおそろしけれど、先《まづ》この人のいかになりぬるかと心もさはぎて、身のおそろしさも、おもはれず、いだきつきて、やゝと」[5]おこし給へど、たゞひえに冷《ひえ》いりていつのま

にかいきもたえにけり。いはんかたなくあきれはて、いかにすべきぞと、問あはせたまふべき人もなし。かゝるをりには祈禱者《きたうしや》いしやなどをこそたのみにはおもふべきを、俄《にはか》なればさやうのものもありあはず。心つよくはしたまへど、わかき御心にかゝる御事にはなれ給はず、念仏《ねんぶつ》すゝむるかくごもなく、ことぎれたるさまを見給ふに、やるかたなくかなしくてつと、いだきつき、

「いかなればかくうきめをば見せ給ふぞ。かぎりあるとも、今《いま》一たびことばをかはし給へ」

との給へど、たゞひえにひえいりて、けしき物うとくなりゆく。右近《うこん》は物おそろしとおもひし心もさめはてゝなきまどふ。南殿《なんでん》の鬼《おに》の貞信《ていしん》こうおおびやかしたるためしもあれば、

「さりともこのまゝにてむなしくはなりはてじ。よるのこゑはおどろ〳〵し。また、なく所にてもなし」

と、右近《うこん》をばいさめ給へどにはかなることとなれば、あきれたる心ちし給ふ。この滝口《たきぐち》をめして

「たゞ今惟光《いまこれみつ》がやどれる所ゑゆきて、いそぎまいるべき由いへ。あにのあじやりもそこにいらるゝならば、ともなひてまいれ。尼君《あまきみ》のきかぬやうにいへ。かゝるよあるきはゆるさぬ人ぞ。はや〳〵」

とものはの給ふやうなれど、むねはすつきりふたがりて、この人をむなしくなさんことの、かなしさいはんかたなし。

よはすぎにやあらんかぜあら〳〵しう吹《ふい》て松のひゞきこぶかくきこえ物おそろしき鳥《とり》のかれごゑになくおと、梟はこれにやとすさまじく、よく〳〵おもふに四方はとをくはなれて人げもなし。いかなるいんぐわにかゝる所にはやどりつるぞと、くやしさかぎりなし。右近《うこん》はまして、物もおぼえず、君につと添《そひ》奉《たてまつ》りてわな」6(挿絵22)ゝきしぬべきさまなれば、これもまたいかならんと手をとらへてちからをつけ、只《たゞ》ひとりにてあなたこなた、一夜白髪《いちやはくはつ》のむ

挿絵22　源氏の不在を尋ねる桐壺帝か

（7オ）

かしも思ひやられ給ふ。

灯《ともしび》は幽《かすか》に風吹《かぜふく》ごとにまたゝきて、おもやのきはに立たるびやうぶの上《うへ》より、めひとつある入道《にうだう》がのぞくやら、なげしのうへよりちらし髪《がみ》なる女《をんな》の首《くび》ばかりちよつと見えて、につことわらふてきえうすればうしろのかたより、おほきなる足《あし》おとにてひし〱とふみならしたゞひとつかみとびかゝるやうにおもはれて、おもひなしにやそのすさまじさきもたましひもぬけはてゝ惟光はなにをしておるぞとまちかねさせ給へども、ありかさだめぬ、好《かう》色《しよく》もの出口のちやあげや[4]はいふにおよばず祇園《ぎをん》八《や》坂《さか》石垣《いしがき》町《まち》[5]までたづぬるほどに、よのあくるまのひさしさ、千世をすぐさん心ち、やう〱として鳥のこゑかすかにきこゆるにぞちからをえていかなる契《ちぎ》りにかゝるめを見｢7るならん。

われながら色の道にはおほけなく、藤壺《ふぢつぼ》の后《きさき》におもひをかけ、六《ろく》条の御息所《みやすどころ》は前坊《せんばう》に別《わか》れさせ給ひしより若後《わかご》家《け》の身のあじきなく、髪《かみ》をもきり衣《ころも》を墨《すみ》に染《そめ》なして仏《ほとけ》の道《みち》にも入たまはんを、わがあくしやうのいたづらに恋《こひ》をしかけてさまざまとくどきおとしまいらせし、これらをつみの第《だい》一にて、そのほかあくしやうさま〲の、心のおにのむくゐきてかゝるぜんだいみもんの、ためしともなりぬべきことはあるならん。かくすとすれど世の中に、あるほどのこと日本《にほん》のうちはいふにおよばず、唐《から》の甘泉殿《かんせんでん》にて李《り》夫《ふ》人が千話《ちは》[6]離山宮《りざんきう》にて楊貴妃《やうきひ》がむつごとも、たれきくとなくいひつたへて今《いま》の世《よ》までもれぬるぞ。このことゝてもかくれなく、父御門《ちゝみかど》のきこしめさんを初《はじめ》として、人々のとりざた、一まいさうしの読売《よみうり》が辻々《つじ〱》にてゐんりよもなしに、うりひろめ、京わらんべのくちすさびになりおこがましく、南かぜ[7]の名をとらんも、くちおしやと、こうくはいさきにたゝず。

漸々《やう〱》として惟光《これみつ》まいれり。夜中《なか》あかつきといわず、御膝元《ひざもと》をさらぬものゝ、召《めす》にさへおそなはりつるを、にくしとおぼしめせど、御そばへめしたれども、いひいださんもあへなくて、ものもいはれ給はず。右近惟光《うこんこれみつ》がこゑをきゝしりて、この人をうたがひしにたがはざりけりと、はじめよりのことゞも、おもひつゞけてなく。光君《ひかるきみ》もいまゝでは只ひとりにて夕がほの上をいだきもち右近《うこん》にちからをつけておはせしが、惟光《これみつ》がまいりたるにいきをのべてぞかなしき事かぎりなし。とばかりなみだもとゞめえずなき給ふ。やゝありて

「こゝにあやしき事のあるをあさましといふもあまりあり。かゝる急《きう》なる煩《わづらひ》にはきたうなどもし、願《ぐはん》なども立させんと「あじやりもいらるゝならば、同道《どうだう》せよ」[8]といひやりつるは」

とのたまへば、

惟光《これみつ》「あじやりもきのふ山へのぼりて候。まづこれはいとめづらかなる事にも侍るかな。かねて御きしよくあしくやありつらん」

といへば、

「さやうの事もなく、宵《よひ》のほどまではなるほどきげんもよかりしは」

とて、なき給ふさまいとらうたし。見たてまつる人もかなしく惟光もおとこなきにそゝりあげてなく。頓死《とんし》したるには臍《ほぞ》に灸《やいと》をする、歯《は》をくひしめたるには、鼻《はな》よりきつけをふきこむなどゝいふ事も、年《とし》よりて物になれたる人こそたのもしきにいづれもわかきどち只好色《たゞこうしよく》の一道には業平《なりひら》もはだしなれかゝることにはすつきりとおもひもかけぬすじなれば、あきれたるばかり也。

家守《やもり》のおきなに聞《きか》せんもこの人ひとりはくるしからねど、口さがなきめしつかひのもり聞んを、はゞかり給へば、これ光もせんかたなく、

「先《まづ》このやどを出《いで》させ給へ」

といへば、

「これより人ずくなゝらん所は、いづくにかあらん」

との給。

「さ《これ光》やうにて候。夕がほのすみ給ひしところも、女どものかなしさに、なきさはぎ候はゞ、町やはとなりちかく、いかなる事ぞと、とがむる人おほく終《つゐ》にはかゝることぞと、しれ侍らん。山寺《やまでら》こそ夜昼《よるひる》となくかやうのことしげく候へば、さしてとがむるものもなく候。それがしが父《ちゝ》にて候ものゝめのと、としよりて尼《あま》になり東山《ひがしやま》のほとりに庵《あん》もちてすみ候。この庵《あん》へまづ入まいらせん」

とてあけはなるゝほどに御車引《くるまひき》よする。光君はえいだきあげ給はねば、うわむしろにおしくゝみて、惟光《これみつ》のせ奉《たてまつ》る。ちいさやかにてうとましげもなく、ありしながらのなげしまだの、くろくつや〳〵として見えたるもめもくれ心もまどひて、あさましうかなしき事かぎりなし。[9]

「なりはてんさまを見ん」

との給へば、惟光《これみつ》いさめまいらせて

「早二条院《はやにぜうのいん》へかへらせ給へ。人さはがしくなり候はぬうちに」

とて、右近《うこん》を御車にそへのせて、君にはわが馬《むま》をたてまつり、われはもゝだちをとりて[8]出たり。これはあやしう、おもひもよらぬおくりかなとおもへど君のなげかせ給ふさまを見たてまつれば身をすてゝゆく。きみはわれかのけしきにて、二条院へかへらせ給ひたり。

「いづくよりの御かへりにや。なやましげに見えさせ給ふ」

と、人々御きげんをうかゞへども、御あいさつもなく御帳《ちやう》のうちに入せられ、むねをおさへて、いかでか車にのりそひてゆかざりしぞ。もしよみがへりたるときいかなる心ちやせん。見すてたりしとおもはれんもきのどくと心まどひにむねもせきあぐるこゝちしてかしらいたく身《み》もあつくわれもまたむなしくなるにやとおぼす。」10（挿絵23）日たくるまでおきあがり給はねば人々あやしがりて、御粥などすゝめまいらすれどいかな〱のんど[9]もふたがりたるやうにておも湯《ゆ》もとをらぬほどなればおもひもかけ給はず。

　御門《かど》より御つかひあり。きのふもあなたこなたとたづねさせしに尋あひたてまつらねばおぼつかなく思しめす。あふひの上の御兄弟の君達[10]御つかひにまいり給へど中にも頭中将《とうちうじやう》はわけて御心やすければ
「ちよつとあおふ」

との給ひてみすのうちにてあはせ給ふ。

光君「此五月のころよりうばがおもくわづらひて尼《あま》になり戒《かい》さづかりたるしるしにや、よみがへりて侍りしが、またおこりていまはかぎりにて候。

「命の中にいまひとめ見もし見えよ」

と申こしたるをいとけなきよりはぐゝみしものゝ、今はのきはにつらしとおもはんもきのどくにてまかりたりしに、其家《いゑ》のめしつかひ病《やまひ》して侍りしが、俄《にはか》にとりつめて死《し》して候を、心もつかず。うばが、この世《よ》の名残《なごり》とて、くるしき中にも、さま〴〵のものがたりに、日《ひ》をくらし候て、おもはずけがれ侍れば、大《おほ》うちには神事《かみごと》しげき比《ころ》なれば、わざとはゞかりて参内《さんだい》もいたさず候所に、この暁《あかつき》よりかぜけにや頭痛《づつう》はなはだしくぶ礼《れい》のてい、心やす

挿絵23　東山の通夜に出で立ち、鳥辺野の方を見遣る源氏

（10ウ）

き中ながら御めん候へ」

との給へば、

中将「さらばそのおもむきを奏《そう》し侍らん。夜部《よべ》も御遊《ごゆう》の候て、方々《ほうぐ》たづねさせ給ひしに、おはしまさねば、御機嫌《きげん》あしく見えさせ給ひつる」

と申て、

「さていかなるけがれにふれさせ給ふぞや。おほせらるゝおもむきこそ、まことしからね」

といへば、光君むねうちつぶれて、

「またわるずい[11]をいはるゝよ。そこらはよろしくくみわけてよきほどに奏《さう》し給へ。なやましくてざれこともおかしからず。」

とつれなくの給へど、心のうちにはいふかひなく、かなしきことかぎりなし。心ちもまことになやましければ、人にめも見あはせ給はず。[11]頭中将《とうちうじやう》の弟蔵人弁《おとゝくらんどのべん》をめしよせて、

「こま〴〵とこのわけを奏《そう》し給へ。左大臣《さだいじん》どのへもかゝることありて、えまいらぬよし、御ことづて」

などの給ふ。

日くれて惟光《これみつ》参りたり。穢《けがれ》にふれ給ひたるよしの給へば、御見まひにまいる人々もみな、たちながら玄関《げんくわ》よりかへれば、人しげからず。これ光を御そばえめして

「いかにぞ今はと見はてつるか」

と、の給ひもあへず、御袖をかほにおしあてゝなき給ふ。惟光《これみつ》もなく〳〵

「もはやこと切《きれ》はてゝ候。いつまでかくてあるべきならねば明日日《あすひ》なみもよく候ほどに、貴き僧《とうとそう》の候をたのみて諸事《しょじ》申あはせ鳥部野《とりべ》へおくり、けぶりともなし申さん」

と申せば、

「先右近《うこん》はいかにしつるぞ」

ととはせ給ふ。

「うこんにはもてあつかひて候。けさも、たにへおちてしなんとくるひ候を、やうやうなぐさめおきて候。「ふる郷《さと》へつげやらん」と、申候へども「まづしばししづめよ。とつくと思案《しあん》を落《おと》しつけてのうへにこそ」と、なだめおきて候」

と申せば、

「われもこゝちあしくいかになるべきにか」

との給へば、

「はてわけもなひよの中の事。とあるもかくあるも、みなさだまりたる、いんぐわにてこそ候へ。人にあまたしらせじとおもひ侍れば、手づからをりたちて、そうれいのいとなみもいたし候」

と申せば

「なるほどよの中はみなさることとはおもひなせどうはきにまかせてかの人をそゝのかし出《いだ》してむなしくなしつるぞと、筒もたせにあはんが、いとからきぞ。少将の命婦《みやうぶ》などにきかするな。尼《あま》ぎみはまして好色《かうしよく》のかたはつよくいさめらるゝを、きかれんははづかしきぞ」

と口がためし給。

「いかでかきかせ候はん。寺《てら》の坊《ぼん》にさへあらぬすじにいひなして候」

と申にぞ、少か丶りたる心ちし給。このみけしきをほのき丶、女中《じよちう》などはあやしうなにごとにや。」12けがれにふれ給ひたるとて大内《おほうち》へもまいり給はず、またかくそ丶やきなげき給ふさまなど、とかくふしぎにおもひたり。

「そうれいなどは、人のめにた丶ぬやうにせよ」

との給へば、

「何《なに》かこと〳〵しくいたし候はん」

とて、御まへをまかりたつが、余《あまり》にかなしければ、

「そのほうがおもふところもはづかしけれど、かのなきがらを今《いま》一たび見ざらんが、こ丶ろが丶りなれば、馬にてゆかん」

との給ふ。惟光もいかゞあらんとはおもへど、

「さやうにおぼしめさばはや〳〵御いで候てよふけぬ内にかへらせ給へ」

と申せば、此ころの御しのびありきにき給はんとてしだせさせ給ひし、かりの御しやうぞくにきかへていで給ふ。おそろしかりし物ごりにいかにせんとはおぼしめせど只今のなきがらを見ずはまたいつのよにありしかたちをも見んとおぼしめしていつもの御侍《さぶらひ》さては惟光《これみつ》ばかりを御ともにて出給ふ。

　道もほどとをきに、十七日の月《つき》さし出《いで》て、かはらおもてより鳥部野《とりべの》のかたをみやればものすごきもなにともおもはれず、かきみだる心ちしておはしましつきぬ。あたりさへすごきに、板屋《いたや》のかたはらに少《ちいさ》き堂《どう》たて丶おこな

へる尼《あま》のすまゐ、いと、あはれに、灯明《とうめう》のかげ幽《かすか》にすきて其内《そのうち》には女のひとりなくこゑのみして堂《だう》のかたに、法《ほう》師《し》にやあらん物がたりして、二三人わざところゑたてぬ念仏《ねんぶつ》をとのふ[12]。寺々《てらぐ》の初夜《しょや》もみなおこなひはてゝしづかなるに、清水《きよみづ》の方《かた》のみ、観音《くはんをん》の御ゑん日とて、人あまた参詣《さんけい》する様《さま》なり。此尼《あま》のむすこの大徳《だいとこ》こゑたうとくて、きやうよみたるに、たうとさもあはれさもかなしさもひとつに、なみだもよほされて、御袖《そで》もせきあへず。

夕がほのうへには」13（挿絵24）屏風《びやうぶ》引まはして、枕《まくら》もとに水手向、せんかうのかほり、あぶら火《ひ》[13]かすかに、心ぼそさかぎりなし。右近《うこん》はびやうぶのそとに引《ひき》かづきてふしたる。心《こゝろ》のうち、いかならんとおぼす。屏風《びやうぶ》のうちへいりて見給へば、おそろしきけはみぢんもなく、ありしながらのうつくしきかほつきにてものいはずわらはずと、ゐすがたを見てなき給ひし唐《から》の帝《みかど》のためしまで、おもひいだされ、御手《て》をとらへて

「いまひとたびこゑをだにきかせ給へ。どうしたことのゐんじややら、しばしがほどにいのちも、しんしやううちこんで、いとおしかりしを、うちすてゝ、これはいかなるいんぐわぞ」

と、こゑもおしまずおとこなき。よそにきく人さへ、なみだおとしける。右近《うこん》をば、

「二条の院へいざ」

とのたまへど、

「年ごろ」14おさなきよりかた時もはなれず、なれまいらせし君に俄におくれまいらせて、いづくにかかへり侍らん。かなしきことに取そへて古郷《ふるさと》人にのゝしられめのとなどの問候《とひそふらふ(ママ)》はんにいかにならせ給たるとかこたへ侍らん。かなしきことに取そへて古郷《ふるさと》人にのゝしられんことのめいはくさ。とにかくに同じけぶりに身をなしはて候はん」

と、わめき出してなく。

挿絵24　源氏、夕顔の遺骸と対面

（14オ）

光君《ひかるきみ》もうちなき給ひて、

「成ほどその方《ほう》がいふ所は、もつともなれども、世の中の習《ならひ》にて、さま〴〵のかなしきめを見るも、おもひ廻《まは》せば、家《いゑ》なみにあることながら、さしあたりては、わが身ひとつのやうにおもはるゝぞかし。別《わかれ》といふものゝ、かなしからぬはなし。長きもみじかきも、命はかぎりあることなれば、おもひなぐさめて、心とこゝろをとりなをし、此うへは、われをたのみにせよ」

と、さま〴〵いひなぐさめ給へども、

「かくいふわが身こそはいきとまるべき心ちもせず」

との給ふも、たのもしげなし。惟光《これみつ》まいりて、

「よははやあけがたになりて候。かへらせ給へ」

と申にぞかへり見のみせられて、むねもすつきりふたがりて出給ふ。」15

注

［1］阪木欠損。

［2］陀羅尼鐘。

［3］腐り付く。男女が不義の縁を結ぶ。

［4］出口の茶屋は遊郭の大門口に軒を並べていた茶店。客を待たせて揚屋まで送る。揚屋は、遊女を呼んで遊興する店。

〔5〕京都の色町。
〔6〕痴話。
〔7〕南からの風。転じてなまぬるいこと。まぬけ。
〔8〕袴のすそを取って、帯などに挟み、活動しやすくすること。
〔9〕のど。
〔10〕「御兄弟の君達」埋木か。
〔11〕悪推量。
〔12〕唱える。
〔13〕灯火。

【巻六】

新枕《にゐまくら》とは　いつの　ことやら

試《こゝろみ》にやる
玉章《たまづさ》の情《なさけ》

」1（挿絵25）

（本文）

道《みち》のほど露《つゆ》けく、朝ぎりふかく立《たち》こめて、ゆくさきも見えず。まことに夢路《ゆめぢ》をたどる心ちし給ふ。夕がほのすがたありしながらにうちふしたりしが、かのおそろしきやどにて、たがひちがいの手まくらに、おびもひもゝとき捨《すて》て、わけもなきまでとりみだせしに、わがひむくのしたぎをかりにはだにうちかけしが、いまもそのまゝにきていたりしなんど、いかなるちぎりにやと、みちすがら心のうちに、くよ〳〵とおもひつゞくれば、心もかきみだるゝやうにて、むまにも、のりかねさせ給へば、また惟光《これみつ》御馬《むま》につきて、おくりたてまつる。

かも川の堤《つゝみ》にて、むまよりおちて絶入《たえいり》たまへば、惟光《これみつ》もあきれて、わかげのいたりにて御とも申たりしぞ、我《わが》ちえのたらぬゆへぞかし、いかにおほせらるゝとも、はてわけもない御事ぞと、とゞめたてまつるべきものをと、」2

挿絵25　鳥辺野からの帰り、落馬してしまう源氏

（1ウ・2オ）

後悔《こうくはい》さきにたゝず。川《かわ》の水《みづ》にて手《て》をあらひ、清水《きよみづ》の観音様《くはんをんさま》をふしおがみ

「このたびばかりは、御慈悲《じひ》を」

といのりたてまつる。蘇香円《そかうゑん》、即命丹《そくめいたん》など御口《くち》に入《いれ》、やう〱きをつけ奉《たてまつ》る。君も心をとりなをし、御心の内《うち》に仏《ほとけ》をねんじ（ママ）給ひ、惟光《これみつ》がかたにかけまいらせ、御さぶらひは、御腰《こし》をおして、やう〱として二条院《にぜうのいん》へかへらせ給ふ。

御内《うち》の人々も

「よふかき御ありき、見ぐるしきことゞもかな。このころはわけてうわきにならせられ、昼《ひる》はうか〱うてうてん[1]。ひぐれになれば、かちはだしにて、よがれもなき御しのびありき。ことさらきのふの御けしきなやましげに、見えさせ給ひつるに、こよひなどいかなることに、よあるきはしたまふらん」

と、ひそ〱きのどくがる。

君はうちふし給ひしより、もつてのほかにわづらはせ給ひ、二三日湯水《ゆみづ》ものんどにとをらずめき〱とよはりはて、形容腎虚《けいようじんきよ》の相《さう》あらはれ給へば御かど《みかど》にもきこしめしおどろかせ給ひ、医陰《いをん》の両道《りやうだう》[2]まつりはらへなどひまなく、比叡山《ひえいざん》の座主《ざす》、三井寺《みいでら》の長吏《ちやうり》そのほか諸寺諸山《しよじしよざん》にちよくしたつて、あめがしたのさわぎなり。世《よ》にたぐひなくうつくしき御器量《きりやう》諸《しよ》げいまでかしこくおはしませば御いのちもながゝるまじきにやと人々も心もとなくおもふなりけり。

君はくるしき御心にも右近《うこん》をめして、御ざのまちかくつぼねなどくだされ、ありがたき御こゝろづけどもかず〱にかたじけなし。惟光《これみつ》も君の御わづらひに、きもたましゐもつぶれて、おもひまどへど、右近《うこん》がうゐ〱し

くたよりなくおもはんと、ほうばいの女中《じよちう》へもとりなしをして引《ひき》あはせ、ありつくやうにしなせば、きみも御こゝちよろしきときは、右近《うこん》をめしてつかひならし給へば、」3ほどなくまじらひつきたり。夕がほの上《うへ》の御忌中《きちう》にてはなやかならぬくろ小袖《こそで》かたちはよからねど、かたはに見ぐるしき所もなし。
「としごろたのみ奉《たてまつ》りし夕がほの上《うへ》を、失《うしな》ひて心ぼそくおもふらん。かはりには、もしながらへば、さむふひだるう[3]なきやうに、はごくまんとおもひしに、ゆふがほのあやしうみじかかりけるちぎりにひかれて、われもまたはかなくなりなんくちおしきぞ」
とて、よはげになきたまへば、右近《うこん》は夕がほのうへの御事《こと》は、ぜひなきこと、この君にさへおくれまいらせては、いかゞはせんとおもひまどふ。

御舅《しうと》左大臣《さだいじん》どの、あふひのうへの御かたの人々も、あしをそらにしてかけはしる。大内《おほうち》より御つかひあめのあしよりもしげく、心もとなくおぼしめしなげかせ給ふを、きこしめすにかたじけなく、光君《ひかるきみ》も心とこゝろをとりなをし、ぜひひとたびはくわいき[4]してと心づよくおぼしなす。御舅《しうと》左大臣《さだいじん》どのも、日々《ひび》におはしまして、さま〴〵のことゞもせさせ給ふしるしにや、廿よ日《にち》おもくわづらひ給へども別条《べつでう》なく御くはいきならせ給ふ。人しらぬことながら夕がほのうへの御忌中《きちう》もあけし日《ひ》なれば、父御門《ちゝみかど》のおぼつかながらせ給ふもわりなくて、大内《おほうち》のとのゐ所《どころ》にまいり給ふ。御よろこびなゝめならず。御舅《しうと》の左大臣殿《さだいじんどの》わが御くるまにてむかへとらせ給ふ。御ものいみなにやかやと、つゝませ奉《たてまつ》り給ふ。

しばしがほどはよみがへりたる心ちにてうつかりとしたまひしが、九月廿日《くぐはつはつか》ごろには名《な》ごりなく御くわいきにて、すこしおもやせ給ふ御かたちいよ〳〵うつくしくながめがちに、音《ね》をのみなき給ふを見たてまつる人々、

「御ものゝけにや」

といふもあり。うこんをめし」4いでゝ、物がたりなどし給ふ。

「おもへば〱あやしや。夕がほの上《うへ》は、なにとてその人と、名《な》をだにしらせじと、つゝみ給ひしぞ。まことに海士《あま》の子《こ》なりとも、わが身をすてゝいとおしかりしに、見しらぬふりにてへだて給ひし心底《しんてい》こそつらかりし」

との給へば、

右近《うこん》「いかでかふかくかくし給ふことは、侍らん。ほどもなき御契《ちぎり》いつのまにかは、くはしき御名《な》のりもし給はん。かよひそめ給ひし、はじめのことをおもへば、夢《ゆめ》のやうにて、うつゝともおもはれず。たゞかりそめの御情《なさけ》、すゑとげてとはおもひ給はねばこそ、かくまではつゝませ給ふらんと、おまへさまの御名《な》をかくさせ給ふをこそ、うきことにおほせられし」

と申せば、

「さてはさやうにありつるか。我心《わがこゝろ》にはゆめ〱へだつることはなかりしかど、その方《ほう》が見るごとくに御門《かど》のいさめさせ給ふを初《はじめ》、」5（挿絵26）かた〲に遠慮《えんりよ》ある身《み》にて、はかなきたはぶれごとをいふをさへとやかくと、とりなされ身ながらもうるさきを、はかなかりし夕がほの花のたよりの一ふしに心とまりてあひ見そめしも、かくあるべき契《ちぎり》にこそはとあはれにまたおもひかへせば、これほどにながゝるまじきわけならばいかにして、いのちもすつるほどかはゆかりしぞと、つらくもおもはるゝ。いまははやなにのゑんりよもなし。ゆふがほのうへの御ことを、くはしくかたれ。七日《なぬか》〱のぶつじにもたがためとか心のうちにもいのらん」

との給へば、

「なにしにかくしまいらせん。ぬしさまののたまはざりしことまでを、なき御かげにて、くちさがなくもとおも

挿絵26　病床の源氏

（5ウ）

ふまでにて候。おやたちはもはやとうになくならせ給ひし三位中将《さんゐちうじやう》と申侍りし。夕がほの上はひとりむすめにて殊外《ことのほか》御寵愛《ちやうあひ》なされしが、御かつてなどおもふやうにもなく、おぼしめすまゝのむことり給ふ事もなりがたからんとこれのみなげかせ給ひしがほどなく身まかり給ひてのちあるたよりに頭中将《とうちうじやう》どのまだ少将と申せし時、かよひそめ給ひて三年《みとせ》ばかりは心ざしあさからざりしを、去年《こぞ》の秋《あき》のころかの御しうと右大臣《うだいじん》どのゝ御かたにて、六《ろく》尺《しやく》ほどなるすりこぎを、何百本《なんびやつぽん》ともなくこしらへて、あるほどの女中《じよちう》が、手《て》〳〵にさげ、うはなりうちにおしかくるよし、きこえしかば、つね〳〵物《もの》おぢをわりなくし給ふ、うまれ付《つき》にて、きくとひとしくおぢおそれ、西《にし》の京《きやう》にめのとのすみ侍《はべ》るところへかくれ給ひしが、それも見ぐるしきにすみわびて山里《やまざと》へ引こもり、心やすくすまばやとおもひ給ひしが、かのゆふがほのやどりへうつり給ひしを、おまへさまに見あらはされたまひし。」6 いやしげなる所にと、おもひたまはんはづかしきと、なげかせ給ひし。よの人ににずものつゝみをしたまひて、人にものおもふけしきを見せんは、はづかしきことゝ、つね〳〵なに事も心のうちに、おしこめて、つれなくのみ、もてなし給ひし」

とかたるにぞ、さればよ、頭中将《とうちうじやう》が雨夜《あまよ》のものがたりに、「あつたら物《もの》をうしなひし」となげきしは、誠《まこと》なりけりと、いよ〳〵あはれもまさりて、

「むすめをひとりもちたりしが、それぐるみ、あとかたもなくうせしと、中将《ちうじう》（ママ）のなげきしが、むすめはあるにや」

とゝひ給へば、

「おとゝしのはるむまれ給ひし。うつくしき御きりやうにて候」

と申。

「それはいづくにぞ。人にしらせずして、われにゑさせよ。はかなくきえし夕がほの、露のかたみとおもはん。中将《ちうじやう》にも、このわけを、かたりきかせんとおもへども、「夕がほのうへを、いかにしつるぞ」と、かこといはれんもきのどくなれば、いづかたへもさたなしにそだてん。そのめのとなどにも、われとはなしにさるかたにて、やしなひむすめにせんといふと、あらぬさまにいひなして、われにゑさせよ」

との給へば、

「さやうにおぼしめされんは、うれしく西《にし》の京《きやう》にてせいじんしたまはんは心もとなくはかぐしくとりあつかう人もなしとていまに西の京におはしまし候」

と申。

夕暮《ぐれ》の空のけしきあはれに庭《には》の草木《くさき》もかれぐになりて、むしの音《ね》もなきよはりたるに、紅葉《もみぢ》やうやういろづくほど、古土佐《ことさ》が絵《ゑ》にかきたるよりおもしろきを見わたして＼右近おもひほかなる所にて、御ほうこうをすることかなと、かの夕皃《がほ》のやどをおもひいづるもはづかし。竹《たけ》の中《なか》に、家鳩《いゑばと》といふ鳥《とり》の鳴《なき》しを、夕がほの上《うへ》の、おそろしとおもひたりしさまの、かわ」7ゆらしく、おもかげのわすられず、

「としはいくつになり給ひしぞ」

と、右近《うこん》に＼光君とひたまへば、

右近「十九にやなり給はん。わたくしは夕がほの上の御めのとの子にてはゝにははやくおくれ候て、かの御ふたおやさまのふびんがらせ給ひて、ひとつ所にて、そだて給ひしことなんど、おもひ出れば、かた時もおくれまいらせてながらふべき、身にも侍らず。ものはかなげなる御心ひとつをたのみにて、としごろなれつかうまつりしこと」

など、御物がたり申せば、

光君「女ははかなげなるこそよけれ。かしこだて[5]にて、人にしたがはぬはいとにくし。わが身のはか〲しくすくやかならぬゆへにや、女はたゞやはらかにて、とりはづしては、人にあざむかれんが物ごと《さすがに》遠慮《ゑんりよ》（／この所女のおしへなり。心をつけて見よ）して、わがおつとの心には、よくしたがはんこそよからめ。わが手にいれて、心のまゝにこしらへたてゝ見んに、かはゆらしくおもはれん」

などの給へば、

「夕がほの上はこの御このみにはもつてつけたる御かたぎ[6]とおもふに、いよ〱口おしく思ひます」

とて袖をかほにおしあてゝなく。

空のけしきうすくもりにてかぜひやゝかなるを詠《ながめ》給ひて

見し人（＼夕がほのうへの事也）のけぶりを雲とながむれば

夕のそらもむつましきかな

とひとりごとにの給へど、右近《うこん》は返哥《へんか》もせず。御ふたところながら、かやうにておはしまさばとおもふに、むねもふたがりてなに事もおもひわかず。君はかの夕がほのやどりにて、耳《み》かしがましかりし、きぬたのおとを、思ひいでたまふに、こひしくて、「八月九月《はちぐはつくぐはつ》まさにながき夜《よ》」といふきぬたの詩《し》を口すさび給ひて、うちやすませ給。

かのいよの介がもとの小君《こきみ》まいれど、ありしやうなる、御ことづてもなければ、うつせみはつれなしと、おぼしめしきりたるを、いとおしう、ことに、」8（挿絵27）おもくわづらひ給ふときゝて、御かげながらなげかしう、はる〲といよの国《くに》まで、くだらんもさすがに、心ぼそければ、おもひ忘《わす》れ給ふと心みに文《ふみ》をつかはしたり。

挿絵27　空蝉との贈答を、小君を前に見る源氏

（9オ）

御なやみのよしをうけ給はりかげしもいかばかりなげかしうおもひまいらせ候へどもことにいでゝはえこそ
うつせみ　とはぬをもなどかとはでほどふるに
　　いかばかりかはおもひみだるゝ
　いけるかひなき、ますだはまことにこそ
とかきたるを、君はめづらしくいかにおもひいだしつらんと是もあはれは《は》わすれ給はず。御返事《かへりごと》は、長《なが》ぶんにて
　かへす〴〵いけるかひなきとはこなたよりこそ申まいらせ候はんに」9
ひかる君　うつせみの世はうきものとしりにしを
　　またことのはにかゝるいのちよ
　はかなしや。かしこ

と御病後《びやうご》なれば手もふるへて、みだれがきにし給ひしぞ、弥《いよ〳〵》うつくしうかのもぬけの衣《きぬ》を、いまだわすれ給はぬを、いとおしうも、おかしうも、おもひたり。かやうににくからず、かきかはしなどはすれど、あひましてしつぽりとゝは、おもひもよらず。さすがに、もぎどうならずして、やみなんとおもふなりけり。
軒端《のきば》の荻《をぎ》は蔵人《くろうど》の少将《しやう〳〵》といふがつまになりたると聞たまふに、あひそめたりし夜《よ》、いかにあやしう、合点《がてん》のゆかぬ初床《はつどこ》のにゐ枕《まくら》ともおもはれぬ《(ママ)》、ことかなと、かの少将がおもひつらんとおかしうも、いとおしうもおもひやり給ふ。軒端《のきば》の荻の気《け》しきもゆかしければ、小君《こきみ》に御文《ふみ》つかはす。
　こひしさのやるかたなく湯水《ゆみづ》もたえてなやみしに、しにかへりておもふ心のほどはおもひしり給ふや
光君　ほのかにものきばの荻とむすばずは

露のかことをなにゝかけまし

と、書《かき》給ひて高《たか》き荻《おぎ》に、文をむすびつけて

「しのびて見せよ」

とはのたまへども、とりはづして少将が見たりとも、わが手跡《しゆせき》をば見しりたり、つみもゆるさんとおぼしめす、御心おごりぞあいなかりける。少将のるすのまに、見すれば、のきばのおぎは心うしとはおもへども、かくおもひいだし給ひたるもうれしくて御かへりは

軒端荻　ほのめかすかぜにつけても下《した》おぎの

なかばゝ霜にむすぼほれつゝ

手はよからぬを、まぎらかし書《かき》たるさま、はし女郎《じようろう》[7]」10の文を見る心ちして何のしなもなし。かのかひまみせし折《をり》に碁《ご》うちたりしかほつきの、ふと思ひ出されて、うちとけざりしうつせみはうとみはつまじきさまなりしぞ。軒端《のきば》の荻《おぎ》はうちとけてうき〳〵、とうはきに見えしおもかげも、なに心なくにくからず。いづれにつけてもいろのみちには心よはく猶《なを》こりずまにまたもあだなのたちぬべき、性悪《しやうわる》さまぞかし。

かのゆふがほの四十九日《なゝなぬか》の仏事《ぶつじ》、比叡山《ひえいざん》の、法花堂《ほつけだう》にてせさせ給ふ。経仏《きやうほとけ》のかざりまでおろかならず、惟光《これみつ》が兄《あな》（ママ）のあじやりとうとき僧《そう》にてくどくあることゞもしたり。御学《がく》もんの師匠《ししやう》にてしたしくまいる、学《がく》しやをめして願文《ぐはんもん》かゝせ給ふ。まづしたがきをして見せ給ふ。其《その》人と名《な》はなくて、「たゞいのちも身上《しんじやう》もうちこんで、いとおしとおもひしひとの身まかりたるをあみだ仏《ぼとけ》にゆづり奉《たてまつ》る。本願《ほんぐはん》、」11（挿絵28）あやまりたまはずはかならず極楽国土《ごくらくこくど》へむかへとり、わけてふびんをくはへさせ給へ」とあはれにかきつゞけさせ給へば御したがきをはいけんして

挿絵28　右近とともに夕顔を偲ぶ源氏

（11ウ）

「たゞこのまゝにてよく侍らん。さらにことばをくはへ申べきところなく候」と申。つゝみ給へど御なみだのこぼるれば、師匠《ししやう》どのもあやしやなに人ならん、今《いま》のよに、この君の、これほどなづませ給ふ人の、はかなくなり給はんに、よにかくれあるまじきを、このころなにのさたもなかりしにかくまでなげかせ給ふは、よく〲すくせの高《たか》き人にやあらんとおもひゐたり。

夕がほのうへかくはかなくなり給はんとはあかつきのゆめにもおもひより給はず、二条院へ引とり給はんのした心にて、しのびてしたてさせ給ひしひのはかま[8]をとりいだして、装束《しやうぞく》つきのうつくしく此《この》はかまをきせたらば、どうもいはれぬかたちならんと思ひしこともむなしく、寺《てら》へあげさせ給ふとて

光君なく〲もけふはわがゆふしたひもを
いづれの世《よ》にかとけて見るべき

と書付《かきつけ》たまふ。人しして四十九日《なゝなぬか》のあいだは中陰《ちうゐん》とて、いづかたへもおちつかず、やどなしになりてさまよふなるを、いづれのみちにかおもむくらんと、おもひやり給ひて朝夕《あさゆふ》に珠数《ずゞ》をしすり、ほとけを念《ねん》じ給ふ。頭中将《とうちうじやう》を見るたびにむねさはぎて、かのなでしこのむすめのせいじんするありさま、きかせばやと、おぼしめせども、夕がほのうへのことを、たづねたりし時、いかゞこたえん、あらぬさまにとりなすとも、そのてはくわぬすいなれば、おそろしくてかたり給はず。

かの夕がほのやどにては、八月の十五夜《ごや》に、御車《くるま》にのせ給ひて、いでさせ給ひしのちつゐに、おともさたもな[12]く、右近《うこん》さへ、おとづれねば、いかなるにかとあやしく、たしかならねど、光きみの御けしきと見おきたれば惟《これ》光《みつ》をかこちけれど、けもなひかほにいひはなちて、かはらず御こしもとのかたへかよへば、月よにかまをぬかれ

たる[9]こゝちして、もしやゐなかへくだる人の、かうしよくなるが光君のにせをしてたばかりてかよひそめしが、頭中将《とうちうじやう》どのゝきゝ給はんことをおそれて、すぐにつれてくだりつらんなどと、さま〲におもひよりける。この家主《いへぬし》は、にしの京《きやう》のめのと子にて兄弟《きやうだい》三人みなおなごにて夕がほのうへにつきそひゐたり。うこんはひとり他人《たにん》なれば心をへだてて、やうすもきかせぬなるべしと、うらめしく、いかにならせ給たるにかと、なきこひけり。うこんはまたかのものどもにしらせなば、「夕がほのうへを、いかになしたてまつりしぞ」と、いひさはがれんもきのどくなり。そのうへ光君《ひかるきみ》も、

「いまさらこのこともらすなよ」

とかたくの給へばかのなでし子《こ》の御ゆくゑをさへきかず、心もとなくてすぎゆく。

光君はゆめにだに見ばやとおぼしめしたるに、此仏事《このぶつじ》したまひしつぎの夜《よ》、夕がほのうへ、かのありしひとよの、やどりにて枕《まくら》もとにゐたりし、女のあをざめたりしかほつきも、そのまゝに、ゆめに見たまひければ、あれたりし所《ところ》にすみけるものゝ、われに見ゐれける便《たより》に、この人をかくなしつらんとおもひいでたまふもすさまじき心ちし給ふ。

いよのすけは神無月《かみなづき》の朔日《つゐたち》ごろに、うつせみをも引《ひき》ぐしてくにへくだるよしきかせられ、心ことに、はなむけなんど、つかはし給ふ。うつせみへは内証《ないせう》にてこまやかに、おかしきさまなる、さしぐし幽禅《ゆふぜん》[10]雪信[11]が絵お[13]（挿絵29）もしろくかきたる、あふぎおほくしてかのもぬけの衣《きぬ》もかへし給ふ。

あふまでのかたみばかりと見しほどに

ひたすら袖《そで》のくちにけるかな

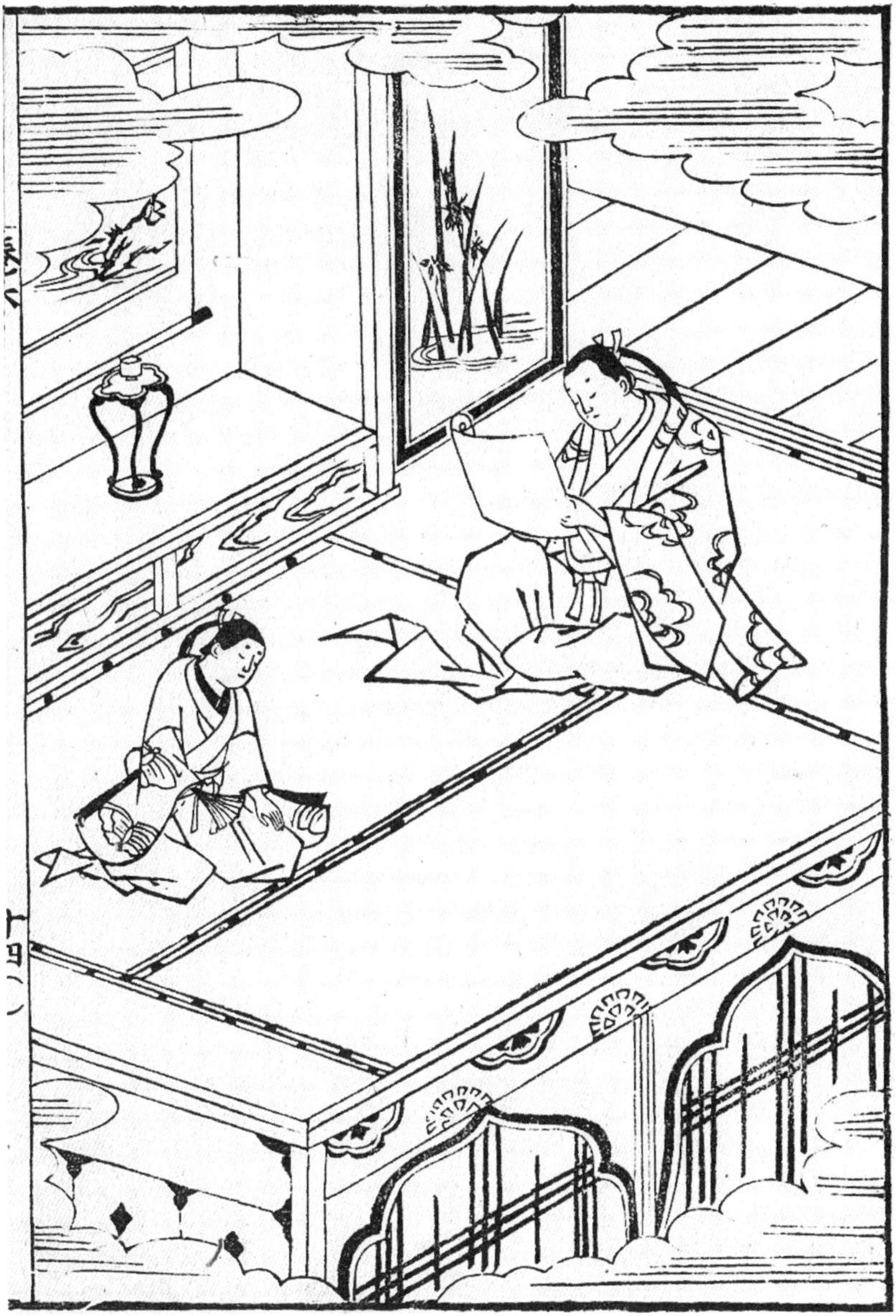

挿絵29　空蝉との贈答を、小君を前に見る源氏

（14オ）

こよみもどき[12]の御ふみはかきもつくされず。小君《こきみ》してもぬけの衣《きぬ》の御かへしばかりしたり。

蟬《せみ》のはもたちかへてけるなつごろも
かへすをみても音《ね》はなかれけ（ママ）る

おもへばく〳〵人に似《に》ぬ心つよさ、つゐにつれなくて、とをきくにへわかれゆくことよと、おもひつゞけて一日ながめくらし給ふ。けふぞふゆたつひもしるく、ふりみふらずみ、さだめなく、しぐるゝそらのけしきもあはれにて

過にし《〵ゆふがほのうへの事》もけふ《〵うつせみの事》わかるゝもふたみちに[14]
ゆくかたしらぬ秋のくれかな《あきもくれゆけばなり》

うつせみも、夕がほも、しのび給ふ事どもなればとかくに人にしらせじとすることは、心ぐるしき物《もの》なりと、おもひしり給ふならんかし。かやうにしのび給ひし手《て》くだごとのこりなくかきあらはさんも、くちさがなきやうにおもひてみなもらしつるを、

「いかでか、御かどの御子《こ》なればとて、よきことばかりをかきたてゝ、物ほめがちに、つくりことのやうなるぞ」

と、そしる人もあれば、ぜひなくてかきつけたるつみさりどころなくとぞ。

若草源氏物語《わかくさげんじものがたり》　終《をはり》

此次ニひなづる源氏物語板行出来

宝永四丁亥初春吉日

大和絵師奥村親妙政信図（「政信」印）

武江日本橋南一町目

山口屋
山泉堂　須藤権兵衛寿行（「常春」印）」15

【巻六】

注

［1］有頂天。
［2］医道と陰陽道。
［3］飢える。
［4］快気。
［5］賢そうに見せかけること。
［6］気質。性質。
［7］下級の遊女。

〔8〕主として成人女子が着用する緋色の袴。
〔9〕明るい月夜に釜を盗まれること。ひどく油断すること。
〔10〕友禅のこと。
〔11〕清原雪信（一六四三～一六八二）のこと。狩野派の女流画家として知られた。
〔12〕同じことの繰り返しのような内容。

梅翁『雛鶴源氏物語』

【巻二】

（序）

序

一日《にち》、書林《しょりん》某《なにがし》、書《しょ》を懐《ふところ》にして来《きたつ》て予《よ》に告《つげ》て云《いは》く、此書《このしょ》は、わか草源氏物語《くさげんじものがたり》の次《つぎ》、若紫《わかむらさき》、末摘花《すへつむはな》の二帖《にでう》を俗《ぞく》語《ご》に移《うつ》せる者《もの》なり。題号《だいがう》を求《もとめ》て梓《し》に鏤《ちりば》む〔1〕。願《ねがは》くは、公《こう》、号給《なづけ》へと。予此書《よこのしょ》を開見《ひらきみる》に源氏物語《げんじものがたり》の諸抄《しょせう》を集《あつめ》て、義理《ぎり》を解《とく》に不《あらざる》レ暇《いとま》者《もの》のために、大《おほ》き成益有《なるゑきあり》。其上本文《そのうへほんもん》を少《すこし》も不《せず》レ略《りやく》其心《そのこころ》を、当風《たうふう》の葉流詞《はやりことば》に写《うつ》し、やはらげて哥学《かがく》にうとき野夫助《やぼすけ》をも、このものがたりのわけしりとなすこと、まことに至宝《しはう》の書《しょ》なるべし。抑《そもそも》、源氏《げんじ》のきみ、むらさきのうへのいはけなき、一《ひと》こゑになづみ給ひて、つゐには千《ち》とせをかねて、ふかきいもせのかたらひをなし給へり。そのことの初《はじめ》より、かきいだせるを、幸《さいはひ》に、雛鶴源氏物《ひなづるげんじもの》がたりともいふべきにやといへば、書林うなづきて去《さん》ぬ。

于時宝永五年初春　洛陽散人　水月堂書（「堅」印）

」1

（系図）

大殿《おゝとの》
摂政《せつしやう》太政大臣《だいじやうだいじん》《おとゞとも》。源氏《げんじ》の君《きみ》の御舅《しうと》。葵《あふひ》の上《うへ》の御父《ちゝ》也

頭中将《とうちうじやう》　母は三の宮大宮と申せし也　あふひの上の一腹の御兄なり　源氏の小舅にてとりわき御中よかりしなり

左中弁《さちうべん》　頭中将とは別腹

左衛門督《さゑもんのかみ》　同所

権中納言《ごんちうなごん》　同所

葵《あふひ》の上《うへ》　頭中将と一腹。源氏の本妻也

御門《みかど》
桐壺のみかどゝも

源氏君《げんじのきみ》の御父《ちち》也

尼君《あまぎみ》　故《こ》あぜつし大なごんの妻《つま》なり。むすめ一人ありしに兵部《ひやうぶ》卿《きやう》の宮《みや》かよひ給ひてむらさきのうへをたん生ありしなり

僧都《そうづ》　尼君《あまぎみ》の兄弟《きやうだい》なり。くらまに山ごもりせし僧なり

先帝《せんてい》

式部卿宮《しきぶきやうのみや》　のちには兵部卿宮《ひやうぶきやうのみや》。むらさきのうへはこの宮の御むすめなり。藤《ふじ》つぼのみやのめいなり　少なごんといふ女ぼうは紫のうへのめのとなり

藤壺宮《ふじつぼのみや》　ふじつぼのみや。のちにうす雲《ぐも》の女院《にょういん》と申奉《たてまつ》る　源氏《げんじ》の君の御母桐壺《はゝきりつぼ》の更衣《かうい》うせ給ひて　御かどなげかせ給ふころ此ふじつぼのみやきりつぼの更衣《かうい》によく似《に》させ給ふよしをきこしめして入内《じゆだい》せさせ給ひ御ちやうあいかぎりなかりしなり。げんじのまゝはゝなり」2

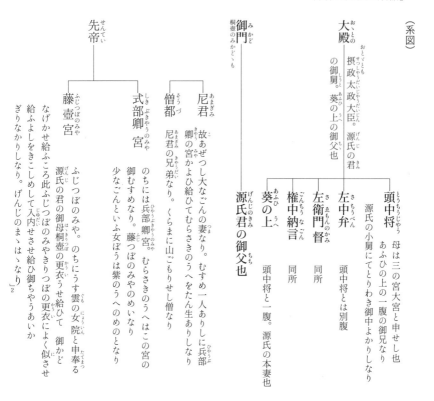

鞍馬《くらま》は四月《ぐはつ》の花盛《はなざかり》

見初《みそめ》てふかき
いもせの中《なか》
瘧《おこり》のおつる程《ほど》
うつくしき
娘《むすめ》の子《こ》

（本文）

光君《ひかるきみ》、十七にならせ給ふ春《はる》のころ、かりそめのさむけだち、終《つゐ》、一日置《いちにちをき》の瘧《おこり》になりて、御足《あし》にまいる女中も、あまたあれば、とりはづしての無養生《ふようじやう》もやありけん、のちは二日置、夜ぶるひ、たびかさなれば、御かほの色あひあしく、よろづにまじなひ、加持《かぢ》など、せさせ給へども、おちず。

ある人「きた山のなにがしでら《くらまのことなり》といふ所に、山ごもりしたる老僧《らうそう》、一かぢにけもなく〔2〕おとせし事、去年《きよねん》の秋も、洛中《らくちう》におこり、はやりて、いくらともなく、しるしありし」

と申あぐれば、召《めし》につかはしけれども、

「老《おひ》をとろへて、庵室《あんじつ》の外《そと》へもまかりいづる事、なりがたし」

と申せば、是非《ぜひ》なく、御心しりのこれ光良清《みつよしきよ》そのほかも、御心やすきかぎり四五人めしつれられ、まだあけはてぬ内にとしのびやかに、かの老僧《らうそう》のこもりたる、くらま山にわけいらせ給ふ。


三月晦日《やよひつごもり》」3なれば、京《きやう》の花《はな》はさかり過《すぎ》て、ひがし山にひきつゞけたるまくも、やう〳〵まばらなるころなれども、くらまの花は、いまさかりにて、山ふかくいらせ給ふまゝに、霞のたゝずまひもおもしろく、かゝる山里《やまざと》などは、見ならひ給はぬ御めにめづらしう、みちすがらのけしき、寺のさま、京とは、かくべつにさまかはりておかし。みねたかくふかき岩《いわ》ほのなかに、かの老僧はすみける。たづねいらせ給ひて、たれともしらせじと、御ともの人もすくなく、御かたちもやつし給へど、世にかくれなき、ひかる君の御ありさまを、老僧一め見たてまつりて、

「あなかたじけなや、ひとひわれをめしつる御かたにや、いまはとし老《をひ》おとろへて」4（挿絵1）、のちの世のつとめのみにして、現世《げんぜ》の祈禱《きたう》はすてわすれ侍るを、いかでか山ふかく、たづねいらせ給ひつらん」

と、おどろきさはぎ、うちゑみつゝ見たてまつる。たうとき老僧《らうそう》にて、御符《ふ》などまいらせ、加持《かぢ》する程に日かげもたかくなりぬ。


庵室《あんじつ》より立いでゝ見わたし給へば、高所《たかきところ》にて、四十九院《くゐん》の坊中《ばうちう》をひとめに見おろしたるは、どうもいはれぬけしきぞかし。此草庵《このさうあん》の下《した》へ、つゞらおりなる道《みち》ありて、おなじ小柴《こしば》がきも、心あるさまに廊《らう》よりかけたる反橋《そりはし》も、おもしろく、庭《には》の木立《こだち》よしありげにすみなしたるは、

「いかなる人にや」

と、御ともの人々に、とはせ給へば、

「これなん某僧《なにがしそう》づの、三年禁足《ねんきんそく》にて、こもりゐらるゝ、坊《ばう》にて候」

と申せば、さては心はづかしき人のすむ所なるに、あまりにやつしたるありさまを、きかるゝ事もあらふにとつゝまし。目《め》の下《した》に見おろして、よく見ゆるに、うつくしき、[5]女子《おなご》わらはあまた、ゐんがわにいでゝ、仏《ほとけ》にあかたてまつるにや、庭《には》におり立て、花などをる。

御ともの人々「これはめづらし、僧都《そうづ》の御大黒[3]にや」

と云もあれば、

「よもやさはあらじ、じぶんがらのやぶ入[4]にや」

と、くち〴〵にいふもおかしく、其なかに、こらへかねて、をりて垣《かき》よりのぞくもあり。よき風《ふう》のとしま、十五六のふり袖《そで》、それよりちいさきもあまた見ゆ。

光君は、かの老僧《らうそう》の庵《あん》にて、おこなひなどせさせ給ふほどに、かたぶく日かげ、いつもおこらせ給ふころなれば、いかゞあらんと心もとながらせ給へば、

「とかくおこりは、まぎるゝがよきぞ」

とて、人々すゝめ申て、うしろの山に御とも申。京のかたを見給へば、はるかにかすみわたりて、四方のこずゑも、そこはかとなく、けぶりわたれるは、

「絵《ゑ》にいとよくも、似《に》たるかな。かゝる所にあけくれすむ人の、心のうちいかならん」

との給へば、御供《とも》の人々、

「これはみやこもちかく、あさき山にて候。とをき国《くに》の、うみ山《やま》のけしき御覧《らん》ぜられば、御絵《ゑ》いか程《ほど》かあがらせ

挿絵1　北山の老僧を訪れる源氏一行

（4ウ・5オ）

給はん。」

ふじの山《やま》、あさまのだけ、ゆきやけぶりのありさまをかたるもあれば、西国《さいごく》のうら〳〵磯《いそ》のうへ、とまり〳〵のたはれめの、おかしかりし事をかたるもあり。其中《そのなか》によし清《きよ》は、はりまの守《かみ》が子《こ》なればよくしつて、「都《みやこ》ちかき所には、あかしのうらほどおもしろきはなし。海《うみ》のおもてを見わたしたるは、ほかにまたにた所もなく、ひろ〴〵としてきののびたる事、かのはりまのかみ入道《にうだう》が、むすめすませし家《いへ》ゐいかめしく、」6その身《み》は大臣《だいじん》の末《すへ》にて、世にいせゐをふるひ、人にももちゐらるべき身《み》ながら希代《きたい》のくせものにて、殿上《てんじやう》のまじはりもせで、近衛《このへ》の中将《ちうぜう》にかへて、申給はりたる国なれども、その国《くに》の下司《したつかさ》諸役人《しよやくにん》にも、すこしあなづられ、なにのめんぼくありて、またみやこにはたちかへらんとて、発心《ほつしん》おこしてもとゞりはきりたれども、山《さん》りんに閑居《かんきよ》もせず、湊《みなと》ちかき所に家ゐしていなかには、めづらしき作事《さく》、入道《にうだう》の身にやはしからぬやうなれども、げにはまた、われひとりずみにもあらず、わかいさいしもあれば、里《さと》ばなれは明《あけ》くれさびしく住《すみ》わびんもきのどくにて、かゝるすまひもするならん。さりし比《ころ》はりまの国《くに》へくだりしつゐでに、ありさまゆかしく、入道のもとへ立よりて候へしが、京《きやう》こそ家《いへ》ごみにて地せばく、やしきもおもふやうならねど田舎《いなか》のおもひでには、心のまゝに地《ち》ひろく、ことに入道、国のかみにてしおきたる事なれば、なに事もふそくなくなが命《いき》してもことかゝぬほど、ほそくり金《かね》[5]もしたゝかにしこためて、のちの世《よ》のつとめおこたらず、今どきの出家《しゆつけ》はづかしきほどに侍る」

と申せば、

光君「さてそのむすめ《あかしの上の事なり》はよしや」

とゝはせ給ふ。

「おもひのほかうつくしく心ばせありて、風流《ふうりう》もの。代々《よゝ》の国《くに》の守《かみ》聞およびて、ゐんをもとめて、とかくいひより候へども、入《にう》だうさらにがつてんせず。「わがみのかくしづみはてぬるさへあるに此むすめひとりは、おもふ子細《しさい》あれば、なみ〳〵の人には見せもせじ。もしその心ざしとげずして、わがみむなしくなりなば、うみに身をなげて、死《し》にもうせもせよ」[7]と、かたくゆいごんして、かはゆやむすめもよめざかり、さぞひとりねの床《とこ》のうへ、ねざめさびしきおり〳〵もあらんと、おもはれ侍る」

と申せばいづれも口《くち》をそろへて、

「これは八大竜王《はちだいりうわう》の后《きさき》にたゝんいつき娘《むすめ》にや、あまりに位《ゐ》たかくてくるしからん。」

「良清《よしきよ》が、この娘《むすめ》のことよくしりたるも、ひごろ好色《かうしよく》ものなれば、入道がゆいごんやぶるべき下心《したごゝろ》あるなるらん」

と笑《わら》ふ。

「そのむすめいかほどぢまんするとても、たかのしれたる田舎《いなか》そだち、ふるめかしきおやにつきそひ、母《はゝ》こそいやしからぬ人にて、京にてうれかねし、御所《ごしよ》むきの女をかゝへて、まばゆきまでかしづくらん。」

「国《くに》の守《かみ》もかはりて、なさけしらぬあらゑびすの、さすがに、いろごのみたるおとこ、かの国《くに》へくだりなば、入道いかに位《ゐ》たかくおもふとも、情《なさけ》なくうばひとり、うとましながらそひねして、やゝだかるゝであらふぞ」

と、くち〴〵に云《いふ》も、光君はおかしときゝ給ふ。

「いかなる心にて、入道はむすめを海《うみ》にしづめといふならん。そこのみるめもむつかしきに」

とて、わらはせ給ふ。例《れい》の性悪《しやうわる》さまにて、このむすめをいかにもして見ばやと、御心のうちには、おぼしめすならん。

そのひもくれかゝりぬれどおこらせ給はず。なごりだになくおちぬるはうれしくて

「はやかへらせ給はん」

との給へば、

老僧《らうそう》「また御出《いで》もまゝならぬ御身《み》、ことに御物気《もののけ》の見いれもありてなやませ奉れば、とてものことに、こよひ加《か》持《ぢ》し奉るべし。御一宿《しゆく》あれかし」

と申せば、御ともの人々も、

「まれ〳〵は、女のなきまるね[6]もめづらしからん」

とい」8へば、光君も

「かゝるたびねは、さすがに、おもしろからん。さらば、暁方《あかつきがた》にかへらん」とおちつかせ給ふ。

春《はる》の日《ひ》の永《ながき》もくれにせまりて、夕《ゆふ》がすみのいたう立《たち》わたりたるにまぎれて、これ光一人御ともにて、かの小柴《こしば》垣《がき》のもとに立出《たちいで》させ給ひてかひま見し給へば、たゞこの西《にし》おもてに、持仏《ぢぶつ》すへ奉りて、おこなふあまなり。すだれすこし巻《まき》あげて仏《ほとけ》に花たてまつる。中《なか》ほどのはしらによりかゝりて、けうそくの上《うへ》に経《きやう》をおき、なやましげによみゐたるあまぎみ、たゞものと見えず。いろしろくあてやかに、やせたれど、かほつきふつくりと、まみのわたり、髪《かみ》のうつくしくきりたるすゑも、なか〳〵いやしげにながきよりはしほらしく、おとなしき女中《ぢよちう》ふたりばかり見えて、さては十二三にもや見ゆる、おさなき女子三四人、かけはしりて遊ぶその中に、十ばかりにやと見ゆるが、白《しろ》むくに山ぶき色のこ袖《そで》きて、はしりきたる女子、〈むらさきのうへの事也〉あまたの中《なか》にすぐれてうつくしく、髪《かみ》はあふぎをひろげたるやうにゆら〳〵として、かほはあかくすりなして、たちたり。

尼君《あまぎみ》「なに事ぞや、またわらはべどもとはら立給ふか」

とて、見あげたるかほつきに、少似《ちとに》たる所のあるは、むすめにやとおしはからる〻。

「雀《すゞめ》の子《こ》を、いぬきがにがしつるは。かごのうちによくなつきたるものを」

とて、くちおしとおもひたるけしきにてなみだぐみたり。そばにいたるおとなしき[7]女、

「又いつもの心なしめが。いかにしてにがしつるぞ。やう〳〵手なづけつるものを。からすなどもあまたあれば見つけて、とらる〻事もあらふに」

」9（挿絵2）とてたちてゆく。此女《この》も、髪《かみ》つきうつくしく、どこやらきしや[8]にしほらしく、名《な》を少なごんのめのと〻よぶ。

このおさなきがうしろ見なるべし。さてあま君わが身のけふかあすかをもしらぬ命《いのち》をば、なにともおもひ給はで、雀《すゞめ》の子《こ》、したひ給ふに、

「空《そら》とぶ鳥《とり》をかごにいる〻は、つみふかきことぞと、つねにいへどももちゐ給はぬ、心おさなさよ。こちよ」

といへば、あま君のそばにつゐいたり。つらつきまみのほどうつくしく、しどけなくかきやりたるひたいがみ、おとなしくなりゆかんありさまゆかしく、光君、うつかりとしてまもりゐたまふ。かた時《とき》もわすられず、心をつくし給ふ、藤《ふじ》つぼの御かたちに、よくも〳〵似《に》たるかなとおもふにつけても、」10なみだぐまる〻。あま君おさなき《むらさきのうへなり》人の髪《かみ》をかきなで〻、

「けづる事もうるさがり給へど、みだれたるすじもなく、うつくしの御ぐしや。たゞ心おさなくおはしますこそあはれなれ。この比《ころ》の女子《おなご》は、としの程《ほど》よりおとなしくもの心しるもあるものを、死《し》し給ひしひめ君《〈むらさきの上の母なり》は十二にて、父大納言《ちゝだいなごん》におくれ給ひしに、おもひしりふかくなげき給ひしぞかし。たゞいまにもわが身むなしくなりて、見す

挿絵2　若紫を垣間見する源氏と惟光

（10オ）

てたてまつらば、たれをたのみに人となり給はん」

とて、すゝりあげてなき給ふを、おさな心にも、さすがにふしめになりてうつぶしたるに、こぼれかゝりたるかみのつや〳〵とうつくし。

あま君　おひたゝん（＼生長せぬさきもしらぬと也）ありかもしらぬわか草《くさ》を（＼おさなき人の事。紫の上の事也）
おくらす（＼をくらかすなり）つゆぞきえん（＼あま君の身によそへてなり）空なき

少なごんのめのともうちなきて

少納言　はつ草（おさなき人の事を云）の生ゆく末もしらぬまに
いかでか露のきえんとすらむ（いかにして尼君のいのちのきえんとし給ふぞと也）

といふほどに、僧都、おくの方《かた》よりきたりて、

「こゝは余《あま》りあらはなりつるぞ。けふにかぎりてはしちかき所におはしましけるよ。光源氏《ひかるげんじ》の中将《ちうじやう》、おこりをわづらはせ給ひ、まじなひせさせ給ふとて、此上《このうへ》のひじりのもとへいらせ給ふを、たゞいまきゝつけ侍る。ことのほかしのばせ給へば、えしり候はで、え、御見まひにもまいらず」

との給えば、あま君《ぎみ》あきれたるかほつきにて、

「あやしきさまを、人や見つらん」

とて、すだれもおろしつ。

「世《よ》に名《な》だかき光源氏《ひかるげんじ》の[11]君を、かゝるついでに見給へ。世をすてたる法師《はうし》の心にも見たてまつれば、よろづのうれへもわすれ、命《いのち》のぶるありさまにて、おはします。さらばおとづれ申さん」

とて、立給ふさまなれば、光君もいそぎぬきあしにて、老僧《らうそう》の庵《あん》へかへらせ給。

御心のうちには、あはれなる人を見つるかな。こうした事あればこそ、世《よ》の好色《すき》もの共、かくれありきて、おもひのほかなる、ほりだしもするならん。たま〳〵に立出しさへ、かくおもひのほかなるものを見るよとおかしう覚す。さて〳〵うつくしかりける女子哉《おなごかな》／むらさきの上の事也。なに人の子ならん。いかにもしてわが手に入、あけくれ恋たてまつる、藤壺《ふじつぼ》の御かはりに見ばやとおもふ心、ふかくつき給ふ。まくら引よせて、うちやすませ給ふに、僧都のもとより使僧《しそう》来りて、これ光《みつ》をよびいだし、僧都《そうづ》よりの口上《こうぜう》をいふも、せまき所にてよくきこゆ。

「只《たゞ》今人の申にてうけ給おどろき入、そう〳〵御見舞《みまひ》にまいるべきことながら、某《それがし》、此山《このやま》にこもり侍るをば、よくしろしめしながら、しのばせ給ふ御下心《したごゝろ》いかゞと、うかゞはれ候ひて、先内証《まづないしやう》にて申いるゝよし、御旅《たび》ねの草《くさ》のむしろも、それがしが坊《ばう》にこそまふけ侍るべきを、ほゐなき事にこそ」

とあり。御返事《へんじ》には、

「この十日《とをか》あまりおこりとかや、たえがたうなやみ侍れば、人のをしへしまゝに、にはかにこの老僧《らうそう》をたづね入侍りしなり。されどもかやうなる人のまじなひに、しるしなきは、いかにしてもせうし[9]なるものに侍れば、ことのほかしのびて候ほどに、たづね申さず。やがてそなたへまいりて、くはしくは申さん」

とあれば、僧都《そうづ》御」12むかひにまいり給へり。法師《はうし》ながら心はづかしく人がらもやむごとなく、世にもおもくおもはれし人なれば、ひかる君もかる〴〵しき御ありきを、はづかしくおぼしめすなるべし。山ごもりし給ひしあいだのことゞも、御物がたりあり。

「さておなじ草《くさ》の庵《いほ》なれども、すゞしき水のながれも御らんぜさせん。あなたへわたらせ給へ」

と、しんせつに申たまへば、かのかひま見し給ひしおりから、あま君へ、

「このよにのゝしり給ふ、光源氏《ひかるげんじ》の君見給へ」

などゝ、こと〴〵しく、僧都のの給ひしも、はづかしく、もしやあま君、そのほか少なごんのめのとなど、見をとりやせんと、つゝましけれども、あはれなりしおさなき人のうへをも、くはしくたづねきかまほしくて、おはしましたり。

庭の草木も心あるさまにうへなして、月のよならねば、やり水のきよくながるゝほとりに、かゞり火を焼《たき》こけむしたる石灯籠《いしどうろう》にも火ともして、おもしろき夜のさまなるに、南《みなみ》おもてを、御座《おまし》にしつらひて、そら焼物《だきもの》心にくゝかほり出。名香《めいかう》の匂《にほ》ひみちたるに、光君のたきしめ給へる、御そでの香《か》にまじりて、またかくべつなる物なれば、あま君のかたの女中《ぢよちう》も心ときめきして、いつとなく身だしなみもせられんとおもはるゝ。

僧都御まへにて、無常世界《むじやうせかい》のことはりを、とききかせ給へば、光君はわが身のつみもおそろしく、藤《ふじ》つぼのみやはわがためには、けい母《ぼ》なるに、こひをしかけていたづらなわが身ながらも悪性《あくしやう》ぞや。もつともかゝるためし、唐土《もろこし》にては、則天皇后《そくてんくはうごう》、はじめは、太宗皇帝《たいそうくはうてい》のおかさま成《なり》しが、のちに継子《まゝこ》の高宗皇帝《かうそうくはうてい》の后《きさき》になり給ふ。また我朝《わがてう》にては、光仁天皇《くはうにんてんわう》の后井《きさきゐ》の上《うへ》の内親王《ないしんわう》は、桓武《くはんむ》天《てん》皇」13(挿絵3)と、うなづき給ひし事、書物《しよもつ》にもかきのせて、よにかくれなき事ながら、とつとむかしの事ぞかし。今わが身には有《ある》まじきしかたぞやと、心の鬼《おに》のせめおそろしく、後《のち》の代《よ》のことまでおもひやられて、おなじくは、この僧都の、住《すま》ゐうらやましく、山林閑居《さんりんかんきよ》の身《み》とならばやとはおもへども、あとよりせめくるこひしさの、ひるのおもかげわすられず、心にかゝりてゆかしければ、

「こゝにおはします女中は誰《たれ》人にや。おもひ出れば、この正月《しやうぐはつ》のはつゆめに、たしか所もこの坊《ばう》にて、かゝる人

挿絵3　僧都と光源氏

（14オ）

のうへを、くはしくたづぬると見て侍る」

と申給へば、僧都うちゑみて、

「さしつけたる、御ゆめがたりにも侍るかな。故《こ》あぜつし大なごんは、しゝて久《ひさ》しくまかりなり候へば、よもやしろしめされじ。その女房《にようばう》はそれがしがいもとにて候が、大なごん身まかりてのち、尼《あま》に[14]なりてこの比わづらひ侍れども、それがしかく、禁足《きんそく》にて、こもりゐ候へば、京《きやう》へいづる事もなりがたく、ほかにまたたのむべきかたもなく、こゝをたのもし所にて、かくて侍る」

と申給へば、光君、さてはかのうつくしかりしおさなき人は、大なごんのむすめぞと、すいりやうして、

「其大なごんの御むすめありしときこえしが、いかにならせ給ふぞや。世の人なみのかうしよくの、あだ〳〵しきかたにはあらで、真実《しんじつ》にたづね申べきわけあるぞ」

と、おしあてにの給へば、

「むすめたゞ一人候ひしが死《むらさきの上のはゝなり》してもはや、十年《とゝせ》あまりにもやなり侍りぬらん。父《ちゝ》大なごんは、内裏《おゝうち》にもたてまつり、みやづかへもさせばやとずいぶん心かけ候ひしが、その心ざしもとげず、身まかりしのちは、たゞこのあまぎみひとりにて、よろづにはごくみたて、もてあつかひ侍りしを、いかなるもののしはざにや、兵部卿《ひやうぶきやう》の宮《みや》を、かよはせそめまいらせて、御心ざしもふかゝりしを、もとよりの北《きた》の方《かた》、しつとつよくして、あけくれかよひ給ふ事もなりがたく、そのうへたよりにふれて、おそろしき事などきこえ侍れば、心にものをおもひてやまひつき、ほどなく身まかり侍しを、物おもひにやまひつくものと、めにちかく見侍りし」

とかたり給へば、さては一ぱいはまりたり[10]。さりながら大なごんのむすめのはらにむまれて、父《ちゝ》は兵部卿《ひやうぶきやう》の

みや、このあま君にもまごなるぞと、たしかに心をちつき給ふ。兵部卿のみやはふじつぼと一腹《ふく》の御兄弟《きやうだい》。このおさなきは藤つぼのめいなれば、よくにたるなるべしと、おもへばいよ〳〵こゝろとまりて、おさなきより、わがてにいれ、おもふ」15やうにおしへたてばや。まだもの心しらぬほどは、朝夕のなぐさみにせん。なま心あるは、しつとするも、むつかしく、人のうらみもつみふかきに、かのはつ草は、ふじつぼの、ゆかりさへなつかしく、物おもひのなぐさみならん。この子の事、くはしくたづねばやとおぼしめし、

「さてそのうせ給ひし、わすれがたみはのこし給はずや」

との給へば、

僧都「それも女子《＼むらさきのうへ也》にて、しかもその子の生《むま》るゝとて、しゝ《＼むらさきのはゝなり》て侍る。それにつけても、尼君《あまぎみ》あけくれのおもひのたねにて、なげき侍る」

と申給へば、光君、さればよとおぼしめし、

「あやしきことと、おぼしめさるべけれども、そのおさなき人のうしろ見を、われにゆづり給へと、あま君へつたへて給はりなんや。ちゝみかどの、おほせにて、左大臣《さだいじん》どのゝむすめ、あふひの上は、わがそひぶしとさだめられしかども、とかくよの中心にもしまず、おもふ心あれば、ひとりずみにてのみくらし侍る。いまだおさなき《＼むらさきのうへなり》ことなれば、にあはざるやうにやおもひ給はん。おとなしくなり給はんほどは、たゞいひなづけばかりにて、いもとやらむすめやら、なにやらにげもなきものにて、はごくみたてん」

との給へば、僧都、

「これはうれしかるべき仰《おふせ》にて候へども、まだあまりむげに、いはけなく候へば、御なぐさみにもなりがたくや。

しかしながら、女は人にもてなされて、おとなしくなりたつものなれば、くはしき事は、出家《しゆつけ》の身にてはからひがたく候。かのあま君にかたり申さん」

と、さつぱりとしたるあいさつの、どこやらがきづかひにて、わかき御心にはづかしくて、よくもいひとり給はず。僧都は

「あみだ堂《だう》の初夜《しよや》つとめてまいらん」[16]

とて立給ふ。

光君は、心ちもなやましきに、あめすこしふりて、山かぜひやゝかにふきたるに、滝《たき》のよどみもまさりて、おとたかく聞ゆ。引声《いんじやう》のあみだ経《きやう》にや、すこしねぶたげなる声《こゑ》の、たえ〴〵すごくきこゆるなど、所がらものおもひしらぬ人も、あわれなるに、まして光君は、さま〴〵おもひみだれてまどろませ給はず。

初《しよ》やといひしかど、よもいたうふけにけり。あま君のすみ給ふかたにも、いまだねぬけしきにて、数珠《じゆず》のおと、きこゆるも、なつかしうて、ほどもなくちかければ、ひきわたしたる屏風《びやうぶ》をすこしおしあけて、あふぎをならし給ふに、内《うち》にはおぼえなき心ちすれど、「ものもう[17]、たのみましよ」といはねど、上らうのうちへあんないし給ふには、あふぎをならすといふ事も、しらぬはあまりやぼらしくやおもひ給はんとて、少なごん立《たち》いでしが、びやうぶのうちに人も見えねば、せうし、きゝたがへならんとて、立かへらんとすれば、光君びやうぶのそとより、

「ほとけの御しるべは、くらきよりくらきにいりても、さらにたがふまじきものを」

と、所がら、ほとけくさきことばにて、の給ふ御こゑのわかうかわゆらしきに、少なごんも、さすがにうちいでゝいはんこはづかひもはづかしく、

「いかなるかたの御しるべにかは。おぼつかなく」

と、ほのかにいへば、

「げにうちつけなりとおもひ給はん、ことはりなれど

　　源　はつ草のわかば《おさなき人を見そめつるより》のうへを見《これむらさきのうへの事なり》つるより

　　　たびねのそでもつゆ《〳こひのなみだ》ぞかはかぬ」17

と、つたへて給はりなんや」

との給へば、少なごんあきれて、

「さらにかやうなる御ことづて、きゝわくべき人もおはしまさぬとは、かねて僧都の御ものがたりにもきかせ給ひつらん。たれにかはつたへ申さん」

といへば、

「おのづから、さるわけありていふならんと、おしはかり給へ」

との御あいさつ。うちにいりて尼君にかくといへば、あま君も、このゆふぐれにいけがきよりのぞきて、光君の見給ひしこと、ゆめにもしり給はねば、このおさなき人や、もの心もしるほどならんと、御すいりやうにてかくはの給ふならん。さるにてもわかくさとよみし哥《うた》をば、いかにしてきゝ給ひつらんと、ふしんはれねば、心もみだれて御かへりごとおそなはれば

　　あま君　まくらゆふこよひばかりのつゆけさを《ひかる君のこよひばかりのたびねにさへつゆもかはかぬとの給へば》

　　　みやまのこけにくらべざらなむ《つねに山ずみするこけのたもとはなにゝくらべんかたもなきとなり》

「袖《そで》もひがたう侍るものを」

と、少なごんしていはせたり。

「かやうに人《光きみ》づてにてものいふ事は、いまだならはぬを、かかるつゐでにこま〴〵と、申たきこともあり」

との給へば、あま君は、

「このおさなき人の事、いかやうにかきかせたまひつらんと心もとなく、また光君のはづかしげなる御ありさまに、なに事をか、御あいさつをもすべきぞ」

との給へば、少なごんそのほかのこしもとゞもゝ、

「御たいめんなくては、はしたなくや候はん」

と、くち〴〵にいへば、あま君も、

「げにわかき身ならばこそ、さしいですぎたるやうにもあらん。色めきてもの給はず、しんせつなる御心ざしもかたじけなきを」

とて、ひかる君のおはしますかたへ、ゐざりより給へば、光君、

「かゝる物」18（挿絵4）のつゐでに、かやうなる事を、さつそく申いだせば、あさはかに、うはきらしくやおぼしめさん。されどもわが心いつはりならねば、神仏《かみほとけ》は見通《とを》しにて、をのづから照覧《せうらん》あれ」

とばかりの給ひて、あま君のやうだいなにとやら、はづかしげにもつたいらしく、きこゆれば、かのわか草のこともいひ出し給はず。きのとをりたる[12]あまぎみにて、

「げにおもひもよらぬかゝるつゐでに、かくまでとはせ給ふ御心ざしを、いかでかあさくはおもひ侍らん」

挿絵4　尼君を訪れる源氏

（19オ）

との給ふに、光きみちからをえて、

「あはれにうけ給はりしは、かのはかなくなり給ひし、御むすめの、わすれがたみも女子にて、いまだいとけなくおはしますよし、わがみもおさなき比《ころ》、はゝにおくれて、たつぎなき身の、うきたるやうにて、とし月をおくり侍る」[19]はおなじたぐひに候へば、ねがはくはひとつになさせ給へと申いれたきを、またかゝるおりもありがたく候へば、おぼしめしをもかへり見ず、申いだし侍る」

との給へば、

あま君「これはおもひもよらず、ありがたくうれしき事に候へども、きゝたがへさせ給にやと、つゝましう、御あいさつもいたしがたう侍る。たのみすくなき、わがみひとりをたのもし人にする女子の候へども、まだいふかひなく、おさなきほどにて侍れば」

と申たまふ。光君、

「そのおさなくおはしますをも、のこらずやうすうけ給はりて候ものを、なにの御心をきなふ、わがおもひよりたる心ざしの、世の人なみのかうしよくとは、かくべつなる事ぞ」

と、さま〳〵にの給へども、あまぎみの心には、やう〳〵ことし十《とを》になり、まだまゝごとのしどけなく、そのわけとてはいかな事、夢《ゆめ》にもしらぬおさなきをしらせ給はでの給ふと心え給へば、心とけたる御あいさつもなし。

そのうちに僧都あみだ堂《だう》よりかへり給へば、光君も、

「よしやかくまで申そめつれば、すへたのもしき心ちする」

とて、戸ををし立てもとの所へかへらせ給。」[20]

注

〔1〕書物を版木に彫りつけること。
〔2〕すっかり。
〔3〕僧侶の妻。
〔4〕奉公人や嫁などが主人に暇をもらって実家に休息に行くこと。
〔5〕臍繰金。ひそかにためた金。
〔6〕着物を着たままで寝ること。まろね。
〔7〕「おとなしき」と「女」の間に、「×」。句点の位置の訂正が版木に彫られている。
〔8〕貴者。
〔9〕笑止。
〔10〕一杯食わされる。
〔11〕「物申す」の略。案内を請う語。
〔12〕気が利く。

【巻二】

宿下《やどをり》[1]をして好む青梅《あをむめ》

男女《なんによ》は一所《いつしよ》に
そだてぬがよし

まゝ子《こ》にも
ゆだんの
ならぬ
世の中

（本文）

あかつき方《がた》になりぬれば、法華三昧《ほつけざんまい》おこなふ堂《だう》の、懺法《せんぼう》のこゑ山下風《やまおろし》につきて聞えくるも、いとたうとく、滝《たき》のおとにひゞきあひたり。

源氏　吹まよふみ山おろしにゆめさめて
当山のけしきをよめり。心あきらか也
なみだもよほす滝《たき》のをとかな

源文僧都といふ説もあり
さしぐみに袖ぬらしける山水に
さしよりさしつぎにといふ事なり

　　　　すめる心はさはぎやはする

「きゝなれ給ひにけりや」

との給ふ。

　あけゆく空《そら》のけしきかすみわたりて、山の鳥どもゝ、かなたこなたにさえづりて、名もしらぬ草木のはなどもいろ〳〵にちりまじりて、にしきをしけると見ゆるもおもしろく、秋ならねども、鹿《しか》のたゝずみありくもめづらしく、おこりのなごりの、なやましさも、わすれはてさせ[1]給ふ。まじなひしつる老《らう》僧、つねには、をひかゞまりて、動《うごき》もせぬを、僧都《そうづ》の坊《ばう》までまいりて、か持《ぢ》し、護身《ごしん》まいらせ、しはがれたるこゑの、歯《は》はひとつもなければ、くちつきしほらしくすぼめて、陀羅尼《だらに》よむもたうとく、あはれなり。

　京より御むかへの人々まいりて、御おこり、名《な》ごりなくおちさせ給ふ、御よろこび申上る、御門《みかど》より御つかひあり。僧都世にめづらしきさまの、くだものなにやかやと、谷《たに》のそこまでほりだして、もてなしたてまつり給ふ。

「三年《みとせ》の禁足《きんそく》にて、ちかひあれば、御おくりに、え、まいるまじき事のあかず口おしく、心をす[2]ますかいもなく、この事ゆへににごりたる心ちし侍る」

など申給ふ。御酒《ごしゅ》などすゝめ給ふ。光きみも、この山水《さんすい》に心とまり侍れども、御《み》かどよりおぼつかながらせ給ふもかたじけなければ、まづかへりて、いまこのはなのちりはてぬうち、またこんとて

　　源氏／みや人《大みや人なり》にゆきてかたらん山桜《やまざくら》

　　　　かぜよりさきにきても見るべく

との給。こわづかひさへ、どうもいはれぬ御しなしなり。

僧都　うどんげ╲優曇花の花まちえたる心ちして
　　みやまざくらにめこそうつらね　光君をうどんげにたとへてなり

との給へば、ひかるきみ、うちゑみ給ひて、「うどんげは三千年《みちとせ》に一たび花《はな》さくとかや。そのときには金輪王世《こんりんわうよ》に出《いで》給ふ。このゆへに霊瑞花《れいずいくわ》ともいふとかや。また人のことぶき、八万歳《まんさい》の時に、金輪王しゆみの四州《しう》をめぐり給ふ。」[2]そのときに大海《かい》の水半《なかば》減《げん》ずるによつて、このうどんげあらはるゝとかや。時ありて一たびひらくもかたきことなるを」との給ふ。老《らう》僧へ御さかづきさゝせ給へば

老僧　おく山のまつの戸《と》ぼそをまれにあけて
　　まだ見ぬ花のかほを見るかな　╲光君によそへて也

と、ひたいのしわものびてかんるいをながして、光君のよにありがたき御きりやうを見たてまつる。このとしまで、かたときはなたず、もちたる独鈷《とつこ》なれども、御まもりのためにとて、光君へたてまつる。僧都も、聖徳太《しやうとくたい》子《し》の百済《くだら》《はくさい》国より得給《えたま》ひし、こんがうしの、玉《たま》のそうぞくしたる数珠《ずず》、かの国よりいれてきたりし、からめいたるはこながら、あみのふくろにいれて、五葉《ごよう》の松《まつ》の枝《えだ》につけ、こんるりのつぼに御くすりどもいれて、藤《ふじ》やさくらのゑだにつけて奉り給ふ。

ひかる君より、老僧《らうそう》はいふにおよばず、経《きやう》よみし小僧《ぞう》まで、布施《ふせ》給はり、そのほかなにやかやと、京《きやう》へとりにつかはされ、そのあたりのしづ山がつにいたるまで、山ぶき色《いろ》のうれしがるもの[3]を、とらせ給ひ、猶《なを》また、御きたうすべきための御布施《ふせ》までつかはされけり。

僧都尼君の御かたへまいり給ひて、

「ひかる君のおほせられしこと、いかゞはからひ給ぞ」

との給へば、

「ともかうもたゞいまは、御あいさつもなりがたし。もし御心ざしあらば、いま四五年《ねん》もすぎて、かのわかくさすこしも、物ごゝろしりたるころならば、いかばかりうれしく、おほせにしたがひまいらせん」[3]

と、の給へば、そのおもむきを光君へも申給ふ。ほゐなき事《こと》とおぼしめさるべし。尼君の御せうそこは、僧都の小姓《こせう》につかはさる。

源氏夕まぐれほのかに花の色《いろ》を見て

かいま見してむらさきのうへを見そめ給ひしとなり

けさはかすみのたちぞわづらふ

ほのかに見そめしによりてたちわづらふとなり

尼君《あまぎみ》かへし

まことにや花のあたりは立《たち》うきと

むらさきのうへを見そめて立うきとの給ほどにまことかいつわりか御心ざしのすへをみんと也

かすむる雲のけしきをも見む

かすむるとはほのめかしたることばをいへり

と、よしありげなる手跡《しゆせき》の、いとあてやかなるを、とりもつくろはず、かき給へり。

御車《くるま》にめさるゝおりに、おほ殿《との》より御つかひまいりあひたり。いづかたへともおほせられず、出させ給けるとて、御むかひに御子の頭中将《とうちうじやう》、左中弁《さちうべん》、そのほか君《きん》だちあまたしたひきたりて、

「かやうなるおりの御ともは、いつとてもおほせつけられんと、かねてはぞんじ候にようも〳〵御さたなく、かくさせ給ひけるぞ」

と、うらみ給ひて、

「さてこれほどの花のかげにしばしもやすらはず、立《たち》ながらかへらんは、口《くち》おしき事《こと》ぞ」

とて、岩《いは》がくれのこけのむしろになみゐて持参《ぢさん》の弁当《べんたう》より、さかづきとりいだし、きよくおちくるたきのもとにて頭中将《とうちうじやう》、ふところより笛《ふえ》とりいだして吹《ふき》給へば、弁《べん》の君扇子《あふぎ》びやうしをとりて

△「かづらき《さいばらの哥なり》の寺《てら》のまへなるや、とよらの寺《てら》のにしなるや、ゑのはゐにしら玉しづくや、ましら玉《たま》しづくや」

と、そのころはやりし馬《むま》かたぶし[4]をうたふもおもしろく、大《おほ》との丶きん」4だちは、器量《きりやう》よく、諸芸《しよげい》もきように、ほかのきんだちとは、ことのほかまさりて見ゆれども、光君の、ゑひてなやましきとて、いはにもたれておはしますの御ありさま、どうともかうとも、またかくべつなるものぞかし。ほかへはめもうつらずいつも御ともにめしつれらるる御さぶらひ、笙《しやう》のふえぢさんして吹たてたるに、僧都、琴《こと》をてづからもちていで給ひ、

「これたゞひとわたりあそばして、おなじくは、山の鳥をもおどろかさん」

としきりにしようし給へば、

ひかる君「なやましく、たえがたき心ちするぞ」

とはの給へども、にくからずかきならして、みな引つれてたちたまへば色かもしらぬ法師《ほうし》ばら、木のめつむ山がつまで」5(挿絵5)なみだおとして、つゞり[5]の袖を、ぬらしぬ。まして内《うち》にはとしよりたる尼君、こしもとにいたるまで、光きみの御ありさま、きゝおよびしにもまさりてうつくしく、此世の人ともおもはれず、袖のみならずどこやらもぬれつらんとぞおもはるゝ。僧都も御なごりかなしく、

「あはれいかなるちぎりありて、かゝる御ありさまながら、いとむつかしき日《ひ》の本《もと》の、すゑの世にはうまれ出給

挿絵5　源氏、僧都と語る。遠くに勤行の僧たちを置く　（5ウ・6オ）

雅鳥巻之二
六

ひつらんと、見奉《たてまつ》るもおしくかなしき」

とて、めをおしぬぐひ給ふ。かのわか草おさな心にも、

「ひかる君のうつくしさ、わが父兵部卿宮《ちゝひやうぶきやうのみや》にもまさり給へるかな」

との給へば、少なごんのめのと、そのほかのこしもとども口をそろへて、

「さらばひかる君の御子になりて」6あなたへまいり給はんか」

といへば、うちうなづきてよき事ならんとおぼしたり。それよりのちは、ひゐなあそびにも、絵《え》かき給ふにも、うつくしき人形《にんぎやう》に、よき衣装《いしやう》きせて、「源氏《げんじ》の君」と、なづけてかしづき給ふ。これぞまことに光君《ひかるきみ》のおもひ人あまたありし中にも、とりわきふかき御ちぎりのはじめなるべし。

光君はくらま山よりかへらせ給ひて、すぐに内裏《だいり》へ参内有《さんだいあり》、このほどの御ものがたり、かの老僧《らうそう》の一かぢに、おこりのかげふるひもなかりしことなど奏《そう》し給へば、御門《かど》きこしめしおどろかせ給ひて、

「七高山《かうざん》[6]のあじやりにもなるべきものゝ、おこなひの労《らう》はつもりて、今《いま》まで、内裏《おゝうち》にそのきこえなかりしことよ」

とてたうとがらせ給ふ。御舅《しうと》の大とのもまいりあひ給ひて、

「御むかへにもまいらんとおもひ立《たち》しが、しのびたる御ありきに、いかゞあらんとえんりよして、わざとひかへ候。二三日はとつくと御きうそくあれかし。すぐに御とも申さん」

と仰《おふせ》らるれば、ぜひなく、あふひの上の御方《かた》へは、さまで御こゝろざしもあらざれども、大とのにひかされてまいり給ふ。ひとつ御くるまに、光きみをば前《まへ》にのせたてまつり、わが身《み》はあとのかたにのり給ひ、御びやうごなればと、みちのほども様々《さまぐ》といたはらせ給ふ。この御こゝろいれには、光君もいたみいらせ給ふ。このあいだ御

いでなきうちに、御殿《てん》もさま〴〵つくりそへ、いとゞ」7玉のうてなにみがきそへ給へり。

あふひのうへはもとより実体《じってい》なる[7]むまれ付《つき》、しかも光君よりとしまにて、ものごとおとなしく、はづかしげなる有さまにて、ぬれ風《ふう》[8]のよねならねば、うはきざかりの御心には、おもしろくおもひつき給はず。あなたこなたとしのびありきし給へば、いよ〳〵あふひの上の御心には、つらくはづかしきものにして、光君の御いでにも、父大臣《おとゞ》、つき〴〵[9]の女中《ぢよちう》まで、たびたびせわをやかねば、御たいめんもなきほどなり。

このたびも、ちゝおとゞ御同車《どうしや》にて、大裏《おゝうち》よりすぐに御いでありつれども、例《いつも》のごとくせめられて、しぶ〴〵出させ給ひても、物もの給はず。ひいなをつくりすへたるやうに、つくろひ立られて、身ゆるがしもむざとはし給はず。まして物などの給ふ事はおもひもよらず。光君はいつもながらの御もつたい[10]とはおぼしめせども、御そばへよりそひて、くらま山のおもしろき物がたりもすべきに、御あいさつもうちとけてし給はゞいかばかりうれしからん。心もとけず、うとくはづかしき物におもひ給ひて、なじみのかさなるほど、いよ〳〵心をへだて給ふ。

「たま〳〵は世の中の夫婦《ふうふ》のやうなるあいさつをもし給へ。おもくわづらひしをもいかゞとだにとひ給はぬは、いまにはじめぬ事《こと》ながら、神《しん》ぞうらみ[11]」

との給へば、

「とはぬはつらき物《もの》にや有《ある》らむ」

との給へるさまはづかしげに、けだかううつくしき御かたちなり。光君たま〳〵あいさつし給ふとて、おもひのほかなるおほせかな。たゞかりそめのてかけもの[12]。うきふししげき河竹《かわたけ》」8のながれの身にも実《じつ》は実《じつ》。引手《ひくて》あまたの其中《そのなか》にかたさま[13]ならで神《かみ》かけて、ほかのつとめは身にしまず、おもひよするにどうよく[14]な。とはせ給はぬうらめしや。そのかたさまのひたすらに、なづませ給ふ上らうに、心がはりをさせまして、とはぬはつらき物ぞとも、おもひしらせまいらせたや、などゝいふは世の中のならはしなり。夫婦《ふうふ》の中《なか》のあいさつに、とひとはれぬのせんさくは、よそがましきことなるぞや。つね〴〵われをば性悪《しやうわる》と見かぎり給ふ御しな〴〵、見なをし給ふをりもやと、さま〴〵心見侍れども、日にましうとみ給ふぞや、よしそれとてもよの中ぞ、命《いのち》だにあらばおもひなをり給ふをりもあらんとて、御床《とこ》のうちへいり給ふに、女君は其《その》まゝとこへもいりたまはず。」9（挿絵6）はりのつよき太夫[15]にはじめて逢《あふ》こゝちするも、たびたびはうそ[16]めんだうにて、ねぶたげにもてなしてそらいびき。御心の中には、世のなかのおもふやうならぬを、おもひつゞけ給ことさま〴〵なり。

かのくらまにて見しわか草の、おひいでん末《すへ》のゆかしきを、またあまりにおさなければ、につかはしからぬ事《こと》ぞとて、尼君の、がてんせぬもことはりなり。いひよりがたきことなるぞや。なにとぞ手くだをめぐらして、心やすくむかへとり、あけくれのなぐさめにせん。かのわか草の父《ちゝ》、兵部卿《ひやうぶきやう》の宮《みや》は、いとあてやかになまめき給ひたれど、きしや[17]にはあらぬを、伯母《をば》なればとてふじつぼの女御《にようご》にいきうつしなるぞや。兵部卿《ひやうぶきやう》と藤《ふじ》つぼは、ひとつはらの御兄弟《きやうだい》なればにやあらんと」10おもひつゞくれば、いよ〳〵ゆかりもなつかしくぜひとも手にいればやと、ふかくおもひしみ給ふ。

翌日《あくるひ》くらまへ御ふみつかはさる。僧都《そうづ》へもきのふの御れい、こま〴〵と仰《おほせ》られ、

「あま君へもよからんほどにとりなし給へ」

とあり。尼君への御ふみには

「かのわか草、あまりおさなきほどなれば、にやはしからぬ事とおぼしめしたる、御あいさつにつゝましくて、

思ふ心のたけをもあらはしはてず。かほどまでおもひまいらせ候は、おろかならぬ心ざしのほど、くみわけさせ給へ」

など、さま〳〵かきくどき給ひて、なかにちいさく引むすびて、

源氏　おもかげは身をもはなれず山ざくら
紫の上をさくらにたとへてわが心はのこらずむらさきのうへにとゞめ置てきたれども
心のかぎりとめてこしかど
そのおもかげは身にそひてわすられずとなり

「夜《よ》のまのかぜもうしろめたく」

とかき給へるは、かのわか草に見たまへとなるべし。御手跡《しゆせき》のうつくしさ、いふにおよばず。たゞかりそめに引むすびて、をしつゝみ給へるさまも、見所ありて風流《ふうりう》に、おさなきひとの心につくべきやうにしなさせ給へば、まして尼君《あまぎみ》のふるめかしきめからは、つゐに見た事《こと》もなくうつくしく、かはゆらしき御ふみのさまなれば、御返事《かへりごと》をいかゞせんと、もてあつかひ給ふ。尼君ぞかき給。

つゐでがてらにとはせ給ふは、なげのなさけの一ことゝばかり思ひまいらせ候しに、わざとの文《ふみ》はまことに嬉《うれしく》てかたじけなきをかの若草《わかくさ》はいまだいろはのもじをさへはか〳〵しくつゞけ候はねばなにのかひなき御事にこそ。
／本書「なにはづをだに」とあり。いまのよのいろはと[18]いふにおなじ

尼君　あらし吹尾上のさくらちらぬまを
うた花のうへばかりにてすらりと返哥し給ふ⌞11
心とめけるほどのはかなさ
／げんじの紫のうへに心とめ給ふは嵐ふく花のやうにてこゝろもとなきと言説も在

「御心のほど、こなたはいとゞうしろめたうおもひまいらせ候」

とかきたり。僧都よりの御かへり事もおなじさまなればくちおしくて、二三日過《すぎ》て、これ光をつかはさる。

挿絵6　北山にて老僧たちと惜別の宴

（9ウ・10オ）

【巻二】

「少なごんのめのとゝいふをよび出して、よくかたらへ」

と、おぼしめす御心のほどを、のみこませ給へば惟光《これみつ》心のうちには、さても心えぬ事かな。僧都のもとにて垣《かき》よりのぞきてちらと見しが、そのうつくしさはどうもいはれず、まだおさなくて、雀《すゞめ》の子もてあそばるゝていなりしを、いかなればかくまで、御心にかけさせ給ふやらん。二三年はなにのようにも立まじきを、いろのみちにはいたらぬくまもなき御こゝろかなと、おかしくひとりゑみして、いそぎくらまへまいりたり。


わざと、惟光をつかはされしを、僧都もかたじけなく、よろこびてもてなし給。少なごんをよびいだして、これ光粋《すい》のこつてうなれば、光君のおほせつけられぬ事までも、ことばに花をさかせて、

「つね〴〵の御心ざし、しやうわるにもあらず、一たび見そめ給ひしよねをば、いつまでもいとをしがらせ給ふ。御きりやうはもろこしまでもかくれなし。御《み》かどの御子のなかにも、とりわきて御ひざう。世の人のもちゐおびたゞしくなにごとにつけてもふそくなし。黄金《かね》の糞《ふん》する牛《うし》二ひき、もちのなる木も五ほんまであり。尼君の御心次第《しだい》御ゑんありて、おさなきよりそはせ給へば、御なじみもふかく、その身の[12]御果報《くはほう》のみならず、つき〴〵の女中まで、見すて給はぬ御こゝろいり、するたのもしき事ぞ」

と、能《よき》くちにてかたれば、少なごんもぞく〳〵するほど心よく、あま君へこのよし申せば、あまりおさなきほどの見はなしがたく、またひかるきみのわりなくの給ふに、御心ざしもしらぬやうにやおもひ給はんと、僧都も、尼君もかたりあわせてきのどくにおもひ給ふなるべし。あま君の御ふみにはさま〴〵かきくどき給ひて、

「かのわか草のいろはもじのひろひがき、たゞ一くだり見まいらせたくこそ」

とて、中にちいさくかき給ふ。

源
あさか山あさくもひとをおもはぬに《むらさきのうへの事をあさからずおもひ給ふに》
などやまのゐのかげはなるらん《なにとしてそなたからはかげはなれたるやうにのたまふぞとなり》」13（挿絵7）

あま君
くみそめてくやしと聞し山の井の《「くやしくぞくみそめてげるあさければそでのみぬるゝ山の井の水」といふ本哥なり》
あさきながらやかげを見るべき

これ光かへりて、僧都や尼君のおほせられしわけ、少なごんがいひし事など、くはしく申あぐる。

「あま君のきしよくよろしくは、このほどに京の家《いへ》へかへりてからくはしく申あげん」

とあるを、光きみは心もとなふ覚《おぼし》めす。

其比《そのころ》藤《ふじ》つぼの宮《みや》わづらはせ給ひて、内裏《だいり》よりまかで給ひて、三条の里宮《さとみや》におはしますを、父《ちゝ》みかどのおぼつかなく、おぼしめしなげかせたまふ御気しきを見たてまつるも御いとおしく、また我《わが》あくしようのうしろぐらく、つみおそろしきことながら、かゝる御里住《さとずみ》のおりならで、いつのよにかはつもるおもひをはらすべきぞと、心もうてうてん[19]になりほかへの、御しのびありきもたえはてゝ、只うか〳〵とおもひくらし、くるれば、藤つぼの御めのと、王命婦《わうめうぶ》といふ女中をせめありき給ふ。命婦もいまさらの御中《なか》にもあらず、まへかたもちよつとよこをきらせ[20]まいらせし事もあれば、さすがもぎだう[21]にもなりがたく、御心ざしもいたはしければ、人にもしらせず、ずいぶんてくだをつくして、しゆびを見あはせ、人ずくなゝるよ、ひかる君を、しのばせまいらせけり。

うれしきやらかなしきやら、うつゝとも、ゆめともわきがたき御ありさまなり。藤《ふじ》つぼのみやも、ありしよのよこばん[22]さへ、あるまじきふ義《ぎ》ぞと、あけくれ御こゝろにかゝりしを、またかくうしろぐらきことは、まことにあるまじき事ぞとおもひみだれし御」14けしきながら、さすがに心つよく、つれなくももてなし給はず。おさなき

挿絵7　藤壷との密会

（13ウ）

より、ひとつところにて見なれ給ひし御中なれば、なつかしうかわゆらしく、さりとてうちとけて、あさはかなる事もなく、はづかしげなる御しなし、とこのうちの御はたらき、どこひとついやらしき事もなく、いかなればかくはむまれつかせ給ふぞや。せめて一ことたらぬ所もあらば、かくまで心をつくさじものをと、つらくさへおぼさる。

みじかよなれば、なにいふまもなくあけなんとするもうらめしく、こよひばかりは、よのあけやらぬ里もがな、いつそくらぶの山に、とこもとりたきこゝちし給ふぞことはりなる。

源　見《ふじつぼにあひ給ふもゆめのやうなればいつそゆめのうちにて》てもまたあふよまれなるゆめのうちに
　やがて《はかなくもなりたきとなり》まぎるゝうき身ともがな

とて、男なきにむせかへり給ふもさすがにいとおしくて

ふじつぼ　世《かやうなるふぎはすへのよにもかたりつたへてあしきなをたてんとなり》がたりに人やつたえんたぐひなき
　うき《たとへこの身をゆめになしたりとてもなり。上の句へかへりてよくきこえたり》身をさめぬゆめになしても

とて、おもひみだれたる御ありさま、ことはりにかたじけなし。

まことにひがしもしらめば、王命婦《わうみやうぶ》がきたりて、

「人の見ぬまにはや出させ給へ」

といふも、三谷《さんや》の色《いろ》ざと[23]にて、ほりの舟《ふな》やどが片手《かたて》に挑灯《てうちん》さげて、

「八つのかねはとうにうちました、おっつけなゝつになります」

と、こゑだかにいふて戸《と》をたゝくさへわりなきに、ましてやこれはいのちのうちにあふこともこれやかぎりなら

んかと、わけもなきまでとつ」15ちらし給ひたる、えぼしかりぎぬ、王命ぶとりあつめてきせ奉り、

「はや〲」

とてをしいだし奉る。ほれ〲として、二条院へかへらせ給ひ、其日《そのひ》はなきねにふしくらし給ふ。御ふみつかはされても、とりあげても見給はぬよし、命婦《みやうぶ》がたより返事《へんじ》すれば、いつものことゝはいひながら、あまりつれなき御心ぞと、おもひほれて、二三日は参内《さんだい》もし給はず。ひきこもりておはしませば父御門《ちちみかど》、またいかなる御気色《きしよく》にやと、心もとながらせ給はんものどくに空《そら》おそろしくおぼしめす。

ふじつぼのみやも、ひかる君にあひ給ひしを、心うき身のゐにしぞとおもひなげき給ふに、いよ〲御きしよくもおもれ《（ママ）》て[24]、

「はやくさんだいあれ」

と、御つかひしきれども、とかくあけくれよからぬよしを申給ひて、さんだいのこと、おもひ立給はず。まことに、御心ちもたゞならぬを、おもひあはせ給ふに、かの光君にあひ給ひしそのよから、どこやらがつねとかはりて青梅《あをむめ》のこのもしさ、これはたゞごとならぬにやと、心ひとつにおもひ乱《みだれ》て、五六月《ごろくぐわつ》のあつさに、いよ〲おきもあがり給はず。三月《みつき》になればそろ〲おなかもふとりて、人も見とがめまいらするほどになりぬ。

ほかの女中は、ひかる君とのやりくりを、おもひもよらぬ事なれば、この月まで御《み》かどへ奏問《そうもん》なきを、あまりなることゝいひあへり。御ゆどのなどにもしたしくまいりつかうまつる、弁《べん》のめのと、さてはかのわけしりたる王命婦《わうみやうぶ》、このふたりは、たしかに御さとへさがらせ給ひて、御月《つき》の水《もの》、」16見させ給ひし心おぼえある事なれば、うさんな事とはおもへども、大せつなるわけなれば、たがひにいひあはせて、うたがふべき事にもあらず。王命《わうめう》

婦《ぶ》ばかりぞ、心にうちに思ひあたりて、のがれざる御ゑんにや、たつたひとよの御ちぎりに、大胆《だいたん》なる事いできたることかなとおもひゐたり。御《み》かどへはつね〴〵も、御つかへおこらせ給へば、御つきのものとゞこほらせ給ふ事もあれば、それにやと、たれも〱おもひ侍りて、御懐妊《くはいにん》の事はゆめにも心つかず。おなかのふとらせ給ひたるを見つけて、おどろきたるよしを、そうもん申ける。ましてほかの人々は、内証《ないしやう》のわけはしらざることなれば、これはめでたき御事ぞとおもへり。

御かどはたゞならぬ御身ときかせ給ひ、いよ〱御いとをしさもまさりて、」17（挿絵8）御つかひひまなく、

「御心ちいかに」

ととはせ給ふも、藤壺《ふじつぼ》の御心にはそらおそろしく、ものをおもひ給ふ事たえず。

其《その》ころ光君は、まざ〱としたるおそろしきゆめを見給ひて、御心にかゝれば、通変《つうへん》の占《うらなひ》[25]見どをしなるめいじん[26]をめして、ゆめの事をとはせ給ふに、はかせ、しばらくかんがへて、

「これはめでたき御ゆめかな。まづは御子三人あるべし。一は天子《てんし》にならせ給ふべし。二は女子《おなご》にて、后《きさき》にたゝせ給はん。三はその中にもおとり給ひて、大臣にておはしまさん。其うちにたがひめありて、つゝしませ給ふべき事あり」

と申せば、心ちよきものゝ、またどこやらがうそきみあしく[27]、おぼしめせば、

「わが見しゆめにはあらず、人の御ゆめをあはせて見るぞ。この夢《ゆめ》あふまで人にかたるべからず」

と、口がためさせてさんぶせ[28]、したゝか下されて、かへし給ふ。御心のうちには、いか成《なる》ゆめにやと、心ゑがたくおもひ給ふおりふし、藤壺《ふじつぼ》のみや、御くわいにんのよしをきゝ給ひて、もしやありし一よのちぎりに、すと

挿絵8　尼君の家を見舞う源氏。女房の少納言と対面

（17ウ）

んとはらませ給ふにや。いかさまそのよは、いつにすぐれて、身もよもつくる程うれしかりしぞや。そのほか心におもひあたる事どもあれば、いかにもしていま一たびあひまいらせて、此こともきゝあきらめんと、さま〲命婦をせめ給へども、御懐妊《くはいにん》のゝち、いよ〱そらおそろしくて、手くだもなりがたく、藤《ふじ》つぼのみやも御心におもひあたり給ふ事どもあれば、光君よりかきくどきてつかはさるゝ御ふみの、あはれなるにほだされて、たま〱はひとくだりの御返事もありしが、此ごろはそれさへ、」18 たえてなし。

やう〱七月に入てぞ、藤つぼさんだいなされける。御門《みかど》の御よろこび、久しぶりにての御たいめん、おなかはすこしふくらかになりて、おもやせ給へるさま、いよ〱うつくしさもいとしさもまさりて、あけくれ藤つぼの御方へいらせられ、つけびたしの御ゆうけう。そろ〱世の中もすゞしくなりて、ゆふぐれの蚊《か》のこゑもかすかに、夜の御遊《ゆう》もおもしろく、ひかる君をもひまなくめして、こなたにて琴笛《ことふえ》のやくつとめさせ給ふに、みかどは、ちゝながら粋《すい》にてましませば、もし見とがめさせ給ことどもやと、ずいぶんたしなませ給へども、おもひあまりて、ともすれば、ためいきして、みすの中《うち》をうらめしさふに見給ふおりには、藤つぼのみやも御心にかゝりて、たがひにおもひみだれ給ふことおほかるべし。

かのくらま山のあま君は、きしよく心よくて、京《きやう》の家《いゑ》にかへり給へば、ひかる君よりたえず御つかひつかはされ、わか草の事も、わすれずいひやり給へども、いつもかはらずおさなきよしへんじし給ふもことはりとおぼしめす。この比は藤つぼの御ことゆへ、ありしにまさる物《もの》おもひに、なにごともおもしろからず、御好色心《すきごゝろ》もうせはてゝ、うか〱、月日をくらし給ふ。さなきだに、物のかなしき秋《あき》もすゑになれば、いとゞ心ぼそく、なげきがちにておはします。

月のおもしろき夜《よ》、六条《ろくぜう》のみやす所、いかにさびしくくらさせ給ふらんと、おもひいだして、うらみ給ふもことはりなれば、やう〳〵おもひたちて」19おはしますに、時雨《しぐれ》めきてうちそゝくあめもあはれに、六条寺町通《ろくじやうてらまちどをり》なれば、内裏《だいり》よりすぐにゆかせ給ふは、ほどとをき心ちするみちに、あれたる家の木《こ》だち物ふりてうそぐらく見えたる家あり。いつも御供《とも》にはなれぬ、これ光《みつ》、御まへにかしこまりて、

「此家《いゑ》こそ、故《こ》あぜつし大納言《だいなごん》／むらさきの上の祖父、尼君のおつと也の家《いへ》にて、かのあま君もこゝにおはします。すぎしころ、いろざとよりのかへるさに、立よりて候へば、かのあまぎみまた気色《きしよく》おこりて、ことのほかよはく見え給へば、かんびやうにひまなく、心もしづかならぬよし、少なごんが申て候ひし」

と申あぐれば、

「それはゆめにもしらざりしを、などとくにも申さざる。幸《さいわい》におとづれん、あなひせよ」

とのたまへば、これ光かしこまりて、

「わざと尼君の御気色みまひに御出」

といひければ、少なごんなどおどろきて、

「このごろはたのみすくなく、よはらせ給ひて、御たいめんもあるまじきに、せうしとおもへど、すぐにかへしたてまつらんもいかゞ」

とて、南《みなみ》のひさし引《ひき》つくろひていれ奉る。

「きたなげなるところに候へども、せめて御れいをだに申あげんとて」

などいふ。光君もかゝるうそぐらくせまき所は見なれ給はねば、おかしとおぼす。

「つねに御見まひ申たくおもひたちながら申いれしこと、御きゝわけもあらざれば、御心入もはづかしくて、おもひながらうと〳〵しくうちすぎ侍る。御きしよくのおもらせ給ふもしらず、いかやうなる御事にや心もとなし」

と、少なごんしていはせ給へば、

あまぎみ「老病《らうびやう》にて候へば、いつともなくよはり候て」20いまはかぎりになりて侍る。とはせ給ふはかたじけなく、みづから御めにかゝらざる事も御のこりおほく、またおほせらるゝおさなき人のことは、おぼしめしわすれ給はずは、いますこしおとなしく、物《もの》のこゝろもしり候はゞ、かならずかはゆがらせ給へ。見ゆづるかたもなく心ぼそげなるありさまを、うちすて侍るが心うく、あさゆふねがひまいらする、ぼだいの道《みち》のほだしにもなり侍る」

と、くるしげにの給ふも、ほどちかければたえ〳〵聞ゆ。心ぼそげなるこゑにて、

「やれ〳〵おぼしめしよらせられ、かくとはせ給へるに、せめてこのおさなき人だに、御たいめんありて、御れいをも申されんほどならば、いかばかりうれしからん」

との給ふも、ひかる君は、あはれにきゝ給ひて、

「たとへ仰はおかれずとも、」21(挿絵9)いかでかおろかにおもひまいらせん。前《さき》のよからのちぎりにや、一め見しよりあはれにわすられず、身ながらもあやしきまでにおもはれ侍る」

との給ひて、

「このまゝ立いでんもなにのかひなき心ちすれば、かのいとけなき御一こゑ、せめて物ごしになりともきゝたし」

との給へば、少なごんうちわらひて、

「ばゞさまの御きしよくあしきをもいかならんともおぼしめさず、とくおほとのこもり入て」

挿絵9　襖越しに病臥の尼君。源氏は帰るところ

（21ウ）

といふ。をりしも、おくのかたよりかのおさなきがくるおとして、

「ばゞさまよ、くらまにて見し、源氏の君のおはしましたるに、見給はぬか」

と、なにのえんりよもなくいへば、ひと〴〵手あしをにぎりてせうしがるさまもおかしく、

「あなかしまし」

とて、くちにふたすれば、

「いやとよ「見れば、きしよくのあしきも、なぐさむ」との給へば、しらせまするぞ」

と、よきことおもひつきたりとおもへる気しきにて、こざかしくの給へば、少なごんはかほをあかめてものもいはれず。めいわくさうなるていに見ゆれば、光君はふきだすほどにおかしきをこらへて、きかぬふりにもてなし、

「尼君の御きしよくずいぶんかんびやうせられよ。やがてまた御見まひにまいらん」

との給ひをきて出給ふ。げにいふかひなく、いまだおさなきけしきかな、さりながらわが手《て》にいれば、よくおしへたてんと思ひ給ふとぞ。」22

注

［1］休暇をもらって親もとへ帰ること。

［2］「す」小さく、後から足したか。

［3］大判や小判。

［4］馬方が馬を引きながらうたう歌。

［5］粗末な衣服。

〔6〕近畿にある七つの霊山。
〔7〕まじめで正直なこと。
〔8〕なまめかしい。
〔9〕側仕えの者たち。
〔10〕ものものしい態度。もしくは態度。
〔11〕本当に恨めしい。
〔12〕めかけ。
〔13〕あなたさま。
〔14〕欲の深いこと。
〔15〕気の強い遊女。
〔16〕なんとなく。
〔17〕高貴な人。
〔18〕「に」と「と」が混ざっているように見える。
〔19〕有頂天。
〔20〕遊女が、ひそかに他の客や情夫のところへ行くこと。ここでは藤壺と源氏の関係がすでにあること。
〔21〕没義道。不人情なこと。
〔22〕他人の女房と通じること。
〔23〕山谷とも。新吉原遊郭をさす。
〔24〕「重りて」か「思ひ入れて」か。
〔25〕そろばん占いのこと。
〔26〕名人。
〔27〕薄気味悪い。
〔28〕「参布施」か、「御布施」か。お布施のこと。

【巻三】

むらさきは
ゆかりの色《いろ》
そだてば一重《ひとへ》の衣《きぬ》
誓文《せいもん》くされ[1]
誌た
ばかり
にて

（本文）

翌日《あくるひ》も尼君へ御つかひつかはさる。気色《きしよく》のことなどこまごまとはせ給ひて例のちいさき帋《かみ》に

源　いはけなき田鶴の一こゑきゝしより《よべむらさきの上もの丶たまひしを聞せ給ひしより紫をつるにたとへて也》

あしまに《つるのゑんなり》なづむ舟《ふね》ぞゑならぬ《たゞならぬ也》

「おなじ人にやこひわたるらん」

とふることまで、引いだしてわざとおさなげにかき給へるは、いよ〳〵みごとにうつくしければ、「御てほんにし給へ」

と、人々もいふ。御返事は、少なごんぞかきたる。

「尼ぎみの御きしよく、けふをもすぐしがたく、見えまいらすれば、くらまの僧都《そうづ》の御もとへ、わたしまいらするとて、心あはたゞしく、とはせ給へるかたじけなさは、いつのよにかはわすれさせ給はん」

とあるを見給ひて、あはれにおもひやり給ふ。あきのゆふべはまして心のいとまなくおもひみだるゝ」1藤壺の御あたりに心をかけて、せめてはそのゆかりなれば、かのおさなき人を、てにいれて見たき心もまさり給ふなるべし。おこりまじなひに、くらまへ御出ありし時、尼君の「きえんそらなき」とよみ給ひし、夕ぐれの事まで、おもひ出されて、こひしう、またよくおもへば、見おとりやせん、手にいれてから、二度《にど》びつくりもやと心もとなくて

源　手《て》につみていつしかも見んむらさきの《いつしかわがてにいれて見たきとなり》
根《ね》にかよひけるのべのわかくさ《ふじつぼの宮をむらさきのねにたとへてそれによくにかよひたるとなり》

この哥よりかのおさなき人をむらさきの上といふ。のちには源氏の君とふかき御契にてあかしの中ぐうの養母になり給ひし也。この物がたりのうちよき人のてほんなり。これよりすへにむらさきの君紫の上とあるはこのおさなき人の事なり。わかむらさきといふ巻のなも此うたよりつけたるなるべし。

十月は、朱雀院《すざくゐん》《しゆしやくいん》の行幸《みゆき》あるべしとて、御なぐさみのために、舞楽《ぶがく》」2（挿絵10）などあるべければ、舞人《まひ》など、やんごとなき人々はいふにおよばず、殿上人《てんじやう》までそのかたに心えたるをえらせ給へば、親王《みこ》達大臣《たちだいじん》よりはじめて、とりぐ〱に諸芸《しよげい》をみがゝせ給ふところなれば、其ことにのみうちまぎれて、くらまの尼君へも、久しくおとづれ給はざりければ、きしよくも心もとなく、わざと御つかひをつかはされしに、僧都よりの御返事ばかりあれば心もとなくて、とるてもおそしとひらき見給ふに、

「過《すぎ》ぬる月の廿日《はつか》に、あま君つゐにむなしくなりて侍る。せけんのだうり会者定離《えしやぢやうり》のならひなれど、いまさらのやうにかなしび侍る」

とあるを見給ふにつけて、世の中のはかなさもあはれに、尼君の心ぼそげにおもひおきしおさなき人、いかばかりこひしたひてなげくらん。わがはゝみやす所に、いとけなくて、おくれ奉りし時の事などおもひ出て、こま〴〵とはせ給ふ。少なごんぞ、よろしきほどに御返事などとりつくろひて申ける。」3

いみの日かずもすぎて、むらさきの君、京の家にかへり給ふときゝ給ひて、かぜもなくのどかなるに、光君おはしましたり。あれたる所の人ずくなゝるに、おさなき人、いかにさびしくおそろしからんと見ゆるていなり。いつものみなみおもてに入たてまつりて、少なごん出て、あま君の病中《びやうちう》、いまはのきわまでの給ひし事など、かたりまいらせてなく。君も御袖をぬらし給ふ。

「むらさきの君をば、父宮さまの方《かた》へ、引とり給はんとの給へども、なまじゐに、二つ三つにならせ給ふ児《ちご》にもあらずまたはか〴〵しく人のけしきをも見しり給はず。どちらへもつかぬ中ぞらにたゞよひて、あなたにも本腹《ほんばら》に、御子たちあまたおはします。其中のあなづりものになりてやすぐし給はんと、あま君もよるひるこの事のみなげき給ひし。宮《みや》こそとのにてましませば、御むすめ子にへだてはし給はじ。北の方《かた》は継母《けいぼ》にて、ことに、むらさきの上の御母《はゝ》を、ねたましくおもひ給ひし嫉妬《しつと》の名《な》ごり、よもや、御心とけてはごくみ給はじとは、いはずとしれたことなれば、かくまでねんごろに、おほせらるゝをさいわいに、する〴〵御心のかはらんをもかへりみず、おほせにしたがひまいらせたき折ふしなれど、御としのほどよりも、御心おさなく、まことのうばやしなひ子におはしませば、わたしまいらせても、いかゞあらんと、つゝましう、おもひますする」

挿絵10　僧都の手紙に尼君の死去を知り、思いにふける源氏

（2ウ・3オ）

【卷三】

と申せば、

光きみ「くりかへしいくたびともなくいひ」4きかする心のほどを、いかにさまではうたがはるゝぞ。そのいふかひなくおさなき有さまの、あはれにおもはるゝも、このよならぬ、ちぎりにやと、わが身ながらもおもふぞかし。こよひはせめて人づてならでおさなき人にいひきかせたき事もあり」

とて

源

むらさきの上をあしのわかばにたとへてわかのうらといひつゞけたり

あしわかのうらにみるめはかたくとも

たとへあひ見る事はかたくとも立ながらかへるはてもちなきとなり

こは立ながらかへるなみかな[2]

「このまゝかへらんは、めんぼくもなきこゝちするぞ」

との給へば、

「まことにおぼしめしよらせられ、わざととはせ給ふはかたじけなく」

とて

少なごんよるなみの心もしらでわかのうらに

此心もしらでなびき給はんはうわきらしき事也

たまもなびかんほどぞうきたる

「わりなき仰《おふせ》ごとにて候へども、あまりにいふかひなきおさなきに候《（ママ）》へば」

といふさまの、ものなれたるにつみゆるされて、うちなげきたる御けしきにて、

「いそげどもなどこえがたきあふさかのせき」

と、ふることを吟じ給ふさまどうもいはれず。わかきこしもとゞもは、身にしむやうにおもへり。むらさきの君

は、あま君をこひ給ひて、なきねにふし給へるを、御あそびあいてのおなごどもが、

「もうしゐぼしきたる人のおはしますは、みやさまの御出にや」

といへば、ふとおきて、なに心もなく

「少なごんよ。ゐぼしきたる人はいづくにぞ。みやさまのおはしましたるか」

とて少なごんがそばへより給へる。御こゑのうつくしく、かはゆらしければ、光君、

「みやさまにはあらねど、またうとみ給ふべきものにもあらず。こちよらせ給へ」

との給へ」[5]ば、おさな心にも、つね〴〵はづかしき人ときゝおきて、はづかしきにや、少なごんが身によりそひて、

「いざきつうねぶたきに」

との給ふ。

「いまさらなぜにかくれ給ふぞ。このひざのうへにねたまへ。いますこしより給へ」

との給ふに、

少なごん「まだかくおさなくましします」

とて、御そばへおしよせたてまつりたれば、なに心もなくてゐ給へるに、光きみ御てをさしいれてさぐり給へば、やはらかなる御こそでに、かみはつや〴〵とかゝりて、すへのふさやかに、ひいやりとさぐりあたりたるもうつくしくおもひやられて、手をとらへ給へば、いつもはかくまでちかよらぬ人の、なれ〴〵しくし給ふは、おそろしうて、

「ねよといふものを」

とて、御手を引はなして、ねやのうちへいらんとし給ふにつれて、光君もいり給ふ。

「いまからは、われをおもふ人にし給へよ。ばゞさまにもとゝさまにも、まさりていとおしがりまいらせん。うときものとはおもひ給ひそ」

との給ふ。少なごんもあきれて、

「こはいかにせさせ給ふぞや。なにほどくどかせ給ふとも、さらにそのかひもあらじものを」

とて、きのどくがれば、

「あらもつたいなや。このおさなき人に、なに事をかせん。そのほうのつもらるゝ[3]もはづかしけれど、たゞせけんの人ににぬ、心ざしのほどを、すへながく見とゞけよ」

との給ふ。をりふしあられふりあれて、すさまじきよのさまなればかやうなるおりからは、いかでおさなき人の、人ずくなに心ぼそくてすごし給はんとおもへば、なみだもこぼれて見すてがたければ、[6]

「かうしもおろされよ。おそろしきよのけしきなれば、御とぎにさぶらはん。なにのゑんりよもなきに、人々もちかく[4]よりてねよかし」

とて、なれ〳〵しきしこなしがほ[5]に、御とこのうちへいり給へば、人々も思ひのほかなる事とあきれてゐたり。少なごんはこゝろもとなく、いかにせさせ給ふ事ぞとおもへど、あら〳〵しくいひさはぐべきことならねば、しんきや[6]と思ひながらぜひなくなげきゐたり。

むらさきのきみは、おそろしく、なにとする事やらんとふるへて、光君のうつくしき御はだつきもすさまじく、そゞろさむくおぼしたり。光君はなにのなぐさむこゝろもなく、たゞひたすらにいとをしく、ひとへのきぬにを

【巻三】

しく〻みて、かきいだきてふし給ふも、あまりにけうがる」7（挿絵11）しかたぞと、おかしくも、また人々のおもふところもはづかしけれど、なつかしうかたらひて、

「いざゆき給へよ。みごとなるうき世画《え》もたくさんに、ひゐなあそびま〻ごとして、あやとり、てまりつき、さま〴〵おもしろき事する所へ」

と、おさなき人の心につくべき事のみの給ふさまの、にくからねば、おさな心にもさまでおぢず。さすがにまたどこやらがきむつかしくて、ねもされねば、わが身を少曳《すこしひき》しりぞきてふし給ふもあどなく［7］、いとおしくかはゆらし。人々も

「げにこよひのすさまじさ、ひかるきみのおはしまさずは、いかばかり心ぼそからん。ねがはくは、ひめぎみのせめて十三にならせ給はゞ、さいわいなる事ならん」

とそ〻やく［8］。

少なごんは、ひかる君の、血気《けつき》さかんにましませば、こらへかねて、いかなる事をかしいだし給はんと、心もとなくおもへば、ちかくふしたり。かぜもすこしやみて、そらのけしきもしづかなれば、出給はんと身づくろひし給ふも、よぶかくなにとやらことありがほにおかし。

「少なごんよ。あはれに見まいらするありさまを、今はましてかた時《とき》のまもおぼつかなかるべし。二条院へわたしまいらせん。こ〻もとは人ずくなにさびしくて、おさなき人はものおそろしからん」

とのたまへば、

「父みやも「御むかひをつかはされん」との給へども、この霜月《しもつき》の十九日はあまぎみの四十九日《な〻なぬか》にあたり候へば、

挿絵11　尼君の弔問に訪れ、紫の上の手をとらえる源氏

（7ウ）

「それをすぐしてこそ」と申しをきまいらせ候」

といへば、

「もつとも父みやはたの」8もしき筋《すぢ》ながら、よそ〳〵にてそだち給へば、なじみのなきはわが身とおなじ事ぞかし。いとけなきよりなれそめまいらすれば、するゐ〳〵まであさからぬ心ざしは、父みやにいかでおとるべきぞ」

とて、なでつさすりつしたばかりにて、かへり見がちにて出給ふも、どこやらがことたらぬやうにて、精進日《しやうじんび》に色里《いろざと》にあそびし心ちし給ふ。

秋ぎりふかく立わたりて、霜《しも》はいとしろくおきわたしたるけしき、朱雀《しゆさか》のほそみち、三谷《さんや》の土手《どて》のあさがへり[9]もおもひ出され、まことのきぬ〴〵ならば、いかにおもしろからんとおもはるゝ。つね〴〵しのびてかよひ給ひし所も、通《とを》らせ給ふ道《みち》なれば、おもひ出して、門《かど》をたゝかせたまへど、よくねたやらきゝつけず。むなしく通《とを》りすぎんもくちをしくて、御ともの中にこゐのよきおとこ有《あり》ければ

源　あさぼらけきりたつ空のまよひにも
　　妹が門はさいばらなり。哥の意はあきらかなり
　　ゆきすぎがたきいもがかどかな

となげぶし[10]を、ふたかへりほどうたはせ給へば、やう〳〵きいたやら、内より、はしたよりちと見よき女をいだして、戸《と》をほそめにあけて

女　立とまり霧《きり》のまがきのすみうくは
　　すぎうくは立とまり給へ。草のまがきにさはりはなきとなり
　　草のとざしにさはりしもせじ

と、うたひかけて戸《と》をさして、女は内にいりぬ。かさねて人も出ねば、いひいれんやうもなくて、とやかくする

うちに、よもあけゆけば、東寺《とうじ》へ青物《あをもの》かいにゆく商人《あき》の見るも、はしたなき心ちしてかへらせ給ふ。」9 むらさきの君の名ごりこひしく、ひとりゑみしつゝふし給ふ。

日たけておきさせ給ひ、御ふみつかはさるゝに、なにの心もなくおさなき人なれば、よのつねのよねとはかはりて、かきやらんことのはもなき心ちして、ふでをひかへてあんじわづらひ給、おもしろき絵などつかはさる。

かの方《紫の上のたへ(ママ)》へは、父みやおはしましたり。としごろあれまさりてひろき家の、かたすみは雨《あま》もりにはりつけ[11]の色もかはり、天井のやぶれめより、鼠《ねづみ》のかへしがおつるやら、うそぐらく人ずくなにさびしげなるを、見わたし給ひて、

「かゝる所に、いかでかおさなきもの〻、しばしもすまん。そう〳〵わが方《かた》へ引とらん。子《こ》がおやのところへゆくに、なにのゑんりよすべき事にもあらず。少なごんそのほかのものどもはそれ〴〵に、つぼねうけとりてすむべし。おさなき人は、おなじころなるむすめどももあまたあれば、もろともにあそびて、みごとすみつき給はん」

などの給ひて、むらさきの君を御そばへよび給へるに、よべの光君の御うつり香《が》、御こ袖とまりてなつかしき匂《にほひ》なれば、

「よきにほひや。御小そでのふるきこそきのどくなれ」

などの給ふ。

「つね〴〵あま君のもとにてそだて給ふも、いかひ[12]せはやき草[13]なれば、「をりふしはわが方《かた》へもわたし給ひて、女房《にようぼう》どもになじませ給へ」と、たび〳〵いひつれども、まゝしき中とうとみ給ひて、終《つゐ》にたいめんもさせ給はず。今となりてわたり給はんことも、後悔《こうくはい》さきにたゝぬながらきのどくなるぞ」

との給へば、

「いま更いかほど心ぼそくとも、しばしはかくておはしまし、すこしも物の心しり給はんころ、わたし給はん事こそよく候はめ。この比は、あま君をこひ給ひて、あさゆふの」10（挿絵12）ものも、はか〴〵しくきこしめさず。にはかにしらぬ所へわたり給はゞ、いよ〳〵心ぼそく、おもひ給はん」

といふもしる〳〵[14]、げにとはすこしおもやせ給へるさま、いよ〳〵うつくしく見え給へば、

父みや「いまはさまで、あま君をこひしとおもひ給ひそ。いかほどなげきても、この世になき人はかひなし。わがみかくてあれば、いかやうにもはごくみ立ん」

などの給ひて、くるればかへらせ給ふを、おさな心にも心ぼそくてなき給へば、父みやもなき給ひて、

「かく物をふかくおもひ入給ひて。ちかきうちにあなたへひきとりまいらせん」

などこま〴〵とこしらへおきて出給ふ。名ごりもなぐさめがたくなきゐ給へり。わが身のゆくさき、とやかくとおもふにはあらで、このとしごろ、はゝもなくあま君ひとりにあまへてならひ給へるに、いまはこのよになき人となり給へるがかなしく、」11おさな心なれど、むねもふたがりて、いつものやうにもあそび給はず。

昼《ひる》のうちは、とやかく、まぎれ給へど、くるればしほれておはしますを、

「かくてはいかに月日をおくり給はん」

と、めのとなどもなぐさめかねてなきあへり。

光君より惟光《これみつ》をつかはさる。御ことづてには、

「こよひもまいるべきを、内裏《おゝうち》よりめしあれば、ぜひなく。さこそ人ずくなに、心ぼそくおぼしめさん」

と、とのゐ人つかはさるゝよしあれば、少なごんもきのどくにて、

挿絵12　紫の上を訪れた後、忍びて通うところを訪れる源氏

（11オ）

「かりそめにも光君の事、ちゝみやきかせ給はゞ、「つぎ〴〵のものどもが、おろかなるぞ」と、しからせ給はん。かまへてかまへて父みやの御まへにて、心もなくものゝつゐでに、光君の御事の給ひ出すなよ」

と、いへども、この事ははづかしき事ともおもひ給はぬぞおさなきや。少納言《しやうなごん》出てこれ光《みつ》にあひて、あはれなるものがたりなどして、

「さておさなき人の御事は、のがれ給はぬ御契《ちぎり》ありて、ゆくすゑのことはしらず、たゞいまはあまりにおさなくおはしますを、かくまでの給ふもあやしういかなる御心にやと、おもはれ侍る。けふもちゝみやのいらせ給ひて、

「女子は大せつなるものぞ。うしろぐらきことなくきをつけよ」とおほせられしに、もしもかゝることなどきかせ給ふにやと、そらおそろしき心ちして」

といひて、光君の事を、父みやへ内証《ないしやう》にて申たるかと、これ光がうたがはんかとおもへば、少なごんもしゐてきのどくなるかほもせず。これ光は少なごんが、ことありがほにはいはねど、

「この事を父みやの、聞つけさせ給ふやと、おそろしくて」

などいひしもこゝろへがたくあやしければ、かへりて光君へくはしく申上る。あはれにおもひやらるれど、よごとにかよひ給はんもさすがに人のおもはく」12もあれば、くるればこれ光をつかはさる。

御ふみには、

「さはることのみありて、まいらぬを、おろかなりとやおもひ給はん、」

などかゝせ給へり。少なごんこれ光にあひて、

「父みやよりにはかに御むかひつかはされんとあれば、心あはたゝしく、年ごろすみなれし所なれば、あれはて

たるむぐらのやどながら、名ごりおしくおもはれて」

と、言葉《ことば》ずくなにいひて、いそがはしきまぎれに、よくもあひしらはず。小袖ぬふやら、髪《かみ》けづりはぐろするもあれば、これ光もとりつかんかたなく、いそぎかへりて、この事申上《あげ》んとおもふに、光君はあふひの上の御方《かた》におはします。いつもの事ながら、そのまゝ出てもあひ給はねば、そこにありつるあづま琴《ごと》を引《ひき》よせてすがゝき給。
△「ひたち《風俗ひたちうた也》には田をこそつくれ、たれをかね、山をこへ、野をこへ、君があまたきまする」
といふ、はやり哥をうたひ給ふに、これ光まいりたればめしよせて、やうすをとはせ給ふ。

「にわかにあす父宮《ちゝみや》へわたし給はんとて、めのともこしもとも、とりちらしたるさまに候」

と申せば、父みやの御方へわたり給ひては、わざとがましくいひいれして、むかへとらんもすきがましかるべし。めのとこしもとにも、「人にもらすな」とくちがためして、こよひのうちにこなたへむかへとらん。のち〳〵は人もしりて「おさなきひとを、ぬすみいだしたり」といはれんはぜひなしとおもひさだめて、

「あかつきかの方へゆかん。車引《くるまひき》よせよ。さぶらひふたりまいれといへ」

とおほせらるれば、これ光のみこんで、まかりたつ。君は、いかにせまし、人々のもりきゝて、かはりたる物ずきと、とり」[13]ざたせんもおかしかるべし。ものゝ心もしるほどならば、たがひに心かはしたることゝおもはれんは、世の常《つね》あるならひなれば、すこしもくるしからず。あまりにおさなく、ことに父みやのたづねもとめ給はんに、あけくれのつきあひにしらぬがほもつまらぬものぞかし。さありとて、このたびとりはづさんはくちおしかるべければ、いまだよぶかきに出給ふ。

あふひの上は、いつもながら、御心もとけぬけしきなるを、とやかくと御きげんをとりて、

「二条院にかなはぬ用の事ありしを、すとんと、わすれていまおもひいだしたり。立ながら見てかへらん」

とまことしやかにいひなして、床のうちより、そろりと出給へば、人々もしらず。人も見ぬかたにて、御しやうぞくそこ〳〵にし給ひて出給ふ。これ光馬にて御とも申たり。


かの方にゆきつかせ給ひて、かどをたゝかすれば、心もしらぬ下人《しも》のあけたるに、やがて御車《くるま》引いれてさせて、これ光つま戸《ど》をならして、しはぶきすれば、少なごんきゝしりて出たり。君の御出のよしをいへば、

「笑止《せうし》。おさなきひとは、おほとのごもりておはします。いかでかよぶかくは、出させ給ふぞ。いづかたよりの御あさがへりにや」

といへば、

「けふみやへわたらせ給ふときゝて、それよりさきに、おさなき人にいひあはせたきことありて、わざときつるぞ」

との給へば、
少なごん「なに事にか候はん。いかにはか〴〵しく、御あひさつをも申たまはん」

とて、わらひてゐたり。ひかる君はあんないなしに」14のそ〳〵と、おくへいらせ給へば、

「内証はことのほかとりみだして、うばかゝまで入こみて候に」

といへども、きかぬかほにて、

「おさなき人は、まだおきさせ給はぬや。いざめをさまさん。かくおもしろき、あさ霧《ぎり》のけしきをもしらずに、ねてはいるものか」

とて、御とこの内へいり給ふ。人々もこれはいかにと、こと〴〵しくもとがめたてまつらず。むらさきの君は、

なに心なくねてゐたまへるを、いだきおこし給ふに、おどろきて、父宮の、御むかへにおはしたると、ねをびれておもひたり。

光君は、むらさきの君の、御ぐしかきつくろひて、

「いざたまへ。みやの御つかひに、御むかひながら参りたり」

との給ふこゑのそれならねば、あきれて、おそろしとおもひたるけしきなれば、

「われもみやにかはりたるものならず。みかどの御子はいづれもおなじことぞかし。さまでおどろき給ふなよ」

とて、かきいだきて出給へば、少なごんそのほかのこしもとゞも、

「こはいかにせさせ給ふぞ」

と、くちぐ〳〵にいへば、おちついたるかほつきにて、

「こゝへはつねにもえまいらねば、おぼつかなくまして、父宮の御かたへわたり給ひなば、見まいらすることもあるまじければ、わが方へつれまいらするぞ。たそひとりまいられよ」

との給に、人々おどろきて、

「みやの御むかへにおはしましたらんには、なにとか申さん。けふはまづおもひとまらせ給へ。ほどへて御ちぎりふかくは、ともかくも、せさせ給へ。たゞいまつれまいらせ候はゞ、のこるものどもはいかになり候はん。おもひやりなき御しかた」

と、いづれも」15（挿絵13）なくばかりにいへば、とやかくいふもむつかしくて、

「よしあとからもまいれよかし」

【巻三】

挿絵13　紫の上邸を訪れる源氏

（16オ）

とて、御車よせ給へば、これはいかなる御事ぞやと、人々あきれたるさま也。むらさきの君は、あやしき事出来《いでき》たりとおもひ給ひてなき給ふ。少なごんとゞめまいらせんやうもなければ、夜部《よべ》ぬいし、御こ袖《そで》ども手《て》にひきさげし、わが身も小《こ》袖きかへてのる。

二条院はほどちかければ、まだあけはてぬうちにおはしつきぬ。西《にし》の方《かた》に御くるまよせさせて、むらさきの君をば、かろ〴〵といだきおろし給ふ。少なごんはゆめの心ちして車よりえおりやらず。

「こはいかにし候はん」

といへば、

「それはその方の心まかせなり。君をばわたしまいらせたり。かへりたくば、おくりとゞけん」

との給ふに[15]ぜひなくて」[16]をりぬ。にはかなることなれば、たゞむねのみおどりて、父みやのおぼしめさんことよ。いかになりはて給ふべき御身にや。御母にはむまれ給ふとそのまゝはなれ、あま君ははかなくなり給ひ、たのもしき人々に、みなうちすてられ給ふうへは、ぜひなき事とおもひつゞくるに、なみだのとゞまらぬを、またよくおもひかへせば、かくいふかひなきおさなき人を、これほどに光君の、思しめすも、いかなるさきのよの御ゐんにや。ゆくすゑいかほどさかへ給ふべき。めでたきことのはじめにもやとおもへば、なみだのこぼるゝも、いま〳〵しくて、心と心をとりなをしゐたり。

こなたはつねにすみ給ふ所ならねば、びやうぶ木丁もなく、これ光をめして、御木《き》丁《てう》屏《びやう》風《ぶ》など、とりよせてしつらはせ給ふ。御とことり、御よるのものどもめして、おほとのごもるに、むらさきの君は、なにとやらむくつけく、いかにする事にやと、身もふるへ給へど、さすがにこゑたてゝなきなどはし給はず。

「少なごんがもとにねん」

との給ふ声《こゑ》おさなし。

光君「今《いま》からは、少なごんとは、ねたまはぬものぞよ」

と、おしへ給へば、しんきなるけしき[16]て、なきふし給へり。少なごんは、ねもいらでなきゐたり。

やう〳〵よもあけゆくまゝに、見わたせば、御てんのつくりざま、そのけつこうさ、ことばにものべられず。庭《には》のまさごも、玉《たま》をしきたるやうに見えて、かゝやく心ちするに、女中《ぢよちう》などありてまじらはゞ、はれがましく、はづかしきことゝおもへど、こなたには、おなごといふものひとりもなく、是[17]ばかりは心やすし。まれに、客《きやく》などある時の御ざしきなれば、たゞおとこばかり、それも内《うち》へはいらず、みすのそとにゐて、かくめづらしき人むかへ給へりと、ほの聞人は、

「たれならん。たいていの人のむすめにてはあらじ」

とそゝやきいふ。

日たけておきさせ給ひて、御手水《てうず》めし、御かゆなどこなたにてきこしめす。

「人すくなくて、さびしからん。ゆふがたよびよせ給へ」

とて、東《ひがし》の御殿《ごてん》へわらはべめしにつかはす。ちいさきをすぐりて四人《よたり》まいりたり。むらさきの君は、よぎにまとはれて、ふし給へるを、せめておこしまいらせて、

「などかくは心をおき給ふぞ。大かたにおもふ人の、これほどにいとをしからんや。女は心やはらかなるがよきぞ」

と今《いま》からおしへ給ふ。御かたちも、さしはなれて見しにはまさりて、うつくしく、きれいなるむまれつき、ひと

しほ御いとおしさもまさりて、なつかしうかたらひ給。おかしき絵《ゑ》、そのほか人ぎやう御所《しょ》ぶんこ、いぬはりこ、芥子《けし》やみぢんのおきあがり[17]、なにやかやととりそろへて、御心につくべき事をし給へば、これにはすこしたらされて、やう〳〵おきて見給ふ。御小袖《こそで》は里《さと》にてきたまひし、ねまきのまゝにてつくろはず、なに心なくうちゑみなどし給ふ、御かほのうつくしきに、われもうちへまれて[18]見給ふ。

光君のひがしの御殿《てん》へ、いらせ給へる御るすのまに、そろりとたちいでゝ、にはのつきやま、泉水《せんすい》のかたなどをのぞきて見給へば、霜《しも》がれのけしきゑにかきたるやうに、おもしろく、ほかにてはみもせぬ、色々のしやうぞくしたる、四位五位《しゐごゐ》」18（挿絵14）ぐらゐのもの、ひまなく出いりて、にぎやかにおもしろき所かなと、おもはれて、御屏風《びやうぶ》のゑどものおもしろきを見つゝ、なぐさみておはしますぞはかなきや。

光君は、二三日内裏《だいり》へもまいり給はず、紫《むらさき》の君を、なつけなぐさめ給ふ。やがて御てほんにもし給へとおぼしめすにや、ものかき、ゑなどさま〴〵おもしろく、かきあつめて見せ給ふ中にむらさきのかみのうつくしきに、「むさしのといへばかこたれぬ」とかき給へるが、[19]すみつきみごとなるを、むらさきのきみとりて見給ふに、そのかたはしに、もじはちいさくて

＼根はねるかたによせて也。まだねては見ね共と也
ねは見ねどあはれとぞおもふむさしのゝ
つゆわけわぶる草のゆかりを」19
ふじつぼにあひがたきことを云なり

とあり。

「いざ君もかき給へ」

との給へば、むらさきの君、

挿絵14　二条院にて絵や人形などに慰められる紫の上

（19オ）

「まだよくもかきませぬ」

とて、光君の御かほを見あげ給へるが、なに心なくうつくしく、くひつくほどにおもはるれば、うちゑみて、

「よからずともかゝぬこそわろけれ。をしえんにかき給へ」

との給へば、あちらむきてかき給ふてつき、筆《ふで》とり給へるさまの、おさなげなるもしほらしく、おもはるれば、わが心ながらあまりなるぞと、おぼしめす。

「かきそこなひたる」

とて、はぢてかくし給ふをせめてとりて見給へば

むらさき上　かこつべきゆへをしらねばおぼつかな《源のかこち給ふべきゆへをしらねばおぼつかなきと也》

いかなる草のゆかりなるらん《いかなるゆかりにてあるらんとなり》

手はわかけれどすへ〴〵はたしかに能書《のうしよ》と見えてふつくりとかき給へり。あま君のてにそのまゝなるは、かの手本ならひ給へると見えたり。いまふうのてをならはゞ、よくかき給はんと見給ふ。ひゐなのいゐなどあまたつくりならべて、もろともにあそびつゝ、かのふじつぼのゆかりとおもへば、あけくれものおもひのなぐさめにて、まぎれくらし給ふ。

かのさとにのこりゐしめのとこしもと、父みやの御むかへにおはしましたるに、なにといふべきやうもなくめいわくして、

「しばしひとにしらすな」

と、ひかる君ものたまひ、少なごんもいひあはせて、かたく口をとじめければたゞ、せうなごんがつれまいらせ

て、いつのまにやら、いづくともなくやしきを、しのびいでしよし、くちをそろへて申せば、ちゝみやもぜひにおよばず。

しなれしあまぎみも、まゝはゝの手にかけんことは、おそろしく」20心もとなくおもはれしが、少なごんも其とをりに、女の智恵《ちゑ》のはかなくて、かくはしつるぞ。さほどに思はゞ、いましばしはこゝもとにて、そだてんとはいわひで、をのれが心にまかせて、いづかたへかつれゆきたらん。

「もしあり所きゝつけたらば、さつそくしらせよ」

とてなく〳〵かへり給ふ。僧都《そうづ》のもとへもたづねに人をつかはされしかども、あとかたもなきよしにてかへれば、あたらむすめを、うしなひて、うつくしかりしかたちなどこひしうかなしみ給ふ。北《きた》の方《かた》も、はゝ君をにくみ給ひしりんきもさめて、おもふやうにかしづきそだてんとおもひしに、その事たがひぬれば、くちおしとおもひ給ふ。

二条院にはこしもとなどもまいりあつまり、御あそびあいてのわらは、ちごどもは、つねに見なれぬ御殿《てん》のけつかうなるに、なにごとも心のまゝにて、めづらしき事のみなれば、をのが心のまゝにあそびあへり。むらさきの君も、男君《おとこ》の御留守《るす》さびしきゆふぐれこそ、あま君をこひてなきなどし給へ、父みやをば、思ひ出しもし給はず。もとより見なれ給はねば、いまはこの光君を、のちのおやのやうにして、よれつもつれつ〔20〕、外からかへらせ給へば、まづ出むかひて、おみやをせめかたらひ、御ふところに入ゐて、少もうとくはづかしとも思ひ給はず。その事などは、まだ、ゆめにもしり給はねば、かはゆらしくうつくし。なま心ある女は、なにやかやとむつかしく、りんきするもいやらしく、我心にもあたり、女もうらみ、がちにて」21おもひのほかなる事も、いでくるものなるに、これはさもなくて、たゞよきもてあそび草《ぐさ》なり。まことのむすめも十になれば、心やすくおきふしもせぬ習《ならひ》なるに、これはまだそれにもあらず。かはゆらしくうつくしく、おもしろおかしき御中也けりとぞ。」22

注

［1］誓文をかわす際に言う自誓の言葉。
［2］「てもちなき」はすることがなく半端なさま。
［3］想像する。推察する。
［4］句点に×。他本も同。
［5］物なれた顔つき。
［6］辛気。気が重いこと。
［7］あどけない。
［8］ささやく。
［9］新吉原の遊郭
［10］江戸前期に、おもに遊里で好んで歌われた歌謡。
［11］張付壁のこと。
［12］たいそう。
［13］世話焼き草。俳諧作法書の『世話焼草』を掛けるか。
［14］知りながら。
［15］版木に欠け。おそらく「に」。
［16］苦しくてつらい様子。
［17］小さな起き上がり小法師。
［18］うち笑む。
［19］句点が通常の句点ではなく、黒丸になっている。
［20］縒れつ縺れつ。互いにからみあうこと。

【巻四】

(系図)

此巻《このまき》源氏《げんじ》十七歳《さい》より十八さいまでのこと在《あり》

常陸宮《ひたちのみや》

姫君《ひめぎみ》 この君のことを太輔《たゆふ》の命婦《みやうぶ》が源氏へ御ものがたり申せしより源氏心をかけ給ひてたゆふの命婦がはたらきにて源氏にあはせまいらせしなり。むまれつきよからず、鼻《はな》のさきあかく見ぐるしかりしひめぎみなり。琴《こと》をひき給ふ。のちには東のゐんへうつり住給ひし。くはしくは蓬生《よもぎふ》の巻《まき》に見えたり。

禅師《ぜんじ》 ひめ君の兄《あに》。出家《しゆつけ》になり給《たまひ》ひし人なり。この事すへの巻《まき》にくはしく見えたり。

兵部太輔《ひやうぶのたゆふ》

太輔命婦《たゆふみやうぶ》 この命婦《みやうぶ》が母《はゝ》は、左衛門の乳母《めのと》とて、源氏《げんじ》の御めのと也。そのむすめなるによりて大裏《おゝうち》に宮《みや》づかへして色《いろ》このめるうはき女《おんな》なりしが母《はゝ》よりのなじみにて源氏君《げんじのきみ》も大内《おほうち》にては、めしつかひなどし給ひしなり。ひめ君への、みち引《びき》も、此命婦《みやうぶ》がせし也。

侍従《じじう》 これは姫君のうしろ見をして、源氏《げんじ》への哥《うた》の返《へん》事なども、おしへてかゝせし女なり。ひめぎみの御方《かた》にてはこの侍従《じじう》ひとりすこしものなれたる女なりし也。」1

すがかく琴《こと》の音《ね》は聞恋《きくこひ》
我《われ》より先《さき》に立《たて》る好色者《すきもの》
油断《ゆだん》のならぬ世《よ》の中垣《なかがき》

（本文）

光君は、はかなくきえし、夕《ゆふ》がほのうへの事を、年月ふれど露《つゆ》わすられず。かよひ給ふ所は、こゝもかしこもうちとけず、あふひの上《うへ》、六条《ろくじやう》のみやす所を、はじめとして、つき〴〵の女中《ぢよちう》まで、みなれき〳〵のむすめなれば、きつとしたる御とこいり、いつとても、しうげんのよの心ちするも、きづまりなるに、かの夕がほのしどけなく、ものやはらかにどうなりとかうなりと、よるひるのわかちもなく、心まかせのたのしみなりしを、なつかしうこひしうおもひいでたまふ。

いかにもして、つめひらき[1]もなく、心やすきよねのうつくしきを見つけばやと、こりずまに心がけさせ給へば、いろめきたるあたりには、御みゝをとゞめさせ給はぬ、くまもなく、よすがもとめて、御ふみをつかはさ[2]るゝに、心づよくなびかぬよねもなく、あやにくに御心のとまるもなし。そのうちにも、ちと心にくきもあれば、一夜《よ》などあひ給ひたるよねは、なげのなさけの一ことを身にしみて、ほかへは心もうつらず、年月かさねて御おとづれもやとまちてみれども、おともさたもし給はねば、ぜひもなく、一だいおとこもたずにもいられねば、それ〴〵にありつくもありて、さま〴〵のよのなかぞかし。

かのうつせみのつれなくてやみにしを、くちおしうをり〳〵おもひ出給ふ。軒端《のきば》の荻《をぎ》へも、かぜのたよりある時には、わすれず、おとづれ給ふ。うつせみと碁《ご》をうちしとき、うちとけたるありさまを、屏風《びやうぶ》のかげにかくれゐて、よく見給ひしもこひしう、いまいちど、さやうなるおりもがなと、色のみちには」3（挿絵15）とりわけ物わすれをし給はざりけり。

左衛門のめのとゝて、惟光《これみつ》が母《はゝ》の、大弐《だいに》のあまにさしつゞきたる御めのとありしが、兵部大輔《ひやうぶのたゆふ》といふ男と、てれん[2]してうみし女《をんな》の子《こ》、むまれつきたる、色《いろ》ごのみのうはきもの、いまはせいじんして、太輔《たゆふ》の命婦《みやうぶ》とて、内《おゝ》裏《うち》にみやづかへしてありけるが、母《はゝ》からの御なじみなれば、ひかる君《きみ》も、内裏《おゝうち》にては、心やすきものにして、めしつかひなどし給ふ。左衛門のめのとは、ひやうぶのたゆふとくぜつして[3]、ほかの男《おとこ》につれあひ、筑前《ちくぜん》の国《くに》へくだりければ、命婦は、父の兵部《ひやうぶ》がもとを里《さと》にして、内裏《だいり》よりの宿《やど》をりもしけり。

兵部は、故常陸《ひたち》の親王《こ》へ、したしく御いで入申ければ、命婦も御心やすくまいりける。ひたちの親王《みこ》はかなくならせ給ひて、御むすめ《＼すへつむ花也》ひとり」4ずみにて、のくり[4]居《い》給ふを、命婦《みやうぶ》、御はなしのつゐでに光君へかたり申せば、

「あはれなることかな、さてその姫君《ひめぎみ》のかたちはよしや」

と、とはせ給ふ。

「くはしくはえしり候はず。ただしづかなる御むまれつきにて、ずいぶん御心やすく出いり候へども、かたちなどは見せ給はず。さびしきよひなどに、ものごしにて御ものがたりなどいたし候。琴《こと》をあけくれの友《とも》にして、くらさせ給ふ」

挿絵15　大輔の命婦のうわさ話を聞く源氏　（3ウ・4オ）

といへば、

「琴詩酒《きんししゆ》の三つのともといへども、女のさけにゑひて、とりみだしたるほど見ぐるしきものはなし。ゆふ女《ぢよ》はつとめにて、おのづからのまねばならぬわけもあり。地《ち》よね[5]の酒《さけ》を友とするは、かへす〲よからぬ事ぞかし。その琴《こと》ひかせ給ふを、われにきかせよ。父みこの上手《じやうず》にておはしせ（ママ）しそのすじなれば、世けんなみの手《て》つきにてはあるまじきぞ」

との給ふ。命婦《みやうぶ》すこしはもたせて、

「声を給ふほどの御琴《こと》にてもなし」

といへば、

「またいつものおもはせぶりをいわるゝよ。このごろのおぼろ月よに、忍《しの》びて立ぎゝせん。その方《はう》もさとへさがられよ」

との給へば、きのどくながら、内裏《おゝうち》もしづかにてひまなるおりなれば、やどをりにいでにけり。

父の兵部《ひやうぶ》がもとは、まゝはゝのにがわらひも、なにとやら心よからねばかのひたちのみやにのみゐたり。光きみは、かねておほせあはせられしことなれば、十六夜《いざよひ》の月おもしろきほどにおはしたり。命婦《みやうぶ》もなひ〲心まちしてゐたりければ、いでむかひて、

「こよひはことの音《ね》すむべきよるのけしきならぬに、いかなる御いでぞや」

と申せば、

「ぜひ」5ともおくへゆきて、たゞひとこゑひかせまいらせ。むなしくかへらんは、くちおしきに」

との給ふ。命婦《みやうぶ》がつねにゐるつぼねへ、光君をばいれまいらせ、わが身はおくへゆけば、いまだ格子《かうし》もおろさず、ひめぎみはのきばのむめのかなつかしきを、ながめておはします。よきおりかなとおもひて、

「琴の音おもしろからんよるのけしきに侍る。いつとて《（ママ）》もやどをりのひかずすくなく、心あはたゝしくて、えうけ給はらぬこそくちおしけれ。たゞ一こゑ」

とそゝのかせば、ひめ君うちわびたるふぜいにて、

「物のあはれはしる人ぞしる。内裏《おゝうち》に行かよふ人の耳にとまるほどはいかでかひかん」

と、すこしは心じまんにて、御琴《こと》とり出させ給へば命婦《みやうぶ》は、光君のいかゞきかせ給はん。日ごろはことのほか上《じやう》手《ず》のやうに申なせしをと、むねもつぶれてあせをかき、琴、きく心もなくてゐたり。ほのかにかきならし給ふはさまでおかしくもなし。琵琶《びは》三味絃《しやみせん》などのやうにもなく琴《こと》の音《ね》は、なにしらぬものがかきならしても、おもしろくなつかしきものなるに、まして上手《じやうず》のてすじなれば、さしたる秘曲《ひきよく》をひかせ給ふにはあらねど、光君もきゝにくしともおもひ給はず。

あれわたりてさびしき所に、父親王《みこ》のいづきかしづき給ひしなごりもなく、かすかなるさまにて、ひとりすみ給ふらんひめ君の御心のうちおもひやられて、かやうなる所にこそ、おもひのほかなるほりだしはあれ、すこし立よりて、色めかしき言葉《ことば》をいひかけて、やうすを見ばやと、おもひ給へど、さしつけては、かる〴〵」6しくや思ひ給はんなどゝ、あんじわづらひ給ふに、命婦は粋《すい》なれば、ことぞこなひ[6]のなき内《うち》に、御琴《こと》やめさせ申さばやときをつけて、

「くもりがちなる空《そら》にも候かな。つぼねへさる人のまいらんと申候を、いとひがほに、るす[7]とも申されまじく

候へば、またかさねて心しづかにうけ給はらん。おこしもと衆《しゆ》、この御格子《かうし》を、おろさせ給へ」

とて、いそぎつぼねへかへれば、ひかる君は
「のこりおほきほどにて、琴《こと》の音のやみぬるかな。上手《じやうず》か下手《へた》のさかひをも、きゝわくべきほどならず」

との給ふさま、いやらしくはおもひたまはぬやうすなれば、命婦《みやうぶ》も心をちつきぬ。

「おなじくはちかき所にて物などの給ふを、立ぎゝしたし」

と仰らるれば、命婦《みやう》はとかく心にくきほどにて、よひくらゐにしまひたるがましじやとおもへば、

「いかでかさやうにうしろぐらき事はいたし候はん。申てもひたちの親王《みこ》の御むすめ。かすかなるすまひにて、おはしませばとて、もつたいなし」

と申せば、光君も
「げにとは、色里《いろざと》の上《じやう》らうさへ、初会《しよくはい》にはうちとけず、こなたからも、いかにうり物なればとて、手《て》ごみにもならぬものぞかし。ましてやこれは、故宮《こみや》のいとおしみ給ひし御むすめなれば、さつそくぜひにといふにはあらず。わがおもふ心のほどを、おりよくはつたへよ」

と、くれ〴〵たのみおき給ひて、今宵《こよひ》はほかに、ちぎりおかせ給ふ方やあるらん、しのびて出させ給ふ。

命婦御おくりに立ながら、

「御門《みかど》のつね〴〵、「あまり実体《じつてい》におはします、わかいおとこのやうになき」と、おほせらる[7]ゝこそおかしけれ。これほどに好色《かうしよく》にて、やつれありき給ふ御ありさまを一めゐいらんに入たし」

といへば、光君も立もどりて、

「ほかの人のいはんやうに、とがないひたてられそ。是をあだめきたるすがたといはゞ、女の好色はなにとかいはん。ながいこ袖《そで》のすそをまくりて、いきをつめ、くらがりをさぐりあしにて、ありかれしをも、たしかに見ておきたり」

との給へば、命婦《みやうぶ》も、身におぼえのあるうはきものなれば、はづかしくなりて物もいはず。もしもおくのかたより人やきくらんとおもひ給へば、光君もそろりと立《たち》いでゝ、竹がきのやぶれのこりたるかげに立《たち》そひてしのび給にたれとはしらず、このかきねに立《たち》そひてかくれゐ[8]たる男ありけり。光君も、当迷《とうわく》し給ひて、なにものにや、きやつもこのひめ君へ心がけたる好色《かうしよく》ものならん。ゆだんのならぬ世の中とおもはれて月かげのくらきかたにかくれ給ふ。

頭《とう》の中将なりけり。この夕つかた内裏よりもろともに出給ひしが、あふひのうへの御かたへもより給はず、二《に》条院《じやう》へもゆき給はず、道《みち》にてわかれ給へば、いづかたへの御出にやと、ゆかしくて、わが身もこよひとちぎりおきし、よねの方へもゆかず、御あとにつきてうかゞひけり。しどけなきすがたにやつれたれば、それとはえしり給はず、このみやへたちよらせ給へるを、あやしくおもひてたちやすらひしに、琴《こと》の音《ね》のきこゆれば、さてこそとおもひて立ぎゝしけるに、ほどなく琴もひきやみて、しつぽりとしたるていなれば、いよ〳〵ゆかしくなりて、もしやひかる君の、立いで給ふこともやとまちいたるなりけり。

君はたれとも見わけ給はねば、しられじと、ぬきあしにて、あゆみ出させ給ふに、御そばへふとよりて、

」8

「われをまかせ給ひしがにくさに、御あとにつきてうかゞひしなり。」

頭中将 一所に内裏より出しに行方をしらせ給はぬを月によせてよめり

もろともに内裏山はいでつれど

大内山は仁和寺にあり。此哥は内裏の事にいへり。頼政が大内山の山もりとよみしも内裏のこと也
いるかた見せぬいさよひの月

と、うらみかくるもうるさけれど、頭中将と見さだめ給ひておかしくなりぬ。かくまでしたひこんとは思ひもよらぬ事なれば、にくさもにくし。

源氏 月はいづれのさとゝひかりをわけぬものなればそこ〳〵のやどにてこそみれ
里わかぬかげをば見れどゆく月の
月のいる山をたづねいりたる人もなしとなり。頭中将へあたりたる哥なり
いるさの山をたれかたづぬる

と、の給へば

頭中将「かく御跡《あと》を、したひありかば、いかにせさせ給はん。実《じつ》からかやうなる所へは、粋《すい》を御ともにつれられてこそ、はか〴〵しきてれんもなるべけれ。いつとてもめしつれられよ。」9（挿絵16）やつれすがたの御しのびありきには、かる〴〵しきこともいでくる物ぞ」

と、まじめになりていへば、光君かやうなること、見つけられしはくちおしけれど、かの夕がほのうへのことを頭中将は、夢《ゆめ》にもしらざりしをぞ、御心のうちには、おもき劫《こう》におぼしめす。

はてはたがひにおかしくなりて大わらひ、こよひかならずと、やくそくせしよねのかたへもゆかず、あげぼし[9]にしてひとつ車にのりて、月のおもしろく雲《くも》かくれたる道《みち》すがら、笛吹《ふえふき》あはせて、あふひの上の御かたへまいり給ふ。さき供《ども》の「はい〳〵」といふこゑもやめさせて、人も見ぬらうか[10]へ、御装束《しやうぞく》とりよせて、やつれすがたをあらため、今くるふりにもてなして、また笛を吹あはせて、入給へば、おとゞ、琴《こと》笛はすきにておはしませば、こらへかねて、こま笛《ぶへ》とりいだし、上手《じやうず》にておもしろく吹給ふ。あふひの上の御かたの女中に、琴《こと》の上手あまたあれば、めしいだして引せ給ふ。

挿絵16　末摘花邸の光源氏を覗く頭中将。源氏の横は大輔の命婦　（9ウ）

中務《なかつかさ》とて、葵《あふひ》の上《うへ》の御こしもと、どうもいはれぬうつくしきよね、琵琶《びわ》の上手なりしが、日ごろ頭中将《とうちうじやう》のうちこんでくどかれしを、つれなくなびかずして、光君へは、あなたからもちかけすがた、手をとり給へば、そのてをじつとしめ、よりそひ給へばいだきつき、どうなりとかうなりと、おほせはそむかぬきざし、たびかさなりてかくれなく、たれいふともなく、あふひの上の御母《はゝ》大みやきこしめして、

「大せつにおぼしめす御子《こ》の頭中将をきらひまいらせ、ひとりむすめに、おさななじみのむこどのへは、こなたからもちかけて、もとよりの性悪《しやうわる》を、いよ〳〵うはきになしまいらせしは、ひとかたならず、大たんなるおんなめ」

と、御しかりにあいて、御ぜんへいづる事もならず、つぼねに引こもりゐて、」10光君の御すがた、ちらとも見ぬ山里《ざと》にも、引こもらばやとはおもへども、御こゝろをだにきかずは、命いきてもなにのかひかあらんとおもへば、このまゝ引はなれんも、さすがに心ぼそくおもひみだれてぞありける。

光きみも、頭中将《とうちうじやう》も、心の内には、ありし琴《こと》の音思ひ出してあはれなりしすまゐのさまなど、おもひやり給ふ。頭中将は、ひかるきみに輪《わ》をかけたる色ごのみにて、もしやうつくしき女の、あれほどさびしき家《いへ》に、ひとりずみの心ぼそく年月をおくるを、見いだしてあひそめ、わがきにいりておもしろくは、心ながらもうか〳〵とあくがれて、とるものもてにつかず、世間の人のひはんになるほどかわゆがらん。光君《ひかるきみ》のとりいり給へば、より[11]やたゞにはあらじとうたがはしく、さま〴〵のむなざんようもおかしく、そのゝちはひかる君も頭中将も、おもひ〳〵のよすがもとめて、かきくどきたる御ふみのかずかさなれど、ひとくだりの御返事もなければ、あまりにつれなき心かな。あれほどかすかなるすまひする人は、世の中のわけもしり、色《いろ》めかしき方にはあらずとも

時々の草木《くさき》につけ、をり〳〵の空のけしきに取なして、たまさかにさらりとかきたる返事《へんじ》は、なにかくるしからむ。心もなき木石《ぼくせき》のやうにつれなきは、もしもむ筆《ひつ》にやあるらんとまでおもはるゝ。

頭中将はまして心もせかれて、光君はもとよりわがいもうとむこながら、さしあひもくらず〔12〕、なにゝつけてもへだてなき御あいさつなれば、

「かの琴《こと》の音のへんじは見給ふや。さるたよりにかきくどきつかはせしが、つれなく返事もせざりし」

と大やうにいへば、光君さればこそ此すきもの、たゞには」11あらじとおもひしが、あんのごとくと思めし、わざとそこらは気をもたせて、

「ぜひとも返事を見んとおもはねば、見もせず」

と、の給ふけしきの、こそくりわらいも、どうやらきみあしく、いかさまひかる君へは、返事もありつるぞとくちおしくおもはれける。光君はさまでふかくもおもひ給はぬに、返事もせねば、いよ〳〵うちわすれたるやうにて、おはせしに、頭中将のけしき、念比《ねんごろ》にいひよるやうすなれば、もしもそのかたに心ひかれて、なびくこともや。われは頭中将よりさきに、ふみなどもつかはせしに、せんこされてはむねんなるぞと、これにまけじの心にて、命婦をねんごろにかたらひ給ふ。

「ひとくだりの返事をさへし給はぬは、たゞかうしよくのうはきにて、なげのなさけの実《じつ》にはあらぬと、うたがはせ給ふとおぼえたり。さりとてはいつはり」12（挿絵17）ならぬおもひぞや。大かたよねのならひにて、おとこにすこしの悪性《あくしやう》あれば、こと〴〵しくとりなして、うばこしもとがちゑをつけ、おやざとへいひやり、一門中へふきこみて、おとこのうきなをたて、その事つのりて家出《いえで》をする。これひとへに、よねの心大やうにやはらかならぬゆへ

挿絵17　頭中将と源氏、一つ車に乗って笛を吹く

（12ウ）

ぞかし。かのひめ君は、むつかしくいふべきおやぢもなく、ことに物やはらかにてかすかなるひとりずみし給へば、あはれにいとをしく、たがきをかぬるかたもなくて〔13〕、心やすきは、われつね〴〵のねがひなり。ぜひにたのむ」

との給へば、命婦さては心やすきをとりえにて、をり〳〵のなぐさみものにせんとおぼしめすぞとすいりやうして、

「さやうに時々の、御かさやどりの御なぐさみには、似合《にあは》ざる御ひとがら。たゞひたすらに物はぢして、うちとけたる物がたりなどし給ふ事もなく、おもひのほかしよしんにおはします」

と、つね〴〵の御ありさまを、くはしくかたれば、さてはたゞ物やはらかに大やうにて、きつとしたるかたはすくなきむまれつき、いよ〳〵こなたの心まかせにておもしろからんと、命婦をねんごろにせめ給ふ。

おこりをわづらひ給ひて、なごりもどこやらふら〳〵して、くるしきに、また藤《ふじ》つぼの御事を、心のいとまなく思なげき給ふほどになつもすぎ、あきになりてはいとゞものわびしく、しづかにおもひつゞくれば〔14〕、かの夕がほのやどにて、去年《こぞ》のあき、耳《みゝ》かしましかりしきぬたのおと、からうすのうるさかりしもこひしくおもひいでられて、もしさやうなるほりだしもやと、かのひめぎみへ、しげ〳〵御ふみかよへ⌐13ども、いさゝかの御返事もし給はぬに、まけてはやまじの御こゝろつきて、

「いかにつれなき御心ぞや。わがこれほどにおもひかけたるよねの、かくまでつれなきはなき物を」

と、命婦をせめ給へば、

「さやうにつれなき御心にてもなく、たゞものはづかしくつゝましさに、あなたから手をさし出し給はぬと見え候」

と申せば、

「それは大きなる野夫《やぼ》なり。とつと[15]おさなきもの〻心もしらぬほどか、あるひはおやはらからのいさめを遠慮《えんりよ》して、返事せぬはことはりなり。これはさやうのさはりもなし。としのほどもおとなしく、なに事もくみわけてかすかなるひとりずみのさびしきおり〳〵、こなたもおなじ心なれば、たゞありなる[16]ふみの返事《かへりごと》[17]は、かきかはしてなぐさみ給ふに、なにのえんりよのあるべきぞ。わがねがひもその事のみなり。とかくなにかと、こひのいきぢ[18]のつめひらきもむつかし。手をしめあしをさしいだすこともなく、たゞかのあれたるすのこのうへに立やすらふもおもしろからん。ゆるしはなくとも、道《みち》びきせよ。たとへちかくへよりたりとも、せはしなき、はやわざなどはあるまじき事ぞ。きづかひなることあらじ」

との給へば、命婦もいまになりては、当惑《とうわく》して、いつぞやさびしきおりから、御物がたりのつゐでに、なに心なく、このひめきみの御ことを、はなしまいらせしに、わすれ給はず。そうじてひかる君は、いろあるすじの、はなしには、御み〻をとゞめて、北浜《きたはま》[19]の日用《ひよう》がしら[20]の徳蔵《とくぞう》[21]がむすめ、下立売《しもたちうり》[22]の裏屋《うら》にゐる、筆《ふで》ゆひ[23]がいもうと、おろせ[24]の六助が姪《めい》のことまで、[14]よくしつて、年月《としつき》すぎてもわすれ給はぬ御くせぞや。このひめぎみの事、しんじつにの給へば、いやともいはれず。御すがたはよくも見ねど、御しなしのやぼらしく、道引して、光君の御こ〻ろにあはざるとき、おとづれもし給はずは、なまじいに、いとおしき事もいできなん。

父みやのおはしませし時にさへ、ふるめかしきあたりとて、いまやうの色このむ人などは、よりつかざりしに、ましていまは、あさぢがつゆをうちはらふ人もなきを、よにめづらしき、光君の、とやかくといひより給へば、つきづきのふる女房達《にようばうたち》、ゑみをふくみて、

「御返《かへり》事し給へ」

と、そゝのかし申せども、あさましきまで物はぢして、御ふみをだにとりて見給はず。

命婦いまはぜひもなくばす（マヽ）、よきおりあらば、ものごしにてあはせまいらせん。そのうへにて、御心にあはずはおもひとまり給ふべし。もしまた御えんありて、たまさかにもかよひ給はんに、たれとがむる人もなしと、うはきなる女にて、ちゝの兵部《ひやうぶ》にもかたりあはせず、心ひとつにのみこんで、ひめぎみの御方へまいりたり。ふる女房達《にようばうたち》、

「是はこれは久しぶりにての御いで、この方は秋になりて、いよ〳〵ものさびしく、御うはさのみ申くらしつる」

と、いつもやどおりのみやげをめあてに、

「まづはなひぬさきに、御ちやをひとつ」

など、くち〴〵にいふもおかしく、ころしも八月廿日《はつか》すぎのことなれば、よひすぐるほどまたるゝ月の、心もとなきに、ちん〳〵ちらめくほしのひかりばかりさやけくて、松のこずゑ吹《ふく》かぜのおとも心ぼそく、ひめ君はいにしへの事など語出《かたりだし》して、」15（挿絵18）命婦がみやげの、一口屋のまんぢう、うゐろうもち、やうかんなどを見るにつけても、ちゝみやのことこひしく、秋《あき》のゆふべのさびしきには、いろ〳〵のことせさせ給ひて、なぐさみしに、

「うつりかはる世のならひ今はたれとふ人もなくあけくれひとりながめくらすを、むかしのなじみわすれず、をり〳〵おとづれらるゝうれしさよ」

とて、うちなき給ふさま、ものあはれにて、命婦はよきおりかなとおもへば、光君へ、

「こよひ御出あれかし」

と、いひやりたれば、やがてしのびやかにて、おはしましたり。月もやう〳〵出て、あれわたりたる、庭もまが

挿絵18　琴を弾く末摘花。大輔の命婦と話す

（16オ）

きもうとましくうちながめて、ひめぎみは、琴《こと》をほのかにかきならし給ふさまにくからず。いますこし人あひ[25]
ありて色めき給へかしと、命婦がうはきなる心にはおもひ居たり。」16

注

[1] かけひき。
[2] 手練。ひとをだます技巧。
[3] 言い争って。
[4] そのまま。
[5] 素人の女性。
[6] 失敗。
[7] 留守。
[8] 版木欠け。
[9] 揚干。遊女に、行くと約束して行かないこと。
[10] 廊下。
[11] 「も」か。
[12] 差し合いも繰らず。遠慮しないこと。
[13] 誰が気を兼ぬる。誰に気を遣う必要もなくということ。
[14] 版木欠け。「ハ」の左部分のみあり。
[15] まったく。
[16] 在り馴る。あることが習慣になっている意。よく来る文ということ。
[17] ふりがな「こ」が欠けている。

〔18〕意気地。
〔19〕大坂の廻船問屋や商家が並ぶ一帯。
〔20〕日雇人足の頭。
〔21〕桑名屋徳蔵のことか。大坂廻船問屋桑名屋の船頭。
〔22〕京都の通りの一つ。
〔23〕筆結い。
〔24〕駕籠かき。このあたり、下々の女まで目を配る、という例えだが、何か文楽や歌舞伎の演目などと関わるか。
〔25〕人に対する愛想。

【巻五】

雪《ゆき》の光《ひかり》に顕《あらはれ》しかたち

闇所《くらきところ》のつるみ
ぞこなひ
見《み》ぬ恋《こひ》には
念《ねん》を入《いれ》べきな

〈本文〉

光君は、人めもしげからぬ所なれば、心やすく入給ひて、命婦《みやうぶ》をよびいだして、

「しゆびはいかゞ」

との給ふ。命婦は粋《すい》なれば、そのまゝひめぎみの御かたへゆきて、俄《にはか》におどろきがほして、「ひかる君の、つねぐ\御返事《かへりごと》のなきをうらみさせ給へども、とやかくといひのがれしに、「こよひはぢきにおもふ心のたけをも、きかせまいらせん」とて御いでなるを、いかやうに申なしてか、かへしまいらせん。なみぐ\の人にもあらず。むなしくかへしまいらせんも、いかゞなるに、物ごしにひかる君のおほせらるゝ事をきかせ給へ」

といへば、ひめ君はいとはづかしく、

「人に物《もの》いふすべもしらぬを」

とて、おくのかたに引入《ひきいり》給ふさま、さながらの生野夫《きやぼ》なり。命婦《みやうぶ》もあまりごと[1]にうちわらひて、

「わか〳〵しうおはしますこそきのどくなれ。」1よき人といへども、親《おや》におくれ、うしろ見する人もなく、心ぼそくてひとりずみし給ふ身の、あまりにものはぢし給ふは、つきなきことぞ」

と、まじめになりていへば、さすがに人のいふ事、つよくもどき給こゝろならねば、

「こなたからは、ものもいはで、人のいふこときくばかりならば。それも戸《と》をかたくさしかためて」

との給ふもおかしく、

「すのこはあまりはしぢかければ、ひかる君の御心、いかほどちかくより給ひても、おしたちて、むりやりなることはし給はじ」

と、よきやうにいひなして、持仏堂《ぢぶつだう》のきはなる、ふすましやうじを、てづからかため、そのきはに御しとねひきつくろふ。

ひめぎみははづかしきこととおもひ給へど、命婦がこれほどせわにするは、いかさまわけある事ならんとおもひゐ給へり。」2（挿絵19）めのとなどいふ古女房《ふるにようばう》は、つぼねへ入ふして、よひまどひ[2]したるおりふしなれば人ずくなに、わかきこしもと二三人あるは、よにめづらしき光君の御ありさまのゆかしさに、心もときめきて、よき小袖《こそで》などとりいだし、きがへさせまいらすればひめぎみは、なにの心じたくもなく、うつかりと心えてい給ふぞおかしかりけり。ひかる君はもとよりうつくしき御かたちをつくろひたて、なまめき給へるありさまは、粋《すい》なよねに見せばや、このひめ君、何《なに》のわけもしり給はぬには、あたら物かなと見えたり。

命婦はわがつね〴〵せめられまいらするを、のがれむとて、かくまでは、しなしたれども、もし御気《き》にいらずは、たえておとづれもし給はじ。さあらばひめ君の御ためよろしからず。」3ものおもひやいでこんと、きのどくに

おもへども、こなたからぬれかけて、いやらしくさしでたる事はし給はじと、こればかりは、心やすくおもひゐたり。

光きみは、人のほどをおもひ給へば、ざれたはぶれて、いまどきの色《いろ》めかしきよりは、おくゆかしくおもひて、しやうじの外《そと》にゐ給へるに、ひめぎみ人々にせめそゝのかされ（ママ）て、しやうじのきはへより給へるけしきにて、そらだきのかほりなつかしう、おほやうなる御しなし、さればこそとおもはれて、このとし月《つき》こひしゆかしと、おもひわたりし、心のたけをいひつゞけて、いかほどかたきよねなりとも、なびくばかりに、くどかせ給へど、いさゝかの御こたへもなければ、わりなきことうちなげきつゝ

源　いくそたび君がしゞま《両てんなり》にまけつらん
ものないひそといはぬたのみに

○しゞまとは、童《わらはべ》のたはぶれに、「むごんをおこなはん」といひあはせて、「むごん〳〵とぞ、しまにかねつく」といひてなになりともうちならして、そのゝちは、物をいわずにゐるなぐさみごとなり。ひつきやうしゞまとは、むごんのことなり。ひめぎみは、むごんにておはしますに、こなたはいくたびとなく、ものをいひかけまいらするはこのほうのおもひのせつなるゆへぞ。せめて子どものたはぶれのごとくにものないひそとなりともの給はゞ、その御一こゑをきゝてそれをおもひ出にしてもやむべきに、さもの給はぬゆへに、いくたびもまけて、ものをいふぞとなり。」4

「せめての事に、物ないひそとばかりもいひすて給へよかし。玉《たま》だすきくるし」

との給。引哥　おもはずはおもはずとやはいひはてぬなぞよの中の玉だすきなる

挿絵19　簀の子（縁側）にいる源氏、中の几帳の影に末摘花、灯火の前に大輔の命婦　（2ウ・3オ）

姫君《ひめ》の御めのとに侍従《じじう》とて、うはきなる女ばうのありしが、ひめ君の、返哥《へんか》し給はぬを、きのどくにおもひさしよりて

鐘つきてとぢめんことはさすがにて《かねつきてからものいふなどとぢめんもさすがなりがたく》
こたへまうきぞかつはあやなき《さありとてこなたからこたへいわんやうもなきとなり》

と、わかきこゑのおも〳〵しからぬを、ひめ君ににせていひなせば、つね〴〵のおもき御もてなしには、さういして、うは気らしくはおもはるれど、

「めづらしき、一こゑに、中〳〵こなたの口もふたがる心ちするかな」

とて

源　いはぬをもいふにまさるとしりながら《いはぬはいふにまさるといふ事はよくしり給ひてもあまりにものを》
をしこめたるはくるしかりけり《の給はぬはくるしきとなり》

どこからとり出し給ふやら、うはきと実《じつ》ととり交《まぜ》て、さま〴〵くどかせ給へども、かさねて御こたへもなければ、もしまたほかに、心をかはし給ふ方ありて、かくはつれなきにやと、ふしんはれやらねば、ねたましき心もつきて、さうじをむりにをしあけて、内へいり給ふ。

命婦は南無三宝《なむさんはう》人にゆだんをさせ給ひて、是たゞごとはあらじといとをしければ、しらぬかほにてそろりとにげてつぼねへかくれいりにける。ほかのこしもとゞもは、ひかる君の世にたぐひなき、御しなしにつみゆるされて、こと〴〵しくもいひさはがず。たゞひめ君のなにの御心がけもなく、にはかなる事にて、ことにはじめての床入《とこいり》は、いかほどとしたけたるよねにても、どうやらおそろしきものなるを、いかゞせさせ給ふらんと、御心の

うちおしはかられて、きのどくに思ひゐたり。

ひめ君は物も覚えずたゞはづかしくつゝましきよりほかの事なし。光君も、さすがあはれに、人なれ給はぬゆへぞと見ゆるし給へど、人のかたちは、あらまし手さぐりにもしるきものなれば、どこやら心えぬ事どもあれば、よもやわれに一ぱいくはせて、ほかの人をふきかへたる[3]にはあらじ。さすがにひたちのみやの御むすめなれば、今すこし御かたちもよからんとおもひしに、たがひたる事どもなれば、御心もとまらず、うちなげかれて、よふかく出給ふ。命婦はいかならんとそらねをして、つぼねにみゝをすましてきゝゐたれども、いまかへらせ給ふをしりがほに、まかりいでんもいかゞなれば、御見をくりもせず。

光君も、しのびやかに出給ひ、二条院《にでうのいん》へかへらせ給ひて、うちふしながら、あれわたりたるふるみやの中《うち》に、うつくしきよねを見そめたらばとおもひしに、ぞんじのほか[4]なる事どもかな。とかく心にかなはぬ世の中ぞかしと、おもひつゞけて、かろ〴〵しき人ならねば、このまゝにて、うちすてんもいかゞときのどくに、思ひみだれ給ふおりふし、頭中将御みまひにまいられたり。

「これは〳〵つがもなひ[5]御あさねかな。さだめてわけあらん」

との給へば、光君、おきさせ給ひて、

「心やすきひとりねのとこに、くつろぎすぐして、あさねしつるぞ。内裏《おゝうち》よりすぐに御出か」

との給へば、

「なるほどさにて候。朱雀院《すざくゐん》の行幸《みゆき》、楽人《がくにん》、舞人《まひびと》の事ども、さだめらるべきよし、夜部《よべ》おほせ出されしかば、おとゞにもこのこと申さんとてまいり候」

と、いそがしげなれば、
「さらばわれも御同道いたさん」
とて、御かゆこは飯《いひ》もろど（ママ）も」6にきこしめして、御車は引つゞけたれど、ひとつにのり給。
「猶《なを》ねぶたげなり」
ととがめて、
「とかくにわれにはかくし給ふ事共あり」
と、頭中将はうらめしとおもひたるけしきなり。舞人楽人《まひびとがくにん》の事など、おほくさだめらるゝ日にて、一日内裏《おほうち》にくらし給ふ。
ひめ君の御方《かた》へは、ふみをだにと思ひ出して、ゆふつかたつかはさる。雨《あめ》ふりてよき笠《かさ》やどり所なれども、みづから御出あらんとも、おもひより給はぬは、御心につかぬなるべし。かしこには、心まちのほどもすぎゆけば、命婦もきのどくに思ひたり。
ひめ君はよべの事、御心のうちにおもひつゞけてはづかしく、今朝《けさ》の御文のくるゝまでこぬをも、なにともおもひわけ給はざりけり。御文には
こよひもまいり候はんが雨《あめ》ふりいでゝ雲間《くもま》まつほども心もとなく思ひまいらせ候
夕霧のはるゝけしきもまだ見ぬに《ひめぎみのうちとけ給ひたるけしきもみぬになり》
いぶせさそふるよひの雨かな《あめゆへさはりてまいり給はねばいよ〳〵いぶせきとなり》
さら〳〵とかゝせ給へり。御出あるまじきやうすなれば、めのとこしもとなどもむねをつぶして、きのどくがる。

「御返事かゝせ給へ」

と、そゝのかせども、おもひみだれて、返哥もえよみいだし給はねば、御つかひをまたせおくも、よのふけゆけば侍従おしへまいらする。

はれぬよの月まつ里《さと》をおもひやれ
おなじ心《うたの心あきらかなり》にながめせずとも

くちぐ〳〵にせめられて、むらさきのかみのとしをへて、色もさめたるをとりいだし、御手跡《しゆせき》はさすがにもじつよに、仲定《なかさだ》の風にて古流《こりう》に、上下をよくそろへて、百姓が、御だいくはん所《しよ》へあぐる訴状《そじやう》のやうにかき給へり。

光君は見る」7（挿絵20）かひもなくうちおき給ひて、いかに思ふらんと、心のうちあはれにも、おかしくもおもひやられ給ふ。かゝることを、のちくへ[6]とはいふならん。しかしながらかく見そめつれば、すへ〴〵までおもひすてじと、かたくおもひさだめ給ふ。その御こゝろをひめ君の御かたにはしり給はねば、かくありそめて、なげかしうおもひ給へり。

おとゞよにいりて、内裏《おゝうち》をまかで給ふにさそはれて、あふひのうへの御方《かた》へまいり給ふ。行幸《みゆき》のことをけうあらんとおもしろく、おぼして、君達《きんだち》あつまりて、をの〳〵舞《まひ》どもならひ給ふを、そのころのやくにして日かずもすぎゆく。琴笛《ことふえ》の音《ね》もみゝにせがあたりてかしましく、つねの御あそびとはかはりて、大ひちりき尺八《しやくはち》ふえなどの、大ごゑをふきあげつゝ、太鼓《たいこ》をさへかうらんのもとに、ころばしよせて、手づからうち」8ならして、あそび給ふ。光君もかゝる事ども御いとまなく、しん実《じつ》にいとおしくおぼしめすかたへこそ、身をぬすむやうにして、しのびありきもし給へ、かのひめ君のあたりへはおもひもよらず。秋《あき》もくれはつれば、いよ〳〵たのみすくなく

挿絵20　二条院で寝ている源氏を起こしに来る頭中将

（8オ）

て過し給ふ。

行幸《みゆき》の日も、ちかくなりて、内裏《おほうち》にてこゝろみの楽《がく》ありと、のゝじる《（ママ）》ころにぞ、命婦は里《さと》よりまいりける。光君、

「さて〱久しぶりぞや、ひめぎみはいかにし給ふ」

ととはせ給へば、なげかせ給ふさまかたりて、

「かく見そめさせ給ひて、名ごりなくうちたえさせ給ふは、ほかから見るめもくるしきに、まして道引まいらせし、わが身のきのどくさ」

など、なくばかりにいふ。光君も、心にくきほどにておもひとまれと、命婦が、くれ〲いひしものを、もちゐずして、いまさらかのものが、おもふところも、きのどくにおぼしめす。ひめぎみのものもいはで、おもひうづもれ給ふらんありさま、おもひやり給ふに、いとおしければ、

「行幸《みゆき》もすぎず、いとまなき比《ころ》なれば、とはぬもわたくしならぬさはりぞかし。余物《あまりもの》思ひしり給はぬ心ざまを少恨んと思ふぞ」

と笑ながらの給が、わかく、うつくしげなれば、命婦もおぼえずうちゑまるゝ心ちして、わりなきつまみぐひをし給ひて、かた〲の人にうらみられ給ふも、御としわかにて、御心にまかせ、おもひやりなきもことはりぞかしとおもひゐたり。行幸過《みゆきすぎ》てとき〲かよひ給ひける。

かのむらさきのゆかりのきみ、たづねとり給ひてのちは、このうつくしみに心を入て、六条《ろくじやう》の御やす所へさへ、かれ〲にし給へば、ましてあれたるやどのことは、あはれにわすれ給ふ」9とはなけれども出たち給はんが、なにとやらものぐさき心ちし給ふぞ、わりなきや。あまり物はぢし給ふ御かたちを、のこらず見給はんの、御心もな

くてすぎゆくを、またよくおもひかへせば、かたちなど見まさりすることもやあらん、くらき所の手さぐりには、なにとやら、おかしき所のあるを、のこりなく見あらはしたらんも、いよ〳〵きのどくなるべしなど〻、さま〴〵におもひつゞけ給ふ。

やう〳〵おもひおこして、あるよ御いでありしに、みなうちとけて、夜《や》しよくなどくふさまなれば、そろりと格子《かうし》のやぶれよりのぞき給ふに、ふるけれど几帳《きてう》など、あるべき所にたて〻、ひめ君は見え給はず。心にくくおくゆかしきさまにて、こしもとゞも四五人ゐたり。御膳《ぜん》おろすを見れば、奈良《なら》ちや[7]にや、あをきちやわんのたしかに古渡《こわたり》りのから物《もの》なれども、中《なか》は好味《こうみ》とも見えず。つぎのまにて、人々も茶《ちや》づけなどくふ。かたすみにさむげなる女房、二三人ゐたるが、す〻けたる白むくに、きたなげなるうちかけすがたの、こしつきかたくなに、さしぐしさしたるひたいつき、よのつねの人の所に、かやうなる、ふるめかしき女ばうのあるは見たこともなし。内教坊《ないけうばう》今《いま》の大とのゐと云所《ところ》そのあとなり。むかし。内裏《だいり》にて女に学文《がくもん》舞楽《ぶがく》などおしへし所也内侍所《ないしところ》などの、しもづかひの女にこそ、か〻るものは見ゆれと、おかしく見給ふほどに、ひとりの女ばう、

「やれ〳〵さむき年かな。いのちながければ、か〻る世にもあふものぞ」

とて、なく。またひとりは、

「故宮《こみや》のおはしませしよを、なにしにからしと」10おもひけん。かくまでたのみすくなくても、すぐれば、すぐるものなり」

とて、とびたつばかりにふるへるもありて、さまざま人めわろき事どもいふを、き〻給ふもかたはらいたければ、たちのきて、いまくるふりにて、つま戸《ど》をおとづれ給へば、

「それ〳〵」

などいひて、ともし火とりなをし、格子《かうし》あけていれ奉る。なに事もとりつくろひ、ひめぎみにもをしへまいらする。侍従《じじう》といふわかきめのとは、斎院《さゐいん》へまいりかよふわけありて、この比《ころ》は留守《るす》なれば、いよ〳〵人ずくなに、とほうもなき、田舎《いなか》めきたる、女ばうばかりにてさむきをなげきしに、雪はいよ〳〵、かきみだれて、ふるそらのけしき、はげしく、かぜふきあれて、ともしびもきえたるに、ともしびつくるものもなし。

かの夕がほのうへを、いざなひいだし給ひし夜、ものにおそはれしをりの事、おもひいだされて、どうやらきみわろく、あれたるさまは、その所にもおとらねど、せまくて、人げのすこしあるぞ、心づよきやうなれど、すごくてねもやられず。ひめ君の、心あるさまに、うつくしくおはしまさば、あはれにおもしろく、一しほ心もとまるべきよのけしきなるに、只《たゞ》ひとへに、物はづかしきさまのみにて、なにのけうもなく、くちおしとおぼす。

やう〳〵よもあけぬるけしきなれば、格子《かうし》てづからあげ給ひて、庭《には》の雪を見給に、ふみあけたるあともなく、はる〴〵と、あれわたりてさびしげなるに、立いでゝゆかんもあはれにて、

「おもしろき空のけしきを見給へ。いつまでものはぢ[11]して、心をへだて給ふぞ」

と、うらみ給ふさま、まだほのくらけれど、雪のひかり[8]にいよ〳〵うつくしく、わかう見えさせ給ふを、ふる女房たちは、ゑみさかへて見たてまつる。

「はや〳〵出させ給へ。心うつくしきこそよけれ」

など、をしへまいらすれば、ひめ君はさすがに人のいふこと、もどき給はぬ御心にて、ひきつくろひて出給へり。

光君は、見ぬふりにて、こちらむきてゐ給へども、しりめはたゞならず。うちとけて、すこしなりとも見まさ

りせば、いかばかりうれしからんとおもひ給ふに、まづ居だけたかく、をせながに見え給ふに、さればこそと、むねもつぶれぬ。うちつゞきて、これはかたわとおどろかるゝ物は御はななりけり。ふげんぼさつののり物のやうに、ながくのび〳〵として、さきはすこしたれて、つや〳〵とあかく色づきたるさま、二めとも見られず。惣《そう》たいのいろは、ゆきよりもしろく、まさを[9]に、ひたいはぬけあがりて、なをしもながなるおもやうは、こと〴〵しくながきかほなるべし。やせ給へること、いとおしげにさらぼひて、かたのまはりはいたさうに、こそでのうへから見ゆるにて、おもひやるべし。

なにのゐんぐわに、のこりなく見あらはしつるぞとおもひながら、めづらしきこゝちして見やらるゝ。かしらつきかみのかゝりは、うつくしく、よききりやうといふ人にもおとらず、うちかけのすそにたまりて一しやくばかりも、あまりたらんと見ゆ。き給へるものまでいひたつるも、あまりにくちさがなきやうなれどもむかし物がたりにも、まづゐしやうつきをこそ」12（挿絵21）ほめもそしりもする事なれ。うすぐれなひの、いつの世にそめたるやらん、うはじらみたる、ひとかさね、むらさきのくらうなりたるうちかけ、うわぎには、貂裘《てんのかはごろも》／ふるきのかはごろもと本文にありのまだあたらしきに、伽羅《きやら》たきしめてき給へり。とつとむかしのわけしりは、たいせつにして、はれのくはいにはきたるよし、きゝつたへたる事なれども、いまどきの、わかき女中のきるべきものとも見えず。さりながら、このかはごろもなくば、さむからんと見ゆる御かほの色あひなり。

あきれてものもいはれず。くちをとぢたる心ちし給へども、いつものむごんも心見んとおもひ給ひて、とやかくと色めきたることをいひかけ給へば、はづかしさうに、口おほひして、あとのかたへひきさり給ふさま、いなかもの、さてはやぼなむかしのよね」13のぬれ風[10]にや、今《いま》の世には、見ならはぬ身ぶりなり。禁中《きんちう》にて儀式《ぎしき》の時《とき》に

挿絵21　雪の朝、末摘花を見る源氏

（13オ）

官人《くはんにん》のねりいづるやうに、ひぢをおしはりて、さすがにうちゑみ給へるさま、おかしくもいとおしくもおもはれて、いそぎいで給ふ。

「たよりなき御ありさまを、見そめては、あはれにいとおしさ[11]を、ゆるしなくうとくもてなさせ給ふがつらきぞ」

と、うらみにかこつけて

源　あさひさす軒のたる氷はとけながら
すへつむ花のないしやうはうちとけながら
などかつらゝのむすぼほるらん
むすぼゝれたるやどにものなどの給はぬはいかにと也

との給へば、たゞ

「むゝ」

とわらひて、へん哥《か》もくちおもげなれば、いとおしくて出給ふ。

御くるま引よせたる中もんも、ことのほかゆがみよろぼひて、夜目遠目《よめとをめ》にこそまぎれもすれ、あさひさしいでゝ、のこる所なく見ゆるもあはれに、久しくうちすてゝ、あれはてたる所の、松《まつ》のゆきのみ、あたゝかそうにふりつもりて、山ざとの心ちぞする。かのあまよのものがたりに、三人の粋《すい》どもが、「むぐらのかど」ゝいひしは、かやうなる所ならん。まことにうつくしく、かはゆらしきよねを、かゝる所におきて、あさゆふ心もとなく、こひしとおもはゞ、わがあるまじきふじつぼのみやをこひたてまつるおもひも、なぐさみて、まぎれわするゝこともあるべきに、このひめ君は、あれはてたる宿《やど》に、かたち心ざまもよろしからぬしなしなれば、どこひとつ、とりどころもなき心ちぞする。さはありながら、われならで、まだいま時のいろごのみ、ふためとも見かへして見るべきさまにもあらず。かりそめ」14ながら、わがかく見そめつるは、ひめ君のちゝ親王《みこ》の、心もとなくおもひ置《をき》給ひし玉しゐが、われにいりかはりたるにやとおぼしめす。

　橘《たちばな》の木《き》の、ゆきにうづもれたるを、御ともの人にはらはせ給へば、うらめしさうに松の木の、をのれとおきかへりて、さつとこぼるゝ雪も、「名《な》にたつ末のまつ山」と見ゆるに、哥などよみいださんに、よからずとも、くちばやにあひさつする人もなければ、甲斐《かひ》なくて、むなしくすぐし給ふ。御くるまひきいだす大もんいまだあけざれば、鍵《かぎ》のあづかりたづねいだして、つれきたるを見れば、おきなめん[12]のごとくにおひたるおとこ、むすめやら、まごやらと見ゆる女をつれて、きたるこそでは、ゆきのしろきにいとゞすゝけて、くろくあかぐちて見ゆるに、すりばちのかけに、火《ひ》をすこしいれて、袖《そで》ぐちにひきいれてもちたり。これはかのおやぢが、手《て》をあたゝめさせて、大戸《おゝと》をあけさせんためと見えたり。おやぢ戸を、え、あけやらねば、かの女、もろともにちからをそへて、ひくありさまかたくなにおかし。とかくらちあかねば御ともの人々よりてあける。

源　ふりにけるかしらの雪を見る《戸をあくるおやぢがそでよりもほかゝら見るものも》人も
　　おとらずぬらす《おとらずそでをぬらすとなり》あさのそでかな

御車《くるま》のうちにて、

「わかきものはかたちかくれず」

と白楽天《はくらくてん》が詩《し》を吟《ぎん》じ給ふ。

　さてかのひめ君の、御はなのさきあかく、さむげに見えし俤《おもかげ》、おもひいだして、ひとりゐみし給ふ。頭中将にこれを見せたらば、」15（挿絵22）いかなることをかとりつけていはん。つねぐ〳〵うかゞひくれば、いま見つけられんと、きのどくに思ひ給ふ。せけんなみのきりやうならば、おもひすてゝもやみぬべきを、おもひのほかによからぬ御かた

挿絵22　立木の雪を随身に払わせる源氏

（16オ）

ちを、のこりなく見給ひてののちは、かへつて見すてられず、こまやかに心をつけて、内証のつけとゞけ、てんの皮衣《かはごろも》ならぬ、御所汲《ごしょぞめ》[13]、ゆふぜん、あけぼのゝうつくしく、はなやかなる小そでに、中わたまでとりそへて、ふる女ばうのさむがりしをもわすれ給はず、門番《もんばん》のおやぢがこそでまで、それ〲に心をつけさせ給ひて、つかはさるゝをも、ひめ君ははづかしき事とも、さらにおもひ給はぬは、中〲、心やすき事なりけり。いろのさたは、さらりととりおきて」16味噌塩米《みそしほこめ》の事までも、おり〲に心をつけて、はごくみ給ふ。

これにつけても、かのうつせみのうちとけて、碁《ご》をうちたりしよの、かいま見を思ひいだし給。よからぬかたちなりしも、しなしがらにてよく見えしぞかし。うつせみにおとるべきひめ君かは。まことに女は氏《うぢ》にもよらぬものなるぞや。空蟬《うつせみ》は心ばせのやはらかに、ひたすらうとみもはてずして、とかくにうちとけず、つれなかりしに、まけてやみにしくやしさを、おり〲にわすられず、思ひいだし給ふとぞ。」17

注

[1] 過分なこと。
[2] 宵の口から眠たがること。
[3] 替え玉とかえる。
[4] 思いがけないこと。
[5] とんでもない。
[6] のちぐえ。後悔。
[7] 奈良茶飯の略。

〔8〕「り」版木に欠け。
〔9〕真青。
〔10〕なまめかしい様子。
〔11〕「き」の上部が欠けているか。
〔12〕翁面。能面の一種。
〔13〕模様染めの一種。

【巻六】

千穐万歳《せんしうばんぜい》は踏哥《たうか》のまね

夜明《よあく》れば貧家《ひんか》も賑《にぎやかなる》 成春《はる》

鶯《うぐひす》の初音《はつね》より珍《めづら》しきよねの一声《こゑ》

（本文）

光陰《くはういん》とゞまらねば、ほどなく年《とし》もくれかゝりて、だい〳〵ところほんだはら〔1〕、かや、かちぐりかずの子《こ》に、ゆづり葉《は》とりそろへて、蓬萊《ほうらい》のかざりもの。人々その身のほどにつけたるいわゐごと。千代《ちよ》の春《はる》まつしたくするとていそがしきころ、光君は内裏《おゝうち》のとのゐ所におはしますに、命婦《みやうぶ》ふとまいれり。つね〴〵もおゝうちにとまり給へるおりには、御ぐしけづらせなどし給ひて、おさなきより見なれ給へば、色《いろ》めきたるすじにはあらで、たゞ御心やすきものゝ、さすがにおり〳〵は、たはぶれごとなどのたまひて、つかひならし給へば、あなたからめさぬにも、申あげたきことあれば、いつにかぎらず、とのゐどころへまいりける。けふはいかゞしたりけん、かほの色」1あかめて、はづかしげなる身ぶりにて、

「あやしき事の候を、申あげぬもいかゞときのどくにて」

といへば、

光君「なに事にや、われにかくす事はあらじとおもふに」

との給ふ。

「身のうへの事にて候はゞ、いかやうなる事なりとも、はゞかりをかへり見ず、いづかたをもさしおきて、まづ申あげ候はんなれども、これは申あげにくくて」

と、しぶれば、

「いつもの色めきて、おもはせぶりなるくせぞや」

との給ふに、やう〳〵ふところより、文をとりいだして、

「ひめ君の御方《かた》より」

とたてまつる。

光君うちわらひ給ひて、

「これがそれほどにかくす事か」

とて、なに心なくとり給ふに、命婦はむねもつぶれ、はなのさきにあせをいだしてゐたり。奥州《おふしう》よりすきいだす檀紙《だんし》の、あつごへたるかみに、さすがに匂ひはかうばしく、達筆《たつぴつ》によくかきおほせたり。

末つむ

から衣《ころも》君が心のつらければ

」2（挿絵23）

たもとは《うたの心あきらかなり》かくぞそほちつゝのみ

ひかる君、この哥《うた》を返すぐ〳〵見給ひて、ふしんさうなる御かほつきし給ふに、命婦時代《じだい》まき画《ゑ》[2]のおもくれたる[3]小袖《こそで》ばこをさしいだして、

「これを御めにかけんが、きのどくにかたはらいたけれど、元朝《ぐはんてう》の御小そでにとて、わざとつかはされたるを、かへしまいらせんもいかゞなり。さありとて、中にてとめをき候はんも人の御心ざしの、むにならんもきのどく

にて、まづ御めにかけてこそ。ともかくも、いだし候はん」

と申せば、

「中にてとられんは、からき事なり。袖《そで》まきほたん（ママ）[4]人もなき身に、うれしき心ざしにこそ」

との給へども、」3 さたのかぎり[5]なるしかたかな。その身にさへ、き給へる物もなくて、てんのかわの衣《ころも》にさむさをふせぎ、かすかなるすまひにて、なに事もこなたから、せわにするほどのことぞかし。さやうなる人は、身をしりて、かゝるさし出たる事は、せぬがよきぞかし。きのとをらぬはぜひにおよばぬものぞとおもへば、物もいはれず。

哥《うた》のさまも、あさましのくちつきや。この哥こそは、自身《じしん》によみいだし給ふならん。今《いま》までは侍従《じじう》がをしへて、かゝせたるを、侍従《じじう》は留守《るす》にて、筆《ふで》のしりとる師匠《ししやう》もなかるべしと、いふかひなく、ひめ君の廿日《はつか》ばかりも、あんじわづらひて、よみいだし給ひつらんとおもへば、

「このふみこそ、いともかしこき御ふみとはいふべけれ」

とて、わらひながらいたゞひて、見給ふに、命婦はせきめんして、ものもいはず。小そで箱《ばこ》のしたをとりて見給へば、紅梅《こうばい》色のつやもなく、ふるびたるに、両めんの紅の直衣《なをし》、これもむかし、父親王《ちちみこ》の時代《じだい》にそめたると見へて、色かはりたるが見ゆるも、古風《こふう》に、あさましくて、此《この》のふみをひろげて手《て》にもちながら、そのはしにかきつけ給ふを、命婦見ぬふりにて見れば

源　なつかしき色とはなしになにゝこの
のちすへの心にてよみ給へり。このうたよりひめきみをすへつむ花といへり
すゑつむ花をそでにふれけん
巻のなもこの哥にてつけたり

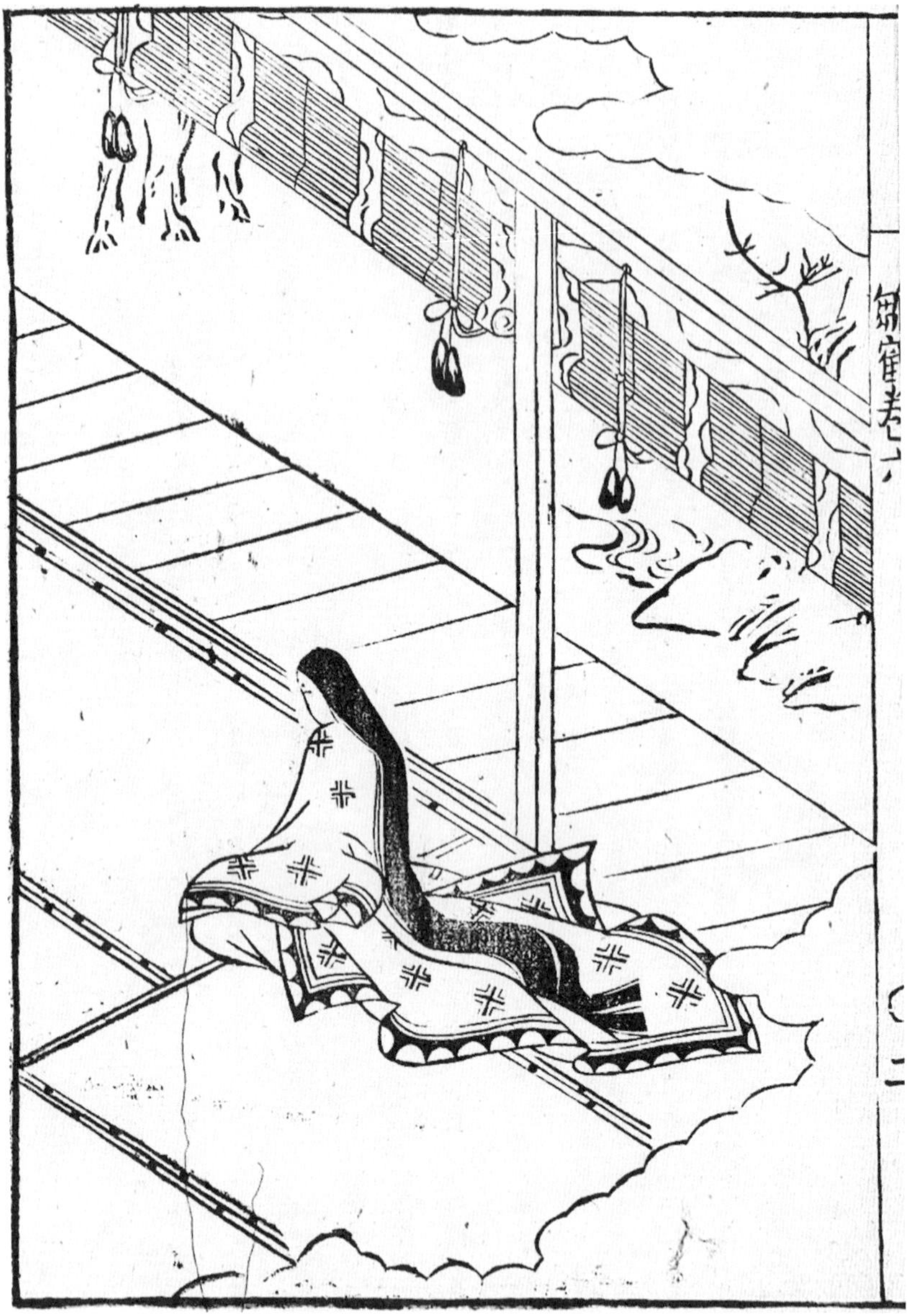

挿絵23　末摘花からの晴れ着と手紙を読む源氏、大輔の命婦　（2ウ・3オ）

そのほか、「色こき花《はな》と見しかども」などゝ、はなといふ事をあまたかきちらし給ふを見るにつけて、命婦心におもひあはすれば、昼《ひる》などさだかに、ひめ君の御かほを見たる事はあらざれども、いかさまにも御鼻《はな》に[4]ものいひあるときこえたり。月かげなどに、光君はよく見給ひつらんとおもへば、いとおしきながらおかしくなりて

命婦
くれなひのひと花《はな》ごろもうすくとも
ひたすらくたす名をしたてずは
すへつむよりのおくりものよからねどもなをばたて給ひそと也

「おもふやうならぬ世中ぞや」

と、ひとりごとにいへば、せめてこの命婦ほど、ひめ君の哥などよみ給はゞ、いかにうれしからんと、かへす〴〵くちおし。人のほどもあれば、さすがに名をくたさんもいとおしくて、人もくれば、小そでもふみもかくさせ給ふ。

「かゝる見ぐるしき事は、人のする事にや」

とうめき給へば、命婦はなにのゐんぐわに御めにかけつらん、とりつぎしわれさへ、心もなきやうにおぼしめさんと、はづかしければ、やがてかへりぬ。

次《つぎ》の日命婦は、あさの御ぜんもすぎて、台ばん所に、女房たちあまたつどひて、四方山《よもやま》のものがたりしてゐたるに、光君さしのぞかせ給ひて、

「これ〳〵きのふの返事、その方からとゞけてくれよ」

とてなげ給へば、ほかの女房たちは、いかなる御文《ふみ》ぞやとゆかしがる。光君は、

△「梅《むめ》の花《はな》のいろのごとくみかさの山のおとめをば、すてゝ」
／風俗のうたひもの也

と、はやりこうたをはなうたにうたひて出給ふも、命婦ははなの事がつてんなれば、おかしくてわらうも、ほかの女房《にようばう》達は、かつてはなのわけしらねば、

「なに事ぞや、光君のはなうたうたひてわらはせ給ふは」

と、とがむれば、

「いかなる事とわけはしらねど、さむき霜《しも》あさに、はなのさきあかき人をや見給ひつらん。御はなうたのおかしきぞ」

といへば、いづれもかほを見あはせて、

「このなかにははなのあかき人もなし。左近、うねめこのふたりこそははなはあかけれ。それをや見給ひつらん」

といひあへるは、かのひめ君の事を、ゆめにもしらぬ女ばうたちなりけり。

さて御返事を、命婦が方よりもたせてやりつるに、ひめ君の御まへゝ、ふる女房たちあつまり見て、

「扨もうつくしき御手跡《しゆせき》や」

と、くち〴〵にほめのゝしるもおかし。御ふみにはことばゝなくて

源

あはぬよをへだつる中のころもでに
かさねていとゞ《かさね〴〵といふにおなじ》見もし見よとや

しろき帋に、捨《すて》がきにかきちらし給ふが、いよ〳〵うつくしく見事なりき。

大晦日《つごもり》の夕方《ゆふかた》、御めし料《れう》にもなれかしとて、光君へ、人のたてまつりし御小袖《そで》、ゑび染《ぞめ》、山ぶき色、そのほかさま〴〵のをりものどもとりそろへて、あなたよりつかはさりし、古代《こだい》のこそでばこにいれて、ひめ君の御かた

へつかはさる。命婦とりつぎて、もたせやりたるに、ひめ君の御方にて、古《ふる》女ぼうたてあつまり見て、とり〲にほむるもおかし。

「こなたよりつかはされし御小袖は、これに見くらべては、色《いろ》あひよからざりし」

といふもあれば、

「いや〲こなたよりのは、くれないのおも〲しき色なりしを」

などいふも、かたくなにおかしかりけり。

「御哥もひめ君のよませ給ひしは、ことはりよくきこえて、正風体《しやうふうてい》にて、しつかりとしたるさまなりし。あなたよりの御かへしは、かるくちにさらりとして、おもしろき所なし」

など〻、口〲にさだむるもかたはらいたくおかし。ひめ君も大かたならず、むねをおさへ、くびすじもいたくなる程あんじわづらひて、よみいだし給へる御哥なれば、物にかきつけておき給ふぞかたくな〻る。

正月元三《ぐはんさん》もすぎて、ことしは男たうかのせちゑありて、例のごとく、方々《はう〲》」6にあそびの〻しり給へば、下々町《したぐまち》人《にん》までこれをまなびて、千秋万歳《せんしうまんざい》と名づけあそびたはぶれ、京中《きやうぢう》ものさはがしきおりなれば、きをかへて、さびしき所もおもしろからんと思《おも》ひおこして、七日の白馬《あをむま》のせちゑはて〻よにいれば、内裏《お〻うち》のとのゐ所に、とまるふりに見せかけて、そろりとぬけて、ひめ君の御かたへおはしたり。いつにかはりて、こしもとなどもうちそよめき、にぎやかなるけしきにて、ひめ君も、すこしいろめきたるさまのし給へば、年立《としたち》かへりて、御かたちもあらたまり、うつくしくなり給ひなば、うれしからんとおもへども、御床《とこ》のうちのとりさばきもかはらぬにや、おもしろからぬ心ちして、よふかくねざめし給へども、わざとやすらひて、日影《ひかげ》さしいづるころにおきて、東《ひんがし》の妻《つま》戸《ど》をおしあけ給へば、むかひに立たる廊下《らうか》のやねは、このまへの巳《み》のとし、大かぜに、吹《ふき》とられたるまゝにて、くづれかゝりたれば、なにのさはりもなく、朝日影《あさひかげ》のさしいりて、夜のまにふれる、雪のひかりにかゝやき、天《てん》井《ぜう》のやぶれに蛛《くも》のすのかゝりたるも、たゝみのへりのきれたるも見ぐるしく、ほこりだらけのすみ〴〵まで、のこる所なく見ゆるもうるさく、光君ははしちかく出給ひて、御装束《しやうぞく》などし給ふを、ひめ君とこの内《うち》よりすこしすべり出て、よぎにもたれかたぶきて、見いだし給ふさま、かみのかゝり、びんのこぼれのうつくしさ、どうもいへねば、もしも夜のまに御かたちのよくなり給ふかとうたがはれて、格子引《かうしひき》あげ給へど、いつぞや大ゆきのふりたりしあさ、のこらず見給ひし御かたちのよからず、笑止《せうし》がりしにこりはてゝ、下のかうしまではあけ給はず。

けうそくを引よせてもたれかゝりて、びんのそゝけたるをつくろはせ給へば、こしもとゞもさし心えて[6]、所々はげたる」7(挿絵24)鏡台《きやうだい》、くし箱かゝげのはこまで、とりそろへて、もちきたるをみれば、おとこの手だうぐなり。故《こ》みやのつかはせ給ひたるものならんと、あはれにおもはるゝ。ひめ君御こ袖のはなやかに見えしは、かの光君より、年《とし》だまにつかはされしをそのまゝき給へるとは、うはきにしるき定紋《ぢやうもん》にてよめたり。

「かりそめながらとしかはりては、あしかけ二年のなじみなるに、せめてものの給ふを一こゑきかせ給へ。おしやら、どもりやら、一どもものをの給はぬは、あまりなる事ぞかし。「あら玉《たま》のとしたちかへるあしたより、まта
るゝものは」とよみしうぐひすのはつねをば、さしおきて、御心のあらたまり、ものなどの給ふがゆかしきぞ」

との給へば、ふるへ〳〵

【巻六】

「さへづる春は」」8

と、わなゝき出し給ふも、おかしきをこらへて、

挿絵24　末摘花邸で朝を迎える源氏

（8オ）

「さてこそとしをかさねししるしよ」

との給ひて、

「ゆめかとぞ思」

と口《くち》すさびて立《たち》出給ふに、口おほひし給ひし、御こ袖《そで》のはづれより、かの御はなの、にほやかにあかくさしいでたる、見ぐるしと見給。

二条院《にじやうのいん》へかへらせ給へば、むらさきの君の、うつくしくまだかたなりなれど、紅《くれない》の御こそでは、是ほどにきにせ給ふ[7]もあるものかと、おどろくばかりうつくしく、さくら色のうはぎ、しなよくきなして、なに心なくあそびたはぶれ給ふさま、なつかしうかはゆらし。ばゞさまの古風《こふう》にて、はぐろめもまだせさせ給はざりしを、かねもつけさせ給へば、まゆのにほひさへ、あざやかになりていよ〳〵うつくしう見え給ふ。かゝる人を、あけくれまもり居《ゐ》もせず、わが心から、すへつむ花のやうなる、見ぐるしきよねをも、見そめてもてあつかうぞや。これひとへに、わが性悪《しやうわる》のとがぞかしとくやし。

むらさきの君ももろともに、ひなあそびのまゝごと[8]して、ゐなどかきいろどりちらし給ふ。その筆《ふで》をとりて、光君、かみのうるはしく、つほ〳〵とながき女のゐをかきて、はなのさきに紅粉《べに》をつけ、色どりて見給に、ゐにかきてさへ見ぐるしく、わが御かほの鏡《かゞみ》だいのかゞみにうつれるが、きよくうつくしければ、御はなのさきにべにをぬりて見給ふに、かくうつくしき顔《かほ》さへ、はなのさきのあかきは見ぐるしきを、むらさきの君見給ひて、手をうちてわらひ給へば、光君、

「わがはなのさきあかく、かたはになりたらば、いかにしたる物ぞや」

との給へば、

「うたてこそあらめ」

とて、さながらしみつきやせんと、あやうく思ひ給ふけしきのおさなく、あどなきもおかしく、そらのごひをして、

「さらにこのべにはおちぬぞや。せんなきたはぶれごとをして、きのどくなる事ぞかし。御門《みかど》の「いかゞしつるぞ」と、とはせ給はんとき、なにとか申わけもせん」

と、まことしやかにの給へば、むらさきの君あきれたる御かほつきにて硯《すゞり》の水《みづ》にかみをぬらしてぬぐひ給へば[9]、
光君、

「すみを付そへ給ふなよ。

むかし平仲《へいちう》といひしてれんもの、さるよねをくどくとて、

「さりとはつらき御しんのほど、うらめしきぞや」

となくまねをして、硯《すゞり》の水入《みづいれ》の水を、よねのみぬやうにそろりと目《め》にぬりて、なみだのおつるふりに見せかけしに、かのよねすいにてそのてをくはず。かさねてその水いれにすみをすりいれておきけるを、平仲《へいちう》これをばゆめにもしらず。またまへのごとく、水入のみづにてめをぬらし、ひたすらなくまねをして、くどきければ、かのよね鏡《かゞみ》を取よせ、灯《ともしび》をかゝげかほを見せて

　われにこそつらさは君が見すれども
　人にすみつくかほのけしきに

と、よみてわらひければ、

挿絵25　二条院で絵を描く源氏と紫の上

（11オ）

「なむさんてれんがあらはれた」

とて、平仲《へいちう》にげていにけるとかや[10]。

墨《すみ》のつきたるはあかきにははるかにおとるべし。べにはさまでもにくからず、」

とたはぶれ給ふさま、おかしきいもせの御中なりけり。

春《はる》の日かげもうら丶かなるに、いつしかかすみわたれるつき山のうへごみ[11]、梢《こずへ》も心もとなき中に、梅《むめ》はとりわきはやくほころびたるもめづらしく、南《みなみ》のきざはしのもとなる紅梅《かうばい》、いつとてもはや咲《さき》にて、色づきたるを見給ひて」10（挿絵25）

源　くれなひのはなぞあやなく《＼益なく也》うとまる丶

　むめのたちえはなつかしけれど

すへつむ花の、鼻《はな》のあかきにおもひよそへられて、尋常《よのつね》はおもしろきこうばいまで、うとくおもひなさる丶も、笑止《せうし》なることぞと、きのどくに思ひ給ふ御けしきなり。か丶る人々のすゑ〴〵いかならんとゆかし。」11

（跋）

源氏物語を俗語にうつせる訳《わけ》は、わかくさにつまびらかなり。凡《およそ》この物がたりを見るに、第一その時代《とき》と、その人の位所《くらゐ》とをよくのみこむが肝要《かんよう》なり。時代といふはたとへば唐《もろこし》の伏犠《ふつき》神農《しんのう》黄帝《くはうてい》堯《ぎやう》舜《しゆん》これを五帝《てい》と申奉《たてまつ》りて四百余州《ひやくよしう》の主《あるじ》なり。こちのとなりの医者《いしや》どの丶、正月八日に神農《しんのう》の絵《ゑ》じやとて床《とこ》にかけておがまる丶を見れば、木《こ》の葉《は》をあつめて小《こ》そでとなし、くしもなきやらかみもみだれて、おどろのごとくおそろしげなるありさまなり。

天子《てんし》さへかくのごとくなれば、ましてそれより下々《しもぐ》はよるはだかなることうたがひなし。

さてその五帝《てい》のうち、堯王に娥媓女英《がこうじよえい》とて二人の御むすめおはします。手《て》ずから桑《くは》のはをつみて蚕《かいこ》をかい、手をりをしてきさせ給ひしとかや。その御むすめを二人ながら一どに、舜《しゆん》王の后《きさき》にせさせ給ふ。姉《あね》といもとをならべての御とこ入、今《いま》の世《よ》から見ては、とつといやしきうらやせどや〔12〕のものにもせよ、あねといもとをならべて女房《によぼう》にするならば、人《じん》りんにあらずとて五人ぐみをはなれ、所をおはるゝにてあるべし。これをよくがてんすべし。堯舜《げうしゆん》の御代《みよ》には、人の心すなほにてたゞありなれば、さはう、はつとゝいふ事もなく、あねといもとをならべて、とこ入するは、あしきことゝもよきこととも、これになにの心なし。すこしなりともあしきことゝ心づき給はゞ、堯舜の御代とて今《いま》にしたひ奉《たてまつ》る程《ほど》の聖人《せいじん》、いかでかさやうにはせさせ給はん。

それより代々をへて、だん〳〵人の心せちがしこくなるにしたがひ、しやうわるもあれば、さはうはつとゝいふ事いできて、姑母姪《をばめい》をば、女ばうにせぬはづじや、伯父甥《おぢをい》を」12おつとにもたぬはづぢやと、いふ事をしりたり。これを知てなすは、大きなるあくじなり。

わがてうもさのごとく、千《ち》はやふる神代には、人の心すなほにして、なにのはつとおきてといふ事もなければ、今《いま》の世のせちがらきめから見ては、わけもなきやうなる事どもおほかるべし。

このものがたりもさのごとく、七八ひやく年いぜんのしよなれば、いま時《どき》の人にあわぬことゞもあり。それはその時よと見るがよきなり。さてまたくらゐといふは、このしよおほくは、貴人高位《きにんかうい》の事をかきたるものなれば、下々町人百性《したぐまちにんひやくしやう》の身にひきあてゝ見るは、おほきなるさうゐなり。所といふもさのごとく、たゞその人の、行跡《かうせき》のよしあしをよく見わけて、善事《よきこと》はわが身のおしへとなし、あしきことはみごりして〔13〕、わがいましめしなす（ママ）べし。

この書もとより人々のこのむ所の、色のみちより引いれて、仁義《じんぎ》五常《ごじやう》の道をおしへ、むじやうへんゑき[14]のことはりをしらせ、因果《いんぐわ》をしめし、中道実相《ちうだうじつさう》の理をさとらしめて、終《つい》には仏道にゐんだうせしものなり。しかりといへども、たゞ一二巻を見たばかりにては、その人の始終《しじう》しれざるゆへに、その益《ゑき》すくなくして当座《とうざ》のなぐさみのみなり。はじめきりつぼのまきより、終《おはり》りゆめのうきはしの巻まで、とつくと見とゞけなば、普《あまね》く人情《ぜう》に通《つう》じて、男子《なんし》は家をたもち、身をおさめ、女子は父母に孝《かう》をつくし、よめいりして、いかほど邪見《じやけん》なる姑《しうとめ》にもよくつかへ、夫《おつと》の性悪《しやうわる》もおのづからやみ、下々《したゞ》をめぐみなつけて、世界《せかい》のよめの手《て》ほんにも成べし。

「まゝごとをやめてよく見よ」

とて、かのちいさきむすめにとらせ侍りぬ。[13]

注

[1] 橙、野老、ほんだわら以下、正月の蓬莱の飾りに必要なもの。

[2] 年代を経た蒔絵。

[3] 重々しい。

[4] 『源氏物語』本文では「まきほさん」。

[5] 論外な。

[6] 「さし」は接頭語。心得る。

[7] 着似す、で似合うということか。

[8] 本文「こど」。

[9] この箇所、河内本の本文に拠る。『湖月抄』の注記にヒントを得たか。

【巻六】

〔10〕『湖月抄』の引く『河海抄』の説の引用か。
〔11〕植え込みのこと。
〔12〕裏家は、路地などに立てられた家。背戸家は他家の裏にある家。どちらも貧しい家のこと。
〔13〕見て懲りること。
〔14〕無常変易。

梅翁『紅白源氏物語』

【巻一】

（序）

よし野山の花《はな》を、雲《くも》と見給ひ、立田川《たつたがわ》の紅葉《もみぢ》を、錦《にしき》と見しは、万葉《まんよう》の古風《こふう》。市女笠《いちめがさ》着《き》てつぼほり出立《でたち》[1]の世《よ》もありしとかや。爰《こゝ》に梅翁《ばいをう》が花濃宴《はなのえん》、もみぢの賀《が》の両巻《りやうまき》を全六冊《ぜんろくさつ》となして、紅白源氏物語《こうはくげんじものがたり》と名付《なづけ》しは、時移事《ときうつりこと》去《さり》て愚癡《ぐち》なるものずきもすたり、幅広《はゞびろ》のむすびさげ、虹染《にじぞめ》の抱帯《かゝへをび》かゞ笠《がさ》にくけ紐《ひも》、白《しろ》むく紅《ひ》むくの色《いろ》めきたる、当風《たうふう》のよねの、端手成仕出《はでなるしだし》に、よく移《うつる》といふ事《こと》にや。見《み》る人心《ひとこゝろ》を付《つけ》ば、勧善懲悪《くはんぜんてうあく》《すゝめㇾよきをㇾこらしㇾあしきを》の助《たすけ》と成《なり》て、其益《そのゑき》すくなからじといふ事しかり。

洛陽散人

容膝軒（「■隠」印）

于[2]時

宝永六年和春」1

舞《まひ》ぶりもこゝろぐの

見やう

美《うつく》しすぎて祈神垣《いのるかみがき》

嫉妬《しつと》よりおこる

まゝ子にくみ

(本文)

朱雀院《すざくいん》の行幸《みゆき》は、神無月《かみなづき》の十日すぎとさだめられて、よのつねのみゆきにかはりて、おもしろき舞楽《ぶがく》、ことを尽《つく》しての御したく。大裏《おほうち》のよね達《たち》は、見給ふ事のならぬを口おしく、とりわけ藤《ふじ》つぼの御けんぶつなきを、御《み》門《かど》もほひなくおぼしめして、こゝろみのために、其日《そのひ》あるほどのげひづくし[3]、禁中《きんちう》にてせさせ給ふ。光君《ひかるきみ》は、青海波《せいがいは》と云《いふ》がくをまひ給ふ。あひてには御こじうとの頭中将《とうちうじやう》、きゐたふうなる男《おとこ》ぶり、しやうぞくつきのうつくしさ、「からくれなひに水くゝる」とよみし人のわかざかりも、かくやとおもはれ、ほかの公家衆《くげしう》にくらべては、かくべつなるものなれども、光君に立《たち》ならびては、花のかたはらのみやま木のやうにぞ見えける。

くれかゝるほどに入日《いりひ》さやかにさして、楽《がく》のこゑ〴〵吹《ふき》たてたる物《もの》の音《ね》のおもしろさ、[2]おなじ舞《まひ》のあしづかひ、かほのけしきのうつくしさ、又とせかひにあるべき事ともおもはれず。詠曲《ゑいきよく》うたひ給へるはこれや仏《ほとけ》の、かれうびんがの御こゑもかくやとおもしろくあはれなるに、御門御なみだをぬぐはせ給へば、親王達《みこたち》も公卿殿上《くぎやうてんじやう》人もなみだおとさぬはなし。詠曲《えいきよく》はてゝまひの袖うちかへし給へるを、待《まち》とりたる楽《がく》のにぎはゝしきに、御かほのすこし色づきて、つねよりもいとゞひかる君とみへ給ふ。

春宮《とうぐう》の御母《はゝ》、女御殿《にようごどの》は、光君のあまりなるまでうつくしき御かたち、なに事に付ても不足《そく》なるところもなく、せかひの人のめをおどろかし給ふありさまを見給ふにつけても、にくゝ、ねたましくて、「むまれつきの諸《しよ》人にすぐれてうつくしく、げいのふ[4]にきようなるものをば、山《やま》の神《かみ》や竜神《りうじん》がほしがりて、とりてゆくときゝつたへたるにひかるきみも、あまりにうつくしすぎぬれば、いつぞのほどには、[3(挿絵1)]龍宮《りうぐう》へむこ入して、おとにきこへし、おと姫《ひめ》とちぎりをこめ給ふべし。かへす〴〵もあやうきこと」

ゝの給ふ。御そばにありける女中衆《じよちうしう》、みな詞《ことば》にはいださねども、情《なさけ》なくおそろしき御こゝろの、ほうかいりんき[5]やと、中《なか》にもわかひ女中の、光君へ心かけたるはとりわけ耳《みゝ》にとゞめけり。

ふじつぼの女御《にようご》は、ひかる君とふづくり[6]の、不義《ぎ》のふるまひなかりせば、心の鬼《おに》の空おそろしきゑんりよもなく、いかばかりおもしろくも、うつくしくも、見まいらせんとおぼしめすにつけても、ありし夜《よ》の事おもひいだされて、ゆめのこゝちし給ふ。そのよはすぐに」4ふじつぼ御とのゐなりければ、御門《かど》御床《とこ》の内にて、

「けふの舞楽《ぶがく》は、青海波《せいがいは》大あたり、ほかの舞《まひ》にはめもうつらざりし。そもじはいかゞ見給ひしぞ」

とのたまへば、藤《ふじ》つぼは心のおにゝおそろしくて、御口《くち》もとずるやうなれば、

「まことにおもしろく候ひし」

とばかりの給ふにも上気《き》して、かほのいろやかはるらんとおぼえ給ふ。

「あいての頭中将《とうちうじやう》もわるうはなかりし。まひぶりどこやらが、地下《ぢげ》のものとはかくべつにて、世間《せけん》にその名《な》たかき、まひの上手《じやうず》といへども、大やうになまめいたるさまは、なか〳〵堂上《とうしやう》におよばず。天《てん》のゆるせる位《くらゐ》といふもの、いやといはれぬことなり。こゝろみのあしぞろへに、かくしよげいをつくしぬれば、かんようのもみぢ見の日《ひ》は、おもしろさもおとりなんとはおもへども、そもじに見せんばかりに、けふの舞楽《ぶがく》はもよほせし。おろかならぬちんがこゝろをくみわけ給へ」

と、これを御たはぶれのはじめにて一しほそのよはおもしろき御詰《つめ》ひらき[7]なるべし。

あくる日《ひ》は、まだほのくらきに、ひかるきみより、ふじつぼの御かたへ御文つかはさる。

　きのふはいかゞ御らんじけん。おもひみだれたる心のうちはまたよにしる人もなき事《こと》ながら

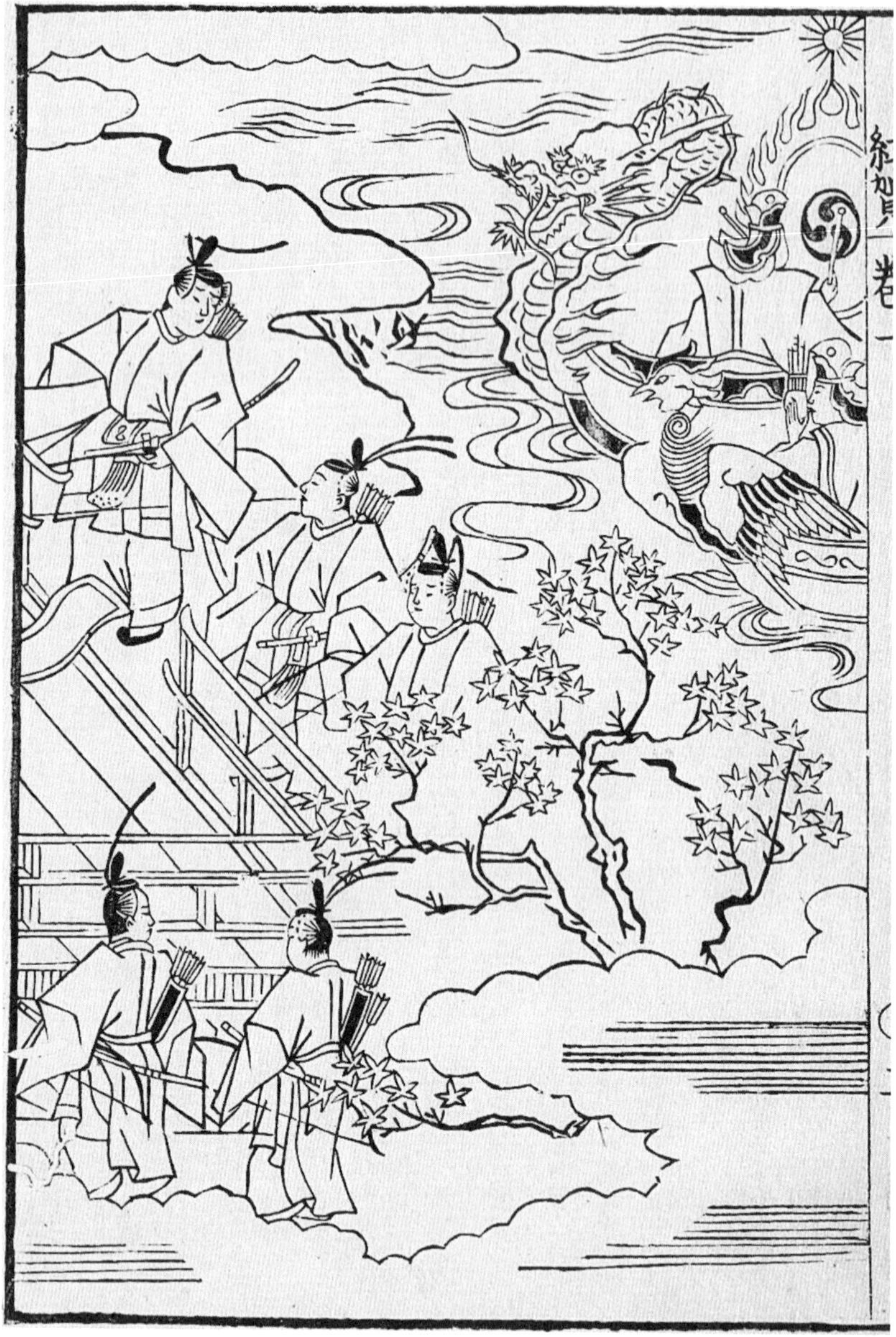

挿絵1　源氏と頭中将、青海波を舞う

（3ウ・4オ）

光君＼ふじつぼの御事を心にかけて物おもひのたへぬ身にはまひなどのきげんは物おもふにたちまふべくもあらぬ身の
　　袖うちふりしこゝろしりきや
　　　なけれどもこのたびはふじつぼに見せたてまつらんとの御事ゆへにせいをいだしてまひたりし心ざしはしりしり（マヽ）給ふやとなり。
　あなかしこ。

とあり。日ごろは御返事《へんじ》もし給はざりしが、」5なさけにひかるゝ色《いろ》の道、きのふの光きみのうつくしさ、どうもいはれぬ御しなし、こればかりは、神もほとけもゆるさせ給へとて、
　唐人《から》の袖ふることはとをけれど
　たちゐにつけてあはれとは見き
　　がくは、いづれももろこしよりはじまりたり。こまもろこしのがくを、ひだりみぎにわけてまふなり。青海波《せいがいは》はもろこしのがくにてひだりなり。うたの心は、もろこし人の袖ふるは、とをきことなればしらず、きのふの、ひかるきみのまひぶり、たちゐにつけておもしろかりしとなり

「大かたならぬおもしろさに」

と、さらりとしたる御返事《へんじ》を、光君は、かぎりなくめづらしく、うれしきやら、かたじけなきやら、おしいたゞきて見給ふ。まづはすみつきのうつくしさ、ことにきのふの、青海波《せいがいは》といふがくは、もろこしのがくなれば、とをき国《くに》のことまでもよくしつて、よませ給へる御哥《うた》のこゝろばへ、つゐには后《きさき》にたゝせ給はん御きりやうぞと、ひとりゑみして、うちおかず、持経《ぢきやう》のやうに両手《りやうて》に引ひろげて見ゐ給へり。

　さて行幸《みゆき》の日は、親王《しんわう》大臣《じん》はいふにおよばず、世《よ》にあるほどの人はのこらずまいりつどひ給ふ。春宮《とうぐう》もおはします。ひろき池《いけ》のおもてにうかび出《いで》たるがくの舟《ふね》ども、こまもろこしとこぎわけて、つゞみのをと、ひゞきわた

りて、そのおもしろさ、かの心みの日《ひ》、光君の、青海波《せいがいは》まひ給ひし御ありさま、ひかりかゝやきて、まことにこのよの人ともおもはれず、うつくしきとも、見ごとゝもいはんやうもなかりしを、あまりおそろしきほどにおぼしめして、御門《かど》より諸寺《しよじ》諸山《ざん》にて、御きたう」6せさせ給ふを、世間《せけん》の人ももつともなる御ことぞや、よそに見たてまつりてさへ、神などのかくし給ふこともやと、あやうくおもはるゝに、まして父《ちゝ》御門《かど》の御心には、さこそおぼしめすらん、ことはりなりといはぬものもなかりしに、春宮《とうぐう》の御はゝ、こうき殿《でん》のにようごは、よの中にむかしから、見めのわろきを神《かみ》やほとけにいのりたるためしはあれど、うつくしすぎて、あやうきとて、きたうをするといふことは、きゝもおよばぬこと、あまりにあながちなる御門《かど》の御こゝろとにくみ給ふ。これをおもふに、上らうもしたゞ〳〵も、まゝ子《こ》にくむと、りんきするとはかはる所なし。

行幸《みゆき》の日は垣代《かいしろ》とて、舞台《ぶたい》のめぐりにたちならぶやく人《にん》まで、殿上《てんじやう》人、地下《ぢげ》のも、いまのよにこれはと、人のさたするばかりをすぐりて、宰《さい》相ふたり、左衛門《さへもん》のかみ、右衛門《ゑもん》のかみ、ひだり右とわかれて楽《がく》の奉行《ぶぎやう》。そのころは舞《まひ》の上手《じやうず》のおちぶれて、裏《うら》やせどや[8]にかくれいたるを、たづねいだして、をの〳〵われましに[9]まひどもならひたまへば、きのふまで手《て》なべさげて、すゝはな[10]たらせしおやぢ、俄《にはか》に時《とき》をえて、高位《かうゐ》のまじはり。びんのそゝけをさねかづら[11]のしづくにひからせ、ゐぼしきてありくもおかし。

四十人の垣代《かいしろ》、舞台《ぶたい》のめぐりをとりまきて、ふきたてたる笙《しやう》、ひちりき笛《ふえ》の音《ね》、御庭《には》のつき山のまつかぜにひゞきあひ、まことのみ山おろしのやうに、吹《ふき》まよひて、木《こ》のはのいろ〳〵ちりかふ中《なか》より、青海波《せいがいは》まひ給ひて、光君の、かゝやき出《いで》させ」7給ふ御ありさま、おもしろきといふも、見事なりといふもたいていなること、これはたゞぞつとして、おそろしきほどなり。かざしのもみぢちりすぎて、御かほのうつくしさに、けをされたる心ちすれば、御庭前《ていぜん》のまがきのうちより、菊《きく》のはなをおりて、左大将《さだいしやう》さしかへさせ給ふ。

日もやう〳〵くれかゝるほどに、けしきばかりうちしぐれて、空《そら》のけしきさへ、心ありがほなるに、光君のうつくしき御かほに、菊のいろ〳〵うつろひて、えならぬをかざして、けふは一しほ、入《いり》あやの手をつくしてまひ給ふさま、そゞろさむく、ちりけもと[12]からぞつとして、このよのことゝもおもはれず、生《いき》ながら仏の御国《みくに》にに（ママ）むまれたるかとうたがはるる。なに見しるまじき、八瀬《せ》や小原《おはら》のたきゞうり、御庭掃《にははき》にめされて、遠《とを》きうへごみ[13]の中に、かゞみゐたるものどもまで、しぜんとなみだおとして、のりのこはき布子《ぬのこ》のそでをぬらしぬ。

此つぎには承香殿《せうけうでん》の女御《にようご》の御腹《はら》の四の宮、まだおさなくて、秋風楽《しうふうらく》といふ楽《がく》を、まひ給へるぞ、せいがいはにさしつゞきてのけんぶつなり。これらにおもしろさのつきぬれば、ほかのまひにはめもうつらず、けつくことざましなりける。

その夜《よ》、光君、正三位《ゐ》、頭中将《とうちうじやう》正四位下にならせられ、そのほかの公家衆《くげしゆ》まで、それ〴〵にくらゐをまし給ふもみなこの光君に、ひかれてよろこびし給へば、なにゝつけても、人のめをおどろかし、心をもよろこばせ給ふ、光君のさきの世ゆかしく、もしや前生《ぜんじやう》には上京《かみきやう》に内蔵《うちくら》の百もつくりならべて、金銀《きんぎん》は湯水《ゆみづ》のごとく」8（挿絵2）つかひすてゝもへることのなき、大臣《じん》しかも慈悲《じひ》ぶかく、色里《いろさと》のあそびにも、せつくまへ[14]にせはしくせがまるゝ女《じよう》郎《らう》には、借銭《しやくせん》をすましてやり、またはれき〳〵の牢人《らうにん》のむすめ、せんぞは頼光《らいくはう》の、奥《おう》しう責《ぜめ》の時《とき》ひるひもなきてがらをして、おぼえのある刀《かたな》、ぬりした地《ぢ》の見ゆるほどはげたる、朱《しゆ》ざやのこじりがつまりて、ぜひなくうられてくるわのつとめ、死《し》なれぬ命《いのち》のつれなきを、なげくたゞひはきゝとゞけて身うけしてやり、引《ひき》ふね[15]、大こ[16]、やりて[17]、揚《あげ》や[18]は、いふにおよばず、にはばたらきの久三《きうざ》[19]、めしたきの杉《すぎ》[20]までに、うれしがるものをたんととらせ、この大じんのちのよには、見るほどのよねにかはゆがられ、しゆ人《にん》あひきやう[21]あれと、朱雀《しゆしやか》のみちに袖《そで》ごひする」9乞食《こつじき》まで、信心《しんじん》をこらして、いのりける、人のむまれかはりにやと三世相《さんぜさう》[22]見とをしのはか

挿絵２　葵の上、女房たちの、源氏に関するうわさ話

（９オ）

せもがな。こればかりはたづねたし[23]。

さてその比《ころ》、藤つぼは御里《さと》へさがらせられ、ゆるりと御休足《きうそく》のていなれば、光君はよきしゆびもやと、人めのせきのひまをうかゞひありき給ふほどにあふひのうへの御方《かた》へは、たえまがちにて、さびしきよるの御とぎにつきぐ〲の女中、あつまりて、くちぐ〲に光君の御うはさ、

「このころはとりわけ、性《しやう》わるにならせられ、一条院へたがむすめともしれぬよねをむかへとりてしのび給へど、ことのほかなる御てうあひ、御内《うち》のものにもしらせじとかくす事はもれやすきよのなかにて、さるかたより、うけ給はり候《そふらふ》」

とかたるにぞ、葵《あふひ》の上《うへ》きかぬかほにはもてなし給へど、御心の中にはまことにつらき人心、たのむまじきは世の中ぞやと、おぼしめしたるけしき、口にいだしては宣《のたま》はねども、ひかる君もさすがにすいなれば、そこらは一めにがつてん[24]なれども、むらさきの君はいとけなく、まだまゝ事《ごと》のたはぶれにも、いろめかしきわけならぬを、あふひのうへはしり給はず、うらめしとおもはるゝは、ことはりながら、よのつねのよねのやうに、口《くち》にいだしてにくからずうらみ給はゞ、わが身も心うちとけて、

「むらさきのうへはいとけなく、ひゐなのとのをつくりすへ、はねつくてまり[25]いしな玉《だま》[26]、まだそのわけの道《みち》とては、ゆめにもしらぬあどなさの、色をはなれしたはぶれぞよ。かならずきづかひし給ふなよ」

と、ありのまゝにうちあけて、うらなくかたりなぐさめんに、うはべにはうつくしく、心の」10そこにくよ〱と、おもはぬすじにとりなして、うらみ給がうるさくて、我悪性《わがあくしやう》のほか心[27]もいづるぞかし。すじめといひきりやうといひ、どこ[28]ひとつなんをいはんきずもく（ママ）、ほかのよねとはかくべつにて、おさななじみのいとしさは、またならぶべきかたもなき、わが心をもしり給はぬほどこそあれ、つゐには見なをし給ふ、おりもあらん。うはき

にあらぬよねなれば、かる〴〵しくうつりぎの、ほかのおとこになびきつゝ、よもやおきざりにはしたまはじと、こればかりはするゑたのもしく思ひ給ふ。

かの二条院におはします、むらさきの君は、見なるゝほどうつくしく、心ざまのあいらしさ何《なに》ごゝろもなく、ひかる君になれむつれ給ふさまかはゆらし。しばしはみうちの人にもしらせじと思しめせば、はなれざしきをけつこうにしつらひ、われもとも〴〵入まじりて、あけくれあそびたはぶれ、てならひ哥よみ、ことひかせ、なにやかやとをしへ立給へば、たゞほかにてむまれたるむすめを、引とりてやしなひたつる心ちし給ふ。家老用《からうよう》人下《しも》ばたらきのおとこまで、こなたのは人わけして[29]、何《なに》ごとにも不足《そく》なくもてなさせ給ふ。惟光《これみつ》より外のものは、たしかにその人としらず。父《ちゝ》みやさまさへ、光君の引とり給ふとは、ゆめにもしり給はざりけり。

むらさきの君は、とき〴〵あま君をおもひいだして恋しがり給ふ事はあれど、それも光君の、うちにおはしますおりには、まぎれあそび給へども、よるなどは、とき〴〵こそとまり給へ、あふひのうへ、六条の御《み》やす所《どころ》」11(挿絵3)、こゝかしこの、御しのびありきにひまもなく、くるれば出給ふを、したひ給ふおり〳〵は、いとおしく、二三日大裏《うち》にさぶらひ給ひ、あふひのうへの御方《かた》に御滞留《たいりう》の御留守《(ママ)ろす》には、ことのほかさびしきに、たいくつし給ふよし、聞たまひては、ひかる君心ぐるしく、はゝのなき子をもちたる心ちして、ありき給ふもしづ心なし。

くらまの僧都《そうづ》も、紫《むらさき》の君はひかる君のかたへ、引とらせ給ふと聞給ひて、あやしや、いまなどおとこ心のあるべき年《とし》にもあらぬを、とはおもひながら心やすく、うれしくおもひ給ふ。僧都《そうづ》の御寺《てら》にて、尼君《あまぎみ》の法事《ほうじ》し給ふにも、光君より、さま〴〵御心をつけさせられ、ねんごろにとぶらひ給ふも、むらさきのゆかりまで」12あはれとおぼしめすなるべし。

ふぢつぼは、いまだ三条の御里《さと》におはしませば、もしや人めのひまもやと、ゆかしくてまいり給へば、命婦《みやうぶ》、

挿絵3　源氏と紫の上、仲むつまじく琴を弾く

（12オ）

中なごんの君、中づかさなどゝいふ、御そばさらずの女中《じよちう》をいだして、あつやさむやとあるべきかゝりに、さらりとしたるあいさつせさせ給ふ。

　これはあまりに、うと〳〵しき御もてなしとはおぼしめせども、色《いろ》に出すべき事ならねば、そこ〳〵にあいさつしてゐ給ふおりふしむらさきの君の御父《ちゝ》、兵部卿《ひやうぶきやう》のみや参り給へり。ふじつぼの御兄なれば、御さとずみのほどは、いよ〳〵御こゝろやすく、朝夕《あさゆふ》の御見まひ也けり。光君のおはしますよしきかせられ、やがて御《ご》たいめんあるに、兵部卿宮の御ありさま、なまめきて、よねにして見ば、あつぱれうつくしきものならん、またおんなの身になりて、このみやのやうにうつくしきおとこともものがたりせば、いかばかりうれしくも、おもしろくもあらんと、いろめきたる、御心のうちには、かた〴〵なつかしきさまにかたらひ給へば、兵部卿のみやも、つね〴〵よりもうちとけて、わが御むこなどゝはおもひもより給はず、むらさきの君の御ことを引とり給ふとは、ゆめにもしり給はぬことなれば、光君のうつくしさ、よねになりて見ばうれしからんと、これもおとらぬ色ごのみにて、たがひに御心のうちにおもひかはして、しみじみとかたり給ふほどに、日もくれぬれば、兵部卿のみやは、ふじつぼのおはしませしみすの内《うち》へ」13いらせ給ふ。

　光君はうらやましく、とびたつばかりにおもへども、人めを中の関守《せきもり》にて、すご〳〵ととゞまり給ふ。おさなきほどは、御門の御もてなしにて、藤つぼのみやへも、ちかくまゐりなれ、御物語《ものがたり》などせしものを、したの心はかよへども、人めの関のわりなさに、うと〳〵しく、もてなし給ふもうらめしく、すこしはせかるゝも、わが身ながらぐちぞかしと、おもひしづめて、女中を御とりつぎにて、

「しげ〳〵御見まひ申さんなれども、さしたる御用《よう》もあらざるには、おのづからおこたり候を、にあはしきことも候はゞ、御こゝろをきなく、おほせつけられば、いかほどかありがたからん。よきほどにとりなして、申あげ

挿絵4　源氏、三条宮に藤壺を尋ね、兄の兵部卿宮と対面する。（14ウ・15オ）

巻一
十四

させ給へ」

とて出給ふ。

御中立せし命婦」14（挿絵4）も、いまはふづくり[30]すべきてだてもなく、又ふじつぼの御心には、光君とのわけのこと、もしよの中《なか》にもれやせんと、ありしにまさる、うきふしに、おもひしづませ給ひて、御心もとけぬけしきなれば、ちよつとてくだの御はなしを、いひ出さんも、どこやらがはづかしういとおしければ、むなしくてすぎゆく月日《つきひ》、はかなきちぎりやと、たがひに御心のうちには、おもひみだれ給ふことゞもつきせずとぞ。」15

注

[1] 壺装束のこと。
[2] 「于」版木の欠けで「十」に見える。
[3] 芸を出し尽くすこと。
[4] 芸能。
[5] 法界悋気。自分に関係ないことに嫉妬すること。
[6] 文作。人をだますこと。
[7] 応対。
[8] 裏家、背戸家、どちらも貧しい家のこと。
[9] 我先に。
[10] 鼻水。
[11] 頭髪油。
[12] 身柱元。くびすじ。
[13] 植え込み。

【巻一】

〔14〕節供前。決算日。
〔15〕引舟女郎。
〔16〕太鼓持ち。
〔17〕遣手婆。
〔18〕遊女を呼んで遊興する店。
〔19〕下男の通称。
〔20〕下女によく使用される名前。
〔21〕衆人愛敬。多くの人に愛され、敬われること。
〔22〕過去・現在・未来の因果吉凶を判断すること。
〔23〕このあたり、原文から大きく外れる。
〔24〕一目でわかるということ。
〔25〕跳ね回る手鞠。
〔26〕小石遊びに使う小石。
〔27〕よその人に惹かれる心。
〔28〕本文「どご」。
〔29〕人を選んで。
〔30〕人をだますこと。

【巻二】

せちがしこく
なりて
弥生《やよひ》三日切《ぎり》

習《なら》はねど知《しる》妹背《いもせ》の道《みち》

むかしは元日《ぐはんじつ》から
大晦日《おふみそか》まで
雛遊《ひいなあそび》

（本文）

むらさきの上《うへ》の御めのと、少なごんは、おもひもよらぬけつかうなるめにあふ事かな。これもひとへに過《すぎ》させ給ひし尼君《あまぎみ》の、あさゆふのつとめにも、むらさきのうへの御ことを、神仏《かみほとけ》に、いのらせ給ひしるしありて、むすぶの神の、御ひきあはせとありがたく、わが身につもるとし月のこともわすれて、一日《にち》もはやくおとなしくならせ給へかし。いまさへ光君《ひかるきみ》の御心《こゝろ》ざしあさからぬに、ましてやなさけのみちをしり、色をみがゝせ給ひなば、いま一《ひと》しほの御もてなしもふかゝらん。しかしながら、あふひのうへはおさななじみ、なに事につけても、ふそくなくきつとひかへておはします。そのほかこゝかしこの、後家《ごけ》むすめの色《いろ》あるをば、心《こゝろ》にかけてかよはせ給ふ所《ところ》あまたあれば、むらさきのうへのおとなしくならせられ、物のこゝろをしり給はゞ、むつかしき事どもやいできなん。さりながら、とりわけて御心ざしあさからぬは、もの事《ごと》にしるければ、すゑたのもしくおもはれける。

あま君はすぎし九月、はかなくならせ給へば、母方《はゝかた》の御服《ぶく》は三月《みつき》にて、師走《しはす》がはてなれば、大晦日《みそか》はさいわい一とせのおはり、千とせの春《はる》をまつよひなれば、色《いろ》ある御こ袖《そで》にめしかへさせ給ふ。はゝうへにははやくはなれて、うばやしなひにてそだち給へば、おんのほどもかくべつとて、遠山《とをやま》あけぼの、虹《にじ》ぞめなどの、だてもやう[1]はゑんりよして、くれなひ山ぶきむらさきの、むじのおり物の御小袖《こそで》にあらたまりたる御すがたどうもいはれぬ、とりなりなり。

一よあくれば、かけこひ[2]のさわぎもやみて、いつしかのどかなる春のあけぼの。おめでたいのこゑ、いへなみのれいしや[3]の雪駄《せきだ》のおともしつるなるに、光君は、神武天皇《じんむてんわう》よりはじまりし、朝拝《てうはい》にさんだいし給ふとて、」2（挿絵5）むらさきのおはしますかたへ、さしのぞき給ひて、

「けふよりはあらたまる春《はる》のはじめ、としひとつかさね給ひて、おとなしくなり給ふや」

とて、につこりとゑみをふくませ給ふ御かほつき、あひきやうもこぼるゝほどなり。むらさきの君はとくをきて、いつしかひゐなあそびをはじめて、三じやくの御厨子《みづし》一かざり、そのほかちいさき家どもつくりならべて、まいらせられしを、とりひろげていたまひしが、あけてめでたき春《はる》の御《ご》あひさつもなしに

「もうし夜部《よべ》おにやらひをするとて、いぬきめが、雛《ひゐな》の家《いゑ》をうちこはしたるぞ、はやくつくろはせばや」

と、しよゐんのひとつも、うちこはしたるやうに、大事《だいじ》とおぼえて」3まづうつたへ給ふもあどなくてあいらしければ、

「まことに心なしのいぬきがしはざかな。いまつくろはせてまいらせん。けふはとしのはじめなれば、こといみして泣《なき》給ひそ」

挿絵5　紫の上の雛遊び

（2ウ・3オ）

畫 奥村政信

とていで給ふ。御ありさまかゝやくばかりなるを、女中のこらずいでゝ、すだれのひまよりのぞきて見たてまつる。むらさきのうへも見おくり給ひて、やがてひゐなのうちに、とりわきうつくしきを、ひかる源氏《げんじ》の君となづけつくろひたてゝ、参内《さんだい》なさるゝまねをしてあそび給ふもおかしく、

「ことしよりすこしおとなしくならせ給へ。十にあまるおなごはあらひ粉《こ》にてみがきたて、おしろいぬるやら、口《くち》べにさすやら、人もをしへぬ色《いろ》をふくみて、ひゐなあそびはせぬものを、ことさらきみは、光君とて、世間《せけん》の人のうらやましがるおとこをもたせ給ひて、ひゐなあそびをし給ふものか。あるべかしくしつとりとおとなしくて、まみえ給へ。御ぐしけづるほどだに、物うき事にせさせ給ふ。ちとたしなまんせ」

と、あそびにばかり心いれ給ふを、はづかしとおもはせまいらせんとて、少なごんわざとわらひもせずにいへば、むらさきの上《うへ》、さてはわれはおとこもふけたり。少なごんやそのほかのものどもが、おとことてをり〳〵あひにくるをみれば、色くろくとしよりて見ぐるしきに、われはわかくてうつくしく、かはゆらしきおとこをもちたるぞと、いまといふいましり給ひける。これぞまことに天性《てんせい》の、いろのみち、御としひとつかさね給ひし、しるしなるべし。」4かくおさなきけしきことにふれてしるければ、み内《うち》の人〴〵もあやしく、こゝろへぬことゝはおもへど、これほどにおさなくて、物心しり給はぬ御そひぶしとは、おもひもよらざりけり。

光君は大裏《うち》より、すぐに御しうとの大殿《との》へいらせ給。あふひのうへはいつとても、うちとけぬ御ありさまにて、にこやかなるけしきもなければ、ことしよりだにあらためて、なさけらしき一言《こと》ものたまはゞ、いかばかりうれしからんとて、御そばへよりそひ給へども、二条院《でうのいん》へ色よきよねをおき給ひて、おろかならぬ御もてなしときゝおよび給ひしかば、いとど心おかれて、うとくはづかしく思召《おぼしめす》御けしき、光君もすいなれば、そこらはさ

つし給へども、いまさらいひわけも、せうこがなければ、たちがたし。とやかくと、その事にとりあいては、あしかりなん。見しらぬふりにてぬれかゝり、いかほどかたきあいさつなりともやはらげて、たはひもなくしてやるが、ひごろのすいのはたらきぞと、なにとなしにこなたから、とけてみだれてたはぶれ給へば、あふひのうへもさすがにこゝろつよからで、にくからず、御あいさつなどし給ふさま、またとあるよひよねぞかし。

光君はことし二八[4]にならせ給。あふひのうへは、二十二さい、よつほどのとしまさり、色《いろ》も香《か》もとゝのひて、いまこそはなのさかりなる、このよねに、どこひとつふそくなる所もなし。わが心からしやうわるな、かなたこなたへかゝづらひ、うらみらるゝもわれからと、おもひしられ給。

御父《ちゝ》はおなじ大臣《じん》と、一くちにいへども、ほかのとはかく別《べつ》に、世間の人」5(挿絵6)もやんごとなくあがめ奉り、ことに御母もみやさまにて、たゞひとりもたせ給ひし、御むすめ、御両親《りやうしん》の御いつくしみかぎりなく、なにごとにつけても御心にかなわぬことなく、ありたきまゝにおはしませし、御心おごりに、光君の性《しやう》わるにて、かなたこなたへうつり気《ぎ》の、たゞ一すじによがれもなく、かよひ給はぬうらめしさに、むつとげなる[5]御あいさつなるべし。

こなたはまた女はおとこにまかする身《み》、上《かみ》は后《きさき》より、しもは、青菜売《あをなうり》の女房《にようばう》まで、おなじおきてなり。とゝがあをなうつてかへれば、かゝは洗足《せんそく》のゆをわかし、にばな[6]のちやをのませ、

「まいにちのことぢやのに、けふはことさらみちがわるふて、一しほくたびれさんしてあらふ」

とて、こしをさすつてやり、きをとるが女のならひ。」6大臣のむすめ、宮さまばらなればとて、女にかはりはなし。ことさらわれも帝王《ていわう》のいつきむす子、なにおとりて、女ぼうのきをとらんと、たがひにいどみ心にて、しつくりとせぬ、御中らひなりける。御嫜《しうと》の大臣も、光君のかくたのもしげなき御しなしをつらしとはおもひ給へど、あ

挿絵6　葵の上を訪れる源氏

（6オ）

ひ見給ふ時には、うらみもわすれはてゝ、かしづきもてなし給ふ事恨《ぎり》（ママ）なし。

そのよはあふひのうへの御かたにとゞまらせられ、ひめはじめなにやかやと、あくればそう〳〵からいで給ふ所へ、御しうとの大臣殿《との》、さしのぞき給ひて、光君の御装束《しやうぞく》し給ひて、名だかき玉のおびをてづからもちておはして、御小袖のゑもん引つくろひとやかくと、御はきものを、とらぬばかりにし給ふも、御むすめ子のいとしきあまりなるべしとあはれなり。光君、

「是は禁中《きんちう》にて、内宴《ないえん》などの晴《はれ》なる御くはいにむすび候はん」

とのたまへば、

大臣「それはまだ、まさるも侍り。これはたゞめづらしきもようなれば」

とて、しゐてむすばせ給ふ。たまさかにも、かゝるきりやうのよきおとこを、むこどのとて出入させて見るにまされることとあらじと、おもひ給ふなるべし。

光君は年礼《ねんれい》[7]にもあるかせ給ふところもなし。たゞ禁裏《きんり》、仙洞《せんとう》、春宮《とうぐう》の御所《しよ》、さてはかのふじつぼのおはします、三条のみやへまいり給ふに、女中あまたあつまりて見たてまつる。

「けふはけしからぬほどうつくしく、御としかさねさせ給ひて、いよ〳〵さかりにけだかく、かはゆらしく、」7どうもいはれぬ殿ぶりぞや」

と、口〴〵にぞゞめきいへば、藤つぼは、御几帳《きてう》のほころびよりほのかにのぞき見給ふにつけても、御心のうちには、さま〴〵おもひみだれ給ふ事おほかりけり。

【巻二】

御産《さん》のこと師走《しはす》もさたなしにすぎて、正月《ぐはつ》はさう〳〵から、とりあげばゞも御そばをはなれず、御うぶゆ、金《きん》

銀《ぐ》のなべにて毎日《まいにち》わかし、女中のこらず、うか〳〵して、いまや〳〵とまちかけすがた、禁中《きんちう》にても御誕生《たんじやう》の御したくおびたゞしく、御心もふけどもあるに、つれなく正ぐはつもたちて、きさらぎはつむままいり[8]のみやげとて、錫《すゞ》やつぼ〳〵かざぐるま[9]、わかみやさまへの御みやにと、心ざしの宛《あて》がちがふて、

「これほど御さんのてまどるは、いづれふしぎなる事かな。」

「御もの丶けの見いれもあるにや」

と、さま〴〵にそゝやくを、ふじつぼの女御はきのどくにて、むなざんようの心おぼえも、たしかに光君とまくらかはせしは、卯月《うづき》のみじかよ、なにかたるまもなきに、せはしくなきし鳥《とり》の音につらきわかれのきぬ〴〵より、どうやら御中《おなか》がむつかしく、つゐかくものにはなりしぞかし。日数《ひかず》のつもるにしたがひて、世間《せけん》の人もふしんをたて、口さがなきおなごどもが、わるずい[10]して、とやかくと、とりざたせば、御《み》かども御心つきて、うたがはせ給ひなば、つゐにはこの事かくれなく、うきなやたゝんと、御心ひとつにくよ〳〵と、あけくれなげかせ給ふほどに、御こゝろのさはやかなる時」8もなし。

光君《ひかるきみ》はましておもひあたり給ふ事どもありて、御心《こゝろ》のうちにはもや〳〵すれども、色にいだすべき事ならねば、そのことゝはさたなしに、諸寺《しよじ》しよ山《さん》に御いのりどもせさせ給ふ。

ふじ壺《つぼ》は、世《よ》の中のさだめなきにつけても、かくはかなくてややみぬべきと、とりあつめなげき給ふに日《ひ》かずへて、二月十余日《きさらぎじうよつか》に味噌《みそ》しるもわきあへぬほど、やす〳〵と御平産《へいさん》。ことに玉《たま》のやう成《なる》おとこみこ、むまれ給へば、御門の御よろこびなゝめならず、あんじふくれし御内《うち》の女中《じよちう》にいたるまで、千よろづ世のことぶき、よろこぶ事かぎりなし。

藤つぼはいのちながらへて、ものをおもはんより、このつゐでに、ともかくもならばやとはおもひ給へど、こうきでんの御かたにて、おそろしきのろき《（ママ）》ごと、神木に釘をうち、人がたをつくりてはりをさし、

「このたび御産《さん》たいらかならず、母子《はゝこ》ともにむなしくなさせ給へ」

と、呪咀《じゆそ》し給ふと、内証《ないしやう》よりつげしらせたる人ありければ、これをきゝ給ひて、いのちにのぞみはあらざれども、このたびむなしくなるならば、こうきでんの御かたにて、

「そりやこそ見たか」

とわらはれんもくちおしく、がをいだしてすこしづゝ物などまいり、やう〳〵日かずへてさはやかになり給ひける。

御門いつしかと、ゆかしく思しめすことかぎりなし。光君はまして人しらぬ御心のうちには、かぎりなく心もとなく、人すくなゝるおりを見あはせ、御こしもとをつかひにて、

「御門《かど》のおぼつかながらせ給へば、わかみやを見まいらせて[9]御ありさまをも、そうもんもうしたくさふらふ」

と申入給へども、

「いまだむつきのうちにつゝまれてきたなげに候へば」

とて見せ給はず。ことはりや。

光君の御かほに、そのまゝのいきうつしなれば、いよ〳〵まがふ所《ところ》もなく、ふじつぼの御心にははづかしく、人やとがめん、ゆだんのならぬ世の中、さまでなき事をさへ、とやかくといひたてゝ、毛《け》を吹《ふき》、疵《きず》をもとむるに、つゐにはうきなのもれいでゝ、ためしなきなをやながさんと、おもひつゞくるにも、人やりならぬわが身ひとつのみおそろしくおもひ給ふ。

光君は命婦《みやうぶ》にたまさかにも逢《あひ》給へば、いろ〳〵ふづくり[11]給へども、いかなことふじつぼの御心、ありしあやまちをさへ、とりかへさるものならばと、くやしくおもひ給ふ、御けしきなれば、ぞんじもよらず、いかほどくどかせ給ひてもなにのかひなし。

「せめてわかみやを一め見たてまつりたきぞ」

との給へば、命婦《みやうぶ》、

「などかくあながちに、ゆかしがらせ給ぞや。やがてさんだいなされてから、御心のまゝに、だいつ[12]かゝへつもし給へかし」

とはいひながら、命婦も心のうちには、おぼえのある事なればいとおしく、光君も、さすがにみやうぶが心やすきとて、

「わかみやは、たしかにわが子《こ》だねにて、むまれさせ給ふ」

とは、しらぐ〳〵しくもえいはれず。たがいに心のうちにのみ、もやくや[13]わや〳〵としてかなしければ、

「いかならんよにか、藤《ふじ》つぼにあひまいらせて、人づてならぬ一ことを」10（挿絵7）もきかせまいらせんぞ」

とて、なき給ふさま見るめもくるし。

〳さきのよにふじつぼと光君といかやうにむすびしちぎりぞと也

光君　いかさまにむかしむすべる契《ちぎり》にて

このよにかゝる中のへだてぞ

あひ見たまふ事もなりがたきぞと也

「さきのよには、ふかきちぎりのあればこそ、かくわかみやもむまれ給ふらんを、見ることさへなりがたきはいかなるいんぐわのむくひぞや。心えがたきちぎりかな」

挿絵7　藤壺の出産場面

（11オ）

とのたまへば、命婦も藤《ふじ》つぼの、このわかみやの御事を、きのどくがらせ給て、おり〳〵おもひみだれ、人やとがめんとおぼしめす、御けしきを、見たてまつるにつけても、

「いらざる御せわぞや。わかみやは、御《み》かどの御子にておはしますぞ」

と、もぎだうにつきはなしたる[11]御あいさつもせず、

命婦見てもおもふ見ぬはたいかになげくらん
（ふじつぼの御事なり。わかみやを見たまふにつけても物おもひのおはしますにと也）
（ひかるきみのことなり。見給はぬがいよ〳〵なげかしからんと也）

こやよの人のまどふてうやみ
（こゆへのやみにまどふとなり）

「あはれに御心のやすむまもなき御事どもかな」

と、人やきゝつけんと、小ごゑになりてのあいさつ。光君は、てれんすべきてだてもなく、むなしくかへり給ふ。さてふじつぼは、人のものいひさがなき世をはゞかり給ひて、命婦をも、むかしのやうにうちとけても、めしつかはれず、たゞあまたあるこしもとなみにして、とりわけ御心やすきやうにしたまはぬは、もしやひかる君の中だちをせしゆへに、わけてしたしくおぼしめすぞと、人のきのつかぬやうにとおもひ給ふなりけり。命婦はその御した心を、しらねば、どこやらがまへかたのやうにもめしつかはれぬを、おもひのほかなるこゝちして、きのどくにおもひけり。

四月になりて、ふじつぼわか宮御ふた所ながら、大裏《うち》へいらせ給ふ。三月《つき》になり給ふに、おもひのほかおほきにて、ひとりでにおきかへりなどし給ふ。光君によく、にさせ給ひて、まぎるゝ所もなきかほつきを、てれんのありしことぞとは、御門《かど》ゆめにもしらせたまはず。おなじ御兄弟《きやうだい》の中にも、とりわきうつくしき、うまれつきは、よくにかよふものなりけりとおぼしめして、うつくしみ給ふ事かぎりなし。光君をわけていとおしくおぼし

めすに、御母方《はゝかた》のおもからねば、世の人のおもひつきかろ〴〵しく[12]やとおぼしめして、春宮《とうぐう》にもなし給はざりしを、いまとても口おしう、たゞの人にしておくは、あつたら御かたちありさまかなと、おしき事に思しめすに、このたびのわかみやは、いとやんごとなき御腹《はら》にて、光君にとりちがへるほどうつくしくてむまれ給へば、きずもなき玉の心ちして、かぎりなく御てうあひなさるゝを、ふじつぼは、ないしやうのちゝくりごとを、おもひ給へば、なにとやらきみあしく、むねのあくひまもなき御ものおもひなりけり。

いつとてもおくむきの御遊《ゆう》には、光きみをめして、みすのそとにて、御琴笛《ことふえ》の御あい手になさるれば、

「こなたへ」

とてめして、御門《かど》わかみやを、いだきいでさせ給ひて、

「御子たちあまたあるなかにも、その方ばかり、このわかみやのやうにいとけなかりし時《とき》より、あけくれそばにて、そだてしが、そのほうのおさなだちに、よくも〳〵にたるかな。ちいさき時にはいづれの子もかくあいらしき物にやあるらん」

とて、

「てうち〳〵かぶり〳〵[14]」

と、よねんもなくうつくしみ給ふを見給ふにつけても、上気《じやうき》して、御かほの色もあかく成《なる》こゝちそらおそろしく、またかたじけなくも、うれしくも、あはれにも、さま〴〵おもひみだれて、なみだもおつるばかりなり。わかみやの物がたりなどしてわらひ給へるが、うつくしきに、わが身ながら、これににたらばかはゆらしからんと、おもひ給ふぞあまりなるや。

ふじつぼは、みすのうちにて、御《み》かどの仰《おふせ》をきゝ給ふにつけても、わりなくかたはらいたきに、覚《おぼえ》ず」13わきのしたから、あせをながしておはしましけり。

わか宮を見るにつけ、御門のおほせをきくにつけ、心もかきみだるゝやうなれば御前《まへ》をまかり立て、二条院へかへらせ給ひ、うちふして、むねのやる方《かた》なきほどを、すこししづめてから、あふひのうへの御方《かた》へ、御いであらんとおぼしめすは、とかくなじみだけの、心やすきがかたじけなきとおもはるゝ。御庭《には》のけしき、おりしりがほにあをみわたれる中に、なでしこの、いまをさかりにさき出たるはなをおらせ給ひて、命婦がもとへつかはさる。御ふみはかさたかく、かきつくし給ふ事もあるべし。

光君よそへつゝ見るに心はなぐさまで《わかみやによそへて見るに心はなぐさまでけつくこひしさに》
　つゆけさまさる《なみだのみまさるとなり》なでしこ《〳子によせて》のはな

と、かき給ひたる御ふみを、命婦藤つぼの御まへにぢさんしたるに、おりふし御近所《きんじよ》に人もなければ、よきおりからとうれしくて、御めにかけ、

「たゞこのなでしこの花《はな》びらに、一筆《ふで》なりとも御かへりごとを」

と、そゝのかしまいらすれば、ふじつぼも御心のうちにはさすがにあはれにおもひしり給ふことなれば

ふじつぼ袖ぬるゝ露のゆかりとおもふにも《このなでしこは袖ぬるゝつゆのゆかりとおもふに》
　なをうとまれぬやまと《いよ〳〵うとみがたきとなり》なでしこ

と、かきさしたるやうにあそばしたるを、命婦《みやうぶ》はうれしくて、わがふみのうちへふうじいれて、光君へまいらせしに、いつものことなれば、なにのかひなき」14（挿絵8）命婦が、へんじならんとおもひよはりて、いそぎひらきても見給は

挿絵8　源氏、若宮について藤壺と贈答、思いに沈む

（15オ）

ず。ふじつぼの御かへりごとならば、とる手もおそしとはいしまいらせ、御げん[15]のこゝちせんものを、みやうぶが返事《へんじ》なれば、候べく候[16]のやりばなし。まゝとおもへどさすがにすてゝもおかずして、ふうじめをきりて見給へば、かの御手にて哥あり。これはとおもひかけぬにむなさはぎして、うれしきにも涙《なみだ》おちぬ。てにもちながらどうしたいんぐわなゐんじややら、こひしゆかしといふ事もよひほどがあるものぞと、わが身ながらつくぐとおもひねにねてみれど、ねられもせず。やるかたなきこゝちすれば、れいのなぐさめには西《にし》の台《たい》のむらさきの御かたへまいり給ふ。

帯《をび》しどけなく」15ひきむすび、そゝけたるびんつき、ざれたるうちきすがたにて、笛《ふへ》をなつかしう吹《ふき》すさびて、のぞきたまへば、むらさきはありしなでしこの花《はな》の、つゆにぬれたるありさまにて、たれに見よとかたまくらの、ねかけすがたのうつくしさ、あいきやうはこぼれかゝるほどうつくしくて、光君のつねはほかよりかへり給ふと、そのまゝ御いであるに、けふはふじつぼの御ふみ御かへり見給ふとや、かくひまどりて、おそなはりたるがなまうらめしかりければ、いつもはまちかけてよろこび給ふに、なにとやらむつとげなるけしきにて、そむきゐたまへるもかはゆらしく、光君ははしちかき、えんがわにゐ給ひて、

「こちや」

との給へども、見むきもせず、

「入ぬるいその」

とくちすさびて、さすがにはづかしもようの、くちおほひし給ふしなしの、どうもいはれねば、光君、

「にくや。かゝる事いつのまに口なれ給ひけるぞ。たがひに守《まも》りあひて、見るめにあくは、よからぬ事ぞや」

とて、御そばへよりそひて、御琴《こと》とりよせてひかせ奉り給ふ。箏《さう》のことは十三絃《げん》あるなかに、とりわけほそききんの緒《を》は、調子《てうし》のあがるほど、たへがたきおとのするもうるさしとて、平調《ひやうでう》に柱《ぢ》をおしさげ引しらべて、むらさきのうへえさしやり給へば、さすがにうらみもはてず、かはゆらしく引給ふ、御てつきのしほらしさ、光君、ふえふきあはせておしへ給ふに、ことさらかしこくて、むつかしき調子《てうし》どもを、たゞひとわたりにならひとり給ふ。なに事につけてもとりまはしりはつに、さりとては、にくぶり[17]ならぬ御ありさまなれば、おもひしことのかなふぞと、光君はひとり笑《えみ》なるべし。

保曾呂倶世利《ほそろぐせり》といふ楽《がく》は、なこそにくけれど[16]おもしろきてのあるを、ふきすまし給ふ笛《ふえ》にあはせて、御琴《こと》はまだわかけれど、拍子《ひやうし》たがはず引とりたまふもあいらしく、やう〳〵日《ひ》もくれぬれば、火《ひ》ともして、絵《え》など見給ふに、こよひも光君は、出させ給はんとありつれば、御供《とも》のしたくよしとて、人〳〵たちさはぎ、

「あめふりそふなる空《そら》のけしきなるぞ。あまぐのようゐせよ」

といふ。むらさきの君は、光君の御留守《るす》には、さびしきにくたびれて、ゑをも見さしてうつぶして、おはしませば、いとおしくて、御ぐしのつや〳〵として、こぼれかゝりたるをかきなでゝ、

「るすのまはこひしくやある」

とのたまへば、うなづき給ふ。

「われも一日も見ねば、はつかもあひみぬこゝち、さはありながら、おさなきほどは、諸事《しよじ》心やすく、まづさしあたりて、くね〳〵しくうらむるよねの心やぶらじとおもひて、しばしかくもありくぞかし。おとなしく見なしては、ほかへとてはさら〳〵いでまじ。人のうらみをおはじとおもふも、このよに、ながうながらへて、そもじ

にあくほど見ゝえん[18]とおもふ事ぞかし」

など、こま〴〵とかたらひ給へば、さすがにはづかしくて、ともかくもあいさつはし給はず。やがて御ひざによりかかりてねいらせ給へば、そろりとかたづけて、ほかへゆかんもいとおしければ、御ともの人〴〵に、

「こよひはいでぬ」

とおほせいださるれば、おの〳〵やど〳〵へかへりてやすみぬ。むらさきをもおこし給ひて、さめ〴〵

やしよくなど、こなたにてまいる。

「こよひはほかへは行《ゆか》ぬぞ」

との給へば、うれしげになぐさみておき給ふ。もろともにものまゐるも、はかなげにはしぜゝり[19]」17（挿絵9）して、

と、御心かはりて、またほかへやいで給はんとあやうげにおもひ給へるも、あどなくいとおしらし。かゝる人を見すてゝは、たとへ極楽《ごくらく》よりむかひがきたりとも、ふりすてゝはおもむきがたくおぼしめす。

「さらばねたまへかし」

かやうによんどころなく、とゞめられ給ふおり〳〵あれば、もれきく人の口さがなくて、あふひの上の御かたへつげたるに、

「そのよねはいかなるおんなにや。たれ人の御むすめ、たれどのゝ御いもといふきこえもなし。そのやうに光君の御出《いで》を、もつれかゝりていやらしく、とめまいらするは、しれた事《こと》、あてやかに、心ふかき上らうにてはあらじ。大裏《うち》わたりに御奉公《はうこう》せし、上賀茂村《かみがもむら》の百しやうのむすめか、さてはゝ人《じん》[20]おどり子《こ》のたぐひなるべし。ちよつと見そめ給て、」18はでなる所が御きにいり、ほかにてはかる〴〵しく、御いでもなりがたく、人のおも

挿絵9　紫の上と遊び、笛を吹く源氏

（18オ）

はくもあれば、御やしきのうちへ引とりて、かくしおき給ふなるべし。きけばいまだおさなきよねともいふ。いづれにしてもよろしからぬふんばりならん」

と、いづかたもあること、あふひのうへはともかくもの給はぬに、つき〴〵の女中衆《じょちうしう》が、ほうかいりんき[21]を口〴〵に、のどはらすじ[22]を引《ひつ》ぱりていひあへるも、さりとはいらざるせは[23]、おゐてもらひたいとぞ。」19

注

[1] 江戸初期から元禄頃に流行した派手な文様。
[2] 掛け売りの代金の請求。大晦日なので。
[3] 礼者。年賀に回り歩く人。
[4] 十六歳のこと。ただし、「よつほど」と次行にあり、「二九」十八歳の誤りか。
[5] むっとした様子。
[6] 煮端。煎じたてのお茶。
[7] 新年の挨拶。
[8] 初午祭に稲荷神社に参詣すること。
[9] 子どものおもちゃ。
[10] 「悪推量」の略。
[11] 人をだますこと。
[12] 抱きつ。
[13] もやもや。
[14] 赤ちゃんをあやす声。

【巻二】

［15］御見。お目に掛かること。あるいは御言、おことばの意か。
［16］女性の手紙の定型句。ここでは命婦の文そのものを指す。
［17］憎らしいこと。
［18］「見見ゆ」は、あい会う、まみえる意。
［19］隅をほじくること。
［20］母人。
［21］嫉妬。
［22］のどと腹筋。いろいろしゃべる様。
［23］世話。

【巻三】

夕立《ゆふだち》の名残《なごり》にぬれかゝる袖《そで》
恋《こひ》しき人を
引とめしは
琵琶《びわ》の音《ね》

（本文）

「好事門《かうじもん》をいでず、悪事《あくじ》千里をはしる」とはふるけれども、光君の二条院へ、よねひきとりてかくしおき給ふこと、世にかくれなく、あなたこなたにてそゝやくことの、どこともなく、大裏《うち》にてもこれざた[1]なれば、御門《かど》の御耳《みゝ》にもいりてひかる君をめして、

「あふひの上の父《ちゝ》おとゞ、きのどくがらるゝも、もつともなる事ぞかし。そのほうがまだいとけなき、はつもとゆひのそのよから、おとゞのかたへひきとりて、ねんごろに心をつけ、あさゆふのめんどうを見ていとなみかしづくも、ひとへにむすめがかはゆさのあまりぞかし。ことさらあふひのうへは、きりやうよし。なにごとがふそくありて、ほかのよねをばむかひとりしぞ。それほどのことくみわけぬ、野夫《やぼ》にてもなし。いかなればあふひのうへを、おろかにはもてなすぞ」

と、わりをつけて「1[2]の御いけん、光君は申わけもなりがたく、たゞおそれいりたるていにて、とかくの御返答《へんたう》も申あげ給はず。御《み》かどすいにてましませば、さてはあふひのうへ、どこぞ心にそまぬ所のあるならむ。いかにお

やとこのあいさつなればとて、きにいらぬ女房《にようばう》を、むりやりにかわゆがれとはいはれぬことぞかしと、いとおしく思しめす。

「わが子ながらひごろ好色《こうしよく》にもあらず、これほどおほき女くはんのうちには、うつくしきもあまたあれど、なましたゝるき[3]かほつきしたるを見たこともなし。そのほか公家衆《くげしう》のむすめには、かたちよきときこえたるもあまたありて、あなたからもちかけすがたなるもあれど、いかな事《こと》見むきもせぬ、かたひおとこと思ひしに、ゆだんのならぬは色の道《みち》、いつのまにかはかくれ」2（挿絵10）あるきて、かく人〳〵にうらみをうくるならむ」

と、ひとりごとにの給ふ。

御《み》かど御としのほどより好色《かうしよく》におはしませば、后《きさき》にようごはいふにおよばず、うねめ、女蔵人などゝて、御膳《ぜん》のやくをつとむる女中まで、しぶかはのむけたるをば、たゞにはおかせ給はねば、うぢなくて玉《たま》のこし、もしのりすますこともやと、われおとらじとみがきたて、いろをあらそふ女中あまたあれば、光《ひかる》君の御心をかけさせ給はんに、いやといふは、けがにもあらじとおもへど、あさゆふ見なれて、めづらしくおぼしめさぬにや、たはぶれにも、すきがましきことをの給はねば、中にもうはきなる女中いひあはせて、こなたからたはぶれごとをいひかゝりて見るおりもあれど、なさけなからぬほどにあいさつし給ひて、まことにはみだれ」3給はねば、しんじつにのこりおふく、あの御きりやうにて、御としもわかざかり、すき給はぬはことのかけたることかなとおもふ女中もあまたありけり。

そのなかに源内侍《げんないし》のすけとて、としは五十七八にて、おやもともれき〳〵、人がらもあてやかにて、ことに上らうなれば、女中なかまにてもおもくもちゐられながら、すぐれておすきなれば、色《いろ》のみちにはおもからず、と

挿絵10　桐壺帝に呼び出される源氏

（2ウ・3オ）

【巻三】

しにもにあはぬうはき、そこ心のいぶかしくて、ある時ひかるきみ、こゝろみにたはぶれごとなどいひかけて見給ふに、孫《まご》にもすべきひかる君のわかくうつくしく、さかりなる御かたちにもはぢず、いかな事、にあはざるあいさつとは、みぢんもおもはぬけしきにて、しなだれかゝるありさま、あさましくうるさきこゝろいれとはおもひながら、かうしたことも珍《めづら》しく、のち〳〵のはなしのたねにもなる事ぞと、あたりを見れば人げもなし。よきおりからと、なんなくことすまして立わかれ給ひしのちは、人のきかんもふるめかしきこひなれば、はづかしくおぼしめすに、ともすれば、おもはくらしきめつきをするもきのどくにて、つれなくけもなひかほをし給へば、ないしはつらき御こゝろと、うらみかかるもうるさくおもひ給ふに、あるひ、かの内侍《ないし》のすけ、御《み》かどの御ぐしけづりにあがりて、御ぐしはてぬれば、御うちきの人めして、御小袖《こそで》めしかへて出御《しゆつぎよ》あるに、御あとには人もなくて、かのないしばかり御ぐしのはことりしまひてゐたり。

　おりふし光君まいりあひ給ひて、みすのひまよりのぞきて見給ふに、内侍《ないし》はいつ〳〵よりもうるはしく、やうだいらしき[4]かみのかゝりなまめきて、」4 はなやかなる装束《しやうぞく》つき、うしろから見れば、このましげなるこしつき、よひとしをして、とりなりつくるもにくけれど、このまゝたちのかんもいかゞにて、うはぎのすそをちよつと引給へば、かわほり〈あふぎの事なり〉の、ゐもいはずうつくしく絵《え》をかきたるをさしかざして、見かへりたるさま、しろきかほに、としよりたれば、めのはたはくぼみいりて、すこしくろみあり。さしかざしたるあふぎのはづれより、こぼれかゝりたるかみつき、わかひよねならねば、いきりすのあぶら、さねかづらのしづく[5]にても、もちかぬるにや、すこしはそゝけてみゆ。としにもにあはざるあふぎのさまかなとおもはるれば、わがもち給へるあふぎにとりかへて見給ふに、あかき地がみの、うつるばかりに色《いろ》ふかきに、木《こ》だかきもりを、ごくさいしきにして、きんでいにて、こずへにかすみをぬりかくしたるもやう、かたはしに、手のふうはあしからねど、ふるめかしくひねて、「森《もり》のした草《くさ》おひぬれば」とかきつけたるは古今集《こきんしう》にあふあらきのもりのしたくさおひぬればこまもすさめずかるひともなしといふ心なるべし。古哥《こか》もおほきに、老《をひ》ぬればかる人もなしとの心ばへ、百《ひやく》になりてもすてがたきは、色のみちとおかしくて、

「ひまもなくしげりにけりなあふあらきの、もりこそなつのかげはしるけれ」

と、口すさび給ひて、

「「おひぬれば人もとはぬ」とはの給へども、中〳〵さうしたことならじ。いまをさかりのもりのした草、かる人しげきとき〻およびし」

など〻、さま〳〵口なぶりにの給ふをも、人や見つけてわらはんときのどくなれば、すはともせすればにげあしになりてゐ給ふに、内侍はにあはざる事ともおもはぬけしきにて

源内侍
君しこば《光君の来給はゞ》手なれの駒《こま》にかりかはん
さかりすぎたるしたば《ないしが身によせてなり》なりとも

と、よみかけたるさま、鼻息《はないき》もあらく、こゑをふるへて、われをわすれたるけしきの、中〳〵うるさくて

光君かへし
さしわけば人やとがめん《源ないしにかよふ男のとがめんとなり》いつとなく
こまなつくめる《あまたの人をなつくると也》もりの木《こ》がくれ

「ひく手あまたにて、せく人もありて、とがめられんもめいわくなり」

と、よきてをつくりて立給へば、内侍御《ないし》そでにすがりて、

「こはなさけなし。このとしになるまで、か〻るものおもひはしよせぬぞ。さりとてはどうよくな。あまりつれ

なき御しなし」

と、すゝりあげてなけば、光君もあきれ給ひて、

「いまは人めもつゝましければ、のちほどしゆびよくは、くされ[6]いつはりならず」

とて、内侍《ないし》がひかえたる袖を、引はなちてにげ給へば、はなさじと、すだれのそとまでおよびかゝりて、

「はしばしら」

とうらみかくるはつのくにのながらのはしのはしばしらおいぬる身こそかなしかりけれといふ哥の心ばへにや、いよ〳〵うるさくて、あとをも見ずしてにげたまふ。

御門《みかど》は御しやうぞくめして、人おとのするをあやしく、しやうじのはざまより、そろりとのぞかせ給へば、光君と源内侍《げんないし》のすけ、なくやらわらふやら、わけもなきたはぶれ、見給ふにおかしく、にやはしからぬとしのほどかなとおぼしめして、源ないしが、なにくわぬかほにて、御まへえまかりいでられたるに御門《かど》も、そしらぬ御ふりにて、

「ひかる君はわが子ながらわかひおとこのやうにもあらず、色のみちにははづかしきほどおとなしく、いかほどうつくしき、よねにも、」6(挿絵11)・7(挿絵12)したゝるきめつきもせず。どうしたかたひむまれつきぞと、つね〴〵心もとなくきにかゝりしが、ゆだんのならぬよの中ぞかし。人の見ぬ所にては、おやのおやにもすべき、としのよねとも、たはぶれごとしけるぞや」

とて、わらはせ給へば、内侍《ないし》はづかしげに、かほはあかめながら、にくからぬ人ゆへならば、あまのぬれぎぬもきまほしく、なのたつはけつくうれしきたぐひなれば、さのみきつふもあらがはず。わかひよねたちあまたあれ

挿絵11　御簾越しの源内侍と源氏

（7オ）

挿絵12　源内侍の扇を見る源氏

（7ウ）

ども、ひかる君のたはぶれごとさへのたまはぬに、わが身はとしふけても、すてがたき所のあればこそと、すこしはじまんがほなるもにく〻、これをき〻ける女中衆、

「さてもおもひのほかなることかな」

と、とり〴〵くち〴〵にさたしてわらへば、頭中将《とうちうじやう》き〻つけて、いたらぬくまもなき、すきまかぞへの好しよくなれど、この内侍が事は、いままでおもひつけずして、ひかる君にせんこされたるむねんさよ。そのうへないしがとしにもはぢず、六十におよびていろめくは、よく〳〵のおすきなればこそとゆかしくて、とかくいひよりて、つゐものになりにけり。

内侍《ないし》が心には頭《とう》中将も、ひかる君の御きりやうほどにこそなけれ、ほかにはまたにる人もなきおとこぶり、光君のつれなきに、せめては心もなぐさむやと、かたらひつきけれども、こひしき君を見まほしさは、なをいやまさりがほなるも、としにゝやわぬおすきやとうたてくおかし。頭《とう》中将も、この事をずいぶんかくしけるほどに、ひかる君はゆめにもしり給はざりけり。ないしは、光君を見まいらすれば、まづとりつきて、

「あまりとは、どうよくにつれなき御じん」[8]

と、うらみかくるもうるさけれど、としふけてこれほどにこひしたふも、さすがにいとおしければ、いつぞひまを見あはせて、しつぽりと一よなぐさめんと、心がけ給へども、まさるかたあまたあれば、それほどことのかけたるひまび[7]もなくて、むなしくうちすぎ給ひしに、あるゆふぐれに、夕だちひとゝをりして、あとのなごりのすゞしきよひ《の》まぎれに、温明殿《うんめいでん》とて、むかしは内侍《ないし》どころのましませし所とかや、その御殿《てん》のあたりを、すゞみがてらにた〻ずみありき給へば、かの内侍《ないし》、びわをおもしろうひきゐたり。禁裏《きんり》にて、おとこがたの御遊《ゆふ》にも、

めしいだされてひくほどの上手《じやうず》、いまのよに、ならぶかたなき名人《めいじん》。ものうらめしきおりから、心をすまして引たるは、あはれにおもしろし。

△「山城《やましろ》の、こまのわたりの《さいばらのうたひものなり》ふりつくりなよや、いかにせん〳〵、はれいかにせんなりやしなまし。」

とはやりうたをのせて、こゑよくうたふもおもしろく、

「いかにせんいかにせん」

といふ、せうが[8]は、きのつきやうがわるひやらおかしくおもはるゝ。

むかしもろこしの白楽天《はくらくてん》といふおとこ、鄂州《がくしう》の鸚鵡《あふむ》洲といふ所にとまりけるに、おりふし秋《あき》の水すさまじく月すみて、ものあはれなるに、となりのふねにて、うたうたふこゑのきこえて、そのおもしろさあはれさ、これはときくうちに、うたひやみて、なくこゑのきこえければ、楽天《らくてん》小《こ》ぶねにとりのりて、こゑをしたひて、そのふねにのりうつりて見れば、十七八のどうもいはれぬうつくしきよね、たゞひとり帆《ほ》ばしらによりかゝりて、なきゐたるありさま、たとへていはんやうもなければ、楽天しとやかにそばへより、

「そもじはたれ人のお内義《ないぎ》[9]ぞ。なに事のかなしくて、うたにもあはれにかなしきせうがをうたひ、そのうへかくはなげき給ふぞ」

と、わが身《み》もなみだをながして、もらひなきになきながら、さま〴〵にとひけれども、つゐになのらざりし。

むかしのよねも、としのわかひとおひたるとのかはりめこそあれ、おりからのあはれさは、かくやありけんと、耳《みゝ》をとゞめてきゝ給ふに、しばし引すましてびわをさしおきて、ものゝゆかしささびしさに、ひとりやねんと、おもひみだれたるけしきなれば、光君よきおりからとおぼしめして

△「あづまや《さいばらのうた》のまやのあまりの雨《あま》そゝぎ、われたちぬれぬその戸《と》ひらかせ。」
といふ小哥《こうた》を、こごゑにうたひ給へば、ないしはかの君の御こゑときくよりはやく
△「かすがい《さいばらうたひもの》もさしもあらばこそ、その戸われさゝめ、おしひらいてきませ」
と、かの小哥《うた》のすへをうたひかけたるこゝろ入、「をしひらいてきさんせ」とは、よのつねのよねのあいさつとかはりていかひ御好物《こうぶつ》とおかし。

源内侍　立ぬるゝ《上の句は卑下の心なり》人しもあらじあづま屋に
　　うたて《うたゝといふ心なり。いさゝかいよ〳〵といふ心にも用るか》もかゝる雨そゝきかな

かこちなげきたるさまいや風《ふう》[9]なり。われひとりを守《まも》りてゐる身にもあらず、しのびおとこあまたありて、まことにおとこめづらしうもあるまひのに、よひとしをしてうとましや。こひのやつこになりはてゝ、何事《なにごと》をおもひなげくらんとおもはるれば

光君　人妻《人のつまと物いふはわづらはしとなり》はあなわづらはしあづまやの[10]
　　まや《本やの事》のあまり《あまりとはひさしの事なり》もなれじとぞおもふ《ひさしにも立なれじとなり》

とて、にげてかへりたき心ちすれど、あまりなさけなく、あはれもしらぬやうにやおもはんと、おもひかへして身をまかすれば、こなたのおびを、よねのかたから引ほどき、いだきつくやらなくやらわらふやら、わけもなきまでとりみだしたるさま、これもまためづらしき心ちし給。

頭中将は、つねぐ〳〵光君の、じつていに見せかけて、うわきらしきはなしをも、もどき給ふがにくさに、しのび給ふ所あまたあるときゝおよびて、いつぞは見あらはさんと、なひ〳〵心がけたるに、おりしもこよひ、源内

侍がもとへ忍ばせ給ひたるを、たしかに見とゞけたる、心のうちのうれしさかぎりなし。かゝるおりに、ちとおどしをくれて、光君をどうてんさせまいらせて、これにもこりず、かさねても、じつていなるかほをし給はんかと、いひおりにせんとおもへば、いきをもつめ、ぬきあしをして、戸口《とぐち》に立そひ、よきじぶんをうかゞへば、かぜひやゝかにふきて、やう〳〵よもふけゆくに、どさくさのおともたへて、たがひにくたびれつきて、少《すこ》しまどろむけしきなれば、やがて戸をおしひらきて、うちに入れば、光君はなにとやら、おちつかぬ心ちして、うちとけてもねたはねば、あしおとのするを聞つけ給ひて、頭中将とはゆめにもおもひよらず、日比《ひごろ》きゝおきし、源内《げんない》侍《し》がふかま（ママ）[10]、修理《しゆり》のかみならん。なむさんぼうおとなしげに、としたけたるおとこに、かゝるしやうわるを見つけられんことのはづかしく、されどもかくれしのばんやうもなく、きをおちつけて、わざと」11（挿絵13）きけがしに[11]、「あなわづらはし。いでなんよ。蜘《くも》のふるまひ[12]はよひからしれたることならんに、これわ一ぱいはまりつるぞ」とて、なをしばかりをてにかゝへて、びやうぶのうしろにはひ入給ふ。

頭中将はしぬるほどおかしきをこらへて、かくれ給ひたる屏風《びやうぶ》のもとへ、つかつかとたちよりて、びやうぶをおしたゝみ、こと〴〵しくせきたるふぜいを見せかけ、ものをばいはず、たゞ市河《いちかは》だん十郎が、あらごとのみぶりをするに、内侍は年《とし》こそふけたれうわきにて、色《いろ》をこのめるよねなれば、かよふ人あまたありて、まへ〳〵もかうしためにであひて、ものなれたれども、光君を、いかやうにかしなし奉らんと、これに気をうばはれて、頭中将にとりつき、はなさじとひかへたり。光君は、なにとぞして、われとしら」12れじと、とかくに物をばいわずして、たゞいかれるけしきにもてなして、太刀《たち》をすらりと引ぬけば、内侍はあきれて、とりつきたる袖をはなしてまへえまはり、立《たち》ふさがりて、

挿絵13　通りがかった源氏と琵琶を弾く源内侍

（12オ）

「吾君《あがきみ》わが君」

と、手をするありさま、おかしさどうもたまられず。つねに色《いろ》よくつくり立《たて》たる時にこそ、わかやぎて、ふうぞくにおもひつく所もあるに、五十七八になるよねが、よひのはたらきに、のびつちゞみつすりまはし、かほのけさうもとゝろはげ〔13〕、ねみだれがみのとりみだしたるありさま、夜鷹《よたか》〔14〕のあさがへりに、よき小袖《こそで》きせたるごとくにて、世にたぐひなき色男《いおとこ》、光君や頭中将の、はたちにたらぬそのなかにたちならびて、物おぢしたるふぜい、おかしきとも、せうしとも、いはんかたなし。

頭中将いよ〳〵あられぬ身ぶりをして、おそろしげに見せかくれど、あさゆふ見なれし人のすがたは、くらがりにても、しるきものなれば、それぞときがつきてからおもへば、よひのうちからつけまはして、よきじぶんをうかゞひて、ね耳《みゝ》へ水《みづ》の入たるがごとく、われをおどして見るぞと、たしかに見さだめてから、おかしさどうもたまられず。太刀《たち》もちたる手《て》をしたゝかにつめり給へば、頭中将も、なむさんてれんがあらはれしはむねんながら、こらへかねて、ともに大《おほ》わらひ。

さて光君、

「まことはほん気《き》のさたにてなし。こわざれ〔15〕なるしかたぞや。いざこの直衣《なをし》きん」

との給へば、中将なをしを、しつかととらへてはなさず。

「さあらば、もろともに、そのほう《も》ぬぎ給へ」

とて、中将のきたりける、なをしのをびを引とき給へば、とかせじと、たがひに、ひき」13あふほどに、なをしの袖のほころびより、ほろ〳〵とひきとれたり。

頭中将 つゝむめる名やもりいでんひきかはし
かくほころぶる中のころもに（うたの心きこえたり）

「そでもなきなをしをうへにき給はゞ、人も見とがめて、かうした性わるのわけもあらはれん」

といへば

光君 かくれなきものとしるしる夏衣（頭中将とはかくれなきにたれとしられじとたくみたるはあさき心ぞと也）（／うすきのゑん也）
きたるをうすき心とぞ見る（／あさき心といふにおなじ）

と、よみかはして、たがひにうらみもなく、とりみだしたる姿《すがた》になりて、をの〳〵の御休息所《きうそくじよ》にかへり給。

光君は頭中将に、見つけられし事、かへす〴〵口惜《くちをしく》く思《をぼし》めす。ないしはこひにこがれし光君の、おもひかけずとまらせられしうれしさ、千夜《ちよ》を一よになしてもなをあきたらず、日ごろのおもひをはらさんと、おもひこみたるかひもなく、頭中将にじやまなされ、おもひよらざる大さはぎに、気をとりのぼせ、あさましきに、ねられもせず。頭中将のおとしおきし帯をも、光君の、とりおとし給ひし、御装束と思ひて、なにやかやひとつにおしつゝみて、まだあけがたに、御休息所《きうそくじよ》につかはすとて

源内侍 うらみてもいふかひぞなきたちかさね（波のゑんなり）
引てかへりし波のなごりに（頭中将光君と引つれてかへり給ひしことなり）

「「わかれての、後ぞかなしきなみだ川、底《そこ》もあらはになりぬとおもへば」と、よみしも、こよひのやうなることにて、てれんがあらはれたるにやと、むかしのことまでおもひやられまいらせ候かしこ」

とかきたるを見給ひて、ようも〳〵もめんぼくなく、いひおこせしぞ。さりとはあつかわなる女めと、こづらも[14]

にくけれど、頭中将にさまたげられしを、わりなくのこりおふくおもひしけしきもさすがにあはれにて

光君　あらだちしなみに《頭中将がさはぎしにこなたの心はさはがず》心はさはがねど

よせけんいそを《頭中将をよせたるをばうらみんとなり》いかゞうらみぬ

さら〳〵とかきてつかはさる。さてかの御装束《しやうぞく》を見給へば、帯《をび》は頭中将のと見えて、色こく見ゆ。こなたの御しやうぞくもかた袖引きれてなし。あやしや、とりみだしたることゞも哉《かな》。たま〳〵しのびたる所にとまりてさへ、かゝることもあるに、ましてなにの遠慮《ゑんりよ》もなく、うちみだれて、所さだめずまどひありく、好色《こうしよく》のおとこども、さま〴〵なんぎなるめにあふならんと、おもひやり給ふにつけても、いよ〳〵みだしなみせられ給ふ。

頭中将はとのゐ所より、よべ引とりし光君の、御装束《しやうぞく》のかた袖をおしつゝみて、

「このそではやくとぢつけさせ給へ」

とておこせたり。光君はあやしく、いかにしてか、このかた袖はとられつらん。心えぬことゞもかな。さてこのかはりには、内侍がもとよりつかはしける、頭中将の帯をやるべし。もしこの帯《をび》なくは、返報《へんぽう》すべきやうもなく、口おしかるべしと、うれしくおぼしめす。その帯の色は、濃《こい》あさぎなりければ、おなじやうなる色奉書《いろほうしよ》に

光君　中たえば《源内侍と頭中将が中たえばと也》かごとやおふとあやうさに

はなだのをびは《おびゆへにかごといはれんかとおもへばとりても見ずと也》とりてだに見ず

△「石川《さいばらうた也／いしかわ》のこまうどに、おびをとられて、からきくひする、いかなるおびぞ、はなだのおびの、中はたへたる」、といふその比《ころ》のはやり哥をおもひよせて、かきてつかはさる。頭中将よりの御かへりには

頭中将　君にかく《内侍とわが中は光君のおびを引とり給ひしよりたえたるとなり》引とられぬるおびなれば

」15（挿絵14）

挿絵14　刀でおどす頭中将と止める源内侍、屏風にかくれる源氏

（16オ）

かくてたへぬる中とかこたん光君ゆへとかこたんとなり

「このいひわけは、えし給はじ」

と書たり。

その日《ひ》は、光君も、頭中将も、殿上《てん》へまいり給。たがひになにくはぬかほつき、実《じつ》め[16]になりて、おもの遠《どを》きふり[17]に見せかけ給ふも、頭中将は心のうちにおかしけれども、其日は、宣旨《せんじ》をうけ給はりて申下《くだ》し、また御門《みかど》へ申上ることゞもおほければ、もつたいらしきかほつき、夕べの團十郎《だんじうらう》[18]が身《み》ぶりとは、各別《かくべつ》なるを見るもたがひにおかし。頭中将人の見ぬまに光君の御そばへより、小声《こごゑ》になりて、

「物かくしはこり給ひつらん。性《しやう》わるさま」

といへば、

光きみ「なにしにこりん。立《たち》ながらすもどり[19]せし人こそいとおしけれ。それとてもまことはよしや世の中よ」

と此詞諸抄に引哥なし古今集に△ながれてはいもせの山の中におつるよしのゝ川のよしや世の中いひあはせて、

「床《とこ》の山なるいさや川、いざ⌟16とこたへてわがなもらすな」

と、たがひに口がためし給ふ。

それよりのちはともすれば、この事をこう[20]にして、せんをとらるゝも、ひたすらかの、いや風《ふう》のよねゆへとうるさきに、よねはいよ〱しなだれて、

「さりとはつれなき御しんぞ[21]や」

と、うらみかくれば、あひ見ることもむつとして、大方《かた》はかくれありき給ふもおかし。

頭中将は、いもうとのあふひの上にも、この事ははなし給はず。ましてほかの人には、けもないこと[22]。只わが心のうちに、大せつにおさめ置《をき》て、しぜんの時[23]には、光君をおどしまいらする、よきたねなりと思ひけり。御兄弟《おんきやうだい》の親王達《みこたち》さへ、ひかる君をば、御《み》かどのとりわけてもてなさせ給へば、ものごとにゑんりよして、きつとしたる御あいさつなるに、この頭中将は、さらにえしやくもなく、なに事につけても、負《まけ》じ、おとらじといどみ給ふ。兄弟あまたある中にも、頭中将はあふひの上と一腹《ぷく》なれば、光君も御門《みかど》の御子《こ》といふまでの事、わが身もおなじ大臣の子《こ》といへども、天下《あめがした》の政《まつりごと》を身にまかせ、百くはんにかしづかれ、ことに御門《みかど》の御いもうとの腹《はら》にむまれて、いとおしがらるゝ男なれば、光君となにほどの、おとりまさりかあるべきと、おもひこめたるけしきなり。このふたりの御中《なか》のいどみあひには、さま〴〵のことあれども、ことおほければうるさくてかきもらしつ。

其年《そのとし》の七月、ふじつぼ中宮《ちうぐう》に立給ふ。御門《みかど》御位《くらゐ》を、おりさせ給はんの御したごゝろにて、ふじつぼの御はらのわかみやを、のちには春宮《とうぐう》にたてさせ給はんとおぼしめすに、御うしろ見したまふべき人なく、御母方《はゝかた》はこれみな、親王《しんわう》にておはしませば、臣下《しんか》にて、大臣の位《くらゐ》にものぼり、かたを入て、御うしろみし給ふべき人、一人《にん》もあらざれば、せめてふじつぼの宮《みや》[17]を中宮《ぐう》のうごきなき位にそなへおきて、すへ〴〵のわか宮の、御ちからにとおぼしめすなりけり。

春宮《とうぐう》の御母《はゝ》こうきでんの女御は、つね〴〵しつとぶかく、ふじつぼと御なかよからぬに、われよりのちにまいり給ひて、引こして中宮《ちうぐう》になり給へば、いとゞむねんさ、口おしさ、是《これ》ばかりはことはりなりけり。されども御門の御心には、

「春宮の御在位《ざいゐ》ちかき内の事なれば、その時《とき》には、いやおふなしに后《きさき》に立給ふ事うたがひなし。その内はしばし

の事ぞかし。こらへてまち給へ」

とぞ仰《おほせ》ありけり。

げには春宮《とうぐう》の御はゝにて、二十年《じうねん》あまり禁中《きんちう》におはしましゝこうきでんをさしおきて、ふじつぼきさきに立《たち》給ふは、めづらしくためしすくなきことなりと、れいのよの中の人の口には戸《と》がたてられず、天子《てんし》の御ことをさへ、とやかくといひあへり。

さてふじつぼは、吉《きち》日をえらびて、御入内《じゆだい》あり。そのよの御供《とも》には、光君もまいり給ふ。同じきさきといふ中にも、光《ひかり》かゝやく、玉《たま》のわかみやさへおはしませば、御門の御いとおしみ、たぐひなければ、世《よ》の人のおもひつきは、ましてかくべつなることなりけり。光君は人しらぬ、わけある御中なれば、御こしの中《うち》もおもひやられて、いよ〳〵いまは、あひ見んこともおよびなき心ちし給ふ。かの在原《ありはら》のやさおとこが、二条の后《きさき》のとうぐうの御《み》息所《やすどころ》と申せし時、うぢ神《がみ》へさんけいし給ひける、御供《とも》にまいりて、

「大原《はら》やをしほの山もけふこそは」

とよみし[24]も、いまわが御身にしられて、心ばかりは御こしのうちへとびたつばかりなり。」18（挿絵15）

光君　つきもせぬ心のやみ《わかみやをおもひ給ふ心なり》にくるゝかな
雲ゐに人を見るにつけても《ふじつぼ后にたち給へばくもゐはるかにおもはるゝとのこゝろなり》

と、ひとりごとにつぶやきて、なみだぐみ給ふ。

わかみやは成長《せいちやう》し給ふほど、光君にそのまゝ、かたちの大きなるとちいさきとのかはりこそあれ、御かほは見わけのならぬほどにさせ給ふを、ふじつぼのきさきは、かのふづくりのありしこと、あらはれやせんとあやう

挿絵15　后として宮中に赴く藤壺

（19オ）

くおもひ給へども、ゆめにもきのつく人もなし。まことに光君のうつくしさ、またと世界《せかい》にあるまじきとおもひしに、このわかみやすこしもかはらぬ御かたち、いかやうにつくらせ給ひて、かくまではにさせ給ふぞや。光君とわか宮とは、さながら月と日のひかりににたりと、世の中の人はおもひけるとぞ。」[19]

注

［1］もっぱらのうわさ。
［2］仲裁する。
［3］甘ったるい
［4］もったいぶった。
［5］「いきりす」はイギリスか。どちらも頭髪油。
［6］誓文くされの略。口が腐っても絶対ということ。
［7］ひまな日。
［8］唱歌。
［9］いやらしい感じ。
［10］深い仲の相手。
［11］聞こえよがしに。
［12］予兆のこと。この場合は、男が来ること。
［13］ところどころはげていること。
［14］低級な売春婦。
［15］強戯。悪ふざけ。
［16］まじめ。

〔17〕久しぶりなふり。
〔18〕「團」は旧字だが、「團十郎」が通例の表記であることから使用した。
〔19〕目的を果たさず、むだに帰ること。
〔20〕功。てがら。
〔21〕通常、若い妻女や若い遊女を指すが、ここでは年の若い光源氏を指す。
〔22〕少しもそんな様子を見せないこと。
〔23〕いざというとき。
〔24〕『伊勢物語』七六段。

【巻四】

須广《すま》明石《あかし》の月見《つきみ》も
あひて有戸口《あるとぐち》へ覗《のぞく》が分別《ふんべつ》の場《ば》
おこりはちよつとした細殿《ほそどの》

(本文)

京《きやう》は通天《つうてん》の紅葉見《もみぢみ》、東福寺《とうふくじ》の開山記《かいさんき》[1]が、大かた幕《まく》のうちおさめ、いかにみやこなればとて、雪見《ゆきみ》にまくうつ人もなし。あたごやひえの山おろしに冬《ふゆ》ごもりするたのしみは、寒菊水仙《かんぎくすいせん》のなげいれ、池田炭《いけだずみ》のにほひに釜《かま》もたぎりて、としわすれの茶《ちや》のゆ。一夜《ひとよ》あくれば人のきものどかになりて、のきばの梅《むめ》のつぼみから、花見のまくをうちはじめ、四季《しき》おり〳〵のながめ、いづれみやこの風俗《ふうぞく》ぞかし。

二月《きさらぎ》ははつむまいり、ねはん記《き》もすぎて、そのとしはとりわけのどかに、廿日過《はつかすぎ》より、ひがし山の花も、そろ〳〵ほころびて、禁中《きんちう》の紫宸殿《ししんでん》のまへなる桜《さくら》は、おもひなしにや色《いろ》も匂《にほ》ひも、ほかのとは雲《くも》ゐはるかにちがひめのあるは、花もすぐせ[2]のあさからぬなるべし。天気合《てんきあひ》」1[3]もうちつゞきて、のどかなる空《そら》のけしきなれば、大裏《うち》にて花《はな》のゑんせさせ給ふ。

このたびもまた、舞楽《ぶがく》の御もよほしあれば、藤つぼの后《きさき》も、春宮《とうぐう》も、御つぼねを御門《みかど》の左《ひだり》り右《みぎ》にしつらひて、御けんぶつあるに、こうきでんの女御《にようご》は、ふじつぼのきさきの、ならぶ方《かた》なき御くらゐにておはしますを、おりふしごとにねたましくおぼしめして、つね〴〵ふじつぼのまいり給ふおりには、いかなことにも御出合《いであひ》あらざれども、物《もの》見はな見はゆかしきにえこらへかねてまいり給ふ。

日いとよくはれて、空《そら》のけしき、鳥《とり》のこゑも心よげなるに、玉《たま》のいさごをしきたる御庭《には》のまん中《なか》に文台《ぶんだい》をすへて、其うへに詩《し》の題《だい》、韵字《いんじ》を置《おき》て、親王《しんわう》をはじめ、公卿殿上人《くぎやうてんじやうびと》はいふにおよばず、地下《ぢげ》の学《がく》しやまで、韵字《いんじ》をさぐりて皆詩《みなし》をつくらせ給ふ。ひとり〳〵あゆみいでゝ、文台《ぶんだい》のまへにひざまづき、韵字《いんじ》をとりて、」2（挿絵16）「何《なに》のなにがしなにといふもじを給はりたり」と、たからかに名《な》のるは、まことにはれがましき事《こと》どもなり。

光君は春といふもじをとり給ひたるも、花見の席《せき》にはさいわいなり。たからかになのり給ひし御こゑさへうつくしく、ほかのとはかくべつなるしなしぞかし。次に頭中将《とうちうじやう》、ひかる君に見くらべてこそおとりたれ、しつぽりと物なれて、こわづかひもの〳〵しく、よの人にはにたもなし。

さてほかの人〴〵は、みなおくして、つくりつけの人形《にんぎやう》を見るごとく、よこめもふりえず、はなのさきに玉のやうなるあせかきて、ひかげにうつろひて、しろ〴〵見ゆるかほつきどもおかし。ましてや地下《ぢげ》の」3学者《がくしや》は、御門春宮の、御学文《がくもん》にかしこくおはしませば、いづれも公家衆学《くげしゆ》もんに心がけざるもなく、その内《うち》にはすぐれて詩《し》文《ぶん》の上手《じやうず》あまたあれば、はづかしくて、はる〴〵とくもりなき、玉のいさごをしきならべたる御庭のまん中へひとりづゝあゆみいづるに、いづれかくとは地につかず。おもへば、やすきことなれども、くるしげなり。

としよりて功《こう》の入たる儒者《じゆしや》どもは、しらがまじりのびんつきはそゝけて、ひたいになみをよせたるうち見「4はおかしけれども、かやうなるはれの御会《くはい》にたび〳〵なれぬれば、やすらかに立《たち》ゐふるまひなにのくもなく見ゆ。これをおもへばひごろなにのみちにもけいこをつむが第一なり。

挿絵16　南殿の桜の宴の後、朧月夜と出逢う源氏

（2ウ・3オ）

舞楽《ぶがく》はばんかずおふく、えもいはずしくませ給ひたるに、さすがに永き春の日も、入かたになりて、「春《はる》の鶯《うぐひす》囀《さへづる》」といふ楽《がく》、中《なか》にもおもしろかりけるに、光君、去年《きよねん》の紅葉《もみぢ》の賀《が》のおりから、青海波《せいがいは》を舞《まひ》給ひしを、いまにわすられず、おぼしめしいだされて、春《とう》ぐうより、かざしの花を下されて、達《たつ》て御所望《しよもう》なりければ、のがれがたくて、光君たつて袖《そで》をひるがへす所を、一きり[5]、けしきばかりまひ給ふに、地下《ぢげ》のまひ人のとはかくべつ、おもしろさどうもいはれず。御舅《しうと》の左大臣、あふひのうへとむつましからぬはにくけれども、舞《まひ》ぶり諸事《しよ》のしなしを見給ひては、うらめしさもわすれて、感《かん》にたえて泪おとし給ふ。

頭《とう》中将へも御所望《しよもう》、

「おそし〳〵」

とせめさせ給へば、「柳花苑《りうくはえん》」と云舞《まひ》を、もし御所望《しよもう》もやと、ない〳〵心がけけるにや、なが〳〵とまはれたりし。そのおもしろさ、御《み》かど[4]御感《かん》あさからず。御衣をくだされければ、めづらしきためしなりと、人々うらやみおもはれける。公家《くげ》衆大方はのこらず御所望《しよもう》にて、舞楽《ぶがく》ありしかども、よにいりてはさしておとりまさりも見えわかず。

舞がくはてぬれば、みかどよりはじめて、つくらせ給へる詩《し》どもを、披講《ひこう》するに、まづかの御庭前《ていぜん》におきたる文台《ぶんだい》を御前になをして、紫宸殿《ししんでん》の御階《はし》の下に、文人ども、まいりて、段々《だん〳〵》に詩をよみあぐる。光君のつくらせ給へる詩をば、講師もえよみやらず、一句〳〵におもしろく老儒詩人《らうじゆしじん》もみな感涙《かんるい》をながしける。かやうに古文真宝《しんぽう》のかたひことにも、すぐれたる詩を作《つく》りいだし、またやはらかに糸竹の御遊《ゆふ》のおりふしは、琴笛《ことふえ》の音《ね》をくもゐにひゞかせ、まひぶりの見ごとさは水木辰の介[6]もはだし。なに事につけても、光君をそのころの立物、公家《くげ》なかまの一枚簡判《いちまいかんばん》[7]にし給へば、争《いかで》か御かどもおろかにおぼしめさん。御いとをしみのふかきもことはりぞかし。
藤壺《ふじつぼ》の中宮光君とは訳《わけ》ある御中、人めをつゝみ給へばこそ、うはべにはうとうとしくもてなし給へども御心のうちにはわすられず。ましてやけふの舞楽の立すがた、三途川《づがわ》のおばゞに見せても、こしをなやす[8]べきに、春宮《ぐう》の御はゝこうきでんの女御《にようご》の、光君をしんそこから、にくみ給ふもあやしく、われまたかくまでおもひまいらするも、どうしたことの縁じややらと、身ながらも心うく、またよく〳〵おもへば、こうきでんのそねみにくみ給ふも、わがかくいとおしくおもふとはうらはらなる｣5世の人心やとおもはるゝ。

大かたに花のすがた《光君のすがたをなり》を見ましかば
つゆも心の《すこしも心にかゝる事はあるまじきにとなり》おかれましやは

古今引哥
露ならぬ心を花におきそめてかぜふくごとにおもひもぞつく
「人に心をおきつしらなみ」などゝいふも心をかくることなり。大かたのせけんなみのやうにひかる君をおもはゞ心にかゝることもあるまじきにあまりふかくおもふゆへにこうきでんの光きみをにくみ給ふも心にかゝるとなり。

御心のうちにおもひつゞけさせ給ひしことの、いかでかもれ出けん、とかくかくすことは、あらはるゝよの中ぞと、おそろし。
其日は舞楽《ぶがく》もおほく、詩《し》もあまたなるを講《こう》ずるほどに、よふけてやう〳〵ことすみぬれば、人〴〵もまかりいで、后春宮《きさきとうぐう》もかへらせ給へば、あとは物しづかになりぬるに、月いたうかう《とぉ》[9]さしいでゝ、おもしろき夜のけしきなれば、光君はゑひごゝちにうかれいで、この月見すてゝねられもせじ、みな人〴〵は一日のけんぶつにくたびれて、よくねたるさまなれば、かやうなるおりなれば、おもひかけぬほりだし《にこそ》はあれと、藤《ふじ》つぼあたりを、わりなく忍びてうかゞひありけど、中立[10]する王命婦《わうみやう》が、つぼねの戸もかたくさして、人おともせねばぜひなくて、なげきながら立かへらんとし給ひしが、どうやらこのまゝに、ころりとこけて丸ねせんも、すげなき心ちすれば、もしやとこうき殿《でん》のほそどのにたちよりて見給へば、ほそどのへいづるところに、三つある戸の、第三にあたりたる戸ぐちあきて、こよひはこうきでんは、御とのゐにのぼらせられ、人ずくなゝるやうすにて、おくのかたのくるる戸」6（挿絵17）もあきて、人音もせず。

かやうなることにて、よの中のあやまちはするぞかし、こゝがふんべつどころぞとおもへど、とかくゆかしければ、やがて戸のうちへいりておくのかたをのぞきて見給ふに、あるほどの女中は、みなよくねたるけしきなるに、わかひよねのこゑ、なみ〳〵の女中とは聞へぬものごしにて、

「おぼろ月よにゝるものもなし」

このことばよりおぼろ月よといふなをつけたり

といひながら、こなたへあゆみくるは、天のあたへとうれしくて、かくれゐ給ふ戸のかげよりふといでゝ、かのよねのてをとらへ給へば、よねはおもひかけず、おそろしとおもへるさまにて、

「こはたれやらん」

とふるへ〳〵いへど、

光君「なにかうとましき」

とて

ふかきよのあはれをしるもいる月の」7

おぼろ月と吟じ給ひしはふかきよのあはれをしり給ひたり。われも又いる月のごとく大方には思はぬとなり

おぼろけならぬちぎりとぞおもふ

おもひかけずあふはおぼろけならぬちぎりにてはなきかとなり

とて、やがてほそどのゝかたへいだきおろして、あと戸をおしたて給へば、よねはあさましきにあきれたるさま、

挿絵17　朧月夜と出逢う源氏

（7オ）

なつかしうかはゆらし。ふるふ〳〵こしもとをよべば、もし聞つけてくることもやと、きのどくなれば、光君、日ごろの粋《すい》の智恵をいだして、

「われはみな世間の人にゆるされたれば、たとへ何人よびよせたりとても、なにともおもふ事にあらず。たゞ忍びてこそ、互《たがひ》のためもよからめ。いかほど高声たてゝ、人あつめし給ふとも、かへつてそもじのためあしからん」

との給ふこゑに、さては光君なりけりと聞さだめて、ぶりしやりする[11]気も少しやはらぎて、まだものなれねば、どこやらこわゐやうなれども、情なくもぎどうには、しなさじとおもへり。

光君は、一日の御酒宴《しゆえん》に、あなたこなたのお盃のかずつもりてよひきげん。さなきだに、血気《けつ》のつよきわかざかり。ゑひまぎれに、このまゝはなしやらんは、くちおしく、女もいまだわかたけの、たゞよは〳〵として、つよき心もえしらぬなるべし。

「あゝつんと[12]、わるひことばかり、あゝしんきや」

といふうちに、なんなくことすみて、さて引おこし見たまへば、おもひなしにや、いま一しほのいろまして、うつくしさもいとおしさもかぎりなきに、はやよもあけゆけば、心あはたゝしく、女はまして、はづかしひやらうれしひやら、さま〴〵におもひみだれたるけしきなれば、光君、

「名をなのり給へ、いかにしてふみをもかよはすべきぞ。このまゝにてやみなんとは、」8（挿絵18）さりとはおもひ給はじ」

との給へば

朧月夜うき身よにやが○[13]てきえなばたづねても
　草のはらをばとはじとやおもふ

挿絵18　朧月夜と扇を交換する源氏

（9オ）

朧月よの哥なり。もしこのまゝにて、はかなくなりたらば、なきがらをおくりたる、草のはらまでたづね給はんこそ、ふかき御心ざしなるべきに、なのらずはたれともしらぬとて、うちすてとひ給ふまじきや。たとへいかほど心をくだきてなりともあひ給はんこそふかき御心ざしなるべけれとかこちたる哥なり。

と、かこちたるさま、うらめしさうなるしりめづかひ、命《いのち》をすてゝも、あきたらぬほどかわゆらしきしなしに、光君いよ〳〵なづみ給ひて、

「まことにきゝたがへ給もことはりぞかし。なのらずはたづねまじきといふしんていにてはゆめ〳〵なし。こなたのいひなしの、あやまりぞや」

とて

光君　いづれ《五の君か六の君かのあいだたしかにしれねば》ぞとつゆのやどりをわかんまに」9

小ざゝが原にかぜもこそふけ

こうきでん方の人にてましませば、ひごろこうきでんがたと光君とは、御中よからねば、もしさはがしきことやいできなん。それをきのどくにおもふゆへにまがはぬやうになのり給へ。たしかにその人と、名をだにしらねば、文をかよはすべきやうもなしといふ心なり。

「そもじさへ、遠慮《えんりよ》におぼしめさずは、たとへこの方のため、いかほどなんぎなるめにあふとても、なにかくるしからん。もしまたことばじち[14]をとりて、それをかこつけに、すいごかし[15]にして、なもしらせずに、このまゝやみなんとおもひたまふか」

と、はやことにいひもあへず、ひと〴〵おきさはぎうへの御つぼねへ、御むかひにまいりちがふけしきにて、女中あまた立さはげばせんかたもなく、あふぎばかりを、たがひにとりかはして、いでゝ人に見つけられじとあしばやにかへり給ふとぞ。」10

注

［1］開山忌のこと。

［2］宿世。

［3］天気の具合。

［4］ちょっと見た様子。

［5］一節。

［6］水木辰之助（一六七三〜一七四五）。歌舞伎役者。元禄期を代表する女方。

［7］立物も一枚看板も中心となる役者のこと。

［8］なよなよさせる。

［9］『源氏物語』諸本は「いとあかう（く）」

［10］仲立ち。

［11］すねること。

［12］まったく。

［13］「か」の横に「○」が付される。「か」が「う」や「そ」のように彫られることから、試し刷りの段階の版木のチェックの記号まで彫ってしまったものか。梅翁『源氏物語』には、しばしば「⊗」のような読点が、読点のあるべきところではない箇所に見られるが、これも同様か。

［14］言葉質。言質《げんち》。

［15］粋人だとおだてて、こちらの思うようにすること。

【巻五】

（系図）

- 二条太政大臣共
  - 右大臣殿　朱雀院の御母方の祖父。はじめは右大臣。明石の巻に太政大臣にてうせ給ひしよし見えたり
    - 藤大納言《とうだいなごん》　朱雀院《しゆしやくいん》御位《くらゐ》の麗景殿《りけいでん》の女御の父
    - 四位少将《しゐのせうしやう》　藤《ふじ》の花《はな》の宴《えん》の時父大臣のつかひにまいられし人
    - 左中弁《さちうべん》［1］
      - おぼろ月よの大裏《おほうち》より出給ふ時御おくりせし人
      - 「四位の少将左中弁いそぎ出でおくりし給」とあり
    - 弘《こう》徽殿《きでん》の女御《にようご》
      - 大后とも又は悪后ともいふ
      - 朱雀院の御母なり。此巻に春宮とあるは朱雀院の御事なり。あふひの巻に皇太后宮に成給ひわかなの巻のうへにてうせ給ひたるよし見えたり。
      - 御心入よからぬゆへに悪后といふ悪の字を付給へり。すへ〲まで行跡の善あし見る人心をつけ給へ
    - 師《そつ》の宮北方《みやきたのかた》
    - 頭中将室《とうちうじやうのしつ》　四のみや《きみ》なり
    - 五《ご》の君《みや》
    - 朧月夜尚侍《おぼろづきよのすけ》　此巻に朧月夜とあるこの人の事なり

禁中にて花のゑんの夜、光君に逢そめ給ひふじの花のゑんの夜父左大臣《(ママ)》どのにてたしかにこのおぼろ夜の事を見さだめ給ひてそれよりのちはたび〱しのびてかよはせ給ひしが、春宮へまいりて後もしのびてかよひ給ふ事たびかさなりてつゐにはあらはれ光君須广の浦へながされさせ給ひしなり。この巻の本文に「おくのくるゝ戸もあきて人のおともせず。かやうにてよの中のあやまちはするぞかしとおもひて」と有所、須广のうらへながされさせ給ひし起《おこり》り也。一念のおこる所にて善悪《ぜんあく》をよくわきまへざればすこしのことつのりてのちには大きなるあやまちとなる事見る人よく〱心をつけ給ふべし。［2］

藤《ふじ》の花《はな》に

まとひ付《つき》ても尋度《たづねたき》
ひとの行衛《ゆくえ》

よひかげんにあいさつするはした心しらぬぐはち
なげかしき身ぶりはふかきおもひ入あるよね

（本文）

光君御休息所へかへらせ給へば、きのふの花のゑんの舞楽見物《ぶがくけんぶつ》に、御里《さと》よりまいりたる人々あまた、こゝかしこにやすみいたるが、いまだいびきがちなるもあり、やう〳〵めをさましたるもありて、

「きのふは早朝《さうてう》から夜ふくるまでの御つとめ、御くたびれにて、たはひもあるまひこととおもひしに、さはなくて、夜《よ》ひとよいづかたへか御忍《しの》びあるき、すきもあらぬ性《しやう》わるさまかな」

と、そゝやきて、わざとそらねをしているもあり。

光君は、人〴〵のめをさますもきのどくにて、そろりと御床《と》のうちへいらせ給ひて、やすませ給へどもねられもせず。さて〳〵、こよひはおもひかけぬほりだしをせしことかな。かわゆらしきよねなりしぞ。てさぐりにも、めしつかひとは見えず。いかさまこうきでんの御いもとたちの内ならん。」[2] まだゑんづきし給はぬは、五六の姫君ならん。その外の御いもとたちは、みなゑんづきて、師《そつ》の宮の北《きた》の方さては頭中将の御内義《ないぎ》、きにいらぬふりはすれども、きりやうよしとせけんのとりざた。こよひあいしは、まだ人の手《て》にかゝらぬと見えて、うゐ〳〵しかりしぞ。いつその事、かの北のかたたちならば、いよ〳〵おもしろかりつらん物をと、思ひ給ふぞれいの性《しやう》わる

なりけり。

六の君をばなひ〳〵春宮《とうぐう》へたてまつらんと、父右大臣《うだいじん》どのゝこゝろざし給へるを、おもはずながらこよひすとんとらちあけつれば、そのあとを、とう宮《ぐう》へゆづり奉らんもおそれおほく、春宮の御心にも、どうやらがてんせぬことぞと、水くさく思《おぼ》しめさんは、女のためもいとおしかるべきぞや。五六の間《あいだ》いづれとたしかにきゝさだめぬほどは、たづねまいら」3（挿絵19）とんもわづらはしかるべし。

かのよねも、よほどならずわれにきたふりにて、かさねてあはじとはおもはぬけしきなりつるに、どうしたしんていにて、ふみかよはすべき手びきをも、おしへざりしぞ。心えぬことかなと、く〳〵おもひ給ふも、御心のとまるなるべし。しかしながらかのよね、あまりかる〴〵しきしかたなりしぞ。女はよるちよつとあるくにも、ともしびをもたせて、人をつれねばあるかぬがおさだまりのおきてなり。

この所あふひの上の事なりといふせつあり[3]。又ふじつぼの御ことをほめての給ふといふせつもあり。（4ウ頭注）

※かやうなることにつけても、まづかのあふひの上《うへ》は、きつとした所ありてうはきならねば、つき〴〵の女中まで、かる〴〵しく、よにいりてひとりなどありくこともせず。つね〴〵りちぎすぎて、なぐさみにはならぬとふそくに思ひしは、いかゐりやうけんちがひぞかし。妻室《さいしつ》と頼《たのま》」4んには、あふひの上にまさる事あらじ。いたづらなる女には、ゆだんのならぬよの中、大かたは半分《はんぶん》わけにせらるるぞかし。

またふじつぼの中宮へも、さま〴〵と心がけ、つけつまはしつ、心をくだきてうかゞへども、中〳〵忍《しのび》てものいふ事もならず。これひとへに、ふじつぼの御身もち、かる〴〵しからぬゆへぞかしと、かなたこなたおもひくらべられ給ふ。

その日《ひ》は後宴《ごえん》の事にて、御前《まへ》にての御遊《ゆふ》、光君はさうの琴《こと》をひかせ給ふ。きのふの舞楽《ぶがく》とはかはり、しつぽりとしておもしろさ、かんにたへたる事どもなり。あかつきがたにやう〳〵御遊もはてぬれば、ふじつぼはすぐに、御とのゐにのぼらせ給。

けふは後宴《ごえん》もすぎぬれば、かのよねさとへやかへりぬらんと、心もこゝろならで、粋《すい》のこつてう、よし清惟光《きよこれみつ》両人に、とくといひふくめて、うかゞはせ給ひしに、光君は御遊すぎて、御休息所《きうそくじよ》へかへらせ給ふ所に、かの両人のものども立かへりて申やう、

「よひより玄輝門《げんきもん》のかたに立かくれて、うかゞひ候へば、たゞいま女車《ぐるま》ども引いだして、こうきでんの御里《さと》の人々かへらせ給。中に四位の少将《しやうく》、左中弁《さちうべん》[4]などいそぎあはてゝおくらせ給ふ御くるまあり。かうきでんの御さとおりにやとおもふほどのけしきにて、なみ〳〵の女車《ぐるま》とは見えず。車三つばかり引つゞけて、出侍りし」

と申あぐるに、光君はまづむねもつぶれて、いかにしてそれぞとたしかにきゝさだめん。五の君にもせよ六のきみにもせよ、父右大臣どのこの事をしり給はゞ、日比《ひごろ》がぜひばりたる[5]人なれば、ことぐ〳〵しく聟《むこ》どのとて、もて」5なされんきのどくなるべし。さりとては、このまゝしらでうちすぎんも口おしかるべし。いかにせましとおもひわづらひてつく〴〵とながめふし給へり。

むらさきの君いかにさびしからん。留守《るす》のまもよほどになれば、さびしきにたいくつしてやあるらんと、おもひやり給ふ。かのおぼろ月よとゝりかへ給ひしあふぎは、檜扇《ひあふぎ》のさくらの三重《へ》がさねにて、こきむらさきの雲《くも》やりに、かすめる月をかきて、水にうつせる心ばへ、もようはふるけれど、もちなしからにやなつかしう、「草のはらをば、とはじとやおもふ」とて、うちわびたりしおもかげの心にとまりてわすられねば

挿絵19　後宴の様子。管弦を演奏する源氏たち　（3ウ・4オ）

光君世にしらぬこゝちこそすれ有あけの
　月のゆくゑをそらにまがへて

細流説此哥源氏物がたりの中の秀逸《しういつ》なり。五もじことさら妙なりと云々。
花鳥説吉水《よしみづ》僧正この哥をとりて「有明《ありあけ》の月の行衛《ゆくえ》をたづねてぞ野寺《のでら》の鐘《かね》はきくべかりける」とよみ給へるなり。源氏をば哥をも詞《ことば》をもとりてよむべきなり。俊成卿《しゆんぜいきやう》も「源氏見ざらむ哥よみは無念のことなり」といへり。また「花のゑんの巻は殊にすぐれて艶《ゑん》なる」共云給へり。

と書つけて、またあふまでのかた見ぞと、大せつにしておき給ふ。

あふひの上の御方へも、このほどはおとづれ給はねば、いかゞとおぼしめせども、むらさきのうへも心もとなくて、けふは一日むらさきのうへをなぐさめて、くれがたよりあふひのうへの御方《かた》へとおぼしめして、まづ二条院へおはします。むらさきのうへは、見るたびごとにうつくしさもまさりて、あいぎやうづきあいらしき心ばへ、いやらしきところすこしもなし。」6わが御心いつぱひに、をしへたてんとおもひ給ふによくかなひて、うれしくおぼしめす。しかしながらおとこのをしへなれば、ちとしやれすぎて、いたづらなることやまじらんと、心もとなくおもはるゝ。光君は、花のえんのおもしろかりしこと、なにやかやと御物がたりし給ひ、御琴《こと》などをしへ給ひて、くれかゝればいで給ふを、むらさきの上は、いつもの事ながら口おしう思ひ給へど、いまははや、まへ〳〵のやうにもなく、御留守になれ給ひて、わりなくもしたひ給はず。

あふひの上の御かたへおはしましたるに、れいのごとく、そのまゝいでゝ御たいめんもなければ、ひとりつく〴〵とよろづにおもひめぐらして、あまりのことに、さうの御琴《こと》かきならして

△「ぬき川《さいばら》のせゞの、やはら手枕《たまくら》、やはらかにぬるよはなくて」

と、はやりうたをうたひ給ふも、御したごゝろおかし。御しうとの左大臣どの、光君の御出ときかせ給ひて、いそぎ出給ひて、一昨日の花のえんのおもしろかりしこと、

「この年までながらへて、めい王《わう》の御代《よ》四代を見侍りしが、このたびのやうに詩文《しぶん》もすぐれておもしろく、舞楽《ぶがく》物の音《ね》までよくとゝのひて、見きくにつけてよはひののぶるやうなる事はあらざりき。その道〳〵の物の上手《じやうず》どもおほく、とりわけそこもとの、諸事《しよじ》こうしやにて、舞楽《ぶがく》までよくしくませ給ひしゆへに、一しほおもしろかりしぞかし。あまり感《かん》にたえかねて、此翁《おきな》もほとんど舞《まひ》いでぬべき心ちし侍りし」

との給へば、光君もすこしは、じまん心にて、

「いやさほどかはりたるしくみもし侍らざりし。むかしもいまも、一げいにすぐれたるものはかだましく[6]、そげもの[7]ゝわがまゝにて、おほやけにもいでゝつかへず。こゝかしこに引こみて、かくれいたるをたづねいだして、舞《まひ》などしくませたるばかりにて侍りし。」7（挿絵20）ほかの事よりも、頭中将のまひ給ひし、柳花苑大あたり。のちのちのてほんにもなるべきほどに見え侍りし。ましてやそこもとの、立いでゝ舞せ給はゞ、いまのよのめんぼくをほどこし、後《こう》代までのかたりつたへになり侍らんものを」

と、つばなかし[8]給ふほどに弁《べん》の君、中将とて、これもあふひの上とははらがはりの御兄弟なるが、まいりあはせ給ひて、ゐんがわのかうらんによりかゝりて、いづれも笙《しやう》ひちりき、よこぶえなどふきあはせて、あそび給ふは、いよ〳〵おもしろし。

かのおぼろ月よは、はかなかりしゆめのやうに、光君にあひ給ひしことおもひでゝ、心のうちには、ゆかしきやらなつかしきやら、くよ〳〵と物なげかしう、ながめがちにくらし給ふ。春宮《とうぐう》へは、卯月にまいり給ふはづなれば、

挿絵20　左大臣邸での左大臣と源氏の会話

（8オ）

もはやまもなく、いかにもしていま一たび、御げん[9]なしたき物かなと」8おもふにかひなく日《ひ》かずもすぎゆけば、春宮へまいり給ひて後《のち》はあひ見ることも、いよ〳〵おもひきりたることならんと、わりなくおもひみだれ給ふ。光君も、たづね給はんにあとかたなき事にはあらねど、かうきでん方《がた》の人なれば、よねの心に如在《じよさい》はあらざれども、ひごろかうきでんの、われをにくませ給へば、そのあたりにかゝりあひ、もしつゝもたせにしかけられ、うき名をとらんものどくと、おもひわづらひ給。

比しもやよひの廿日過《すぎ》に、こうきでんの御父右大臣どのゝ御方《かた》にて、弓の気《け》ち[10]とて、踏哥《たうか》の後宴《ごえん》のふるまひありて、親王達《みこたち》はいふにおよばず、公卿殿上《くぎやうてんじやう》人のこらずまいりあつまり給ひて、すぐに藤《ふじ》の花のえんせさせ給ふ。世間のはなざかりはすぎたるに、「ほか《の》ちりなんのちにさけ」とや、あつらへ給ひけん、右大臣どのゝ御庭《てい》前《ぜん》のさくら二ほん、いまをさかりと咲みだれておもしろきに、御殿はあたらしくつくり給ひて、御孫《まご》の女宮がたの、御裳着《もぎ》の日の晴《はれ》に、みがきしつらはれたれば、かゝはゆき[11]まできれいなり。

惣《そう》じてこの右大臣どのは、なに事にもいかめしう、はな〴〵としてはでなる事をこのみ、ぜひばりたる御気質《きしつ》也けり。光君にも一日大裏《うち》にて御参会《さんくはい》のおりから、直《ぢき》に御やくそくありしかども、御出なければ、公家中間《くげなかま》のたて物[12]がかけて、どうやら物《もの》のはへなきやうなれば、御子の四位《しゐ》の少将を御つかひにて、御ふみをつかはさる。

右大臣 わがやどの花しなべてのいろならば（上の句わがやどの花をほめたるやうによまれたり。哥などよむものゝ心あるべきことゝなり）

なにかはさらにきみをまたまし

をりふし光君は、大裏《うち》におはしませば、少将大裏《うち》までたづねまいりて、この御ふみをまいらせたるに、ひかる君直《すぐ》」9に此よし御かどへそうもん申させ給へば、御門《かど》此うたを叡覧《えいらん》ありて、

「わがやどの花をなべてならずとほめたるは、したりがほなる哥のさまかな」

と、うちわらはせ給ひて、

「わざとつかひをつかはされしに、さう〱まいられよ。そのほうが姉妹《あねいもと》の女宮方は、右大臣の孫《まご》なれば、あなたにてそだち給ところなれば、ほかのやうに、うと〱しくすべきすじめならず。たがひに中よく、したしきがよかるべし」

と、常々《つねぐ》右大臣どのと光きみ、御中よからぬを、御門も粋《すい》にてよくしろしめしたれば、御いけんのやうにおほせらるれば、光君はかしこまりて、やがて御装束《しやうぞく》引つくろひ、すこしきをもたせて、くれかゝる比に、いまや〱とまたるゝほど見合て、御出有けり。

桜《さくら》の唐《から》の二重織《ふたへをり》ものゝ御なをし、むらさきのうすきやうなる、ゑび染《ぞめ》の御下着《ぎ》、裾《きよ》をながく引なして、みな人〴〵は、よのつねのきつとしたる装束《しやうぞく》なるに、しどけなき大君すがたどうもいはれぬとのぶりにて、いつかれいり給ふは、またたぐひなきありさま、御亭主《ていしゆ》の御じまんの、花のいろかも光君にけしきおされて、かへつてことざましにぞありける。

御遊《ゆふ》のおもしろさはいふにおよばず、御酒《さか》もりによもすこしふけゆけば、光君は、ゑひたるふりにもてなして座敷《ざしき》をそろりと立て、おくのかたの御殿《てん》に、こうきでんの御腹《はら》の、女一のみや、女二のみやのおはします、東のかたのつま戸口によりてゐ給。御両所《ふたところ》ながら、光君の御兄弟《きやうだい》なれば、御心やすぶり[13]なるべし。ふじの花は、こなたの軒《のき》のつまよりはい出て、さきみだれたるはなを見給ふとて、御かうしもあげ渡《わたし》[10]て、女中あまたいたり。すだれの下より、見せかけすがたの袖口《そでぐち》どももあまた見えて、あまりはなやかなるありさま、大裏《うち》にて、踏哥《たうか》のせちえなどにこそ、いだしぎぬとて、かやうなることはあれども、所からにやにやはしからず。藤《ふじ》つぼの中宮などは、そこらはよくのみこみ給ひて、かやうなることはし給はず、なに事につけても、きのついたるしやれものぞやと、まづおもひ出られ給。

何とぞしてこのおりから、かのおぼろ月よをたしかに、それとしらばやとおもひ給ふ御した心なれば、なまゑひのふりにもてなして、

「ことのほかしゐられてくるしきに、りよぐはいながら、御兄弟のよしみにかげにもかくして下されなんや」

とて、すだれを引あげて、身を半ぶんほどさしいれ給へば、女中肝《きも》をつぶして、

「こはせうし。よからぬものこそ、よひしゆによしみあるをば、かこちよるものなるに」

といふけしきを見るに、おしなべてのみやづかへする女中とは見えず。さしておも〳〵しくあらねど、どこやらがれき〳〵と見えたり。そらだき物のにほひは、はなもゝげるほどにふすぼりて、立ゐふるまひも、しやん〳〵として、しつぽりとおくゆかしきけしきはみぢんもなく只当世風《たゞとうせいふう》のはでなるしだし、はなやかなるをこのまるゝと見えたり。

女宮方、さてはこうきでんの御いもとたち、花見給ふとて、こゝにゐ給ふなりけり。あねやいもとのみやがたのおはしますまへにて、色めきたることは、いかにしても不遠慮《えんりよ》なることゝはおもへど、とかくおぼろ月よの心にかゝれば、もし」11（挿絵21）あいさつにてしるゝこともやとおもひ給ひて

△「石川《さいばら》のこもうどに、帯《おび》をとられて、からき悔《くゐ》する」

といふ、はやりうたを、わざといひたがへて、

挿絵21　右大臣邸での藤の宴の際に、一人になる源氏。後ろの御簾から朧月夜が覗く　（12オ）

「あふぎをとられて、からきくゐする」

と、おどけたるこわいろにての給へば、

「帯《をび》をとられたらば、後悔《こうくはい》もあるべきはづのこと、あふぎをとられたばかりには、それほどこうくはいもあるまいはづのことじやのに、あやしうも、ふりをかへたるこもうどかな」

と、きいたふうにあいさつするは、なにのした心もしらぬぐはちなるよねなるべし。あいさつはせで、只時々《たゞときぐ》

「あゝせうし〳〵」

ときのどくがるけしきのよねに、きがつきて、さてはこれなるべしと、はやのみこんで、そのよねのそばへよりて、木丁《きてう》ごしに手をにぎりて

光君 あづさゆみいるさの山に《けふは弓のけちなれば尤ゆみにえんあり》まどふかな」12

ほの見し月のかげや見ゆると《もしおぼろ月よのみえ給ふかとおもひてなり》

「くるはたれゆへぞ。さま[14]ゆへ」

と、おしつけにの給へば、おぼろ月よも、さては光君、われぞとたしかにしらせ給ひけるぞとおもへば、心のうちのうれしさ、えこらへられぬほどにて

朧月よ 心いるかたならませば弓《ゆみ》はりの

月なき空にまよはましやは

光君の、しん実におもひ給はゞ、月なき空にもまよひ給はじ。まよふといふはしんせつになきゆへぞと、源氏の哥の中の五もじにかゝりてうらみたるなるべし。おぼろ月よは、天性《せい》哥よみなり。これよりすへ〲の巻にて、心をつけて見るべし。

といふこゝろ、たしかにかのよねなれば、光君の御こゝろの内うれしきとも、かたじけなひとも、どう共《とも》かふとも
とぞ。

（刊記）

于時宝永六つの年初日春　隠士梅翁書
江戸川瀬石町書林　山口屋権兵衛新板

此次段々板行仕源氏物語
欲《（ママ）》解抄と名付全部仕候追付
桐壺はゝ木々之両巻全六冊開板」13

注

［1］通行本文は「右中弁」。肖柏本と河内本系は「左」。古系図から『絵入源氏物語』や『首書源氏物語』、『湖月抄』付載の系図に至るまで、系図類は「左中弁」。

［2］底本には巻四末尾にも同じ系図一丁が載るが、初版である国立国会図書館本や東京大学図書館霞亭文庫本の巻四にはなく、柱にも「巻五」とあることから、巻五冒頭のみ翻刻した。

【巻五】

〔3〕『源氏物語』本文には「かのわたりのありさま」とのみあり、『湖月抄』には「細河海の説葵上のあたりの事と云々」とある。
〔4〕『絵入源氏物語』『朱書源氏物語』は「右中弁」。『湖月抄』は本文が「右中弁」、頭注では「左中弁」。
〔5〕是非やけじめをきちんとつけようとすること。
〔6〕屈折していて。
〔7〕変人。
〔8〕茅花かす。もみほぐして柔らかにする。この場合は、左大臣の心を和らげる。
〔9〕御見。お目にかかること。
〔10〕弓の結。
〔11〕まばゆい。
〔12〕立者。中心人物。
〔13〕心やすそうな振る舞い。
〔14〕あなた様の意。

梅翁『俗解源氏物語』

【巻一】

（自序）

若草源氏物《わかくさげんじもの》がたりは帚木《はゝきゞ》のするゑよりかき出《いだ》することを「本意《ほゐ》なし」と朝夕耳《あさゆふみゝ》かしがましきまでかのむすめにせがまれていなびがたく桐壺《きりつぼ》の巻《まき》よりはじめて帚木《はゝきゞ》の雨夜《あまよ》の品《しな》さだめなをわか草にのこせる所までかきつぎて俗解《ぞくげ》げんじものがたりと名《な》づくるものならし。

于時宝永七の年　初春吉祥日

梅翁書（堅）[1]

（解説）

桐壺《きりつぼ》。巻《まき》の名《な》。詞《ことば》にて付《つけ》たり。「御《み》つぼねはきりつぼなり」といへることばをとりてなとせり。これ源氏《げんじ》の君の母《はゝ》、更衣《かうい》の御房《つぼね》なり。奥入ニ云一名《みやう》は壺前裁《つぼせんざい》ともいふ。これも「御まへのつぼせんざいのさかりなるを」とある詞《ことば》によりてなり。此巻《まき》の中《なか》に源氏《げんじ》の君《きみ》、誕生《たんじやう》より十二歳《さい》までの事《こと》見えたり。此まきのするゑに、「おとなになり給ひて、のちは」とあることばに、十三四五歳《さい》のことこもりて、次《つぎ》のはゝ木々の巻《まき》十六才《さい》と見えたり。この巻《まき》にはきりつぼの更衣《かうい》を帝《みかど》御寵愛《てうあい》あさからぬ事を書《かき》て、「この更衣《かうい》の御ことによりては、道理《だうり》をもうしなはせ給ふ」[1]などゝかけり。御帝《みかど》をば延喜聖代《えんぎせいたい》に比《ひ》したるさへかく好色《かうしよく》の道《みち》には人のそしりをも、はゞからせ給はず、道理《だうり》をもうしなはせ給ひて、天《あめ》の下《した》のもてなやみ草《くさ》なりし事《こと》を、しるして上《かみ》一人より、下《しも》、万民《ばんみん》にいたるまでこゝにおゐて平生《へいぜい》をつゝしむべしとのいましめをこめたるべし。

「いづれの御時《とき》にか」と書《かき》いだせるは、きりつぼの帝《みかど》をばまさしく延喜《えんぎ》の帝《みかど》に比《ひ》してかきたるといへども、実《じつ》はつくり物《もの》がたりなればその時代《じだい》をたしかに、いづれと申べきにあらざるによりて、いづれの御ときにもかきいだせる物《もの》なるべし。

女御《にようご》〇周礼天官《しうらいてんくはん》二曰《いはく》女御者御妻也《にようごはごさいなり》〇日本《にほん》にて[2]は雄略天皇《ゆうりやくてんわう》の七年に、稚姫《わかひめ》吉《き》備《び》上道女為《す》二女御《にようごと》一これはじめなり。無位、以上、二位、三位なり更衣《かうい》　女御より次の人なり。このつぼねにて天子《てんし》の御衣《い》をめしかゆるゆへに更衣《かうい》といふなり。仁明天皇承和《にんめいてんわうせうわ》三年に正五位上《しやうごゐのじやう》、紀朝臣《きのあそん》、乙魚《うを》に授《さづけて》二従四位下《じゆしゐげを》一為《す》二更衣《かういと》一これ始《はじめ》也。」2

賢者《けんじや》も迷《まよ》ひ易《やすき》は色《いろ》の道《みち》
尊《たつとき》きもゆるさぬは
会者定離《ゑしやぢやうり》の
ならひ

（本文）

いづれの御時《とき》にか延喜《えんぎ》の御代《みよ》をさす女《にようご》御后《きさき》に次《つぐ》官《くはん》なり更衣《かうゐ》女御《にようご》の次《つぎ》の官《くはん》なりさぶらひ給ひける中《なか》に、いたりて上臈《じやうろう》の分際《ぶんざい》にはあらぬ、大納言位《だいなごんくらゐ》の人のむすめを、御門《かど》すぐれて御寵愛《てうあい》ありけり。かのよね[3]、禁中《きんちう》にてすみ給ふつぼねを、桐壺《きりつぼ》といへば、すなはち、きりつぼの更衣《かうゐ》とぞ申ける。このよねより最初《さいしよ》にまいり給ひて、御門《みかど》の御心ざしもふかく、ことに大臣《だいじん》のむすめ達《たち》、こうきでんのにようごをはじめ、御子《みこ》をもあまたうみ給ひて、おそらくはたれにもおとらじと心のうちにおもひをごりてゐ給ふ、よねたち、かのきりつほのぜんせいをねたましく、なにごとぞ、見おとしきゝおとさんと、そねみ給ふ上臈《らう》さへ、しつとの恨《うらみ》はおそろしきものなるに、きりつぼのかうゐとおなじくらゐのよね、それより下臈《げらう》のよねたちはましてやすからず。」3

腹立皃《ひぞりがほ》[4]、あさゆふのみやづかへにつけてもむねのほむらをこがしつゝ、うらめしやとおもふ念力《ねんりき》おのづからつもり〳〵て、桐壺《きりつぼ》の、身《み》もわづらはしく、なにとやら物心ぼそきなぐさめには、里《さと》ずみがちにし給へば、御門《かど》はいよ〳〵あかずいとをしさもまさり給ひて、人のそしりをも、えはゞからせ給はず、末《すゑ》のよまで性《しやう》わるのためしにもなりぬべき御もてなしなり。女中《じよちう》がたのりんきはうち〳〵のさた、おもてむきをもはゞからせ給はねば、公卿殿上人《くぎやうてんじやうびと》までも、このきりつぼのことゝいへば、あまりのことにあいそもつきて、めもそばめつゝ、かゝはゆき[5]ほどのぜんせいなり。

殷《いん》の紂《ちう》が妲己《だつき》を愛《あい》し周《しう》の幽王《ゆうおう》がほうじを愛せらるなり
もろこしにもかゝる色のをこりにて、世もみだれあしかりけれと、いまははや、世間《せけん》にばつとしたとりざた[6]、洛中《らくちう》はいふにおよばず、かたいなかの田夫《でんぶ》まで、鍬《くは》をかたげながら三人よればこれざた、天《あめ》が下《した》のなげき、人のもてなやみ種《くさ》になりて、」4（挿絵1）かの玄宗《げんそう》の楊貴妃《やうきひ》を愛《あい》して、霓裳羽衣《げいしやううゐ》の曲《きよく》といふ舞《まひ》をまはせて、あさゆふはなげをのばし、あさまつりごとおこたり給ひしより、つゐには世の中も乱《みだれ》つるぞかし。今此御門《いまこのみかど》のきりつぼを、あいさせ給ふもまづそのごとく、よからぬことゝおもへば、女中はいふにおよばず、公卿殿上人《くぎやうてんじやう》までも、なに事につけても心よからぬあひしらひ[7]どもありて、きりつぼの身になりては、さりとはつとめがたく、めいはくなることゞもなれども、御かどの御心ざしの、ありがたくかたじけなきひとつをたのみにて、宮づかへし給ふ。

きりつぼの父大納言《ちゝだいなごん》はとくうせ給ひて、母《はゝ》きたのかた」5北のかたとは惣《そう》じて女のことをいふ。陰陽《いんよう》にかたどりて男は南面してほかをつとめ女は北面して内をおさむるによつて北のかたといふなり由《ゆい》緒《しよ》もたゞしく女ながらもかひ〴〵しく、両親ありてはなやかなるかた〴〵にもおとらず、なに事のぎしきをも、

挿絵1　光源氏誕生、参内の場面

（4ウ・5オ）

かゝぬやうにはし給へども、おもてむきにきつとしたるしんるいのうしろ見し給ふ人なければ、爰《こゝ》はと云はれはざ[8]のある時には、とひあはすべきかたなくて、こゝろぼそきなり。

さきの世にもいかなる契《ちぎ》りかおはしましけん、世にたぐひなくきよらなる、玉のおのこ御子《みこ》をさへなんの苦《く》もなく、うみいだし給へば、御門の御よろこび大かたならず。里にての御へいさんなれば、いつしかと心もとなくおぼしめして、いまだひかずもたゝざるに、いそぎわか宮をむかへまいらせて御覧《らん》ずるに、世界《せかい》にめづらしきほどうつくしき御子の御かたちなり。

一の宮は右大臣《うだいじん》どのゝ御むすめ、こうきでんの女御《にようご》の御はらにて、母かたもおもく〳〵しく、たれさまたぐるものもなく、うたがひもなきまふけのきみ、やがて春宮《とうぐう》に立《たゝ》せ給はんと、世間の人もおもくもてなし奉れども、この度きりつぼの御はらに、むまれさせ給ふ、わか宮の御きりやうには、はるかにおとり給へば、御かどの御そこゐにも、第一のみやといひ、ことには母方《はゝかた》もかろからねば、おもてむきをばいかにもおもくもてなさせ給ひて、このたびむまれさせ給ひしわかみやをばわたくしものゝやうに、御内証《ないしやう》の御てうあひかぎりなし。

もとよりきりつぼは、をしなべての女中のやうに、御門の御まへにて、あさゆふみやづかへ」6し給ふべきかくしきならず。人がらも上臈めきて、あるべきかゝりに、更衣《かうゐ》のやくばかりつとめ給ふべきなれども、御かどわりなき御心ざしふかくおはしませばさるべき御遊《ゆふ》のをり〳〵、なに事によらず、おもしろがるべきふし〳〵には、ほかのよねよりまづきりつぼをめさせられ、すぐにそのよは、御とのゐにて、ことゞもの御たはぶれに、御しんなりすごして、人々あまた参《さん》内し、どさくさとさはがしければ、つぼねへかへらんもいかゞぞとて、その日《ひ》も終日《ひねもす》御そばさらず。くるればいよ〳〵ゐつゞけの御とのゐ、とかくあくまもあらざれば、おのづから更衣《かうゐ》の位《くらゐ》よりかる〲しく、たゞ御こゝもとにて、めしつかはるゝ女中などのやうにおもはれしが、御子《こ》むまれ給ひてのちは、きつとしたる御もてなしにて、かる〲しくもし給はねば、春宮にもわるふしたらばこのたびのわか宮を立させ給ふ事やあらんと、一の宮の御母《はは》こうきでんは、うたがはしくおもひ給ひける。

このこうきでんの女御は、女官《にょくわん》あまたあがる中に、ほかの女中よりさきにまいり給ひて、御かどもやんごとなくおぼしめす事ほかの、女中とはかくべつなり。御子たちもあまたむませたまへば、あまたの女中のりんきよりも、この女御の嫉妬《しつと》のいさめをば、むつかしくきのどくに思しめす。

きり壺は、御かどのかたじけなき、御こゝろざしをたのみて、おはしませども、なに事ぞ見をとしきゝおとさんと、毛《け》をふいて疵《きず》をもとむるものはおほく、下心のわるひことのみにて、わが身はかよはく」7物はかなきありさまにて、御門の御心ざしふかきゆへにかへつてものおもひぞし給ひける。つねに住給ふ局《つぼね》はきりつぼなれば、御門の御座所《ざところ》よりは艮《うしとら》にあたりてそのあいだは、こうきでん、れいけいでん、せんようでんなどゝて、いづれもれき〲の女中のすみ給ふ御殿《てん》のまへを、あさゆふのかよひ道にて、御とのゐにまいり給へば、これを見給ふよねたちの、御心をうごかし嫉妬《しつと》のおこるもげにことはりと見えたり。

ほかの女中は御とのゐもたえて、きりつぼばかりうちつゞき御とのゐにめすおりからには内橋《うちはし》きり馬道に板《いた》をわたして通ふ道なりわたどの廊下《らうか》のことなり爰かしこにけがらはしき物をまきちらして、桐壺のをくりむかひのこしもとゞもの小袖のすそをよごさせなどして、さがなきことどもあり。またある時には、ほかへぬけ道のならぬ所の戸をさしかためて、かけがねをしめ、かなたもこなたも、きりつぼをそねむ女中なれば、いひあはせてとうわくさせ給ふ事たび〱。なに事につけても、くるしき事のみかさなれば、きりつぼの身になりては、ことのほかきのどくにおもひ給ふを、御門あはれにいとおしくおぼしめして、後涼殿《でん》とて、御ざの間ちかきつぼねに、もとより住付《すみつき》てゐ給ふ更衣をほかのつぼねへうつらせて、其あとをきりつぼのつぼねに給はりければ、かの更衣《かうゐ》、ひごろしつとの恨《うらみ》あるにまして、此たびつぼねをおひ立られしくちをしさ、やるかたなきもことはりなり。

生れ給ひしわかみや三つになり給へば、御はかまぎの御いわゐ、一の宮のはかまぎせさせ給ひしにをとらず、蔵《くら》づかさ[8]金銀《きんぐ》珠《しゆ》玉《ぎよく》錦綾《にしき》御服宝器等《ふくほうきとう》有所納殿《をさめどの》諸国よりのしんもつ其ほか入をく所なりのものをつくして、おびたゞしくをさめ給ふ。それにつけても世の人の口さがなく、そしりたてまつることおほけれ共、この御子のとしのほどよりおとなしく、御器量《きりやう》のうつくしさ御心ばへ世《よ》にめづらしきほどにおはしませば、にくしとおもひ給ふ女中をはじめ、えそねみあへ給はず。中《なか》にも心ある女中は、かゝる人もよの中に生れいで給物《もの》か、うつくしきといふもたいていの事ぞかし。此御子《みこ》のありさまあまりのことにほめられもせず、たゞ見るたびにめをおどろかしたまふ。

その年の夏《なつ》きりつぼのかうゐ、かりそめのかぜの心ちなどのやうにわづらはしく、

「里へさがりて、養《よう》生し給はん」

との給へども、御門さらに御いとま下されず。つね〴〵も持病《ぢびやう》のつかへにて、をほくねつなどのさし引[9]ありて、わづらはせ給へば

「このたびもさほどのこともあるまじきぞ、しばらく見あはせよ」

とおほせらるうちに、日々《ひゞ》におもりてたゞ五日六日《いつかむゆか》のほどにことのほか、がんしよくおとろえよはりはて給へば、きりつぼのはゝうへ、なく〳〵此よし奏聞《そうもん》申てやう〳〵と御いとま給はりさとへさがらせ給ふ。常々《つねぐ》ねたみそねむ人おほければ、かゝる時節《じせつ》をうかゞひて、いかやうなるもくろみをしいださんもはかりがたくはぢがましき事

もやあらんと、心づかひしてわかみやをば、禁中《きんちう》にとゞめをきたてまつりてしのびてぞいで給ふ。

御かどはしばしのわかれをさへかなしくおぼしめされしにましてや是はたのみすくなく、ながきわかれになりやせんと、やるかたなくおぼしめせどもかぎりあればさのみえとゞめさせ給はず。」9（挿絵2）みづから里までおくらせ給はぬおぼつかなさ、王位《わうゐ》のおもきもかゝるじせつにはいらざるもの、下々《したゞ》[10]ならばみづから見とゞけて、おぼつかなきおもひもあるまじきにとおぼしめす。どうもいはれぬほどうつくしかりしかたちのことのほかにおもやせて、御かどの御なごりなにやかやと心ぼそく心の内には、さま〴〵物をおもひしみながら、ことばにいだしてはえいひやらず。あるかなきかにきえいりたるありさまを御らんずるにつけても御かどの御心のうちとはうにくれさせ給ひて、よろづの事を、なく〳〵ちぎりの給はするに桐壺」10は御あいさつもえし給はず。精神《せいしん》まもらず、目の中《うち》おもくよは〳〵と、われかのけしきにてふしたれば、いかやうにしてかこのびやうきをたすけんと御門はおもひまどはせ給ふ。

後涼殿《こうらうでん》は中の重《へ》[11]への御もんの内なれば、たかき石だんをうし車《くるま》にてひきいださんは、びやうきのためによからじとて、手車《てぐるま》にてそろ〳〵とひきいだすべきよし宣旨《せんじ》下されてもまたかうゐのつぼねへいらせ給ひて、さらにはなちやり給はず。

「たとへかぎりある道なりともおくれさきだゝじとちぎりし中をさりともうちすてゝはえゆきやらじ」

との給へばきりつぼも御かどの御なごりやるかたなくかなしく見たてまつりて、

きりつぼ

かぎりとてわかるゝ道のかなしきに　みかどのかぎりあらん道にもうちすてゝはえ行やらじとの給ふほどに
いかまほしきはいのちなりけり　君のためにいかまほしきとなり
このこゝろ正風体[12]の哥なりと也

挿絵2　源氏の袴着か。あるいは、源氏をとどめ、桐壺の更衣が退出するところか

（10オ）

「かくあるべきとかねてよりおもひしり侍らば、申あげたきことゞもゝありつる物を」

と、いひたきことは有げなれども、えいひやらず。いきもたえつゝくるしげなれば、御かどはよしや世の人のそしりは、ともあれかくもあれ、このまゝ禁裏《きんり》にさしおきてともかくもなりゆかんを、見はて給はんとおぼしめすに、

「きりつぼのさとにて修法《ずはう》加持《ぢ》せよ」

とかねておほせつけられし、
諸寺《しよじ》の高僧《かうそう》「今《こ》よひよりいのりはじめまいらせん、じこくおそなはりては、いよ〳〵よろしからず」

と、そうもんすればわりなくおぼしめしながらぜひなくはなしつかはさる。[11]

御むねもつとふたがりて、露ほどもまどろまれず、あかしかねさせ給ふ。御をくりのいまだかへらぬに、はや御つかひくしのはを引ごとく[13]ゆき[14]てかへらぬうちをも心もとなく、

「いかに〳〵」

と仰られしに、そのよの夜半《やはん》すぎのころに、

「たえはて給ひたる」

とて、里《さと》の人々なきまどへば、御つかひもあきれて立帰《たちかへ》り、さう〳〵かくと奏聞《そうもん》すれば、夢《ゆめ》うつゝともわきまえさせ給はず。
※御子《みこ》をばせめての事に大うちにとゞめをきまいらせたくおぼしめせども、服忌《ぶつき》[15]有《ある》人のおる事ならぬは、神代《かみよ》よりのおきてなれば、さとへおりさせ給はんとするに、いまだいとけなくおはしませば、いかなる事ともおもひわけさせ給はず。おちやめのと[16]がなきまどひ、御かども御泪《なみだ》の隙《ひま》

げんじ当年三さいなり。七才未満服忌ある事別ニ子細有事なり（12オ頭注）

なくなかれおはしますを、あやしげに見めぐらし給ふ。たゞ大かたのことにてさへ、かぎりのわかれはかなしき物なるに、ましてわか宮のいとけなきありさまを見るにつけて、いとゞかなしさも、かぎりなくなきまどへり。

かぎりあればなきがらをいつまでとゞめをきまいせんと、したしき人びとはしりまはりて、葬礼《そうれい》の義式《ぎしき》いとなみけるに、

母北《はゝきた》の方《かた》「おなじけぶりにも立のぼらん」

となきまどひて、野辺《のべ》のをくりに出ける、女房の車にしたひのり給ひて、愛宕《をたぎ》といふ所に、葬《そう》礼のさほういかめしくしたるに、おはしつきたる心ち、めくれ心もみだれて、なひ〱はむなしきからを見る〱、なをよにいきてある人と、思ふが心まよひなれば、

「灰になりなんを見とゞけて、今はなき人と、ひたすらに思い[17]」12(挿絵3)きらむ」

と、かしこげにの給ひしが、ふしまろびて、車よりおちんとし給へば、

「さてこそさやうにあらふとおもひしこと」

ゝて、人々もてわづらひける。

御門《かど》より御つかひあり。三位《さんみ》のくらゐをおくり給ふよし、勅使葬礼《ちよくしさうれい》の場《ば》へきたつて、その宣命《せんみやう》をよむに、聞《きく》人なみだおとさぬはなし。后《きさき》にもなすべきと、思しめされしに、女御《にようご》とだにいはせず、むなしくなせしくちおしさ、せめての事に、更衣《かうゐ》は四位《しゐ》なれば、いま一位をまして、三位におくりなさせ給ひける。これにつけてもにくみ給ふよね達《たち》おほく、その中にも、物の心をわきまへて、すいなるよねは、きりつぼの風《ふう》のよかりしこと、心ざまのぼつとりと[18]どこひとつ見にくき所もなく、さりとはにくみが」13たかりし事など、いまなきあとにて、おもひ

挿絵3　桐壺更衣の野辺送り。母も車で付き添う

（13オ）

いだし給ふ。御かどのあまりなる御しなし、ほかにはよねもなきものゝやうに、もてなさせ給ひ、あさまつりごとをもわすれさせ給ふほど、時めかせ給ひしゆへにこそ、あまたの女中もすげなくそねみ給ひしが、人がらのめやすく、あはれに情《なさけ》ありし御心を、御門《みかど》の御そばにめしつかはるゝ女ぼうなどは、こひしたひけり。「(古哥なり)ある時はありのすさびにつらかりき、なくてぞ人はこひしかりける」、とよみしも、かゝるをりのことにやとおもはるゝ。

はかなく日かずすぎて、七日〳〵の法事《ほうじ》にも、御門よりこまかに御心をつけられてとぶらはせ給ふ。ほどふるまゝに、やるかたなくかなしうおぼしめさるれば、いよ〳〵女御《にようご》更衣《かうゐ》たちの御とのゐもたえはて、只御袖《そで》はなみだにくちて、あかしくらさせ給ふを、見奉る人々さへ、哀《あはれ》をもよほされて、袖も露けきあきなり。更衣《かうゐ》はかなくなり給ひては、ほかの色にうつらせ給ふ、こともやと、いづれの女中も身だしなみせられて、いまや〳〵と、まちかけすがた[19]なれども、御《み》かどはかつてさやうなる御心もなく、たゞあけくれに更衣《かうゐ》のことのみ恋しうおもひ出させ給ひて、なみだがちにておはしませば、死《し》しての跡《あと》まで、人のむねのあくせ[20]もなく、

「あのきりつぼといふよねは、常々《つねぐ》いかなるしかけにて、御門の御心をなづませまいらせしぞ、おそろしきよねのしなしなりしぞ」

と、こうきでんのにようごなどは、なを〳〵しつと[14]の御心のこりて、にくませ給ひける。

一のみや《みかどの御心の内を云》を見まいらせ給につけても、わか宮の御事こひしう思しめさるれば、わけてしたしく御そばにてめしつかはるゝ女中、そのほか御乳母《めのと》などを、をり〳〵つかはされて、わか宮のありさまをとはせ給ふ。野《の》わけめきてふくかぜ身にしみ、にはかにはださむき夕ぐれに、きり壺のありしよの事、おもかげに立そひて、おぼしめしいださるゝことゞもおほくて、きりつぼの母《はゝ》のもとへ、靫負《ゆげい》の命婦《みやうぶ》といふ女中を御つかひにつかはさる。夕月夜《ゆふづくよ》

のおもしろきほどにいだし立《たて》させ給ひて、すぐに内へもいらせ給はず、秋《あき》のけしきの哀《あはれ》なるをながめいだしておはします。かやうなるをりからには、御遊《ぎよゆふ》など有しにも、心ことなるものゝ音《ね》をかきならし、はかなくよみいづることのはまでも、ほかのよねとはかくべつなるしなしありさまの、おもかげに立そひて、「むば玉《古哥也》のやみのうつゝはさだかなる、ゆめにいくらもまさらざりけり」、とよみしにも、なをおとりけりと、くよ〳〵おもひなげかせ給ふ。

命婦《みやうぶ》ほどなくきりつぼのふるさとにつきて、くるま引いるゝより、なにとなく物あはれなり。桐壺《きりつぼ》の母君《はゝ》はやもめずみなれど、きりつぼ大内にましませば、なにごとにつけても見ぐるしからぬやうに、心をつけて住なし給ひしが、きりつぼにおくれ給ひては、心のやみにふししづみ給ひて、うちすておき給ひしほどに、庭《には》もまがきも草をいしげりて、」15野分にいとゞ、あれたる心ちして、月かげばかりぞ八重《やえ》むぐらにもさはらずさしいりたる。命婦を南おもてのざしきへいれて、母君《はゝぎみ》出て対面《たいめん》し給ふ。しばしはたがひになみだにくれて、物をもいはず。やう〳〵として、はゝ君なく〳〵、

「今までながらへとまり侍るが、うき身なるに、かゝる賢皇《かしこきみかど》の、御つかひのよもぎふの露わけいらせ給につけても、はづかしうこそ候へ」

とて、いのちもたえがたげに、なき給ふ。命婦《みやうぶ》もなみだをおさへて、

「あなたにておもひやりしにまさりて、「まいりて見候ひては、いとゞ心きもゝつぶるゝやうに侍る」と、いつぞや内侍のかみの奏聞《そうもん》し給ひしがまことにわが身など、物の心もしらぬ身にさへ、忍びがたう侍りけれ」

とて、鼻《はな》うちかみ、涙《なみだ》ぬぐひて、

「御門よりの仰《おほせ》ごとには、「きりつぼはかなくなりて、暫《しばし》がほどは、夢かとのみたどられしがさむる時なきかなしさのたえがたきを、いかやうにして、わすらるべきぞと[21]とひあはすべき人だになきを、はゝぎみしのびて大うちへまいり給ひなんや、わかみやの露けき里住《さとずみ》もおぼつかなく心もとなきに、とくわか宮をもともなひてまいり給へ」と、おほせられもはてず、なみだにむせびて、おほせられたきことは山々ながら、はか〴〵しうもの給ひえず。御かたはらの人〴〵もあまりに御心よはき御分野《ありさま》と、見たてまつらんもつゝましうおぼしめしたる御けしきなれば、そこらはこなたにのみこんで、あらましばかりうけ給はつてまいり侍る」

とて、御ふみをとりいだしては」16ゝ君へまいらする。

　母君御ふみいたゞきて、めもみえ侍らねど、かたじけなき御かどの御心ざしを光《ひかり》にして拝しまいらせんとてひらき見給。

　ほどへばすこしかなしさのまぎるゝ事もやと、まちすごす月日にそへて、こひしさのしのびがたきは、わりなきわざになん。いはけなき人もいかにと、おもひやりつゝ、桐壺《きりつぼ》もろともにはごくまぬおぼつかなさを、今《いま》はなを、きりつぼのかたみとおもひなぞらへてわか宮をやしなひ立給へ

などゝ、こま〴〵とかゝせ給ひて

　宮城野の露吹むすぶかぜのをとに（宮ぎのは宮中大内の事をいふ。露《つゆ》ふきむすぶはなみだをいふ）

　　こ萩がもとをおもひこそやれ（わかみやの御事をいふなり）

とかゝせ給へるを、母君は、え、よみもはてもせず。なみだにむせびて、

「いのちながさのつらふおもはるるに、「（古哥）いかにしてありとしられじ高砂《たかさご》の、松のおもはんこともはづかし」きに、

まして、もゝしきにゆきかよひて、人々にこれこそ、きりつぼのかうゐの母よと見られんは、はゞかりおほく、御かどよりいともかしこきおほせごとを、たび〳〵承《うけ給はり》りながら、わが身は、えおもひ立《(大うちへまいらんことを》侍らじ。わかみやはいかにおぼしめすにや、「大裏《うち》へとくゆかばや」との給ふも、まことに玉をつらねし御殿《てん》の中《うち》にすみなれ給ひて、かゝるよもぎふのさびしきありさまなれば、ことはりにかなしう侍り。此おもむきをよからむやうに、奏し給へ。いま〳〵しき」17(挿絵4)わが身にて侍れば、わか宮のかくておはしますももつたいなく侍る」

と、なく〳〵かたり給。

わかみやはよひのほどから御寝《ぎよしん》なりけり。命婦は

「わか宮の御きげんよき御やうだいをも見たてまつりて奏聞《そうもん》申たくおもへども、定《さだめ》て御かどには、こなたからの御返事《へんじ》をまたせ給ひて、おほとのごもらずにおはしますらん。夜もふけぬべし」

とて、帰《かへり》をいそぐ。」18

挿絵4　泣く靫負の命婦と源氏、帝

（18オ）

【巻一】

注

［1］このあたりの『源氏物語』引用本文は、正確ではない。

［2］「にて」は「記に」か。

［3］美女。遊女。

［4］「ひぞり」は「乾反」。すねて怒ること。

［5］まぶしい。

［6］噂。

［7］応対。

［8］晴業。晴れの儀式。

［9］体温の上下。

［10］しもじも。

［11］内裏。

［12］和歌の伝統的な歌体のこと。

［13］絶え間ないこと。

［14］「かさ」のようにも見える。

［15］父母などの親族の死に際して一定期間喪に服すること。

［16］御乳（の人）や乳母。

［17］「心まよひ」から「思い」までの一行、小文字で詰めて彫られる。一面行数一四行と通常よりも一行多いことからも、一行落としたのを無理に詰めて彫ったかと考えられる。

［18］もの静かなさま、ういういしいさま。

［19］待ち受けている様子。

［20］「瀬」。おり。

［21］底本「そど」

【巻二】

灯《ともしび》をかゝげ尽《つく》す独寝《ひとりね》の床《とこ》
かたみは袖《そで》の露《つゆ》
玉《たま》のかんざし
ならましかば

〈本文〉

〈母君《きりつぼのはゝ》は、

「子をおもふ心のやみの、たえがたきかたはしをだに、はるゝばかりにかたりなぐさみたきを、このたびは御門《みかど》よりの御つかひなれば、なにごともあはたゝしく、かならずわたくしの御いとまにてさがらせ給へ。きりつぼながらへてありしほどは、おもたゞしき御つかひにて、まいり給ひしものを、かゝるなげきの御使《つかい》におはしましたるに、あひまいらするもいかばかりめんぼくなふ、生《いき》そこなひのつれなきいのちにて侍る。桐壺《きりつぼ》うまれし時より、おもふ子細《しさい》あるむすめにて、父大納言《ちゝだいなごん》もいまはのきはまで、たゞこのむすめのこと、「大内《おほうち》へまいらせて、宮《みや》づかひせさせよ。かならずこの本意《ほい》をとげさせよ。われむなしくなるとても、もちあましてたゞ人にあはすることなかれ」と、かへすぐゝゆい[1]言《ごん》せられしかば、はかぐゝしくうしろ見する人もなくて、禁中《きんちう》のまじはりは、心もとなくおもひながら、父《ちゝ》のゆいごんたがへじとて、宮づかへにいだし侍りしに、身にあまるまで御なさけにあづかり、よろづに御心をつけさせられ、かたじけなき御心ざしにて、人げなきはぢをかくしつゝ、宮づかへし侍りし

【巻二】

に、あまたの女御更衣《にようごかうい》たち、嫉妬《しつと》のそねみふかく、さま〳〵のあくじをたくみ、つゐには非業《ひがう》[1]のやうにて、むなしくなりて候へば、御かどの御なさけふかく、かはゆがられまいらせしは、かたじけなき御心ざしを、いまはかへつてつらく思はれ侍る。これもわりなき心のやみ。ぐちからおこることぞ」

と、いひやらずむせかへりてなき給ふほどに、よもふけぬ。

命婦《めうぶ》もなみだをおさへて、

「御門《みかど》[2](挿絵5)の仰《おふせ》らるゝにも、「わが心ながらあまりにいとおしく、人々のめにたつほどにおもひしも、ながかるまじき中なりと、いまおもへば、つらかりける契《ちぎり》なりけり。世《よ》の中《なか》のまつりごとずいぶんたゞしく心をつけて、いさゝかも人の心をまげたる事はあらじとおもへど、たゞかのきりつぼゆへに、心ならず、あまたの人のうらみをうけ揚句《あげく》のはてには、はかなくわれをふりすてゝ、めいどの旅《たび》にゆきわかれ、あとにのこりてたよりなく、いとゞ人めもわるく、わが身ながら心もおさまらず、かたくなになりはつるも、いかなる前世《ぜんせ》の契《ちぎ》りにやありつらん。しらまほしきことなるぞ」と、たび〳〵おほせられて、御なみだがちにのみおはします」

と、なく〳〵つきせぬ物がたりに、よもいたうふけぬれば、

「こよひの伺内に御返事《へんじ》申あげん」

とて、(みやうぶが事也)[3]いそぎかへる。

月はいり方《かた》の空《そら》きよくすみわたれるに、かぜいとすゞしく吹《ふき》て草《くさ》むらのむしの声《こゑ》〴〵、あはれをもよほしがほなるもたちはなれがたき草のもとなり。

(命婦)すゞむしの声のかぎりをつくしても(こゑをつくしてといはんとてすゞ虫と読り　きりつぼの事をかたりつくしても)

挿絵5　桐壺更衣の母の邸と牛車　（2ウ・3オ）

ながきよあかず《ながきよすがらあかずなみだのおつるとなり》ふるなみだかな《ふるはすゞのえんなり》

とうちながめて、しきりにあはれをもよほし、車《くるま》にもえのりやらず。

いとゞ《桐つぼ母》しくむしの音しげきあさぢふに

つゆをきそふる雲のうへ人《さしてもつゆけきに命ぶの御つかひとてまいられたるにていとゞなみだをそへたると也》

さなきだに、きりつぼの事のみわすられずかなしきに、こよひ命婦《みやうぶ》の、御門《みかど》よりの御つかひにてまいられたれば、とふにつらさのまさるとかや、いよ〳〵昔《むかし》をおもひいだして、

「なみだのこぼるゝは、そなたゆへぞ」

と、かこち申さんと、命婦がくるまにのる所へ、つかひにていはせたり。風流《ふうりう》なる引手物《ひきでもの》など、あるべきおりにもあらざれば、たゞかのきりつぼのかたみにもなるべき物《もの》を、かゝる御つかひなどのあることもやと、のこしをきたる御装束《しやうぞく》一くだり、はさみかうがいなどのたぐひにてだうぐをそへてつかはす。

わか宮《源氏の事也》につきそひまいらするわかき女中《じよちう》は、きりつぼのわかれのかなしき事《こと》もおもはず、大内《うち》のにぎやかなるに、あさゆふすみなれて、かゝる里住《さとずみ》の物さびしく、わかひおとこのかほをもみず、ことに御かどの御ありさまなどおもひやられて

「とくわかみや《源氏なり》を、大うちへまいらせ給へ」

と、そゝのかせども、はゝ君はかく、いま〳〵しき身のつれそひて参《まいら》ん」4も外聞《ほかぎゝ》よろしからず、またわか君《源氏》をさへ、見奉らで、しばしもあらんは心もとなく、おもはれて、そのまゝまいらせたてまつらんとも、おもひ立給はざりけり。

命婦《みやう》大うちへかへりたるに、御かどのいまだ御しんならずおはしますを、心の内《みやうぶが心のうち也》にはあはれに見奉る。みやう

ぶがかへるをまたせ給ふと、人のおもはくもきのどくにて、それとはなしに御前《まへ》のつぼせんざいの、千種《ちくさ》の花《はな》の、おもしろきさかりなるを、御覧《らん》ずるやうにてしのびやかに、中にも心ある、としまの女中四五人さぶらはせて、よも山《やま》のものがたりせさせ給ふ。此ごろあけくれ御らんずる、長恨哥《ちやうごんか》、かのもろこしの玄宗《げんそう》の、楊貴妃《やうきひ》を愛《あい》して、あさからざりしたはぶれの、たのしみつきてかなしきは馬嵬《ばくわい》が原にて貴妃《きひ》をうしなひしことまでも、白楽天《はくらくてん》と云粋《すい》がおもしろくまたあはれにつくりし長恨哥《ちやうごんか》の御絵《え》、亭子《ていじ》の院《ゐん》のかゝせ給へるに、いせつらゆきが、そのところ〴〵をよみしやまと歌《うた》、ちんぷんかんのからうたをもたゞ、かの色の名ごりのあはれなりしことばかりを、朝夕《あさゆふ》の御なぐさみまくらごとにせさせ給ふ。

命婦かへりまいりたるにきり壺《つぼ》の古里《ふるさと》のありさまくはしくとはせ給ふ。あはれなりし事、母ぎみのなみだながらのものがたり、忍《しの》びやかにこま〴〵と申あぐる御返事を御覧《ごらん》ずれば

いともかしこき御ふみは身にあまりて置《をき》所なきほど、ありがたく、かゝる仰《おほせ》ことに付《つけ》てもなき人のことのみおもひいだされてかきくらす心のやみのみだれごゝちになん」5

あらきかぜふせぎしかげ（源氏の君きりつぼにをくれ給ひしことをいふ）のかれしより小萩（源氏の事也）がうへぞしづごゝろなき（しづかなる心もなきとなり）

と、書《しよ》づらのみだれてみぐるしきは、なげきにしづみしほどのて、さもあるべしと御らんじゆるさせ給ふ。

これほどになげかしく、心よはきけしきを人に見せじと、おもひしづめさせ給へども、あとよりせめくる、こひしさの、やるかたなきをば、え忍《しの》びあへさせ給はず。見そめ給ひし年月の、そのはつどこのうゐ〴〵しさなれゆくまゝにしつぽりと、たがひちがひの手まくらを、かさねし夜々《よゝ》のむつごとの、とありし時、かゝりしをりのおもかげを、おぼしめしつゞけられて、たゞ時のまもあひ見ねば、こひしゆかしくいかゞぞと、おぼつかなかり

し物を、今はむなしきひとりねの、かくても月日《つきひ》はへにけるよと、あさましうおぼしめさる。

「父《ちち》大なごんのゆい言《ごん》たがへず、宮づかへにいだせし、よろこびには、后《きさき》にも立ばやと内々《ないく》おもひをきしことも、かひなし」

との給ひて、母君の心のうちさこそとおぼしめしやらせ給ふ。

「よしやかくきりつぼははかなくなりたるとも、おのづからわか宮（源氏）なども成人《せいじん》し給はゞ、とうぐうに立給ふまじきものにもあらず。老《をひ》をわすれて、うれしき世にあはんもはかりがたし。（桐つぼのは、母のいのちながきを、つらき事に思へども、まてば海路《かいろ》の日和《ひより》あり、なに事も心ながくおもふがよきぞ」

などの給ふ。

命婦はかのおくられしかたみの物どもとりいだして、御かどへ見せまいらする」[6]に、臨卭《りんきやう》の道士《どうし》が、玄宗《げんさう》のつかひに行て、やうきひの魂《たま》のありかをたづねいだして、もちきたりし、しるしのかんざしならましかば、せめて心もなぐさむべきにとおぼしめすもいとかひなし。

（御門）尋ゆくまぼろし（幻術士《げんじゅつし》の事を云）もがなつてにても
たまのありか（きりつぼのたまのありかをしりたきとなり）をそことしるべく

絵《え》にかける楊貴妃《やうきひ》のかたちは、いかほど上手《じやうず》の絵師《えし》といへども筆にかぎりのある物なれば、どうもいはれぬまことのすがたの、うまひ所はうつしえず。大液《えき》の池《いけ》の芙蓉《ふよう》はおもてのごとく、未央宮《びようきう》の庭《には》の柳《やなぎ》は眉《まゆ》ににたりとはめたりしも、もろこしの女中のほそながきとりなりはさもあるべし。吾国《わがくに》のふうぞくならねば、画《え》を見たばかりにては、心もうつらず。

【巻二】

なつかしういとおしげなりし、きり壺のかたちを、おぼしめしいづるに、花鳥《はなとり》の色にも音《ね》にも、たとへんかたなきうつくしさ、朝ゆふのむつごとにも、このよのみかは後《のち》のよも、天にあらば比翼《ひよく》の鳥、地にあらば連理《れんり》の枝《えだ》とならんと契《ちぎ》りしに、おもふにかひなくみじかかりけるいのちのほどぞつきせず、うらめしきをりから秋のかぜの音《をと》、むしのねにつけても、物かなしうおぼしめさるゝに、こうきでんの女御《にようご》は、久しう御そひぶしのとのゐにもめされず。なまうらめしめし（マヽ）き、気ばらしにや、月のおもしろきに、夜ふくるまでこしもとゞもに、びわ琴《こと》ひかせておひたゞしく、さはぎ立て、遊び給ふを、御門はつきなくあるまじきことゝきこしめす。

このころの御門の、御なげきの深《ふか》き御」7(挿絵6)ありさまを、見奉る女中も、公卿殿上人《くぎやうてんじやうびと》も、こうきでんの御さはぎを、もつてのほかなる事どもかな、すこしは遠慮《えんりよ》もあるべき事なるぞと、おもはぬものもなし。元来こうきでんの女御は、さしめ[2]にわがまゝなるきしつにて、大臣などの逝去《せいきよ》にこそ、そのわけによつて禁裏《きんり》にて鳴《なり》ものをとめらるゝことはあれ、あのきりつぼの更衣《かうい》づれ、たとへいくたりしゝたりとて、いま〳〵しくなり物やむる事あるべきかと、たゞ大方のおもてむきのおきてにまかせて、御かどの御なげきをばそしらぬふりにもてなして、わざとがましく大さはぎをし給ふなるべし。下心いやふうなる[3]ことどもなり。

とかくするうちに、秋のよながしといへ共、月もいりぬ。

御門
御なげきふかきまゝにきりつぼのはゝのあさぢふのつゆけきやどの事源氏の事をおぼしめしやりてよませ給ふ」8

雲の上もなみだにくるゝ秋の月
いかですむらんあさぢふのやど

／きりつぼのさと

一説にあさぢふのやどはきりつぼの草のかげをおぼしめしやるとなり

命婦が物がたり申あげしにつけて、いよ〳〵※きりつぼの里のことのみおぼしめしやりつゝ、ともし火をかゝげつくしてねられぬまゝに、をきおはします。右近《うこん》のつかさのとのゐ申の声聞《こゑきこ》ゆるは、もはやこよひも丑の刻《こく》にな

挿絵6　悲しみに沈む桐壺帝

（8オ）

りたるべし。あまり久しくおきおはしますも、人々おもはくいかゞなれば、よるのおとゞにいらせ給ひても、きりつぼのことのみおもかげにたちそひて、いよ〳〵まどろませ給はず。

あしたにをきさせ給ふにつけても、きりつぼこの世にありし時にはよすがらのたはぶれに、あくるもしらでねしものをと、こよる[4]をしめよせ[5]、まくらをなでても、御心《みこゝろ》のなぐさむかたなく、いよ〳〵とくおきさせ給ひて、あさまつりごとをし給はんともおぼしめさず、あさゆふの御膳《ぜん》などもめしあげられず。朝餉《がれいに》の御膳《ごぜん》は女中の御給仕《きうじ》にて奉れども、けしきばかりにて、やがて御ぜんをさげさせられ、ましてや、大床子《おふしやうじ》の御ぜんは、きおとこのきうじにて、色も香《か》もなくたゞ御らんぜられしばかりなり。

> 左近衛のとのゐ申のこと。きんちうにて亥の一刻よりさこん衛の官人子の四こくまで夜行す。丑の一刻より卯の一こくまで右近衛夜行する也
> （9オ頭注）

このほどの御なげきのありさまを、見奉るおとこも女中も、

「わりなき御愁嘆《しうたん》かな。桐《きり》つぼの更衣《かうい》とは、いかなるさきのよの御ゐんにや、あまたの人のそしりうらみをもはゞからせ給はず。きりつぼのことゝいへば、道理をもうしなひ給ひ、後涼殿《こうらうでん》の更衣《かうゐ》を、おひいだしてきりつぼの局《つぼね》に下され、そのほかにもさま〴〵非儀[6]なることどもありしに、いままた」9きりつぼはかなくなり給ひては、世の中をおもひすて給ひたるやうにて、まつりごとも御身にしませ給はず。たいぐ〳〵しきことぞかし。かの玄宗《げんさう》のやうきひにおくれて、くらゐをすべり給ひしやうにやおぼしめすらん」

など、そゝやき[7]あへり。

はかなく月日へて、御いみの日かずもすぎぬれば、わかみや大内へまいり給ふ。むまれ出させ給ひしより、よの人にかはりて、うつくしかりし御かたち、日かずへて見たてまつれば、いとゞこの世の人ともおもはれず、お

もひのほかに成長《せいちやう》し給へば、御門はいよ〳〵うつくしみおぼしめす。その年もはかなくくれて、あくるとしのはる、一の宮春宮《とうぐう》にさだまり給ふ。これにつけてもきりつぼ腹《ばら》のわか宮を、引こしてとうぐうにもと、ない〳〵おもひより給ひしかども、御はゝかたにしかとしたる御後見《うしろ》すべき人もなく、またゆへなきに一の宮を引こして、このわか宮を、とうぐうにたてさせ給はゞ、世の人も承引《せいいん》せず。かへつて若みやの御ためにもあやうきことやあらんとおぼしめして、いろにもいださせ給はぬを、

「きりつぼのわか宮を、御かどとりわき御寵愛《てうあい》なりしかども、かぎりあれば、一の宮を引こしては、え春宮《とうぐう》に立させ給はず」

と、そゝやきけり。こうきでんの女御《にようご》もいまといふいま、御心をちつき給ひける。

きりつぼのはゝ北のかたは、もしわかみやの、とうぐうにも立せ給はんかと、たのみありしもかひなくて、一の宮とうぐうにさだまり給へば、なにかにつけてもなぐさむかたなく、きりつぼのことのみおもひなげき」10てめいどくはうせん[8]までも、おはしまさん所へ、たづねゆかんとあさゆふねがひ給ひししるしにや、終《つゐ》にむなしくなり給ひぬれば、御かどまたこれをなげかせ給ふ事かぎりなし。わか宮《源氏》六つになり給ふとしなれば、このたびは物心をしり給ひて、祖母《うば》のわかれをしたひなげき給。きりつぼはかなくなり給ひてのちは、祖母《うば》やしなひにてそだち給へば、見すてまいらせて、はかなくなりたまはんことを、祖母君《うばぎみ》はいまはのきはまで、かへす〴〵の給ひける。

かくてわか君《源氏》は、大内にのみおはしまして七つになり給へば、学文《がくもん》はじめさせ給ふに世に又たぐひなきまで、さとうかしかふおはしませば、あまり発明《はつめい》すぎたる人は、ながいきせぬときこしめして、御かどはそらおそろしくおぼしめす。女御更衣達《にようごかういたち》へも、

「わか宮の事いまはゝもなく、まことのみなし子《ご》なればよもやにくみ給はじ。きりつぼこの世にありしほどこそ、ねたましさに、にくしともおぼしつらん。いまははや母なくなりたれば、いとおしがり給へ」とて、こうきでんなどへ、わたらせ給ふ御供《とも》には、わかみや《げんじ》をめしつれられすぐにすだれのうちへ、入れさせ給。おそろしきものゝふ、あだかたきなりともこのわか宮のうつくしき御かたちを見ては、うちゑまれぬべきありさまなれば、こうきでんの悪后《あくきさき》も、見ぬふりもえし給はず。こうきでんの御はらに、女御子《みこ》たち二所《ところ》までおはしませど、わか宮の御かたちのうつくしさには、に給ひたるもなし。御かどかぎりなき御いとをしみにて、御供につれらるれば、いづれの女御かうゐたちも、さのみかくれも」11（挿絵7）し給はず。

まことにせんだんはふた葉よりかうばしく、このわか宮もいまからどこやらなまめきて、はづかしげにおはしませば、芥子人形《けしにんぎやう》おきあがり鶯笛《うぐひす》[9]にても、たらされず[10]。さすがにおとなあしらひにもあらず、どこともなしに身だしなみせられて、いづれのよねたちもおもしろおかしき、あそびあい手におもひ給ひける。わざとならはせ給ふがくもんの、道はいふにおよばず、琴笛《ことふえ》の音《ね》も雲井をひゞかせなにごとによらず、世間《せけん》にありとあらゆる事ひとつとして、かけたることなく、あまりはつめいにおはしませば、いひたつるほどなにとやら、いつはりがましきほどにぞ有ける。

そのころ高麗人《かうらいじん》の来朝《らいてう》せしに、そのうちに人相《さう》を見とほしなるものありときこしめされて、禁中《きんちう》へめさんことは、宇多の帝《みかど》」12の御いましめなれば、ことのほかしのびて鴻臚館《こうろくはん》とて、異国《ゐこく》の人をもてなす所へ、つかはされたり。つね〴〵わか宮《源氏》の御うしろ見のやうにつきそひまいらする、右大弁《うだいべん》の子のやうに、見せかけて、つれだちてまいりたるに、かの相人《さう》わか宮を一めみて、ぎよつとしたるかほつきにて、いくたびとなく、あたまをかたぶけ、あ

挿絵7　後宮を訪れる桐壺帝と源氏

（12オ）

やしみて申けるは、

「このおさなき人は、国《くに》のおやとなりて、帝王《ていわう》のうへなき位《くらゐ》にのぼるべき相《さう》おはします。さりながら、帝王《ていわう》の方にして、其相を見れば、天下みだれて、うれふる事あるやうなり。さてはまた、摂政《せつしやう》関白《くはんばく》になりて、天下《あめがした》のまつりごとを、たすけ給はんかと見れば其相《さう》にも又《また》たがひたり。いづれにしても、めづらしき人相《さう》なり」

とぞいひける。

かの右大弁も、はくがく弘才《こうざい》なる人にてかの高麗《かうらい》の相人と、筆談《ひつだん》などしたるに、高麗《かうらい》人も我《が》をおるほどの事どもなり。詩《し》などつくりかはして、けふあす高らいへかへらんとするに、かのわか宮の御事を、ほめたてまつりて、世界《せかい》にまたとありがたき人にあひまいらせて、よろこばしく、わかれて本国へかへらんことのかなしさなどを、さま〴〵おもしろく、詩につくりておくりまいらせたりしに、わか宮もあはれにおもしろき詩《し》をつくりて相人のかたへつかはされたるに、相《さう》人かぎりなく、かんじてさま〴〵日本《にほん》にめづらしき物どもを、さゝげたてまつる。御かどよりも、いろ〳〵の物どもを、かの相《さう》人にくだされける。

この事たがいふとなくひろがりて、かくれなかりければ、とうぐうの外祖父《おゝぢ》右大臣《うだいじん》どのもきゝ給ひて、いかなるべきことにかと、うたがはしくおもひ給ひけり。」13 御門ない〳〵わか宮《げんじ》の御事を、わが朝にても、めいよの相人に、かんがへさせて、よく〳〵きかせ給ひしにも、

「帝位《ていゐ》にのぼらせ給ひてはあしかりなん」

と申せしかば、今まで親王《しんわう》にもなし給はざりけるに、いま又かうらいの相《さう》人もおなじやうに申せしかば、名人《めいじん》にいたりぬれば、からもやまともまことにかはらざりけりと、かれこれおぼしめしあはせられて、無品親王《むほんしんわう》の

はゝかたにしかとしたるうしろ見もなく、世にたよりなげにては、たゞよはさじ。わが世をたもつもいつまでと、たしかにさだめられぬよの中なれば、臣下《しんか》になして禁中《きんちう》のうしろみ、天下の政道《せいだう》を心にまかせんは、たのもしき事なりけりと、おもひさだめ給へば、いよ〳〵その道《みち》〳〵のがくもんをせさせ給ふに、なにごとにもかしこくて、たゞ人にならせ給はんは、おしき物かなとおぼしめせども、親王《しんわう》になり給ひては、天子《てんし》にもなり給はんかとほかからのうたがひもむつかしく、ことにはかの、相人《さう》どもの申せしも、たがはざりければ、いよ〳〵源氏《げんじ》の性を給はりて、臣下《しんか》になさせ給はんと、たしかに御思案《しあん》をちつきける。

年月《としつき》のすぎゆくにつけて、きり壺《つぼ》の御事を、おもひわすれさせ給ふおりもなし。もし御心もなぐさむやと、さも有べきよね達を、御そひぶしにまいらせて見給に、いかなこと、きりつぼになずらゆるだにあらざれば、かへつてうとましくおぼしめすに、先帝《せんてい》の四《し》の《ふじつぼ也》宮《みや》御きりやうよしの名高くおはします。母后《きさき》世になくいづきかしづき給ふを、たゞいまのないしのすけは先帝《せんてい》の御時より宮づかへせし女中にて、かのはゝきさきへもむかしのなじみにてしたしくまいりなれけれ」14（挿絵8）ば、四の宮のいとけなくおはしませし時より、見たてまつりしが、いまおとなしくならせ給ひても、ほの見たてまつるをり〳〵もあればある時御かどへ御物がたり申されけるは、

「うせ給ひし桐壺の御貌《かたち》に似《に》給へるよねを三代《みよ》の御門《かど》に宮づかへしたてまつりしが、いまだ見まいらせぬに、先帝《せんてい》の四の宮こそ、きりつぼによくも〳〵にさせ給ひけるかな。世にまたとあるまじき御きりやうにておはします」

と、かたりまいらすれば、御かどはきりつぼににたるといふが耳《みゝ》よりにて、まことにやと、御心とまりければ、

「四の宮をまいらせ給へ」

と、念《ねん》ごろにおほせつかはされたるに、母后《きさき》きこしめして、あらおそろしや、春宮《とうぐう》の御はゝ女御《にようご》の《こうきでん也》りんきふかく

挿絵8　高麗の相人に会う源氏

（15オ）

て、きりつぼのかふゐをねたみころし給ひしこともあれば、いま〱」15しやとおぼしめしたれば、いそぎ四の宮をまいらせんともおもひ立給はず。とやかくすぎゆくほどに、母后《きさき》もうせ給ひぬ。

四の宮は御はゝきさきにもおくれ給ひて心ぼそきさまにておはしますに、御かどより「たゞわがむすめの御子たちとおなじやうに、おもひかしづかん」と、念比《ねんごろ》にたび〱おほせつかはさるれば、四の宮の御こしもと、御うしろみする年ま女中、御兄《あに》の兵部卿《ひやうぶきやう》の宮などもかく心ぼそきさまにて、ひとりながめ給はんより、おほうちへいらせたまはゞはじめのほどこそ、うゐ〱しくおぼしめさんが、御かどもかくねんごろにおほせらるれば、なじませ給ふにしたがひて、御こゝろもなぐさむべしとすでに[11]だんこう[12]きはまりぬれば大裏へ入せられ御つぼねはふじつぼなれば、すなはちふじつぼとぞ申しける。」16

注

[1] 「業」、不読。「豪」の鍋ぶたがないようにも見える。
[2] 出過ぎるさま。
[3] 感じの悪いさま。
[4] 小さい夜着。
[5] 抱きしめる。
[6] 道理に外れたこと。
[7] ささやく。

【巻二】

〔8〕冥土黄泉。
〔9〕芥子人形、起き上がり小法師、鶯笛、いずれも子どものおもちゃ。
〔10〕機嫌をとれない。
〔11〕底本「ずてに」
〔12〕談合。

【巻三】

初冠《うゐかぶり》しておとな分也《ぶんなり》

へだてはみすの一重《ひとへ》
たがひにかよふ琴笛《ことふえ》の音《ね》

(本文)

此《この》たびいらせ給ひし藤壺《ふじつぼ》の宮は、まことに内侍《ないし》のすけの申せしに、たがはず、きりつぼのかふゐにいきうつし。これほどによくにたよねも、あるものかとおもはるゝ。ふじつぼとかはりて、これは女宮さまなれば、おやもとゝいひ、御きりやうといひ、おもひなしめでたく、こうきでんの女御をはじめとして、あまたのよねたち、あなどり給こともならず。たれにおそるゝこともなくなにごとにつけてもふ足《そく》なし。きりつぼのかふゐは、おやもとさまでもあらざれば、よねたちのりんきはさておき、せけんどもに、おも〱しくもおもはざりしに、たゞ御かどの御心ざしのわりなくなづませ給ひしぞかし。このたびいらせ給ひし、ふじつぼを見そめ給ひて、そのまゝきりつぼのことは、わすれはてさせ」1給ふとはなけれども、なじませ給ふにしたがひて、おのづから御心もうつろふにや、これにはよもまさじと、思ひなぐさむやうになりゆくも、げにさるものは日々《ひゞ》にうとしといひけんやうに、めに見る色にうつろふは世の中の常《つね》ぞかしと、あはれなるわざなりけり。

〈こゝよりげんじと云〉源氏の君は御かどの御そばをさらせ給はねば、いづれのよねのつぼねへも、御ともにまいらせ給に、ましてやしげ〳〵いらせらる丶、御方にてはえはづかしともし給はずいづれのよねにても、われ人におとらじと色をみがけば、とり〴〵にうつくしけれど、まいり給ひてほどふれば、いづれもとしまにて、おとなしやかなる中に、このたびまいり給、ふじつぼは、御としもとりわけわかくうつくしげにて、物ごとはづかしげにおは」2(挿絵9)しませども、御かどのいらせらる丶たびごとに、源氏の君も御ともにまいり給へば、おのづから御かたちを見給をりもあり。御は丶きりつぼのかふゐには、三の年をくれ給へば、すこしもおぼえ(ママ)はぬを、

「ふじつぼの御かたちにいきうつし」

と、ないしのかみのかたられしを、おさなこ丶ちにもあはれになつかしくて、つねにまいらまほしくなれむつれまいらせたくおもひ給。

御かどはふじつぼをもげんじの君をも、いづれおとらぬ御いとをしみにてふじつぼへも、

※「源氏の君をも、うと〳〵しくもてなし給な。どこやらかたちも似《に》かよひたる心ちぞする。いかに若輩《じゃくはい》なればとて、よねの中へおとこは入こむまじきことながら、無礼とおもはでかはゆがらせ給へ。かほつきまみのあたりは、そもじに其《その》」3ま丶にたるぞや。いづれおとらぬきりやうよしうつくしきどちいひかはして、かたらひあそび給はんこそにあはしかるべき中ぞかし」

と、いひをしへ給へば、源氏の君おさな心にもはかなき花《はな》もみぢにつけても、こ丶ろざしのふかき所を見せかけ、ことのほかふじつぼへ心をよせ給へば、こうきでんの女御は、またふじつぼとも御中よからず、そば〳〵しかりしゆへに、源氏の君をも、きりつぼなくなり給ひてのちは、さのみにくみ給はざりしが、ふじつぼの宮へ、心をよせ給ふときこしめして、またもとよりのにく

> ふじつぼと源氏とはたがひニうつくしくおしませばにつかはしき御ともなひなるべし。「したしくいひかはしてうとくもてなし給ふな」と御かどの御ゆるしのことばなり。つゐにはげんじの君ふじつぼへかよひ給ひしなり。けいぼけいしの中のいましめ。よきいましめ。（3ウ頭注）

挿絵9　源氏元服の場面（2ウ・3オ）

きも立かへりていよ〳〵にくしとおぼしめしけり。

こうきでんの御はらのひめ宮がた世にまたたぐひあらじと、御むすめぢまん、せけんのとりざたも御きりやうよしの名《な》たかくおはしませども、源氏の君のにほはしく、うつくしき御かたちはたとへんやうもなくまさらせ給ひければ、世の人ひかるげんじの君とぞ申ける。ふじつぼおとらぬ御かたちにて、御かどの御いとおしみもとり〴〵なれば、ふじつぼの宮をば、かゝやく日《ひ》の宮とぞいひける。

光君のわかしゆすがたかへさせ給はんことおしく、元服《げんぶく》してからかたちのあしくなる人もあれば、いかゞとはおぼしめせども、今年《ことし》十二にならせ給へば、※御元服せさせ給。御かど御自身《じしん》に立居《ゐ》いとなませ給ひて、おさだまりある、儀式《ぎしき》に、ことをそへさせ給ひて、ひとゝせ、春宮《とうぐう》の御元《げん》ぶく、紫宸殿《ししん》にてありし儀式《ぎしき》の美々《びゞ》しかりしに、おとらずその所々の御もてなしの膳部《ぜんぶ》、しも〴〵までの」4御心をつけさせられ、蔵《くら》づかさ、穀倉院《こくぞういん》五畿内の銭米をいれらるゝ所也の米銭《べいせん》[1]をいだして、御まかなひの奉行《ぶぎやう》れいのごとくにつとむるを、もし疎略《そりやく》なる事もやとて、このたびはとりわけ諸事《しよじ》に念《ねん》を入べきよし、おほせつけられて、けつかうをつくしてしたてける。

元服とははじめてかうぶりする事なり。礼記ニ曰天子ノ子十二ニ而冠ス （4ウ頭注）

その日になれば、御門《かど》つねに御ざなさるゝ、清涼殿《せいりやうでん》のひがしのひさし、東《ひがし》むきに椅子《いす》をたて、御かど出御《しゆつぎよ》なる。元《げん》ぷくなさるゝ光君の御座《ざ》、した〴〵にてはゐぼしおやといふ、引いれの左大臣《さだいじん》の御座《ざ》御まへちかくしつらひて申《さる》の時にひかる君まいり給ふ。びんづらゆふたる御かほつきのうつくしさ此御かみをそぎすてゝ、みじかくなさんことおしさはかぎりなけれども、蔵人頭《くらふどのとう》の大蔵卿《くらきやう》はさみをもつて、うつくしき御かみをみじかく、はさみまいらするに、なみだのおつるほどおしげ也。みかどはひかる君の、御げんぶくのぎしきを、きりつぼこの世にながらへて、もろともに見るならばいかばかりうれしかるべきにとおもひ出させ給ひて、たえがたきほどなりしを、心づよくおぼしめしかへさせ給ふ。

光きみ冠《かうぶり》したまひて、御休息所《きうそくじよ》にて、御装束《しやうぞく》めしかへ清涼殿《せいりやうでん》の御はしよりおりて、ひがしの庭《には》にて御前《ごぜん》の方《かた》を拝《はい》し給ありさま、御しなしのしほらしさを見奉りて、見る人々なみだおとさぬはなし。まして御かどはえしのびあへさせ給はず。おもひまぎれておはしませし、きりつぼのかふゐの事までおもひ出されて、やるかたなくかなしくおぼしめす。光君いまだいとけなくおはしませば、児びたい[2]のうつくしき」5（挿絵10）御かみをゆひあげて、冠《かうぶり》をし給はゞ、御かほのすまひ[3]かはりたる心地《こゝち》して、御かたちもおとらせ給なんかとおぼしめされしに、けつく[4]うつくしさもまさらせ給ひける。

引いれの左大臣《さだいじん》どのゝ御むすめ《あふひのうへなり》、宮さまばらにたゞひとりおはしますを、

「春宮《とうぐう》へまいらせ給へ」

と、たび〴〵おほせありしかども、とやかくいひまぎらかして、おもひさだめ給はざりしは、この光君の御元服《げんぶく》あらば御そひぶしにまいらせんとの御した心なりけり。ない〳〵御かどへも御内意《ないゐ》ありければ、

「さいわひけふは吉《きち》にち、元《げん》ぶくしてうしろみするよねもなきに、御そひぶしにも」

と、御かどより仰《おほせ》ありければ、内々《ない〳〵》左大臣どのにはのぞみ給ふことなれば、さつそく御うけを申させ給ひける。

さてひかる君は殿上《てんじやう》の間《ま》へ」6出させ給ひて、公卿殿上人《くぎやうてんじやうびと》御いわゐの御さかづきありけるに親王方《しんわうかた》の御座《ざ》のすへに光君はつき給。左大臣どの光君の御そばへより給ひて、

「こよひわがやどへともなひまいらせて、御そひぶしをもまいらせん」

挿絵10　元服した源氏と、左大臣への引き出物の馬と鷹

（6オ）

など〻、の給ひけるにや、光君はいまだ御としもゆかざれば、御かほもあかみ御はづかしげにて、ともかくもの給はず。内侍宣旨《ないしせんじ》をうけ給はりて、左大臣どのをめす。御前《ぜん》へまいり給へば、御引出《ひきで》もの命婦《みやうぶ》とりつぎてくださる〻。しろき大袿《うちき》きぬのうへにきるとなり女中小袖《そで》一かさね、これらは、おさだまりのはいりやうもの。御盃《さかづき》をくださる〻とて

御門 ／光君の事也　元ぶくの時かみをむらさきのくみたる糸にてゆふ。これをはつもとゆひと云

いときなきはつもとゆひにながきよを　御むすめのあふひの上をそひぶしにとの心はいよくむすびこめつるやと也
ちぎる心はむすびこめつや

／あふひうへなり
ひめ君をこよひから、光君のそひぶしに、し給ふべきとの御した心にておほせかけらるれば

左大臣　元ぶくのおりなれば此もとゆひにながきちぎりをむすびこめいるとなり
むすびつる心もふかきもとゆひに
むらさきのいとをもとゆひにもちゆるゆへに也
こきむらさきの色しあせずは　／あせずはとはかはらずはとなり

と、そうして、なかはしよりおりて、御前《まへ》を拝し給なに〻ても御礼をふかく申あぐるには。庭へおりて拝《はいす》なり。手の舞足のふみ也　左馬寮《さまりやう》の諸国《しよこく》の牧よりいでたるむまどもの中に、とりわきよき御馬《うま》一疋蔵人所《くらふどどころ》の鷹《たか》を左大臣どのへ下さる〻。御元服《げんぶく》の引入したる人、馬《むま》鷹《たか》など下されたる例《れい》はあらざれどもこのたび源氏《げんじ》の御元《げん》ぶくには、きはまりある事にことをそへて、せさせ給ける。清涼殿《せいりやうでん》の御階《はし》のもとに、親王達《みこたち》をはじめ公卿《くぎやう》殿上人《てん》なみゐて、そのしなぐ〵によりて、御ひきでものを下さる〻。その日御ぜんへいで〻、をりびつに入たる餅《もち》ぐはし[5]、かごに入たる水ぐはしのたぐひみな、右大弁《うだいべん》承りてしたてさせける。」7 屯食《とんじき》つ〻みいゐとも云。下々にてこはいゐ鳥のこ也 そのほか引出物のたんものまきもの、いれたるあきびつども、おき所もなきほどとりみだして、春宮の御げんぶくの時にもまさりておびた〻しく、かぎりもなくいかめしうせさせ給ける。

そのよすぐに、げんじの君左大臣どのへいらせ給ふ。御婚礼《こんれい》のさはう世《よ》にめづらしきまでせさせ給ひて、さま

ぐもてなしかしづかせ給ふ。源氏の君は今年《ことし》十二にならせ給へば、いまだひわづ[6]にて世にまたたぐひなき御きりやうなれば、これぞまことのはなむことて、左大臣どのうつくしみ給ふ事かぎりなし。ひめぎみ《あふひのうへ》は四つほどのとしまし[7]にて、二八の春《はる》の花ざかり、色香《いろか》もともにほころびて、いまをさかりのよねなるに、源氏の君のあまりにわかくひはづにおはしませば、何《なに》とやらにあはしからぬ心ちして、姫君《ひめぎみ》は物はづかしう思しめす。

左大臣どのはもとより、世の人のおもひつき奉る事、おもをもしくおはしますに、ひめ君のはゝうへは、御かどの御一腹《ふく》の女宮にておはしませば、いづかたにつけてもおろかならざるに、またこのげんじの君をさへ、聟《むこ》にとり給へば、春宮の御おほぢにて、つねには、摂政《せつしやう》になり給ふべき右大臣どのゝ御いきほひはくらべ物にもならぬほどおされ給ふ。左大臣どのには、御子達《こたち》あまた腹《はら》ばらにもたせ給。みや様ばらにはひめ君一所。この度《たび》げんじの君にあはせ給、ひめ君《あふひの上》なり。男子《なんし》は蔵人少将《くらんどのしやうぐ》はゝ木々の巻にて頭中将と云此人なりとて源氏の君にさしつゞきたるきりやうよし。公家中間《くげなかま》のたて物[8]にて、まだとしわかにおはしますを、右《う》大臣どの左《さ》大臣どのと、御中はよからね共此蔵人《このくらふど》」8(挿絵11)の少将をさしおきて、今時ほかには、聟《むこ》にし給ふべき人も見えわたらねば、是非《ぜひ》なく、こうきでんの女御の御妹《いもうと》四のきみにあはせまいらせて、左大臣どのゝ源氏の君をむこにして、かしづかせ給におとらず、蔵人《くらんど》の少将《しやうぐ》をもてなし給。いづれもあらまほしき御中どもなり。

源氏の君は、御門のつねにめしありて、御そばをはなさせ給はねば、心やすく、里《さと》ずみし給こともならず。御心のうちにはたゞかのふじつぼの御ありさま、たぐひまれなる御かたち、あのやうなるよねにこそ、一期《ご》そひたきものなれ、世界《せかい》にまたと似《に》たものもなきうつくしさ、左大臣どのゝひめ君も、なにゝつけてもふそくなく、うまれつきうるはしく、なんとすべき所もなきよねなれども、なにとやら心にもつかず、なるはいやなりならぬは

挿絵11　源氏と葵上の添い伏しの場面

（9オ）

つらし[9]」9とやりはらひのなき、おさなきほどのひとつ心にかゝりて、ふじつぼの御事をのみ、おもひこめおぼえずむなさきいたく、ためいきつかれて、くるしきまでにおぼしめす。

げんぶくし給ひてのちは、大ていせけんの法《ほう》もあれば、わかしゆの時とかはりて、よね達《たち》のおはします、みすのうちへもいれ給はず。御遊《ゆふ》などあるをり〳〵に琴笛《ことふえ》の音にたがひにそれぞときゝかはし、ふじつぼの御簾《みす》の中《うち》にての給ことの、ほのかにきこゆる、御声《こゑ》をきくばかりのなぐさめにて、大内ずみのこのましく五日六日《いつかむゆか》大内におはしまして、左大臣どのへは二日三日など、たえ〴〵にまいり給へど、たゞいまの程《ほど》はおさなくおはしませば、ほかの色などかせぎ給ふ事はいかなことあるまじきぞと、つみなく思しめして左大臣どのいつくしみかしづき給。ひめ君の御かたにめしつかはるゝ女中、いづれもすぐれて、わかくきりやうのうつくしきをそろへてなに事によらず、源氏のきみの御心につくべきあそびをせさせ給ひて、ねんごろにかしづきもてなし給ふ。

源氏の君きん中にてすませ給ふつぼねは、御はゝかふゐのおはしませしきり壺《＼しげいしやとも云》をそのまゝにてすませ給へば、更《かふゐ》衣にめしつかはれし女中、大かたはほかへちらさず、もとのごとくめしつかはせ給ふ。里《さと》の御殿《てん》はしゆりのやく人[10]、内匠所《たくみどころ》へ御かどよりのせんじにてたぐひなくきれゐにつくりみがゝせ給。もとより庭《にわ》の木立《こだち》つき山のすがたおもしろき所なるに、やり水のながれ、きよく池《いけ》の心広《こゝろひろく》しなして、めでたくつくりのゝじる（ママ）。源氏の君」10（挿絵12）の御心の内には、この御てんにふじつぼのやうなる、おもふにかなひたるよねをとりよせて、あけくれ一所にすまばやとのみ、なげかしうおぼしめす。光君といふ名《な》はげんじの君あまりにうつくしくて、ひかるやうなると高麗《かうらい》の相人《さう》がほめつけたてまつりし、御なりとぞいひつたへたるとなん。」11

挿絵12　藤壺、帝の前で管弦の遊びを楽しむ源氏

（11オ）

注

［1］米穀と金銭。

［2］稚児額《ちごびたい》。稚児髷にすきあげた額。

［3］様子。

［4］結句

［5］餅菓子。

［6］華奢な様子。

［7］年増。

［8］中心となる人物。

［9］「なるは厭なり、思うは成らず」の変形。まとまる縁談は気に入らず、自分の思う相手とはまとまらないということ。

［10］修理職《すりしき》のこと

【巻四】

（解説）

帚木《はゝきゞ》　この巻《まき》の名哥《なうた》をもて名《な》とす。源氏《げんじ》の君十六歳《さい》。中将《ちうじやう》と申し時《とき》の事《こと》なり。宗祇云此巻《このまき》はゝ木々と号《がう》することは源氏《げんじ》の君中河《なかゞは》のやどりへ方違《かたたがへ》にことよせておはしましたるに、うつせみつれなくてあひまいらせずなりしかば

　はゝ木々の心もしらでそのはらの
　　みちにあやなくまどひぬるかな

とよみ給ひしに、空蝉《うつせみ》「ふせやに生《おふ》るなのうさにあるにもあらで」などかへしに奉りし哥にてつけたる名《な》なり。

これ坂《さか》の上《うへ》のこれのりが○「その原やふせやにおふるはゝ木々のありとは見えてあはぬ君かな」といへる哥をとれり。帚木《はゝきゞ》とは美濃信濃《みのしなの》両国《りやうごく》のさかひに其原《そのはら》ふせやといふ所にある木なり。とをくからみれば帚《はふき》をたてたるやうに見えて、ちかくよりて見れば、それににたる木もなし。しかればありとは見えてあはぬ心にたとへたるなり。

このまきのなゝれども此物がたり五十四帖《よでう》に及《およ》ぼす名なり。そのゆへはこの物がたりは、つくり事にて元来《ぐはんらい》なき事なれどもまたむかしありしことゞもをおもかげにして、かけり。されば五十四帖もことぐ\くある物かと見ればなく、なきものかとすればあるものなれば此《この》はゝ木々源氏《げんじ》一部《ぶ》の名になる物なり。天台四門《てんだいしもん》の中《なか》にては、非《ひ》有非空亦有亦空門《うひくうやくうやくくうもん》この物語にあたれり。細流《さいりう》ニ曰桐壺《きりつぼ》の巻は序分《じよぶん》までも入たゝず帚木《はゝきゞ》の巻序分《じよぶん》と見えたり。凡《をよそ》、荘子《さうじ》が、胡蝶《こてふ》の夢《ゆめ》の詞《ことば》もこのありなしにおなじかるべし。世間《せけん》のありさまをおもふにはゝ木々にはじまりて夢《ゆめ》の浮橋《うきはし》にておさまると見るべきなりと云有無《ありなし》の理《り》かんようなり。人間万事皆帚木《にんげんばんじみなはゝきゞ》の有無《ありなし》の理《り》なるべし。」[1]

出《で》ず入《いら》ずは物《もの》の真中《まんなか》
粋《すい》も分《わけ》かねしは女《おんな》の品定《しなさだめ》
中《ちう》にも極《きは》めぬが
まことの中《ちう》

（本文）

物に心えたる訳《わけ》しりは、諸《しよ》げいにきように、その生れつきのうつくしさ、どうもいはれぬところありて、ひかるげんじのきみさまといひそやす、名《な》のみこと〲しく、またいろ香《か》もしらぬ野夫《やぼ》のめからは、よろしからぬ御行跡《こうせき》と、いひけされ給ふとがおほきに、いとゞかゝる好色《こうしよく》の、ありとあらゆる手《て》くだごと、すゑの世まで聞《きゝ》つたへて、かる〲しき名《な》をやながさんと、きのどくたんとしのび給ひし、かくしごとをさへ、わけしりがほに、かたりつたへけん、よの中《なか》の、人のくちには戸《と》がたてられぬさがなさよ。

されば ひかる君《きみ》はつね〲がことのほか世をはゞかり給ひて、うはべにはじつらしく、かのありはらのやさおとこ、見るほどのよねに、おもひこがせししなしとは、かくべつにて[2]やはらかにたよ〱と、めもとに色をふくませず、さつぱりと見せかけ給ふとりなりを、いにしへの色ごのみ、かたのゝ少将《しやうく》などかいま見たらば、いろにはうときやぼてんと、わらはれ給ひぬべし これまでがはゝ木々一巻の序なり。

光君、まだ中将くらゐにて御ざあり[1]しときは、大内にのみすみよくて、左大臣《さだいじん》どのへは、たゞ時〲にまいり給へば、ひめぎみの御かたにては、大内《おおうち》の色よきよねにうつり気《ぎ》の、恋《こひ》をしのぶのみだれもやと、うたがひ給ふこともあれど、ひかる君はもとよりかる〴〵しきよねに心をうつし給はず。うちつけに、なびきやすきはこのみ給はぬ御気《き》しつにて、たま〳〵ごと[2]には、人もおもひよらぬ、心づくしなるこひに、御こゝろをなやまし給ふ、御くせありて、性悪《しやうはる》の名のたちしこともありけり。」3（挿絵13）

ころしも五月雨《さみだれ》のなごりうちつゞきて、はれまもなきに、禁裏《きんり》には御※ものいみさしつゞきて、光きみも、大内《おふうち》にのみこもりおはしませば、大殿《おほとの》〈さだいじんの事也〉にはおぼつかなく、うらめしくはおぼしめせども、色にもいださせ給はず。なにかとこまかに御心をつけて、御小袖《こそで》御装束《しやうぞく》にいたるまで、めづらしく風流《ふうりう》なるをしたてゝつかはされ、御子息《しそく》のきんだちも、たゞこのひかるきみの、大内《うち》の御やすみどころにつめて、御とぎながら宮《みや》づかへをぞし給ふ。その中にもみやさまばらの中将《ちうじやう》は、とりわけひかるきみと、御中《なか》よく、なれむつみてあそびたはぶれをも、ほかの御兄弟衆《きやうだいしゆ》とは、かくべつに御心やすく、なれ〳〵しくふるまひたり。右のおとゞのむこにしたまひ、こうきでん」4女御の御いもうと、四の君にあはせ給ひて、おろかならずもてなしかしづき給へども、きにあはぬところあるにや、ひかるきみの、大とのゝひめ君に、御心をとめさせ給はぬごとく、中将の四の君に、さのみおもひつかず、かなたこなたと、色をかせぐに、ひまのなきあだ人なり。父左大臣《おほとの》の御方《かた》に、わがすむ所《ところ》を一間《ひとま》けつこうにしつらひて、まばゆきほどにみがきたて、光きみのいでいりし給ふにうちつれだちつゝ、よるひる学問《がくもん》をもあそびごとをももろともにして、いつとても立はなれず、御心やすくし給ふほどに、をのづから礼儀《れいぎ》もわすれて、たがひに心のうちにおもふ事までかくさず、こんたんなる御中なりける。

物いみとは鬼神の名なり。なに事ぞ怪《け》がましき事のある時には物忌と云もじを書て門戸にはりつけほかへいでゝありきもせず引こもりてつゝしむ也[3]（4ウ頭注）

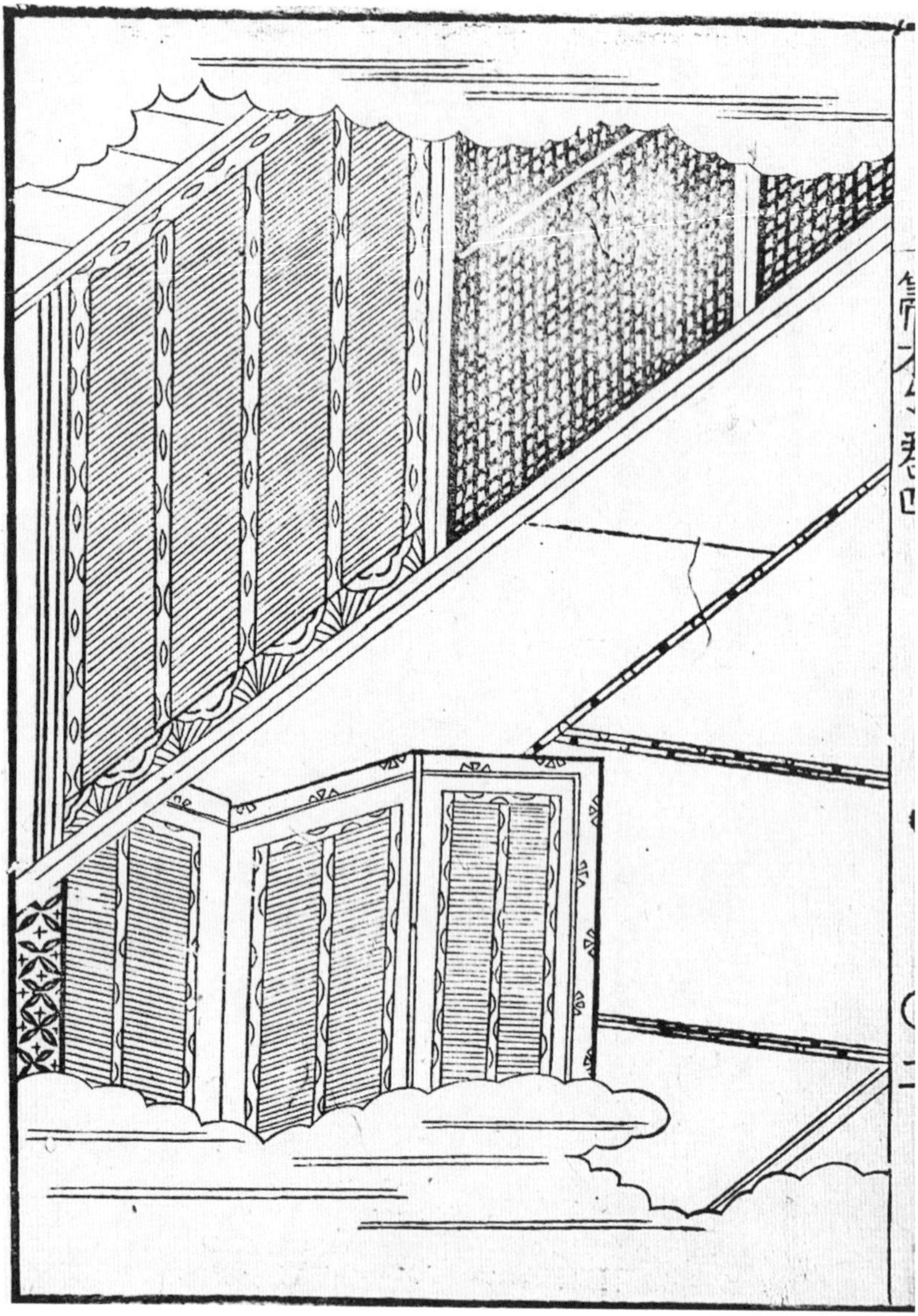

挿絵13　光源氏と頭中将、雨夜の品定めの始まり（3ウ・4オ）

【巻四】

しめやかにふるよひのあめに、大内もひるのやうにもなく、人ずくなゝるに、光きみの御やすみ所《ところ》もつねよりはしづかにて、どうやらものゝさびしき心地《こゝ》すれば、ともしびをちかくめして、書物《しよもつ》など見給ふつゐでに、御手《て》ちかくのみづしだなに、入おきたまひし、さま〴〵のかみにかきたる色ぶみ[4]どもを、引いだして、中将《じやう》わりなく見たがれば、

源氏詞「さもあるべきを、すこしは見せん。中に見ぐるしきもあれば」

とて、のこらずは見せ給はねば、

頭中将詞「そのうちとけて、手のわるひにもかまはず、おもふ事の、そこをたゝい□[5]かきくどきたるこそゆかしけれ。おしなべておもひまいらせ候べく候の色ぶみは、われらごときもさうおふに、かきかはして見侍る。をのがまゝにつくろはず、うらめしきをり〳〵、まちかけすがた[6]のゆふぐれなどに、つかはしたるふみこそ見どころはあれ」

とうらむればこれまで頭中将のことば。」5げんじあいさつあるべき所にあいさつのことばなきゆへ古来《こらい》よりふしんあり。たゞ地のことばなりやんごとなきよねのふみ、大せつにして、かくし給ふべきなどは、かやうに大ていのみづしなどにうちちらしおき給ふべきならねば、これらはみな、誰《たが》見てもくるしからぬふみどもなるべしとてかたはしから見るに、よくさま〴〵なるふみどもこそあつまりたれとて、心あてに

「これはそのむすめ」、

「是はかのよねがふみか」

と問《と》ふ中に、見とをしほど云《いひ》あつるもあり。またとつけもない[7]ことをおもひよりてうたがふもおかしけれども、ことばすくなによひほどにあいさつして、まぎらかして、とりかくし給ふ。

げんじ詞「そのほうにこそ、いまの世にありとあらゆるよねのふみはあつめをき給ひつらん。ちと見せられよ。そのうへにて、此方《こなた》の色道《しきどう》のでんじゆ箱《ばこ》も、心よくひらくべき」

との給へば、

頭中将詞「御覧《らん》じどころあるふみはあるまじく侍る」

などゝの給ふつゐでに第一段。是より四段。中将と源氏と問答也

頭中将詞「世《よ》の中にこれはしごくの上《じやう》もの、どこひとつなんとすべき所のなきよねは、ありかぬるものぞと、このころやうく\さとり侍る。たゞうはべばかりはなさけしりと見えて、手跡《しゆせき》もたつしやに、をりふしのこしをれうたにも、にあはしく返哥《へんか》して、ずいぶんよろしきしなしのよねと見ゆるもおほけれど、それもまことに手跡《しゆせき》が能書《のうじよ》、哥をよくよみて百人にもすぐれたる一げいに、えらびいだすとも、このよねはかならずそのえらびにはもれまじきぞと」6おもふはなし。たゞわがすこし心えたる事計を、ひとりじまんして、世間《せけん》にてをかき、うたを読《よむ》よねはなきものゝやうに、わが心のせばき寸法《すんぽう》を、ひろひせかいへあてゝ、口にまかせて人をそしりて、かたはらいたきことおほし女の身ばかりにあらず。男女とも。にたしなむべきをしへなり まだよめいりもせぬむすめの、おやのもとにやしなはれて、生《をい》さきこもれる[8]ねやのうちゆかしく、只《たゞ》かたそばをきゝかすり[9]、うはきなるおとこのこゝろをうごかすもあり。むまれつきも大ていにおほやうにて、まだわかければ、そんなことはおもひもつかず、色をかせぐ心もなく、せたいをもたねばせわもなく、なにゝまぎるゝ[10]事もなければ、ひまなるまゝに、はかなき手すさびをも、人のするがけなりさ[11]に、心にいれてしならへば、しぜんとむまれつゐたるきようにて、なにぞは一げい似合敷《にあはしく》しいづる事あれば、その家《いゑ》へ出入《いでいり》するうばかゝ[12]が、よからぬ所をばいひいひかくして、さもあるべきことばかりをひろひたてゝ、や

うく／＼すがゝき[13]をひけば、琴《こと》は名人《めいじん》、かな手ほんを五つ六つならへば、能書《のうじよ》とかたるに、見ぬことはあらそひもされず、まことかとおもひて、とりよりて見れば、十《とを》のもの九《こゝの》つはうそにて、聞て千金《せんきん》見て一もん[14]のよの中、みなかやうなるいつはりおほく、粋《すい》も一ぱいくふ事どもぞかし」

と、世界《せかい》の色をわがみひとつにひきうけたるやうに、しんじつからきのどくそうなるかほつきにて、ひやうし[15]にのつてかたりしが、光君の、いかひたはけとおもひ給はんかと、中将のてい はつかしそうにすれば、光きみもかうしたてくだにであい給ひし、御心おぼえもあるにや、につこりとわらひ給ひて、」7（挿絵14）

第二段ひかる君「さてその一げいもなく、なにのとりえもなきよねも、せけんにあるべきか」

との給へば

中将詞「さやうに取所《とり》もなきよねには、いかなる野夫《やぼ》なりとも、いかでか、たらされより侍らん。はなかけにもゐくぼ[16]といへばどご（ママ）ひとつとりえのなき女と、どうもいはれぬ上《じやう》ものの、すがたも心もとゝのひたる女とがおなじことにてせけんにまれなるものにて侍らん。

これより上中下の三の品をわけていふ 高位貴人《かうゐきにん》のむすめは、おちやめのと[17]にかしづかれて、大かたのきずはかくすことおほく、しぜんとよく見え侍るべし。たゞ中通《ちうとをり》の女こそ自身《じしん》ばたらきなれば、」8 おのが、おのれともつていづる智慧《ちゑ》のほどもあらはれて、よきはよく、あしきはあしきと見わかるべし。下々のむすめにいたりては、誰《たれ》とりあげてさたするものもなければ、よしあしともに、耳《みゝ》にもたゝず侍る」

と、色道《しきどう》よねのうへには、くらからぬけしきなるもゆかしくて

四段光君詞「その上《じやう》、中《ちう》、下《げ》、の三つの品《しな》、いかなるを上中下に分《わか》つべき。△元来《ぐわんらい》種性《すじやう》は高き人の、世におとろ

【巻四】

挿絵14　雨夜の品定め

（8オ）

へて身はしづみ、くらゐひきく[18]、△また種性《すじやう》はさまでなき人の、時を得て殿上《てんじやう》のまじはり、公卿《くぎやう》までもなりあがり、われはがほにて、家《いへ》のうちをみがきしつらひ、なに事にもふそくなく、人におとらじとおもへるひとゝ、このふたつはいづれをいづれとわかるべきぞ」と問《と》ひ給ふに、おりふし左《ひだり》の馬のかみ藤式部《たうしきぶ》と二人うちつれて、ひかる君の御伽《とぎ》にいひあはせていできたれり。このふたり中にも左《ひだり》の馬のかみは、いまのよの色ごのみ、しよわけの粋《すい》のこつてう[19]にて、口上《こうぜう》もさつぱりと、わけよくいひとる男《おとこ》なれば、中将まちよろこびて、このしなぐ〱をさだめあらそふ。よねのないしやうまでかきさがして、きゝにくきことゞもゝおほかりけり。

※これよりしなさだめ十八問答《もんだう》なり。第一段むまのかみがことばなり「なり（馬のかみが詞）あがりものは（惟光が娘にあたれり）、元来高貴《ぐはんらいかうき》のすじならねば、よの人のおもひつきさまでもなし。△又もとはすじめたゞしく、やんごとなき人なれども、時世《ときよ》につれておとろえぬれば、心ばかりはむかしよかりし時の心におとらねども、貧《ひん》ならまごら[20]のせめをうけて諸事《しよじ》」9たらはぬうちなれば、おのづからわるびれたる事どもゝ、いできたる物なれば、このふたつは、中のしなとやいはん。△又受領《じゆれう》といひて何のかみかの守《かみ》になりて、その国へおもむき、国中《こくぢう》のことをつかさどりて、あるひは三年あるひは四年《よねん》いて、みやこへかへる。これらは公卿《くぎやう》のめからは、地下《ぢげ》とて、ことのほか下はい[21]におもはるれど、又その中にもしなぐ〱ありて、中の品《しな》の内《うち》にも、上の部《ぶ》へえりいだすべきもあり。△またなまぐ〱の公卿《くぎやう》より、非参議《ひさんぎ》の四位の殿上人《てんじやうびと》の中に、時世《ときよ》にあひて、元来《ぐはんらい》すじめもいやしからず、おもくれたる[22]ふるまひもなく、さつぱりとして、家の中にことたらぬこともなければ、なに事もはぶかず、かゝはゆき[23]ほどもてなしかしづきたるむすめなどの（あかしのうへのたぐひなるべし）、すてがたきもあまた有

第一段より第七だん迄世間の女のきしつ様々なるものなればそのあらましをいふ。是比ゆ人々のたしなむべきおしへなり。法華経の序品のごとし
（9ウ頭注）

べし。△また宮《きりつぼのたぐひ》づかへにいでゝ、さいはゐにあひ、玉のやうなるわかとのをうみだしたるためしも、おほくあるぞかし」

といへば

「《光君詞》さてはよねの評判《ひはん》も、ゑりもとにつきて、にぎはゝしきによるべきなり」

とて、わらひ給ふを、中将は

「やぼてんのいはんやうにそらとぼけしたるおほせかな」

とてつめりもしつべくにくむ。

第三段 馬の頭 「もとより種性《すじやう》もたかく、時世のいせゐもよく、やんごとなきあたりのむすめのつき〴〵《女三のみやに当たれり。朱雀院の御子なれども心をくれ給ひし也》の女中まで、しつぽりとせず、物ごとはでに見えて、心にくからず、むすめの自身《じしん》のとりさばき、なにごともふつゝかなるは、よめいりころになるまでは、なにをしてとし月をおくりけんと、いふかひなく、おもはるべし。△たとへその身《ふじつぼに当れり》きりやうよくなさけふかく、諸芸《しよげい》にきようにして、どこひとつ[10]なんのなきすぐれものにもせよ、しごくやんごとなき方のひめぎみなれば、そのはづのことじや、めづらしからずと、心もおどろくまじ。それがしなどがぶんとして、たち入て見ぬことなれば、上々のひはんはさしおき侍りぬ。さてよに《夕がほに当れり》ありと人にもしられず、下京《しもきやう》へんのさびしくあれはてたるむぐらのやどにおもひのほかにうつくしきよねのいたらんを、見つけたらんこそ、おもひのほかなることにて、めづらかにおもはれん。よの中のなきものくおふといふごとく、波[24]もよらぬ江戸の浦のしほくむあまが、めもとにしほらしき所あれば、これはとこしをなやして[25]、京大坂《きやうおほさか》の色里《いろざと》の大夫《たいふ》の道中《どうちう》見たよりも、心のとまるはとつとむかしの行平時代《ゆきひらじだい》もいまとてもかはる事なし。

第四段 馬のかみ さてまたおやぢは、とし老《をひ》ふとりすぎていやしげに、むす子のかほつきにくらしく、どちらへつけてもこのましからぬあたりに、むすめはおもひのほかにうつくしく、あまつさへ身もちけだかくして哥《うた》を読手《よみて》をかき、琴《こと》など引たるつまおと、どうもいはれぬほどきようならんは、すいりやうのほかにて、いかなるものもきよつと[26]して、こしをなやすべし。すぐれてきずなきものえらびにこそいらずとも、これらはすてがたきものぞや」とて、式部《しきぶ》がかほを見やれば、わがいもうとどもの、きりやうよしのさたのあるをおもひあわせて、いふと心えたるにや、あいさつもせずゐるもおかし。

源氏《げんじ》の君は御心の内に上の品《しな》といふては、左大臣《おほとの》どのゝひめぎみ、母は御門《かど》のおん」11（挿絵15）いもうとにてましませば、これよりうへは世の中にあらじとおもふその姫君《ひめぎみ》さへ、心にかなはぬ所のあるものをと、おぼしめす。白《しろ》むくに直衣《なをし》ばかりを、しどけなくきなし給ひて、ひぼなどもひきむすばず、ねころびておはします、御ありさまに灯《ともしび》のかげにいとゞうつくしく見えさせ給ふ。女になりてこの君にあひまいらせば、いのちもたまらぬほどなるべし。このきみの御そひぶしには、極《ごく》上々の上品《じやうひん》をゑりにえりても、つりあふべきよねはあらじと、おもはるゝ。

さま〴〵のよねのうへどもを、かたりいだして

第五段 馬のかみ「大かた世けんのよねをみるに、いづれもすてがたく、とがもなく見ゆれども、わがものとなして、うちまかせて妻女《さいじよ》とたのむべきをゑらばんに、あまたのよねの中にも」12これぞとたしかには、えおもひさだめがたく侍る。よねのみにかぎらず、男《おとこ》のおほやけにつかうまつりて、世の中のまつりごとをとりおこなはんに、まことにきりやうある人は万人が中にも、ありかぬるものぞかし。されどもいかほど才智《さいち》すぐれたるひとなりとも、一人にて、天下のことをとりさはぐものにあらず。それ〴〵のやくにんありて、上に立役人《たつやくにん》は下のやくにんにたすけ

挿絵15　雨夜の品定め。源氏横になる

（12オ）

られ、下のやくにんは、上のさしづにしたがひなびきて、事ひろきやうなれども、諸役人がちからをあはせておさむれば、けつくおさまりやすし。

たゞ此せばき家の内のあるじとすべき、妻女《さいじよ》ひとりを思《おもひ》めぐらすに、たらはぬ所ありてはあしかるべし。ほかに助《たす》くる役人《やくにん》なければ、妻女《さいじよ》ひとりのとりさばき、うつそり[27]にてはらちあかず、大事なり。こちらによきことあれば、あちらにあしきくせあり。かなたこなたとくひちがひて、おもふやうならぬよの中なれば、ものごとかんにんして、大かたならば、妻女《さいじよ》とさだむべきとおもへども、それさへ世間《せけん》にすくなし。まつたく好色《かうしよく》の心にて、あまたのよねを見あはせんとにはあらねど、一期《ご》そふべき妻《さい》なれば、おなじくは、こなたのち恵《ゑ》をからず、しぜんとむまれつききようなるよねもやあるとゐりて見るに、おもふやうなるよねもあらざれば、いまにおもひさだめ侍らず。かならずわがおもふにかなひたるよねならねども、あひ見そめしちぎりのほどもすて」13がたく、三くだり半のさり状《じやう》もかゝずに、おもひとまるおとこは、物まめやかにしんじつなる人と見え、つれそふよねのためもよく、ほかからのすいりやうにも、いかさまあのよねには、よき所があればこそと、心にくゝおもはるゝなり。されどもわれ〳〵しき[28]かずならぬ身にさへ、よの中のよねのありさまを見あつむるに、心にもつかず、これぞと心のとまるよねもなし。まして、源氏のきみや頭中将《とうちうじやう》などの御身にて、いかやうなるよねが相応《さうおう》ならん。

△むまれつきのきように、まだとしわかなるよねの、をのが心にまかせて、ちりにけがさじと身をもちなし[29]、ふみをかけども言葉《六条御息所などの類なり》をえらび、すみつぎうすくこくほのかに見せて、心にくきやうにしかくれば、おとこはいよ〳〵あくがれて、なにとぞかたちを見る事もがなと、あなたこなたのつてをもとめていひよれば、もたせぶりのもつたいをつけ、またせ〳〵て漸《やう〳〵》物ごしに、声《こゑ》きくばかりのしゆびにしよすれば、いきのしたに引《ひき》入てこゑをも

たてず、たま〳〵あいさつするにも、ことばずくなに、したには色をふくませたるよねこそ、すこしのきずをば、よくおしかくすものぞかし。

△またむまれつきうつくしくぼつしやりとやはらかにして、女らしきと見れば、あまりなさけすぎて、あなたへもこなたへもなびきやすく、あだ〳〵しく、とりいりて見るほど、心にとりしめのなきよね。これぞ女の第一のなん、すてはてものなるべし。水くさくゆだんの」14ならぬことぞかし。

※△またさいにもせよ、手かけにもせよ、あまたあるよねの中に、とりわけそりやくにならぬ女の、男のことを大せつに心にかけ、かゆき所へ手のゆきすぐるほどはたらきて、あまつさへおりふしには、哥《うた》をよみ琴《こと》をひき、まだそのうへによき所ありて、あまりよきことすぎたると見ゆるよねもあるに、△また馬鹿《ばか》りちぎなる女の、（指くひの女の類なり）とかくせたいをもちくずさぬがわがやくとばかり心えて、髪《かみ》をもゆはず、びんのそゝけは耳《みゝ》にはさみ、貧相《ひんさう》らしき姿《すがた》をして、ひとへに内証《ないせう》の世話《せわ》ばかりをやき、おつとの朝ゆふ宮づかへに出入につけて、主人《しゆじん》のうへ、そのほかほうばいしゆ、せけんの人のうへのよしあし、めにも耳《みゝ》にもとまることゞもを、他人《たにん》にははなされもせず。わが妻《さい》などの、理非《りひ》のわけをきゝしるほどの、きりやうあらば、かたりあはせてなぐさむべきに、なにをいふても、つんぼほどもきゝわけねば、うそはらもたちて、わらひもせられ、まだよの中に、女もおほきにいかなるいんぐわにこうしたものを妻《さい》にもちけるぞと、くよ〳〵思へばなみだぐみもせらるゝぞかし。

もしは主人《しゆじん》にしかられまたは、ほうばい、ともだちなどのあいさつにつきて、はらのたつことのあるに、心ひとつに思ひあまる時は、かのよねにかたりても、なにのせんなしとおもへば、こちらむきて、ひとりおもひいだ

この段には過たるを戒る也。前の段にしまりのなき女の第一のなんと云て此段には夫のことを大せつに思ふをもとゝして実をぞたてていへり。次の段はたらはぬ所をいましむるなり。いかに実ていなればとて身のとりなりにもかまはぬもたらはぬ所なり。過不及をいましむるなるべし。中道をたつとむる心也。（15オ頭注）

してわらひもし、またおもはずにひとりごとなどいへば、かのよねきゝつけて、なに事をいはんすぞと、」15（挿絵16）あざとげにいひて、あふのきて、おつとのかほを守《まも》りゐたるありさま、口おし。をのれになに事をいひたればとて、なにのきゝわけかあらんと、よこつらくはせたき心ちぞせん。

△たゞひたすらに、大やうにやはらかなる《むらさきの上などの類なり》きしつのよねを見たてゝ、たらはぬ所あらばこなたのちゑをかし、より〳〵[30]いけんをくはへて、とやかくとりかひてしたてなば、ふつゝかなる所ありとも、おしへてなをすべきといふ、たのみもあるべし。げにはさやうなるよねは、夫婦《ふうふ》一所《しよ》にやどにいる時にこそ、なに事も大やうにやはらかなるがかはゆさに、外のふそくはゆるしてあるべきが、立はなれて、他国《たこく》へゆき、なが〳〵滞留《たいりう》することなどあるに、ようの事いひやりても、なにのらちもあかず、あつやさむやの」16衣服《いふく》につけても、たびのならひのふじゆうをも思やらず、たゞ大やうにやはらかなるばかりにて、なにの心もつかぬよねは、たのもしげなきとがや、なをくるしからん。またきりやう《花ちるさとに当れり》もうつくしからねば、つねには身ちかくよりそひて、たはぶれごとなども[31]いはず、何とやらそば〳〵しきやうなれど、なに事ぞある時には、ほかの智恵《ちゑ》をもからず、人にわらはれぬやうにしなして、いでばへのするよねもあるぞかし。人〳〵のきしつさま〴〵なれば、一やうにはいひがたし」と、せかひのわけしり、粋《すい》のこつてう、馬のかみが、さつぱりとした口上《こうじやう》にも、よねのひはんはいひほどきがたく、さだめかねて、きのどくさうなるかほつきにて、

「とかくひつきやうは、氏種性《うぢすでう》にもよらず、かたちのよしあしをばさらにもいはず、三界唯一心《さんがいたゞいつしん》のことはりなれば、ねじけがましく、下心《げしん》のわるひよねならずは、たゞひたすらに実体《じつてい》にて、しづかなる心むきのよねをこそ、つゐのたのみ所、一期《ご》の妻《さい》とはおもひさだむべかりける。そのうへにすじめいやしからず、生《むま》れつきも十人なみ、

挿絵16　雨夜の品定め。屏風に「奥村政信」と落款

（16オ）

なさけらしくしほらしき所もあらば、このぶんはほりだしとおもふて、よろこぶべし。もしまたちとふそくなる所ありとも、あながちに毛《け》を吹《ふい》てきずをもとむるやうにせぬがよし。おつとのためにうしろぐらきこともなく、まことの心ざしさへつよくは、うはべのとりなりしなし立居《たちゐ》ふるまひは、れん〲にいひをしへもすべし。

△またうつくしくやさしきやうに物はぢをして、[17]うらみいふ《夕がほのうへに当れり》べき事をもふかくかくし、いかほどうらめしきことありとても、心のうちにつれなくしのびて、いつもかはらぬふりにもてなし、我心ひとつにおもひあまるをりは、すごきことのは、あはれなる哥をよみおき、しのばるべきかたみをとゞめをきて、ふかき山里《ざと》、世間《せけん》へとをき海辺《かいへん》の、あまのとまやなどににげかくれぬ。これらはかのなりひらのかよはれし、「いでゝいなば心かろしといひやせん、世のありさまを人はしらねば」とよみしよねのたぐひなるべし。

それがし若輩《じやくはい》なる時に、うばこしもとが、ものがたりをよみしをきゝて、こ（ママ）心に、しみ〲あはれにかなしく、心のふかき女かなとなみだをさへながし侍りしが、いまおもへばかる〲しく、わざとめきたるよねのしかたぞかし。心ざしふかきおとこをおきて、たとへ見るめのまへにて、つらき事がありとまゝよ、おとこのそこゐに如《じよ》在《さい》なきをしらぬふりにて、人をまどはし、おとこの心をも見とゞけんとするほどに、理《り》もこうずれば非《ひ》の一倍《ばい》[32]とかやせわのごとく[33]、つゐおもしろおかしくしらけて、ながきわかれとなりゆくは、あぢきなきことぞかし。

さやうなるよねのくせとして、

「心ふかきなされかた」、

「とこう申されず」

などゝ、人にほめそやされて、いよ〱あはれもすゝみぬれば、やがてあまになるものなり。おもひたちしほどは、心もすめるやうにて、ふたゝびよの中を見かへすべき心ちもせざれども、かのよね[18]の、しる人などが、ゆきとぶらひて、

「さて〳〵あはれにかなしき御ありさま、これほどまでにおもひより給ひけるよ」

などゝ[34]いひ、またかのすてられし男、ひたすらにくしとおもふとがもなければ、あまになりしときゝて、うろ〳〵なみだをおとしけるを、その家にめしつかはるゝ古女房《ふるにようばう》などが見て、

「旦那様《だんなさま》の御心はおろかならず、御さまをかへさせ給ふときかせられて、なみだをながしてなげかせ給ひし御ありさま、ほかから見るさへあはれなりけるものを、あたら御身を、かくやつさせ給ひしことよ」

などゝつげしらすれば、みづからもひたひがみをかきさぐりて、どうやら心ぼそく、ちからなき心ちすれば、うろ〳〵なみだしのぶとすれど、こぼれそめぬれば、ものさびしき夕ぐれ、ながきよのねざめ、数珠《すゞ》をとぎにしてもすまず、おもひあまりて、まくらにいだきつき、よぎにしがみつきても、てあしもはたらかねば、ことたらぬやうにて、くゆる事どももおほくなり、（ママ）ゆくに、仏《ほとけ》もかへつて心きたなしと見給ふべし。

たとへば、蓮《はちす》のにごりにしまず、どろの中よりおい出て、潔白《けつぱく》なるを、また泥《どろ》の中へおしいれてけがしたるごとく、なまうかびにてはかへつて、悪道《あくだう》にたゞよはんとぞおもはるゝ。たとへ、かのおとこと、たえぬすぐせ[35]ふかくして、尼《あま》にもならぬうちにたづねいだしたりとも、はじめからいゐでもせずあいそひて、うらめしきおり〳〵、かなしかりしきざみをも、たがいに[19]見すぐしたらん中こそ、ちぎりふかくあはれならめ。一たびいゐでせしうへには、なにとやらみづくさく、あいたがひに心おかるべき事ぞかし。」[20]

注

［1］「ある」「いる」の尊敬語。

［2］ふだんやっていないこと。

［3］頭注、雨夜談抄に「物忌といふは。怪がましき事などある時。物いみと云字をかきて。簾などにつけて。ありきなどもせでつゝしむ事あり。」（群書類従）とあり。

［4］恋文。

［5］版木の欠けにより不読。「て」か。「そこをたたく」は全部出し尽くすという意。

［6］待ち受けている姿。

［7］とんでもない、思いがけない。

［8］将来が長く、可能性も豊かであること。

［9］小耳にはさむ。

［10］「なにゝまぎるゝ」、字が詰まっており、埋木か。

［11］うらやましいこと。

［12］老婆と孀で、既婚の女性たち。

［13］和琴の奏法のうち、もっとも単純で基本的なもの。

［14］人から聞くのと、自分で見るのとでは大違いということ。

［15］拍子。

［16］醜い者でも、一つくらいは魅力があるということ。

［17］御乳や乳母。

［18］「ひくく」の言い癖。

［19］諸訳の粋の骨頂。色事に秀でていること。

［20］貧乏で子沢山のこと。

［21］身分のいやしい者。

［22］もったいぶる。

【巻四】

〔23〕まぶしい。まばゆい。
〔24〕「後」か「得」「存」のようにも見える。
〔25〕腰を萎す。腰から力を抜きとる。
〔26〕「ぎょっと」に同じ。
〔27〕ぼんやりしている者。
〔28〕われわれ程度の。
〔29〕とりなす。
〔30〕時々。
〔31〕「〻」の上に×。他の板も同様で、版下の修正も版木に彫ったということか。他にもしばしば見られる。
〔32〕理屈にかたよりすぎたものは、理屈がないものよりも悪い。
〔33〕世間のいいぐさ。
〔34〕「〻」に×。他の板も同。
〔35〕宿世。

【巻五】

墨書《すみがき》に顕《あらは》る丶上手《じやうず》の絵《え》

鬼《おに》のかほのおそろしきは
まことのかたちを
見ねばしらず

（本文）

> 前の段男のかたより女をしたふ事を書。この段には男の心はかはりたるにそれをばしらずうらみてそむかん女はおこがましきことを云。前の段恨をもかくしてうらみざる女と此段に恨を堪忍せぬみにしつと過不及成事をしへたり。
> （1ウ頭注）

※「男《おとこ》の心《こゝろ》はほかの色にうつろひて、いつのまにやら秋《あき》かぜのふくをもしらず、嫉妬《しつと》のうらみをいひ立《たて》て、そむき〳〵の中となる。おとこはした心にえみをふくみ、おに丶こぶ[1]とはこのごとく、よろこぶをもしらで、利口《りこう》そうに家《いへ》でをするは、おこがましかりなん。たとへおとこのうは気《き》にて、ほかなる色《いろ》にうつるとも、あひ初《そめ》しそも〳〵よりの心ざしをおもひいだして、いとをしくおもはゞ、かんにんして、わが身はもとより本妻《ほんさい》なれば、ほかの色《いろ》にはきを通《とを》し[2]、五度《ごど》に三度《ど》は見ぬふりをして、おだやかにすごすべきを、りんきからことおこりて、夫婦《ふうふ》のあいさつうごきたち、つゐには離別《りべつ》のはしとなる。

そうじて女の身《み》もちのかんようは、ものごとしとやかに、おつとに心をへだてず、すこしのうらみをも見しれるさまにほのかにうらみ、（まへにうらみいふべき事をも見しらぬさまにかくししのびてといふ所にあたりてみるべし）[1]ふかくうらむべきふしをも高声《たかこえ》にの丶（ママ）じらず、きげんを見あわせて、にくからずしつぽりといひなさば、そのしなしがらにて、かはゆさもまさりぬべし。

おほくはおつとの悪性《あくしやう》も女ばうの心がら《むらさきのみにあたるべし》にておさまりゆくものぞかし。あまりむげにうちゆるべて、おとこのよあるき、性《しやう》わるのつのるをもかまはず、見はなちたるやうに、りんきせぬも、さしあたりては心やすく、宿《やど》のしゆびのきづかひもなく、しつとぶかきよねにくらべては、かはゆらしくおもはるゝやうなれども、ひつきやうおつとのためを大せつにおもはぬやうに見え、おつとも妻《さい》はものにかまはずとておのづからかるしめて悪性《あくしやう》もつのるべし。」2（挿絵17）※つながぬ舟《ふね》のうきぬしづみぬ、千里万里《せんりばんり》の海上《かいじやう》を、なみにゆられかぜにまかせて、唐天竺《からてんぢく》までもたゞよひゆくも、わづかなる綱《つな》にてつなぎとむれば幾日《いくか》もりちぎにもとの所にあるごとく、いかほど性《しやう》のわるひおとこにても、より〳〵[3]にくからず、いけんをすれば五度《ごど》に三度《さんど》はおもひとまるものぞかし。夫婦《ふうふ》のあいさつのみにかぎらず、しんるいゑんじやはいふにおよばず、他人《たにん》のまじわり、めしつかひの、下じたまでものゝいらぬことばのはしにて、しほらしく、なさけのつなをかけをきぬれば、その心ざしのかたじけなさ、ながくしたしみをはなれぬものなり。さやうにてござりませぬか」

このふねのたとへ人々日用のよきをしへなるべし。（3ウ頭注）

といへば、

第六段中将「もつとも〳〵」

とうなづく。

第七だん」3「またさしあたりては、たとひ天津乙女《あまつをとめ》のあまくだりて、あなたからもちかけすがたをなさるゝとも、いかなこと見かへさじとおもふよねの、ほかのおとこに心をかはすやら、きをつけて見るに、ことばのかけやうめもとのしたゝるさ、おもひなしやら、とかくうさんなことじやがと、うたがはしき事のあらんこそ、りんきふかきにはおとり

挿絵17　雨夜の品定め。源氏横たわる。左に随身、寝入る　（2ウ・3オ）

て大事《だいじ》なるべけれ。色のみちは思案《しあん》のほか。いかほどおちついたおとこにても、むつとしてせきのくるものぞかし。

のちにおもへばさまでなきことも、気《き》にかかるものなれば、さやうにうたがはしきことあらば、いよ〳〵心をおちつけて、あやまちのなきやうに、とくと見とゞけさまでのことにあらずはかんにんしてすこしも心をへだてず。こなたの心ざしさへかはらずは、たとへよねの心すこしはうごきたりとまゝよ。もとよりいたづら心のなき女ならば、おもひかへしてふた心なく、夫婦《ふう》の中もむつまじからんとおもへば、女の心も一たびうごきそめぬれば、くせになるやらついいたづらになるものなり。おとこもうたがひそめぬれば、どうやら留守《るす》の間《ま》は、心もとなきやうにて、すゑとげぬものぞかし。とにかく女は男にしたがふものなればだんなどのゝ、こしもとがてをにぎられしは、見ぬぶんにしてすまし、ものごとかんにんするにしくはなし」

といひて、わがいもうとのひめぎみ（中将のいもうとあふひのうへの事也）は、このしなさだめによくかなひて」4、まことに人の本《ほん》妻《さい》とたのまんには、よきよねぞとおもへば、げんじの君の、うと〳〵ねぶり給ひて、あいさつもし給はねば、めをさまさせ給ひて、よくきゝ給へともさながらいはれず、〈頭中将の きのどくそうなるけしきなり。むまの守《かみ》は、しなさだめの和尚《おしやう》になりて、おそらくよねのうへならば、なにごとによらずわけよくときほどかんとおもへるがんしよくにて、ほこりゐたり。中将は、このしなさだめきゝとゞけんと、心にいれてあいしらひゐ給へり。

※第八段馬のかみ詞これよりたとへを引て云「女の身の上のみにかぎらず、諸事《しよじ》の道になぞらへて、思ひあわせ給へ。番匠《ばんじやう》[4]細工人《さいくにん》がさま〴〵の物をこしらへいだすに、おんなわらべのもてあそびも

この品さだめのはじめは女の心ざしのよしあしきことを物にたとへずありの儘にかき此第八段より細工人絵書手書この三つの芸にたとへて女のまことありいつはりある事を云。此下の段にはをの〳〵むかしあひみし女のありしことを互に物がたりせり。たとへば法華経の三周の説法のすがたをかたどれり。三周とは法説一周仏法の大意也。喩説一周たとへをもつて説法す。因縁説一周ゐんえんは過にし方のいんえん也。合て三周下の詞に読義なり。説法のばのこゝ地するとかけるゝ（マヽ）。この理りをおもひてかける成べし。源氏の本書に引合てよく心を付てみよ。

（5ウ頭注）

のむかしから寸方《すんぱう》のさだまらぬたばこ入たばこぼんなどのたぐひは、こゝをゆがめかしこをきりて、さくゐをあたらしく、まるきがすたれば、団扇《だんせん》になり、三角《さんかく》にうつり、くろぬりにまきゑしたるがふるくなれば、しやれて木地になり、皮《かは》がすたれば金入《きんいり》のきれにしかへて、なにがなあたらしきことをとたゞ見いだすに、見る人めづらしきにめがうつりて、もてはやす。これらはみなさいくにんの上手《じやうず》といふにはあらず。そのなりかたちのめづらしきをこしらへ出せるものなり。まことにうるはしき、むかしから寸方《すんぱう》さだまりのあるだうぐの、ざしきのかざりにもなるものを、たが見てもはずかしからず、難《なん》のなきやうに、したつるにぞ、上手下手《じやうずへた》のわかち[5]」5よく見えて、しゝをきからはじめて、そこ〱へ心をつけ、よく見るほどしほらしく、上手《じやうず》のさいくはかくべつなるものぞ。へたのは寸方《すんぱう》のさだまりたるどうぐにいたりて、見ざめのせらるゝものぞかし。

まづそのごとく内証《ないしやう》の心ざしはよからねども、うはべをなさけらしく見せかけて、はやりぞめのもやうもの、むらさきぼうし[6]のよこがほに、こいたづらなるしりめづかひ、端手《はで》なるしだしの[7]女にに《（ママ）》は、見る人ごとの心をうつし、腰《こし》をなやす。これすなはち寸方のさだまらぬ、はやり道具《だうぐ》の類《たぐひ》にして、たうぶんのなぐさみものにはくるしからず。一期《ご》の妻《さい》とはたのまれず。またうち見[7]はめにたゝず、しめやかにとりいりて、見るほど心ざしにまことありて、いつまでも見ざめのせぬ女は、むかしから寸法のさだまりたる道具《だうぐ》を、さいくの上手がこしらへたるにおなじ。本妻《ほんさい》とたのむべきものなり。

亦画書《またゑかき》の名人《めいじん》いにしへよりおほき中にも金岡《かなをか》、公望《きんもち》、深江《ふかえ》、広高《ひろたか》[8]、これらはいづれも、墨画《すみゑ》の上手にゑらばれたる、ものどもにて、ふと見てはおとりまさりの見わけもなし。心をつけてよく見れば、かな岡はすみ絵のくまにて、山を十五重《へ》たゝみしとなり。広高にいたりては、やう〱五重《いつえ》かきしとかや。さいしき[9]はにちう[10]

たらじ。墨絵《すみゑ》にいたりて上手《じやうず》下手《へた》のわかちかくべつなり。しかしいづれのえしも人の見およばぬ蓬萊《はうらい》山のかたち、あら海《うみ》のいかれる魚のかたち日本になきもろこしのはげしきけだもの」6（挿絵18）ゝかたち、めに見えぬ鬼《をに》のかほ、角《つの》をふり立、牙《きば》をあらはし、とらの皮《かは》のふんどし、おそろしげにつくりたる物をば、心にまかせて、一きは人のめをおどろかしてかきなせども、まことのかたちを見ぬことなれば、よくにたやらこしらへごとやらしらず。たゞうち見るにぞつとするほどおそろしく、いきほひをかきなせば、見る人ごとにまづ思ひつくものなり。これもかの端手《はで》なるしだしのよねのごとく、内心《ないしん》はうそやらまことやら見とどけず、うち見がはなやかなれば、人ごとにまづ思ひつくぞかし。

たゞよのつね人の見てゐる、山のすがた、水のながれ、めにちかき人の家居《いゑゐ》のありさまたが見てももつともらしく、こまかにきをつけて書《かき》なし、遠山《とほやま》の木だち物ふかく、また家ちかきまがきの内をば、」7その心をつけて、上手は墨《すみ》いろ筆のいきほひかく別《べつ》に、へたのおよばぬ所あり。これすなはち実体《じつてい》なる女のうち見はめをおどろかさねども、とりいりて見るほどよき所あるがごとし。

また手をかくにも筆道のふかき事はなくて、こゝかしこのてんをはねちらし、達者《たつしや》に見せかくれば、いかさまみごとにおもはるれど、心たゞしき時は筆たゞし[11]とおもひこみて、いかにも実体《じつてい》にかきたるは、ふと見てはさまでよき手跡《しゆせき》とも見えず。されどもかのはねちらして達者《たつしや》に見せたる手跡と、ひとつ所におきてくらべてみるにかくべつ見ざめせず。元来正《ぐわんらいたゞ》しき所を本《もと》にしてかきたるゆへなるべし。はかなき芸能《げいのう》にてさへ、実体《じつてい》にしくはなし。ましてや人の心のはな染《ぞめ》の時々のはやり小袖の見せかけすがた、うはべばかりのなさけにほだされて、一期《ご》のつれあひとはさだむまじき物ぞと、おもひきはめて侍る。それが《馬のかみなり》しわかゝりし時に、あひ見しよねのうはさ

挿絵18　雨夜の品定め

（7オ）

ひとつは、さんげ[12]のためなれば、はなしてきかせ申さん」とてちかくゐよれば、げんじの君もめをさまさせ給ふ。中将はしんじつから信じて、心耳《しんに》[13]をすましてつらづえをつきて、馬のかみがかほをまもりてむかひゐ給へり。談儀説法《だんぎせつぽう》のばのやうなるもなにとやらおかしけれど、これほど心やすきあつまり、ほかにさしあひ[14]もなく、しつぽりとした事もまたありがたきことなれば、いづれ一曲《きよく》づゝつくしたることゞもを、めい〳〵つゝまずはなしいだすもおもし」8ろくまたおかし。

「某《それがし》馬のかみ　とつとわかく下官《げくはん》にて候ひし時にあひそめしよね、きりやうたいていにて、さまでうつくしからねば[15]、わかひ時の心にて、このよねを、一期《ご》のつれあひとまではおもはず。まづ当《とう》ぶんは妻《さい》ぶんにしておきながら、なにとやらふ足《そく》なる心ちして、あなたこなたとほかの色をかせぎあるき侍りしを、かのよねりんきをつよくして、とやかくいふもうるさく、またよくおもへばかくかずならぬ身を、かはゆくおもへばこそ見はなちもせで、いかなればこれほどにりんきをするやらんときのどくなるをり〳〵は、わがあくしやうも三度に一どはおもひとまることも候ひし。

　このよね、つね〴〵の身もちわがてにおよばぬ事をもおとこのためならばと、なきてをつくし、心のいたらぬ所をも、おとこに見すかされんかと、大事にかけて、すこしなりとも、おとこの心にたがはぬやうにと、諸事《しよじ》にきのつきすぐるほどにて、とかくなびきて、どうなりとかうなりとよこになりともねてなりとも、御意《ぎよゐ》しだいになり、見にくきかたちをもおとこに、見や、うとまれんかと、わりなくつくろひ、他人《たにん》にちよつとまみゆるにもこれが馬のかみがお内義[16]かと、わらはれぬやうにたしなみ、もしもたにんにそしられなばおとつと[17]のはぢになるべき事をはゞかりはぢてあさゆふゆだんなく心づかひし、なじみのかさなるまゝに、心底《てい》にげびたる所もなく、かはゆらしく侍りしが、たゞかのりんきふかきくせばかりは」9（挿絵19）なにとしても、やまず。

よく〳〵おもふにこのよね、つねづねやるせもなく、われにしたがひをぢて少もかるしめず。これをおもへば、なにとぞ口説《くぜつ》をしいだして、こりはつるほどのことをたゞ見おどして、このりんきをやめよ。ほかのことはいひぶんなし。りんきふかきにあきはてたり。やめずはながく離別《りべつ》せんさまに見せかけなば、これほどわれにきたよねなれば、よもやりべつせんとはいふまじきぞ。おもひこりなば、りんきもよひほどになるべしと、智恵《ちゑ》をふるつて思案《しあん》をきはめ、わざとなさけなくつれなきさまを見せかくれば、さなきだに嫉妬《しつと》の方には、一すんもこらえぬ女なれば、いつものごとく腹立《ふくりう》して、つかみつくほどうらみかゝる」10を、さてこそとおもひ、せかぬふりにて、「かくおそろしき心ならば、いかほどちぎりふかくともたえて二たびあひ見まじきぞ。われにあかれんと思はゞりんきをせよ。ゆくするゑながくそひはつべき心ならば、りんきもたいていにして、かくおそろしきけしきをやめよ。今《いま》こそわれもとしわかにてくらゐもひきくいやしけれ。だん〳〵りつ身《しん》するにつけて、その方《はう》はおくさまとあがめられ縦《たとへ》いくたり心をかくる女ありとも、ならぶかたなくてあるべきぞ。ほかにはなんの難もなく、よのつねのいとおしさはどうもいはれぬほどなれども只《たゞ》このりんきにあきはてたり。とつくと心をおちつけてよくのみこめ」と、りこうそうにことばに任《まか》せ、かつにのつて[18]、いひをしへ侍りしに、かのよねつく〴〵きゝゐたりしを、うれしやいけんをよくきゝ入て、りんきをやむる心になるかとおもへば、さはなくして、につこりとうちわらひ、「そなたのくらゐのひきゝもとし月をかさねば、おのづからのぼるべし。それをまつことはすこしも苦《く》にならず。いまめのまへに、ほかの色に心をわくる悪性《あくしやう》の、なをるべきをりもやと、むねのほむらをもやしつゝ、とし月をかさねんあいなくたのみは、くるしかるべければあひたがひにこれがかぎりのじせつとうらい是非《ぜひ》におよばぬ

挿絵19　指喰いの女と左馬の頭

（10オ）

わかれぞ」

と、腹立皃《ひぞりがほ》にてあくこうし侍りしかば、こなたもいまはむつとして、さまぐ\にくげなることゞもをいひあいし[11]に、もとより短気《たんき》なるよねなれば、わが手にとりつき、小ゆびを引よせいやといふほどくらひつきしにさまでのきずもつかざりしかども、ことぐ\しくいたむふりにもてなして、

「よしく\かゝる生れつかざる、かたはにさへなりぬれば、人前《にんぜん》のまじはりすべきにもあらず。いやしめらるゝつかさくらゐも、いよく\すゝむまじ。この上はぜひもなく、世をそむきて諸国《しよこく》あんぎやの身とならん」

など〻、いひおどして、

「さらばけふこそかぎりなれ」

と、かのくひつかれしゆびをかゞめて立《たち》ながら

馬のかみ　手をおりてあひ見しことをかぞふれば
哥の上の句をそのまゝをくなり。つくりものがたりなるゆへなり
　これひとつやは君がうきふし
こんどゆびくはれしばかりにてはなし。いくたびもうき事ありしとなり

「つれそふ身にこそつらき事もあるべけれ。わかるゝからはえうらみもあらじ。なにのいひぶんもあるまじきぞ」

といへば、よねもさすがにうちなきて

女　うきふしを心ひとつにかぞへきて
おとこのうかりしふしをわが心ひとつになり
　こやきみがてをわかるべきをり
＼これやなり

など〻いひかはして、いさかひちらしにし侍りしが、した心にはかのよね、よもやおもひきらじ、こなたも実《じつ》から見すてんとはおもはずながら、ひかずかさねておとづれもせず。

たれさまたぐるものもなければかなたこなたと、うかれあるき侍りしに、十一月賀茂《かも》の祭《まつり》の調楽《てうがく》に舞楽《ぶがく》のならしの禁中《きんちう》にてあるをてうがくといふ大内《うち》にて、夜もふけ、しかもそのよはみぞれふりて、いつにすぐれてさむく、いづれもうちつれ、たいしゆつする道にておもへば、わが家路《いえじ》と、心やすくおもふべきよねも」12なく、さありとて、大裏《うち》のながつぼねに立よりて、たびねせんもなにとやらそば〲しく、なまじゐにうちとけもせぬ、よねのあたりは、そゞろさむかるべき心ちすれば、いかゞおもふとやうす見がてら、雪をうちはらひつゝ、口説《くぜつ》のゝちこなたからまけてゆくは、どふやらうそはづかしきやうなれど、さり共《とも》日来《ひごろ》のうらみは、こよひのみぞれにうちとけなんとおもひて、かのゆびくひしよねのもとへまかりしに、とも し火はほのかに火ばちをかべにむけてやはらかにあつわたのよるのもの、おほきなる臥籠《ふせご》にかけてたきしめ、几帳《きちやう》にかけしかたびらなども引あげて、こよひばかりはさりともと、まちかけたるさまなれば、さればこそとこゝろおごりして、すこしは色じまんせらるゝに、よねは見えず。

こしもとばかりのこりゐたるに、やうすをとへば、

「この夕方《ゆふがた》おやたちのかたへゆかせ給ふ」

といふ。哥などもよみをかず、ことづてもいひおかず、おもひけしきもなきさまなれば、みぞれにぬれてはる〲と、なにのゐきなきむだ道したる心ちして、わるきがまはり[19]、つね〲かのよねがあまり嫉妬《しつと》のつよかりしも、われにあかれてのかばやと、たゝみしした心もやありつらん、さりとては、そうしたしんていとは見えざりしがなどゝまで、うそばらのたつまゝに、おもひ侍りし。

そのゝちもありしにかはらず、おり〱の小そで中のよかりし時よりも、いよ〱心を付《つけ》て」13色あいしたてざま、あらまほしう、さすがに我見すてゝのゝちのことまで、せわにして侍りしかば、このよね、さりともたえて思ひは

なるゝ心にはあらじとのみこんで、そのゝちふみなどやりて心見るに、かけはなれたるさまなくてあるべきかゝりに、返事して、あり所をかくしてたづねまどはさんともせず、はづかしげなるけしきもせず。たゞいくたびも、「ありしやうに性悪《しやうわる》ならば、えあふまじ、あらためて悪性《あくしやう》もなをりなば、かはらずちぎりかはさん」といひしを、かくはいへどもわれをふりすてゝ、ほかへなびきもせじ、いましばしこらさんとおもひて、「いかにも性わるをあらためん」ともいわず。引よするに、すなほによらぬ春駒《はるこま》の、つな引するごとくに、情《じやう》をこはく見せかけしほどに、かのよねくよ〳〵おもひなげきしつもりにや、にはかなるやうにて、はかなくなりて侍りし。こらさんとせしはたはぶれにて侍りしを、おもひもかけずむなしくなり侍りしかば、ざれのこうじたなげきになり候ひし。

いまおもへば、諸事うちまかせて妻女《さいじよ》とたのまんには、さもあるべき女なりし物をと、のこりおほくおもひ出られ侍るおりふし哥などよみかはしふみなどかきかはしたるにも、につかはしくあいさつし、手染《てぞめ》などせしに、秋《あき》のもみぢを染いだす、竜田《たつた》びめといはんにも、つきなからず。をりぬふわざ、はりのききたることは、七夕の手《て》にもおとるまじく、さやう成《なる》ことまでも、よくしつてうるはしき、人がらしなしのよねなりし」とおもひいだせしまゝに、あはれをもよふしてかたれば、

第十段 頭中将詞「七夕《たなばた》のたちぬふわざには」14(挿絵20)うとくとも、年に一どのあふせなりとも、この世にながらへてかはらぬ契《ちぎり》にあやかられたらばよからんものをげにとは、そのたつた姫のにしきにもおとらず手染などせられしも、重宝《てうほう》なりしことぞかし。花もみぢの色は天の造化《ざうくは》のわざにして人の手をからぬものなれば、いつとてもかはらず、うつくしかるべき事なれども、それさへ年によりて色のよしあしありて露のはへなきことも有ぞかし。さるによつて諸事《しよじ》

挿絵20　小指に噛みつく指喰いの女

（15オ）

にたらいたるよねは、有がたき世ぞとさだめかねたるぞや」

と、馬のかみに猶も昔《むかし》をいはせんとのした心にて、いひはやし給ふ。

第十一段馬かみ詞「扨またおなじ比かよひ侍りしよねは、かのゆびくひし女より、人がらも立まさり、まことに心ありげに見えて、[15]哥をよみ、手をかき、琴引《ことひく》つまおと、いづれ達者《たつしや》ならぬと云ことなく、きりやうも大ていうつくしく侍りしかば、かのゆびくひしよねを、うちとけたる妻《さい》とさだめて、この女のかたへは時々《ときぐ》人めをしのびて、かよひ侍りしほどはことのほか心もとまりて、おもしろくおぼえ侍りしかば、ゆびくひ女身まかりてのちは、あはれながらも、さるものはかへらぬならひもぜひなくて、かのよねの方へ、しげ〳〵かよひ候ひし。なじみのかさなるほど、かゝはゆく[20]色めきて、あだ〳〵しくどこやらめにつかぬ所ありて、本妻《ほんさい》などには、たのもしからぬやうにおもはるれば、ちとかれ〴〵に見せかけて、やうすを見候ひしほどに、あんのごとく、しのびて心をかはせし男《おとこ》ありけり。

其間夫《まぶ》を見つけいだせしは神無月《かみなづき》の比月はくまなくてりわたりて、おもしろかりし夜《よ》、大内《うち》よりまかりいでしに、さる殿上人《てんじやうびと》来《き》あいて、ひとつ車《くるま》にのりて、われらはあひしりて侍る、大なごんの家にまかりてとまらんとおもひしに、かのてん上人のいふやうは、

「こよひわれをまつよねのやど有《あり》。さたなしのすどほりもきのどくなり。さいわひかのよねの家《いへ》、とをる道なれば、そなたも立《たち》よれ」

といふにもしおもしろきこともやとおもひて、ともかくもとあいさつしてゆくに、ない〳〵われらが、かよひしよねの家《いへ》なれば、あきれてものもいはれねども、あれたるかきのくづれより、いけの水かげ見えて、月だにやど

るすみかを、見すてゝすぎんもさすがにて、つれだちてくるまよりをりたるに、」16もとよりかの殿上人《てんじょうびと》と、「こよひかならず」といひかはしたるにや、かどより内にいると、ことのほかうは気になり、廊下《らうか》の板敷《いたじき》にこしをかけて、もたせぶりに、せかぬかほにて月を見る。

催馬楽《さいばら》はうたひもの也（17オ頭注）

和琴《わごん》は日本にて出る（17オ頭注）

まがきのきくおもしろううつろひわたり風にちりかふ紅葉《もみぢ》のみだれあいたるさま、をりからおもしろきに、殿上人《てんじやう》ふところよりふえとりいだして吹《ふき》ならし、

※「飛鳥井《あすかい》《はいばら歟》（マヽ）にやどりはすべしかげもよし、みもひもさびし、みま草《くさ》もよし」

といふはやり小うたを、そゝりかけてうたへばみすの内にて、よく※鳴和琴《なること》のてうしをしらべて笛《ふえ》にあはせたりしは、げすらしうはおもはれず。律《りつ》の調《しらべ》は女のものやはらかにかきならしたるが、みすのうちよりきこえたるは、もとより琴《こと》のいまめきたる声なれば、色里《いろさと》のまがきの内にて、二あがり[21]をきく心ちして、清《きよ》くすめる月に、をりからおもしろく、心魂《こころたま》もうかれいづる心地ぞする。

かの殿上人《てんじやう》感《かん》にたえかねて、みすのもとへあゆみよりて、

「庭《にわ》のもみぢのをちばをも、たれふみわけたるあもみえず。ないくふかま[22]のおもはくおはしますときゝおよびしが、どなたかはしらねども、ぶしんじつなる御方《かた》と見えたり。われこそかやうにものさびしく、あはれ成をりふしも、かよひまいりたれ」

などゝ、下心《げしん》のわるひことをいひかけて、せかしねたます。菊を折て

殿上人

琴の音も月もえならぬやどながら《えもいはずおもしろきやどながらなり》

つれなきひとを引やとめける

御ためにつれなきひとをばえ引とめ給はぬにや。われこそかくをちばをふみわけてまいりたれとなり」17（挿絵21）

挿絵21　琴を弾く女と、馬の頭と殿上人

（18オ）

「この哥はちかごろふできしました。しかしながら琴《こと》は、ほかにもつれ立し友もあれば、てをのこさず引給へ」といひながら、なにやらわけもなきたはぶれごとなどいへば、よねも上気したるさまにて、かのつれ立し友《とも》を馬のかみとは夢《ゆめ》にもしらず、こはいろをうつくしくつくろひて

女　凩に吹あはすめるふえの音を《うへの空ふく木がらしに吹あはせたる笛の音をば引とゞむべきことのはもなしとなり》
　　引とゞむべきことの葉ぞなき《このうたより木がらしの女と云》

と、よみて、たがひにもつれて、なまめきかはす。馬の守がしきりににくゝなるをばしらで、またさうの琴《こと》をばんしき調にしらべ、冬《ふゆ》の調子《てうし》のをりしりがほにかい引たる手つき、一かどありておもしろき、やうなれども、心ざしにあいそもつきはて、むつとする[18]心地して立かへり侍りし。

たゞ時々のなぐさみにやどをりにちよつといであふ宮づかへするよねなどは、あくまで色めき、うは気なるも、その一度ぎりなればおもしろし。時々《ときぐ》にてもわが物とたのみて、あるひはおやのもとにあづけをくか、ほかにかこひをくにもせよ、うはきなる女は、たのもしげなくおぼえ侍る。かのこがらしの女もつねぐ\うさん[23]におもはれしが、いよく\いやになりはてゝ、そのよのことにかゝつけて[24]、たえ侍りし。

かのゆびくひしよねと、この木《こ》がらしの女とくらべては、わかき時のおちつかぬ心にてさへ、こがらしの女などのやうに、うはきなるは、たのもしげなく思ひ侍りし。ましていまよりのちは、とりしまりのなき色めきたるよねには、おもひつき侍らじ。光君や頭中将は、いまだ御としもわかければ御心のまゝに、をらばおちぬべき萩《はぎ》の露《つゆ》、ひろはゞきえなんとする玉ざゝのあられなんどのやうに、やさしくよはく\たよく\と見せかけて、色をふくめるうは気なよねをおもしろふおぼしめさん。さりともいま、六七年《ねん》も、色道《しきだう》のしゆぎやうあそばされ、さ

まぐ〳〵の、手くだにあはせられなば、このさとりはひらかせ給はん。それがしがいやしき身にて、御いけん申あぐるはりよぐはいながら、色の道に心よはく、なびきやすく、とりじまりのなきよねには、かならず〳〵ゆだんせさせ給ふな。間夫《まぶ》ぐるひして、月よにかまをぬかれたる[25]やうに、おとこの名をも立べきものなり。かえすがへすも心ゆるさせ給ふな」

と、ふんべつくさひかほつきにていましむれば、」19

十二段

中将「がてん〳〵」

とうなづく。光君はにつこりとうちえみ給ひて、御心のうちにはもつともなる事とおぼしめせども、そこらは大やうにもてなし給ひて、

「いづかたにつけても、人めわろくはしたなきはなしどもかな」

とてうちわらひおはしましけるとぞ。」20

注

［1］「鬼にこぶをとらる」の略。損害を受けたようで、かえって利益になること。

［2］気を利かせる。

［3］折々。

［4］大工。

［5］5ウ頭注、『花鳥余情』より。

〔6〕紫縮緬の帽子。
〔7〕ちょっと見た様子。
〔8〕巨勢金岡、巨勢公望、巨勢深江、巨勢広高。平安前中期の巨勢派の画家四代。
〔9〕彩色。
〔10〕未熟。
〔11〕心の正しいものは筆法もまた正しい。
〔12〕懺悔。
〔13〕心の耳。
〔14〕さしさわり。
〔15〕底本「ぱ」。もしくは「゜」を「は」の右上に置く。
〔16〕内儀。
〔17〕おとと。父。この場合、亭主のこと。あるいは「と」の衍字か。
〔18〕勝つに乗る。勝ちに乗じて。図に乗って。
〔19〕邪推すること。
〔20〕まばゆく。
〔21〕三味線の調弦法の一つ。
〔22〕深間。男女関係で深い仲になること。また、その相手。
〔23〕胡散。疑わしく。
〔24〕「ゝ」の下に空白あり。版木の「こ」が欠けたか。
〔25〕明るい月夜に釜を盗まれることで、はなはだしい油断のたとえ。

【巻六】

睦言《むつごと》も気《き》のつまる女儒者《おんなじゆしや》
靡《なびき》やすきは第一《だいいち》の難《なん》
あさつきさへあるに
蒜《ひる》をくひしとは
世間《せけん》のよねのならぬ所

（本文）

第十三段 中将《ちうじやう》は、

「白痴《しれ》たるよねの、物がたりをせん」

とて

「忍《しの》びてあひそめし女ありしが、どうやらおもしろくおぼえて、すゑながくとまでは、おもはざりしかども、なじみのかさなるにしたがひて、かわゆさもまさり、時々《ときぐ》のなぐさみながらも、わすれずかよひ候ひしに、よねもはじめのほどこそ、だん〴〵心もうちとけて、よれつもつれつたまくらの、たがひちがひのむつごとにも、身はかたさま[1]にまかせつゝ、すゑながゝれとたのみたるけしきなりし。

たのむにつけては、うらめしと思ふこともあらんと、わが心ながらおぼえのある折《をり》〳〵もありしかど、みじんもうらめしきふりをせず、久しきとだえお（ママ）も、いかなる御さはりありけるにや、あまりなる御見すてと、とがめたるけしきもなく、たまさかにあふとても、すこしも心かはらず、あさゆふ一しよにいたるもおなじさまにうちとけて、した心にいやふうなるふり、しづくもせざりしかば、いや〱うはべにはかくうつくしく見せかけて、そこ心にうらみているもしられずと、こなたからたしなまれて、さま〲心をひき見れども、みぢんもいやなるした心もなく、たゞありなれば、かわゆさもまさりて、ゆくすゑながくかはらじと、わが心にもたのもしく侍りし。

　かのよねおやもなく、こゝろぼそげにて、このおとこをこそ、ゆくすゑかけてたのまめと、おもひこみたるけしき、なにかにつけて見えすくほどに侍りしかば、その心いれのいとおしさ、またかくとだえて、ひさしくおとづれぬをもうらみず、おだしき[2]心なりければ、こなたも心おこたりて、ひさしく」2（挿絵22）まいらざりしころ、わが本妻《ほんさい》のかたよりなさけなく、おそろしき事を、かのよねのかたへ、さるつてありていひやりておどしたりとは、のちにこそきゝつけ候ひし。

　さやうなるもくさん[3]にあはんとは、ゆめにもしらず。心にはわすれずながら、久しくおとづれもせで、打すぎしに、ほかのよねならば、

「かう〱したるつてありて、お内義《ないぎ》さまの御はらだち、いのちをもとるべきやうなることが、きこえました」

と、さう〱つげしらせんに、なにのさたもせず。心ひとつにおもひしほれて」3心ぼそく、またおさなきむすめなどもありしにおもひなやみて、あるときなでしこの花をおりてふみにそえておこせし」

とて、その時のことおもひいだせしにや。中将うろうろなみだぐめば

光きみ「さてそのふみのことばは」

ととい給へば

中将「ふみのぶんていはいかゞありつらん。おぼえず。さしてかはりたる事もなかりき。

夕がほ　山がつのかきほ（卑下の詞なり。わが身ははかなきありさまになりゆくともむすめには）あるともをり〳〵は
あはれをかけよ（あはれをかけ給へとなり）なでしこの露（〳〵むすめの事をいふ）

といひおこせしにをどろきて、このほどのとだへもおもはれやがてかのよねのもとへまいりたりしに、れいのごとくうらなきものから、さりながら、少は物おもひがほにて、あれたる家の、露しげき庭をうちながめたるありさま虫《むし》のなく音につけても、なにとやら、むかし物語めきておぼえ侍りし。

頭中将　咲まじる色はいづれと（あはれはかけよとよみし返哥なるべし。咲まじるとは庭の秋の花いろ〳〵さきまじりたれどもとなり）わかねども
なをとこなつにしくものぞなき（なでしことこなつひとつ花なり）

やまとなでしこのはなよりうつくしき、むすめのことはさしおきて、「ちりをだにすへじとぞおもふ」とたはぶれ（引哥ちりをだにすへじとぞおもふ咲しより妹とわがぬるとこなつの花）て、まづ母のきげんをとる。

夕がほ　うちはらふ袖（とこをうちはらふにそへてなり）もつゆけき床夏に（わが身をとこなつによせておもては中将を恨てよめり）
あらし吹そふ秋もきにけり（中将の本妻よりおそろしきことのきこえたるを下心に思ひてよめり）」4

と、はかなげにいひなして、まことにうらみたるさまも見えず。なみだをもらしおとしても、はづかしくつゝましげに、まぎらかしかくして、つらきことをも、わが心につらしとおもひしりたると人に見えんは、わりなくきのどくなる事にをもひ、ほかへすこしもあらはさねば、かくうらめしき事のあるとは、ゆめにもしらず。心やすくてまたひさしく、とだへてまいらざりしほどに、いづかたへかゆきつらん、あとかたもなくかきけすやうに、うせて侍りし。いまだ世にながらへてあるならば、さてこそはかなきありさまにてさすらふらん。かはゆくおもひしよねなれ

挿絵22　常夏の女と撫子と頭中将

（2ウ・3オ）

ば、いかでおろかにすべき。妻《さい》がかたより、嫉妬《しつと》するをおそろしくおもふとしらせなば、とだえもなくかよひなぐさめて、もとより妻はある身なれば、妾《てかけ》にしてかよひおき、ながくあひ見るしかたもありしものを、いまにのこりおふく侍る。かのなでしこ《むすめの事。のちに玉かづらといふなり》のうつくしく、あいらしく候ひしかば、いかにもして、たづねいださんと、てをわけてたづね候へども、そのあり所をきゝつけず。

　このよねなどこそ、馬のかみのいはれしごとく、うつくしくやさしきやうにうはべを見せかけ、うらみいふべきことをも、ふかく心におしかくし、ひとへに物はぢをしてひつきういかひたはけ[4]、おろかなる心の女なるべし。なにごとをも心のそこにをしかくして、われればかりくよ〳〵、つらしとおもひしを、神ならぬ」[5]身はゆめにもしらず、たゞ、ひたすらにいとしいとおもひしも、なにのゐきなきかた思ひなりけり。いまやう〳〵こなたはおもひわするゝころになりて、かのよねはおもひえはなれず、心から[5]とはいひながら、人やりならぬむねをこがすゆふべもあるらむと、おもひやられ侍る。此よね、よく物をこらゆるやうにて、まことのかんにんなく妻《さい》などゝはたのむまじき女なりけり」。

第十四段馬のかみ詞「さあればこそ、それがしがあひしゆびくひつきたるさがなものも、よき所おふくありてわすれがたけれど、本妻とさだめて、あさゆふ見んには、りんきつよくて、

「こしもとを見ためつきががてんいかん」、

「ちやのかよひする[6]女に、したゝるひ[7]ふりをして、茶わんをてからてへわたしやつたがきにいらぬ」

と、せゝかましくわめけば、外《ぐはい》ぶんわるく、わるふしたらばあきがきて、いちごそひはつまじきものなり。またかの琴引《ことひき》かけて笛《ふえ》にあはせたりしもなさけらしく、一かどあるやうなれど、色ふかきは女のすてはてものにて、

このつみおもかるべし。また頭中将《とうちうじやう》のあひ給ひしよねも、うらみいふべき事をもおしかくして、いつとてもよいあひさつ、うつくしづくなるも、ほかのおとこに心もあるにやと、うたがはしかるべければ、いづれなんのなきよねといふは、ありかぬるならひ、〽古哥「よの中はくらべくるしくなりにけり、ながくみじかくおもふすくなし〽おもふやうなる事がなきとなり」と、むかし」6の粋《すい》がよみおきしも、もつともなることぞかし。このさま〴〵のよきことばかりありて、みぢんも難《なん》のなきよねは、いづくにかあらん。※吉祥天女《きちじやうてんによ》をおもひかけんにも仏法《ぶつぽう》くさく、くすみすぎて朝《あさ》ゆふなつかしく、なれむつれ、うちとけてもかたられず、たゞてをあはせておがみましたばかりにてもすまぬものぞ」

吉祥天女は帝釈のむすめ。三十二相をぐそくし給へり。最勝王経にあり。（7オ頭注）

とて、みなうちわらひ給。

第十五段 頭中将の詞 「式部《しきぶ》が所にぞ一ふしありて、めづらしき事あらん。ちとかたり申せ」

とせめらるれば、

「われらごとき下々《したぐ》には、なにのきこしめし所ある、おもしろき事か候はん」

といへど、

中将「ぜひともおそし〴〵」

と、せめ給へば、式部 なに事をか申さんとしあんがほにて、

「それがしいまだわかく文章《もんじやう》生《しやう》官なりにて候ひし時、かしこき女を見侍りし。馬のかみの申されしやうに、公義《こうぎ》むきのむつかしき事を相談《さうだん》せんにも、また内諸《ないしやう》の味噌塩《みそしほ》のことをとりさばかせんにも、世智《せち》かしこく学問才智《がくもんさいち》は、なま〳〵の儒者《じゆしや》ははだし。惣《そう》じて人に口をあかすべくも侍らざりし。それにあひそめしは、ある儒者《じゆしや》を、師《し》とた

のみて学《がく》もんしにまかりかよひしに、師匠《ししやう》にむすめどもあまたあるときゝて、ちよつとしたつゐでをもとめて、ふみをつかはししを師匠きゝつけて、ある時なに心なく、学もんにまいりたりしに、盃《さかづき》をもちいでゝかたひ口《こう》上《じやう》にて、白氏文集《はくしぶんしう》を引いだして、

「我両 途《わがふたつのみち》を哥《うたふ》を聴《きけ》。富《とみ》たる」7（挿絵23）家の女《むすめ》は嫁《よめいり》すること易《やす》し。よめいりする事はやけれども、その夫《おつと》をかろしむる。貧《ひん》家《か》の女は嫁する事かたし。よめいりすることは、晩《をそ》けれども姑《しうとめ》に孝《かう》あり」

と申て、なかだちなしに、終《つゐ》、夫婦《ふう》のさかづきをさせ侍りしが、かならずうちとけてもかよひ侍らず。ししやうのおもはくをはゞかりて、さすがにすてがたくかゝりあひ侍りしにかのよねなにごとにつけても、ねんごろにおもひうしろみ、ねざめのむつごとにも身の学《がく》もんをはげまし、才智《さいち》ありておほやけにつかうまつるべき、仁義五《じんぎご》常《じやう》の道をおしへて、よのつねの女のやうに、ぬれかゝりてびたつかず。さつぱりとしてふみをかけども、かなもじをまぜず、」8ちんぷんかんのかたひことをもつともらしくかきこなし、そのとりまはしのおもしろさに、ほだされて、よねの、ふうきりやう[8]などは、きにあはねど、がくもんにひかれてたえず、かよひ侍りし。

其よねを師《し》として、いまもわづかに、こしをれぶみを作《つくる》ことなどはならひ侍りしほどに、そのをんは、わすれず候へども、なつかしき妻子《さいし》とたのまんには、無学《むがく》もんもうなおとこ、なまじいにしやうはる[9]なふるまひなど見せんもはづかしくなん侍りし。まして光きみや頭中将などの御ためには、さほどはく学《がく》多才なる女を、なにゝかせさせ給はん。ほかから見ても、わが心にも、この女はしよじにつけてたらはぬ所ありて、はかなくくちおしと思《をもひ》ながらも、わが心におもひつく所ありて、すてられぬるくされゑん、ふそくながらも一期《ご》そひはつるものなれば、女とかはりて※おのこほど、

本もん「おのこしもなんしさいなきものは侍める」とあり。少心えにくきやうなる所なり。（9ウ頭注）

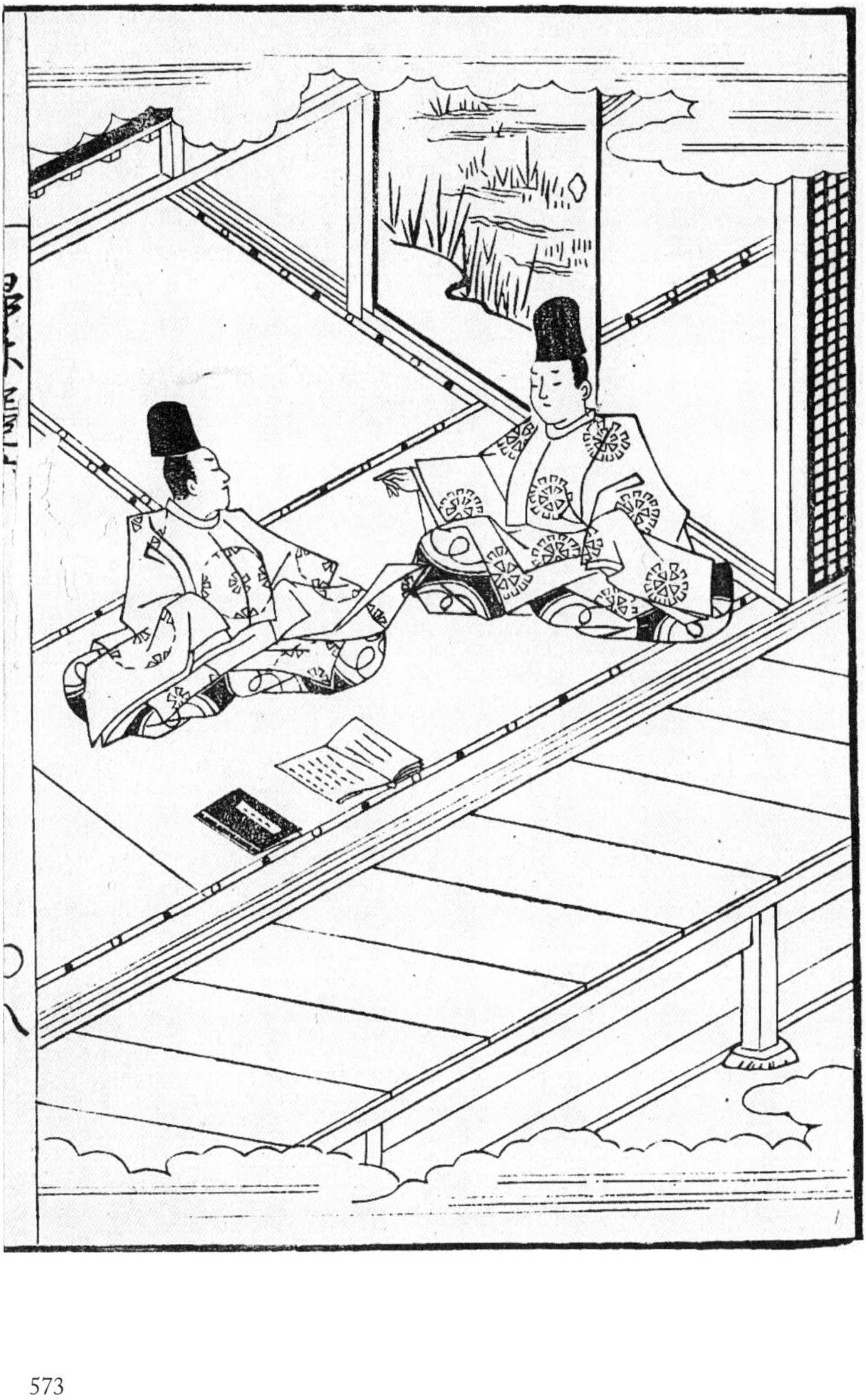

挿絵23　学問の師と式部丞

（8オ）

なにの子細《しさい》のなきものはあらず」

と申せば、中将はのこりをいはせんとて、

「さて〳〵おもしろかりし女かな、してそのすゑは」

とのせ給へば、式部もさすがすいなれば、そこらは心にのみこんですかし給とおもひながら、はなのあたりをひこ〳〵してかたりいだす。

「さてかのよねのかたへ、ひさしくまいらざりしに、わざとならぬつゐでありて立よりて候へば、つねにうちとけてゐるかたにはあらでほかのざしきへいれて、ふすませうじをへだてゝあいさつし侍りしかば、さてはこのほどのとだえをうらみて、ふすぶるにやと、おこがましく、またなびくこなたも秋かぜのそよともせば、かこつけ[9]てなかたえんとおもひ、ふくみしをりから、よきさいわひとうれしくおもふに、かのよね、かる〴〵しくりんきなどもせず、世間《せけん》の道理《だうり》をわきまへてうらみもせず、はやこと[10]にいふやうは、

「ひごろ腹病《はらのやまひ》《ふくびやう》おもきにたえかねて、蒜《ひる》をくひ侍りて、ことのほかくさきによりて、直《ぢき》にあひまいらせず。御めにかゝらずとも、ようのことあらば、おほせられよ」

などゝ、念比《ねんごろ》にもつともらしくいひ候ひしにあきれていかゞと返事《へんじ》もされず。たゞ、

「おほせのとをりうけ給とゞけて候」

とてつい立ていで侍りしに、よねもさすがに心にかゝりてさう〴〵敷《しく》やおもひけん、

「このくさきにほひのうせなんころ、おはしませ」

と、たからかにいふをきゝながら、返事《へんじ》せぬもせうし[11]なり、さありとてながゐすべきやうもなくとかくするう

ちに、かの蒜《ひる》のにほひしやうじのそとまで、はなももげるほどなればせん方《かた》なくにげめをつくりて

式部
さゝがにのふるまひしるきゆふぐれに《そとをりひめの哥にわがせこがくべきよひなりさゝがにのくものふるまひかねてしるしも といふをとりてよめり》
ひるますぐせといふがあやなさ《昼《ひる》を蒜によせてよめり》

「いかなるさはりのかこつけに、蒜《ひる》の匂《にほ》ひをし給ふやら」

と、いひすてにしてはしりいでしにおいかけて

ひるくひ女
あふことの夜をしへだてぬ中ならば
ひるまもなにかまばゆからまし《ふだん一所にある中ならばひるまをすぐせといわずあふべけれどたまさかなるゆへにかやうなるとなり》

さすがに学者《がくしや》ほどありて、返哥《へんか》などははやくし侍りし」

と式部がむつ〳〵と[12]かたれば、光きみや頭中将は女の蒜などくふといふことは、きゝもおよび給はねば、あさましとおぼしたるけしきにて、そらごとゝてわらひ給ふ。

第十七段「いづくにさやうなる女があるべき。たゞ鬼とむかひゐたる心ちぞせん。おそろしき事」

とつまはじきして、式部をおろかなるおとことにくみて、

「せめてきなをし[13]に、いますこしよろしからんはなしせよ」

と、せめ給へば、式部は

「是よりめづらしきよねのはなし、いづくにかさぶらはんや」

とて、かしこまりいたり。

馬のかみが詞
「総じて男《をとこ》も女もよからぬものはわづかにしれることをばものしりがほに智恵《ちゑ》をふるひて、のこりなく見せつく

さんとおもふこそ、おろかにいとをしけれ。ことさら女の身にて、いしよりかたひ、山谷《さんこく》の詩《し》をわりくだひておぼえ、史記漢書《しきかんじよ》は茶物語《ちやものがたり》[14]、五経《ごきやう》をそらんじたらんはかへつてあいきやうなし。大方《かた》の男《をとこ》はそばへもよりつかず、「あなたはおものしり、がくしやじや」といふてうやまひ、れいをしてとをるまでにて、なつかしくいとをしき心は、みぢんもおこるまじ。

さりながら、いかにおんなにむまれたればとて、世間に有ほどのことを、むげにしらずいたらず、もんもうにては、いかでかすごすべき。わざと師匠《しし》をとりてまなばずとも、うはきにしてやりばなしなる女はかくべつ、すこしも心あらんよねは、」11（挿絵24）人のいふことを、耳《みゝ》にきゝおぼえめに見おぼえたる古事古語《こじこゞ》しぜんと心にたまれば、うたてき事《こと》にはそれをはなにかけて、真名文字《まなもじ》を書散《かきちら》し、おとことのとりかはしは、まだしもなれども、おんなどちのふみにも、はんぶんすき真名《まな》まじりにかきすくめて、「おもひまいらせ候べく候」とあるは、むかしからきゝつけてやはらかなるに「奉存候《ぞんじたてまつりそろ》」などとかきたるを見ては、うたてやこのよね、かなもじにたをやかにかゝれたらば、よかろうものをと思はるゝ。自分《じぶん》の身には、あちをやるぞとおもはれんなれども、真名《まな》といふものは、心のやはらかなることも、こゑによめばこわ〴〵しく聞えて、わざとがましくかましく[15]よからぬものぞかし。

かうした事《こと》は」12した〴〵ばかりにかぎらず、上らうの中にもおふく[16]ある事なり。哥《うた》をよむ人の、わが心には一ぶんじまんして、おそらくたれにもおとらじとおもひ、やがて哥にまとはれて、おもしろき古事古哥《こじこか》を、はじめからとりこみ正風体《しやうふうてい》をもとくとよみおぼえず、はやはたらきだてをして、人の機嫌《きげん》じせつにふさうをふなる事をもわきまへず、めつたやたらによみかけたるは、せうしなるものぞかし。さきの人も返哥《へんか》せねば、なさけもし

挿絵24　蒜の女と藤式部の丞

（12オ）

らぬやうにきこえ、まことにせざらんははしたなかるべし。

きつとしたるせちゑ、五月五日などのしゆつしに、未明《みめい》からいそぎしたくしていづれば、なにのあやめもおもひしづめられぬに、えならぬ根《ね》を引かけて、うたをよみておこし、九月九日の御会《くはい》にまづかたひ詩《し》の心をおもひめぐらして、くびすじのいたきほどあんじわづらひて、いとまなきをりに、菊の露をかこちよせて、哥などよみかくるやうなる事は、さきにも今朝《こんてう》は、いかばかりいそがしからんといふ、遠慮《えんりよ》のなきといふものなり。尤《もつとも》五日にあやめのね、九日の菊の露《つゆ》をかこちよせてよみおこせたるは、をりからはつきなからねど、心づかひのなきといふものぞかし。しづかになりてのちにおもへば、おもしろくもあはれにもあるべきことの、そのおりからのいそがはしく、つきなく、めにもみゝにも、とまるまじきといふことをおもはしからぬは、かへつて心もなくおもいはからぬは、諸事《しよじ》なに事によらず、そのをりからじせつをよくふんべつすべ」[13]きことなり。それほどのこと、おもひわかぬ心にてはなさけありがほに、さしいでざるがましなるべし。そうじて[17]心にしらんことをも、しらぬかほにもてなし、いふべきことをも、ひとつふたつのふしをばいはでのこすこそおくふかくて、よかるべき」などゝ、馬のかみがかたるにつけても、光きみは、ふじつぼの御ありさまは、このすいどもがしなさだめにすこしもたからず[18]、またさしすぎたることもなく、これぞまことに中道ともいひつべく、またあるまじきよねぞかしとおもひいだし給ふにつけても、むねのふたがるこゝちぞし給。

※しなさだめの評判《ひやうばん》もいづれをしごくの品《しな》と落着《らくぢやく》もせず、はてはおかしきものがたりどもになりて、みじかよなればほどなく明行。

はじめから中将をたつとびてひはんしたりしが中道にもかたつきてはまことの中道にあらぬゆへに「いづかたによりはつともなくははて〳〵はあやしきことどもになりてあかし給ふ」とあり。本もんに引あはせて心をつけてみるべし。
（14ウ頭注）

【巻六】

けふは御ものいみもあきながあめもやう〳〵はれて、日かげめづらしくさしいでたり。大うちにのみこもりおはしますも、大との《左大臣どの也》〻ひめぎみの御心いとおしければまいり給。このひめぎみ大かたのやうだいおしたてよく、人がらもさはやかにけだかく、みだれがましく、うはきなる所すこしもなく、これこそかの粋《すい》どもが品さだめに、すてがたくとりいだせし、あぶなげのなき本妻《ほんさい》とたのむべきよねなりけりと、御心のうちには、ぢまんにおぼしめしながら、あまり実方《じつかた》にて、うちとけがたくむかしからおさだまりのほんこのほかのたはぶれはなりやせぬでござりやすとも、いひかけにくき、御しなししつとりとはづかしげなる御人がらなればひかる君」14(挿絵25)のわかきおん心には、どうやら事のたらぬやうにて、ひめ君の御こしもと、中なごんの君中づかさなどゝて、そのほかにもすぐれたる女中どもに、たはぶれごとなどの給ひつゝ、あつさにおびもしどけなくみだれ給へる御ありさま、いとゞうつくしく見えさせ給ふを、かのよねたちは、きあがり[19]のするほど、心のうちにはおもひしみて、見るかひありとおもへり。

大とのも

「光君のおはします」

ときかせ給ひて、まいり給ふに、ひかる君は、うちとけておはしませば、此さまにて、御たいめんあらんはいかゞとて、几帳《きちやう》をへだてゝ、御物がたりなどせさせ給ふ。

「けふはあまはれ[20]のとりわけたえがたくあつきに」

とて、御かほをしかめ給へば、よねたちおかしがりて、こそ〳〵わらへば、

「あなかしがまし」」15

挿絵25　左大臣邸での左大臣と光源氏

（15オ）

とせいして、脇息《けうそく》にもたれておはします。左大臣くらゐの人へかうした御しこなしほかの人のならぬことぞかし。

やう〳〵日かげかたぶきて、火ともすころになりて、きがつきけるにや、

「こよひ大内《うち》からこなたへは中神《なかがみ》のかたふさがりにて、いつもいみ給ふ事なり」

と云。二条院《てうゐん》へ御いであらんも、おなじすじなれば、

「いづくにかかたたがへせん。けさまでかたりあかしてねむたくなやましき」

とて、とろ〳〵ねぶり給へば、

「ふたがりたるかたをたがへ給はぬは、よからぬ事なり」

と、としまのお局《つぼね》、そのほか女中よりたかりて、せめたてまつる。

「紀伊守《きのかみ》とてしたしくめしつかはるゝ人の家、京極通《きやうごくどをり》にて、このごろあたらしく家づくり、庭に水などせきいれて、すゞしく侍る」

と申せば、光君めをすり〳〵
「これはよからん。なやましきに、牛《うし》ながらくるまを引いれて、心やすかるべし」

との給。しのび〳〵の御かたたがへ所はあまたあれども、久しぶりにて、大とのへまいり給ふにおもひかけず、方ふたがりて、とこいりもせず、さいはひにしてほかへおはしまさんは、うらめしくおもひ給はんが、いとをしきなるべし。紀伊《きの》の守《かみ》をめしてかたたがへに御いであらんよしおほせらるれば、

「有がたし」

と御うけは申ながら、お次《つぎ》へたちて、

「ちゝのいよのすけがもとに、つゝしむ事ありて、女房などもしたくへまいりつどひて、せばき家のうちなるに弥不礼《いよ〱ぶれい》がましき事もや候はん」

と、めいわくがるを、光きみきかせられ、

「その人ちかゝらんはうれしかるべし。一よなりとも女とをきたびねは、もの[16]をそろしき心ちぞすべし。たゞそのよねの木丁《きちやう》のうしろにねせよ」

との給へば、

「まことにこれはよき御ざどころに候はん」

とたはぶれて、紀伊守はやどへ人をはしらせやる。光きみはわざとしのびていそぎいでさせ給へば、大とのにも、御いとまも申給はず。とりわけ御心やすき人々を御ともにて、おはします。

　紀伊守は

「あまりにはかなることにて」

と、めいはくがるをみゝにもきゝいれず、おもやのひがしおもてをはらひきよめて、かりに御ざしきをしつらひたり。やり水の心ばへおもしろく、いなか家《いえ》めく小柴《こしば》がき、草木《くさき》も心をつけてうへなしたり。かも川よりふきくるかぜすゞしく、そこはかとなき、むしの声《こゑ》〲きこえ、ほたるしげくとびちがひて、おもしろければ御ともの人々、廊下《ろうか》のもとよりながれいづる泉水《せんすい》にのぞみて、さけなどのみかくるにあるじもさかなもとむとこゆるぎの、いそぎありくほどに、ひかるきみは物しづかにながめ給ひて、すぎしよ、かのすいどもが中のしなといひしは、このいよのすけがたぐひならんと、おもひあはせ給ふ。

いよの介が女ぼうはきりやうよしのさたありし女なれば、ゆかしくて、耳のあかをかきて、そこら立ぎゝし給へば、此にしおもてに、人あまたゐたるけしきにて、立ゐにかたびらのすそばら〳〵となり、わかいよねどものこゑきこえたるは、にくからず。さすがにしのびやかにものいひわらひなどするけしき、わざとがましくかうしはあげたりけれど、紀伊守しかりておろさせ」17つれば、火をともしたるすきかげしやうじのかみにうつりて鳥羽《とば》画《え》を見るやうなるかたちもあり、内のやうすのみゆることもやと、のぞきをくれ給へども、やぶれたる所もなし。しばし立ぎゝし給へば、わが御身のうへをかたるなりけり。

「光君は実方《じつがた》にてまだおとしもゆかざるに、おくさまもさだまり給へば、どうやら興《けう》もなき心ちぞする。」

「されどもあなたこなたかくれあるかせ給ふ所、あまたあるよしとりざたします」

などゝいへば、光君はふじつぼの御事のみ御心にかゝれば、ぎよつとしてまづむねをつぶし給。かやうなるつゐでに、人のいひもらしたらんをきゝつけたるとき、いかなる心ちかせんとおぼしめすにさしてかはりたる事もいはねば、きゝさし給ふ。式部卿《しきぶきやう》の宮のひめ君へ、あさがほをくらせ給ひし時の哥などを、ほゞ《（ママ）》ゆがめてかたるもおかしく、ぞんざいにくつろぎすぎたる哥ばなしかな、ぢきに内のやうすを見るにもおよばず、かならず見おとりのせらるゝよねどもなるべしと、おしはかり給ふ。

紀伊守まかりいでゝ灯籠《とうろ》かけそへ火をかゝげなどして御くはしなどをまいらする。

光君「「戸張帳《とばりちやう》をもたれたるを、大きみきませむこにせん、み《さいばら》さかなはなにとよけん、あはびさだおかかせよけん」、といふ哥もあれば、木丁《きてう》の内によねなどのもふけなくてはなにを、ちさうしたればとて、すさまじきふるまひならん」

と、たはぶれにの給へば、紀伊守も粋《すい》にて、

「みさかなにはなにがよからんとも、え心え候はず」18（挿絵26）

とてかしこまりてゐる。あつさにはしのかたへよらせ給ひ、かりそめなるやうにてねたまへば、御供の人々もしづまりぬ。紀伊守《きのかみ》が子どもわらはにて大内へもまいりて、見しらせ給ひたるもあり。きのかみが父いよのすけが子もあり。

　あまたある中に、とり分おとなしくて、十二三ばかりなるわらはあり。

「この子はいづれぞ」

ととひ給へば、

「故右衛門《うつせみのちゝ》《こえもん》のかみのすへの子にておさなき時、父《ちゝ》におくれ、あねのゐんにつきていよの介がかたへまいりて候。学もんなどもきようにて大内へもまいらせたき心ざしは有《あり》ながらちゝもなく候へば、いそぎおもひたつ事もなく候」

と申あぐれば、光君きこしめし、

「あはれなる事かな。この子があねはそのはうがまゝ母か」19

との給へば、

きのかみ「いかにもさやうに候」

と申す。

「にやはし《光きみのことば》からぬはゝをも持《もち》たるかな。御かどにも内々このよねのことは、きかせられ、

「ちゝ右衛門のかみがみやづかへにいださんといひしがいかゞなりつるぞ」

挿絵26　くつろぐ源氏と紀伊守たち

（19オ）

と、いつぞや御たづねありし。世はさだめなき物かな」

と、おとなしやかにおほせらるれば、
きのかみ「さだめなき世と申うちにも、女ほどゑんにひかれて、おもはずなるかたへ、身の一生《しやう》のさだまるものは候はず。此よねもふとしたるゑにしにていよのすけが妻《さい》になりて侍る。女子《おなご》の身ほどあはれなるものは候はず」

と申。

光君「おやじは大せつにかしづくか。たゞきみのごとくおもふらんな。」

紀伊守「たゞわたくしの主人《しゆじん》のやうにしてかしづき侍るを、それがしをはじめ子ども皆《みな》、おやじのとしにあはざる色ごのみと、うけ合候はず」

と申。

ひかる君「いかにいひさましても、いよのすけも粋《すい》なればその方などがきゐたふうなるおとこぶり、当ふうの色ごのみなれば、よもやおろしたてゝあてつけじ。おやぢはとしこそよりたれ心はすいのこつてうなるものを」

などゝ[21]物がたりし給ひて、

「かのよねはいづかたにぞ」

ととひ給へば、
紀伊守「「みなおなごどもはかつてへまいれ」と申つけ候ひしがいまだまいらずや候らん」

と申。

御とものの人々ものこらず、酒にいきつきて、いたじきのうへにごろりとこけてねるもあれば、光君はうちとけてもねられ給はず。ひとりねのいたづらぶしとおぼしめさるゝに御めさめて、この北のしやうじのあなたに」[20]人おとのすれば、これやかのよねのねたる所ならんと、御心とまりて、やがてたちぎゝし給へば、ありつる子のこゑにて、

「もうしあねさまはいづくにおはしますぞ」

と、かれたる声のあいらしきにていへば、
かのよね「こゝにぞねたる。源氏の君はね給ひつるか。いかにちかゝらんときのどくにおもひつるが、よほどとをかりけり」

と、いふこゑとろ〳〵ねざめのしどけなく、よくかの子の声ににたれば、うたがひもなきあねなるぞきゝなし給。

かの子がいふやう、

「ひさしのかたにおほとのごもれり。おとにきゝつる光君を見奉りつる。まことにうつくしくおはします」

とひそかにいへば、
うつせみ「ひるならばのぞきて見まいらせんものを」

と、ねぶたげにいひながら、ねまきにかほを引いるゝやうすなり。光君は心とゞめて、とひきけかし[22]とおぼしめすぞ性わるなる。かの子は
「われはしのかたにねん。くらき事かな」

とて、火《ひ》かゝげなどするさまなりとぞ。

隠士
梅翁書

江戸川瀬石町
書林　山口屋権兵衛 新板」21

注

［1］あなたさま。

［2］穏やかな。

［3］もくろみ。

［4］「ひつきう」は畢竟。結局。「いかひ」はたいした。つまりはたいした愚か者ということ。

［5］身分から。

［6］食事の世話をする。

［7］甘ったれた。

［8］風、器量。

［9］性悪。

［10］早口。

［11］笑止。気の毒であること。

［12］「むっつりと」と「むつまじい」の意がある。

［13］気分直し。

［14］茶飲み話。

［15］衍字か、やかましい意か。

［16］多く。

【巻六】

［17］本文「そうしで」。

［18］「たがはず」か。『源氏物語』本文は「足らず」。

［19］気上がり。のぼせること。

［20］雨上がり。

［21］「ゝ」、読めず。

［22］本文「とひきけがし」

梅翁『源氏物語』解説

レベッカ・クレメンツ

梅翁『源氏物語』は宝永四年から宝永七年にかけて四作にわたって刊行された連続作品である。本文は「梅翁」によるとあり、画は絵師の奥村政信であるが、「梅翁」は政信の別号である。政信は、名が親妙、俗称源八で、梅翁のほかに、芳月堂・丹鳥斎・文角なども号した。貞享三年（一六八六）生まれ、菱川師宣、鳥居清信から影響を受け、役者絵、美人画、花鳥画を描いた。文壇でも活躍し、松月堂不角門の俳人でもあった。絵本挿絵を描いて元禄末期から浮世絵師たちの中心の一人となり、奥村派の祖となる。俗語訳が契機となったのか、正徳期頃、政信は三つの横大判墨摺絵の揃物で『源氏物語』を主題とした作品を制作している（『千葉市美術館所蔵浮世絵作品選』に詳細あり）。

政信の俗語訳『源氏物語』は先ず、『風流源氏物語』の末尾の「雨夜の品定め」の後を引き継いで、花宴巻まで三作にわたって刊行された。その後『源氏物語』の冒頭に戻り、桐壺巻から「雨夜の品定め」までの俗語訳を成し遂げた。初版の内容は次のとおりである。

宝永四年『若草源氏物語』箒木巻（雨夜品定以降）～夕顔巻

宝永五年『雛鶴源氏物語』若紫巻～末摘花巻

宝永六年『紅白源氏物語』紅葉賀巻～花宴巻
宝永七年『俗解源氏物語』桐壺巻～箒木（雨夜品定まで）

その後、後印本が複数出ている。日本古典籍総合目録データベースを見てみると、『若草源氏物語』は享保六年版、元文三年版、刊年不明本、『雛鶴源氏物語』は享保五年版、享保六年版、享保十一年版、刊年不明本、『紅白源氏物語』は享保六年版、『俗解源氏物語』は享保六年版がある。なお、複数を一書としたもの、巻が前後するものなどもある。本書に掲載した挿絵も、四作品をまとめて一書とした享保十一年版で、後印本ではあるが、摺りはよく、当時、相当人気があったかと思われる。

このいわゆる梅翁『源氏物語』についての研究は少ないが、筆者の論文のほかに、藤田徳太郎が『源氏物語』の近世における「訳文翻案」として初めてあげており、井浦芳信の論文もある（「参考文献」参照）。ここでは、執筆経緯が詳しく書かれる『若草源氏物語』を参考に、梅翁『源氏物語』の目的と特徴を紹介する。

『若草源氏物語』の序文において梅翁が『源氏物語』を俗語訳するきっかけについて述べている。それは『風流源氏物語』との出会いであった。

霖雨《ながあめ》はれまなき比《ころ》、炉《ろ》にせんじちやをしかけ、釜《かま》のたぎるを聞《きゝ》ねいりにする折《おり》ふし、ちいさき娘《むすめ》の侍《はんべ》るが、同《おな》じころなるともどち、其《その》つぎ〳〵の女子《おなご》まじりに、次《つぎ》の間《ま》に集《あつま》りて、心《こゝ》ちよきゆめ見るじやまなして、草《さう》帋《し》などよみ侍《はべ》りし中《なか》に、風流源氏物《ふうりうげんじもの》がたりといふものあり。「いかなることをかきたるものぞ」と、よませてきゝ侍りしに、源氏物語《げんじものがたり》を、当世《いまのよ》の俗語《ぞくご》に写《うつ》して、桐壺《きりつぼ》はゝ木ゞの二《ふた》まきをかけり。

娘たちが読んでいる『風流源氏物語』の内容を耳にして、『源氏物語』に基づいていることを理解したうえで、梅翁は違和感を感じる。

尤《もつとも》、きりつぼの巻《まき》は、あらまし本文《ほんもん》によるといへども、はゝ木ゞにいたりては、肝要《かんよう》の所々《ところぐ》を畧《りやく》し、あるひはあまりに興《けう》あらんとにや、おもひかけぬさまにとりなしたることゞも、あまた見え侍る。

梅翁は『風流源氏物語』が『源氏物語』を原典としつつも大きく異なることを知り、娘にそれが理解できているかどうかを確認する。

ふうりう源氏《げんじ》ものがたりは、義理《ぎり》よくきこゆるや。答《こたへ》て云《いはく》、なるほどよくきこえます。

梅翁は都の錦の方法に対してやや批判的である（「おもひかけぬさまにとりなしたる」）が、『若草源氏物語』の序文に描かれているこのシーンによると、『風流源氏物語』は若い女性の楽しみでもあると同時に、俗語訳によって『源氏物語』に関する知識をも伝える書物であった。さらに、この場面は、『若草源氏物語』が読者層によって違う役割を果たしたことも示している。つまり、年上で人生経験のある梅翁は、『風流源氏物語』の意味を娘より深く理解していたろう。「ふうりう源氏《げんじ》ものがたりは、義理《ぎり》よくきこゆるや」と聞く、梅翁のこの質問は、『源氏物語』の内容だけでなく、『風流源氏物語』の「おもひかけぬさまにとりなしたること」についての質問でもあった。娘が『風流源氏物語』の「義理」がよく分かっていることが確認できたら、より忠実な方法によってその続きの訳を成し遂げる気にさせられたと述べる。

むらさき式部《しきぶ》のほんゐにまかせ、いまの世のはやりことばにうつし下がしもの品《しな》くだれる、賤山《しづやま》がつのむすめにいたるまで、いろはのもじをおぼゆれば、これをよむにかたからず。

つまり、「ちさき娘」が『源氏物語』の内容をきちんと理解できるよう、梅翁は俗語訳を作成したということである。本書掲載のピーター・コーニツキーの研究は『源氏物語』の読書に対する不安について述べるが、特に源氏が女性にとってふわしくない読み物だと考えられていた学者の不安について調べている。興味深いことに、梅翁訳の序文にはまさにそのような学者と対照的な態度を取っている。

抑《そも〱》げむし物がたりは、実《まこと》に吾朝《わがてう》の至宝《しほう》。好色艶言《こうしよくえんげん》をもつて仁義五常《じんぎごじやう》の道《みち》をおしへ、兼《かね》て老壮《らうさう》のむねをとき、因果《いんぐわ》の理《ことはり》を示《しめ》し、中道実相《ちうだうじつさう》をさとらしめて、つゐには仏道《ぶつどう》に引入《ひきいれ》たるものなり。善《ぜん》をすゝめ悪《あく》をこらし、貴《き》賤《せん》の人情《にんじやう》に通《つう》じ、別《べつし》て女子《によし》に道《みち》をおしゆるの術《てだて》、

この序文における描写では、知的な力の均衡は、年上で男性である梅翁が握っているといえよう。無論、このシーンは単に古典の『源氏物語』と比べて比較的、不真面目な『風流源氏物語』について説明するために、梅翁が創造した、都合のよいフィクションであった可能性も考えられる。それはともかくも、コーニツキーが指摘したように、『源氏物語』やその梗概本を編集する人たちは、当然のことながら、『源氏物語』の版本を一般の人々が

入手することを正当化する必要性を認識していた。商業的に刊行された梅翁訳では女性が『源氏物語』を読むことを擁護しているだけではなく、それをセールスポイントとしているわけである。

梅翁の俗語訳方法を調べれば、『風流源氏物語』と比べて言語的に正確で、性的な言葉遊びや描写をあまり重視していないことが分かる。また、創造性に富んだ装飾も『風流源氏物語』ほどは見当たらない。ただ、ところどころに時代にあわない描写が見られる。たとえば、箒木巻の紀伊守邸の話の冒頭部の訳において、光源氏が空蝉を探しに行く場面があるが、梅翁は「湯《ゆ》もじ」や「奈良団扇《ならうちわ》」、「白瓜漬《しろふりづけ》」など、原文にない食べ物や道具、服などをこのシーンに入れている。

このような創造的自由を行使することについて、梅翁が次のように弁解している。

しかりといへども全《まつた》く私《わたくし》に書加《かきくは》へたるにもあらず。おろかながら本文《ほんもん》の心をさつして書侍《はんべ》る。よし、しる人はしるぞかし。

これはその読者層には『源氏物語』の知識がある人(「しる人」)も含まれていたことを示している。なお、別稿にも述べたが、梅翁の俗語源氏は「注釈書」的な性格を持っており、『若草源氏物語』作者序文では、都の錦と同じく、注釈書について言及している。

扨《さて》又《また》少《すこし》もこゝろざしあらん人は、本書《ほんしよ》にひき合《あはせ》てこの草帋《さうし》を見給はゞ、諸抄《しよせう》を集《あつむる》に不及《およばず》。本文《ほんもん》の義理《ぎり》よく聞ゆべし。

『風流源氏物語』のような注釈書に対する批判は見られないが、専門的に勉強したくない人は、わざわざ多くの注釈書を集めなくてもよいとのことである。かわりに梅翁の源氏訳を頼りにしながら原文を読めば、原作の「義理」がよく分かってくるという。「近世小説」ともとらえうる梅翁源氏は、注釈書・概要書などのように『源氏物語』の内容や知識を把握するための教訓的な書物でもあった。

参考文献

井浦芳信「梅翁源氏の初作『若草源氏物語』――二つの序文を中心とする考察」(国文学研究室『人文科学科紀要』第五五号、一九七二年)
千葉市美術館『千葉市美術館所蔵浮世絵作品選』(千葉市美術館、二〇〇一年)
レベッカ・クレメンツ「もう一つの注釈書?――江戸時代における『源氏物語』の初期俗語訳の意義」(陣野英則・緑川真知子編『平安文学の古注釈と受容』第三集、武蔵野書院、二〇一一年)三九~五五頁
Rebekah Clements "Rewriting Murasaki : Vernacular Translation and the Reception of Genji monogatari during the Tokugawa Period" *Monumenta Nipponica* 64(1), 2013, pp.1-36
Rebekah Clements "Cross-dressing as Lady Murasaki-Concepts of Vernacular Translation in Early Modern Japan" *Testo a Fronte*, 51, 2014, pp.29-51
Rebekah Clements *A Cultural History of Translation in Early Modern Japan*. Cambridge : Cambridge University Press, 2015
藤田徳太郎『源氏物語研究書目要覧』(六文館、一九三二年)

なお梅翁『源氏物語』のうち『紅白源氏物語』の翻刻として、以下の書物が刊行されている。

『帝国文庫　第33編　珍本全集・下巻』(博文館、一八九五年)
『近世文芸叢書　第7　擬物語』(国書刊行会、一九一一年)
藤村作校訂『帝国文庫　第2篇　珍本全集・後編』(博文館、一九三〇年)

編者略歴

Rebekah CLEMENTS（レベッカ・クレメンツ）

カタロニア高度研究施設兼バルセロナ自治大学研究教授。

専門は日本文化史。

著書に *A Cultural History of Translation in Early Modern Japan* (Cambridge: Cambridge University Press, 2015)、論文に「もう一つの注釈書？―江戸時代における『源氏物語』の初期俗語訳の意義」（陣野英則・緑川真知子編『平安文学の古注釈と受容　第三集』武蔵野書院、2011年）、"Speaking in Tongues? Daimyo, Zen Monks, and Spoken Chinese in Japan, 1661-1711." *Journal of Asian Studies* 76.3, 2017）などがある。

新美哲彦（にいみ・あきひこ）

早稲田大学教授。

専門は日本中古文学。

著書に『源氏物語の受容と生成』（武蔵野書院、2008年）、論文に「定家本『源氏物語』研究の現在／今後」（『新時代への源氏学』7「複数化する源氏物語」竹林舎、2015年）、作り物語の和歌的表現―中世王朝物語を中心に」（『中世文学』第63号、2018年）などがある。

源《げん》氏《じ》物《もの》語《がたり》の近《きん》世《せい》
――俗語訳・翻案・絵入本でよむ古典

2019年8月20日　初版発行

編　者　レベッカ・クレメンツ　新美哲彦
発行者　池嶋洋次
発行所　勉誠出版株式会社
〒101-0051　東京都千代田区神田神保町 3-10-2
TEL：(03)5215-9021(代)　FAX：(03)5215-9025

印　刷
製　本　中央精版印刷

ISBN978-4-585-29186-2　C3095

江戸時代における俗語訳の意義

レベッカ・クレメンツ

雲のゐるとほきこずゑもとほかゞみうつせばこゝにみねのもみぢ葉
——本居宣長『古今集遠鏡』

江戸時代における俗語訳の意義

出版業界の発達と、新たな形での知識の転移を特徴とする江戸時代において、平安・鎌倉時代の宮廷文学受容は著しく変化している。宮廷仮名文学の読書と学問は、従来、貴族社会あるいは身分の高い武士の間で流布していたが、江戸時代はその範囲を超え、広く出版され、新しい読者層によって読まれた。また、宮廷仮名文学のさまざまな作品は、江戸時代の文学と文芸・美術において享受され、そのモチーフに基づいて新しい作品が作られた。享受隆盛の中、『源氏物語』、『伊勢物語』、『古今和歌集』のいわゆる俗語訳が少なからず作成された。中世においては、注釈書における原文の説明や、講釈での口頭による説明、概要書における書き換えなど、いわば幅広い意味での「翻訳」はあったものの、本格的な訳は行われていなかった。しかし、17世紀末の『伊勢物語ひら言葉』(1678年(延宝6年))を皮切りに『風流源氏物語』(1703年(元禄16年)刊)、『若草源氏物語』(1707年(宝永4年)刊)など、宮廷文学をあらすじは守りながら、長編的に近世の言葉と文法を利用して書き移した作品が現れ始めた。その主要な作品を表1に掲げた。

表1　江戸時代における宮廷文学の主な俗語訳

作品	作者	内容	写本	版本
伊勢物語ひら言葉	紀暫計	1段～150段(4冊)		1678跋
風流源氏物語	都の錦(宍戸光風)	桐壺巻～箒木巻(雨夜の品定めまで)(6冊)		1703
若草源氏物語	奥村政信	箒木巻(雨夜の品定め以降)～夕顔巻(6冊)		1707
雛鶴源氏物語	奥村政信	若紫巻～末摘花巻(6冊)		1708
紅白源氏物語	奥村政信	紅葉賀巻～花宴巻(6冊)		1709
俗解源氏物語	奥村政信	桐壺巻～箒木巻(雨夜の品定めまで)(6冊)		1710
紫文蜑の囀	多賀半七	写本:桐壺巻～宿木巻(72冊)版本:桐壺巻～空蝉巻(5冊)	不明	1723
昔男時世粧	三宅也来	1段～24段、39段、48段～50段、52段、58段、60段、63段、69段、81段、84段、99段、107段、114段、117段、125段		1731
古今集遠鏡	本居宣長	真名序を除き、全歌(6冊)	1794	1797
古今和歌集鄙言	尾崎雅嘉	真名序・仮名序を除き、全歌(3冊)		1798
湖月抄諺解	不明	桐壺巻～夢浮橋巻(44冊)	1811-1812?	
源氏遠鏡	栗田直政	若紫巻(2冊)		1840
源氏物語賎の苧環	桑原如則	桐壺巻～夢浮橋巻(40冊)	1848	
源氏鄙詞	臼杵梅彦	桐壺巻(1冊)	1851	

『源氏物語』においてこの現象を最も早く指摘したのは、藤田徳太郎の『源氏物語研究書目要覧』における「訳文翻案」の章であるが、氏の「訳文翻案」という用語は重要な問題を示している[1)]。訳文と翻案とは共通している所もあり、場合によって区別が付きにくい。江戸時代における宮廷仮名文学を書き移したものをどのように分類すれば、またはどのように把握すればよいのかという、必ずしも簡単に解決できない問題を、この用語は端的に示しているのだ。たとえば、1703年の『風流源氏物語』は浮世草子の作者として知られる都の錦による作品で、他の「風流」物と同じく原作のいくつかの要素を江戸時代の物としてアップデートし、原作のストーリーから離れた想像に富んでいる脱線部分などを多く含んでいるが、作品は元の話に大体従っており、明らかに原文を訳している部分がある。果たして、『風流源氏物語』を「風流」物、または「浮世草子」として分類すべきか、それとも「翻案」とみなすのか。ある

いは「訳文・俗語訳」として把握した方がよいだろうか。さらには、その後すぐに出た、原文に寄り添う梅翁(奥村政信)による『若草源氏物語』などの作品と同じように分類すべきなのか。さまざまなずれが発生しよう[2)]。

本書『源氏物語の近世――俗語訳・翻案・絵入本でよむ古典』では、後述する理由に基づいて「俗語訳」として取り扱う作品を、その唯一の概念によってのみ把握すべきことを主張するものでは決してない。過去を理解する際には、現代の専門用語と知的概念はあくまでも学問の「道具」であり、道具を変えることによって別の様相に焦点が合うからである。『古今和歌集』に俗語訳という方法を当てはめた本居宣長はこのことをよく理解しており、『古今集遠鏡』(1797年刊)の序にある和歌に見えるように、俗語訳を、江戸時代の新しいテクノロジーであった望遠鏡(遠鏡)に例え、過去の和歌を理解する方法の1つとして勧めた。

雲のゐるとほきこずゑもとほかゞみうつせばこゝにみねのもみぢ葉[3)]

宣長は俗語訳といえる方法を『古今和歌集』に当てはめたが、本稿では「俗語訳」という概念を通して、江戸時代の宮廷文学の「訳文翻案」物の一部と、それに類似している他の作品について考えたい。そして、本稿でいう「俗語訳」という概念とその中に置かれる作品を『源氏物語』の近世受容史の一断面として据えたい。「俗語訳」として把握される作品群は多価的であり、『風流源氏物語』が「浮世草子」にも属しているのと同様に、別の概念によって理解することもできる。ただし、後述するように、今回、「俗語訳」という1つの枠組みの中にまとめて取り扱うに至った理由はある。

「翻訳」とは何か

本書においては俗語「訳」という用語を使用しているが、果たして表1の作品は現代語訳、英語訳などの『源氏物語』翻訳史の中に置かれるべきなのか。いうまでもなく、現代語でいう「翻訳」は現代的な要素を有しており、過去を

研究する際に、現代の用語や概念を使用する時には注意が必要である。たとえば、有名な著作であるが、思想史学者のクェンティン・スキナーは次のように述べ、思想史の方法に大きな影響を与えた。

> 歴史家達が自分達になじみ深いパラダイムをそのまま過去の事象に当てはめた結果、それがどんなに現代の倫理、政治、宗教、思想といった分野の史的研究をゆがめてしまったかという、その化けの皮をはがしてみたいのである[4)]。

思想史だけではなく、現在の翻訳研究(Translation Studies)という分野では、現代の「翻訳」概念を過去の現象に無理やり当てはめないように注意しており、その上で従来のヨーロッパ中心主義を批判して、西洋の翻訳史以外の翻訳文化を研究すべきだという声が挙げられてきた。マリア・ティモシュコは翻訳研究における「超ヨーロッパ派」の代表者の1人であり、次のように述べている。

> 西洋における翻訳思想の限界は明らかだろう。その説の大半は、たとえば聖書や文学の古典など、いわゆる聖典の翻訳を中心にして形成された。同じく、西洋の翻訳理論は書かれた言葉に集中することによってゆがめられてきた。発生する問題の中では特に、聖遺物をある所から別の場所へ変更なく移動することを翻訳と関係付ける用語が重要な存在を占めている。「translation」という言葉はその問題を代表するのである[5)]。

ティモシュコ氏の言葉を要約すると、英語のtranslationという言葉、または他のヨーロッパ言語における類似する用語では、聖人の骨(聖遺物)をある聖遺物容器から他の聖遺物容器へ移動するという意味を持っている。その上、ヨーロッパにおける過去の翻訳作業の中心的な存在であった聖書の翻訳から、「翻訳」という作業の理論や概念の特徴は生まれているというのである。原文または原作に対する「忠実」さを強調する態度はこのような背景から生まれたといえる[6)]。

日本では勿論、英語の「translation」という言葉自体は使わないが、「translation」が聖なるテクストと関係しているのと同じく、実は「翻訳」という漢語自体がもともと中国で仏教の経典の訳に関して作られた言葉である。中国における翻訳史の研究者、マーサー・チャンが指摘するように[7]、漢代に『四十二章経』の訳に際して、「訳」という字の前に「翻」が初めて付けられている。そして10世紀の『宋高僧傳』では、この「翻訳」ということばの説明として、「翻」と言う字が付された「訳」は、錦と同じように、翻すと裏と表に同じようなパターンがあると説明している。

> 懿乎東漢、始譯四十二章經、復加之為翻也。翻也者如翻錦綺背面俱花。但其花有左右不同耳。由是翻譯二名行焉[8]。

つまり、訳文と原文が対等な立場にあり、訳文が原文をまったく正確に反映しているということである。これはティモシュコ氏らが指摘したヨーロッパの「translation」と同様の概念といってよい。どちらも原文は宗教の聖なるテクストで、訳を意味する用語はその内容を無変更のまま移動するという意味を持つ。実は、日本で「翻訳」という言葉が使われた最も古い用例は『観智院本三宝絵詞』で、中国においての経典の訳というコンテクストで使われている[9]。宗教の聖なるテクストをほとんど訳さない日本の前近代において、訳という作業に「翻訳」という用語を使用する訳者は少ない。日本古典籍総合目録を検索すると、前近代において「翻訳」という言葉が書名に使用される書物は49あり、その多くは19世紀半ばごろの物である[10]。日本の場合、「翻訳」という言葉や概念がより広く使われるようになったのは現代であり、江戸時代における作品には簡単に当てはまらないように思われる。

では、江戸時代の俗語訳と言われている作品が「翻訳」でなければ、どのような用語や概念を使えばよいだろうか。次に、宮廷文学を江戸時代当時の言葉を交えながら長編的に、且つ分かりやすく書いた作者自身が、自分の作品に対してどのような言葉を使って説明したかを調べたい。

江戸時代当時のおける概念の考察

これらの作品の序・跋文や書名などにおいて、作者(或いは序文の著者)自身がその作品に対して利用した言葉は次のごとくである。

表2によって、比較的に頻繁に使用される言葉が「俗語」と「うつす」であると知られる。このうち「うつす」は、仮名以外では漢字の「移・写・訳」が使わ

表2　俗語訳に関する用語

作品	俗語訳を指す用語・表現
伊勢物語ひら言葉	紀暫計和述《跋》 いやしきことのはに述べやわらぐる《跋》
風流源氏物語	口をやはらげ《自序》 摩訶虚(をゝそら)の光を盥の水に移(うつす)に等《自序》 筆をかみやわらげて、当世の枕詞にうつす《巻4目録》
若草源氏物語	今の世の…言葉に写して《序》 いまの世のはやりことばにうつし《自序》
雛鶴源氏物語	俗語に移せる《序》 当風の葉流(はやり)詞に写し、やはらげて《序》
紅白源氏物語	移(うつる)《序》
俗解源氏物語	俗解《題名》
紫文蜑の囀	俗語をもつて本文の詞を解し《趣向》 俗語を添て其意をたし《凡例》 取り直して解する《凡例》 俗語に引きなをす《凡例》 通俗訳語《凡例》
昔男時世粧	和解(わげ)して…野風俗(のふうぞく)なる和(くわ)してる詞喩(ことばたとへ)をよせて《自序》 野鄙(やひ)な俗言(ぞくごん)をいれ当世詞(たうせいことば)の和(くわ)したるにて《実談》
古今集遠鏡	いまの世の俗語(サトビゴト)に訳(ウツ)せる《自序》
古今和歌集鄙言	つねのことはをもて歌のこゝろをのへたれはすへて時俗のくちふりにしたかへり《跋》
湖月抄諺解	諺解《題名》
源氏遠鏡	今の世のさとひ言をもちてさとす《端書》 うつし見る遠鏡《端書》 くまなくうつる鏡《端書》
源氏物語賤のをたまき	解釈《頭言》俗語に翻《頭言》
源氏鄙詞	つゞりなせる《序》 大むねを今ノ世のさとびことばにうつして《序》

れている。つまり、これらの作品において雅語から俗語へという、いわば言語内の「訳」を表す際、「うつす」という用語が定着しているようである。『風流源氏物語』の序文は、「摩訶虚(をゝそら)の光を盥の水に移(うつす)に等く」と自分の作品を空の光をたらいの水に投影してみることにたとえている。これは、「蓬生」の冒頭部ほのめかしている。

> 待ち受けたまふ袂《たもと》のせばきに、大《おほ》空の星《ほし》の光《ひかり》をたらい《(ひ)》の水に映したる心ちして過《す》ぐし給《(たまひ)》しほどに[11]

「蓬生」の場面での「大空の星の光をたらいの水に映したる心ち」は、光源氏を待つ困窮している末摘花の気持ちを表現している。立派な光源氏の君と、貧しい末摘花との対照と同様、原文に対して『風流源氏物語』の役割は小さく、いわば平凡なたらいのようだという謙辞である。

その上に、「移」という漢字を使って移動する意味も重ねることによって、都の錦は訳の作業を物を移動することにもたとえている。『日本国語大辞典』によると「うつす」は次の意味がある。

> (「移す」の意から転じたもの)
> (一)元の物に似せて別の物をつくる。
> (イ)文字、絵、図などを見て、それに似せ、またはそのとおりに別に書きとる。模写する。書き写す。
> (ロ)実物の形にまねて作る。模造する。
> (ハ)音、ことば、人の性格、物事の状態ややり方などをもとのものとそっくりにあらわす。模倣する。まなぶ。

『日本国語大辞典』が『古今集遠鏡』の「訳(ウツ)す」という表現を(ハ)の用例としてあげているように、現代でいう俗語訳はこの定義に入れてもよい。

実は「訳(うつ)す」が近世俗語訳史の中で果たした役割についての指摘が風間誠史の伴蒿蹊の「訳文(うつしぶみ)」に関する研究にある。風間は、蒿蹊の

『国文世々の跡』と『訳文童喩』における訳文の役割を指摘し、次のように述べる。

> 国学者たちはそれぞれ和文を物したが、積極的にその啓蒙にまで精励したのは蒿蹊をおいてない。そしてその和文の実践と啓蒙の具体的な手段として用いられたのが「うつしぶみ」なのである[12]。

『国文世々の跡』と『訳文童喩』で、蒿蹊は、和文――蒿蹊の言葉でいうと「国文」(くにつぶみ)であるが――をより表現豊かに書くために、俗語訳を方法として勧めている。蒿蹊は18世紀後半に活躍したが、表2が示しているように、蒿蹊の学問における「訳文(うつしぶみ)」の「訳(うつ)す」はより長い歴史がある。この歴史については後述したいが、先ずは「うつす」という概念をもう少し調べたい。

先述の『国語大辞典』の定義が示しているように「うつす」という言葉は、元の作品の要素とストーリーを守りながら俗語に訳すという意味より幅が広い。これは『源氏物語』の受容史の中のいくつかの作品を調べても分かることである。たとえば、室町初期の成立とみられている概要書『源氏小鑑』の「鑑」はもちろん東アジアにおいて長い歴史を持つ知的概念ではあるが、イメージとして「うつす」際の映像や投影する意味と響きあっており、『風流源氏物語』の「盥の水に移す」とも重なる。なお、19世紀まで下ると、いわゆる翻案作品『偐紫田舎源氏』も第4冊の序文には「彼物語《かのものがたり》を大綱《おおづな》となし今様《いまよう》の絵ぞうしにうつさば」とある。つまり、「うつす」と関係している作品は、いわゆる翻訳・現代語訳と類似している「俗語訳」だけではない。前近代において、「うつす」という用語は、いわゆる「俗語訳」を中心においてはいても、翻案などの他の方法をも含む。なお、表1にある俗語訳でくくれる作品もさまざまな方法を用いている。ただし、表1のさまざまな作品には、核心において、宮廷仮名文学の「原文」を近世の言葉を使いながら、元の作品の筋を守り、書き「うつす」という行為がある。本書ではこの現象を「俗語訳」と呼んでおり、「俗語訳」はより広い「うつす」という概念の中にあろう。

近世の「うつす」という概念を理解することで、江戸時代における宮廷仮名

文学の俗語訳の特徴とその由来がより鮮明に見えてくる。上述のように日本における「翻訳」という概念は、現代でも前近代でも、原作を尊いものとして据え、多くの場合忠実に訳す方法を指しているが、表1の作品はそれぞれ元の作品に従っているといっても、翻訳に「使うべき」方法より大胆な方法を用いている場合が多い。これは、当時「翻訳」という概念ではなく、「うつす」という概念が用いられた理由の1つでもあっただろうし、逆に「うつす」という概念が作品に影響を与えているということでもある。たとえば、『若草源氏物語』には次のシーンがある。

> 光君《ひかるきみ》、彼中川《かのなかがわ》の紀伊守《きのかみ》がもとに方違《かたたがへ》とて、一夜宿《ひとよやど》らせ給ひしおりふしは、夏《なつ》のよのあつさしのがんそのために、局《つぼね》も腰《こし》もとも台所《だいどころ》へ下《すべ》りて、見る人もなし。さあ〳〵是《これ》からは、われ〳〵がたのしみ帯《おび》もひもゝときすて、湯《ゆ》もじひとつになつて、奈良団扇《ならうちわ》をかた手《て》にもちながら膳棚《ぜんだな》をさがし、宵《よひ》の御客様《おきやくさま》へもてなしののこり、東寺《とうじ》のはつ茄子《なす》、駒のわたりの白瓜漬《しろふりづけ》もあるは、おつぼねはひやめしはまいりませぬか、目細《めぼそ》はあれど口細《くちぼそ》はなひといひます[13)]。

これは箒木巻の紀伊守邸の話の冒頭部を省略して光源氏が空蝉を探しに行く場面であるが、省略の上に原文にない食べ物や道具、服などが描かれている。ここでは翻案ともいえるゆるやかな方法を用いている[14)]。『風流源氏物語』の方法についても、野口武彦氏と川元ひとみ氏の指摘がある[15)]。特に原文から逸脱することの多い『風流源氏物語』は『源氏物語』の知識を忠実に伝えるというよりも、長編化への試みがあったからであろう。『風流源氏物語』と『若草源氏物語』を、「翻訳」という概念から「俗語訳」を理解しようとするとかなり逸脱する箇所であるが、「うつす」という概念から考えるとその概念の範囲内となる「訳」であった。

勿論、表2が示すように、すべての「俗語訳」者が「うつす」という用語を使用している訳ではない。しかも、作者のことばを調べれば、「うつす」という言葉以上に、もう1つの概念が頻繁に出てくる。それは注釈とそれに関する

言葉である。たとえば、「俗解」(『俗解源氏物語』)、「和解」(『昔男時世妝』)、「諺解」(『湖月抄諺解』)、「解釈」(『源氏物語賤のをたまき』)などである。また、本書の解説でも述べているように『風流源氏物語』の作者都の錦は序文においてはっきりと注釈書の不十分を述べて、その代わりに自分の作品をすすめている。別稿で述べたように俗語訳『源氏物語』の多くは「女子童」などに偉大な作品の内容を和らげて説明することを目的としており、注釈書的な特徴を持っている[16)]。これは俗語訳『源氏物語』に限らない。今西祐一郎氏が指摘しているように『伊勢物語』の俗語訳である『伊勢物語ひら言葉』と『昔男時世妝』にも注釈書からの引用部分や翻案部分がある[17)]。俗語訳の注釈的方法については特に『紫文蜑の囀』に見える。『紫文蜑の囀』には俗語訳をさまざまな表現によって細かく述べる「趣向」と「凡例」があるが、その中で「うつす」という言葉を使用していない。『紫文蜑の囀』は近世における「俗語訳」『源氏物語』の中ではその方法から言えばもっとも現代の注釈書に近い作品であり、『源氏物語』外の要素や時代錯誤は見当たらない。多賀半七は「うつす」方法より、注釈書の解釈的な性格を強調している。

「俗語」とは何か

江戸時代、「俗語」という言葉にはさまざまなニュアンスや使用域があったが、ここでは特に『源氏物語』の訳者のディスクールにおける「俗語」と俗訳法とを考察したい。その際、「雅」と「俗」というパラダイムが重要になってくる。周知の通り、「雅」(が・みやび)と「俗」(ぞく・さとび)は日本文芸史において繰り返し登場するテーマである[18)]。文学においての「雅」とは、基本的に、正典化されている文学に見られる言葉やモチーフを指しており、そうでない言葉とモチーフは「俗」とされる。つまり、優美かつ宮廷風、または都会風であるという意味を持つ「雅」に対して、「俗」は世間的、または日常的、あるいは鄙びているという意味がある。時代を経て、宮廷文学に出てくる言葉とモチーフは経典化され、そのカノン以外の言葉は俗とされてきた。しかし、江戸時代では、俳諧や俳文をはじめ、「雅」である伝統文学、特に仮名で書かれてい

る宮廷文学に対して、「俗」的な言葉やモチーフを扱う文学が現れ、雅語と俗語が混じる文章も次第に成立した[19]。そのような現象を背景に宮廷文学のいわゆる俗語訳が生まれた。

「俗語」についてもっとも詳しく述べた訳者は『紫文蜑の囀』の作者多賀半七である。「凡例」において彼の「俗語」意識について詳しく述べており、それは次のように始まっている。

俗語《ぞくご》に引《ひき》なをすにつけて、その俗語《ぞくご》といふにも、古様《こやう》あり、当時《たうじ》あり、その所《ところ》〱によりていづれなりとも、相応《さうをう》なるを引出《ひきいだ》せり[20]、

ここでの「俗語」は単に近世語という意味ではなく、特定の時代に限られていない。つまり、「雅」と「俗」というパラダイムに見えるように、俗とは時代を超える特徴であり、必ずしも江戸時代の言葉のみとは限らない。しかし、半七が俗語の当世的性格に拘っていないのに対して、ほかの訳者が逆に自分の使用した言葉の最新さを指摘している。『風流源氏物語』の宣言においてその言語を「いまの世のはやりことば」としており[21]、箒木巻の序文では「当世の枕詞《まくらことば》」としている。

同じく『若草源氏物語』の序文では、「容膝軒」が『若草源氏物語』の言葉を「今《いま》の世《よ》の、紫 帽子《むらさきぼうし》の、色《いろ》を含《ふく》める言葉《ことば》」と述べる。『風流源氏物語』と奥村政信のさまざまな俗語訳は浮世草子の性格が強く、当時の出版業界における成功からも、はやり言葉がセールスポイントであったと知られよう。

続いて、半七は彼の凡例において俗語の具体的な意味を探っていく。

たゞ〱諸国《しよこく》の郷談《きやうだん》は、其国《そのくに》限《ぎ》りの俗語《ぞくご》にして、他国《たこく》へは相互《あひたがい》に通《つう》じがたし、しかるゆへそれをば用《もち》ひず、たゞむかしよりいひならはしたる、都鄙《とひ》一統《いつとう》の世話《せわ》言葉《ことば》の、世間《せけん》通用《つうよう》するばかりなるを用《もち》ゆ、尤《もつとも》世話《せわ》には、片言《かたこと》重言《ぢうごん》おほけれども、やはり片言《かたこと》ともに、人のいひならはしたるまゝにて撰《え》らばず[22]、

「諸国《しよこく》の郷談《きやうだん》」は方言という意味で、口語性が強く、他国では通じない。半七は方言の言い回しや諺よりも「都鄙」共通している言葉を目指している。『古今集遠鏡』では宣長も方言を避けたが、「都鄙」共通している言葉ではなく、「大かたは京わたりの詞」、つまり上方語を目指した。近世化の1つの現象に都市化があり、城下町から江戸や京都・大阪にいたる大都会では人口が増え、地方から移動して来た人が喋る方言と都会の言葉(江戸語・上方語を含む)との対比が意識されてきた。従って、江戸時代の俗語訳者はいくつかの口語から言葉を選ばざるを得なかった。そして、その口語性は「雅」と「俗」とのパラダイムにおいて「俗」の方に属している。

最後に半七はもうひとつの「俗語」に触れている。つまり、浮世草子にも影響を及ぼしていた遊里の業界用語である[23]。

又遊里《ゆうり》浮廓《ふくわく》(いろざとくるは)のはやり言葉《ことば》をば、曾《かつ》て用《もち》ひず[24]

遊里の中ではやった隠語には『源氏物語』からの比喩や言葉も使われていたから、半七は遊里浮廓のはやり言葉という俗語にも言及したのであろう。このように、半七が説明している「俗語」の内容には、さまざまな種類がある。ただ近世語という意味だけではなく、いずれの時代にしても雅語の範囲を外れている言葉、または方言や遊里のはやり言葉のような業界用語などを指している。

実際に江戸時代の俗語訳『源氏物語』の作者たちは、いくつかの種類の俗語をそれぞれの割合で使用している。半七は「遊里浮廓のはやり言葉」を避けたが、浮世草子の性格が強い『風流源氏物語』は正にその言葉を活かそうとした。たとえば、桐壺更衣をねたんでいる方々が彼女について「吸附蛸《すいつくたこ》(=陰門)のいぼ足《あし》のはたらき上手《じやうず》なるか」(巻2)と推定している台詞がその典型的な用例であり、野口武彦が都の錦の俗語訳を「ポルノグラフック」と評価していることが理解できる[25]。

ただ、都の錦の俗語訳でも、あらゆる箇所に猥褻な俗語を使用している訳ではなく、他の俗語訳も多くの場合、当時、変化しつつあった新しい文章の

しきたりによる俗語訳を行っている。それは活用にも見えるし、または主語や目的語を補足していることからも分かる。たとえば、次は「箒木巻」の雨夜品定の冒頭の有名な場面からの引用である。『風流源氏物語』、『俗解源氏物語』、『紫文蜑の囀』、『賎の苧環』を、底本と推測される『湖月抄』と比較してみる。

（傍線部は底本と思しき『湖月抄』の表現に一致している箇所。四角の部分は平安時代の名詞を江戸時代の物に変えている箇所。波線部は説明や長編化するための追加部分。）

『湖月抄』

つれづれとふりくらして、しめやかなるよひの雨に、殿上にもおさ〳〵人すくなに、御とのゐ所もれいよりはのどやかなる心ちするに、おほとなぶらちかく、ふみどもなどみ給つゐでに、ちかきみづしなる色々のかみなるふみどもをひきいでて、中将わりなくゆかしがれば、さりぬべきすこしは見せむ、かたはなるべきもこそとゆるしたまはねば[26]、

『風流源氏物語』

しめやかなる宵《よひ》の雨《あめ》に、御とのゐ所もつねよりはさびしき心ちするに、源氏の君ともし火《ひ》をちかくよせて、文選《もんぜん》のあはれなる巻《まき》〳〵をくりひろげ給ふつゐでに、かたはらなる箪子《たんす》の中より、色よくそめなしたるうすやうに、ちらしかきたる千話文《ちはふみ》をとり出し、その事かの事おもひ出したゞひとりおかしがり給ふ所へ、頭《とうの》中将せきばらひして、しさいらしくみへ来れば、あはてゝかの文をふところの中へとりかくし給ふ。中将粋《すい》してもし是よいてがみが見へまする、今のはなんで御ざります。ちとみせ給へとゆかしがれば、源氏めいわくながらさあらば大事ない文計《ばか》みせん[27]、

『俗解源氏物語』

しめやかにふるよひのあめに、大内もひるのやうにもなく、人ずくなゝるに、光きみの御やすみ所《ところ》もつねよりはしづかにて、どうやらものゝさ

びしき心《こゝ》地すれば、ともしびをちかくめして、書物《しよもつ》など見給ふついでに、御手《て》ちかくのみづしだなに、入おきたまひし、さま〳〵のかみにかきたる色ぶみどもを、引いだして、中将《しやう》わりなくみたがれば、さ《源氏》もあるべきを、すこしは見せん。中に見ぐるしきもあればとて、のこらずは見せ給はねば…28)

『紫文蜑の囀』

つれ〳〵とふりくらして、しつほりとしたる宵《よひ》の雨《あめ》に、おりふし天殿《てんじやう》にもやう〳〵と人づくないて、源氏の君お部屋《へや》も、いつ〳〵よりは御用《ごよう》すくなく、お隙《ひま》らしき心《こゝ》ちするに、あぶらひちかくよせさせ給ひ、歌《か》書経書《しよけいしよ》など見させ給ふついでに、おそばなるがちがいひだなの中《なか》より、いろ〳〵の紙《かみ》にてかきたる、むすびぶみ封《ふう》じ文《ぶみ》の艶書《えんじよ》どもを取出《とりいだ》させたまふを、頭《とう》の中将《ちうじやう》は、いづかたたれのふみならんと、心ふかうゆかしがりて見たがり給へば、源氏の君大《おほ》かたむきのさもなりぬべきを、すこしはみせはべらん29)。

源氏物語賎の苧環

雨《あめ》しきりに降《ふり》て物しづかなるを、夜更《よふく》るまで、源氏頭中将両人《とうちうじようりようにん》御所《ごしよ》の詰所《つめしよ》にて、学文《がくもん》してゐ給ひしが、頭中将《とうちうじよう》は、側《そば》の書棚《しよだな》より、いろ〳〵のうつくしき紙《かみ》に書たる文《ぶみ》どもをとり出し、くわしきわけを聞《きゝ》たがり、せめ問へば、源氏は其中にみせてもよきはみせんあまりいかゞなるは、みせにくしとの給ふ30)

訳者たちはそれぞれの方法を使用しているが、傍線部の箇所が示しているように、原文(底本と推測される『湖月抄』)の表現を残していることは共通している。やはり、古語と近世語とは完全に違う言語ではなく、近世の文章が古語に基づきながら作られていたことが見て取れよう31)。早い時期の『風流源氏物語』と『俗解源氏物語』には特に頻繁に見える方法である。つまり、「俗語訳」と言っても、完全に近世の言葉、又は近世的表現からなっているわけで

はなく、古語の雅的姿をも残している。

「原文」の姿が残されているといっても、四角の部分が示しているように古い名詞を江戸時代の名詞に訳して、或いは古い物を江戸時代の物に訳していることもある。宮中や貴族の御殿の物である「おほとなぶら(大殿油)」が読者により身近な「ともし火」(『風流源氏物語』、『俗解源氏物語』)や「あぶらひ」(『紫文蜑の囀』)にアップデートされ、「みづし(厨子)」も「箪子(たんす)」(『風流源氏物語』)、或いは室町時代以降の物である「ちがひだな(違い棚)」(『紫文蜑の囀』)「書棚」(『源氏物語賎の苧環』)などにアップデートされている。このような「俗語訳」の俗とは、宮廷社会を離れた下の階級の生活になじみのある言葉に変えた「俗」である。原文の姿を残しながら、このような物を近世化し、波線部分の説明を加えながら、長編の俗語訳が続く。

要するに、『源氏物語』の俗語訳における「俗語」とは、平安時代の深遠と思われてきた宮廷文学の文章や歌に使われる言語(雅語ともいえる)に対して、江戸時代当時の言葉(話し言葉と書き言葉を含む)と宮廷文学の伝統的な範囲を外れた言葉を指している。なお、日本語の発展において、近世の日本語とそれ以前の日本語は、言うまでもなく完全に別な言語ではなく、共通しているところもある。従って、俗語訳は近世語のみによって成立しているわけではなく、「原文」の要素も残している。なお、ここでは簡単に俗語訳の輪郭を描いたが、口頭表現や和歌の訳を詳しく調べれば、さらに具体的な俗語訳の実態が判明しよう。

俗語訳の古典受容史における意義

江戸時代における宮廷仮名文学の俗語訳の展開を見渡すと、訳者の目的には2つの傾向が推定して見分けられる。1つは商業的な出版業界のための著作であり、もう1つは学問のための著作である。17世紀末から18世紀半ばごろにかけての俗語訳は主に商業的な出版業界のためであったが、その後、18世紀末から国学・国語における学問の中で、研究のための俗語訳に興味が高まり、古語をより深く理解するために俗語訳という方法が利用されるよ

うになった。

商業的な出版業界における俗語訳書とは、正典化された『伊勢物語』と『源氏物語』の知識を江戸時代の新しい読者層に教えるため、又は多数の読者層を楽しませる長編作品を書くためであった。17世紀末までに、多くの文学作品が特に『伊勢物語』を引用し、またはパロディ化していた。それにあわせて、『伊勢物語』の知識を一般読者に提供すべく『伊勢物語』の俗語訳は作成されており、元の作品の言葉、舞台や絵を江戸時代当時のコンテクストへうつす傾向が見られる。その機会を生かし、『伊勢物語ひら言葉』は紀暫計の「和述」と絵師の菱川師宣の画をあわせて、1678年に刊行された。今西祐一郎氏が指摘しているように、『ひら言葉』は16～17世紀の古典学者である細川幽斎の『闕疑抄』からの引用・翻案を加え、読者が話を楽しむだけでなく、『伊勢物語』の知識をも身に付けられることに特徴があった[32)]。この傾向は『源氏物語』の江戸受容にも見られ、『ひら言葉』の次に出た古典の俗語訳書は、浮世草子作家の都の錦による『風流源氏物語』であった。本書の解説にも述べているように、都の錦は読者に教える態度をとり、『長恨歌』から宮廷社会における女官の呼び方にいたるまでさまざまな古典常識の解釈を訳文中に加えている。

町人、或いは地方の新しい読者層の「自己啓発」ともいえる古典文学や教訓への興味を考えれば、刊行された宮廷文学の俗語訳の注釈的な部分はかなりのセールスポイントであったろう。なお、解説に詳しいが、『風流源氏物語』の次に出た、いわゆる「梅翁源氏」の4つの著作も源氏知識を「ちいさき娘」に教えるためという目的があった。

『風流源氏物語』と「梅翁源氏」は、源氏知識を与えると同時に、浮世草子的な性格も強く、古典からの要素と実験的な新しい文学からの要素が交じっている。これは当時の文学における特徴でもあったといえる。周知のとおりであるが、16世紀から、さまざまなジャンルにおいて、宮廷文学の文章を模範とし、或いは雅語と俗語を交えながら新しい文体へと模索する傾向が見られる[33)]。仮名草子には『仁勢物語』など、擬古典物と称される作品が、『伊勢物語』、『枕草子』、『徒然草』などをもじって書かれており、出版業界が発

展する中、長編的な作品を書くために古典文学をモデルにして、そのストーリーやモチーフなどを利用し、新しい作品を書いている作者は少なからずいた。有名な例に井原西鶴の『好色一代男』の『源氏物語』翻案・模倣がある[34]。『風流源氏物語』の作者都の錦を指導した浮世草子作家の西沢一風(1665～1731)も、演劇界の「やつし」という方法をかりて、『風流御前義経紀』に見えるように、典拠となる古典、或いは古典的な世界を扱う作品を好色化と当世化することにより、「新しい」作品を書いていた[35]。同じく、『風流源氏物語』も、近世の風俗と言葉とともに、古典文学である『源氏物語』からの言葉と話を利用している。つまり、都の錦にとっての俗語訳とは、長編作品の材料でもあった。本書の解説に詳しく述べているが、奥村政信の『若草源氏物語』は『風流源氏物語』の後を継ぎ書かれている。政信の4つの俗語源氏は、古典からの要素と当時の要素を交えて書かれている。この浮世草子的な性格は、商業的な出版業界のためであった。

勿論、商業的な出版業界において出されている作品であるから学者が読まないというわけではあるまい。正に、1723年刊の『紫文蜑の囀』は明らかにハイブリッドであり、『風流源氏物語』や政信の俗語源氏と同じく挿絵を入れてある版本として刊行されているが、細かい「趣向」と「凡例」も付いており、各章が「何々から何々まで」と原文の対応箇所を示している。『紫文蜑之囀』作者である多賀半七の訳文は逐語訳に近く、各章に「通俗訳語」が付いており、注釈的な性格が特に強い。版本は桐壺巻～空蟬巻までしかないが、写本も存在して、実は半七が宿木巻まで訳していることが分かる。写本の跋文によると半七はすべての巻を訳すつもりはあったが、途中で亡くなってしまったとある。

『紫文蜑の囀』は宮廷文学の俗語訳史における転換期を示しているように思われる。18世紀半ばごろにいくつかの分野において言語意識が次第に高まっていたからである[36]。出版業界の展開における俗語使用も従来の書き言葉であった古語(雅語)との対比を炙りだされ、漢学の古文辞学の影響下、国学者の中には国語の歴史的発展を研究する者があらわれた。『紫文蜑の囀』が国学者の言語意識に直接影響されたことを示している資料は見当たらない

が、言語や訳に拘ることから、当時の知的環境からの影響が垣間見える。その次に出た俗語訳『昔男時世妝』も注釈的な性格が強く、本文を「和解」し、ある箇所は江戸時代の言葉に訳しながら従来の注釈書からの説を引用しており、または別の箇所においては新たに注釈書的解釈を加えている。

『昔男時世妝』(1731年)と『紫文蜑の囀』の後に、学者、特に国(語)学者はより明確に俗語訳に取り組み、日本語の古語(雅語とも呼んでいたが)の研究方法として俗語訳を生かすようになった。漢学では伊藤仁斎と荻生徂徠の時代から古文辞学における訳への関心があり、それが次第に国学者にも影響を及ぼしたからである。竹岡正夫氏が指摘したように、その具体的な結び目となったのは、著名な漢学者である皆川淇園とその弟である富士谷成章であった[37)]。漢学の研究法が淇園によって成章の学問に影響を与えたとの指摘は以前からあったが、竹岡氏が示しているように、具体的な影響は俗語訳という方法の採用にあった[38)]。抄物のように入門者のために古語(雅語)を口語(俗語)で説明するだけでなく、成章が実兄の影響下に作った研究法は、古語・雅語を研究するために口語・俗語訳を行うという方法であった。『かざし抄』(1767年刊)と『あゆひ抄』(1778年刊)では、和歌の古語を江戸時代の口語訳(俗語訳)によって研究しようとした[39)]。

この事情を江戸時代の俗語訳史というコンテクストに入れるとパズルがつなぎ合わせられる。18世紀半ばまでに俗語訳の注釈的性格が強くなっていたことは前述のごとくであるが、俗語訳という方法が国学者によって採用された、成章のアプローチは画期的であった。たとえば、1784年の『源語梯』をはじめ、雅と俗の対訳辞書が3種余り編纂され、成章の学問は上田秋成にも影響をあたえた[40)]。なお、『古今和歌集』の俗語訳を成した本居宣長の訳書である『古今集遠鏡』(1793年成立、1797年刊)は1767年刊行の『かざし抄』の後に書かれており、成章の影響を受けている可能性は高い。宣長は、『古今和歌集』の和歌を「いまの世の俗語(さとびごと)」に訳しており、宣長にとっての俗語訳とは過去の言葉を明かすための望遠鏡のような精密計器であった。つまり、古語を理解するには注釈書より俗語訳の方がよいわけである。『古今集遠鏡』の序文において次のように述べている。

かの注釈といふすぢは、たとへばいとはるかなる高き山の梢どもの、ありとばかりは、ほのかに見ゆれど、その木とだに、あやめもわかぬを、その山ちかき里人の、明暮のつま木のたよりにも、よく見しれるに、さしてかれはとゝひたらむに、何の木くれの木、もとだちはしか〳〵、梢のあるやうは、かくなむとやうに、語り聞せたらむがごとし、さるはいかによくしりて、いかにつぶさに物したらむにも、人づて耳《みみ》は、かぎりしあれば、ちかくて見るめのまさしきには、猶にるべくもあらざンめるを…[41]

このように注釈書の限界について述べてから、宣長は続ける。

世に遠めがねといふなる物のあるして、うつし見るには、いかにとほきも、あさましきまで、たゞここもとにうつりきて、枝さしの長きみじかき、下葉の色こきうすきまで、のこるくまなく、見え分れて、軒近き庭のうゑ木に、こよなきけぢめもあらざるばかりに見ゆるにあらずや、今此遠き代の言の葉の、くれなゐ深き心ばへを、やすくちかく、手染めの色にうつして見するも、もはらこのめがねのたとひにかなえらむ物をや[42]。

成章は古語を研究するために言葉1つ1つに俗語訳を加えたが、宣長は和歌を全体的に俗語に書き換えている。『遠鏡』の後を継いで文章や歌の全体的な俗語訳によって研究をなした学者は少なからずいた。その中に、1803年から1810年の間に出版された『小倉百人一首』の俗語訳を使用する3つの注釈書と、栗田直政(1807～1891)の『源氏遠鏡』(若紫巻、1842年刊)がある。直政は言語学者の鈴木朖の弟子で、朖は以前、宣長の弟子でもあった。朖は江戸時代の偉大な文法学者であり、雅語と俗語を比べる著作を出している。『雅語訳解』において、

鮮より訳の便りよき事。先師の古今遠鏡に編ぜられしが如し。此書は遠鏡に本づき。または諸先師の注釈によりて。訳解を兼用て。…雅文の書

をみむ人。参考の助けとならずしもあらじ[43)]

と宣長の影響を認めている。栗田直政の『源氏遠鏡』の序文によると、恩師の鈴木朖は『紫文蜑の囀』の刊行本を知っており、その続きの俗語『源氏物語』を訳したかったが、忙しいため、代わりに弟子の直政が担当したとのことである[44)]。なお、朖が『源氏遠鏡』の編纂に関わっていたことは、草稿本にある修正箇所から窺える[45)]。

別稿にも述べたが、その題名が示すように『紫文蜑の囀』の訳者である半七は、謙辞も含みつつ、俗語訳に対して不安もあった[46)]。明石巻に都から追放された光源氏が身分の低い海人の言葉を「あやしきあまどもなどのさへづり」として聞く有名な場面があり、半七は雅語の『源氏物語』を俗語へ訳すことを、卑しい地へと追い出された貴族、光源氏のこの経験に基づいて譬えている。しかし、18世紀半ば頃から、富士谷成章の研究が現れ、宣長の『古今集遠鏡』以降の俗語訳者は俗語訳に対する自信がついていたといえる。俗語訳は、正に、雅語・古典作品をより身近に理解するための方法となっていたのである。

注

1) 藤田徳太郎『源氏物語研究書目要覧』(六文館、1932年)88-95頁。
2) 今西祐一郎氏は『伊勢物語』の俗語訳に関して似たような現象を指摘している。『伊勢物語ひら言葉』と『昔男時世妝』は、仮名草子と浮世草子的な要素がありながら、注釈書的な要素も強い。今西祐一郎『通俗伊勢物語』(平凡社、1991年)390-396頁。
3) 本居宣長『古今集遠鏡』5頁。
4) Quentin Skinner, "Meaning and Understanding in the History of Ideas", *History and Theory*, vol.8, No.1 (1969), pp.3-53 at p.7.
5) Maria Tymoczko, "Reconceptualizing Translation Theory：Integrating Non-Western Thought about Translation", in Theo Hermans (ed.), *Translating Others.* Manchester：St Jerome Publishing, 2006, vol.I, p.14.
6) 柳父章「初めにことばがあった」(『國文學――解釈と教材の研究』第53巻7

号、2008年)6-11頁を参照。

7) Martha Cheung, *An Anthology of Chinese Discourse on Translation: From Earliest Times to the Buddhist Project.* vol.1. Manchester: St Jerome Publishing, 2006, p.172.

8) 『宋高僧傳』第3巻。

9) 馬淵和夫・小泉弘・今野達校注『三宝絵』(新日本古典文学大系第31巻、岩波書店、1997年)184頁。

10) Rebekah Clements "In search of translation：why was *'hon'yaku'* not the term of choice in premodern Japan?" in James Rundle, ed. *The Routledge Companion to Translation History,* London：Routledge, 2019.(刊行予定)

11) 柳井滋編『源氏物語』第2巻(新日本古典文学大系第20巻、岩波書店、1994年)132頁。

12) 風間誠史「訳文〈ウツシブミ〉の世界――伴蒿蹊の著作をめぐって」(『文学』第3巻第1号、1992年)54頁。風間誠史『近世和文の世界――蒿蹊・綾足・秋成』(森話社、1998年)もある。

13) 本書右121頁。

14) レベッカ・クレメンツ「もう一つの注釈書?――江戸時代における『源氏物語』の初期俗語訳の意義」(陣野英則・緑川真知子編『平安文学の古注釈と受容』第3号、武蔵野書院、2011年)39-55頁。

15) 野口武彦『『源氏物語』を江戸から読む』(講談社、1995年)。川元ひとみ「近世小説と『源氏物語』――『風流源氏物語』を中心に」(伊井春樹編『江戸時代の源氏物語』おうふう、2007年)。

16) レベッカ・クレメンツ「もう一つの注釈書?――江戸時代における『源氏物語』の初期俗語訳の意義」。

17) 今西祐一郎『通俗伊勢物語』「解説」(平凡社、1991年)。

18) 小西甚一著『日本文芸史』(講談社、1985～1992年)。

19) 亀井孝・大藤時彦・山田俊雄編『日本語の歴史5　近代語の流れ』(平凡社、1964年)228-253頁。

20) 国文学研究資料館所蔵『源氏物語俗語　紫文蜑の囀』(高橋与惣次、享保8(12-491-1～4))巻1、11丁ウ～12丁オ。

21) 川元ひとみ「近世前期小説と『源氏物語』――『風流源氏物語』を中心に」(江本裕編『江戸時代の源氏物語』おうふう、2007年)127頁。

22) 『源氏物語俗語　紫文蜑の囀』巻1、12丁オ。

23) 真下三郎『遊里語の研究』(東京堂出版、1966年)166-174頁。

24) 『源氏物語俗語　紫文蜑の囀』巻1、12丁オ。

25) 野口武彦「古典文学の通俗化 ―― 都の錦『風流源氏物語』をめぐって」(『『源氏物語』を江戸から読む』講談社、1995年)217頁。

26) 早稲田大学中央図書館所蔵、北村季吟『湖月抄』(村上勘左衛門、延寶元(1673年)跋)(文庫30 A0100)巻2、3丁ウ。

27) 本書右64頁。

28) 本書右528頁。

29) 『源氏物語俗語　紫文蜑の囀』巻2、3丁ウ～4丁ウ。

30) 宮城県図書館所蔵『賤のをたまき』(桑原如則写、KM930-ケ2)、32丁オ(32/444)。

31) 中村幸彦「俳言とその流れ」(『中村幸彦著述集　第二巻　近世的表現』中央公論社、1986年)、中村幸彦「『好色一代男』の文体」(『近世作家研究』三一書房、1961年)、風間誠史『近世和文の世界 ―― 蒿蹊・綾足・秋成』(森話社、1998年)など。

32) 今西祐一郎『通俗伊勢物語』「解説」(平凡社、1991年)384-389頁。

33) 「型の文章」(『中村幸彦著述集第2巻　近世的表現』中央公論社、1986年)147-192頁。

34) 長谷川強「『源氏物語』と『好色一代男』」(『浮世草子新考』汲古書院、1991年)5-18頁。

35) 長谷川強『浮世草子の研究 ―― 八文字屋本を中心とする』(桜楓社、1969年)75-78頁、長谷川強「浮世草子と「やつし」」(『浮世草子新考』汲古書院、1991年)86-101頁。都の錦と一風との関係については井上和人「西沢一風と都の錦 ―― 『元禄曾我物語』への一風の関与について」(『国文学研究』第118号、1996年)33-44頁に詳しい。

36) レベッカ・クレメンツ「日本の近世化における言語発見と俗語訳」(河野貴美子、Wiebke DENECKE、陣野英則編『日本「文」学史』第3冊、勉誠出版、2019年)。

37) 竹岡正夫「言語観とその源流 ―― 皆川淇園の漢学との関係」(『富士谷成章全集　下巻』風間書房、1962年)1038-1097頁。

38) 竹岡正夫「言語観とその源流 ―― 皆川淇園の漢学との関係」(『富士谷成章全集　下巻』(風間書房、1962年)1038-1097頁。先行研究には山田孝雄『国語学史要』と時枝誠記『国語学史』がある。

39) 竹岡正夫「言語観とその源流 ―― 皆川淇園の漢学との関係」(『富士谷成章全集　下巻』風間書房、1963年)。

40) 福島邦道「雅俗対訳辞書の発達」(『実践女子大学文学部紀要』12号、1969年)205-218頁。上田秋成との関係にして竹岡正夫「上田秋成との関係」

(『富士谷成章全集　下巻』風間書房、1963年)1201-1215頁。

41) 本居宣長『古今集遠鏡』(大野晋編『本居宣長全集』第3巻、筑摩書房、1968～1993年)5頁。

42) 本居宣長『古今集遠鏡』(大野晋編『本居宣長全集』第3巻、筑摩書房、1968～1993年)5頁。

43) 早稲田大学中央図書館所蔵『雅語訳解』(本町(名古屋)、松屋善兵衛、文政4年(1821)(ホ02 05614)「凡例」)2丁オ。

44) 朗の序文は刊行されなかったが、草稿は現存している。翻刻は尾崎知光・野田昌「解説」(尾崎知光・野田昌編『源氏遠鏡』勉誠社、1991年)4-5頁にある。

45) 尾崎知光・野田昌「解説」7-9頁。

46) Rebekah Clements, *A Cultural History of Translation in Early Modern Japan*, Cambridge：Cambridge University Press, 2015. レベッカ・クレメンツ「江戸及び明治初期の『源氏物語』訳者たちにおける翻訳概念をめぐる用語についての考察」(寺田澄江編『源氏物語を書きかえる』青簡舎、2018年)。

女性にふさわしくない本？
──17世紀後半の日本における『源氏物語』と『伊勢物語』

ピーター・コーニツキー
（常田槙子 訳）

出版によって、書物は支配の手を逃れる。誰が読むのか、どのように読まれるのか、人々がどのような書物を読むのか、そしてどのように解釈するのかということは、管理の外におかれる。古代ローマにおいて、小プリニウスは、このことをよく心得ていた──もちろん、当時「出版」は、専門の書写者や本屋に写本を手渡すことを意味したのであるが。アジアおよびヨーロッパにおける印刷の出現は、このように写本文化に存在していた問題を顕在化させたにすぎない。朱熹が、12世紀の中国において本を不快なほど自由に入手できるものと認識し、それに対して懸念を示すことになったのも、ウィルキー・コリンズが「知られざる大衆」と名づけた人たちの読書習慣について、後に19世紀イギリスの作家たちの懸念を駆り立てたのも、印刷書物の出版であった[1)]。同じような状況は、17世紀初期の日本においても認められ、そこでは、数多くの印刷された出版物は、潜在的に問題を抱えた新たな現象だったのである。これらの新しい出版物のなかには、初めて印刷された『源氏物語』と『伊勢物語』も含まれており、特に漢学者──通常「儒学者」と言われるが正確ではない──には、即座に懸念を抱かせることになった[2)]。

本稿は、『源氏物語』と『伊勢物語』の女性読者に対する、印刷の影響を考察しようとするものである。というのも、通常このような懸念が示されたのは、主にこれら2作品の女性読者の文脈においてであったからである。ここには、19世紀ヨーロッパにおける状況──そこでは女性が読んでいるものについ

ての懸念は、主として当時の小説とかかわっていた——との著しい相違が見られる[3)]。17世紀の日本では、対照的に、不安をかき立てたのはむしろ平安時代の古典、特に『源氏物語』と『伊勢物語』、さらに宮中で詠まれた和歌であった。では、なぜこれらが、またその他の平安文学作品が、女性にふさわしくない読み物とされてしまったのであろうか。そして、このような見方は女性の読書活動にどのような影響を与え、どのような反応をもたらしたのだろうか。これらの問いは難解であり、それに答えるための方針を前もって示しておくのが適切だろう。これらの作品を容易に入手できるようになったのは印刷のお陰である。そこでまず私が考えるのは、印刷された『源氏物語』と『伊勢物語』が17世紀初期に現れたということと、作品がそのように読み手に提供されることがいかに読書の可能性と実践に影響したかということである。つづいて、これら2作品を女性にふさわしい読み物ではないと判断し、その代わりとして、女性に道徳的価値のある漢籍を読むよう勧めた漢学者らの見解。3番目に、このような漢学者らの見方に対する、男性の『源氏物語』擁護者の抵抗。4点目が、女性読者の実際の読書活動。5点目が、女性読者の問題をより明確にさせるその他の文脈において、いかに『源氏物語』が利用されたかということ。そして最後に、ジェンダーの問題を無視しては、17世紀の印刷革命は十分に理解されないということを論じ、17世紀の日本における女性のリテラシーと読書活動をさらに探究するために、本研究が示唆するところを考察する。

写本から版本へ

日本では、1600年までに数百年にわたって印刷物が作られてきたが、17世紀初期に商業目的の印刷業者や出版者が現れるまで、日本文学は、物語と歴史書のいずれも印刷されることはなかった。この状況は、主として、17世紀以前の印刷が商業的なものではなく僧侶が主体的に行うものであったことと、文学作品が伝わっていた貴族社会の排他主義によるものであったと考えられる。しかし、17世紀初頭に京都で創業された商業目的の本屋は、そ

れ以前の主要な物語作品をものすごい勢いで刊行し、17世紀末までに『源氏物語』と『伊勢物語』は数多くの版で出版された。原典を尊重する学者たちは、多くの場合、これらの様々な印刷された版本を無視してきたが、このような作品は、多くの挿絵とともに、明治期に至るまで、平安物語の世界への主要な接続点として役立ち続けたのである4)。そのため、これら作品は、17世紀における『源氏物語』と『伊勢物語』の読者層を考える際に、極めて重要な部分を形成している。

17世紀を通じて広く出版された『源氏物語』の本文と梗概本、およびその注釈書を簡単に調査するだけで、それらが容易に入手可能であったことを示すことができよう。4種の『源氏物語』の古活字版が、1600年から1644年の間に出版されたことが知られている5)。製版本は、1650年代初め、山本春正(1610～1682)が最初の大本絵入源氏物語を生み出し、世に出はじめた。春正は、京都と江戸で活動した歌人であり、これまで抑圧されてきたジャンルの普及に携わっていた有名な歌人、松永貞徳(1571～1653)の弟子であった6)。その後20年にわたり、春正の絵入り版は、驚くほど多く増刷された上、様々な体裁や判型の新版も生み出され、そのことだけでも、印刷された『源氏物語』市場の規模と多様性の証左となっている7)。

しかし、これは、決して全体像を表すものではなかった。というのも、梗概本、すなわち俗語で簡単に作品に近付くことのできる要約版もあったからである。『源氏物語』の梗概本は、鎌倉時代から作られていたが、17世紀には印刷されて出版されるようになった。15世紀に作られた『源氏小鏡』は、1651年から1680年にかけて、12版以上が出版された。1650年代には、松永貞徳の弟子であった野々口立圃(1595～1669)が、『源氏物語』市場の読者向けに書いた最初の梗概本となる、『十帖源氏』を生み出した。その後、子ども向けに短く平易に著した『おさな源氏』も出版された。両作品とも、17世紀に数え切れないほど再版されることとなった8)。このように、印刷された『源氏物語』の本文は、豊富にあったのである。

しかし、『源氏物語』は、17世紀の読者にとって容易な書物ではなかった。師に就いて『源氏物語』を学ぶということは、17世紀末でさえ依然活発に行

われており、間違いなくそれは、しばらくの間、貴族や学者が『源氏物語』を理解する方法として残っていたのである[9)]。しかし、ひとたび読解の助けとなる注釈書が印刷され、入手可能なものとなると、はじめて誰にも師事せずに『源氏物語』を読むということが想像できるようになった。これら印刷された注釈書が、『源氏物語』の読み方や学び方に対し、深い影響を与えたということは疑いようがないだろう。印刷された最初期のものの1つに、16世紀の終わりに連歌師、能登栄閑が著した『万水一露』があった。草稿は、松永貞徳によって加筆され、後に1663年になって出版された。跋文で貞徳は、理想を言うなら『源氏物語』は傍に4つの主要な注釈書を置き、「名師の講釈」を通して読むべきであると述べた。しかし、貞徳は、永閑がこれらの注釈書の重要部分を抜き出したので、読者は『万水一露』だけでなんとか読めるようになるだろうと主張した。明らかに、貞徳は師の仲立ちなしに『源氏物語』を読むという読書の実践を、容認していたのである[10)]。

1673年に大規模な注釈書『首書源氏物語』が出版されたが、これは、同じ年に出版され、よく知られた『湖月抄』と比べて見劣りするものであった。『湖月抄』は有名な歌人であり学者でもあった北村季吟(1624～1705)によって編まれ、季吟もまた『源氏物語』の注釈書および学問の世界を、本文に注釈をつけることで公のものにしようとした。『湖月抄』に収載された注釈は、それ以前の解釈中心の文学研究に広く基づいたものであった。『湖月抄』は通常、江戸時代においてもっとも広く流布したと考えられている。この推定を証明するのは、確かに容易ではない。例えば、国学者であり、平田篤胤と交流のあった西田直養(1793～1865)は『湖月抄』を高く評価し、必要不可欠なものとみなしたが、西田のこの評価はどこまで一般的であっただろうか[11)]。しかし、18世紀と19世紀に、文字資料であれ絵画であれ『湖月抄』への言及が多く見られるということは、やはり『湖月抄』が卓越したものであるという前提に対する信頼を高めるのである[12)]。

現在『源氏物語』印刷の歴史については十分研究されており、ここで様々な梗概版や注釈書を列挙することは余計なことだろう。吉田幸一氏が、1660年代に紛れもなく『源氏物語』を出版するブームがあったと主張する根拠は、

明白である[13)]。同様に『伊勢物語』も、版本の入手しやすさと個人的な読書を容易にする注釈書の出版という2つの意味で、俄に入手可能なものとなった。同じことが、17世紀の世において、多くの平安時代と鎌倉時代の古典文学について当てはまったのである[14)]。

17世紀を通じて『源氏物語』と『伊勢物語』が一般の人々にとって入手しやすいものになっていった過程には、3つの段階を認めることができる。まず現れたのは、可動活字版である。これらは、おそらくわずかしか作られず、その版本の読者も依然として読むための手引きを必要としたため、一般的に容認されていた解釈が口伝で伝わるという状況は変わらないままであった。次に、絵入り木版が出てきた。これらは、おそらく数多く作られたであろうが、訓練を受けていない者にとっては、容易に読めるものではなかった。しかし、ルビ(ふりがなや濁点など)や1人の読書を容易にする注釈をつけることで、読者の役には立っていた。最後に現れたのが、注釈と要約の付された本文である。この段階において、訓練を受けていない者でも、読解法や解釈法を誰にも師事することなく、原文を理解できる可能性が出てくるのである。

現存する17世紀の書籍目録は、出版された数多くの書物についてさらに別の見方を提供している。1660年代に印刷された刊行年未詳の目録には、注釈や絵入り版等を含めて『源氏物語』が4種、『伊勢物語』が7種含まれており、1670年と1675年の目録では、これら両作品ともに徐々に項目数が増えていく[15)]。このような様々な版が同時に入手できるという状況は、版本に対する当時の需要の多さを物語っているが、同時に、この市場に対する潜在的な経済的制限の問題を投げかけてもいる。アンドリュー・マーカス氏は、書籍目録に掲載された北村季吟の『湖月抄』の価格が、他の書物に比べて非常に高いことに注目した[16)]。1681年と1696年の目録に示された価格は、確かに130匁と高かったが、実のところ、『湖月抄』は62冊もあったのである。一方で、山本春正の絵入り源氏の縮小版は『湖月抄』の半分以下(1681年において50匁)で、全10冊の『おさな源氏』は12匁で、『源氏小鏡』はわずか3.5匁でそれぞれ購入することができた。さらに、『伊勢物語』は多くの場合2冊組でしかなく、挿絵入りであっても2匁以下で入手できた[17)]。これらの価格を考

えるために指摘しておきたいのは、1657年に大工や瓦師のような職人の日当が3匁で固定であったこと、1710年に京都の日雇い労働者の賃金が1.5匁であったこと、また1662年から1700年の間は白米1石(およそ180リットル)の価格が39匁から105匁の間で推移したということである。このように確かに『湖月抄』は高価であったが、一方で、『伊勢物語』や安い梗概本は、金銭面からみれば、職人たちの手に届くところにあったのである[18)]。そして、忘れてはならないのが、17世紀の終わりまでに本屋は本を売ると同時に貸し出してもいたということである。本の貸し出しは、本を読むのにかかる費用をおさえ、かつ比較的質素な生活を送っていた消費者にとって、読める本の範囲を広げる取り組みであった[19)]。

ここで述べた様々な版本は、新たな読者層の可能性を生み出している。というのも、単に慣れ親しんだ本をじっくり読むための機会を新たに得た昔からの読者ではない、新たな読者について取り上げているからである。確かに、『源氏物語』とその他の平安文学作品の写本は江戸時代を通じて絶え間なく生み出され、昔の手本に倣って毛筆で綺麗に描かれた絵入りの写本は、印刷されたものよりも文化的により格の高いものであった。しかし、その一方で、印刷はそれ以前には考えられなかったほど多く『源氏物語』の版本を生み出し、伝統的な写本を入手する機会がまったくといっていいほどなかった読者の手に『源氏物語』が届くようになったのである[20)]。

『源氏物語』と『伊勢物語』に対抗する動き

物語がいくら良くてもせいぜい娯楽であり、おそらく女性にいくらか害をなすものであるという見方は、『源氏物語』そのものより古くからあり、『三宝絵』(984年)にまでさかのぼることができる[21)]。その後細部にわたり、『源氏物語』が仏教的に擁護されたことは、『源氏物語』が批判に弱く、中傷する人々から守られる必要があったという見解を示している[22)]。ここで注目したいのは、17世紀の言説によって採られた方向である。男性の漢学者が江戸初期の『源氏物語』批判の中心であったが、特に18世紀に、国学のような

他の知的領域の支持者が反対の立場をとると、議論は広がっていった。

漢学者が『源氏物語』を道徳的に不快であるとみなしたということは定説になっているが、この問題を取り巻く状況はより深く考察されるべきである。漢学者の多くは『源氏物語』だけでなく、『伊勢物語』にも本格的に取り組んでいた。ではなぜ、漢学者はこれら2作品に特に関心を寄せていたのだろうか。漢学者の文章を注意深く読むことで、彼らの考え方が生み出された背景について、何が明らかになるだろうか。従来言われてきたように、これら2作品は実際「女性読者の手から奪われていた」[23]のであろうか。一部の漢学者が、道徳的に問題があるとされた書物に関心を寄せていたというのは、本当に「逆説的」であったのだろうか[24]。もしそうであるなら、なぜ彼らはそうしたのだろうか。

林羅山(1583～1657)と、その息子であり後継者である鵞峰(1618～1680)からはじめよう。彼らは歴代将軍の侍講であっただけでなく、学者、愛書家であり、膨大な書籍の蔵書家でもあった。両者ともに17世紀の日本において、漢学の中心であった。1650年代には、日本で出版されて現れるのははじめてである、2冊組の著書目録を共同で出版している。17世紀初頭から印刷物が増加したことにより、このような目録の出版が確かに急を要するもののように思われたのであり、羅山は漢籍に関する著書目録を、鵞峰は和書に関する目録をそれぞれ著した。しかし、羅山と鵞峰の著したその他の多くの書物とは異なり、これら2冊の著書目録は、漢文ではなく、漢字に片仮名を混ぜた簡単な日本語で書かれ、ルビがいたるところに施されていた。両跋文によると、その目的は大まかに認識されてきた中国と日本の文学について、その全体的なアウトラインを伝え、子孫に教えることであった。そして、各作品のタイトルには作品の中身の簡潔な説明が添えられていた。したがって、これら著書目録は、本格的に読書に取り組もうとする人のために編纂されたのであろう[25]。

これらの目録が同時に出版されたという事実は、カノン化された漢籍だけでなく和書を読むことにも価値があるとされたということを示しているが、このような態度は日本の漢学者の間で決して広く認められていたわけではな

かった。とはいえ、目録に掲載されている和書の多くは、実のところ漢文で書かれており、16世紀末の戦を記録したいくつかの軍記物を除くと、そのほとんどがはるか昔のものであった。したがって、この目録は、決して当時の日本文学の紹介書ではなかったということである。確かに目録には『平家物語』や『神皇正統記』、『古今著聞集』など、日本語で書かれた文献がいくつか含まれてはいたが、勅撰和歌集は一切含まれておらず、また『栄花物語』を唯一の例外として平安時代の物語作品もまったく載っていないというように、重要な文献が欠けていたのである。これらの作品が掲載されなかったのは、偶然ではなかった。林鵞峰が、『源氏物語』と『伊勢物語』も含め、このような文学作品を若者に一切勧めなかったのは明らかであるが、ではこれは一体どのような理由によるものであったのだろうか。

鵞峰の目録から省かれた書物は、個々の作品が自身の道徳観を侮辱する場合、羅山とその同時代人の多くが日本文学のカノンの権威を認めなかったとする中村幸彦氏の見解を裏付けているようである[26)]。これは、17世紀の漢学者と、三条西実隆(1455～1537)などのようにカノンの権威を重要視し、前時代に朝廷に仕えた知識人との大きな違いである。『徒然草』の注釈書の序文において、羅山は、物語の道徳的な欠点、すなわち「有二喔咿嚅唲之語一、無二教誨訓誡之法一」は、物語が「婦人女子」によって書かれていた事実にあると考えた[27)]。にもかかわらず、羅山自身が若い頃に『源氏物語』を読んでいたことは疑いようがなく、その後も『源氏物語』に携わり続けていた。というのも、1605年頃に、一華堂乗阿(1531～1619)と『源氏物語』の1節の解釈を巡って激しく論争を交わしたからである。朝廷で一流の詠者であり、歌学者でもあった乗阿は、後陽成天皇に和歌についての講義を行っていた。羅山は乗阿より50才も歳下であったが、過剰なまでの自信と『源氏物語』に関する細かい知識をもって、乗阿に反論したのである[28)]。羅山は自身の『徒然草』の注釈書においても『源氏物語』に対する知識を見せびらかし、その上、残念ながら1657年の明暦の大火の際に、彼の蔵書の大半と共に失われてしまうことになるのだが、『源氏物語』の注釈書から抜粋した記述も編集していた[29)]。羅山は、『源氏物語』を若者にとってふさわしい読み物とはみなさなかったが、

明らかに、自分自身のような学者にとっては、許容し得る読み物であると判断していた。羅山の息子は、このような見解に異議を唱えなかった。

羅山がこれほど『源氏物語』に注目したということは、驚くべきことであろうか。羅山とその息子は熱心な漢学者であったが、儒教の道を日本に「取り込む《ドメスティケイト》」ことに関心をもっていただけでなく、同時に自分たちが住んでいた日本の歴史的・社会的事情も見落としてはいなかった。この点を考えてみるならば、そう驚くべきことでもないだろう[30]。鵞峰がどのくらい『源氏物語』を知っていたかは明確ではないが、自伝によると、鵞峰は、若い頃に父親の指示により松永貞徳のもとで日本文学を学習し、その後、和書すなわち「草子」の熱心な読者になった(ここでいう「草子」は、当時、物語を含めた文学作品を示すものであった)[31]。貞徳は、本文の解釈をこれまで公にしてこなかった秘伝という方法を拒否し、1603年、鵞峰の生まれるしばらく前に、羅山らとともに『太平記』や『論語集注』、『百人一首』に関する一連の朗読と講義を行った[32]。先述したように、貞徳は序文を書いたり、編集を引き受けることで、『源氏物語』の出版に何度か力を貸していた。そこで、貞徳との関係を考えてみると、鵞峰が好んで読んでいた草子には、目録では載せないことにした『源氏物語』とその他の作品も含まれていたといえよう。鵞峰は日本史について広く書いており、出版された作品からは、鵞峰が平安時代の作り物語に関して熟知していたことがわかる[33]。林親子がもっていた『源氏物語』の知識の深さに驚くなら、中国文化の愛好者として知られ、日本文化を軽蔑したといわれる荻生徂徠でさえも、『源氏物語』を深く知っていたことを思い出すべきである[34]。

しかし、これだけではこれらの漢学者たちがいかに『源氏物語』を読んでいたかについて、何も言ってはいない。羅山とその仲間は朱子学に執着していたために、物語に対してあまりにも功利的かつ道徳的な見方をし、その結果、そのような文学を卑猥なものとしかみなせず、その文学的価値も認めることができなかったと言われてきた。まるで「盲人が名画に対している」ように、彼らは日本の古典を歴史資料としてしか取り扱わなかったのである[35]。この問題について確実な結論にたどり着くには証拠が少な過ぎるが、羅山に

とって『源氏物語』は文学的至宝というよりも、むしろ退廃的な過去への窓であったと言っても差し支えないだろう。とはいえ、先述したように、羅山が『源氏物語』を、男性や学者が自らの名誉を損なうことなく学習できる書物であると考えていたことも事実である。

羅山と鵞峰は、『源氏物語』のような作品を勧めることを拒んだため、彼らの目録では、若い読者に対し、このような作品について何も記さなかった。しかし、彼らの追随者は、特に若い女性にとって『源氏物語』と『伊勢物語』が入手しやすいことを懸念するあまり、黙認できず、ときには激しく自身の見解を表すこともあった。このように、羅山が控えめに、あるいは内密に口にしていた『源氏物語』に対する懸念は、17世紀後半に、次世代の漢学者が印刷技術を用いるようになると、より具体的かつ公的なものになっていったのである[36]。

『源氏物語』と『伊勢物語』が女性に入手されることへの懸念が、もっとも早く印刷されて明確に表現されたのは、今のところ、1653年から確認できる。林羅山の元門下生であり、羅山の推薦でのちに和歌山藩儒となった永田善斎(1597～1664)の文書には、次のようにある。

> 国朝上自二縉笏大人一、下至二大夫士庶及富商栄農一、教二処女一、以二伊勢源氏物語之類一、蓋欲レ使レ女詠二和歌一也、女詠二和歌一果何益之有。唯欲レ使三女媚二彼之淫行一、……[37]

善斎は、同時代の人が広く『源氏物語』と『伊勢物語』を、農民や商人の身分であっても、若い女性の手元に置くのにふさわしい本であると考えていたことを示唆しているが、我々は全女性の識字能力を一括りにとらえるこの見方をあまり信用することはできず、おそらくこれは修辞学上の誇張とおさえるべきであろう。より注目すべきは、これらの作品を読む目的として彼が見ていたもの、すなわち和歌詠作が容易になるということへの反論である。おそらく男女関係を扱った文学に対する彼の嫌悪感を反映し、善斎はこのような文学を読むことと、それを使って和歌を詠むことを卑猥だとみなしたのだろ

う。この点に関連し、林鵞峰が目録から和歌を除外したことを思い出すべきである。というのも、一部の人にとって、和歌は道徳的に疑わしい領域だったからである。善斎は女性が読むべきではない書物を明確にした後で、文章の残りの部分では、漢字が読めない女性のためにルビを付さなければならないことを明記し、娘たちは代わりに『孝教』や『列女伝』のような昔の漢籍で教育されるべきであると提案した[38]。善斎がここで言っていないことは、言っていることと同じくらい重要である。すなわち、善斎は読者としての女性それ自体に否定的なのではなく、女性が漢籍を読むという可能性にも異議を唱えず、さらに男性が『源氏物語』を読むということに対しても反対してはいないのである[39]。

永田善斎だけがこのように主張していたわけではなく、読み物としての『源氏物語』と『伊勢物語』について、17世紀後半の言説を注意深く検討することには意味がある。1659年、善斎が自身の見解を発表した数年後、当時もっとも卓越した思想家の1人であった山崎闇斎(1618～1682)は、若い女性のために手引書を書いた。闇斎は、若い女性に彼女たちが理解できる言葉、すなわち漢文よりも和文で書かれた新しい読み物を提供したいと思っていたからである。闇斎の『大和小学』の序文によると、彼はその前の年に江戸におり、『源氏物語』などの書物に強く異議を唱えた。その際に、人から女性が読めるように儒教の入門書である『小学』を仮名で書くよう勧められたのである。その序文のなかで、彼は『源氏物語』に対する仏教的擁護も儒教的擁護も強く否定している。

> 世の人のたはぶれ、往てかへる道しらずなりぬるは、源氏伊勢物語あればにや、げむじは男女のいましめにつくれりといふ、たはぶれていましめんとや、いとあやし、清原宣賢が伊勢物語は、好色のことをしるせど、礼をふくむものあり、義をふくむものあり、孔孟業平、地をかへばみなしからんといふ、かゝるひがこと、よしあしいはんも口おし[40]

闇斎の弟子であった浅見絅斎(1652～1711)は、1706年に行われた和歌の道

徳性についての講義で、師が抱いていた嫌悪感をより全体的視点から取り上げた。

> 恋ノ歌モ夫婦ノ教ノ損ヌルハ是ヨリ始コトニテ、「伊勢物語」「源氏物語」皆其習シヲ承テ、タワシキ教ノ第一ナレド、歌読人ノ大切ノ書トアシラヒ、相伝コトト伝テモテハヤスコソ、イミジカラヌコトナレ。

この後の部分で絅斎が述べているように、彼の主な関心もまた「幼キ子共女子」にあり、彼らがいかに古典和歌から道徳的教訓を見いだすよう仕向けられていたかにあった[41]。

数年前の1690年に出版された本では、山崎闇斎の見解を思っていたのであろうが、絅斎は妊娠中の女性に対し、読書について助言していた。

> さうしをよむとも、ことばも絵も、みだりなることなからんをゑらびてよむべし、大和小学、鏡草などいふ本よかるべし、源氏物がたりの類は、かならずよむべからず[42]、

野口武彦氏は、この助言が妊娠中の女性だけではなく、一般の女性にも向けられたものであると論じており、これはおそらくその通りであろう[43]。そして、ここでも『源氏物語』から女性を遠ざけようとするだけでなく、その代わりとなる書物を提案する努力を認めることができる。前提となっているのは、女性が読書を望み、読書は女性にとって適切なものであるということである。女性が読む場合に推奨された本は、闇斎の『大和小学』と中江藤樹の『鏡草』であった。『鏡草』は中国の歴史と伝説に広く拠った、女性向けの教訓的作品で、初版は1647年であり、1669年と1675年に再版されている[44]。

この問題に関してもっとも決定的な対応は、林羅山の弟子であり、のちに当時の漢学の正統派から分かれた山鹿素行（1622～1685）の教えのなかに見いだせる。『源氏物語』と『伊勢物語』の道徳的脅威は、素行にとって懸念事項であったようである。というのも、弟子との談話——その後半部分は1663年

から1665年にかけて弟子たちによって編集され、1940年代に出版されるまで写本で流布された――のなかで幾度となくその脅威について言及しているからである。女性教育に関する部分で、素行は、若い女性が身につけるべき倫理観は若い男性のものと同じであるが、教育の目的が異なり、女性の場合、目的は従順な妻になるように教育することであると論じ[45]、次のように続けた。

> 本朝の俗、女子深窓に養はるるの間、常に源氏物語・伊勢物語等の草子を翫ばしめ、女師を置いて講読せしむ。而して詠歌の事を専らとして、絵書・花結び等のことをなし、琴瑟をならして游宴の興を催さしむ。是れ世俗女子の教戒を失ふがゆゑ也。ここに案ずるに、源氏・伊勢物語の類は各々男女の情を通じ、好色の道を専らとし、ついに人倫の大綱を失ひて、君臣父子夫婦の本源みだれ、兄弟朋友の道そむけり[46]。

ジェームズ・マクマレン氏が指摘するように、山鹿素行は若い頃、『源氏物語』の注釈を書こうと試みたようだが、それはただ若気の至りというわけでもなかった。というのも、1675年においてさえ、彼の蔵書には、『源氏物語』と『伊勢物語』の写本や版本、さらにいくつもの『源氏物語』の注釈書があったからである[47]。つまり、素行はこれらの書物を完全に認めなかったわけではなく、女性にはふさわしくない読み物であると判断したのである。この点について素行は、先にみてきたような同時代の漢学者たちに受け入れられていた考えと、同じ考えを共有している。

若い女性の教育という文脈において、『源氏物語』や『伊勢物語』を痛烈に批判した最後の主要作家の1人に、漢学者であり教育者でもあった貝原益軒(1630～1714)がいる。1710年に出版された『和俗童子訓』のなかで、彼は若い女性に勧めるべき読み物についても書いている。

> 女子に見せしむる草紙もゑらぶべし。いにしへの事しるせるふみの類は害なし。聖賢の正しき道をおしえずして、ざればみたる小うた、浄瑠璃本

など見せしむる事なかれ。又、伊勢物語、源氏物語など、其詞は風雅なれど、かやうの淫俗の事をしるせるふみを、はやく見せしむべからず[48]

永田善斎以外にも、女性に『源氏物語』のような作品の代わりに、漢籍を読むよう勧める作者はいた。例えば、山崎闇斎の弟子であった藤井懶斎(1618?～1705?)はその没後に出版された随筆において、平安時代の女性作家に匹敵する女性作家が、その後ほとんどいなかったということを認めているが、適切な教育のためには女性は漢籍を読むべきであるとしている。

本朝婦女ノ学アル者、伊勢、紫式部、清少納言、大弐三位、赤染右衛門ノ輩ニ如ハナシ。其文辞ヲ観見ベシ。然ニ皆聖賢ノ学ヲ識者ニ非。只是漢ノ蔡琰等ノ亜流而已。安其過寡コトヲ得哉。然バ女子ノ学、其誰ニカ適従。日曹氏ガ女誡等ノ書、先之ヲ読ズンバ有ベカラザルナリ[49]。

後水尾天皇を看病した医者である中山三柳(1614～1684)は、ここまで紹介してきた作者たちよりも、女性が学習をすることに懐疑的であった。1670年に出版された作品のなかで、三柳は女性に教育を勧めなければいけないとするなら、日本の物語や和歌よりも漢籍を勧めるべきだと述べている。

女子に学文をすゝむるはよからぬわざにや。学文すれば心たかぶり夫をかろしめて其身も不義におちいるなる。こゝら(＝京都か)の女学は源氏狭衣伊勢物語等あらぬ草紙などよみおぼゆるにより、三綱の道もくづれ淫乱にのみ溺なる。小野小町、清少納言、紫式部、和泉式部などいふ皆学文に長じ、和歌に達するゆへにかぎりなき淫婦と成にけらし。異朝(＝中国)にも詩文に達者なる女はことぐく淫婦也と知べし。女は夫にしたがふ故にたとひよき学文にても無益の事也。……〔中略〕……父母の心にて学文すゝめんとならば、朱子小学列女伝などはおぼえしりてよき成べし[50]。

もう1人このような見解をもった人物に、自分の妻が持っていた『源氏物語』と『伊勢物語』を女性のための教訓的な漢籍と入れ替えた、長岡意丹(17世紀、生没年不詳)が挙げられる[51]。また、有名な漢学者であり類書の編集者でもあった中村惕斎(1629～1702)は、8歳の時から母親や女性の家庭教師のもとで教えられるのであれば、女性らしい美徳を手に入れるために、少女が『列女伝』だけでなく『論語』や『孝教』のようなカノン化された漢籍等の読み方も教えられることは、有益であると考えていた[52](惕斎の助言と先述した山鹿素行の批判的な意見は、当時、女性の家庭教師がいたことを示している)。女性に対して漢籍を用いた教育の歴史は長くはなかったが、それまで男性に限定されていたこの学問領域に女性が入り込むのを後押しするようにこれら17世紀の男性を説得したものは、明らかに日本古典文学に対する彼らの道徳的な反対と、こうした文学の代わりになる読み物を探す必要性であった。

これまで紹介してきた著述家の見解から確認できることは、教育が漢学的な基準においてのみ解釈されてきたということと、女性が女性のために書かれた漢籍を読むことを勧められたということである。また、これらの著述家は、遠い過去の偉大な女性作家をやむなく賞賛したものの、その作品内にあるとされた卑猥さについては非難したことがわかる。さらに、これら女性作家については、中国で認められていた眼識と礼節に対して無知であるととらえた上、幾人かの漢学者が明らかに怪しんだジャンルである和歌を詠んでいるということまでも批判した。平安時代の女性作家たちのジェンダーもまた、ひどく不利なことであったことがわかる。というのも、林羅山のように、これら漢学者たちは、物語が「婦人女子」によって書かれていたがゆえに、道徳的に欠落しているものとみなしたからである。契沖(1640～1701)――日本の古典文学に対する熱意が、その数多くの注釈書からも明白である――でさえも、紫式部が「其身女」であったために、好色(卑猥または官能)を広く扱い、図らずも読者を惑わせてしまったのだろうと考えていた[53]。

ここまで述べてきた著述家たちの見解は、よく『源氏物語』と『伊勢物語』に対してただ道徳的異議を唱えるものであるとされてきた。しかし、実際のところ、これまでみてきたように、漢学者自身もこれら作品を読んでいたので

ある。サラー・エリスが1845年に、シェークスピアの作品に対して「慎重で賢明な母親が自分の子どもに自由にシェークスピアの作品を読ませることは、極めて想像し難い」と述べ、完全には非難していないように[54]、漢学者たちもこれらの作品を全面的に非難したわけではなかった。すなわち、問題はその作品が若い心、日本の場合では、若い女性の心に影響を与えることにあったのである。

漢学者の見解に加えて、書籍目録が、『源氏物語』が適切でないと判断された場合、17世紀にどういう書物が女性にふさわしい読み物になり得たかについての貴重な証拠となる。1670年の分類目録は、「女書」という新たな部類を紹介している。この部類が紹介されたという展開は、商業の面において、新たな読者層あるいは新たな買い手が認識されたことを示しており、また女性に適切な本のある種の規範が定められたことを表している[55]。それでは、ほぼ例外なく題名に「女」という文字が付された「女書」とは一体どういうものであったのだろうか。最初は『女四書』のような女性向けの漢籍や、作法と道徳に関する和書、または書簡文範などを指していた。後の書籍目録でも、このような作品が引き続き加えられている[56]。宮中で詠まれた和歌や『源氏物語』、『伊勢物語』は「女書」の部類には含まれず、全く別の古典文学の部類に収められていた[57]。明らかに、本屋が「女書」と認識していた読み物と、山鹿素行らが女性が読むべき書物としていた本は、ある程度共通していたのである。女性にふさわしい読み物として勧められるのは、しばらくそのようなものであった。例えば、1752年に出版された道徳的な談義本の中では、農民は自分の娘に『女大学』(貝原益軒が書いたとされる、女性向けの教訓的書物の典型)や『大和小学』、熊沢蕃山(1619～1691)による女性用の道徳的作品である『女子訓』などを渡すよう勧められ、娘たちはもう少し大人になると、『列女伝』や『女四書』を読むことができるとされた[58]。

ここまで考察してきたように、17世紀後半において、女性によって書かれた平安時代の物語作品、特に『源氏物語』と『伊勢物語』は、多くの男性学者——その大半はいわゆる儒学の領域に属していた——から若い女性にふさわしくない読み物とされていた。18世紀に入ると、漢学者たちは以前のよ

うに、女性にとってふさわしい読み物についての議論の中心ではなくなっていった。漢学の領域以外の学者の見解もみられるようになり、その多くは、17世紀の漢学者に比べ、『源氏物語』や『伊勢物語』の様々な問題を真剣に扱わなかったのである[59]。しかし、この2つの日本古典作品が若い女性に道徳的に害をなしているという考え方は、ことあるごとに女性の教育と読書活動に関する本のなかで継続して取り上げられていた。庶民を啓蒙しながら方々を旅した俳人、潭北(1677～1744)は、例えば、『源氏物語』は読者を悪徳に導くものであるとし、『大和小学』や『列女伝』の和訳の方がふさわしい読み物であると庶民に忠告した[60]。また、大江玄圃(1729～1794)は、『女学範』のなかで読書に関する章を設け、そこで山崎闇斎の『大和小学』の序文を引用し、『源氏物語』の代わりに女性にふさわしい教訓作品をいくつか挙げている[61]。武士階級の歴史学者であり、当時の社会を鋭く観察していた伊勢貞丈(1717～1784)は、『源氏物語』や『伊勢物語』の内容が「好色淫乱不義非礼」であると述べた。特に、紫式部がみだらで不道徳であると責め、次のように結論づけた。

> 歌学者後には源氏物語を聖経賢伝の如くに貴べども悪き作り様の物語なり女の作りたる物語なれば咎むるにも及ばざるべけれども紫式部は文才ありて菽麥を弁ずるほどの智ありしなれば是れを咎むるなり[62]

さて、この章を終える前に、1つ注意する必要がある。17世紀の漢学者が書いた作品の驚くほど多くが、未だに写本か版本の形態でしか入手できない。今後、これらの翻刻が入手可能になることによって、ここで論じた点に訂正と修正が必要になるだろう。しかし、今のところ、私が翻刻された書物を調べた限りでは、『源氏物語』と『伊勢物語』に対する批判的な文章を含むものは、先に挙げた引用箇所のみである。そのような文章は決して多くはないし、広範囲にわたるものでも、凝っているものでもなく、その作者たちは、18世紀までお互いのことを論争の文脈で述べてもいない。したがって、これら『源氏物語』や『伊勢物語』に関する批判的文章の特質は、1つの統一された言

説にあるというよりも、サルトルの集列性の概念が示すものに近い。口頭で伝わっていったか、あるいはあまりにも当たり前なことと思われ、記録されなかったのか、現存する文献には反映されていない、もっと広範囲な言説があったのだろうか。確かにその可能性はある。例えば、優れた書家であり、風流人でもあった本阿弥光悦(1558～1637)は、「今時めける林道春など、……〔中略〕……つれ〱艸、源氏物語等をそしらるゝが如き、朱晦菴が余風を真似らるゝ事と、われ〱はおかしくこそ候へ」と記し、広く道徳的非難があったという当時の様子を暗に示している[63)]。しかし、そのように非難する雰囲気がたとえあったとしても、山鹿素行や自身の見解を記した作家たちにとって、それは当たり前というわけではなかったのである。

『源氏物語』と『伊勢物語』を卑猥であるがゆえに禁書にしようとする動きがみられなかったことにも、注目するべきである。検閲の制度が系統立てられつつあり、寛文年間(1661～1673)には歌書と好色本を禁じる御触書が出された証拠がある[64)]。また、1687年には「若好色の書を破らは、源氏、いせ物かたりをも破るへきや」との問いがもちあがった[65)]。しかし、実際に平安時代の文学作品が抑圧された例は残っておらず、したがって、少なくとも『源氏物語』と『伊勢物語』が版本で入手可能であることは許されていたと結論づけるべきである。これら2作品がどれほど激しく批判されたとしても、それは、徹底的に非難するというものではなく、同作品の読者が場合によっては女性であるとの想定から生じる懸念であったことがわかる。

『源氏物語』擁護

先に述べてきた批判的な言説に対して抵抗しようとする動きは、様々な形を取り、あらゆる領域から出てきた。そして、そのうちのいくつかは、出版されることになる批判までも見越していた。『源氏物語』や『伊勢物語』の擁護者のなかには、これらの作品を擁護する昔の議論を繰り返し述べる者もいた。例えば、『清水物語』(1638年)の作者は、和歌を詠むことに興味がある読者に『源氏物語』を読むことを勧め、『源氏物語』に対して昔からの実践的評価方

法――道徳的な視点から源氏を評価しないというもの――を示した[66]。一方で、先に『源氏物語』についての議論で林羅山の相手として触れた一華堂乗阿は、「此物語は大率好色を面に書しは、人の好む事を以て、道に引入ん為也」と論じた[67]。これは、おそらく目的を達成するためには手段を選ばないとする昔からの議論が、江戸時代にはじめて表された例である。その議論では、『源氏物語』にある「卑猥さ」が認められていたが、その「卑猥さ」をまるで薬の苦みを消すためにつけた砂糖のようにみなしたのである。一華堂切臨(1591～1662)は、1650年に出版された『源氏物語』の注釈書において、同じような立場を取っている。切臨は、『源氏物語』が卑猥さを扱っていることを認めてはいるが、同時に道徳的教訓を教えようとする他の作品も同様であると考えていた。実際、切臨は、『源氏物語』が道徳的教えの典型であると主張した[68]。また、本阿弥光悦は、「我朝の物語は淫楽の媒となりて、見るも物うしとて毎度学者の申さるゝ所可笑」と述べ、この問題についてさらに強く主張している[69]。

正確にいうと、本阿弥光悦と一華堂切臨は、女性読者にとって何を読むのがふさわしいかという問題を取り上げてはいないが、ほとんどの『源氏物語』擁護者はまさにこの問題について述べていた。例えば、1630年に書かれた匿名の擁護者の例を取り上げてみよう。

> 思フニ此頃源氏物語ヲアルカタイヂナル人曰。紫式部人ノ教ノタメニ書タリトイヘトモ。内ニハ淫婦ナリ。一部好色ニシテ見ル人カナラスアシカルヘシ。女童ミスヘキニアラストイヘリ。コレ道ヲシラヌ愚人ナリ。……〔中略〕……勧善懲悪ノ心ニテ。上ニハ好色ノ様ナレトモ。誠ノ仁義五常ノ道ニカナヒテヨキハヨク。アシキハアシクナレルヲ顕タリ[70]。

読者のために『源氏物語』やその梗概本を編集する人たちは、当然のことながら、『源氏物語』を一般の人々(男性だけでなく女性も含む)に版本の形で入手可能にさせるのを正当化する必要性を認識していた。山本春正は、1654年の『絵入源氏物語』に後書きを付け加え、それらの絵が女性や少女の読書を手

助けするためであると説明した。また、春正は、『源氏物語』は歌人にとって必読書であり、かつ表面的には内容がみだらであっても、その根底には道徳的な教訓があり、有益であるという、『源氏物語』を擁護する2つの典型的な議論を用いた[71]。松永貞徳も同じように、『源氏物語』の注釈書である『万水一露』を版本にする際に、その序文で『源氏物語』は適切な人間関係を教える寓話であると記した[72]。

細部にわたって注釈が施された『首書源氏物語』(1673年)の作者は、同書を公に紹介するのを正当化するために、同じような議論を用いた。この作品の序文は、三条西公条(1487～1563)によって書かれ、1657年に初めて出版された注釈書『明星抄』から広く内容を借りている。公条は、『源氏物語』が表面的に卑猥であるだけで、実際には美徳を養うことにかかわっているとし、擁護した。『首書源氏物語』で引用されたのは、当該1節と、仏教的悟りへ仲介するだけではなく儒教で理想とされる徳行の仲立ちもするものとして『源氏物語』をとらえた部分であった。

> 此物語一部の大意、面には好色妖艶を以て建立せりといへども作者の本意人をして仁義五常の道に引いれ、終には中道実相の妙理を悟らしめて、出世の善根を成就すべしとなり[73]。

もう1人このような議論に加わったのは、有名な『湖月抄』の作者、北村季吟である。季吟の『源氏物語』に対する姿勢は慎重であった。女性の読書活動に対して季吟が道徳的に関心を寄せていたことは、明の時代に出版された『列女伝』の日本語版である『仮名列女伝』を、1655年に出版したことから明らかである。先述したように、『源氏物語』を中傷する人々は、漢籍の『列女伝』を適切な代替書として勧め、それはちょうど1653年から1654年にかけて日本で再版されていた。『列女伝』を改訂して編んだ『仮名列女伝』の跋文で、季吟は事実上、2年前に女性が読むために『列女伝』の仮名版が必要であると述べた永田善斎の要請に応えたのである。

> この列女伝は、はしめに、仁智節義の、しなくを、あらハし、をハりに、孽嬖を、しるして、よきを、すゝめ、あしきを、こらす心ハへ、ミん人をして、徳を、つゝしミ、をこなひを、はけまさんと也
> わかくにの、伊勢大和の物かたり、源氏さころものさうしなとも、つくれる人のほい、ひとしく、こゝに、ありとかや、しかあれと、かれは、古代のことはにて、ならはぬ人ハ、こゝろ得かたく、これは、まんなの文字なれは、めのわらハの、たくひ、をののかしゝ、よミとく事、あたハすして、……

季吟の『仮名列女伝』は1665年と1730年、さらに1750年代に再版されたことから、ある程度評判であったことが分かるが、ここで重要なのは、季吟が言及している日本古典文学に対して、季吟自身の態度があいまいであることである[74)]。彼は善斎のようにこれら古典文学を軽蔑してはいないが、同時に、あからさまに擁護しているわけでもないのである。

それでは、どのようにして季吟は、自身の長大な『源氏物語』の注釈書である『湖月抄』を公に紹介したのだろうか。その序文で、季吟は、『首書源氏物語』の編者が引用した1節も含め、おそらく肯定的に受け止めた上で、三条西公条の『明星抄』から広く引用した[75)]。また、『湖月抄』冒頭の凡例で、季吟は何の説明もなく、九条稙通(1507～1594)によって1575年に完成された注釈書である『孟津抄』から、次の1節を引用している。

> 源氏をみるは心地をただして盛者必衰の心を守て可見、あしく心得ては好色のかたにいたづらにかたぶくなり。故に源氏をば能習て可レ見云々[76)]。

このように、この問題について季吟の個人的な意見がどういうものであったにせよ、彼は公には慎重な道を歩む必要性を認識していた。季吟は『源氏物語』を道徳的に好ましいとする様々な評価を引用したが、はっきりとした弁解まではしていない。しかし、『湖月抄』は、『源氏物語』を誰にも師事せずに読めるものにしたことにより、その出版業界における読者の急激な増加に寄

与し、また『源氏物語』を女性にも利用可能なものにする一助となった。

注釈者のなかには、『源氏物語』を支持し、より積極的に自らの見解を主張した者もいた。『湖月抄』と同じ1673年に出版された、熊沢蕃山による『源氏物語』の注釈書『源氏外伝』は[77]、次のように始まる。

> ある婦人云、……〔中略〕……源氏物語は色好みの事のみを作りて書侍ものなれども、さしもかしこき女の書きおける物なれば、かきざまのやさしき故やらむ、又はおなじ女ざまの心のかよふにや、よろづの事をみるに心得よく侍る事多く侍り。さやうならむものにても、おのづからおろかなる女の教とはなるべき事にや侍らむと[78]

先に考察してきた、女性が『源氏物語』等の作品を読むということへの懸念を考えてみると、蕃山の冒頭の文言は、偶然女性の読書活動に触れたというわけではないだろう。おそらく、蕃山は、女性が『源氏物語』等の作品を読むことに批判的であった人たちに向けて、このように述べたのだろう。引用箇所に続く部分で、蕃山は「ある婦人」の見解に概ね同意したが、『源氏物語』が淫乱であるという前提には異議を唱えた。野口武彦氏が論じたように、この冒頭の文言は、『源氏外伝』における蕃山の試みの1つが、女性の教訓にあるということを表している[79]。それは、蕃山が深く関心を寄せていた問題であった。蕃山は、先にふれたように、師であった中江藤樹と同様、女性向けの道徳的な教訓書、『女子訓』(1691年)を書いた。もちろん、蕃山は自分が身を置く家父長制の社会を批判したわけではないが、マクマレン氏は、蕃山が儒教の聖典を学習した弟子の妻たちを評価したことを指摘し、蕃山の見解が、当時の男性学者の多くと比べ、「寛大で思いやりがあった」としている。さらにマクマレン氏は、蕃山が、女性の教訓のために紫式部が『源氏物語』を書いたと考え、明石の上を「女性の鏡」としてとらえていたことを指摘している[80]。

確かに、マクマレン氏が述べているように「蕃山は長年の『源氏物語』との関わりのなかで、難しい問題を弁護していたことを認識していた」。それは、『源氏物語』が物語作品であり、かつ作品内で性的関係が注目されているから

であった。しかし、蕃山は決して『源氏物語』の不適切な箇所を削ろうとはしなかった[81]。それでは、蕃山はどのように『源氏物語』のいわゆる卑猥さを扱ったのであろうか。『源氏外伝』の冒頭部分に書かれているように、蕃山は、卑猥さの裏には道徳的な教えがあるという過去の議論を用いていたが、『女子訓』では、より微細なレベルで、『詩経』の淫乱だとされる文章との類似性を示している。

世の学者の源氏物語を淫乱不節の書といへるは、人情の正不正を知といふ詩の奥旨にもいたらざるか[82]。

蕃山は、「世の学者」が作品の一部分に影響され、『詩経』と『源氏物語』の内容を誤解したと論じ、同時代の学者たちの見解に抵抗した。そうすることで、女性が『源氏物語』を読むことを正当化したのである。

安藤為章(1659〜1716)は、1703年に出版された『源氏物語』の注釈書『紫家七論』において、いくぶん明白に『源氏物語』の道徳的な価値と女性読者の関わりを主張した。

此物がたり、専ら人情世態を述て、上中下の風儀用意をしめし、事を好色によせて、美刺を詞にあらはさず、……〔中略〕……大旨は、婦人のために諷諭すといへども、おのづからをのこのいましめとなる事おほし。……〔中略〕……みな其世にありし人のうへを述て、勧善懲悪をふくみたり。此本意を知らずして、誨淫の書とみるともがらは、無下の事なり[83]。

為章の言葉の激しさには、このような論議のなかで、『源氏物語』を擁護する人たちの方が優勢になっていたことが反映されている。にもかかわらず、道徳の問題、特に女性に関する問題は、まだこの議論の中心にあり、『源氏物語』についての言説を決定づけていた。道徳的解釈に頼らずに文学作品を擁護する姿勢は、のちに18世紀に蕃山と為章に見られた道徳主義をはっきりと拒否した本居宣長(1730〜1801)まではみられない。

読書と『源氏物語』

女性読者自身の『源氏物語』と『伊勢物語』に対する読書活動はどのようなものであったのだろうか。文字資料以外にも、図像資料の証拠も多く、それは時に空想的で曖昧でもあるが、これら図像資料からも貴重な情報が得られることを論じたい。

記録が残っている江戸時代の女性たちは、『源氏物語』を読むことを隠そうともせず、時には『源氏物語』を中傷する人たちの論議を暗に拒否した。土佐藩家老の娘であった野中婉(1660～1725)の例を取り上げてみよう。彼女は、現在高知市の一部になっている村で医師として開業し、結婚する知人女性のために作法書を書いた。そのなかで、若い女性が、髪型や服装に比べ、貴重な道徳的教えを学べる本に関心をもっていないことを嘆いた。婉は、おそらく『列女伝』などを指し、中国における女性らしさの模範には魅力がないと述べ、その代わりに『徒然草』や『源氏物語』にみられる「いとやさし」き「和国のならハし」を勧めた。また、婉は、和歌集を縁結びのために間違って使っている女性がいることに懸念を示したが、間違いなく、『源氏物語』は女性にとって障害ではなく、有益なものであると考えていた[84]。

江戸時代の女性読者の直接的な証言は稀であるが、婉が孤立した例ではなかったことを示す証拠は十分ある。御側御用人であった柳沢吉保の側室、正親町町子（1724年没）と京都の役人の娘、神沢民の2人は、隠す必要を感じることなく『源氏物語』を読んだようである[85]。同じように、丸亀藩士の娘、井上通(1660～1738)は、『伊勢物語』と『湖月抄』版『源氏物語』だけでなく、漢学者に勧められた女性のための書物も読んだ。さらに、彼女は漢詩も和歌も詠み、『源氏物語』の秘伝の聞書も書いたと言われている[86]。『源氏物語』全54巻に対し挿絵と俳句を1つずつ含む、『源氏物語』の要約版『源氏鬢鏡』(1660年)からも証拠が得られる。その俳句のなかには、『源氏物語』の普及に深くかかわった松永貞徳、野々口立圃、北村季吟の作品が含まれている他、3人の女性の俳句もみられる。それは、大阪の林氏息女長、伊勢山田の実貞という人物の妻、そして貞徳の知り合いであった鶏冠井令徳(1589～1679)の妻、

妙仙である(妙仙の作品のいくつかは、彼女の生前に出版された)。『源氏鬢鏡』の匿名の編者は、『源氏物語』を「和語の第一にしてこの国の宝」としているが、同時に、不注意に読み、紫式部の意図を理解しなければ、惑わされる危険性があると指摘している。『源氏物語』をある程度詳しく知らずには詠めなかったであろう、3人の女性の俳句も載せていることから、女性が確かに『源氏物語』を読んでいたこと、また『源氏鬢鏡』の編者が、少なくとも、女性のなかには適切な注意を払って『源氏物語』を読めると信頼できる者もいると考えていたことが分かる[87)]。

同様の例が、江戸時代の終わりまで見られる。例えば、只野真葛(1763～1825)は「心にまかせて書し文の、はるきに似たりといはれしは、をさなかりしほど『伊勢物語』を読みて有し、それにならひて書し故なるべし」と考えていた[88)]。松尾多勢子(1811～1894)は、『源氏物語』を道徳的に激しく軽蔑した平田篤胤の教えに深く傾倒していたが、季吟の『湖月抄』を購入しており、『湖月抄』(あるいは別の『源氏物語』本文)と『伊勢物語』を読んだようである[89)]。また、江戸へ行き、国学者橘守部のもとに下宿した吉田いと(1824年生)は、守部の息子とともに『源氏物語』と『万葉集』を学んだ[90)]。最後に、家康から続く歴代将軍は『源氏物語』の講義を聴いただけでなく、ときには女性とともにその講義を聴くこともあり、また1685年に結婚した将軍の娘に与えられた贈り物には、『源氏物語』、『伊勢物語』、そして八代集が含まれていた[91)]。

『源氏物語』と『伊勢物語』の女性読者も、文学作品や挿絵に登場している。1660年代に出版された『十二段さうし』の女主人公は、『源氏物語』と『伊勢物語』だけでなく、『狭衣物語』、『古今和歌集』、『万葉集』、そして様々な漢籍までも読んでいる[92)]。その数年後、井原西鶴は、「手もとに源氏物語いたづらに気を移す事を年中の仕事にして」いる商人の妻のぜいたくな暮らしを詳細に描いている[93)]。1686年に出版された、石川流宣(1661～1721頃)の浮世草子は、「只あけくれ手ならひ　源氏伊勢ものかたりにのミ心を尽しける」13歳の少女を描いている。その兄は元気がなく、彼女は「むかしよりかきつたへたる草紙ともをミるに」恋煩いにかかっているにちがいないと結論づける[94)]。

同じように、同時代の画家は、版画や絵画に、様々な女性の読書活動を描

いている。早くも1658年には、女性のためのある教訓書が、女性が数多くの本に囲まれて読書しているところを描き、女性の読書を望ましいことであると訴えている[95]。『源氏物語』と『伊勢物語』の大衆化に重要な役割を果たした菱川師宣は、そのような女性が読書をしている場面を多く描き、そのうちのいくつかは、明らかに『源氏物語』と『伊勢物語』の本文を指し示していた（図1および図2）。

同じように、『団扇絵つくし』の挿絵には、座ったり寝そべったりしている3人の女性が、それぞれ本を読んでいる姿が描かれている。その絵の上には、次のように書かれている。

【図1】
菱川師宣『和国百女』（1695年）より（日本名著全集刊行会［1983］、12-13頁）。本文は以下の通り。
とのさま他こく／あそばされて御／るすのうちさミし／さのまま御なぐさ／みのためにとて古／今集万葉いせもの／がたりげんじさ衣／えいぐはものがたり／もじほくさかず／あるさうしをミづ／からよませられし事ほいなれつれ／々々ぐさなどには／かのよしだのけんかう／ほうしのふミがら／をおもしろく作りをきし／事なとを聞くに／つけても女ハかミ／のめでたからんこそ／とハあり／またいせ／ものがたりにはなりひらの事を／はじめおハり／かきしるせり／かりそめ／のたはむれ／あそび／にも／さうしをよみてなくさむこそ／よしといへり

【図2】
菱川師宣『今様枕屏風』(1680年代初め)より。絵の上に示された本文が、当該場面を説明している。刀をもっていることで侍とわかる若者が、女性(遊女ではない)のもとを訪れている。女は、『伊勢物語』を読んでおり、主人公業平の色気に見とれている。浮世絵保護研究会[1975]通巻62号、89頁。本文については、浮世絵保護研究会[1975]通巻63号、144頁参照。

おさまれる御代のたうとさよ[。]いととせいける人ふんがく[文学]をこのみあけくれ記老[日本書紀と老子のことカ]のしょかん[諸巻]をのぞく[。]女もこれに過しとてうちましわりあさゆふ古今万葉の哥をよみ[、]けんじ[源氏]いせ物かたりのさうしをもてあそひてなくさみぬ[96]

師宣による『源氏大和絵鑑』(1685年)は、おそらく女性読者を想定していたようである。この作品は、1頁ごとに『源氏物語』の各巻が割り当てられており、丸枠のなかに挿絵が描かれたものであった。そして、その挿絵の上には、巻名と簡単な説明、あるいは引用が示されていた[97]。師宣はその序文のなかで、当時出版されていた『源氏物語』の挿絵は、どの場面が描かれているのか正確に記されていないことが不満であると述べていた。そのため、師宣の目的は、絵本や慰みとして利用できるように、挿絵に適切な短い説明を付けることにあった。「慰み」という言葉は、通常、男性よりも女性の読書にかかわる語であり、大英図書館所蔵の『源氏大和絵鑑』の伝本に、女性の所有であったことを示す刻印があるのは、偶然ではないだろう[98]。

読者としての女性像に関わってくるのが、作者としての女性像である。師宣は、『伊勢物語ひら言葉』の口絵で、『伊勢物語』の作者とされている伊勢が執筆している姿を描いている[99]。しかし、江戸時代において典型的な女性

作家のイメージは、机に向かって『源氏物語』を書いている紫式部の姿であった。『源氏物語』を書きはじめたとき紫式部が琵琶湖近くの石山寺にいたという伝説は、平安時代後期から伝わっていた。この伝説はほとんど信用できないが、多くの挿絵入り『源氏物語』関連書物の口絵には、1人の女性が『源氏物語』を書いている場面――その前には湖が広がっている――が描かれたのである。同じような場面が、多くの女性向け書物にも取り上げられていた(図3参照)[100]。これらの挿絵は、単にその場面を描いていたわけではなく、紫式部を、学者の道具、すなわち手に届く範囲にある数多くの書物とともに描いていたのである。それらの書物は巻物として描かれる場合もあったが、普通は、時代錯誤的に江戸時代の本の形態で描かれており、それにより、教養ある女性の姿を江戸時代の設定で示していたのである。このような教養ある女性のイメージは、例えば『徒然草』の挿絵に見られるような、1人の男性学者の典型的イメージに対する女性版を示すものとなっている。このように、『源氏物語』を書いている紫式部は、卑猥な物語を書く淫乱な女ではなく、学問の道具を用いて1人で思索にふける女として表されていたのである。このような紫式部像は、林羅山やそのあとに続く学者によって作られた、女性作家が軽卒で淫乱であるという見方を覆し、女性の物語作家が学識あるというイメージを作り上げた[101]。しかし、このようなイメージには、『源氏物語』を読む女性の他のイメージも混ざっており、事態を複雑にした。

【図3】
琵琶湖の側で机に向かっている紫式部。『源氏物語』の梗概本である『十二源氏袖鏡』の1659年版に描かれたもの。紫式部の右側に積み上げられている本は、時代錯誤で、江戸時代に出版された本の形態をしている。吉田[1987]下巻、327頁。

占有と正当化

17世紀の終わりまでに、識字能力があり、書物を入手する手段のあった女性たちは、先に述べたような男性の道徳主義者による勧告にもかかわらず、読者としてある程度自立していた。出版物が増えた結果、女性が自分たちも楽しめる書物を入手できるようになったことで、『源氏物語』と『伊勢物語』を読むことに対し、新たな文脈と新たな言説が生み出された。私は2つのこのような言説、すなわち性と作法に関する言説をここで取り上げる。というのも、性の言説はおそらく漢学者の懸念を覆すものであり、作法の言説は、女性読者自身に対して女性の読書活動を新たに正当化する手段を提供したからである。

17世紀後半までに、『源氏物語』と『伊勢物語』には、長らく官能的な翻案やパロディーが作られていた。表題のない好色な『源氏物語』が出版された1670年頃から、数多くの印刷された作品が、『源氏物語』に着想を得、表題にその作品名を使った。他にも、有名な浮世絵師であった吉田半兵衛の作った『源氏御色遊』(1681年)がある[102]。『伊勢物語』も同じように数多くの春画を生み出し、1662年だけでも、3冊の本が『伊勢物語』をいわゆる遊郭の世界に関係づけている[103]。20年後、西鶴の書いた『好色一代男』の主人公である世之介が、物語の最後の場面で、女護島に向けて旅立った際に、『伊勢物語』200部と枕絵(春画)200札、様々な媚薬、またその他の道具を持って行ったことは、『伊勢物語』と好色の関係を明らかにしている[104]。

【図4】
遊女の読書。浮世絵保護研究会[1974]通巻57号、9頁。見習い遊女と一緒にいる遊女。奥村政信風、1幅、1703年。

性愛化《セクシュアリゼーション》は、読書場面を描く挿絵にまで及んだ。例えば、師宣や同時代の画家によって描かれた版画と絵画の多くは、「品行方正な」女性ではなく、読書する遊女(図4参照)を描

いており、多くの春画で本が床に散らばっている場面が描かれていることから、読書が性行為につながるものであることが暗に示されている[105]。描かれた女性読者は、ときに遊女ではないことが明示されているが、それにもかかわらず、男性と親密な状況にあるところが描かれているのである(図2参照)。もっともまじめな教訓書でさえ、このような扱いを免れなかった。特にふさわしい例として、『女大学』の好色パロディー『女大楽』がある。この作品は、やむを得ず匿名で書かれ、刊行年も不明であるが、おそらく1720年代に出版された。そこでは、男性がこたつの反対側から女性を性的に刺激し、女性の読書を邪魔する場面がある。ここでは好色の幻想が、読書という行為そのものに入り込んでいるのである[106]。

このような展開から、アンドリュー・マーカス氏は、元禄時代までに、『源氏物語』には雅《みやび》な解釈と性的な解釈の2つの相反する《ダイコトミー》立場があり、一部では、「『源氏物語』の好色な一面を楽しみ、『源氏物語』を好色的な手本あるいは交合の必携書として使いたいという欲があった」と考えた[107]。しかし、相反する2つの立場というのは、おそらく当てはまらないだろう。というのも、遊郭の上層部では性と雅《が》が問題なく重なり合っていたからであり、タイモン・スクリーチ氏の述べる「『源氏物語』の性愛化」と「性愛の『源氏物語』化」という見解の方がふさわしいだろう[108]。このスクリーチ氏の述べる現象は、17世紀に既に遊女の世界のなかで古典作品が利用されていたということから明らかである。

数多くの挿絵や文献に『湖月抄』を読む遊女が取り上げられていることは、そのような展開の明らかな証拠となっている[109]。藤本箕山の遊里案内書である『色道大鏡』(1678年)は、1657年に遊女八千代が、『源氏物語』と『古今和歌集』について誰かに講義をしてもらったことを記している[110]。そして、1698年に出版され、おそらく遊女のために書かれた恋文の文範では、このような手紙を書く必要のあった読者の参照すべき作品として、『万葉集』と『源氏物語』が勧められている[111]。『源氏物語』は、別の形でも遊女の世界に現れていた。1670年頃までに、『源氏物語』の巻名や登場人物に由来するあだ名を当てる源氏名の習慣が、17世紀後半のどの遊女評判記を一瞥しても

記されているように、貴族から遊女まで広がっていた。そして、これらの遊女評判記のなかのひとつは、『源氏物語』と遊女の関係を明らかにしている。それは、1687年に有名な俳人其角が著した『吉原源氏五十四君』であり、そこで其角は『源氏物語』の54帖に対応させて、54人の遊女を評価しているのである[112]。

『源氏物語』との関係は、おそらくさらに重要なことには、イメージの問題でもある。ティモシー・クラーク氏は次のように述べている。

> 18世紀の絵画や小説における吉原遊女の流行は、おそらく身分の高い女性のもっている教養を強調することで、過去との類似を利用しており、洗練された趣味に没頭する遊女を描くことで、そのような遊女が清少納言や紫式部と同等であるということが、暗に示されてされているようである[113]。

このようなイメージのもつ力をより皮肉にとらえていたのは、柳沢淇園(1704～1758)であった。淇園は漢詩と描画に秀でた耽美的思想の武士であり、1724年には、もし遊女が二十一代集、『湖月抄』、その他の作品を置いていなければ、その遊女は一流ではないだろうと述べた[114]。ちょうどユスターシュ・デシャン(1346～1406)が女性が時禱書を手に持つ場合、それを装身具にすぎないものであると考えたように、遊女のなかでは『湖月抄』は宮廷趣味の証にすぎないものとして機能していたのかもしれない[115]。

しかし、読書をする遊女のイメージには、文化的知識を見せる以外にも働きがあった。図2に見られるような、くつろいだなかでの読書は、「夢中」、すなわち心理的深さを伝えるものとして、少なくともある程度理解されるべきものである。当該挿絵の作者は、読書する者は文字が読めるだけでなく、教養があり、感情移入もできるということを暗に示した[116]。さらに、「夢中」になるということは、遊女とそうでない女性に共通するものとして描かれていた。このような役割の混同は明らかに意図的なものであり、性交に添えるものあるいは性交に代わるものとしての本と、優雅な趣味あるいは知識

と文化の源としての本との対比が曖昧なものになるというのも、偶然ではなかった。このような混同は人をだますようなものであり、遊女屋での本や読書の場面は優雅な雰囲気を醸し出す装置であるという批判があるかもしれないが、その反対も真実であるかもしれない。すなわち、教養ある一流の遊女を、遊女でない女性の女性らしさの模範としてとらえた人もいたかもしれないのである。あるいは、我々現代の学者が、遊女と「品行方正な」女性の間の対比を強調しているだけなのかもしれない[117]。

これまで述べてきたことは、「品行方正な」若い女性が『源氏物語』を手に取ることに対する漢学者たちの懸念に、どれほど影響を与えたのだろうか。永田善斎の懸念は、『源氏物語』を読む遊女が描かれた挿絵と文献、また『源氏物語』の官能的パロディーの最も早い例に先行したが、17世紀初期の一時的印刷物《エフェメラ》や好色本がほとんど残されていないので、それは決して確実なものとは言えない。しかし、17世紀末頃には、『源氏物語』が遊郭と出版の分野において中心的なものとなり、それは確かに、林羅山や永田善斎が『源氏物語』の内容とその作者が女性であったことで当初抱いた懸念を強めただろう。

しかし、同時に、スクリーチ氏の言う作法の「『源氏物語』化」あるいは、それに代わるものとして横山俊夫氏の言う作法の「公家化」という現象もあった。それは、公家の作法とされているものが、女性一般の模範とされていく過程である[118]。17世紀前半においてさえ、女性のための教訓書では、この傾向が顕著であった。というのも、青山忠一氏が論じたように、その多くが主に『源氏物語』と『伊勢物語』から女性らしさの理想を導き出しているからである[119]。1637年にはじめて出版され、それ以降18世紀初期にいたるまで再版され続けた『女訓抄』を取り上げよう。実際、この匿名の作者は、女性が和歌に興味をもち、これら2作品に精通するように仕向けた[120]。同じように、『女用訓蒙図彙』の作者は、巻1の図鑑のところで「双紙」の分類を説明するために『伊勢物語』を選んだだけではなく、読者が注意深く読むのであれば、このような本を読むことも勧めた。

> 源氏伊勢物語等の物は女性のもてあそびぐさにて。あてやかなる人のうへにてもこれにすぎたる物なし。……〔中略〕……表に好色の事を書ければ。見る人好色事の便となして心をそれにうつすなり。是ひがこと也。……〔中略〕……又栄いつしかにへんじて無常と成ことはりをおしゆるため也。……〔中略〕……これらの物語人に好色をすゝむるものならば。此物語はなきにはしかじ。底の心其にはあらざればこそ。我国の至宝は源氏物語に過たるはなしと。古人もほめ給ひしなり[121]。

この議論から、先に引用した安藤為章の主張が想起されるが、ここでの見解は男性に対してではなく、女性に対して言われたものであった。17世紀の刊行年不明の版が残っている『女式目』は、さらに一層率直であった。通常の道徳的忠告に加え、匿名の作者は、いかなる身分であれ、楽しみの源としても知識を入手するためにも、読み書きが重要であることを強く主張している。また、この作者は、『源氏物語』と『伊勢物語』、『栄華物語』を紹介し、「げんじ物語よみ見給うてい」という見出しをつけて、3人の女性――その周りに『源氏物語』の巻々が散らかっている――が描かれた挿絵を取り入れている(図5参照)[122]。

【図5】
17世紀の女性向け指南書である『女式目』に描かれた、読書する女性。江森[1993-1994]第1巻、28頁。

時代が経つにつれ、これらの本を読むことは、作法の上で女性にとって望ましいものとして見られるようになった。浅井了意は、大衆向けの著作として『伊勢物語』の注釈書である『伊勢物語抒海』(1655年)と、補作『源氏雲隠』の注釈書である『源氏雲隠抄』(1677年、その後、しばしば増刷)などをすでに公刊しており、早くも

1661年には、日本女性の手本を記した『本朝女鑑』を著していた。数名の尼僧を除き、すべての挿絵は朝廷における女性らしさのイメージを表しており、女性は読み書きを習うだけではなく、『伊勢物語』、『源氏物語』、『狭衣物語』、『栄華物語』そして『古今和歌集』も学ぶべきであると主張された[123]。その後に出版された『女源氏教訓鑑』(1713年)の作品名は、明らかに『源氏物語』と教訓を結びつけていた。後家が積み上げられた本とともに描かれている挿絵によって、女性の読書活動が賞賛されているだけでなく、この作品には、詠歌や香、その他の優雅な遊びの情報、さらに『源氏物語』の梗概も載せられている[124]。1690年に出版された女性のための書簡文範は、『源氏物語』、『狭衣物語』、『伊勢物語』、『栄華物語』そして『枕草子』の貸し出しを申し込む手紙の見本を含んでいた[125]。

世界史における類例と女性のリテラシー

前述したように、17世紀の多くの男性作家は、女性読者のなかで『源氏物語』と『伊勢物語』が人気であることをひどく非難したり、女性がこのような作品をどのように読むかということに対して懸念を表明したりした。しかし、これら2作品を道徳的にいかがわしいと思う人々がいる一方で、文化的にあるいは専門的に必要不可欠なものとみなす人々もいた。印刷によって平安文学は入手可能なものとなり、俄に読者が増え、また階級的にもその読者層が広がったため、結果として『源氏物語』や『伊勢物語』のような書物に多くの読み方がでてきたことは、驚くべきことではない。

永田善斎や山鹿素行らによって示された、読書が女性の道徳に及ぼす影響についての懸念は、日本に限ったことではない。というのも、その現象はかなり広く認められるものだからである。例えば、同じような例が16世紀のイギリスにおいて、女性教育についての指南書やそれに類する本に見られるだろう。世俗的文学には女性をそそのかし、規範的道から逸脱させる力があるため、そのような指南書では若い女性が世俗的文学を入手するのを避けるよう注意されたのである。1570年に『アーサー王の死』にある「最も汚れた性

行為」を非難したロジャー・アスカムは、山鹿素行を弁護しただろう。ギリシア文学やラテン文学の「汚らわしい愛」と「嫌悪感を抱かせる密通」にあ然としたトーマス・サルターも、おそらくそうしたことだろう。これらの教養人にとって、問題を深刻にしたのは、このような本が印刷によって入手可能になったことであった[126)]。キャロル・M・ミール氏とジュリア・ボフィー氏が論じるところによると「この懸念は、女性がよく、写本であれ版本であれ、様々な書物を読める機会をうまく使っていたことを示している」[127)]。同じように、15世紀後半のイタリアで印刷によって書物が入手しやすくなったとき、女性は道徳的に悪影響があるために、世俗的文学を避けるように忠告された[128)]。印刷によってこのような問題がもちあがり、また切迫したものになったのである。同じように、日本で示されたこのような懸念は、印刷がもたらした変容を表している。この懸念の対象は、その時代の好色物ではなく、17世紀末の井原西鶴の作品でもなく、女性の手元にあるときにだけ道徳的問題をもたらした権威ある古典文学であった。

しかし、18世紀の半ばまでには風向きが変わり、女性が読書に『源氏物語』を含むことは当然のこととなった。例えば、1780年代に出版された女性のための道徳に関する2冊の小冊子では、「見たまひて、徳ある」本の一覧表に、『大和小学』、『比売鑑』、『鏡草』のような道徳的書物、『本朝列女伝』(『列女伝』の日本語版)、そして『源氏物語』、『伊勢物語』、『百人一首』などカノン化された古典作品が載せられている[129)]。出版者も、このように風向きが変わっていたことを、早く認識していた。18世紀後半に、大阪の出版者である柏原清右衛門は、「女中の見給ひ益有書物目録」を作った。それには、10種の『百人一首』、3種の『伊勢物語』、さらに、各書物につけられた説明によると『源氏物語』に関係すると思われるいくつかの本が含まれている[130)]。

『源氏物語』と『伊勢物語』が女性にとって読む価値のある作品として、徐々に受入れられてきた過程は、17世紀の宮廷文化のより大きな社会的な変化と重なり合っていた。宮廷文化は、貴族による支配の手を離れるどころか、『源氏物語』の注釈書を編集する庶民や、和歌の伝統を維持しようとする貴族に挑んだ平民歌人のような、より低い社会的身分の人たちの手に渡ったの

である[131]。様々な17世紀の書物のなかで説明され、広まった宮廷文化は、男性の道徳主義者が女性に勧めた漢学文化に代わるものであり、それはおそらく唯一国内において漢学文化の代わりとなり得るものであった[132]。高知の女医であった野中婉は、永田善斎らが女性読者に勧めた、『孝教』や『列女伝』のような漢籍のもつ道徳的価値を受け入れていたが、『源氏物語』の「いとやさし」き「和国のならハし」の方が、より日本人女性に適切であると論じた。これは、18世紀を通じて、女性の行儀の規範として明らかに「宮廷風の」ものを勧めた『女庭訓御所文庫』(1790年)のような女性の指南書で、絶えず広められた見解であった。

このような動きは、当時の著述業および教育と密接な関係があった。というのも、江戸時代の女性作家が有名になりはじめたのは、明らかに、拡大した宮廷文化の文脈においてであったからである。そのなかには、居初津奈(生没年未詳)もいた。商業的に出版された、数多くの書簡文範やそれに類する書物に加え、津奈は、『女百人一首』(1688年)を編集した。同書は、奈良時代から室町時代までの女性によって書かれた和歌の選集であり、その多くが勅撰和歌集から採られた。女性の手による和歌と、女性歌人を想起させる高貴な女性の挿絵だけで構成されているが、編者は跋文で、女性の初学に役立つだろうという期待を記している[133]。

女性の読書に関する議論で用いられた言葉が指し示しているように、女性の本に対する需要が高まったことは、明らかだが計測はできない女性の識字率の向上と、女性も含むようになる読書界の拡大だけではなく、新しい読書の方法も物語っている。そこで、最後に考えたいのが、まず読書の方法の問題であり、次に女性の識字の問題である。

山鹿素行らのように、菱川師宣は、特に女性の読書について言及する際に、「なぐさみ」や「もてあそぶ」のような言葉を使っている[134]。女性の読書を話題にする際に、少なくとも17世紀に「娯楽」や本を「賞玩する」ことを意味するような、特異な用語が使われていることを、どのように理解するべきだろうか。この点において、女性の読書に関する17世紀イギリスの言説と類似点がある。そこでは、女性の読書を気晴らしあるいは娯楽とみなす傾向があ

り、それはハイディ・ブライマン・ハックル氏が女性の読書の「軽視化」と解した現象である[135]。イギリスでは、本格的な読書というのは、ほとんどの女性にとって学びようがない古典言語で書かれた書物を読むことと同等であるとみなされていたため、女性の読書は明らかに男性の読書とは本質的に異なり、男性の読書よりも厳しくないものであると認識されていた。先に述べた女性の読書に対して使われた表現は、日本においても女性の読書活動が軽視されていた状況を示していよう。しかし、これには別の見方もあり、それは、くつろいで読む読書の出現である。師宣が用いる「もてあそぶ」という言葉は、女性の劣った読書の方法を非難してはいないようである。このくつろいで読む読書が、ある読書方法を指しているということは、師宣ら17世紀の画家たちが、堅苦しいというよりもむしろくつろいで読書をする女性を描く傾向にあったことからも明らかである。しかし、これらのくつろいだ姿勢は、決して女性だけに見られるものではなかった。特に、遊郭と関係ある設定では、男性も同じようにくつろいで読む姿が描かれているのがわかる[136]。

女性のための初期の指南書である『女式目』では、「もてあそび」としての読書に対して、肯定的な態度をとっている。匿名の作者は、特に商人階級の女性を含む、すべての階級の女性が、知識だけではなく本がもたらす楽しみも享受できるように、読み書きができるようになることの重要性を説いている[137]。そういうわけで、17世紀の日本において、(女性の)くつろいで読む読書自体が軽視された形跡はほとんどないのである。むしろ、著述家の中には、それを正当化したり、擁護しようとした人もいた。

これらのことから、女性のリテラシーについて何がわかるだろうか。江戸時代のはじめだけでなく終わりにおいても、女性の識字は低い水準にあったと想定されてきたが、17世紀においてさえ、読み書きできる女性は珍しくはなかった。女性の識字能力は、その広がりに警鐘をならした道徳主義者によって、深刻な問題として取り上げられた。江戸時代の終わりまでに、女性は学習者や教師として、寺子屋での教育に参加していただけではなく、様々な国学者の弟子に数えられてもいた。また、画家や漢詩の作者として名声を得た者も幾人かおり、商業の面で重要な役割を果たしていた者もいた。女性

が村長であった例もないわけではなかった[138]。したがって、識字能力が必要となる領域には、長らく男性に限定されると思われるものもあったが、結局のところそうでもなかったということが徐々にわかってきたのである。

さらに、横田冬彦氏が示しているように、17世紀の日本においてさえ、女性の都市での雇用の現実は、『女大学』によって流された従順で家庭的なイメージ——それはあまりにも長く現実を反映するものとしてとらえられてきた——と矛盾している。横田氏によると、女性は医者から女郎まで幅広い商いと職業に従事しており、女性のために書かれた教訓的作品はこのような多様性——それは誇示され、西川祐信の著した女性百選『百人女郎品定』(1723年)のなかでは讃美さえされた——を認めていた。祐信は、貴族女性や大名の娘だけではなく、女性の俳人や、髪結い、医者、料理人など様々な職業に従事した女性も描いている[139]。このような女性らしさの多様性は、生得的地位によって生み出される境界線を意識的に越えるものであり、師宣の作品にも、1702年刊行の絵入り版『女重宝記』のような女性のための教訓書にも見られる。『女重宝記』では、農民の妻、遊女、商人の妻が、貴族や武士階級の女性と一緒にいるところが描かれ、ジェンダーが男性社会を分けた階級の別を覆している[140]。女性が務めることのできた職業の多くに重要であったのは、読み書きができることであった。これは医者と俳人については言うまでもないことであるが、例えば、祐信の描く料理人も、調理法を記した本を使っている。

では、どのようにして女性は識字能力を身につけたのだろうか。最近の研究では、先行研究が示してきた女性教育についての大雑把な説明を、日記や自伝等からわかるはっきりした証拠に置き換えようとしているが、このような研究の多くは19世紀に関するものである[141]。しかし、先に論じてきた挿絵や文字資料から明らかであるように、17世紀においてもある程度具体的な証拠はある。確かに、書くことへの強い関心と、教養ある女性に対する社会的な期待は、1650年代以降に出版された、女性のための手習いや書簡文範の多さから明らかである。1637年以降の女性のための指南書の出版は、識字能力のある女性の〔訳注：近代的な〕公共圏を示してはいないものの、識字

能力をもった女性による需要が現れたことを物語っている[142]。17世紀の京都、大阪、江戸で発展しつつあった、都市文化や教養ある文化は、今まで本質的に男性のものであるとされてきたため、そのなかで女性の社会や文化、経済への参加は明らかに過小評価されてきたのである。

17世紀日本における女性の識字率と、当時女性が何を読み何を書いていたかということは、女性による個人的な手紙やその他の一時的文書《エフェメラ》——これらは使うべき多くの証拠から2つだけを挙げたものであり、それらは今までほとんど使われず、過小評価されてきた——が、もっと広く集められるまでは答えにくい問題である。したがって、本論文は、最初の段階にすぎない。17世紀は、印刷によって様々な書物がすぐに入手可能になるにしたがい、多くの学者が女性の読む書物に懸念を表した時期であり、本論文は17世紀に女性の読書活動が議論の対象となった背景を扱おうとしたものである。また、女性も出版市場の消費者になるにつれて、印刷の社会変容力が女性に様々な影響を与えたということも示そうとした。

もちろん、印刷のみが影響を与えたわけではない。というのも、17世紀の急速な都市化により生み出された変容、特にそのような変容が女性の生活にどのようにかかわったかということは、見過ごすことができないからである。明朝後期の中国でも、都市内の識字率の向上および家庭外での雇用の増加は、男性の期待と女性の実践との間に緊張を生み出した。ハンドリン氏が述べるように、男性は「女性が自分たちと対等なのではなく、自分たちに匹敵しうる存在である」ということに気づくようになった[143]。このような女性が男性に匹敵しうる存在であるということは、ボッカチオの『名婦列伝』(1362年)にも見られ、またクリスティーナ・ド・ピザンの『女の都』(1405年)で問題化されている[144]。17世紀の日本において、そのような女性の姿は、師宣の文章や挿絵によって可視化されている。それはまた、強硬路線をとった漢学者でさえ、女性を読者として認めたことからも明らかである。というのも、女性に漢籍を勧めたということは、男性と女性の間にある読書の境界を1つ壊したことになるからである。印刷によって、このような変容がある程度もたらされたが、教育と識字についての関心の高まりと、文化的な

商品市場への女性の参入も、このような社会的変化に作用した。*Women and Confucian Cultures*の編者らが論じるように、「アジアの女性を伝統、あるいは儒学的家父長制の被害者とする古くからの固定観念」は、女性の主観性の観点からだけではなく、女性に与えられた機会や文脈の観点からも大いに修正されなくてはならない[145]。そして、これは特に、女性の識字率や読者層の問題に密接にかかわっている。永田善斎らの懸念が示しているように、女性が読書をしていたこと、問題とされたのは女性の識字能力ではなかったということ、また「儒学者」が押し付けようとした制約に女性が抵抗したということは、認めざるを得ない。もちろん、決してすべての女性というわけではないが、17世紀でさえ、こうしたことが問題化されるのに十分な実態があったのである。

注

1） Pliny［1969］pp. 36, 40, 62（1.2, 1.8, 2.5）. 朱熹については、Gardner［1990］pp. 21-22, 139-140参照。ウィルキー・コリンズと同時代の人々については、Brantlinger［1998］の特にpp. 17-21参照。

2） この「儒学者」という用語を用いることの是非、および日本で同用語を用いることが妥当であるかについては、Ko et al.［2003］の序文を参照。

3） Flint［1993］およびBrantlinger［1998］参照。

4） 驚くことに、『源氏物語』の様々な本文調査において、これら版本の存在は無視されている。例えば、池田［1953-1962］巻7、日本古典文学大辞典編集委員会［1984］第2巻、433-434頁参照。

5） 川瀬［1932］90頁、川瀬［1967］上巻、512-513頁、同中巻、886-888頁。出版地や出版者が明記されておらず、嵯峨本と見られている本については、伊井［2002］672-687頁参照。

6） 山本春正については、小高［1964］468-503頁参照。

7） 山本春正の絵入り源氏については、吉田［1987］上巻、9-115頁および清水［2003］39-103頁参照。清水氏は、吉田氏の主張を大方受け入れているが、出版年未詳のいくつかの版本の順序については、異議を唱えている。清水［2003］14頁および41-71頁に記された、精緻な書誌学的分析を参照のこと。なお、英語で書かれたものとしては、Markus［1982］pp. 167-174がある。同書は今なお価値があるが、書誌学的には不十分であり、この点に

おいては清水氏と吉田氏の成果に劣っている。岩波書店[1989-1990]第3巻、124頁および慶應義塾大学附属研究所斯道文庫[1962-1964]1巻、43頁も参照のこと。

8) 『源氏小鏡』は、1640年までに可動活字版が7種、1651年から1666年にかけて挿絵のない木版のものが3種、1657年以降は様々な大きさの絵入り木版本が数多く出版された。『十帖源氏』は、1660年代に3度重刷された。1661年にはじめて京都で出版された『おさな源氏』は、17世紀を通じて何度も重版された。1672年には江戸でも出版され、それは1680年代に4度増刷されている。吉田[1987]上巻、194-218頁、245-266頁、323-340頁。

9) 便利なことに、伊井[2001]657頁以下に、多くの事例がまとめられている。それらを参照のこと。

10) 伊井[1988-1992]第28巻、413頁。様々な注釈書については、伊井[2001]が非常に役立つものである。

11) 日本随筆大成刊行会[1927-1931]第2期、巻2、149-150頁に収載された西田直養による『篠舎漫筆』を参照。

12) 例えば、井原西鶴、為永春水および山東京伝による作品のなかで『湖月抄』についての言及が見られる。それぞれ、潁原ほか[1949-1975]第2巻、270-271頁、中野ほか[1971]392頁、水野[1958]427頁を参照のこと。

13) 吉田[1987]上巻、413頁。その他の梗概本の詳細については、同書上巻、272頁、289-293頁参照。中野[1997]も、その他の梗概本について記しているが、吉田氏も言及している作品に触れる場合には、吉田氏の記述に拠っていることを記しておく。

14) 『伊勢物語』の初期の印刷史については、川瀬[1932]23-41頁、川瀬[1967]上巻、430-440頁、508-509頁、同書中巻、855頁、田中[1965]319頁以下を参照。また、注釈に関する考察についてはVos[1957]pp. 101-114を、江戸時代の注釈書についての論争についてはBowring[1992]pp. 466-477を合わせて参照のこと。

15) 慶應義塾大学附属研究所斯道文庫[1962-1964]1巻、43頁、96-97頁、142頁、198頁、209頁、290頁等。

16) Markus[1982]pp. 170-171.

17) 慶應義塾大学附属研究所斯道文庫[1962-1964]2巻、164頁、189頁。ほとんど変化しなかった1696年および1709年の価格については、同書2巻、216頁、297-298頁参照。

18) 小野[1979]207頁、451-452頁参照。

19) 長友[1982]19-32頁。

20）　清水氏が強調しようとしているように、木版で刷られた版本は広く公に売られていた。清水[2003]20-25頁。

21）　Rowley[2000] pp. 18-19, Kamens[1988].

22）　『伊勢物語』の「宗教的寓意化」については、Klein[2002] pp. 124以下、随所参照。

23）　野口[1995]7頁。

24）　McMullen[1999] pp. 4-5.

25）　林[1996]1-31頁。林[1979]391-401頁。これら2作品の初版は1667年であるが、より早い段階の版が承応年間（1652～1655）に出版されていた可能性がある（岩波書店[1989-1990]第6巻、394頁）。

26）　中村[1958]4-8頁。

27）　1650年以前に刊行された、羅山による『徒然草』の注釈『野槌』の序文については、室松[1907-1910]第13巻、1頁（個別にページ番号が付されている）、および林[1930a]564頁参照。羅山は、随筆『梅村載筆』においても同様の見解を述べている（日本随筆大成刊行会[1927-1931]第1期、巻1、21頁参照）。『梅村載筆』の原作者については定説を見ないが、堀[1964]54頁に記された、引用された見解も含めてその大半が羅山によるものだとする説は説得力がある。『栄華物語』は女性作者である赤染衛門の作とされているが、鵞峰は推薦図書の目録に『栄華物語』を含めた。おそらく、父親よりも女性作家に寛容であったのだろう。あるいは、『栄華物語』が藤原道長の時代に焦点を当てていることから、『栄華物語』を歴史的作品であり、それゆえ虚構の物語と区別されると考えたのだろう。

28）　そのときの書簡は、内閣文庫の未刊草稿集『羅山先生別集』に収められ、小高[1964]230-233頁に収載されている。乗阿については、小高[1964]204-237頁参照。

29）　1659年に鵞峰によって編集された、羅山の著作目録参照。同書は、林[1930b]64-65頁（別途ページ番号が付された増補部分）に含まれている。ジェームズ・マクマレン氏が指摘するように、羅山の『源氏物語』についての発言は、同時代の匿名の作者によって書かれた『是知抄』にも残されている（McMullen[1999] p. 59 n. 213）。同作品は入手しがたいようだが、その一部は、重松[1961]273-274頁に引用されている。

30）　Nakai[1980] p.159で論じられているこの問題に関する鋭い考察から、この文脈において「取り込む《ドメスティケイト》」という用語を借用することにした。

31）　鵞峰の自伝的記述である『自叙略譜』は、鵞峰の著作全集である林[1689]の増補2a-2b頁に掲載されている。なお、林[1997]には、この増補は含ま

れていない。

32) 小高[1953]124頁以下、および小高[1996] pp. 240-245参照。

33) 小高氏は、林羅山の伝記的研究および書誌学的研究が不十分であることを指摘している(小高[1964]169頁)。今日においてもそうであるが、鵞峰については、まったくと言っていいほど研究が進んでいない。鵞峰は『日本王代一覧』(1663年、後に重版)を出版し、幕府によってまとめられた正式な漢文体の歴史書『本朝通鑑』の編纂に、重要な役割を果たした。鵞峰の略歴については、『鵞峰先生林学士全集』の序文(林[1997]2-17頁)参照。

34) これは、徂徠の『南留別志』から明らかである。荻生[1973-1978]第5巻、643頁、652頁、661頁参照。あわせて岩橋[1934]432-433頁も参照のこと。

35) 小高[1964]159-161頁、171-172頁(引用は161頁より)。

36) この話題は、中村[1975]21-28頁、Markus[1982] pp. 177-179, McMullen[1999] pp. 59-60で触れられている。これらから多くを学んだが、私の関心は別にある。

37) 中村[1975]26-27頁。引用は、『膾余雑録』の1巻による。同書は増刷されていないようで、京都大学、カリフォルニア大学バークレー校の三井文庫、その他図書館に1653年の刊行年が記された版本が残っている。

38) 17世紀の書籍目録によると、善斎自身が『烈女伝』の日本語版である『本朝烈女伝』を著したことになっているが、これはおそらく、1668年に出版され、善斎による1657年刊行の跋文をもつ黒沢弘忠(1622～1678)によるものの誤りであろう。慶應義塾大学附属研究所斯道文庫[1962-1964]1巻、100頁、145頁、200頁、214頁、301頁。

39) なお、ここで取り上げた学者たちは、女性の読書活動に反対せず、女性が読み書きできないままでいる、あるいは必要最低限の識字能力をもつのが望ましいということを言おうと思っていたわけではなかった。その後、松平定信(1758～1829)は、女性は読み書きできないのが好ましいと主張し、女性が教養をもつことを諸悪の根源と考えたが、定信でさえ女性が仮名で書かれた本を読むことは容認していた。『修身録』(松平[1893]上巻、37頁)参照。なお、『修身録』は、梅原[1988]252頁にも引用されている。

40) 同文館編輯局[1910-1911]教科書篇、25頁。『大和小学』の議論で、ヘルマン・オームス氏は、闇斎が、笠間藩の大名、井上正利のために同作品を書いたと主張しているが、この見解に対する証拠は何も提示されていない(Ooms[1985] pp. 217-219)。清原宣賢(1475～1550)は、貴族や僧侶に漢学を教えた。

41）『剳録』（西［1980］365頁）。
42）『いなご草』（同文館編輯局［1910-1911］衛生及遊戯篇、50頁）。
43）野口［1995］7頁。
44）中江［1940］第3冊、297-466頁。
45）広瀬［1940-1942］第6巻、299-302頁。
46）広瀬［1940-1942］第6巻、301頁。
47）McMullen［1999］p. 59. 広瀬［1940-1942］第15巻、888-889頁。
48）貝原［1910-1911］第3巻、217頁。
49）『閑際筆記』（日本随筆大成刊行会［1927-1931］第1期、巻9、171頁）。大弐三位は、11世紀に活躍した歌人であった。蔡琰は、拉致され、12年間チュルク系民族と共に過ごした。蔡琰は、数多くの漢詩と文書を残している。『女誡』は、後漢に曹大家によって書かれた女性のための教訓書である。
50）『醍醐随筆』（森［1979-1981］10巻、55頁）より引用。部分的に中村［1975］27-28頁にも引用されている。
51）長岡恭斎の『備忘録』は入手できなかったため、中村［1975］27頁より引用。
52）『比売鑑』（日本図書センター［2001］第2、23頁）。『比売鑑』は、当初1709年と1712年の2回に分けて出版されたが、惕斎の序文には1661年と記されており、この作品は明らかに彼が1702年に死ぬ前に書かれたものである。『比売鑑』やそれ以後の書物が、女性の教育における読書の問題にどのようにかかわるかについての議論に関しては、中泉［1966］第9章参照。
53）『源氏物語』についての契沖の注釈は、『源註拾遺』にある（契沖［1926］第6巻、393頁）。
54）Flint［1993］p. 83に引用された、Ellis, *The Young Ladies Reader*, 1845.
55）慶應義塾大学附属研究所斯道文庫［1962-1964］1巻、100頁。
56）ここでは、1670年版、1671年版、1675年版、1685年版、1699年版のみを検討している。慶應義塾大学附属研究所斯道文庫［1962-1964］1巻、100頁、145頁、200-201頁、214頁、および2巻、40頁。後の版にある分類項目「女書」については、3巻、139頁、178頁、216頁参照。
57）慶應義塾大学附属研究所斯道文庫［1962-1964］1巻、94-95頁。もちろん、これは女性が、「女書」という新たな見出しのもとに書籍目録にリスト化された本だけを読んだということを意味しない。ティジアナ・プレバニ氏は同じような点を指摘し、16世紀イタリアにおいて女性の読書活動が、書写者や本屋によって「libri da donna〔訳注：女書〕」という部類に含められた本——その多くが時禱書である——に限定されなかったことを示している（Plebani［2001］pp. 37-40）。

58) 『教訓雑長持』(中村[1975]359頁)。
59) 室鳩巣(1658〜1734)、井上金峨(1732〜1784)のような幾人かの漢学者は、『源氏物語』と『伊勢物語』がともに卑猥なものであると主張し続けた。『駿台雑話』(日本随筆大成刊行会[1927-1931]第3期、巻3、667頁)および『病間長語』(岸上[1891]第11編、53頁)参照。
60) 1736年出版の『民家童蒙解』(日本経済叢書刊行会[1916-1917]巻11、213頁)。
61) 梅沢[1905]2巻、4-7頁、あるいは日本図書センター[2001]第3、413-421頁参照。
62) 『闇斎随筆』(故実叢書編集部[1952]133頁および167頁)。山崎美成は『世事百段』で伊勢貞丈を引用している(日本随筆大成刊行会[1927-1931]第1期、巻9、441-442頁)。同じ箇所が、含弘堂偶斎の『百草露』(刊行年不明)にも引用されている(日本随筆大成刊行会[1927-1931]第3期、巻6、87-88頁参照)。今のところ、伊勢貞丈の作品内に引用箇所を確認できてはいないが、山崎と含弘堂は同じ箇所を引用し、貞丈の作品として触れている。しかし、同じ部分で、貞丈は、『源氏物語』と『伊勢物語』は個人的な読書、特に和歌と歴史の学習にとってはふさわしいものであると認めてもいる。
63) 正木[1981]69頁。熊沢蕃山の作品にも、同じように『源氏物語』を道徳的に不快なものとみなす同時代の人に言及していると思われる箇所がある(166頁参照)。
64) 石井[1959]第5、255-256頁、2959。Kornicki[1998] pp. 334-335参照。
65) 『好色破邪顕正』(西鶴学会[1968]367頁)参照。
66) 朝倉ほか[1980]第22巻、292頁。
67) 小高[1964]235頁より引用したが、資料は未確認である。乗阿は、未刊の注釈である『伊勢物語新註』の作者でもあった。同書は、大東急記念文庫に孤本が現存する。
68) 『源義弁引抄』(島内ほか[1999]第1巻、10-11頁)。
69) 正木[1981]91頁。松田[1963]99頁も参照のこと。
70) 『月刈藻集』(塙[1958]86-87頁)。本作品を1630年刊行とする点については、重松[1961]304-305頁参照。「愚人」は、遠回しに羅山に言及しているのだろうか。
71) 『十二源氏袖鑑』の1659年版の跋文にも、同じ指摘がある。吉田[1987]上巻、28-32頁、293-298頁。
72) 伊井[1988-1992]第24巻、6頁。
73) 有川[1927-1928]上巻、11-12頁。『明星抄』については、伊井[2001]452-458頁参照。『首書源氏物語』における引用については、片桐[1980]36-37

頁、126頁、133頁参照。

74) 全本文は、朝倉ほか[1980]第17巻収載。季吟の跋文は266頁、書誌については、276-278頁参照。

75) 季吟が引用した部分は、1657年版『明星抄』の記述と若干の相違がある。中野[1989-1990]5巻、16-18頁参照。

76) 有川[1927-1928]上巻、32頁。

77) ジェームズ・マクマレン氏が明らかにしたように、『源氏外伝』は、実際のところ、熊沢蕃山と中院通茂が共同で取り組んだ仕事であった。McMullen[1991]およびMcMullen[1999]参照。

78) 熊沢[1940-1943]第2冊、419頁。

79) 野口[1995]226-227頁。

80) McMullen[1999] pp. 364-366, 372-373, 381.

81) McMullen[1999] pp. 308-309.

82) 熊沢[1940-1943]第2冊、369頁。

83) 平[1972]431-433頁。

84) 『朧月の夜』(文部省総務局[1890-1892]5巻、699-701頁)。

85) Rowley[2000] pp. 27-30参照。

86) 井上通女遺徳表彰会[1907]に付された伝記による(234-235頁、245頁)。近石[1973]参照。井上通の『源語秘決聞書』については、女子学習院[1939]139頁参照。

87) 『源氏鬢鑑』の本文については、中村ほか[1970]1巻、484-503頁。編者の見解は、序文(485頁)と跋文(501頁)に確認できる。「和語の第一にしてこの国の宝」という記述は、一条兼良の書物から採られたものである。妙仙については、小高[1964]459頁参照。

88) 鈴木[1994]291頁。

89) Walthall[1998] pp. 26, 35-36.

90) 高井[1991]49-51頁。

91) 黒板[1929-1935]第38巻、343-344頁、672頁、677頁、第39巻、59頁、64頁、69頁、第41巻、570頁、第42巻、538頁、第43巻、739頁。

92) 森[1962]274頁参照。

93) 『西鶴織留』(穎原ほか[1949-1975]第7巻、323頁)。

94) 『好色江戸紫』(吉田[1995]上巻、151-154頁)。

95) 1658年版『女訓抄』にある挿絵参照(梅原[1960-1962]第2巻、81頁)。

96) 天理図書館[1983]261頁。女性の読書について師宣が描いたその他の絵は、千葉市美術館[2000]に確認できるが、それらの絵およびその他の女

性の読書に関わる描写の調査については、別の機会を期したい。

97） 英国図書館（整理番号16055.cc.5）、Gardner［1993］pp. 312-313. 松平［1988］89-91頁。

98） 両巻に確認された蔵書印は、「持主／飯沼氏／女」と読める。残念なことには、その女性がどのような人物で、いつどこに住んでいたのかは明らかではない。「なぐさみ」や「もてあそび」と読書の関係から推測されることについては、以下59-60頁参照。

99） 今西［1991］2-3頁。師宣は、『伊勢物語絵抄』の挿絵も描いた。その出版の数年後にエンゲルベルト・ケンペルが日本で購入した、同書の刊行年不明の伝本は、英国図書館が所有している（整理番号Or. 75. f. 14）。この『伊勢物語絵抄』が、シカゴ美術館のライアソン図書館や他の機関にある、1679年に刊行された同じタイトルの作品と同一のものであるかどうかは、まだ確認されていない。Gardner［1993］pp. 323-324参照。

100） この伝説と文学的描写については、寺本［1984］589頁以下参照。その場面の挿絵については、吉田［1987］下巻、5頁、327頁および、大空社［1994-1998］81巻収載の『絵入名女物語』（1670年、その後増版）参照。東京国立博物館にある宮川長春の描いた同場面については、Calza［2004］p. 132参照。

101） この点に関しては、比較として、Kroll［1999］pp. 89-110参照。

102） 浮世絵保護研究会［1966-1985］通巻39号、95頁。リチャード・レーンが師宣のものであるとし、1671年頃に作られた、タイトルのついていないその他の『源氏物語』の官能的パロディーについては、浮世絵保護研究会［1966-1985］通巻57号、69-126頁参照。『源氏御色遊』については中野［1997］26頁およびScreech［1999］pp. 243-245参照。時代が下ってからの例としては、おそらく19世紀初期に出版された『浮世源氏五十四情』がある。「五十四情」というのは「五十四帖」をもじったものであり、出版者は、安全のために外題を無難な「五十四帖」にした。私が唯一知る伝本は、パリにある国立図書館にある（整理番号Japonais 216）。

103） Screech［1999］pp. 200-205、Browring［1992］pp. 479-480。その3作品は、『をかし男』『吉原伊勢物語』『野郎伊勢物語』である。この点、およびその他の17世紀における『伊勢物語』に関する事柄については、Mostow［2003］に基づいている。

104） 穎原［1949-1975］第1巻、229頁。

105） このような例は多く挙げられるが、そのうちのいくつかは、『季刊浮世絵』に収載されている。浮世絵保護研究会［1966-1985］通巻43号、103頁、119頁、同通巻49号、59頁、同通巻52号、13頁、同通巻62号、90頁等。

106）この作品に関して、私が唯一知っている伝本は、沖縄県の久米島自然文化センターにある上江洲家文書にある。ここで言及した挿絵については7b-8a頁にある。この虫食いのひどい本の写真を提供してくれた横山俊夫教授に感謝申し上げる。女性の教訓書のさらに官能的なパロディーについては、Brea and Kondo［1980］pp. 127-130参照。

107）Markus［1982］pp. 175, 182.

108）Screech［1999］p. 243.

109）注12で言及した井原西鶴、為永春水、山東京伝の作品参照。また、この点に関しては、多くの絵画・挿絵にも描かれている。遊女屋である丁子屋の1776年連作の絵（小野［1977］の冒頭）、万野美術館（大阪）にある歌川豊国による1816年の絵（小林［1994-1995］7巻、図版44、挿絵8）、英国博物館にある19世紀初期の絵（Clark［1992］p. 142）参照。同じようにこの問題を考察したゲイ・ローリー氏は、19世紀初期の他の絵を引用している（Rowley［2000］p. 31）。

110）野間［1961］564頁。

111）1698年刊行の『艶書文例』（大空社［1994-1998］89巻）。

112）岩本［1908～1909］第2、70-95頁。

113）Clark［1992］p. 22.

114）『ひとりね』（中村ほか［1965］74頁）。

115）Penketh［1997］p. 269. そのような本の機能については、Clunas［1988］p. 136参照。

116）「夢中」になるということについては、Fried［1980］pp. 8-13, 66参照。Bryson［2003］は、ヨーロッパの肖像画に描かれる本を「教養や文化の装飾的な象徴」にすぎないものとみなす傾向があることを指摘した上で、むしろ、「本が開く主観的空間に純粋にうっとり夢中になっている」姿であるということを強調している（p. 106）。

117）古代ギリシアの文脈で同じ問題が論じられているということについては、Davidson［1997］参照（pp. 87-90, 126, 135）。全女性の模範としての遊女に関しては、西鶴が、裕福な商人の妻が夫を喜ばせるために遊女のようにふるまっているところを描いている（潁原ほか［1949-1975］第7巻、323頁参照）。また、セシリア・セグル氏は、17世紀に「吉原遊女は都市部で流行を作り出していた」と論じている（Seigle［1993］p. 71参照）。

118）Yokoyama［1999］p. 200.

119）青山［1982］8-10頁。

120）1639年版の複製（中村［1976］437頁以下、446頁以下）および青山［1982］

10-12頁、62頁以下参照。

121） 田中[1970]12頁、228-229頁、284頁。

122） 江森[1993-1994]第1巻、26-30頁。『女重宝記』の1702年版も、女性に『源氏物語』、『伊勢物語』、『百人一首』『古今和歌集』そして『万葉集』を詳しく知るように勧めている(苗村[1702])。

123） 挿絵については、近世文学書誌研究会[1972]参照。女性の読書に関する記述については、近世文学書誌研究会[1972]下巻、304頁もしくは、同文館編輯局[1910-1911]孝義篇下、263頁参照。了意は、この作品の推定されている作者である。

124） 大空社[1994-1998]1巻。大阪で出版されたが、そこに描かれている場所や祭りから明らかなように、間違いなく京都が描かれている。

125） 大空社[1994-1998]60巻、16頁「解題」。

126） Wright[1970] p. 231. サルターについては、Hull[1982] pp. 71-75参照。

127） Meale and Boffey[1999] p. 535.

128） Plebani[2001] p. 40.

129） 1785年刊行の『新撰女倭大学』(海後[1961-1974]第15巻、316頁)。なお、部分的に梅原[1988]252-253頁に引用されている。1787年刊行の『女九九の声』(江森[1993-1994]第4巻、26-27頁)参照。『源氏物語』を読んでいる女性を描いた、様々な女性向け教訓書の挿絵については、江森[1993-1994]第8巻、252頁以下参照。

130） 『女中見給ひ益有書物目録』(朝倉[1983]第1巻、355-358頁)。同目録の刊行年は不明であるが、『女大学宝箱』(1772年)の伝本(天橋立にある京都府立丹後郷土資料館の三上家所蔵)の末尾に付されていることから、その刊行年を18世紀後半にまでさかのぼることができる。女性に読むよう勧められた本の同じような一覧が、May[2003] pp. 134-135に掲載されている。

131） 歌人については、Thomas[1991]参照。

132） McMullen[1999] pp. 60, 452参照。

133） 大空社[1994-1998]90巻。その他の似たような選集に関する詳細は、大空社[1994-1998]60巻、1-19頁「解題」参照。

134） 天理図書館[1983]261頁、松平[1988]35頁、1638年刊行の『清水物語』(朝倉ほか[1980]第22巻、292頁)、広瀬[1940-1942]第6巻、301頁、『十二源氏袖鑑』1659年版跋文(吉田[1987]上巻、293-298頁)、1656年刊行の『女四書』に辻原元甫が寄せた序文(女子の友記者[1900-1901]第3編、個別に付された頁番号で42頁)。

135） Hackel[2003] pp. 110-111.

136） 例えば、浮世絵保護研究会［1966-1985］通巻42号、107頁、同通巻47号、132頁、同通巻49号、59頁、同通巻81号、32頁および天理図書館［1983］34頁。ホノルル美術学院にある1640年代に作られた屏風には、ともにくつろいだ様子で、女性が男性に本を読んでいるところを描いている例がある（Calza［2004］pp. 54-55参照。なお、p. 51は拡大されたものである）。

137） 江森［1993-1994］第1巻、26-29頁。他の例は、木下長嘯子（1569～1649）による歌文集である『挙白集』に見られる。吉田［1972］第2巻、18-22頁、松田［1963］100-103頁、Keene［1976］pp. 305-307参照。長嘯子の快楽主義と「なぐさみ」については、松田［1963］95-99頁参照。

138） Bernstein［1991］の第1部、Wakita et al.［1999］および河野ほか［2000-2001］収載の諸論文参照。女性の教師については、菅野［1998］参照。1638年の女性の庄屋については、笠岡市史編さん室［2001］参照。

139） 横田［1995］およびYokota［1999］.『百人女郎品定』については、国書刊行会［1986］参照。

140） 師宣については、『和国百女』（黒川［1914-1915］あるいは日本名著全集刊行会［1983］）および苗村［1702］1巻、4-6頁参照。

141） Tocco［2003］pp. 193-218参照。

142） 入門書の類については、小泉［1988］参照、『女訓抄』の初期の版については、後藤［2003］60頁、66頁、80頁参照。

143） Handlin［1975］p. 16.

144） Brown［2000］e.g., p. 329, Richards［1982］pp. 153-154 pp. 184-185等。

145） Ko et al.［2003］pp. 1-3.

※引用本文中の旧字体は新字体に改め、ルビなどは省略している。

参考文献

青山忠一［1982］『仮名草子女訓文芸の研究』桜楓社
朝倉治彦ほか（編）［1980］『仮名草子集成』東京堂出版
朝倉治彦［1983］『近世出版広告集成』ゆまに書房
有川武彦（編）［1927-1928］『増註源氏物語 湖月抄』弘文社
伊井春樹（編）［1988-1992］『源氏物語古注集成　万水一露』桜楓社
伊井春樹（編）［2001］『源氏物語注釈書・享受史事典』東京堂出版
伊井春樹［2002］『源氏物語論とその研究世界』風間書房
池田亀鑑（編著）［1953-1962］『源氏物語大成』中央公論社
石井良助（校訂）法制史学会（編）［1959］『徳川禁令考 前集』創文社

苗村丈伯［1702］『ゑ入女重寶記』（題簽書名）京都大学文学部所蔵本（国文Wq7）
井上通女遺徳表彰会（編）［1907］『井上通女全集』吉川弘文館
今西祐一郎（編）［1991］『通俗伊勢物語』平凡社
岩波書店（編）［1989-1990］『国書総目録』岩波書店
岩橋遵成［1934］『徂徠研究』関書院
岩本活東子（編）［1908-1909］『続燕石十種』国書刊行会
梅沢精一（編）［1905］『武家時代女学叢書』有楽社
梅原徹［1988］『近世の学校と教育』思文閣出版
梅原龍三郎（監修）［1960-1962］『日本版画美術全集』講談社
潁原退蔵・暉峻康隆・野間光辰（編）［1949-1975］『定本西鶴全集』中央公論社
江森一郎（編）［1993-1994］『江戸時代女性生活絵図大辞典』大空社
大空社（編）［1994-1998］『江戸時代女性文庫』大空社
荻生徂徠（著）今中寛司、奈良本辰也（編）［1973-1978］『荻生徂徠全集』河出書房新社
小高敏郎［1953］『松永貞徳の研究』至文堂
小高敏郎［1964］『近世初期文壇の研究』明治書院
小高道子［1996］「古典の継承と再生」『岩波講座日本文学史第7巻』岩波書店
小野武雄［1977］『遊女と廓の図誌』展望社
小野武雄［1979］『江戸物価事典』展望社
海後宗臣（編）［1961-1974］『日本教科書体系』講談社
貝原益軒（著）益軒会（編）［1910-1911］『益軒全集』益軒全集刊行部
笠岡市史編さん室（編）［2001］『笠岡市史：史料編』笠岡市
片桐洋一（編）［1980］『首書源氏物語』和泉書院（寛文13年刊大阪女子大学附属図書館蔵本の複製）
川瀬一馬［1932］『嵯峨本図考』一誠堂書店
川瀬一馬［1967］『古活字版之研究』（増補版）日本古書籍商協会
浮世絵保護研究会［1966-1985］『季刊浮世絵』画文堂
岸上操（編）［1891］『温知叢書』博文館
京都史蹟会（編）［1930a］『林羅山文集』弘文社
京都史蹟会（編）［1930b］『林羅山詩集』弘文社
近世文学書誌研究会（編）［1972］『本朝女鑑』勉成社
熊沢蕃山（著）正宗敦夫（編）［1940-1943］『蕃山全集』蕃山全集刊行会
黒板勝美（編）［1929-1935］『徳川実紀』国史大系38-47、国史大系刊行会
黒川真道（編）［1914-1915］『日本風俗図絵第12輯』日本風俗図絵刊行会
慶應義塾大学附属研究所斯道文庫（編）［1962-1964］『江戸時代書林出版書籍目録

集成』井上書房
契沖（著）佐佐木信綱ほか（共編）［1926］『契沖全集』朝日新聞社
小泉吉永（編）［1998］『女筆手本解題』日本書誌学大系80、青裳堂書店
河野信子ほか（編）［2000-2001］『女と男の時空：日本女性史再考』藤原書店
国書刊行会（編）［1986］『江戸風俗図絵集』国書刊行会
故実叢書編集部（編）［1952］『安斎随筆』故実叢書新訂増補第8、明治図書出版
小林忠（編）［1994-1995］『肉筆浮世絵大観』講談社
後藤憲二（編）［2003］『寛永版書目並図版』日本書誌学大系91、青裳堂書店
西鶴学会（編）［1968］『好色物草子集』近世文芸資料第10、古典文庫
重松信弘［1961］『新攷源氏物語研究史』風間書房
島内景二・小林正明・鈴木健一（編）［1999］『批評集成源氏物語』ゆまに書房
清水婦久子［2003］『源氏物語版本の研究』和泉書院
女子学習院（編）［1939］『女流著作解題』女子学習院
女子の友記者（編）［1900-1901］『東洋女訓叢書』東洋社
菅野則子［1998］「寺子屋と女師匠」総合女性史研究会（編）『日本女性史論集8 教育と思想』吉川弘文館
鈴木よね子（校訂）［1994］『只野真葛集』国書刊行会
平重道・阿部秋生（校注）『近世神道論・前期国学』日本思想大系39、岩波書店
高井浩［1991］『天保期少年少女の教養形成過程の研究』河出書房新社
田中宗作［1965］『伊勢物語研究史の研究』桜楓社
田中ちた子・田中初夫（編）［1970］「女用訓蒙図彙」『家政学文献集成 続編：江戸期Ⅷ』渡辺書店
近石泰秋［1973］「井上通女小伝並に年譜」井上通女全集修訂委員会（編）『井上通女全集』〈修訂版〉香川県立丸亀高等学校同窓会
千葉市美術館（編）［2000］『菱川師宣展図録』千葉市美術館
寺本直彦［1984］『源氏物語受容史論考 続編』風間書房
天理図書館善本叢刊和書之部編輯委員会［1983］『天理図書館善本叢刊和書之部 第67巻　師宣政信絵本集』天理大学出版部
同文館編輯局（編）［1910-1911］『日本教育文庫』同文館
中泉哲俊［1966］『日本近世教育思想の研究』吉川弘文館
中江藤樹［1940］『藤樹先生全集』岩波書店
長友千代治［1982］『近世貸本屋の研究』東京堂出版
中野幸一［1997］「近世における『源氏物語』の享受資料：俗訳・合巻・俳諧・絵本等版本解題」『早稲田大学教育学部学術研究国語国文学編』45号、早稲田大学教育会

中野幸一(編)[1989-1990]『源氏物語資料影印集成』早稲田大学出版部
中野三敏・神保五弥・前田愛(校注・訳)[1971]『洒落本・滑稽本・人情本』日本古典文学全集47、小学館
中村俊定・森川昭(校注)[1970]『貞門俳諧集』古典俳文学大系、集英社
中村幸彦[1958]「近世儒者の文学観」『岩波講座日本文学史第7巻』岩波書店
中村幸彦[1965]『近世随想集』日本古典文学大系96、岩波書店
中村幸彦[1975]『近世文芸思潮攷』岩波書店
中村幸彦(編)[1976]『大東急記念文庫善本叢刊：近世篇』第1篇、汲古書院
西順蔵ほか(校注)[1980]『山崎闇斎学派』日本思想大系31、岩波書店
日本経済叢書刊行会(編)[1916-1917]『通俗経済文庫』日本経済叢書刊行会
日本古典文学大辞典編集委員会(編)[1984]『日本古典文学大辞典』岩波書店
日本随筆大成刊行会(編)[1927-1931]『日本随筆大成』日本随筆大成刊行会
日本図書センター(編)[2001]『近世女子教育思想』新装版、日本図書センター
日本名著全集刊行会(編)[1983]『日本風俗図絵集』日本風俗叢書、日本図書センター(『風俗図絵集』(日本名著全集第30巻1929年)の改題複製)
野口武彦[1995]『『源氏物語』を江戸から読む』講談社
野間光辰[1961]『完本色道大鏡』友山文庫
塙保己一(原編集)[1958]『続群書類従　第33輯 上』続群書類従完成会
林鵞峰[1689]『鵞峰先生林学士全集』京都大学そのほか図書館所蔵木版本
林鵞峰[1979]『日本書籍考』長沢規矩也、阿部隆一(編)『日本書目大成』第2巻、汲古書院
林鵞峰[1997]『鵞峰林学士文集』日野龍夫(編)『近世儒家文集集成』第12巻、ぺりかん社
林羅山[1996]『経典題説』佐村八郎(編)『和漢名著解題選』第1巻、ゆまに書房
広瀬豊(編)[1940-1942]『山鹿素行全集, 思想篇』岩波書店
堀勇雄[1964]『林羅山』吉川弘文館
正木篤三[1981]『本阿弥行状記と光悦』中央公論美術出版
松平定信(著)江間政発(編)[1893]『楽翁公遺書』八尾書店
松平進[1988]『師宣祐信絵本書誌』日本書誌学大系57、青裳堂書店
松田修[1963]『日本近世文学の成立：異端の系譜』法政大学出版局
水野稔(校注)[1958]『黄表紙・洒落本集』日本古典文学大系59、岩波書店
室松岩男(編)[1907-1910]『国文註釈全書』国学院大学出版部
森銑三・北川博邦(編)[1979-1981]『続日本随筆大成』吉川弘文館
森武之助[1962]『浄瑠璃物語研究：資料と研究』井上書房
文部省総務局(編)[1890-1892]『日本教育史資料』文部省総務局

横田冬彦［1955］「女大学再考」脇田晴子S. B. ハンレー（編）『ジェンダーの日本史』東京大学出版会
吉田幸一（編）［1972］『長嘯子全集』古典文庫
吉田幸一［1987］『絵入本源氏物語考』日本書誌学大系53、青裳堂書店
吉田幸一［1995］『石川流宣画作集』古典文庫
吉田半兵衛［1979］『源氏御色遊』画文堂

Bernstein, Gail Lee. (ed.)［1991］*Recreating Japanese Women, 1600-1945.* University of California Press.
Bowring, Richard.［1992］"The *Ise monogatari*: A Short Cultural History." HJAS 52 (1992), pp. 401-80.
Brantlinger, Patrick.［1998］*The Reading Lesson: The Threat of Mass Literacy in Nineteenth-century British Fiction.* Indiana University Press.
Brea, Luigi Bernabò. and Eiko Kondo［1980］*Ukiyo-e Prints and Paintings from the Early Masters to Shunshô; Edoardo Chiossone Civic Museum of Oriental Art Genoa.* Genoa: Sagep.
Brown, Virginia. (trans. and ed.)［2000］*Famous Women,* by Boccaccio. Harvard University Press.
Bryson, Norman.［2003］"Westernizing Bodies: Women, Art, and Power in Meiji *Yôga*." In *Gender and Power in the Japanese Visual Field,* ed. Joshua S. Mostow, Norman Bryson, and Maribeth Graybill, pp. 89-118. University of Hawai'i Press.
Calza, Gian Carlo.［2004］*Ukiyoe: il mondo flottante.* Milan: Mondadori Electa.
Clark, Timothy.［1992］*Ukiyo-e Paintings in the British Museum.* London: British Museum.
Clunas, Craig.［1988］"Books and Things: Ming Literary Culture and Material Culture." *In Chinese Studies*, British Library Occasional Papers 10, ed. Frances Wood. London: British Library.
Davidson, James.［1997］*Courtesans and Fishcakes: The Consuming Passions of Classical Athens.* London: HarperCollins.
Flint, Kate.［1993］*The Woman Reader,* 1837-1914. Oxford: Clarendon Press.
Fried, Michael.［1980］*Absorption and Theatricality: Painting and Beholder in the Age of Diderot.* University of California Press.
Gardner, Daniel K. (trans. with commentary)［1990］*Learning to be a Sage: Selections from the Conversations of Master Chu, Arranged Topically.* University of California Press.

Gardner, Kenneth B.［1993］*Descriptive Catalogue of Japanese Books in the British Library Printed before 1700.* London: The British Library.

Goodwin, Janet R., Bettina Gramlich-Oka, Elizabeth A. Leicester, Yuki Terazawa, and Anne Walthall（trans.)［2001］"Solitary Thoughts: A Translation of Tadano Makuzu`s *Hitori kangae*（2）." MN 56:2, pp. 173-95.

Hackel, Heidi Brayman.［2003］" `Boasting of Silence` : Women Readers in a Patriarchal State." In *Reading, Society and Politics in Early Modern England,* ed. Kevin Sharpe and Steven N. Zwicker, pp. 101-21. Cambridge University Press.

Handlin, Joanna F.［1975］"Lü K` un` s New Audience: The Influence of Women's Literacy on Sixteenth-century Thought." In *Women in Chinese Society,* ed. Margery Wolf and Roxane Wilke. Stanford University Press.

Harper, T. J.［1971］"Motoori Norinaga`s Criticism of the *Genji monogatari*: A Study of the Background and Critical Content of his *Genji monogatari tama no ogushi*. " Unpublished Ph.D. dissertation, University of Michigan.

Hull, Suzanne W.［1982］*Chaste, Silent and Obedient: English Books for Women 1475-1640.* San Marino, CA: Huntington Library.

Kamens, Edward.［1988］*The Three Jewels: A Study and Translation of Minamoto Tamenori` s Sanbôe.* University of Michigan, Center for Japanese Studies.

Keene, Donald.［1976］*World Within Walls: Japanese Literature of the Pre-modern Era, 1600-1867.* London: Secker and Warburg.

Klein, Susan Blakely.［2002］*Allegories of Desire: Esoteric Literary Commentaries of Medieval Japan.* Harvard University Asia Center.

Ko, Dorothy, JaHyun Kim Haboush, and Joan R. Piggott（eds)［2003］*Women and Confucian Cultures in Premodern China, Korea, and Japan.* University of California Press.

Kornicki, Peter.［1998］*The Book in Japan: A Cultural History from the Beginnings to the Nineteenth Century.* Leiden: Brill.

Kroll, Renate.［1999］"Das Werk von Autorinnen als Identifikationsraum für Leserinnen. Zur Entstehung der Leserin in der Literatur und Kunst der Frühen Neuzeit.» In *La lecture au féminin: la lectrice dans la littérature française du Moyen Age au XXe siècle/Lesende Frauen: zur Kulturgeschichte der lesenden Frau in der franzö- sischen Literatur von den Anfängen bis zum 20. Jahrhundert,* ed. Angelica Rieger and Jean-François Tonard, pp. 89-110. Beiträge sur Romanistik 3. Darmstadt: Wissenschaftliche Buchgesellschaft.

Markus, Andrew L.［1982］"The World of Genji: Perspectives on the *Genji Monoga-*

tari." In draft papers for the conference "Representations of *Genji Monogatari* in Edo period fiction," pp. 164-227, University of Indiana, Bloomington.

May, Ekkehard., Martina Schönbein, and John Schmitt-Weigand (comp.) [2003] *Edo Bunko, Die Edo Bibliothek. Ausführlich annotierte Bibliographie der Blockdruckbücher im Besitz der Japanologie der J. W. Goethe-Universität Frankfurt am Main als kleine Bücherkunde und Einführung in die Verlagskultur der Edo-Zeit.* Wiesbaden: Harrassowitz Verlag.

McMullen, James. [1991] *Genji Gaiden: The Origins of Kumazawa Banzan's Commentary on the Tale of Genji.* Reading: Ithaca Press.

McMullen, James. [1999] *Idealism, Protest, and the Tale of Genji: The Confucianism of Kumazawa Banzan (1619-91)*. Oxford: Clarendon Press.

Meale, Carol M., and Julia Boffey [1999] "Gentlewomen's Reading." In vol. 3, 1400-1557, of *The Cambridge History of the Book in Britain*, ed. Lotte Hellinga and J. B. Trapp, pp. 526-40. Cambridge University Press.

Mostow, Joshua S. [2003] "The Heresy of Paraphrase and the Orthodoxy of Translation: The *Reception of The Tales of Ise*'s Waka." Unpublished paper given at the con- ference of the European Association for Japanese Studies, Warsaw.

Nakai, Kate Wildman. [1980] "The Naturalization of Confucianism in Tokugawa Japan: The Problem of Sinocentrism. " HJAS 40, pp. 157-199.

Ooms, Herman. [1985] *Tokugawa Ideology: Early Constructs, 1570-1680.* Princeton University Press.

Penketh, Sandra. [1997] "Women and Books of Hours." In *Women and the Book: Assessing the Visual Evidence,* ed. Lesley Smith and Jane H. M. Taylor, pp. 266-81. London: The British Library.

Plebani, Tiziana. [2001] *Il "genere" dei libri. Storie e rappresentazioni della lettura al fem- minile e al maschile tra Medioevo e età moderna.* Milan: Franco Angeli.

Pliny, the Younger. [1969] *The Letters of the Younger Pliny.* Harmondsworth: Penguin Books.

Richards, Earl Jeffrey. (trans.) [1982] *The Book of the City of Ladies,* by Christine de Pizan. New York: Persea Books.

Rowley, G. G. [2000] *Yosano Akiko and The Tale of Genji.* Center for Japanese Studies, University of Michigan.

Screech, Timon. [1999] *Sex and the Floating World: Erotic Images in Japan 1700-1820.* London: Reaktion Books.

Seigle, Cecilia Segawa. [1993] *Yoshiwara: The Glittering World of the Japanese*

Courtesan. University of Hawai'i Press.

Shirane, Haruo. (ed.) [2002] *Early Modern Japanese Literature: An Anthology, 1600-1900.* Columbia University Press.

Thomas, Roger K. [1991] "Plebeian Travellers on the Way to Shikishima: Waka Theory and Practice during the Late Tokugawa Period." Unpublished Ph.D thesis, University of Indiana.

Tocco, Martha C. [2003] "Norms and Texts for Women's Education in Tokugawa Japan." In Dorothy Ko, JaHyun Kim Haboush, and Joan R. Piggott, eds., *Women and Confucian Cultures in Premodern China, Korea, and Japan,* pp. 193-218. University of California Press.

Vos, Frits. [1957] *A Study of the Ise-monogatari with the Text according to the Den-Teika- hippon and an Annotated Translation.* The Hague: Mouton & Co.

Wakita, Haruko, Anne Bouchy, and Chizuko Ueno (eds.) [1999] *Gender and Japanese History.* Osaka: Osaka University Press.

Walthall, Anne. [1998] *The Weak Body of a Useless Woman: Matsuo Taseko and the Meiji Restoration.* The University of Chicago Press.

Wright, W. A. (ed.) [1970] *Roger Ascham: English Works.* Cambridge University Press.

Yokota, Fuyuhiko. [1999] "Imagining Working Women in Early Modern Japan." I*n Women and Class in Japanese History,* ed. Hitomi Tonomura, Anne Walthall, and Haruko Wakita, pp. 153-67. Center for Japanese Studies, University of Michigan.

Yokoyama, Toshio. [1999] "In Quest of Civility: Conspicuous Uses of Household Encyclopedias in Nineteenth-Century Japan." *Zinbun* 34: 1, pp. 197-222.

テクストの改替

マイケル・エメリック
（幾浦裕之 訳）

「受容」の改替

私たちが（「私たち」といえるなら誰であれ）、『源氏物語』を読み、それについて話し合い、書く目的や形式、コンテクスト、方法は実に様々にある。しかし現代においては、まず日本古典文学、そして世界文学としてこの物語に出会うのであり、何らかの翻訳の形式によらずに読んでいる読者を想定するのは、ほぼ不可能ではないだろうか。ジェローム・マクガン（Jerome McGann）が指摘したように、書写行為が、既に一種の翻訳である[1)]。『源氏物語』のいかなる学術的研究も、どんな方法に基づくにせよ、カノン研究や翻訳研究の領域、また近年高まりを見せている世界文学への関心と関連せざるをえない。これは日本語で研究するか、他の言語によるかを問わない。拙著*The Tale of Genji : translation, canonization, and world literature*[補注1)]では、近世と近代において『源氏物語』が、「翻訳」によって広く読まれることで、日本古典文学、また世界文学として再創造される歴史を明らかにしている。カノン研究、翻訳研究の領域に積極的に関わるものの、通常そこで好まれる方法とは明らかに対照的な方法による。

私の分析を導く理論的方向性の概略を提示するためには、まずこのイントロダクションのタイトル「Replacing the Text　テクストの改替」そのものについて検討するのがいちばんいいのかもしれない。カノン研究は大きく言って、特定の、カノン化したテクスト、或はそのグループの、いわゆる「受容」

の歴史に焦点を当ててきた。この読者による受容という概念は、文学研究や1960年代後半以降より一般化したカルチュラル・スタディーズにおいて、「受容理論」というアプローチへ結晶して注目されており、今日においても影響を及ぼしている。しかも「受容」という術語がいささかふさわしくない場合においてさえ。これは本書に刺激を与えた先駆的な二冊の主要な著作、ハルオシラネ・鈴木登美編『創造された古典　カノン形成・国民国家・日本文学』(*Inventing the Classics*：*Modernity, National Identity, and Japanese Literature*補注2))、ハルオシラネ編*Envisioning The Tale of Genji*：*Media, Gender, and Cultural Production*を見れば明らかである。

シラネは『創造された古典』のイントロダクションの冒頭に、『源氏物語』を含めたカノン化作品とその作者の一覧を示し、「これらの作品や作者はいまでは日本の主要な文学テクストを代表すると考えられており、日本の内外で繰り返し教科書や選文集に載せられている」、現代における地位は「日本で初めてカノン(正典・古典として選別されたテクスト群)が形成された時期である中世における受容のあり方をうけたものであるとともに、文学や学問の概念が根底から形成し直された十九・二十世紀の歴史作用の産物でもある[2)]」と提示する。*Envisioning The Tale of Genji*のイントロダクションは「『源氏物語』の受容の歴史は日本の文化史にほかならない[3)]」という一言から始まる。どちらも重要なのは、「受容」という術語である。この点で『創造された古典』と*Envisioning The Tale of Genji*の両書が、受容研究の大きな流れのなかに位置付けられることは疑いない。にもかかわらず、この二冊の論文集の価値の一面は、特に併読した場合、「受容」から逸脱しているところにこそあるように思われる。このことは、シラネの*Envisioning The Tale of Genji*のイントロダクションが「『源氏物語』と文化生産の力学」と題され、本の副題にも「文化生産」がみえる点に表れている。私たちは過去の産物である既存のテクストをふり返るばかりでなく、より決定的には、そのとき、現在と未来に向けられた過去の新しいイメージを創り上げている。

シラネは、セルジュ・ガヴロンスキー(Serge Gavronsky)の「敬虔主義的」翻訳と「共食い的」翻訳という概念を引き合いにして、『源氏物語』文化の歴史を

「敬虔主義的」と「共食い的」という二つの受容の様式として解釈することを試みる。「中世の『源氏物語』注釈は原典を保存し、伝達しようとした点では、敬虔主義的な様式にごく近い。と同時に、作者や芸術家や映画監督が独自の、その時代に合った何かを生み出すために本文(或いは翻案や梗概)を利用するにあたっては、積極的な読みと新たなメディアの形をとる点ではしばしば共食い的様式に従う[4]」と。しかし、『源氏物語』の「原典」や、その保存と伝達の重要性という概念の創出それ自体が、中世における注釈者が果たした最も意味のあることなのだと主張することもまた可能だろう。「敬虔主義的」な態度も創造的なのである。そのため、カノン形成の研究や、少なくともその領域においては、本来的に受動的な言葉である「受容」という術語を揚棄したほうがよいと考えられる。現在、文学研究においては、不変的だと思われている古典的テクストへ焦点を当てることから離れて、テクストへの新しいイメージが生成される現場である、書物とその他の物質的形態の絶え間ない歴史、書物史、メディア史へ興味が向けられている。この研究の変化に合わせるためには、新しい術語が必要である。そこで、「受容」ではなく、より能動的な「改替《replacement》」という術語を用いてみてはどうだろうか。

『源氏物語』の改替

日本においても、11世紀の古文テクストそれ自体は、カノン化した作品として敬意を払われている『源氏物語』とは程遠いものであることは明白である。数年前、私が図書館の目録や、他のオンラインのデータベースで大まかに見ただけでも、90件を超える抄訳・完訳の「翻訳」の『源氏物語』が、1888年以降刊行の増田于信(松風閣主人)『新編紫史』(誠之堂)から現在までの間に出版されている。ここで私が言う「翻訳」は、英語圏において慣習的に定義されている狭い意味でのそれである。しかし、このように「翻訳」を定義すると、日本語においてはあまりにも広すぎるように感じられるだろう。日本語では奇妙なことに、翻訳と現代語訳さえ、さらに別のものとしているからである。しかもこの該当件数には注釈版を含めていない。注釈版も、日本語の古

文をかなり読める読者にとってもなお難解だと考えられる語句や文章を、現代語でわかるよう解釈した注から成り立っている。いくつかの注釈版は作品テクスト全体の現代語訳まで提供している。そしてくずし字から翻刻された本文自体も、これはやはり書き直し、或いは、翻訳の一種である。必要とされる言語訓練なしでは誰も読むことができない写本や木版本を、現在標準的な字体、日本の小説、新聞、レストランのメニューで使われているような字体に、翻訳したものだからである。さらに重要なことに、この90件以上の翻訳には、翻訳に含めてよいと思われる、大和和紀の有名な『あさきゆめみし』(1979〜1993年)や、紫式部・江川達也作の『源氏物語』[5](2001〜2005年)が含まれていない。しかし、これらの漫画は明らかに翻訳として販売されている。

端的に言えば、『源氏物語』のテクストそのものは、日本においてすらあまり「受容」されてこなかった。『源氏物語』のテクストそのもの、というとき、私たちはたったひとつの『源氏物語』そのもの、と思い描いているところのテクストの存在を想像し始めることができるかのような錯覚に陥る。しかし、『紫式部日記』からは、紫式部自身が、その全体でないにしても最低3種類の『源氏物語』の製作にかかわったことを知ることができる[6]。「テクストそのもの」と、それを受容することよりもはるかに重要なのは、その改替品たちである。先に紹介したものや他にも様々ある書籍を、すべて含むものとして広く定義される「翻訳」が、『源氏物語』そのものに取って代わってきたし、どんな『源氏物語』のテクストも、未だ知られざる、或いは永遠に知り得ないオリジナルの代わりに読まれてきたのである。これが、まず第一に「テクストの改替」という概念から、私が言いたいことである。カノン化したテクストに代わる、新しく、異なるかたちの改替品が、先行する改替品に絶えず取って代わり続けることとしてのカノン化が、権威的な共同体が彼ら自身の価値観とイデオロギーを維持し普及させようとする意図のために必要とされただけでなく、テクストの消費者の要求にも応えてきた。それが膨大な類似作品の集合と、改替品の連鎖としての文学的カノンである。

事実、現実世界においては、改替品は、逐語的にことばに対応することばを示す翻訳か、ことばに対応する画像を示す翻訳とは限らない。どんなテク

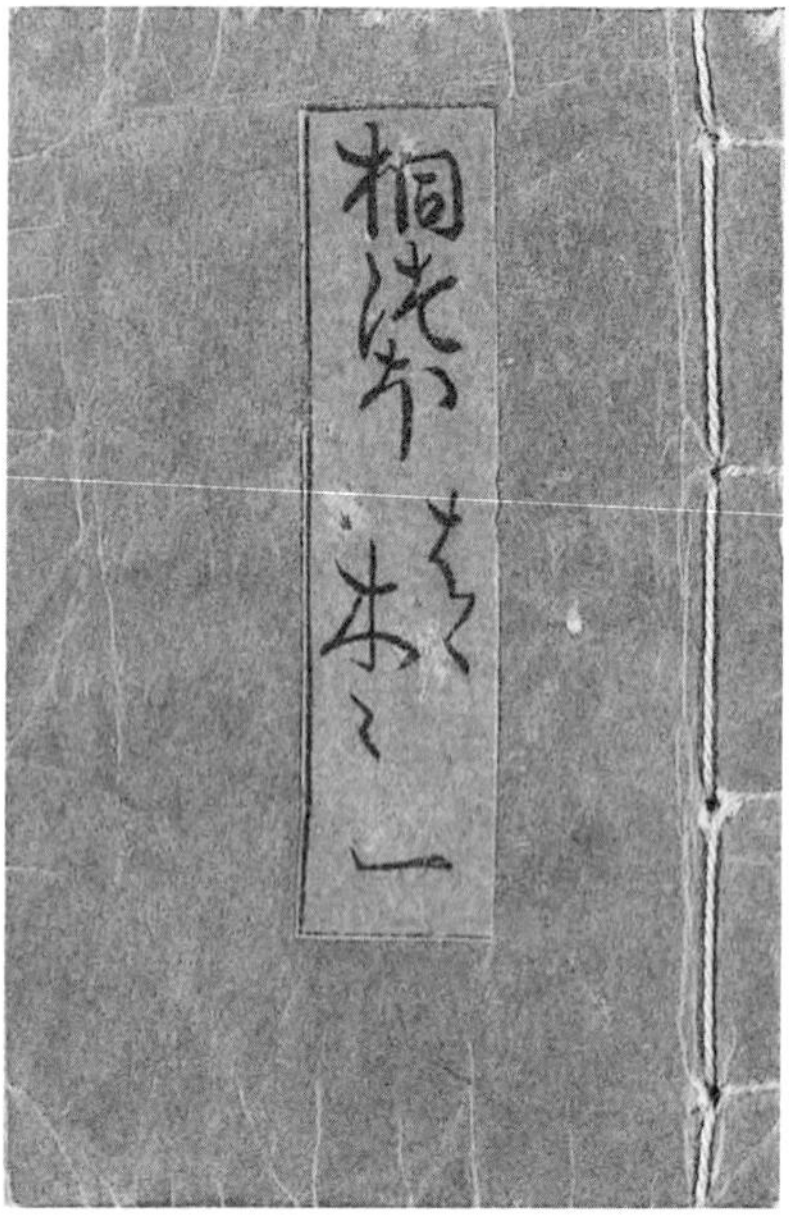

図1　豆本『源氏物語』(京都・吉田善五郎1749年刊、国立国会図書館(本別13-18)蔵、画像は表紙の原寸大、http://id.ndl.go.jp/digimeta/2586959)

ストやメディアの形でも、読者や消費者を、この物語を大切にするための共同行為に参加させることができれば良く、いずれもこの物語を代表するために作られているのである。大部なことで有名な『源氏物語』も、すっぽり手のひらに収まるまで小さく削ることができる。それが『掌中源氏物語』(1837年刊)である。『源氏物語』の作者、各巻名や登場人物について解説するこの本は、特に和歌・連歌・俳諧の実作者向けに出版されたもので、縦7㎝、横は17㎝にみたない大きさである。この収縮をさらに進めて、一片の絵と切り取られた数行の本文にまでなった『源氏物語』も発行されている。これは『掌中源氏物語』と大きさはほぼ同じ、ただし、たった1枚のシートから出来ている。ピエール・ブルデュー(Pierre Bourdieu)なら「文化資本」と呼んだであろう、『源氏物語』の価値を芸術的に象徴化したもの。2000円紙幣である。2000年に発行され、その裏面には12世紀に製作された『源氏物語絵巻』[7)]の1場面があしらってある。古典とは、不換紙幣の世界においては、けだし、金であるといってよい。金本位制でない貨幣経済の中では、紙幣に印刷された古典の意匠も紙幣の価値の裏づけに利用されているのである。不朽の名作に取って代わる限り、この縮小を止めることはなく、どこまでいっても小さすぎるということはない。1749年に吉田善五郎という京都の書肆は、『源氏物語』の内容と全体の見取り図(総大意)1巻分を含む28巻から成る絵入りのガイドの豆本を出版した。各冊の大きさは縦7㎝、横4.8㎝である(図1)。

これらの本文の字は読むことはできるが、必ずしも読むことを意図してはいない。豆本はゲームのコマとして使うものなのであり、表紙に印刷された巻々の番号は、ゲームの最後に合計する得点になるのである[補注3)]。

これでもまだ序の口にすぎない。『源氏物語』の本文をここまで剝ぎとれば、後はその残りをどう片付けるかの問題だけである。『源氏物語』は他の様々な形態に、受容されるよりはむしろ、取って代わられている。この現象は、『源氏物語』千年紀を謳う2008年11月1日に顕著になった。11月1日とは、『紫式部日記』(1008～1010年)に『源氏物語』に関連する記述があるということに基づくが、半ば適当である。千年紀は、『源氏物語』関連のイベントや記事、その他諸々の目眩く激増への口実を提供した[8)]。これらの活動の多くは源氏物語千年紀委員会の後援を受けた。「紫のゆかり、ふたたび」というのが委員会のスローガンであり、『源氏物語』像を「もう一度読まれるべき文学」から、商業主義の徒々しき言語へと翻訳しようとする、避けられぬ遍在化が見て取れる[9)]。

2006年11月2日から2009年3月7日までの間に、少々無茶な千年紀をなんとか慌ただしく祝う2247本以上の記事が日本中の新聞に踊った。日本の公共放送機関であるNHK(英語圏ではジャパン・ブロードキャスティング・コーポレーションと呼ばれる)は、2008年中だけでも千年紀に関する見出しを76回ニュースで扱い、多数の特番を複数のチャンネルとラジオ局で放送した(「Begin Japanology 源氏物語(1)(2)」「日曜フォーラム　“源氏物語”から古典の未来へ」「ラジオ深夜便　ないとエッセー　源氏物語をアルゼンチンタンゴで」)。邦楽ポップグループのRin'がCDアルバム『源氏ノスタルジー』を2007年12月にリリースしたし、クロネコヤマトのヤマト運輸京都主管支店では、宇治市源氏物語ミュージアム所蔵の『源氏絵鑑帖』(17世紀初)のなかの絵を配した期間限定の宅急便の送り状を2種類製作した。『源氏絵鑑帖』は10枚セットの切手「源氏物語宇治十帖」のデザインとしても生まれ変わり、「スルッとKANSAI都カード」というバスと地下鉄のプリペイドカードとしても2種類が展開した。千年紀限定の日本酒も9種類以上が数えられ、アッと驚くスイーツとお菓子も勢ぞろいしている。源氏物語千年紀抹茶バームクーヘンと宇治抹茶食パンあずき入り(ど

ちらも山崎製パン株式会社)。有名だが関係はない源氏パイ(三立製菓株式会社)までも、源氏物語占いをパッケージに配して発売した[10)]。千年紀ポストカード(クリスマスカード、年賀状)、お香、火の用心ポスター(上京消防署・上京消防団)、トイレの表示、宝くじ券(近畿宝くじ)、ラッピングバス、ラッピング電車、タクシーの広告、京都の地下ショッピングモールのZest御池の壁画、コンサート、学会、シンポジウム、劇の公演もあり、グーグルのトップページには机に向かう紫式部と、十二単を纏った少女が狩衣を着た男の腕に飛びつくイラストが現れてロゴを飾った。デパートでのすし詰めになるほど大盛況の展示会、宇治では173平方メートルの稲絵で描かれた千年紀の紫式部のロゴ、朗読、講演、フェス、『源氏物語』をテーマにしたワーク・ライフ・バランス推進フォーラム、花火、舞踊、『源氏物語』の紙芝居、京都商工会議所発行の会報『はんえい』の記事「ビジネスチャンスを逃さない！　中小企業にみる源氏物語千年紀の活用法」というものまであった。電子テクストとしては、歌人与謝野晶子(1878～1942)の現代語訳『源氏物語』の本文が、携帯ゲーム機ニンテンドーDSの「みんなで読書DS」という雑学シリーズのひとつとして製作された。このゲームには『源氏物語＋ちょっとだけ文学』という可愛いタイトルがついている[11)]。

源氏物語千年紀のシンボルマークと、光源氏と紫式部(この二人が源氏物語千年紀委員会に委任されたオフィシャルキャラクター)は使用規程に従って使用された。規程によれば使用協賛金は、「小売価格(当該価格に酒税、消費税等が含まれる場合は、当該価格から税額を控除した金額)に作成数量を乗じて得た額の1パーセントに相当する額(1円未満の端数があるときは、これを切り上げた額)又は1万円のいずれか高い方の額とする」というもので、開始からライセンスの期限である2009年3月31日までの間に155,622,690回使用された。これらのイメージビジュアルは商品開発と販売促進に、マスメディアとイベントとその他の用途において利用され、利用者には公私を問わず団体と、私的個人も含まれていた[12)]。

個人的に算出したところ、2007年3月24日から2009年2月28日までの間に、156,470,443人が(これは2008年の日本人口の約125%に相当する)、源氏物語千年紀委員会が何らかの形で関わっているイベントに参加した。そしてこの目

まいがするような数字は、入場者数がわかるものしか含まれていない。イベントは小規模なもの、例えば9人が参加した共立女子大学・共立女子短期大学・共立アカデミー主催の全5回のセミナー「『源氏物語』の世界(共立アカデミー教養講座)」といったものから、推定30万人が訪れた、京都駅前地下街のショッピングエリアのポルタで開催された「ポルタ『源氏物語絵巻』〜古都から未来へ〜」の展示といった大規模なものまで多岐に渡る[13)]。2008年11月1日には、推定2400人が国立京都国際会館のメインホールで、源氏物語千年紀記念式典に出席していた。それに伴って翌日開催された、源氏物語国際フォーラムIIに参加した私たちには、昼食の席上に「祝源氏物語千年紀碾茶入り宇治茶」の500mlペットボトルが用意されていた。ラベルは『源氏絵鑑帖』の橋姫巻の絵で彩られている。もう中身は空になっているにもかかわらず、私がまだ持っているそのボトルは、あの祝賀の雰囲気を揺曳している。

ここまで述べてきたように既に単純で明白なことであるが、カノン化とは、実は古くなったテクストの受容を歴史的に変えていく機能のことではない。たしかに今ではそうであるかのように語ることに馴染んでいる。けれども、カノン化とは、実は古くなったテクストの新たな改替品を製造し、流通させることなのである。上記の2007年から2009年までの間に『源氏物語』の再カノン化、超カノン化を進めるための、源氏物語千年紀委員会の企画、その実績は全て紹介しようとすればまことに枚挙にいとまがなく、これでも一部にとどめざるをえないのだが、このカノン化の事実はよりはっきりしたのではないだろうか。たしかに、あるテクストや物(商品)は、知られざる、或いは知りえぬものとしての『源氏物語』のもとのテクストに、他のテクストや物と比べてより近い関係にあるといえる。この物語の16世紀に書かれた写本は、19世紀に金属活字で印刷された注釈書よりは、疑いなくもとのテクストに近いだろう。活字版の注釈書も現代語訳よりは近いだろう、現代語訳もアニメ映画よりは近いだろう。アニメ映画も、源氏物語千年紀抹茶バームクーヘンよりは、ずっと、もとのテクストに近いだろう。しかし個々の物は、どんなに希薄な関係であっても、『源氏物語』とその古典作品としての威光に間接的に繋がっているという可能性を秘めている。事実、もし仮にオフィシャル

ロゴとキャラクター使用のために、源氏物語千年紀委員会に収められた使用協賛金を、個々の改替品が『源氏物語』のカノン化に寄与した価値のおおよその指標と解釈したならば、秘蔵された古い写本のテクストはロゴのスタンプを捺すために10000円分寄与するとしても、ものの数でもなくなってしまう。バームクーヘンのほうがよっぽど価値があることになる。

この2年間を、『源氏物語』のカノン性を洗練するために尽力した組織の立場からみると、実際の『源氏物語』のもとのテクストそれ自体は、一体いかなる価値を持ちうるだろうか、と考えさせられることになる。かつて存在していた、唯一の、完全な、権威的なもとのテクストをあえて想像してみても、それは既に失われている(唯一といっても、前述したように紫式部は物語の少なくとも3種類の写本群、或いはその一部と考えられるものの製作を監督していた)。『源氏物語』のカノン化は、どのような方法にせよ、もとのテクストそれ自体によってはなされないし、そもそも、できない。『源氏物語』のもとのテクストそれ自体(というものが既に錯覚であろう)が、その改替品たちによって今日性のないものにされてきたと言いたいのではない。古典として再創造されてきたもとのテクスト或いはその概念は、衰えるままになったもとのテクストとは、決定的な違いがある。前者がここまで何とか生き残ったのは、予測不可能な歴史的変化の折々に形づくられた絶えざる改替品によって、乗り越えられ続けてきたからであり、後者は一時的に、或いは永遠に、人々の記憶から姿を消したのである。

テクストは、取って代わら《replace》れることによって再カノン化される度に、つまり新たな身代わりが創造され流通する度に、その時代の社会文化的な場の中で再配置され《re-place》る。『源氏物語』の個々のイメージは先行するイメージに何らかの形で関係し、その時代ごとに変わりゆく社会的、文化的、経済的、政治的潮流に巻き込まれる。新たな改替品は、それが消費されることによって、古くなっていくテクストを、現代との新たな相互的関係に引き戻す。少なくとも、他のテクストとの関係性のシステムのなかで、往時と前途を意識した歴史観によって切断されながら、絶えず現在であり続ける社会的・経済的・政治的そして文化的状況のなかで、新たな位置を占める、もとのテクストとい

う概念に根拠を与える。江川達也が紫式部と共著者として並ぶ漫画は、古文の『源氏物語』の本文の引用を含み、写本の筆づかいを想起させるような筆致で書かれている。このフェティッシュともいえるもとの概念への執着は、中世の源氏学者たち、なかでも藤原定家が行った、前述の過去・未来を相互に目配りした上での再配置《re-placement》の典型的な例である。これが「テクストの改替」というとき、私が第二に意味するところである。

先に述べたように、源氏物語千年紀記念式典は2008年11月1日に京都国際会館の洞然としたメインホールで開催された。この行事のハイライトであり、ニュースで広く扱われたのは、「古典の日」宣言であった。女優の柴本幸が十二単(紫式部を象徴しているのであろうが、各ニュースは単に「千年紀のイメージキャラクター」とした)に身をつつみ、ステージ中央にゆっくりといざり出て、天皇皇后両陛下が上手にて臨席するなかで、この日のために用意された宣言を読み上げた。用意された2種類の宣言(日本語版と英語版)が聴衆に配布されたが、日本語版のほうを彼女は読み上げた。

「古典の日」宣言

『源氏物語』は、日本の古典であり、世界の古典である。

一千年前、山紫水明の平安の都《みやこ》に生まれたこの作品は、文学はもとより美術、工藝、またさまざまの藝能に深い影響を及ぼし、日本人の美意識の絶えることない源泉となってきた。一九三〇年代に英訳されて以来、近年では、二十余の外国語に翻訳されて、世界各地の人々に愛読され、感銘を与えている。

この物語について、『紫式部日記』に記された日から数えて一千年。この源氏物語千年紀を言祝《ことほ》いで、私たちは、今後十一月一日を「古典の日」と呼ぼう。

古典とは何か。

風土と歴史に根ざしながら、時と所をこえてひろく享受されるもの。人間の叡智の結晶であり、人間性洞察の力とその表現の美しさによって、私たちの想いを深くし、心を豊かにしてくれるもの。いまも私たちの魂

をゆさぶり、「人間とは何か、生きるとは何か」との永遠の問いに立ち返らせてくれるもの。それが古典である。

揺れ動く世界のうちにあるからこそ、私たちは、いま古典を学び、これをしっかりと心に抱《いだ》き、これを私たちのよりどころとして、世界の人々とさらに深く心を通わせよう。

そのための新たな一歩を踏みだすことを、源氏物語千年紀にあたって、私たちはここに決意する。

紫のゆかり、ふたたび。

平成二十年(二〇〇八年)十一月一日

源氏物語千年紀よびかけ人

源氏物語千年紀委員会

ここで重要なことは、この壮麗な宣言のねらいの中心として、『源氏物語』に、現代の日本とそこに生きる人々のなかで、日本古典文学を代表するものという、新たな場所を見事にひらいたことにある。ここでは古典は、堅固で変わらないもの、歴史を超えることができるもの、「享受」(或いは「受容」の仕方が変わっても)されることができるものとしてイメージされている。そして、「揺れ動く」世界のなかで、「私たちのよりどころ」となるべきものと呼ばれている。この宣言の目的が「古典の日」を国民の休日として定義することだとしても、これもまた私が「改替」という語を第二の意味で使うときの完全な例証となる。現在における新たな「場」の創造を描き出すことで、カノン的作品を想像すること、そして、現在の文学的状況のなかに置かれた「もとのテクスト」に新たなイメージを喚起し、テクスト同士の関係の再編成を描き出すことにほかならないからである。書物やテクストに「受容」という概念をあてはめることそれ自体が、いわば「改替」なのである。

想像された「テクスト」

ここまで、カノン化という概念をとらえるなかで「改替」という語の二重の

意味に焦点を合わせてきた。つづいて、これもやはり一義的でない方法で私が用いる、「テクスト」という語について見ていきたい。まず、第一に、「テクストの改替」というときの「テクスト」は、もとの作品、もとの作品という概念、もとの作品の具現化、あるいは先行する改替におけるもとの作品という概念を意味している。これらも改替によってカノン化・再カノン化・或いは劣カノン化される。事実、「テクスト」とはこれらが錯綜した層をなしている総体である。第二に、「テクスト」という語は、文学批評やカルチュラル・スタディーズにおいて、一般的に解釈の経験や読書行為における主観性を示すものとして使われてきた意味としてのそれである。第三に、この「テクスト」という抽象的かつ包括的な四文字の術語そのものをも成り立たせているもの、つまり、ことば、のことである。

第一の場合、もとのテクストは、有形物としての改替品より前に存在する何かとして理解されているが、それも改替品を通してこそ、そのように想像されている。第二に、テクストは有形物としての改替品を経験することから成り立つものなのだから、むしろテクストとは、改替品から生じたものとして理解できる。この区別を明確にするためには、可能な限り個々の意味を分けて検討したほうがよいであろう。結局、第一の意味での、改替品に先行して存在するように見えるもとのテクスト、とは、第二の意味での、解釈や読書行為の主観性によってとらえられたテクストの寄り集まったものなのである、と考えれば、ある程度説明できるだろう。さしあたっては第三の意味、書かれたことばとしてのテクストというのが、混乱を最小限にして直接的に説明できるだろう。もっとも、改替という概念についてジェローム・マクガン、D.F.マッケンジー(D. F. McKenzie)、ピーター・シリングスバーグ(Peter L. Shillingsburg)やその他の先蹤を追ってここまで主張してきたように、それはテクストを、印刷されたページ上の他の要素や、それが綴じられた書物という形態と密接に結びついたものとして見ることと関わる。本節の焦点となる、想像されたもとのテクストとしての「テクスト」、という観念について説明するために、「テクストの改替」の重要性を示す特徴的な例を検討することから見ていきたい。それと同時に、第二次世界大戦の終わり近くに起こった『源

氏物語』のテクストの世界における近世からの現代への、決定的な改替について見ていきたい。

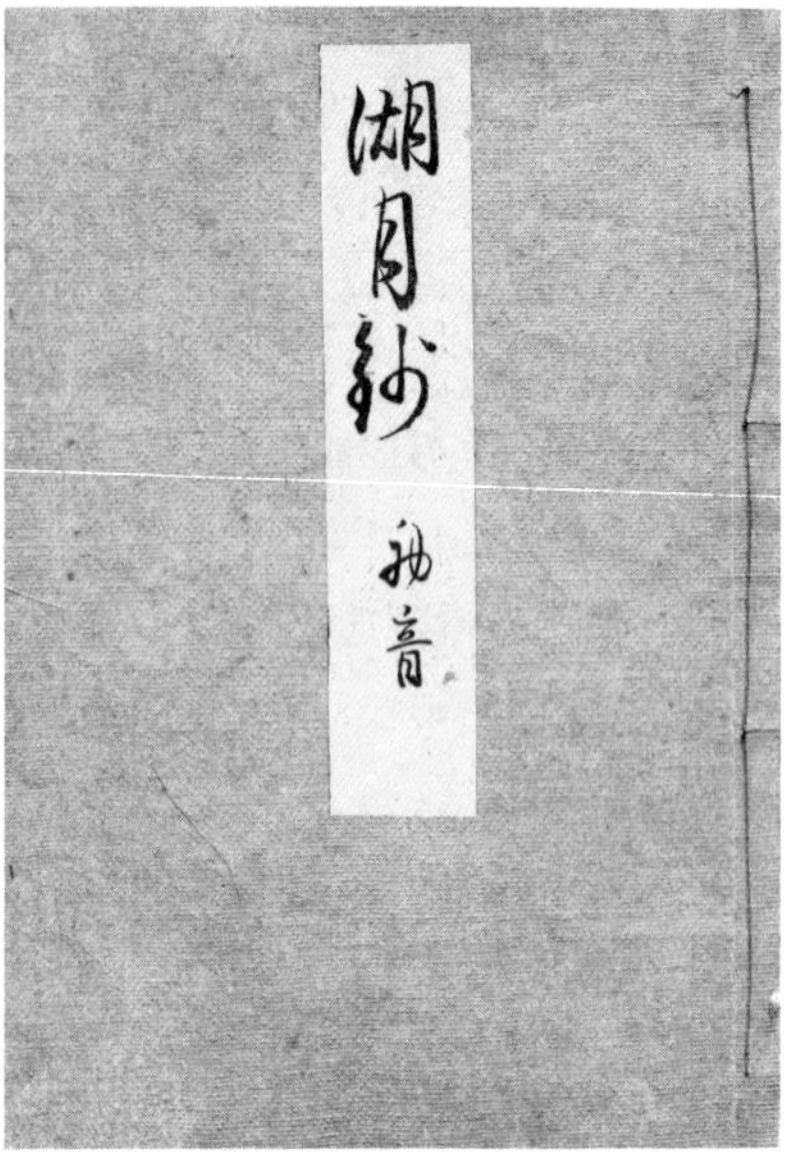

図2 『湖月抄』初音巻の表紙(個人蔵)

先に私が挙げた1749年の京都で出版された絵入りの『源氏物語』の梗概である28冊の豆本は、ゲームに使われるためのものだったと述べた。そしてこの書物が小さいながらも、『源氏物語』のカノンとしての地位を強化し、この梗概が解釈すると称するところのもとのテクストに、何世紀も隔った読者を立ち返らせる手引きとしての役割を果たしていたことは言うまでもない。そして同時に、この豆本は、近接する時代の印刷された『源氏物語』を彷彿とさせる、青い表紙を持った近世の木版本という物質的形態を備え、その要約という体をとっている。つまりこの豆本は、抽象的な観念としての、もとの『源氏物語』、その本文をあらわすものというよりも、むしろ17世紀前期から登場した、ある『源氏物語』の書物、本を模したミニチュアとなっている。それは古活字版の伝嵯峨本『源氏物語』として我々の前にはじめて顔を出し、『絵入源氏物語』(山本春正画、1650年初刊)として版本としての『源氏物語』の地位を確立し、豆本が出るまさに1世紀前に登場して出版文化のなかで大きな影響を及ぼした、ある『源氏物語』の書物に至る、印刷されたものとしての『源氏物語』である。

この豆本の表紙が視覚的に想起させようとしているのが、最も広く流布した『源氏物語』の1つで、20世紀前半まで『源氏物語』のテクストとして改替していた注釈書であることは、1673年刊のその注釈書の表紙と比較すれば明らかである。その注釈書とは、北村季吟の『湖月抄』(図2)である。これらの

書物はみな一様に青色表紙で、題簽を中央に付し、一般的な四つ目綴である。もっとも、これらの書誌学的形態は特異なものではないため、豆本の梗概が『湖月抄』のミニチュアのように見えることを意図したとは必ずしも言えない。しかし重要なのは、この梗概が『源氏物語』のもとのテクストという観念に立ち返るように書かれていると恐らく理解されながら、それを近世初期の版本というメディアの形態を通して伝えようとしていることである。つまりこの豆本は、想像されたもとのテクストを改替しながら、狭義には、当時実際に書店の店頭で、『源氏物語』の一揃いの書物として見つけることができた、数ある『源氏物語』のなかでも最も有名なテクストとしての、『湖月抄』をも改替している。

2つの表紙を比較しただけで「テクスト」について語るのは不適切に見えるかもしれない。しかし、梗概の豆本が『湖月抄』に近似していることは、これらが近世における『源氏物語』の書物の世界に相互的に参与していたことを示している。そしてこの『湖月抄』が属する書物の世界こそが、第二次世界大戦後までこの物語の「テクスト」の読書経験の圧倒的多数のための不可欠な枠組みを成していたのである。清水婦久子が示しているように、『湖月抄』と『首書源氏物語』(1673年刊)は、近世に最も広く読まれ、複製された『源氏物語』の注釈付テクストであり、主としてそれらは山本春正画の『絵入源氏物語』のテクストに基づいている。『絵入源氏物語』は、17世紀はじめに出版された古活字版に拠っている[14)]。この初期の古活字版は、現在は特定することができない、ある写本、「青表紙本」と呼ばれる系統のテクストに主に拠っていると見られる。「青表紙本」系とは、テクストのグループであり、1960年代以降に出版された『源氏物語』のほとんど全てのテクストがこれに基づいている。

しかし、ここでテクスト上の重大な「切断」がある。近世の先行する注釈書と同じように青表紙本に拠るといっても、現代の『源氏物語』注釈書は直接的には、「青表紙本」の特に権威的な転写本とみなされているものに基づいている。それはしばしば大島本[15)]と呼ばれる、1563年頃に室町後期頃写の残欠本を複数人で補写して揃い本とした写本のことなのである[補注4)]。現代の『源氏物語』の読者の多く、また読者でない者にとっても、大島本が、この物

語の新しいエディションの最も有力な典拠として、17世紀の古活字版以降の書物に取って代わったとき、この過程を通して『源氏物語』と、それに基づいていた改替品のテクストの世界全体に取って代わったのである[16)]。梗概の豆本を、近世において「テクスト」としてふるまっていた『湖月抄』の改替品と見做すのはあたっているだろう。例えそれが読むものではなく、ゲームに使われる駒として認識されることを意図していたとしても。例え近世に『源氏物語』を読まない人にとって、『源氏物語』はテクスト、本文のことではなく、何かの「本」だろう、とまずイメージされていたとしても、である。なぜなら、ある面でこの梗概は、その「本」という改替品を通して、その形態がなしているもとの作品という概念を、また『源氏物語』というテクストを、暗示しているからである。大島本が、新しい、最も優れたテクストとしての地位を確立したとき、豆本の梗概が属していたテクストの世界全体に、取って代わったのである。

この改替は、3世紀半の間、文献学的批判(本文批判)がほとんどなされないままに一般的な『源氏物語』に対するイメージとして持続していた歴史を覆してしまったのであり、その重大さは到底言い尽くせるものではない。それを推し進めたのは、1942年に出版された池田亀鑑(1896～1956)による5巻の偉大な校本『校異源氏物語』と、改訂を経て1953年から1956年の間に出版された8巻の『源氏物語大成』である。これらの校本の出現が人々の『源氏物語』の見方を全く変え、それが先行する全てのテクストの改替によってなされたのは明らかだった。それは、『源氏物語大成』への1957年の書評のなかで、『校異源氏物語』が刊行されたときの感慨を振り返った次の一節にも見られよう。

> 大戦中学術書は分けて手に入りにくかつた時で、私は大阪市中を捜しあるいたが、到る所で申込をさへ断られて、終には笑はれた。幸に吉永登君の配慮で手に入れた時には狂喜した。……今までは湖月抄、首書本、絵入本、万水一露位を見るより外なく、三条西家証本が長く勢力を持つて居たが、転写本校合本で見ても、左程信頼すべき本とも思はれなかつた。そこへ校異源氏の刊行されたことは、大旱の雲霓を望むが如きもの

> で、居ながら現在の有力な写本を一目に見ることが出来て、近世の刊本をいぢつて居た不安と徒労とを一挙に一掃したのである。いつだつたか某大学生が来て、「夕顔巻に疑問があつて、宿題になつて居るのですが」といつたので、手許の活版本で見ると成程分らない。校異源氏の本文によると何でもなく分る。疑問になつてゐるやうな本文は校異の中にも挙げてない。試みに湖月抄を見て、それが近世刊本の誤だと分つた。今に校異源氏を見ずに源氏を研究しようとする人があるのかと不思議に思つた[17)]。

池田亀鑑の並外れた校本が利用可能になったことで、近世の『源氏物語』は「一挙に一掃」された。「有力な写本を一目に見る」校本、つまり読解を容易にするという活字の「翻訳」を通して、中世以前の『源氏物語』に読者がアクセスすることを可能にすることによって、池田亀鑑の校本は近世の『源氏物語』を改替した（取って代わった）。全く突然に、人々が『源氏物語』について考える際に、かなり別のタイプのテクストをイメージするようになったのである。

しかし、これは問題を簡約化したものであり、1942年の『源氏物語』のテクストの改替の過程は実際にはもっと複雑である。第一に、大島本の出現は、近世のテクストに基づいていた近世の注釈書を、決して無意味なものにはしなかった。最も有名な本居宣長（1730～1801）の『源氏物語玉の小櫛』（1799年刊）も含めてそうであり、これは主に『湖月抄』に拠っている。また『校異源氏物語』の出版当時の状況を顧みれば、それは三次（旧訳・新訳・新々訳）に渡る『源氏物語』の現代語訳を行った小説家谷崎潤一郎（1886～1965）の、1939年から1941年に大変なベストセラーとなった第一次訳につづいて、またそれに伴って、同じく中央公論社から刊行されたのである。

谷崎の旧訳（第一次訳）の配本に付属する教育的パンフレット「源氏物語研究」の最終号に印刷された公告では、出版社は次のように記している。『校異源氏物語』は「苟も日本文學研究者として、源氏物語を繙かうとする人々にとつては空前絶後の源氏テキスト」であり、「「谷崎源氏」の純藝術の書であるに配し、是（『校異源氏物語』）は正に純學術の書といふべく[18)]」と説明している。実は谷崎は『湖月抄』を現代語訳のための主要なテクストとして用いていた。

そのため、豆本の梗概が『湖月抄』や近世の他の『源氏物語』の版本に立ち返るような形態をとっていたのと同様に、谷崎の現代語訳の表紙も、近世の『源氏物語』版本を装っている。しかし文様のある表紙は、無地表紙の『湖月抄』とは明らかに異なり、『湖月抄』を暗示することから抜け出して、写本であることを示しているようでもあるため、どこか曖昧である[19)](図3)。事実、谷崎は1951から1954年に出版された新訳(第二次訳)においてもまだ『湖月抄』を利用した。新々訳(第三次訳)は、新訳の旧字を新字・新仮名遣いにして再編集しただけのものである[20)]。

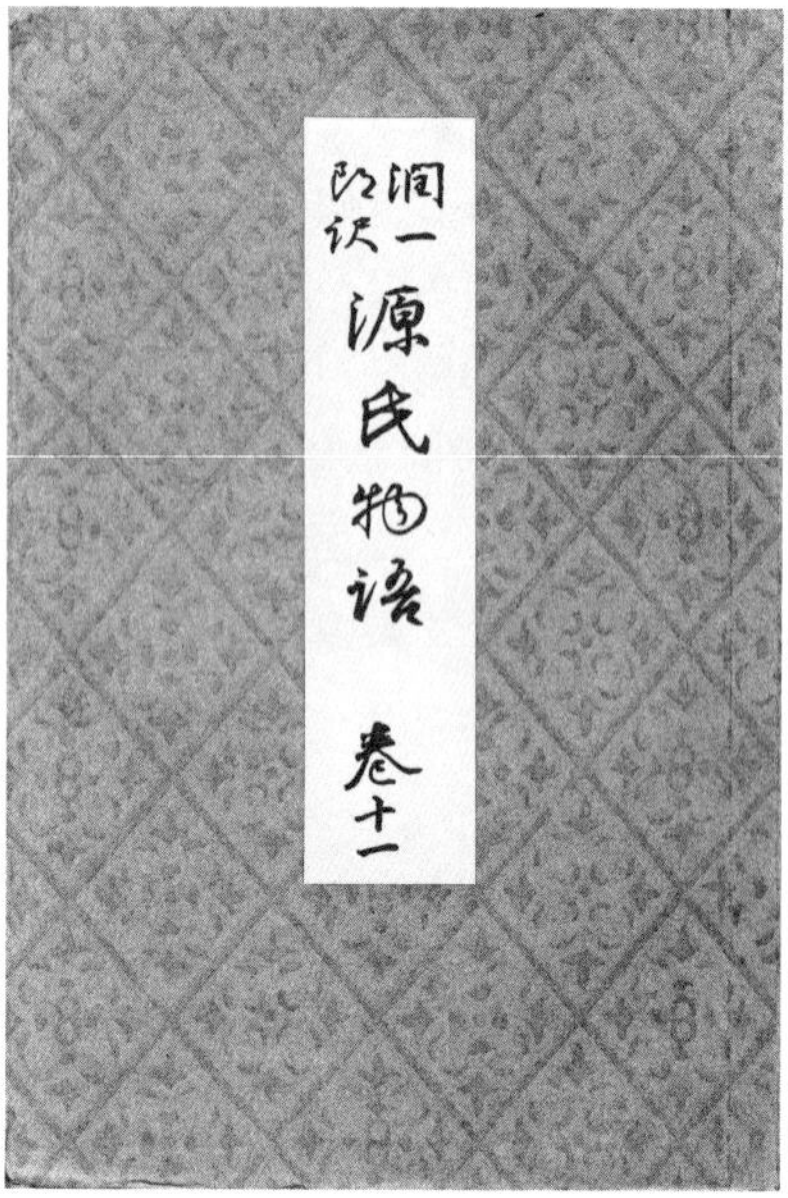

図3　旧訳『潤一郎訳源氏物語』巻十一の表紙(個人蔵)

『校異源氏物語』は、『源氏物語』のもとのテクストがどのようにイメージされるのかという研究上の概念を変革した。『源氏物語』のもとのテクストは『湖月抄』のようなものではない、という、もとのテクストへのイメージの変容が一般的な享受層にも徐々に及んでいた最中にあって、『湖月抄』の改替品ともいえる、谷崎による人気の現代語訳の商業的成功は、『校異源氏物語』による『源氏物語』の改替を、より広く可能にしたのだった。と同時に、「純藝術」の世界においては、少なくとも当時は、『校異源氏物語』が学術的には時代遅れのものにしてしまった、近世のテクストに対する信仰を持ち続けることができたのである。

「テクスト」の改替について語るにあたって、まずカノン的作品のもとのテクスト、という概念が、絶えざる関係を結び続ける複雑な過程について述べてきた。この過程は、もとのテクストの新しいイメージを生成することに

よって維持されているのである。このイメージのいくつかは自身をテクストに装う。それぞれのテクストの価値は、時間が経つと新しい競合者の出現によって浮き沈みし、個々のテクストが互いに位置と権威を定める、絡み合った関係性の網目のなかでの移動を促すのである。いくつかのイメージは、もとのテクストの概念から離れているテクストとして、より目立つ存在となる。そこには、一般的な意味での翻訳も含まれるのだが、翻訳とは改替品の改替品といえる。ここまでふれてきた小さなオブジェたち、例えば梗概の豆本や、プラスチック製のパッケージに包まれてコンビニの棚に並べられた源氏物語千年紀抹茶バームクーヘン。それぞれはおかしい、些細なものに見えるかもしれないが、カノン化へ寄与する力は非常に重大である。なぜなら、一見関係なく見えるかもしれないが、にもかかわらずテクストの伝来の世界に参与し、カノン的作品がどのようなものなのかを、思い描かせるからである。バームクーヘンのパッケージのデザインは、『源氏絵鑑帖』の1場面を必ずしも使わざるを得なかったわけではないだろう。しかし『湖月抄』に擬した、白い題簽と青い表紙の本のようなパッケージにはなりえなかっただろう。なぜなら、現代の消費者にとって『湖月抄』はもはや、この物語の明確なイメージでも、カノン的価値のシンボルでもないからである。

事実、『源氏物語』の価値を最も有無を言わさぬ形で表象しているもののひとつが近世にある。想像されたテクストとしての形をとったそれは、バームクーヘンにひけをとらず、『源氏』と関係のないコンテクストのなかに現れる。『春之曙』(1796年)(図4)という狂歌撰集のために葛飾北斎(1760～1849)によって描かれた美麗な絵のなかに。曙の空をながめる3人の女性と、『春曙抄』と書かれた縦長の漆塗箱が彼女たちの背後に目立つように描かれている。『春曙抄』(1674年)は、清少納言の『枕草子』の版本のひとつで、『湖月抄』の注釈者でもある北村季吟の注釈がついたものである。しかし『湖月抄』が60冊で出版されたのに対し、『春曙抄』は12冊に過ぎず、さらに冊数の少ない版もある。この絵の中の漆塗り箱の中に、文字通り『春曙抄』が収められているとすれば、箱はほとんど空である。『源氏物語』を読んだことがない人々にとってさえ『源氏物語』の典型的なイメージであった『湖月抄』は、その随所で目にす

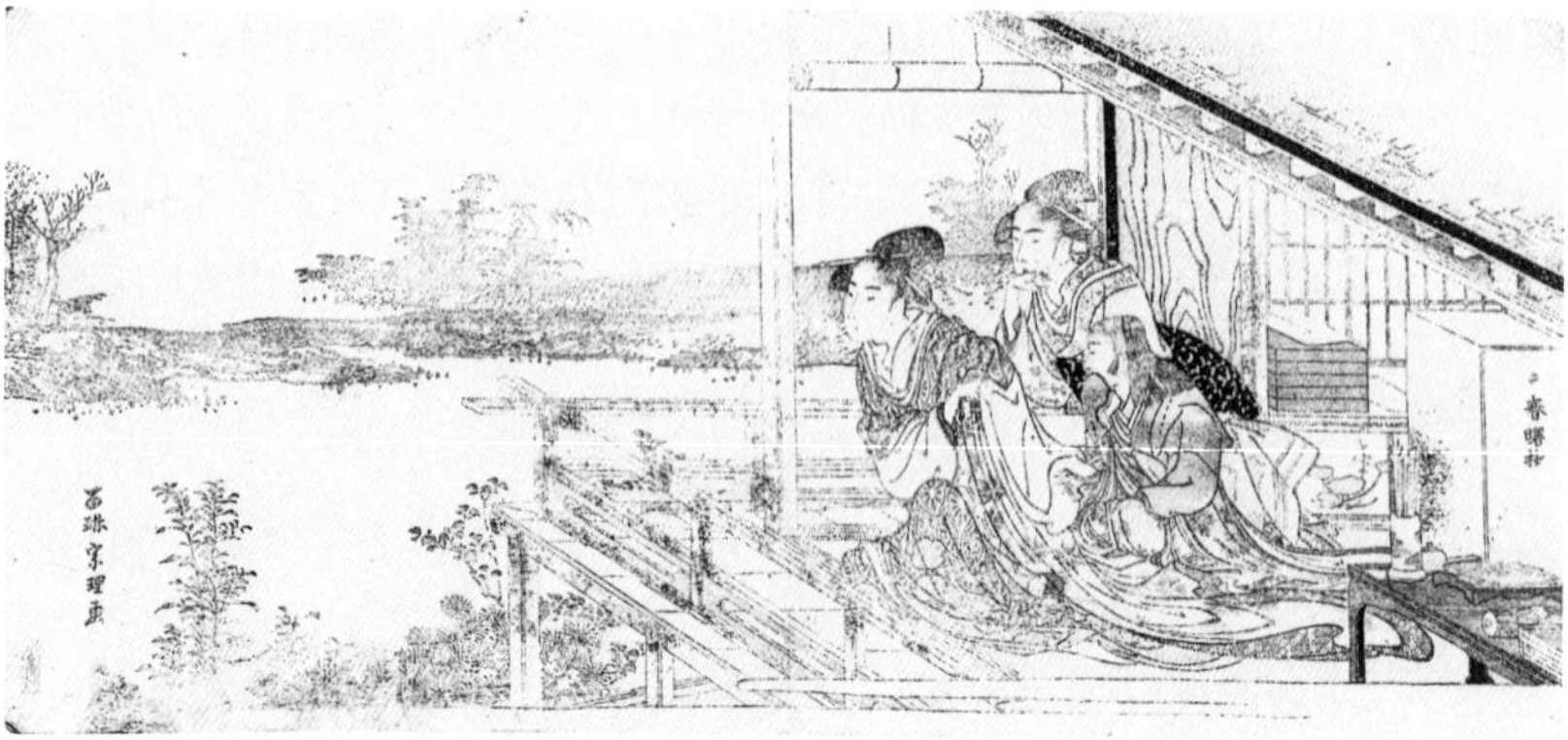

図4　北斎の描いた曙の空を見つめる三人の女たち（芍薬亭長根撰『春之曙』1796年、信州小布施北斎館蔵）

図5　南杣笑楚満人作・歌川豊広画『敵討時雨友』（国文学研究資料館蔵『志くれの友』（ナ4—432—1〜3））第1冊1丁表
鰥の藤作と彼が手塩にかけて育てる娘おるいの背後の床の間には、『湖月抄』が縦長の箱に収納されて立っている。書誌URL（http://dbrec.nijl.ac.jp/KTG_B_200007811）

る描写によって(図5)馴染みのあるものであったため、『湖月抄』の箱の形態を模して北斎は『春曙抄』の箱を描いたのであろう。この全く異なる冊数の書物さえ幻視させてしまうところに、『源氏物語』が想像されたテクストとして及ぼしていた力が、ある特定の近世の改替品の形態(『湖月抄』)によって具現化しているのを見ることができるのである。

理論上の「テクスト」

「テクストの改替」というときの「テクスト」は、第一に、ものと概念の間の関係性の意味にかかっていた。つまり実際に存在する書物、或いは他の物質的形態と、それらが取って代わるところの「もと」との関係についてであった。改替品と、改替品を通して想像される「もと」との関係性をめぐっていた。「テクスト」の第二の意味として、人と、ものとの間の主観的な関係性について見ていきたい。

1960年代後半以降「テクスト」という語は、ポスト構造主義の文学と文化批評の学術的領域において、理論上、ある意味の威光をまとうようになった。現在でも、カノン形成の研究における「受容」という概念と同じくらい、このテクストという語の使用は馴染みのあるものになっている。この意味での「テクスト」という語は、あらゆるものを扱うにあたって引き合いに出される。小説、映画、絵画、アリア、バレエ、身体、黒板に書かれた、詩のようにも読める名前、記名された尿検査容器、存在の全体性、或いはそれらに類するもの。死んだ作者や芸術家の硬い指からひとたび引き離されるか、オープンエンディングが設けられるや否や、「いま」「ここ」における終わらない命が呼び出される。このテクストという概念は初めて使用されてから数十年の間に相当洗練されてきた。そのため、テクストの永遠の現在性というのは今では一般的に、オープンエンドについて解説するための、或いは、ある読解を他の読解の中から正当化するための、特定の解釈上の約束事という文脈の中でのみ存在するものと理解されている。

テクストという語は、これから考究していく以上の意味と屈折を帯びてい

る。が、ここでは簡単に、この語の使用がもたらした衝撃がいかに魅力的であるかの基礎的な理解について確認し、文学批評の対象を扱う際のデフォルトとしていつまでも御託に掲げる重大な欠点について述べていきたい。そのために最も良いのは、最初にこのテクストという語に、現在一般的に使用されている概念の輪郭を与えたエクリチュールのひとつである、ロラン・バルト(1915〜1980)の「作品からテクストへ」(1971年)を振り返ってみることかもしれない。この論考は7つの提言から成っており、そのうち最初と最後の提言から引用して次に示してみよう。

> 両者の差異は、つぎのとおりである。作品は物質の断片であって(たとえばある図書館の)書物の空間の一部を占める。「テクスト」はといえば、方法論的な場である。この対立は、ラカンがとなえたつぎの区別を思いおこさせるかもしれない(しかし、決して逐語的にそれに従うものではない)。つまり、《現実《レアリテ》》は見えるが、《現実的なもの《レエル》》は論証されるということ。同様にして、作品は(本屋に、カード箱のなかに、試験科目のうちに)姿を見せるが、テクストはある種の規則にしたがって(または、ある種の規則に反して)論証され、語られる。作品は手のなかにあるが、テクストは言語活動のうちにある。テクストは、あるディスクールにとらえられて、はじめて存在する(あるいはむしろ、そのことを知っているからこそ、「テクスト」である)。「テクスト」は作品の分解ではない。作品のほうこそ「テクスト」の想像上の尻尾なのである。あるいはまた、「テクスト」は、ある作業、ある生産行為のなかでしか経験されない。したがって、「テクスト」が(たとえば、図書館の書架に)とどまっていることはありえない。「テクスト」を構成する運動は、横断である(「テクスト」はとりわけ、作品を、いくつもの作品を横断することができる)[21]。
>
> 右のことが、「テクスト」に対する最後のアプローチを設ける(提案する)ようにさせる。つまり、快楽《プレジール》によるアプローチである。……たしかに、作品の(ある種の作品の)快楽は存在する。わたしはプルーストを、フロ

ベールを、バルザックを読み、さらに読みかえして、大いに楽しむことができる。それがアレクサンドル・デュマであっても、どうしていけないわけがあろう？しかし、この快楽は、たとえどれほど強烈であっても、たとえあらゆる偏見を免れていても、なお(批評がおこなうある種の例外的努力を除けば)、部分的には消費の快楽にとどまる。というのも、わたしはこれらの作家を読むことはできるが、しかしまた、それをふたたび書くことはできない(今日、《そのように》書くことはできない)、ということを知ってもいるからである。そして、このかなり悲しい認識だけでも、わたしをこれらの作品の生産から遠ざけるには十分であるが、まさにそのとき、このへだたりがわたしの現代性の基礎をきずくのだ(現代的であるということは、繰りかえすわけにいかないものは何かを真に知っている、ということではなかろうか？)。「テクスト」はといえば、享楽《ジュイサンス》、つまり、距離のない快楽《プレジール》と結びつく[22)]。

一読してその要旨を把握するにはおぼつかない文章だが、ここではその読者の手からすりぬけるつかみどころのなさを吟味しようというのではない。きわめて重要なことは、バルトが提示している「作品」と「テクスト」の概念の間の区別は、最終的には作品にもテクストにも向けられてはいないということである。それは、作者と読者に向けられている。彼の主要な問いは次の3つである。「誰がテクストを作るのか？」「いつテクストは作られるのか？」そして「テクストはどこに存在するのか？」。彼の答えは「読者」であり、「読書の間に」であり、「読書に」である。つまり、バルトのねらいは、読者を作者にすることだったのである。

「作品からテクストへ」の中の先の2つの提言において実質的に言いたかったことは、影響力を持ったもう1つの論考「作者の死」(1967年)のなかでバルト自身が示している。「現代の書き手《スクリプトゥール》は、テクストと同時に誕生する。彼はいかなることがあっても、エクリチュールに先立ったり、それを越えたりする存在とは見なされない。彼はいかなる点においても、自分の書物を述語とする主語にはならない。言表行為の時間のほかに時間は存在せず、あらゆ

るテクストは永遠にいま、ここで書かれる」。また、彼はこうも書いている。「(エクリチュールの)本当の場は、読書である。」「読者の誕生は、「作者」の死によってあがなわれなければならないのだ[23]。」

ある面ではたしかに、作品という概念に取って代わりうる「テクスト」は必要であり、バルトの理論は作者と読者の概念の相互関係、その様相を改める上で大きな役割を果たしてきた。しかし同時に、結果として何かが失われているのではないだろうか。それは、ミシェル・フーコー、エドワード・サイード、スタンリー・フィッシュたちが、彼らなりのテクスト性の扱い方において、回復しようとしてきた以上の何か、である。バルトの最も強い関心が、読者の役割の再検討にあったなかで、作者の墓の上で読者を独創的に踊らせるあまり、どういうわけか結果的に「書物」というものを見落としてしまったのである。書くということが読書のなかに存在すると主張するために、バルトは彼の提言の最初から、異様な粘り強さをもって、書物というものを、ただちに考察の埒外に置いたのである。物質的対象、印刷され綴じ合わされ、「手のなか」にあり、「図書館の書架」に据えられた書物自体は、「物質の断片」であると。しかし、それは明らかに読者の読書行為によるものでなく、他者の労働によって生産されたものなのである。バルトの父は彼が生まれた翌年に亡くなり、母は低賃金の製本業に従事し、彼と異父弟を育てた[24]。おそらくバルトにとって、労働の生産物としての書物は、作品というもののよそよそしさ、頑なさを主張するにあたって、とりわけ厄介なものだったのだろう。この来歴こそ、彼が「ふたたび書くことはできない」といったものに属する。そのため、彼の書いたものの中では、書物は作者とともに葬られている。彼のいう「テクスト」は、以上のような物質性から解放されているのである。

しかし、バルトを読んでいても、テクストの形態というものは我々につきまとい続ける。

彼の7つの提言のなかで、バルトは先行する作者たちの「テクストの生産」から遠ざけられているという意識を訴えている。文学の真の快楽は消費のなかには見出されず、生産のなかにある。しかしバルトは、「今日、《そのように》書くことはできない」ことを知っている。たしかに、前時代と同じような

料紙を得て、同じように印刷して、同じように製本するというのは不可能であることは間違いない。彼の定義する作品とは、絶えず「現在」をこばむ歴史を漂わせており、現在と過去の両方を巻き込み、それゆえに再生産されることができないものである。消費されることはできるが、消費という疎外された快楽は、彼の言う「享楽」の十分な代わりにはならない、と。ただし、「作品からテクストへ」が世に出た当時、バルトは既に『S/Z』(1970)を刊行していた。それは、オノレ・ド・バルザックの『サラジーヌ』を「テクスト」として扱う、才気あふれる作品であった。バルザックは、バルトが7つの提言のなかで彼が「ふたたび書くことはできない」エクリチュールの例として挙げられた4人の作者の1人であり、バルトはバルザック作品からの切断を意識しているが、このようにテクストとして関わった後においてさえ、この切断を意識しているのである。テクストは「ある作業、ある生産行為のなかでしか経験されない。」という仮定では、結局、テクストの物質性からはついに解放されない。「テクスト」が生産という活動においてのみ経験されるとしても、テクストは、現に、ある。バルトにとってはテクストの物質性が物の数ではないとしても、テクスト自体においては、物質性は少しも非実質的なものではないのである。

これはさらに混乱をまねく提言であろう。事実、それは半世紀もの間使用されてきた「テクスト」という概念に執着する際の一般的な混乱として要約できるであろう。そして、「テクスト」という概念と強固に結びついた「受容」という概念もまた、そのような混乱をもたらしている。「受容」と「テクスト」の結びつきは、例えばハルオ・シラネが示すように我々が『源氏物語』の受容を「読者的受容」と「作者的受容」という術語で考えるときにも引き起こされている。これは、バルトが『S/Z』などで描いた「読み得るテクスト」「書き得るテクスト」[25)]の対比の反復ではないだろうか。また、受容史研究の進展における中心人物であり、「期待の地平」で有名なハンス・ロバート・ヤウス(Hans Robert Jauss)は『挑発としての文学史』(1967年)のなかで受容の概念を次のように説明している。ヤウスによれば、文学作品とは、「その不朽の本質を単声的に明らかにする記念碑ではない。それ(It(Es))は読者のなかに常に新しい

反響を引き起こすオーケストラに似て、テクストを言語の物質性から解放し、常に現代的である存在のなかに導く[26)]」。作品は記念碑ではなく、「テクスト」はその亡骸から復活するという。しかし、言語の物質性を消去するということは遂に出来ない。「それ(It(Es))」というテクストが、未だに「存在」しているではないか。

私たちが「テクストの受容史」について語るとき、この「テクスト」の受容は歴史的変遷を辿っているのだから、やはり、「受け容れた」ものである。また、一定の言葉が連続した記録が、巻子や冊子、ラジオやインターネット上、ニンテンドーDSなどの携帯ゲームなど特定のテクノロジーを用いて伝達されたものという意味で、小文字のテクストであることもまた、言うまでもない。たとえ劇がステージで上演される度に生み出されるのと同様に、読まれるたびに読者の存在のなかで大文字の「テクスト」として生み出されるのであっても、である。テクストの概念をめぐっては、ある、やっかいな対立が根強くある。一方は、テクストとは、知覚によってはじめて実在し、その経験としてしか実在しえないものとする。もう一方は、テクストとは、認識する主体に関わりなく、この世の特定の歴史的コンテクストのなかに位置して存在する「物」であるとする。「あらゆるテクストは永遠にいま、ここで書かれる」とバルトは言う。絶えず現代性をもち、見かけは時そのもののように過ぎ去るようでいて、それでもテクストは同時に永遠にある、というのである。

後続の批評家においても、このような内的矛盾は続いている。初期のバルトが使い分けていたように、ことばの一定の連続としてのテクストと、生成の行為のなかで経験されるものとしての「テクスト」を区別するために、彼らが実質的には小文字のテクスト(text)と大文字の「テクスト(Text)」という印刷上のマーキングを採用したとしてもこの矛盾はなくならない。このことはスタンリー・フィッシュのように、教室というコンテクストにおいて「このクラスにテクスト・「テクスト」はありますか(”Is there a text/Text in this class?”)」と、口頭で、問われることを想像してみればよい。たしかにD.F.マッケンジーやジェローム・マクガンなどの書誌学者はこの術語を十分に活用してきていた。にもかかわらず、この「テクスト」という術語がもつ曖昧な二重の意味こそが、

近年ようやく下火になってはきたが、書くことの物質性を見落してしまうこと、書物の物質性が私たちに読者として求めていることへの軽視、私たちの読書というものの認識の仕方への影響の看過というような、これまでの一般的傾向に寄与してきたのである。

これは教室において特にそうであるといえる。教師が生徒に「さあ、「テクスト」は何と言っていますか」と問うとき、この「テクスト」は、見えるものとして残存している亡霊のように聞こえる。それはバルトが「とどまっている」と言うものであり、「図書館の書架」や「手のなか」の書物という小さな棺にありながら、同時に物質性を脱ぎ捨てて頭上に浮遊し、「言語の物質性」から自由であり、歴史から離れ、注釈校訂の営為に関せず、カノン化とも無縁な抽象的次元にある。事実、この「テクスト」は、当然理論に従って「テクスト」を生産する活動を経験するはずである読者、生徒からさえ、切り離されているように見える。なぜなら、ここで「「テクスト」は何を言っているか」という問いは、権力関係によって密に上書きされているからである。頭上に浮遊しているという「テクスト」は、生徒の手の届かない、指導者が属する解釈共同体によって正当化されたものなのであり、この共同体に生徒は参加することができるとは限らない。これに感づいた察しのいい生徒に対してのみ、「「テクスト」は何を言っているか」という問いは意味をなす。他の生徒は単に、ページ上に印刷された点々、テクストから、見当違いな解釈を引き出すだけだろう。スタンリー・フィッシュのエッセイ「この教室にテクストはありますか」(1979年)において、生徒たちはいつも質問する立場であり、指導者はいつも答える立場である。もし指導者が質問してみたりすれば、生徒たちはおそらく、その問いが自分たちに向けられていることさえ、わからないかもしれない。指導者とは、どのように「テクスト」を生産すればいいかを知っていると期待されている専門家なのである。もし指導者が自分自身にこの問いを直接向けたとしたら、まるで降霊術の儀式における巫女のようになるかもしれない。「テクストさん、テクストさん、テクストさんは、この教室に、いますか？」

バルトの信奉者が意味する、手練手管を労したこの「テクスト」の概念はた

しかに非常に有用であったし、これからも数々の学問上のキーワードとして有用であり続けるだろう。しかし文学研究においては、特に研究者たちが視覚効果性や物質性の問題や書物の歴史について、ますます関心を高めているなかにあっては、この術語からいくぶん距離をとったほうが身のためだろう。なぜ、私たちはこれから、書物のなかの絵や図を、テクストと同じように読まなければならないのだろうか。また、絵や図とテクストの相互作用を、テクストとして読み取らなければならないのか。なぜ書物自体の物質性を、テクスト、として分析しなければならないのか。実際、書物というものがテクストとして分析されるとき、わかることとは一体何だろうか。作者の死によってのみ読者は生まれる、と1967年に主張したときには、或いはバルトは正しかったかもしれない。しかし、現在振り返ると、そのとき書物も同じく葬られるべきだということは、それほど確かではあるまい。個々の書物の、その一冊ごとにかかえている固有の物質性、そのことに敏感な読者のなかに生じる「生産から遠ざけ」られているという感覚が、読書というものは「テクスト」の生産に関わる積極的な活動を経験することだ、という理解につながったようである。「作品は手のなかにある」とバルトは言うが、現実には彼の言及する「作品」が、「物質の断片」であって、「書物の空間の一部を占める」からこそ、手にすることができるのである。書物は、異なる時代と、他者の手を心に呼びおこし、私たち自身の読書もまた、連綿とつづく多くの読書のひとつにすぎないことを思い出させる。この経験こそが、読者を相対化させる。読書というものに対するこのような認識を手放さないことは、デジタル革命によって書物が書架から、凍結した、触れることのできない煉獄であるネット空間へとめまぐるしく送りこまれる今日においては、以前よりもさらに重要ではないか。私は、書誌学者たちの助言を仰ぐことを提案したい。それは特にピーター・シリングスバーグの芸術作品のオントロジーをめぐる影響力のある探究、*Scholarly Editing in the Computer Age: Theory and Practice*[補注6)]である。我々が研究の対象に言及する方法について再考する上で一助となるはずである。シリングスバーグにとっては、「作品」とは物質的存在性をもたない抽象概念である。「受容者にとっては、作品は、ある単独の文学的創作物を

代表すると私たちがとらえる、全ての異なる形態をとるテクストの総体としてイメージされる[27]」。それに対して「テクスト」とは、「あるいずれかひとつの物理的形態に含まれた実際の言葉と句読点の整列である[28]」。

従って、「テクストの改替」というとき、その二つ目の意味は次のようになる。私たちがしばしば泥み、依存してしまった「テクスト」という術語から手を引き、この術語が私たちにもたらしたものを持ち続けながら、日本の文学研究において、書物自体を対象として特有の関心を培うことを試みることである。書物を読書行為と書写行為と、さらには言語自体を具現化したものとして捉えるアプローチである。このアプローチはとりわけ『源氏物語』をめぐる研究に適している。この作品は本文の複写(書写)が読書のひとつの方法であった環境において、長らく流布していたからである。このような環境は、バルトが拒否した、他者の作品を生み出す物質性と近代印刷技術の深い結びつきに光をあてる。近世の滑稽話を集めた『醒睡笑』(1623年序)の伝えるところによれば、「源氏を写すこと二十三部、二十四部目の朝顔の巻にてむなしくなりぬ」という宗椿という連歌師がいた。彼の師匠は追善のために哀傷歌を詠んだという。「筆にそみ心にかけしちぎりにや折しも消えしあさがほの露[29]」。このような読者にとって、テクストを心に抱くことと、そのテクストを写すために筆を染めることは、テクストと関わる方法として同時に起こっていた。今の読者はもはや、『源氏物語』の本文を手で「写す」ことはないであろう。しかし、私たちは今でも、その改替品を時代時代において現代に「うつしかえて」いるのである。

注

1) Jerome J. McGann, *Black Riders: The Visible Language of Modernism* (Princeton, N.J.: Princeton University Press, 1993), 27.

2) ハルオ・シラネ(衣笠正晃訳)「総説　創造された古典――カノン形成のパラダイムと批評的展望」(ハルオ・シラネ、鈴木登美編『創造された古典　カノン形成・国民国家・日本文学』新曜社、1999年)1頁。

3) Haruo Shirane, "*The Tale of Genji* and the Dynamics of Cultural Production,"

in *Envisioning The Tale of Genji: Media, Gender, and Cultural Production,* ed. Haruo Shirane (New York: Columbia University Press, 2008), 1.

4) 同書40-41頁。

5) これは、紫式部が共著者として名を連ねているためばかりではない。コマのなかには『源氏物語』の本文が挿入され、写本のような筆跡で書かれており(4巻の其の6から)、それがやや性欲過剰ともいえる翻訳(漫画)ととり合わされているのである。紫式部原作・江川達也漫画『源氏物語』全7巻(集英社、2001～2005年)参照。『源氏物語』の漫画と現代語訳については、以下の研究で洞察力のある考察が英語でなされている。Yuika Kitamura, "Sexuality, Gender, and *The Tale of Genji* in Modern Japanese Translations and Manga," in *Envisioning The Tale of Genji*, ed. Shirane, 329-357; and Lynne K. Miyake, "Graphically Speaking: Manga Versions of T*he Tale of Genji*," *Monumenta Nipponica* 63, no.2 (2008): 359-392.『あさきゆめみし』についての日本語での考察としては、北村結花「「少女の夢」の往還　『あさきゆめみし』論」(『国際文化学　神戸大学』3号別冊、2000年、146-160頁)を参照。

6) 『紫式部日記』の関連する記述は決して『源氏物語』という名称では言及していないのだが、少なくとも「物語」として言及している例は1箇所あり、他の「物語」と言う箇所もおそらく『源氏』のことだろう。誰が何をしたのかあまりにも不確実であり、英語圏においては英訳のために本文が読みやすいよう改められて損なわれている可能性について議論も尽きないが、基本的にはあらましは次のようになるだろう。紫式部と、おそらく他の女房たちが中宮彰子のもとに仕えていて、美麗な写本を製作するための色々な料紙を選び取り合わせていた。これらは既に中宮の所有していた、改稿された「物語の本」(C)の複本(調度本)にするためと見られる。『源氏』の各巻ごとに1冊になっていたようである。料紙は物語の冊子と書写依頼の手紙とともに、しかるべき能書のもとに送られた。書写されたものが戻ってくると、紫式部と他の女房たちはページ順に整え、「物語の本」(D)を完成させた。ある日、他のことに紛れているうちに、彰子の父親であり有力な政治家でもあった道長が、紫式部の局に忍びこみ、「書きかへ」ていない「物語の本」の草稿(A)とみられるものを盗み出してしまった。これは紫式部が隠しておいたものである。道長はそれを彼の次女であり後に三条天皇の中宮となる妍子に与えた。紫式部は「よろしう書きかへたりしは、みなひきうしなひて、心もとなき名をぞとりはべりけむかし」と最後に言い添えている。この「よろしう書きかへたりし」本とは、清書のた

めに能書のもとへ送られ、おそらく返却するよう求めなかったためにそのままになった本(C)のことなのか、中宮彰子の所有するセットの準備の、それより前の初期段階で紫式部が製作していて既に失われた改稿本(B)のことなのかは明らかでない。この最後の一文をどう解釈するかによって、彼女が直接その製作に関わっている3種類、或いは4種類の『源氏物語』について言及し、その全てが流布して、そのうちの2種(ひとつは改稿済み((C)或いは(D))、もうひとつは未定稿(A))は最終的に2人の中宮の所有に帰したとも読めるのである。『紫式部日記』の該当箇所については、以下を参照されたい。藤岡忠美・中野幸一・犬養廉・石井文夫校注・訳『和泉式部日記　紫式部日記　更級日記　讃岐典侍日記』(新編日本古典文学全集)(小学館、1994年)167-168頁。((A)から(D)は訳者が便宜的に付したものである)。

7) この場面は『源氏物語絵巻』の鈴虫巻からとられたものである。光る源氏の君が、藤壺との不義密通によって生まれた冷泉院とともに座っている。下半分が消されて紙幣に印字された詞書はこの絵とは関係がない。紫式部自身は13世紀作の『紫式部日記絵巻』から取られた女房の画像が紙幣の右下に配されているのが見える。2008年には地方自治法施行60周年を記念するため京都府が10万枚の1000円銀貨幣と205万枚の500円バイカラー・クラッド貨幣を発行した。この貨幣にも『源氏物語絵巻』の絵が用いられている。

8) 寛弘5年(1008)11月1日の記事のなかで紫式部は、中宮彰子と一条天皇との間に生まれた皇子の五十日の祝賀の席で起こった出来事に関わっている。藤原公任が「「あなかしこ、このわたりに、わかむらさきやさぶらふ」と、うかがひたまふ。源氏に似るべき人も見えたまはぬに、かの上は、まいていかでものしたまはむと、聞きゐたり。」この記述は、男性貴族たちが既に『源氏物語』を読んでいたことの証左として取り上げられる。そのため、「千年紀」とは、『源氏物語』の誕生そのものを祝うというよりは、『源氏物語』をめぐる言説の広がりからの千年を祝うものなのであった。『紫式部日記』の該当箇所は、先掲の新編日本古典文学全集165頁参照。

9) 源氏物語千年紀委員会は、2007年1月30日に推進組織である京都府、京都市、宇治市、京都商工会議所と、その他関係団体によって、秋山虔、梅原猛、瀬戸内寂聴、千玄室、ドナルド・キーン、芳賀徹、村井康彦、冷泉貴実子たち有識者の2006年11月1日の「源氏物語千年紀のよびかけ」に応じて設立された。

10) 源氏パイは1965年にできたもので、この商品名は、翌年放送された大河

ドラマ『源義経』を見越して命名された。

11) 当該箇所と以降の段落で述べる源氏物語千年紀委員会の活動についての記述は、源氏物語千年紀委員会編『紫のゆかり、ふたたび　源氏物語千年紀公式記録』(源氏物語千年紀委員会、2009年3月)に集成された豊富な情報と統計に負うところが大きい。当時の新聞記事や、新聞記事と番組のリストについては「資料編(新聞・テレビ)」同書217-286頁を参照。

12) 「まちで見る千年紀のシンボルマーク、キャラクター」(注11書84-85頁)、「源氏物語千年紀委員会ロゴタイプ・シンボルマークの使用に関する取扱規程」(注11書164、165頁)。

13) 表によれば、たいへん多くのイベントがこの千年紀のために委員会の「後援」をうけている。参加者数については「資料編(イベント)」(注11書171-216頁)を参照。

14) 清水婦久子「源氏物語版本の本文」(『源氏物語版本の研究』和泉書院、2003年)207-340頁。清水は291頁に様々なテクストの系統をわかりやすく表で示している。現在一般的に『首書源氏物語』(しゅしょげんじものがたり)と読まれているテクストの題名は、近世紀においては(かしらがきげんじものがたり)と読まれていたことを17、19頁で述べている。また、ここで私が17世紀はじめの古活字版の『源氏物語』と言及しているのは「伝嵯峨本源氏物語」のことである。

15) 清水が注14書289頁以降においてこの点について論じている。近年まで「伝嵯峨本源氏物語」は全体が青表紙本系統の本文だと思われていた。しかし伊井春樹が論証したように花散里、常夏、野分の三巻は河内本系統に属し、宿木は別本によっている。伊井春樹「伝嵯峨本源氏物語の本文」(増田繁夫・鈴木日出男・伊井春樹編『源氏物語研究集成　第13巻　源氏物語の本文』風間書房、2000年)353-403頁参照。

16) 近世紀の『源氏物語』の版本の本文は、1890年以降に出版され始めた近代の『源氏物語』の改替品の多くで用いられていた。『湖月抄』の本文に基づいた注釈としては、藤井紫影・佐々醒雪・沼波瓊音・笹川臨風『新釋源氏物語』(新潮社、1911、1914年)、宮田和一郎著・吉澤義則閲『頭註對譯源氏物語』(文献書院、1923～1928年)、吉澤義則校註『對校源氏物語新釈』全6巻(平凡社、1937～1940年)がある。『首書源氏物語』の本文に基づいた現代語訳には有朋堂文庫として広く読まれた武笠三校訂『源氏物語』(有朋堂書店、1914年)、五十嵐力訳『昭和完譯源氏物語』(篝柿堂、1948～1950年)、佐成謙太郎訳編『對訳源氏物語』(明治書院、1951～1953年)がある。

17) 山脇毅「池田亀鑑博士編著「源氏物語大成」(『國語と國文學』34-7号、1957年)59頁。『萬水一露』は実際には近世期より前の注釈書である。能登永閑の作で1575年に成立した。近世期には永閑のこの注釈は『源氏物語』本文と一体となった版本として広く流通した。山脇はここで複数の版本について言及している。

18) 「「校異源氏物語」刊行に就て」(「源氏物語研究」第13号、7、8頁、紫式部著・谷崎潤一郎譯・山田孝雄閲『潤一郎訳源氏物語』(中央公論社、1939～1941年)付属)。また、同コラムには、次に示すどこかいかめしい提言も見出せる。「今後源氏に手を染める者は何人と雖も先づ本書から入らねばならぬのである。源氏物語原典の最高權威として決定的のものであることを强調しておく。」(7頁)

19) 谷崎は彼の現代語訳に用いた本文が『湖月抄』に依っていることを明示的には示していない。ただし、当時中央公論社の若手社員であった相澤正が現代語訳の第26巻を構成する源氏物語系図・源氏物語年立・梗概を準備するにあたって、参照した作品の1つとして挙げられている。終戦後まもなく、谷崎は賢木巻で削除した部分を『中央公論』(文藝特集第1号、1949年10月)誌上に発表した。その際、削除部分が『源氏物語』の本文のどこに相当するのかを『湖月抄』によって示している。西野厚志の一連の研究では、谷崎の現代語訳の校閲者であった山田孝雄旧蔵の金子元臣『定本源氏物語新解』(明治書院)の書き入れに焦点を当てている(西野厚志「灰を寄せ集める――山田孝雄と谷崎潤一郎訳「源氏物語」」(千葉俊二編『講座源氏物語研究　第6巻　近代文学における源氏物語』おうふう、2007年))。『定本源氏物語新解』もまた、相澤正が参照したもののひとつなのだが、これもまた本文は『湖月抄』に拠っている。しかし、金子は山脇毅によって当時発見されたばかりの河内本のテクストによって校訂している。最後に次の事実を挙げておきたい。谷崎が現代語訳の依頼を受けるより前、1932年か1933年(千葉俊二の推定では後者)に谷崎は3人目の妻である松子に『湖月抄』を贈っており、これはあなたが読むために出来ているような本だと認めた手紙を添えている。谷崎が相澤について述べていることは、紫式部著・谷崎潤一郎譯・山田孝雄校閲『潤一郎訳源氏物語』26巻(中央公論社、1939年)201、202頁参照。谷崎による賢木巻の自己検閲の所感については「藤壺――賢木の巻補遺」(『谷崎潤一郎全集』23巻、中央公論社、1983年)241頁を参照されたい。谷崎が松子へ『湖月抄』を贈ったことについて私が関心をもったのは、Anthony Hood Chambers *The Secret Window: Ideal Worlds in Tanizaki's Fiction* (Cambridge, Mass.: Harvard University East

Asia Center, 1994), 134n.15で述べているところに依るものである。この谷崎から松子への書簡そのものについては、谷崎松子『倚松庵の夢』(中央公論社、1967年)214-215頁に拠った補注5)。谷崎の第一次訳の形態が装っている、近世期の『源氏物語』のテクストへのどこか曖昧な視覚的言及について述べておく。第一次訳は普及版と愛蔵版の2種類で発売されたが、表紙は共通のものであった。愛蔵版の方は、『源氏物語』の写本の収納に用いられるような横長の桐箱に収められている。普及版には桐箱は付属しないが、後に別売りで桐箱のみ販売され、こちらは『湖月抄』の販売に用いられていたような縦長の桐箱である。

20) 伊吹和子『われよりほかに　谷崎潤一郎最後の十二年』(講談社、1994年)22頁。

21) Roland Barthes, "De l'oeuvre au texte", *Revue d'Esthetique,* 1971. ロラン・バルト(花輪光訳)『物語の構造分析』(みすず書房、1979年)93-94頁。

22) 同書103-104頁。

23) 同書89頁。初出はThe Death of the Auther. *Aspen* no.5+6,Roaring Fork Press, New York 1967. 原題は、La mort de l'auteur, *Manteia* V, 1968.

24) Louis-Jean Calvet, *Roland Barthes* Flammarion, Paris, 1990. ルイ＝ジャン・カルヴェ(花輪光訳)『ロラン・バルト伝』(みすず書房、1993年)46-54頁。

25) シラネの用いている「読者的受容」と「作者的受容」については"*Tale of Genji* and the Dynamics of Cultural Production," 9を参照。バルトによるこの術語の用法については、Roland Barthes, *S/Z*, Paris. Éditions du Seuil, 1970. ロラン・バルト(沢崎浩平訳)『S/Z　バルザック『サラジーヌ』の構造分析』(みすず書房、1973年)の「I　価値判断」「II　解釈」(5-9頁)を参照。

26) Hans Robert Jauss, *Literaturgeschichte als Provokation der Literatur wissenschaft* Universitätsverlag Konstanz, Konstanz 1967. "Literary History as a Challenge to Literary Theory," in *Toward an Aesthetic of Reception,* trans. Timothy Bahti, Theory and History of Literature 2(Minneapolis: University of Minnesota Press, 1982), 21.

27) Peter L. Shillingsburg, *Scholarly Editing in the Computer Age: Theory and Practice,* 3rd ed. (Ann Arbor: University of Michigan Press, 1996), 43.

28) 同書45頁。

29) 安楽庵策伝著・鈴木棠三校注『醒睡笑』上巻(岩波文庫　黄247-1)(岩波書店、1986年)348頁。

補注1) New York: Columbia University Press, 2013. Paperback edition, 2015.

補注2） ed. Haruo Shirane and Tomi suzuki *Inventing the Classics: Modernity, National Identity, and Japanese Literature*（Stanford, C.A.: Stanford University Press, 2000）.

補注3） 鶴見大学図書館・源氏物語研究所第133回貴重書展示『源氏物語のあそび』（高田信敬解題、2013年）展示解説「24源氏物語双六（付）うちやうの事　桐けんどん箱入」の解説を参照。鶴見大学図書館第152回貴重書展日本近世文学会大会開催記念展示『江戸の出版と写本の文化』（2019年）展示解説「28『〔源氏物語双六〕』豆本28巻28冊・別紙1舗」（加藤弓枝解題）も参照されたい。

補注4） なお大島本源氏物語については、佐々木孝浩『日本古典書誌学論』（笠間書院、2016年）第三編源氏物語と書誌学を参照。

補注5） この書簡は、谷崎潤一郎没後50年を期して公開するところとなり、千葉俊二編『谷崎潤一郎の恋文　松子・重子姉妹との書簡集』（中央公論新社、2015年）109-111頁に全文が収録されている。

補注6） 今回の翻訳ではtextual scholars（D. F.マッケンジー、ジェローム・マクガン）、textual critics（ピーター・シリングスバーグ）を、ともに「書誌学者」と訳した。textual scholarshipには、日本のドイツ文学研究者の明星聖子によって編集文献学という訳語があてられている。textual scholarshipのなかの、実践的領域がシリングスバーグの本のタイトルにもなっているscholarly editingである。scholarly editingは、文学研究が依拠する文学テクストとその画像のデジタル化が一般化した今日では、従来社会学や情報学が議論を積み重ねてきた、テクストがデジタル化される際の方法も扱う。詳しくは、以下の参考文献を参照。明星聖子・納富信留編『テクストとは何か　編集文献学入門』（慶應義塾大学出版会、2015年）、ピーターシリングスバーグ著、明星聖子・大久保譲、神崎正英訳『グーテンベルクからグーグルへ　文学テキストのデジタル化と編集文献学』（慶應義塾大学出版会、2009年）、国立歴史民俗博物館監修後藤真・橋本雄太編『歴史情報学の教科書　歴史のデータが世界をひらく』（文学通信、2019年）。

梅翁／奥村政信『源氏物語』の挿絵とテクスト

新美哲彦

俗語訳『源氏物語』

近世は、写本・板本の流通量が劇的に増え、地方へ／からの情報の流通、下の階層への知の解放が行われた時代であった。このような知の解放によって、一部の階層のものであった古典作品が、多くの階層の「古典」として立ち上がってくる。『源氏物語』も例外ではなく、17世紀に入ると、テクスト、注釈、梗概書が出版され、『源氏物語』の知識は拡がり、共有されていった。

18世紀に入り、『源氏物語』の俗語訳作品や翻案作品が多く作成・刊行され始める。これら俗語訳作品、翻案作品は、『源氏物語』の近世における「古典」化の仕上げとも言うべき作品群であるとともに、『偐紫田舎源氏』という近世の『源氏物語』とも言うべき作品を準備していく。

俗語訳作品のうちもっとも早い刊行は、都の錦の『風流源氏物語』(桐壺〜箒木・1703刊)であり、それに続いての刊行が、『若草源氏物語』(1707刊)以下『雛鶴源氏物語』(1708刊)『紅白源氏物語』(1709刊)『俗解源氏物語』(1710序)と続く梅翁『源氏物語』である。さらに多賀半七の『紫文蜑《しぶんあま》の囀《さへづり》』(桐壺〜空蝉・1723刊)も刊行される。

梅翁『源氏物語』の作者・梅翁について

このうち、梅翁『源氏物語』は、都の錦の『風流源氏物語』が雨夜の品定で中

絶したのを受けた体裁を取り、最初に刊行された『若草源氏物語』が帚木末尾の空蟬との邂逅から空蟬、夕顔まで、続いて『雛鶴源氏物語』が若紫・末摘花、『紅白源氏物語』が紅葉賀・花の宴、さらに『俗解源氏物語』が初巻に戻って桐壺・帚木の雨夜の品定めまでと作成される。

梅翁『源氏物語』は、『若草源氏物語』『俗解源氏物語』の序文に、執筆した経緯を「梅翁」が書いており、『紅白源氏物語』序文に「梅翁が花濃宴、もみぢの賀の両巻を全六冊となして」と書かれるように、梅翁が作者である。作者梅翁については、早くに藤村作が「作者梅翁は洛陽散人とも言つてゐるが、その何人か知るよしがない」[1)]と述べる。井浦芳信も「作者梅翁と同名の人物は前後にあるが、何人かを知らぬ。江戸住ながら上方をも知る人であろう」[2)]と述べ、中村幸彦も「隠士梅翁なる人物」[3)]と書く。近年でも、田辺昌子は「同じく梅翁筆、政信挿絵で出版された『雛鶴源氏物語』」[4)]、仲町啓子は「水月堂梅翁訳『源氏物語』の挿絵を担当した後、政信は次々と源氏絵を世に出した」[5)]と、ともに、梅翁と政信は別人として扱っている。川元ひとみは「梅翁奥村政信の『若草源氏物語』六巻」[6)]とさらりと書くが、その後の本文の考察は「梅翁」のみで通しており、梅翁と奥村政信との結びつきについては述べない。

このように、梅翁『源氏物語』に関する多くの先行研究では、梅翁と奥村政信の関係は別人と考えられているか、明確に述べられていないかのどちらかだが、佐藤悟は「作者の梅翁は奥村政信と考えられている」[7)]と述べ、日本古典籍総合目録データベースに『若草源氏物語』等の作者として「梅翁(奥村／政信) 作奥村／政信 画」[8)]とある。レベッカ・クレメンツも2011年の段階では梅翁と奥村政信を別に考えていたようである[9)]が、その後「Likewise, the third translator, Masanobu, began his translation with an introductory scene taken from Genji but added details for a heightened sense of narrative realism. Using the pen-name Baio 梅翁(‘Old Man Plum’)」[10)]と述べる。

この問題だが、『金龍山浅草千本桜』上(享保19年(1734)刊か)(稀書複製会1929・10)序に「画工《江戸おやまゑ》芳月堂丹鳥斎奥村文角梅翁政信拝画」と確認できることから、梅翁『源氏物語』の作者梅翁は浮世絵師・奥村政信の号の1つと考えて間違いな

い。なお、梅翁が奥村政信の号であることについては、早くに宮武外骨が「梅翁(政信)」[11]、笹川臨風も「文角、梅翁、芳月堂、丹鳥齋、親妙などの諸号があり」[12]と述べ、『日本人名大辞典』[13]などの辞典類にも載る。宮武外骨はこの号の由来について、「政信が芳月堂文角梅翁と号せしは、松月堂不角千翁(立羽氏)の俳諧門人たりしに拠るなり」と述べる。

奥村政信は、浮き絵や柱絵を考案し、浮世絵にさまざまな改良を加えた人物であるが、源氏絵の図様にもさまざまな工夫をしている[14]。しかし浮き絵や柱絵の考案はだいぶ後のことであり、源氏絵の図様に関しても梅翁『源氏物語』は早い段階の作品である。また、奥村政信は、『男色比翼鳥』など、複数作品の本文も手がけているようで[15]、梅翁『源氏物語』は、作者としての奥村政信を知る上でも興味深い資料である。奥村政信の活動期の初期にあたる宝永年間に、彼は、本文と挿絵においてどのような工夫をしているのであろうか。

本稿では、『源氏物語』の俗語訳作品のうち、奥村政信が手がけた梅翁『源氏物語』の挿絵とテクストとの関係を中心に考察をしていきたい。

梅翁『源氏物語』の挿絵と本文

物語の挿絵は、絵師がその物語の本文をどのように解釈しているかを示すものであり、その絵師が物語本文のどこに注目するかによって、場面選択や場面描写は異なってくる。つまり物語をどのように絵にうつしているか[16]が問われるわけである。梅翁『源氏物語』のように本文も絵師が担当している場合はなおさらで、原文(『源氏物語』)、訳文(梅翁『源氏物語』)、挿絵を比較することで、『源氏物語』が、梅翁『源氏物語』の本文と絵に、どのようにうつされているかが明らかとなろう。

『源氏物語』の場合は源氏絵の伝統があり、場面の独自性は出しにくいように思われるが、梅翁『源氏物語』では、例えば、夕顔巻の物の怪に独自性が見られる。この場面(図1)[17]、構図と空中を浮遊する物の怪自体は、『絵入源氏物語』20図[18](図2)からの影響であるが、屏風の裏から、一つ目入道と大

図1　『若草源氏物語』20図、巻5・1ウ・2オ

図2　『絵入源氏物語』20図

女が覗く。

物の怪が登場する場面は、以下のように『若草源氏物語』と『源氏物語』でほとんど変わらず、屏風の裏の妖怪の言及はない。

『源氏物語』夕顔巻

「御枕上にいとをかしげなる女ゐて」[19)]

『若草源氏物語』巻5・3オ

「いとおかしげなる女の、いろあをざめたるが、まくらがみにゐて」

『源氏物語』夕顔巻

「ただこの枕上に夢に見えつる容貌《かたち》したる女、面影に見えてふと消え失せぬ。」

『若草源氏物語』巻5・5ウ

「たゞこのまくらがみに、ゆめに見えつる女の、おもかげにみえてきえうせぬ。」

しかし、その後の惟光を待つ場面に、屏風の裏の妖怪の記述がある。

『源氏物語』夕顔巻

「灯はほのかにまたたきて、母屋《もや》の際に立てたる屏風の上、ここかしこのくまぐましくおぼえたまふに、物の足音ひしひしと踏みならしつつ背後《うしろ》より寄り来る心地す。」

『若草源氏物語』巻5・7ウ

「灯《ともしび》は幽《かすか》に風《かぜ》吹《ふく》ごとにまたゝきて、おもやのきはに立たるびやうぶの上《うへ》より、めひとつある入道《にうだう》がのぞくやら、なげしのうへよりちらし髪《がみ》なる女《おんな》の首《くび》ばかりちよつと見えて、につことわらふてきえうすればうしろのかたより、おほきなる足《あし》おとにてひし〳〵とふみならしたゞひとつかみととびかゝるやうにおもはれて」

つまり、物語の時間をまたいで、枕上の女と、一つ目入道や笑う女が、同一画面に描き込まれているわけである。

この図はやはりインパクトがあったようで、100年以上後の、『源氏物語』翻案作品であり、その後の『源氏物語』文化に大きな影響を与えた『偐紫田舎源氏』5編上冊[20]（図3）に利用されている。しかも、屛風に「奥村政信図」と、落款のかたちで奥村政信の名前を入れ、そのプライオリティを尊重する。

そのほかの梅翁『源氏物語』挿絵の特徴としては、当世風な人物と、リアルな描写があげられる。

例えば、夕顔巻の夕顔（図4）は、当世風な遊女のように描かれる。『絵入源氏物語』19図（図5）の夕顔と比較すれば一目瞭然であろうし、政信の描く吉原の遊女[21]と比較しても、当世風、遊女風なことが知られる。これは本文と歩調を合わせており、「夜鷹《よたか》のぎうのあしらひに」（『若草源氏物語』巻1）、「ちいさきかぶろの候が」（『若草源氏物語』巻4）のように遊里の言葉を使用することで、『源氏物語』の女性たちを遊女と重ね合わせる描写が多数見られる。

紅葉賀巻において、藤壺との密通の子、後の冷泉帝について考える源氏（図6）であるが、これも『絵入源氏物語』38図（図7）と比較すれば、いかにも当世風で、果たして悩んでいるのかこちらが悩むような描写である。

また、細かな差異ではあるが、若紫巻で若紫を垣間見る源氏（図8ア）は、『絵入源氏物語』24図（図9）や江戸版『おさな源氏』7図同様、典型的な構図であるが、前のめりに、やる気を出した垣間見となっている（図8イ）。

さらに顔自体あまり描かれることのない末摘花だが、鼻の長い顔が描写される（図10）。雨夜の品定めにおける指喰いの女も、実際に指を嚙んでいる場面が描かれる（図11アイ）。

『若草源氏物語』の挿絵と本文

さらに細かく、奥村政信の工夫とその変化を、梅翁『源氏物語』の刊行年順に見ていきたい。

梅翁『源氏物語』は、それぞれの巻の巻頭に、見開き2面を使用した、その

図3 『偐紫田舎源氏』5編上冊

図4 『若草源氏物語』16図、巻4・5ウ

図5 『絵入源氏物語』19図

図6 『紅白源氏物語』8図、巻2・15オ

図7　『絵入源氏物語』38図

図9　『絵入源氏物語』24図

図8ア　『雛鶴源氏物語』2図、巻1・10オ

図8イ　アの拡大

図10　『雛鶴源氏物語』21図、巻5・13オ

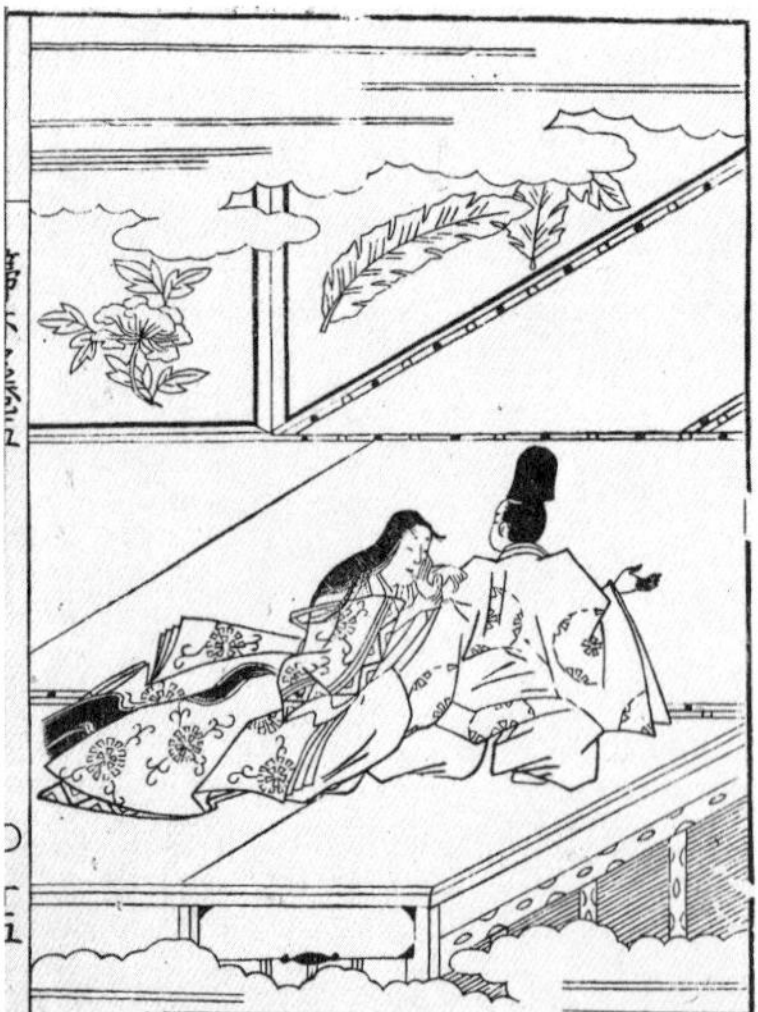

図11ア　『俗解源氏物語』20図、巻5・15オ

図11イ　アの拡大

巻を象徴する絵を掲げる。すべて古典的な絵柄で、すでに指摘があるが[22]、多くは『絵入源氏物語』の影響の色濃いものである。『若草源氏物語』冒頭(図12)でも『絵入源氏物語』6図(図13)を模した伝統的な絵柄を用いる。

しかし、その次の絵では、蚊帳が描かれる(図14)。これは、実はおそらく『風流源氏物語』24図(図15)[23]の影響を受けたもので、物語本文でも、以下のように、『風流源氏物語』『若草源氏物語』、ともに「蚊帳」を使用する。

『源氏物語』帚木巻

「障子を引き立てて、「暁に御迎へにものせよ」とのたまへば」

『風流源氏物語』巻6

「御供《とも》の人を帰され蚊帳《かてう》の内に入らせ給ふ。」

『若草源氏物語』巻1

「「暁《あかつき》むかひにまいれよ」とて、障子《しやうじ》をひきたてゝ、わが御かやのうちにいだき入給ふ。」

また、夕顔巻では、通常、絵に描かれるのは夕顔周辺の人物が多く、空蟬周辺の人物が描かれることはまずないが、巻の末尾での空蟬との贈答(図16)や、その後の夕顔の四十九日を挟んでの、伊予の介とともに下向する空蟬との離別(図17)を、源氏と小君の挿絵として表現する。

『雛鶴源氏物語』の挿絵と本文

先述したごとく、巻頭の見開き挿絵は『絵入源氏物語』の絵柄を踏襲することが多いが、末摘花の物語の冒頭(図18)は、源氏絵でほとんど描かれることがない、末摘花のうわさを伝える大輔《たいふ》の命婦と、そのうわさを聞く源氏を描く。どのような場面か、絵だけではわからないような挿絵である。

この挿絵の意味は、『雛鶴源氏物語』巻6巻頭の挿絵(図19)で判明する。通常、正妻が送る元日の装束を、末摘花が源氏に送り、苦笑する源氏に対して、大輔の命婦が顔を赤らめるという場面である。この場面は『絵入源氏物語』35

図12　『若草源氏物語』1図、巻1・3ウ・4オ

図13　『絵入源氏物語』6図

図14　『若草源氏物語』2図、巻1・7ウ

図15　『風流源氏物語』24図

図16　『若草源氏物語』27図、巻6・9オ

図17　『若草源氏物語』29図、巻6・14オ

図(図20)を踏襲しており、しかも、末摘花の冒頭の挿絵(図18)をほぼ反転させたものである。

つまり、末摘花の物語は、末摘花に関する大輔の命婦のうわさ話、源氏の末摘花への期待で始まり、大輔の命婦が渡す末摘花からの晴れ着、源氏の苦笑と大輔の命婦の赤面で終わることを印象づけるように表現されている。

さらに、この絵画表現は、大輔の命婦の赤面を強調する本文によっても補強されている。

命婦が光源氏に末摘花の手紙を渡しかねている場面の命婦の行動

『源氏物語』末摘花巻

「ほほ笑みて聞こえやらぬを」

『雛鶴源氏物語』巻6

「けふはいかゞしたりけん、かほの色あかめて、はづかしげなる身ぶりにて」

光源氏が末摘花の手紙を手に取る場面の命婦の心中

『源氏物語』末摘花巻

「取りたまふも胸つぶる。」

『雛鶴源氏物語』巻6

「なに心なくとり給ふに、命婦はむねもつぶれはなのさきにあせをいだしてゐたり。」

これは、大輔の命婦という源氏の乳母子である女房の役割がクローズアップされる表現と見てよいであろうし、物語の時間が右から左へ流れていくという絵の法則から行くと、期待に満ちた源氏から苦笑する源氏へ、と、だまされた源氏を主人公にするとも読み解ける。

図18　『雛鶴源氏物語』15図、巻4・3ウ・4オ

図19　『雛鶴源氏物語』23図、巻6・2ウ・3オ

図20　『絵入源氏物語』35図

『紅白源氏物語』の挿絵と本文

『若草源氏物語』の夕顔巻後半で、通常は描かれない空蝉関連の挿絵が見られたが、『紅白源氏物語』の紅葉賀でも、同様の現象が見られる。

紅葉賀の前半は、藤壺の出産と紫の上の話題が軸になっており、源氏絵の伝統においては青海波(『絵入源氏物語』36図)、紫の上の雛遊び(『絵入源氏物語』37図)、思いに沈む源氏(『絵入源氏物語』38図)が描かれることが多い。

しかし、『紅白源氏物語』では、藤壺も葵の上も複数絵画化される。まずは、葵の上の女房たちの、源氏と紫の上に関するうわさ話(図21)。次に、源氏が、三条宮に藤壺を尋ね、兄の兵部卿宮と対面する場面(図22)。さらに、疎々しい葵の上との場面(図23)。これは、初めの葵の上の場面(図21)を反転させたような図で、几帳に身を隠した葵の上を描くことで、その疎々しさを表現しているようである。

その次には、藤壺の出産場面(図24)も描かれる。

表にしてみると、紫の上関連2枚、葵の上関連2枚、藤壺関連3枚が、交

互に出現しているのがよくわかる。夕顔巻における空蟬関連の挿絵のように、主旋律のみ追うのではなく、さまざまな声を描いていくのである。

表1 『紅白源氏物語』に描かれるさまざまな女君

挿絵番号	女君	内容
1		源氏と頭中将、青海波を舞う。
2	葵の上①	葵の上、女房たちの、源氏に関するうわさ話
3	紫の上①	源氏と紫の上、仲むつまじく琴を弾く。
4	藤壺①	源氏、三条宮に藤壷を尋ね、兄の兵部卿宮と対面する。
5	紫の上②	紫の上の雛遊び
6	葵の上②	葵の上との冷たい夫婦仲
7	藤壺②	藤壷の出産場面
8	藤壺③	源氏、若宮について藤壷と贈答、思いに沈む。
9	紫の上③	紫の上と遊び、笛を吹く源氏

また、紅葉賀の後半は、源典侍と源氏・頭中将のコミカルな話だが、ここで『紅白源氏物語』は4図の挿絵(図25、図26、図27、図28)を割く。最後の1図、頭中将が刀を抜いて源氏をおどす場面(図28アイ)では、非常に躍動感あふれる頭中将を描く。『絵入源氏物語』40図(図29アイ)と比較してみると、『紅白源氏物語』の躍動感がよくわかるだろう。この部分、『源氏物語』と『紅白源氏物語』の本文比較をしてみたい。

『源氏物語』紅葉賀巻

「中将、をかしきを念じて、引きたてたまへる屛風のもとに寄りて、ごほごほと畳み寄せて、おどろおどろしう騒がすに、」

『紅白源氏物語』巻3

「頭中将はしぬるほどおかしきをこらへて、かくれ給ひたる屛風《びやうぶ》のもとへ、つかつかとたちよりて、びやうぶをおしたゝみ、こと〱しくせきたるふぜいを見せかけ、ものをばいはず、たゞ市河《いちかは》だん十郎が、あらごとのみぶりをするに、」

図21　『紅白源氏物語』2図、巻1・9オ

図23　『紅白源氏物語』6図、巻2・6オ

図22　『紅白源氏物語』4図、巻1・14ウ・15オ

図24　『紅白源氏物語』7図、巻2・11オ

図25　『紅白源氏物語』11図、巻3・7オ

図26　『紅白源氏物語』12図、巻3・7ウ

図27　『紅白源氏物語』13図、巻3・12オ

図28ア　『紅白源氏物語』14図、巻3･16オ

図28イ　アの拡大

図29ア　『絵入源氏物語』40図

図29イ　アの拡大

俗語訳本文では「市河《いちかは》だん十郎が、あらごとのみぶりをするに」[24]とある。初代團十郎は元禄17年(1704)に舞台上で刺殺された人物で、荒事を歌舞伎に導入し、「元禄見得」を考案した人物でもある。『紅白源氏物語』刊行時(宝永6年(1709))は、二代目團十郎の時代だが、この場面、頭中将は刃を持っており、初代團十郎の、舞台上での衝撃的な刺殺や、二代目團十郎が名を挙げる前であることを考えると、初代團十郎を描いているとみてよいであろう[25]。なお、二代目團十郎も荒事が得意な役者で、彼らの絵を政信も描いており、この場面も役者絵の影響を受けるかとも思われる[26]が、躍動感のある絵によって、物語の一場面を静止画的に切り取るのではなく、その前後の時間も表現していると言えよう。同じ人物を複数描くことによって、時間の経過を表現している点も、興味深い。

『俗解源氏物語』の挿絵

『紅白源氏物語』で描かれる時間表現は、『俗解源氏物語』ではさらに意識的な表現へと進化を遂げる。

『若草源氏物語』冒頭(図12)同様、源氏への手紙を見る頭中将と源氏という伝統的な絵柄で始まる雨夜の品定め(図30)だが、その後、左馬の頭と藤式部の丞が登場して4人になると、その4人の雨夜の品定めの場面だけで、5図6面の絵(図31、図32、図33、図34、図35)を使用する[27]。非常に大胆に、時間の経過を、源氏の動きや、眠る随身のみで表現する。ただし、よく見ると、なぜか建具や紋が変化していく。同じ絵の使い回し(手抜き)でないことを読者に知らせるためだろうか。

ともかく、『紅白源氏物語』の源典侍で見られた時間表現が、より大胆で、意図的なものとなっていることは明らかだろう。

同様の表現は、おなじ『俗解源氏物語』の指喰いの女の場面(図36、図37)にも見られる。比較すれば明らかなように、雨夜の品定め図31・32と同様、建具や角度、部屋の情景を重ねて描くことで、登場人物のみ動くように描かれている。

図30　『俗解源氏物語』13図、巻4・3ウ・4オ

図31　『俗解源氏物語』14図、巻4・8オ

図32　『俗解源氏物語』15図、巻4・12オ

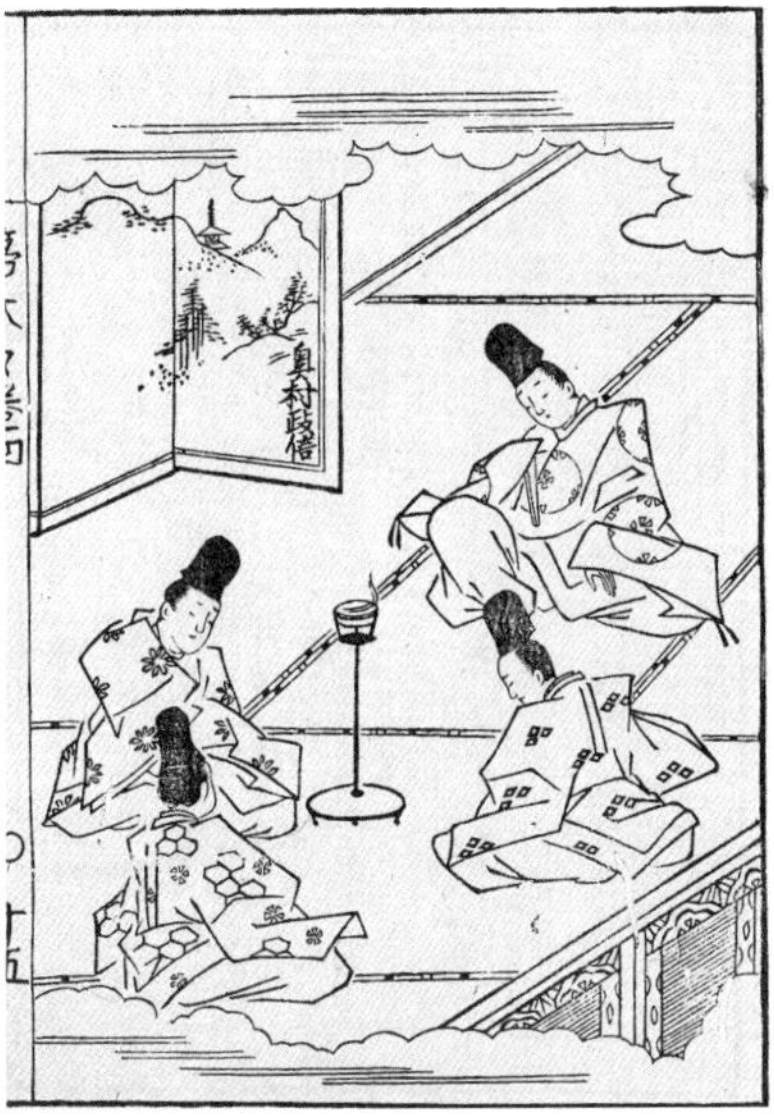

図33　『俗解源氏物語』16図、巻4・16オ

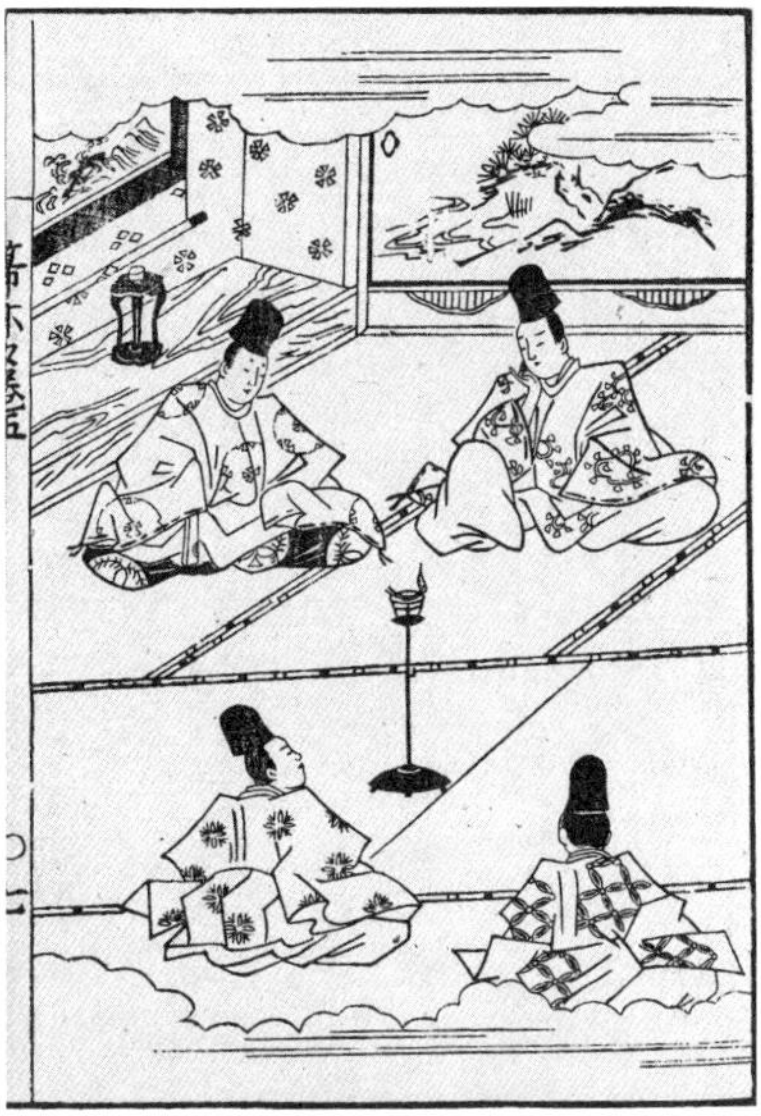

図35『俗解源氏物語』18図、巻5・7オ

図34　『俗解源氏物語』17図、巻5・2ウ・3オ

図36　『俗解源氏物語』19図、巻5・10オ

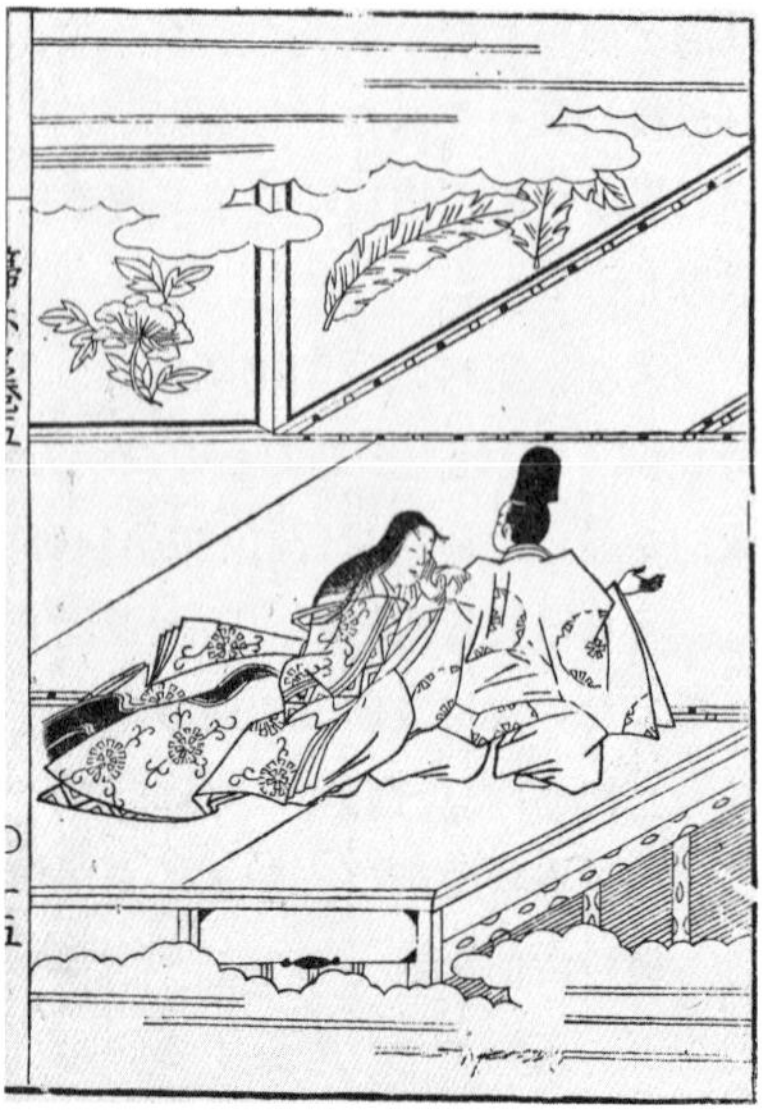

図37　『俗解源氏物語』20図、巻5・15オ

おわりに

ここで、簡単に梅翁『源氏物語』における奥村政信の挿絵とテクストの特徴をまとめたい。

まず、全体的な傾向として、主に『絵入源氏物語』から踏襲したと考えられる古典的な絵柄も多いものの、よりリアルに、当世風に描かれる場合も多く、本文もそれにあわせて遊女や歌舞伎役者など、同時代の風俗を取り入れている。

また、『若草源氏物語』やその後の『紅白源氏物語』では、物語のメインストーリーではない挿話もきちんと絵に取り入れられ、物語の多重的・多声的な語りが絵によって表現される。

『雛鶴源氏物語』では、末摘花物語が、噂を持ち込む大輔の命婦とそれを聞く源氏で始まり、赤面する大輔の命婦とそれを見る源氏で締めくくられており、末摘花物語を導き出した女房の役割がクローズアップされていた。

『紅白源氏物語』では、源内侍の物語で複数枚の絵を使用しており、時間の

経過を描写しているようであった。

最後に刊行された『俗解源氏物語』では、雨夜の品定め・指喰いの女など、同じ場所での人物を時間差で複数枚描くことで、より意識的に時間の経過を描写していた。

つまり、奥村政信の物語把握、奥村政信が、どのように『源氏物語』を「うつし」ているか、そしてその表現方法がどのように進化しているかが、奥村政信が描いた俗語訳『源氏物語』4作品の挿絵と本文からうかがえるわけである。それは奥村政信の、絵画表現上および翻訳上のさまざまなチャレンジでもあった。奥村政信の初期の画業としても、古典を当代に「うつす」試みとしても、梅翁『源氏物語』は見逃せない作品であろう。

また、奥村政信は、さまざまな作品の作者としても活躍しているようである。奥村政信を考える上で、画業のみではなく作者としての奥村政信も、今後視野に入れつつ、考察する必要があろう。

18世紀以降の他の俗語訳や源氏関連作品では、挿絵にどのような工夫がされているのだろうか、それを探っていくことによって、さらに近世の『源氏物語』受容は拡がりを見せよう。

注

1) 藤村作「紅白源氏物語」解題(帝国文庫珍本全集後編、博文館、1930年6月)。
2) 井浦芳信「梅翁源氏の初作「若草源氏物語」 ——二つの序文を中心とする考察」(人文科学科紀要55(国文学・漢文学16)、1972年5月)。
3) 中村幸彦「源氏物語の近世文学への影響」(『中村幸彦著述集』3、中央公論社、1983年5月)。
4) 田辺昌子「浮世絵における源氏絵成立の構造——奥村政信の作品を中心に」(『国文学』44-5、學燈社、1999年4月)、「江戸の『源氏物語』 ——浮世絵に表された世界」(『国文学』53-1、2008年1月)でも「俗語訳の『源氏物語』の版本挿絵を手がけた」と述べる。
5) 仲町啓子「近世の源氏物語絵——文化的権威と浮世絵化」(『源氏物語と美術の世界』(講座源氏物語研究10)おうふう、2008年10月)。
6) 川元ひとみ「近世前期小説と『源氏物語』 ——『風流源氏物語』を中心に」

（『江戸時代の源氏物語』（講座源氏物語研究5）おうふう、2007年12月）。
7）　佐藤悟「『源氏物語』図様の変容」（『江戸時代の源氏物語』（講座源氏物語研究5）おうふう、2007年12月）。
8）　なお、国書総目録は「梅翁著、奥村政信画」「梅翁作、奥村政信画」とする。
9）　レベッカ・クレメンツ「もう一つの注釈書」（『平安文学の古注釈と受容』第3集、武蔵野書院、2011年5月）。
10）　Rebekah Clements［The Masanobu Genjis］『A Cultural History of Translation in Early Modern Japan』Cambridge University Press 2015.
11）　宮武外骨著『奥村政信画譜』（雅俗文庫、1910年4月）。
12）　浮世絵大家集成第2巻『清信　清倍　政信』（大鳳閣書房、1932年1月）。
13）　講談社、2001年12月。
14）　前掲田辺昌子「浮世絵における源氏絵成立の構造――奥村政信の作品を中心に」。
15）　『男女比翼鳥』に関して尾崎久弥は「奥村政信画作たる事は疑ひない。（中略）巻一に、序者あり、東乃紙子といふ、政信の変名であらう」（『江戸小説研究』弘道閣、1935年3月）と述べる。梅翁名義の作品かと考えられるものに『小野お通文文庫』（〈般〉古版小説挿画史による）『新色姫の部屋』（〈般〉挿絵節用による）（どちらも日本古典籍総合目録データベースに拠る）がある。奥村政信が挿絵を手がける浮世草子に、作者不明のものや、作者名が知られても該当する人物が不明なものが多いことや、後に政信自身が版元となっていること、俳諧の師である松月堂不角が多くの浮世草子に筆を染めていることなどを考えれば、奥村政信は他にもさまざまな著作を手がけていると考えてよいのではないだろうか。
16）　「うつす」という語については、本書のレベッカ・クレメンツ論を参照のこと。
17）　梅翁『源氏物語』挿絵の引用は、早稲田大学図書館九曜文庫『俗解・若草・雛鶴・紅白源氏物語』（請求番号文庫30 A0219）に拠る。
18）　『絵入源氏物語』挿絵の引用は、早稲田大学図書館九曜文庫『源氏物語』（請求番号文庫30 A0007）に拠る。
19）　『源氏物語』本文は古典セレクション『源氏物語』①②（小学館、1998年4月）を使用し、適宜校訂を施した。
20）　『偐紫田舎源氏』挿絵の引用は、早稲田大学図書館蔵『偐紫田舎源氏』（請求番号へ13 04274）に拠る。
21）　『奥村政信遊女の像』（天理図書館善本叢書67『師宣政信絵本集』天理大学出版部、1983年3月）や、https://ukiyo-e.orgにおいて、「okumura masanobu」

「yoshiwara」で検索をかければ複数の政信の描いた遊女を見ることができる。

22) 前掲田辺昌子「浮世絵における源氏絵成立の構造——奥村政信の作品を中心に」。

23) 『風流源氏物語』挿絵の引用は、東京大学附属図書館霞亭文庫蔵『風流源氏物語』(請求番号197)に拠る。

24) 「市河だん十郎が、あらごとのみぶりをするに」については前掲田辺論に指摘あり。

25) なお、武井協三氏より、初代の表記は揺れが大きく、「市河だん十郎」という表記自体で初代である可能性が高いとのご教示を受けた。

26) ただし、梅翁『源氏物語』とほぼ同時代かと思われる奥村政信の役者絵集『きおひさくら』(天理図書館善本叢書67『師宣政信絵本集』天理大学出版部、1983年3月)は鳥居清信風で、それに比べると当該箇所はかなりシャープである。

27) 複数枚の絵で雨夜の品定めの時間経過を描く先蹤として、角度を変えて4人を描く『十帖源氏』5・6図が挙げられる。

執筆者一覧

編者

Rebekah CLEMENTS（レベッカ・クレメンツ）

カタロニア高度研究施設兼バルセロナ自治大学研究教授。

専門は日本文化史。

著書に *A Cultural History of Translation in Early Modern Japan*（Cambridge: Cambridge University Press, 2015）、論文に「もう一つの注釈書？――江戸時代における『源氏物語』の初期俗語訳の意義」（陣野英則・緑川真知子編『平安文学の古注釈と受容　第三集』武蔵野書院、2011年）、“Speaking in Tongues? Daimyo, Zen Monks, and Spoken Chinese in Japan, 1661-1711.” *Journal of Asian Studies* 76.3, 2017）などがある。

新美哲彦（にいみ・あきひこ）

早稲田大学教授。

専門は日本中古文学。

著書に『源氏物語の受容と生成』（武蔵野書院、2008年）、論文に「定家本『源氏物語』研究の現在／今後」（『新時代への源氏学』7「複数化する源氏物語」竹林舎、2015年）、「作り物語の和歌的表現――中世王朝物語を中心に」（『中世文学』第63号、2018年）などがある。

論文執筆（掲載順）

Peter Kornicki（ピーター・コーニツキー）

ケンブリッジ大学名誉教授。

専門は日本文化史。

著書に、*Languages, scripts, and Chinese texts inEast Asia*（Oxford:Oxford University Press, 2018）.『海を渡った日本書籍――ヨーロッパへ、そして幕末・明治のロンドンで』（平凡社、2018年）. *British Royal and Japanese Imperialrelations, 1868-2018:150 years of association, engagement and celebration, with Hugh Cortazzi and Antony Best*（Folkestone:Renaissance Books, 2019）などがある。

Michael Emmerich（マイケル・エメリック）

カリフォルニア大学ロサンゼルス校（UCLA）准教授。博士（コロンビア大学）。

専門は日本文学、翻訳研究。

著書に『てんてこまい　文学は日暮れて道遠し』（五柳書院、2018年）、論文に「日本文学の発見——和文英訳黎明期に関する試論」（長瀬海訳）（河野至恩・村井則子編『日本文学の翻訳と流通——近代世界のネットワークへ』アジア遊学216、勉誠出版、2018年）、翻訳に*Manazuru* Hiromi Kawakami, Counterpoint: Distributed by Publishers Group West, 2010（川上弘美『真鶴』文藝春秋、2006年、日米友好基金日本文学翻訳賞受賞）ほか現代日本文学の翻訳多数。

翻訳者（掲載順）

常田槙子（つねだ・まきこ）

早稲田大学文学学術院助教。

専門は翻訳された平安時代文学の研究。

論文に「19世紀フランスにおける和歌集の編纂——レオン・ド・ロニーの実践」（『中古文学』第102号、中古文学会、2018年）、「19世紀ヨーロッパが日本の和歌に出会ったとき／Rencontre européenne avec la poésie japonaise au XIXe siècle」（共編、『日本文学のネットワーク——重なり合う言説・イメージ・声』日本文学・文化国際研究会、2018年）、Tsuneda, Makiko. ‘Gender and Education in Translation: A Case Study of Arvède Barine’s Partial Translation of *The Tale of Genji*’（*Waseda Rilas Journal*, No.4, 2016）などがある。

幾浦裕之（いくうら・ひろゆき）

国文学研究資料館情報事業センター国際連携部機関研究員。

専門は中世和歌文学、日本古典籍書誌学、蔵書史。

論文に「未定稿的な女房の家集について」（田渕句美子・中世和歌の会『民部卿典侍集・土御門院女房全釈』風間書房、2016年）、「桙尾祥雲の蔵書について——UCLA桙尾コレクションと『桙尾蔵書目録』との関係から」（中山一麿編『寺院文献資料学の新展開　覚城院資料の調査と研究Ⅰ』臨川書店、2019年）、「歌人が年齢を詠むとき——表現と契機の性差」（『日本文学』68-2号、2019年）などがある。

翻刻者（掲載順）

柿嵜理恵子（かきざき・りえこ）
早稲田大学大学院教育学研究科博士後期課程。
専門は中古文学（平安後期物語）。
論文は「『今とりかへばや』左大臣家繁栄の方法――父左大臣と男君に注目して」（平安朝文学研究会『平安朝文学研究』復刊第24号、2016年）などがある。

大塚誠也（おおつか・せいや）
高知大学講師。
専門は日本中古文学。
論文に「『狭衣物語』における源氏の宮付の女房達――男君への応対を中心に」（『国文学研究』第185集、2018年）などがある。

平田彩奈惠（ひらた・さなえ）
神奈川大学経営学部国際経営学科特任助教。
専門は平安文学。
論文に「『源氏物語』の「なでしこ」「とこなつ」と「垣」――歌ことばのつながり」（『日本文学』68-4、2019年）などがある。

伊永好見（これなが・よしみ）
岡山市立朝日小学校学校司書。
専門は日本中古文学。
論文に「乖離する大君――薫との贈答歌を通して」（『国語と国文学』89-7、2012年）などがある。